KNAUR

Über die Autorin:

Liane Sons wuchs in Oldenburg/Ostholstein auf. Mit dem Schreiben von Gedichten, die eine Tageszeitung veröffentlichte, verdiente sie ihr erstes Taschengeld. Nach dem Abitur studierte sie Rechtswissenschaften an der Ruhr-Universität Bochum und ließ sich als Rechtsanwältin nieder. Gemeinsam mit ihrem Ehemann wohnt sie seit Jahren in Witten-Herbede. Ihrer Leidenschaft für das Schreiben konnte sie in trockenen Schriftsätzen kaum frönen. Zunächst für ihre drei Söhne, dann mit ihnen begab sie sich daher in das Reich der Fantasie. Schlachten, die am Kaffeetisch entworfen werden, und Charaktere, an denen gemeinsam gefeilt wird, bereichern immer wieder das Familienleben.

Liane Sons

Das vierte Siegel

Roman

KNAUR

Besuchen Sie uns im Internet:
www.knaur.de
https://www.facebook.com/KnaurFantasy/

Ihre Meinung interessiert uns!
Bitte via Mail an lesermeinung@droemer-knaur.de

FSC
www.fsc.org
MIX
Papier aus verantwortungsvollen Quellen
FSC® C083411

Deutsche Erstausgabe Januar 2017
Knaur Taschenbuch

Covergestaltung: Guter Punkt, München
Coverabbildung: Motive von Andrey Burmakin / Shutterstock und Markus Gann / Shutterstock
Karte Innenteil: © Gerrit und Jan-Erik Behrendt
Satz: Wilhelm Vornehm, München
Druck und Bindung: CPI books GmbH, Leck
ISBN 978-3-426-51898-4

2 4 5 3 1

Für Lennart, Jan-Erik und Gerrit

Prolog

Vor einer Zeit, die die Menschen eine Ewigkeit nennen

Mit vielem hatte er gerechnet, aber nicht damit, dass eine Ziege einmal wertvoller sein könnte als er. Er verdrängte den Gedanken rasch und setzte eine stolze Miene auf. Die Göttin würde ihn kaum erhören, wüsste sie, dass er ihr anbot, was er für das Entbehrlichste hielt, das er besaß: sein Leben.

»Nur noch ein Wunder könnte ihr helfen. Bereite dich auf das Schlimmste vor!«

Die Worte der alten Kräuterfrau summten wie Sommerfliegen an ihm vorbei. Er war vielleicht nicht klug, doch er wusste, wie es um seine Frau stand. Zärtlich presste er ihre schmale Hand an die Lippen. Doch keine Wärme spürte er, nur die Schwere eines schlaffen Arms. Er hauchte ihr einen Kuss auf die nasse Wange und verließ die Hütte.

* * *

Klare Luft umfing ihn, und obwohl es später Abend war, schien die Sonne hell und klar. Denn es war der längste Tag des Jahres: der Göttertag.

Die Opferrituale waren längst beendet, und Menschen tanzten singend um Freudenfeuer. Ausgelassen prosteten sie einander zu.

Er eilte über den Dorfplatz, vorbei an Bänken und geschmückten Tischen, Nachbarn und Bekannten, schüttelte eine Hand ab, die ihn in den Tanzkreis ziehen wollte, und hetzte den Hügel hinauf, auf dem der Altar der Schicksalsgöttin Haidar lag. Immer steiler ging es bergauf, doch er wurde immer schneller, denn Kinderlachen hallte in seinen Ohren. Er erreichte den Steinkreis. Es roch nach verbranntem Fleisch, hier und da zuckten noch kleine Feuer.

Er kniete nieder, bemerkte nicht, wie glimmende Asche sich durch den Stoff der Hose brannte, und hob sein Gesicht.

»Haidar, die Opferzeit ist vorüber, und ich habe dir nichts dargebracht, aber bitte höre mich dennoch an! Wir haben gerade erst den Hof bezogen, der halb verfallen ist und für den ich noch beim Landherrn diene. Dana hatte dir einen Kuchen gebacken, mit den saftigsten Beeren, und ich habe dir einen Hasen erlegt. Doch …« Er rang nach Worten. »Verzeih, ich bin kein guter Redner und auch in Eile. Letzte Nacht setzten bei Dana die Wehen ein. Eine Mehrlingsgeburt sollte es werden, und es war noch viel zu früh. Ich musste der Kräuterfrau den Hasen als Lohn versprechen, und vom Kuchen hat sie auch gegessen, als es über den ganzen Tag ging. Nun aber …« Erneut versagte ihm die Stimme. Als er sie wieder hob, klang sie heiser. »Es kommen keine Wehen mehr, und Dana ist längst zu schwach, um noch zu kämpfen. Sie wird sterben und mit ihr unsere ungeborenen Kinder. Ich flehe dich an: Erbarme dich unser! In deinem Namen habe ich einst geschworen, meine Familie zu schützen. Doch ohne deine Hilfe kann's mir nun nicht gelingen. Ich habe nichts von Wert, das ich dir geben könnte, und biete dir darum mein Leben an. Nimm mich und lass meine Kinder erleben, wie groß die Liebe und die Güte unserer Götter sind!«

Lange kniete er in der Asche. Ein letztes Flämmchen flackerte auf und erlosch. Er stemmte sich hoch wie ein gichtgeplagter Alter und machte sich auf den Heimweg. Es war wohl vermessen gewesen zu glauben, die Götter hätten Zeit, sich um sein Schicksal zu kümmern. Er spürte nicht die laue Luft, hörte nicht die trunkenen Gesänge, nahm das muntere Treiben nicht wahr. Gefangen in hoffnungsloser Leere setzte er einen Fuß vor den anderen. Er sah gerade die Hütte, als ein Schrei die Luft durchschnitt. Lautes Plärren ließ sein Herz rasen. Konnte es sein? Noch zwei lange Schritte … Schreie … Weinen … die Tür flog auf.

»Rasch, Aaron, rasch! Du musst mir helfen. Die Kinder purzeln fast heraus.«

* * *

Bald würden die Hähne krähen. Dana lag in seinen Armen, bleich und hohlwangig, aber für ihn schöner als je zuvor.

»Bist du traurig, dass kein Junge dabei ist?«

Er strich über ihre Wange. »Du wolltest einen Jungen, ich wollte Mädchen … aber gleich vier? Ich wusste immer, dass du etwas Besonderes bist. Ich danke dir und ich liebe dich über alles, aber länger kann ich jetzt nicht bleiben.«

»Geh nicht!«

»Hadere nicht mit dem Schicksal, sondern nimm das Leben unserer Kinder dankbar an. Denk immer daran: Wir wurden gerade überreich beschenkt. Leb wohl, Geliebte!«

»Ich will der Göttin danken, doch meine Liebe wird dich in den Tod begleiten.«

Ihre Blicke trafen sich so voller Sehnsucht, ihre Lippen hungrig wie beim ersten Kuss. Er erhob sich und wandte sich seinen schlafenden Töchtern zu, nahm sie auf den Arm, nannte sie beim Namen und küsste sie segnend auf die Stirn.

Die Kräuterfrau berührte seine Schulter und flüsterte: »Sie

sind alle gesund, aber wie sollen wir sie ernähren? Für vier wird die Muttermilch nie reichen.«

Ein klägliches Lächeln huschte über sein Gesicht. »Ich weiß, aber die Ziege, die Lohn für Zusatzarbeit in der Ernte war, gibt reichlich. Versorge sie gut und achte auf meine Familie, bis Dana sich erholt hat, weise Frau.«

Er ging zur Tür und sah sich nicht mehr um, aus Angst, dann doch noch ein gottloses Leben in Schande dem Tod vorzuziehen. Haltloses Schluchzen folgte ihm.

* * *

Die Luft war geschwängert von kaltem Rauch. Gewitterwolken türmten sich, Blitze zuckten, und Asche wirbelte über dem Steinkreis, während er sich erneut auf die Knie niederließ und den Blick zum Himmel hob.

»Verzeih, dass ich an deiner Güte zweifelte!« Schnell wollte er zur Tat schreiten, ehe ihn der letzte Mut verließ. Während er sich noch für die große Gunst bedankte, die ihnen erwiesen worden war, zog er den Jagddolch, setzte ihn an sein Herz, hörte von weit her eine Stimme und stieß zu.

Er hatte gehofft, gleich tot zu sein, war jetzt entsetzt, wie weh es tat, und fiel seitwärts in die längst erloschene Glut. Die Hände, die den Dolchgriff umschlangen, wurden kraftlos, nass und rot. Ein Bild Danas erschien vor seinen trüben Augen … im Hochzeitskleid, mit einem Veilchenkranz im Haar. Ihr Lächeln gab ihm Trost in seinem Schmerz, der höllisch brannte. Doch ihr Gesicht nahm plötzlich fremde Züge an, und ihr braunes Haar wurde blond. Er wollte protestieren, doch sein Mund war voller Blut. Verzweifelt wünschte er sich die Erinnerung an seine Frau zurück.

Stattdessen drängte sich das unerwünschte Bild in sein

Gehirn, und volle Lippen sprachen: »Du warst mir lieb und wirst mir nun doch lästig. Ich sag dir auch, warum. Ihr Leben haben mir schon viele angeboten, sei's für Familie oder schnöden Sieg. Doch wenn geschah, worum sie baten, schoben sie's auf Zufall oder eigenes Können und brachten mir zur Versöhnung einen fetten Ochsen dar. Doch du hast den Lohn entrichtet und deine Dankbarkeit war nicht gespielt. Menschen wie dich gibt es nur wenige. Dein Schicksal sollte nicht sein, hier zu sterben, denn Menschen, die uns Göttern wohlgefällig leben, die segnen wir mit unserer Gnade gern. Doch selbst wir Götter haben Grenzen, gezogen von den anderen Göttlichen. Ich kann das Schicksal nur entscheiden, wenn noch die Möglichkeit zur Änderung besteht. Wie soll das gehen bei einer tödlichen Verwundung? Es gibt nichts, was dir noch helfen kann. Fast bist du schon in Gaias Hand, der sie dir reicht, um dich in die Sternenhalle zu geleiten. Ich war bereit, euch zu beschützen, und hatte anderes im Sinn. Ich bin die Schicksalsgöttin und kann die Zukunft richten. Soll ich nun sagen müssen: ›Ich wollte ja, ein kleiner Mensch jedoch kam mir zuvor‹ und Gaias Spott dafür ertragen? Niemals! Die Zukunft, die bestimme ich. Deswegen bleibt mir jetzt nur eins … und Mensch: Halte sie ja in Ehren!«

* * *

Er spürte Wasser auf den Lippen und leckte es dankbar ab. Tropfen prasselten auf ihn nieder. Er wandte das Gesicht, und Matsch drang ihm in den Mund. Das Leben nach dem Tod hatte er sich anders vorgestellt, nicht so kalt und nass und mit Katzenjammer.

Katzen? Donner grollte, und Hunde jaulten. Sein Herz raste, und seine Hände suchten seine Brust: kein Dolch und kein verkrustetes Blut. Er sah sich verwirrt um. Was war geschehen?

Der Stich ins Herz, ein Gesicht, eine Stimme … er nestelte an seinem Hals, fühlte eine Kette und streifte sie ab. Es war kein Traum gewesen, denn das blau schimmernde, viergliedrige Geschmeide lag in seinen Händen und glitzerte auch ohne den Schein der Sonne … Worte fielen ihm wieder ein. *Mensch, halte sie in Ehren! Nun ist sie dein, die Götterkette. In ihr vereinen sich Weisheit, Stärke, Liebe und Magie. Doch neben diesen Gaben verleiht sie Leben. Wenn du es willst, bis in Ewigkeit.*

So nahm das Schicksal durch die Laune einer Göttin einen anderen Lauf.

* * *

Der Bauer, der sich durch sein Überleben und das seiner Familie überreich beschenkt fühlte, gab die Kette zur sicheren Verwahrung seiner Frau.

Die schlug sie in ihre Hochzeitsspitzen ein und legte sie in das Kästchen, das sie als erstes Geschenk von ihrem Mann erhalten hatte. Auf den Gedanken, sie zu tragen, kam sie nie. Ihr Leben war einfach und hart, so edler Schmuck wollte nicht dazu passen. Auch die Aussicht auf ewiges Leben reizte sie nicht, wenn sie es ohne ihren Gatten verbringen sollte. Doch jeden Abend, ehe sie sich zur Ruhe legte, strich sie über das Holzkästchen, enthielt es doch das Symbol für Liebe und Güte.

* * *

So lag die wertvolle Göttergabe zwanzig Jahre in Spitzen verpackt, bis hin zum Tag der Totenfeier. Fünf Tage zuvor war Aaron am Fieber gestorben, seine Frau war ihm nur zwei Tage später gefolgt.

Weinend teilten die Töchter das Erbe unter sich auf. Lange betrachteten sie zum Schluss das schimmernde Geschmeide, das ihre Mutter immer geheimnisvoll lächelnd die Götterkette genannt hatte. Andere Dinge hatten sie leicht aufteilen können, aber an diesem Schmuck fanden alle Gefallen. Die Erstgeborene fand eine Lösung und ließ aus den vier Gliedern der Kette Armbänder fertigen.

So wurde getrennt, was nie hätte getrennt werden dürfen, denn keine der Göttergaben war losgelöst von den anderen von echtem Wert und von Dauer.

* * *

Die Erstgeborene, Dala, besaß das Fragment der Weisheit. Sie gründete im Westen mit den Verianern die erste Gelehrtenschule. Im Laufe der Jahrhunderte aber verkümmerte die Weisheit zum bloßen Streben nach mehr Wissen.

Die Zweitgeborene, Myria, besaß das Fragment der Magie. Sie zog sich auf eine Insel im Süden zurück, versammelte begabte Frauen um sich und unterwies diese im Umgang mit der Magie. Überall bediente man sich gern ihrer Hilfe. Waren zunächst Heilerfähigkeiten gefragt, ersuchten bald auch Heerführer um die Hilfe der Magierinnen. Zunehmend wurde die Magie zum Machtinstrument.

Die Drittgeborene, Palema, zog mit dem Fragment der Stärke in den rauen Norden. Waren innere und äußere Stärke zunächst noch im Gleichgewicht, gewann die reine Körperkraft immer mehr an Bedeutung. Um die kargen Lebensbedingungen zu verbessern, begannen die Nordstämme, Eroberungsfeldzüge zu führen. Von der Stärke blieb nur die Kraft.

Die Letztgeborene, Salia, lebte mit dem Fragment der Liebe im Osten. Nur die Liebe schien getrennt von den anderen Gaben Bestand zu haben, denn Glück und Zufriedenheit zeichneten Salias Leben aus … bis hin zu einem folgenschweren Tag.

ERSTER TEIL

Das Schloss im ewigen Eis

I. Kapitel

Jahrhunderte später ereigneten sich an verschiedenen Orten Dinge, die für sich allein genommen nicht wichtig waren, zusammengenommen aber über das Schicksal aller Menschen entscheiden sollten.

Sturm fing sich in Bretterwänden, zwängte sich durch Ritzen und heulte wie schmerzgeplagt. Schwere Wolken schienen die Sterne verschluckt zu haben. Es war eine unheimliche Nacht, eine klirrend kalte Nacht, eine Winternacht des hohen Nordens eben.

»Glaubt ihr, er kommt noch?«, fragte einer der vier Männer, die sich im Schutz eines überhängenden Strohdachs an eine Hauswand drückten. Trotz des Mantels aus Fellresten fror er. Schneematsch drang durch die dünnen Sohlen seiner Stiefel.

Der Mann neben ihm, der Einzige mit einem Kapuzenmantel, wies mit dem Kopf auf die Lehmhütten am Ende der Gasse. »Wohnt doch bei Milla. Wo soll er sonst hin?«

»Is 'n großer Kerl«, brummte der Erste. »Sicher, dass wir den schaffen?«

Sein Kumpan spuckte Reste seines Kautabaks in den Dreck. »Den versoffenen Krüppel furz ich um. Aber 'nen gefüllten Beutel hat er. Darauf verwette ich meine Alte. Milla is seit

Tagen nicht mehr auf der Straße. Zahlen muss er also können. Warten wir?«

»Nur wenn du deine Alte so oder so behältst.«

Alle lachten leise, traten auf der Stelle und bliesen in ihre Hände, um die Finger beweglich zu halten.

* * *

Etwas zwickte ihn schmerzhaft in die Hand. Rhonan fuhr hoch. Einige Ratten quiekten und huschten in sichere Entfernung. Mit beiden Händen hielt er sich den Kopf, in dem ein Schmiedehammer zu wüten schien. Er betrachtete die Ratten, wälzte sich auf die Knie und stützte sich an der Hauswand ab. Hand um Hand zog er sich hoch. Wind zerrte an Haaren und Hemd, Eisregen peitschte auf ihn ein. Er musste irgendwo seinen Umhang vergessen haben. Schlotternd machte er sich auf den Heimweg. Das linke Bein zog er wie einen Fremdkörper nach. Die Ratten stürzten sich auf sein Erbrochenes.

Er fingerte am Gürtel vergeblich nach seinem Branntweinbeutel und stopfte sich gegen den Gallegeschmack schließlich eine Handvoll Schnee in den Mund. Doch der bittere Geschmack wurde nur kälter. Nur halb bei Sinnen torkelte er weiter. Mal fand er Halt an einer Hauswand, mal an einem Tavernenschild. Irgendwann ertastete seine Hand ein angenageltes Hufeisen. Die Schmiede. An den fetten Schmied mit dem Ziegenbart konnte er sich erinnern, doch wo war die verdammte Schmiede gewesen? Sein vernebelter Blick suchte die Umgebung ab.

Links von ihm säumten Häuser eine Gasse. Er hörte es plätschern. Das musste der Gebirgsbach sein. Dahin wollte er nicht. Also hielt er sich rechts. Hier war der Pfad nur von verschneiten Büschen begrenzt. Das machte das Vorankommen nicht leichter.

Unvermittelt fand er sich auf einem Platz wieder. Ein Tor klapperte, eine Eiche in der Mitte des Platzes bog sich ächzend im Sturm. An den Platz mit dem Henkersbaum erinnerte er sich. Er war nicht weit von der Gasse der Talermädchen entfernt.

Er humpelte leicht vorgebeugt los. Unter der Henkerseiche knickte sein linkes Knie weg. Er konnte sich gerade noch an einem Ast festhalten. Schnee fiel in großen Fladen auf ihn nieder. Er ließ den Ast los, umklammerte den Stamm, blinzelte Schnee weg und lallte in die Baumkrone: »War ganz schön nass eben. Kannst aber nix dafür. Dir geht's wie mir: Wir bringen den Tod. Pass auf dich auf, Kamerad!«

Fast wäre er an die Rinde gelehnt eingeschlafen, aber plötzlich war ihm, als hätte der Baum ihm Kraft gegeben. Er sah wieder klarer. Freundschaftlich tätschelte er den Stamm und hinkte zielsicher davon. Hütten und Schneehaufen säumten seinen Weg. Hier wohnten die Ärmsten: Lohnarbeiter und Talermädchen, die auf je eigene Weise gegen Bezahlung alles taten, Bettler, Wilderer und Diebe.

Er bemerkte eine Bewegung hinter sich und drehte sich um. Der Knüppel, der ihn hatte zu Boden schicken sollen, streifte nur noch seine Schulter. Er keuchte – mehr vor Schmerz im Bein als in der Schulter – und ließ die rechte Faust gegen das Kinn des Knüppelschwingers krachen. Mit einem Grunzen ging der zu Boden. Ein Dolch blitzte in Rhonans linker Hand auf.

»Verschwindet!« Seine Stimme war fest wie sein Stand.

Die Angreifer hielten verdutzt inne.

»Immer noch drei gegen einen! Wer ihn umhaut, kriegt seine Stiefel«, brüllte einer. Sie schwangen die Knüppel und drangen auf ihn ein.

Er wich seitlich aus, rammte einem von ihnen die Klinge in die Schulter und riss sie wieder heraus. Der Verwundete griff sich an den Arm, fluchte und floh.

Der Tritt eines anderen gegen seine Hüfte zwang Rhonan halb in die Knie. Während sein Dolch an einem Fellmantel abglitt, bekam er mit der rechten Hand einen Arm zu fassen und riss ihn kraftvoll nach außen. Es knackte und Gebrüll hallte durch die Nacht. Ein Prügel traf seinen Arm. Erneut keuchte er, machte aber einen Satz nach vorn und stieß dem letzten Angreifer den Dolch in den Leib. Der krallte ihm schreiend die Finger in die Schultern, und umschlungen wie ein Liebespaar gingen beide zu Boden. Rhonan stöhnte, da sein abgewinkeltes Bein Schmerzwellen durch seinen Körper jagte. Sein Gegner stöhnte ebenfalls und spuckte ihm ins Gesicht.

Um sie herum knarrten Fensterläden. Männer fluchten und drohten. Die glücklosen Räuber zerrten ihren jammernden Kameraden von Rhonan weg und suchten das Weite. Zitternd vor Kälte und Anstrengung streckte er vorsichtig sein linkes Bein und biss sich auf die Unterlippe, um einen Schrei zu unterdrücken. Der Eisregen war in dichten Schneefall übergegangen, und eine dünne, weiße Schicht bedeckte ihn bereits. Flocken hingen in seinen Wimpern. Wenn er jetzt einschlief, würde er nicht mehr erwachen.

Er hörte ein Fiepen, sah rote Augen, nickte der Ratte freundlich zu und schloss die Augen.

»Verschwinde, du Biest!« Eine junge Frau, eingehüllt in eine Wolldecke, trat wütend nach der Ratte und zerrte an seinem Arm. »Komm! Hab die ganze Nacht auf dich gewartet. Betrunken wie immer … kein Wunder, dass dich alle für leichte Beute halten.« Sie zerrte weiter an ihm und bewies dabei für ihre dürre Gestalt unvermutete Kräfte.

Er stemmte sich hoch und lallte: »Du solltest um diese Zeit nicht mehr allein draußen sein, Milla. Ist nur Gesindel unterwegs.«

Das Talermädchen schien die Bemerkung nicht witzig zu

finden, zog seinen Arm über ihre Schulter und knurrte: »Ich hab ja einen kräftigen Begleiter.«

Er schaffte es nicht mehr zu lachen. Seine Kraft benötigte er zum Gehen.

Millas »Ich hoffe, du kannst mich gleich wärmen, ich spüre meine Füße kaum noch« ließ ihn nicken.

Manchmal meinte das Leben es doch gut. Leider viel zu selten.

Tagesanbruch, tief im Westen der Reiche

Der höchste Berg des Kimmgebirges war immer verschneit und meist windumtost. Die Morgensonne beschien den Turm der Winde – Heim der Gelehrten, Heim des Weisen der Berge.

Eigentlich war es gar kein Turm, sondern eine Ansammlung von Gebäuden auf nah beieinanderliegenden Plateaus. Zu erreichen waren sie über natürliche Bergpfade oder Hängebrücken. Der Weg bergab zur nächsten Behausung, einem Wirtshaus für Jäger und Fallensteller, dauerte im besten Fall sieben Tage. Vor nicht allzu langer Zeit noch waren die Gelehrten diesen Weg häufig gegangen, doch seit der Krieg tobte, benutzten ihn nur Minderbegabte, die dort Vorräte bestellten und abholten.

Ein Türmchen des größten Gelehrtenhauses hatte der ehemaligen Heimstätte der Schwester des Westens einst den Namen gegeben. Hier lebten in völliger Abgeschiedenheit ihre Nachfahren: Verianer, die sich ganz der Wissenschaft verschrieben hatten.

Geschichte, Sprachen, Sterndeutung, Alchemie – alles Schrifttum sammelten und bewahrten sie. Sie deuteten das Gelesene und teilten ihre Gedanken schriftlich mit Kameraden, die ihre Meinung anfügten und das Blatt weiter- oder zurückreichten. Gespräche waren verpönt. Selbst das »Werben« um einen Partner fand schriftlich statt. Verianer sahen die Pflicht, für Nachwuchs zu sorgen, als unumgänglich, aber lästig an. Der Älteste suchte die Paare danach aus, welche Fähigkeiten gut zueinanderpassten, und hinterließ eine Notiz auf den jeweiligen Pulten. Im Keller standen Räume für die Paarung bereit. Ohne Leidenschaft und voll bekleidet erfolgte der Zeugungsakt. Dann ging man wieder getrennter Wege. Frauen blieben bis zum Einsetzen der Wehen an ihren Pulten und standen wenige Tage nach der Geburt wieder daran. Väter wussten nicht, wen oder was sie gezeugt hatten. Die Kinder lebten auch nicht bei den Eltern. Gelehrte, die sich in der Lage sahen, mehr als zehn Sätze am Tag zu sprechen, erzogen sie.

Im Haus der Gelehrten herrschten Zucht und Ordnung. Überall standen Menschen schweigend über Schriftrollen oder Bücher gebeugt und lasen oder schrieben. Die lautesten Geräusche waren das Knistern des Pergaments und das Kratzen einer ungespitzten Feder. Schon Hüsteln oder Räuspern erntete böse Blicke.

Im Turm selbst gab es kein einziges Schriftstück und auch keinerlei Einrichtung. Nur an der Westseite des hohen Raums stand die aus grauem Stein gearbeitete, lebensgroße Statue Dalas, der Ahnfrau aller Gelehrten.

Vor ihr kniete ein Mann mit kinnlangem, wirrem schwarzem Haar, der wie seine Brüder eine braune, knielange Kutte über weiter Hose trug. Lange hatte Gideon Montastyre in tiefer Versunkenheit verharrt. Jetzt erhob er sich mühsam und sah zu der Statue auf. »Mutter aller Verianer, habt doch ein Einsehen mit mir! Wie soll ich zwei Fremde dazu bringen, mit mir ins Wintergebirge zu gehen? Niemand geht ohne Not dorthin. Seid nicht ungeduldig mit Eurem unwürdigen Nachfahren, aber mir selbst graut vor dieser Aufgabe mehr, als ich sagen kann. Wie soll ich da jemanden überzeugen, mich zu begleiten?«

Sosehr er auch in sich hineinhorchte, er hörte nichts.

Seine Brüder und Schwestern hätten sich spätestens jetzt demütig verneigt, um den Wünschen der Ahnfrau Folge zu leisten, aber er war ein untypischer Verianer. Er redete gern und viel.

»Ihr schweigt? Verzeiht! Ich bin ein Zweifler und Feigling, aber Eure Hinweise sind denkbar dürftig. Es scheint mir ja noch möglich, die Priesterin von der Nebelinsel zu finden. Aber wie soll ich sie dazu bringen, mir nach Kairan zu folgen, und wie soll ich selbst dorthin gelangen? Wir müssten durch das Land der Schwarzen Horden ziehen, um unter der kalten Sonne des Nordens einen da'Kandar-Prinzen zu treffen, den es allen Berichten zufolge seit fünfzehn Jahren nicht mehr gibt. Das ist viel verlangt. Ich will ja Euer guter Diener sein, aber Ihr macht es mir zu schwer. Wenn Ihr schon sagt, der Weg sei bereitet, könntet Ihr mir doch auch offenbaren, wie er aussehen wird.«

Er seufzte bekümmert. »Für diese Aufgabe braucht es Helden. Seht mich an! Mein Leben lang lese und schreibe ich. Meine Hände haben selten etwas Schwereres getragen als eine Laute. Meine Muskeln sind gerade einmal in der Lage, meinen Körper aufrecht zu halten, und was Mut betrifft, so fröstelt es mich schon, wenn ich nur lange genug von ihm lese. Ihr mutet einem Hasenfuß wie mir eine Menge zu.«

Er schloss die Augen und wiegte seinen Oberkörper hin und her. Schließlich kniete er nieder und küsste die Füße der Statue. »Verzeiht mir! Wenn Ihr meint, ich könnte die mir von Euch übertragene Aufgabe erfüllen, dann werde ich gehen. Gebt meinem Herzen Mut und meinem Körper Kraft, und wenn Ihr es ganz besonders gut meint, stellt mir in der Nebelfrau eine große Magierin und in dem Prinzen einen tapferen Kämpfer an die Seite!«

Er verneigte sich, blinzelte dabei aber verschmitzt. »Ein kleiner Hinweis, dass ich in einem Stück an diesen heiligen Ort zurückkehren werde, könnte meine weichen Knie stärken und meinen Schritt beschleunigen.«

Das Sonnenlicht, das den Raum durchflutete und die Statue in weiches Licht tauchte, wurde jäh von einer Wolke verdunkelt.

Gideon verneigte sich hastig abermals. »Ihr habt recht. Das war selbst meiner unwürdig. Verzeiht! Ich sehe in freudiger Erwartung dem Treffen mit der Priesterin entgegen, und es dürfte ein Leichtes sein, den Erben der Kraft zu finden. Natürlich habe ich mich längst der Meinung angeschlossen, dass einer der da'Kandar-Prinzen sowohl die Enthauptung als auch die Zerstückelung und den anschließenden Scheiterhaufen lebend überstanden hat. Verzeiht meine Zweifel, die nur darin begründet lagen, dass ich mich selbst nicht in der Lage dazu gesehen hätte, diese gründliche Art der Vernichtung zu überleben.«

Er gewann den Eindruck, dass es noch dunkler wurde, und ergänzte: »Ihr wisst, dass Furcht bisher nur meine Worte beflügelte. Dies wird sich ändern müssen. Seht mich auf dem Weg ins Wintergebirge. Mir klappern jetzt schon die Zähne und zittern die Knie, aber ich werde versuchen, mich als würdig zu erweisen.«

Er verließ unter Verbeugungen die Gebetsstätte und sah unten in der Halle Meister Cato, einen der Burg-Älteren.

»Endlich kommst du«, rief der ihm entgegen. »Es ist Zeit aufzubrechen. Fürst Darius ruft die Siegelerben zusammen. Im Gasthaus wartet eine Eskorte.«

»Der Weg ist bereitet«, murmelte Gideon. »Danke, Herrin!«

Wenig später in Kambala, einem der mittleren Reiche

Die Sonne hatte längst noch nicht ihren Zenit erreicht, doch die Marktstände standen verlassen. Ziegen drängten sich meckernd ans Gatter, und ein gescheckter Bulle mit Hörnern von der Länge eines Männerarms zerrte an seiner Kette und scharrte Furchen in die trockene Erde. Tontöpfe, Hornknöpfe, Sensenklingen und kostbare Feigen aus dem Südland warteten auf Käufer.

Rauch quoll auf den Platz und trieb zwei Dutzend schwarzer Wölfe vor sich her. Weder die schauerlichen Todesschreie der Ziegen noch das abgrundtiefe Brüllen des Bullen oder das Jaulen der Wölfe kümmerten irgendwen, denn Kambala, die Stadt armer Fischer und Ziegenbauern, in der einzig der Fürst ein Haus aus Stein besaß, brannte lichterloh. Feuer zuckte aus Fensterhöhlen und Dächern. Reet ging laut knisternd in Flammen auf. In das Knacken, Krachen und Prasseln mischten sich Wehklagen und Hohngelächter.

»Du rufst nach den Göttern? Besuch sie!« Eine Greisin wurde in die Flammenhölle gestoßen. Ihre Schreie ließen Krieger johlen. Branntweinbeutel und Becher mit Gebrautem machten die Runde. Bärtige Männer in schwarzen Fellen schmückten sich kichernd mit bunten Tüchern oder Ketten aus Holzperlen und Muscheln. Ein Wolf, der den blutgetränkten Rock eines Kindes um seinen Hals nicht abschütteln konnte, sorgte für trunkenes Schulterklopfen.

Menschen drückten sich durch schweren Qualm an Wänden entlang. Schutz gab es nirgendwo mehr.

* * *

Hexenmeister Maluch fluchte. Der Wind trieb neben Staub und Gestank immer dickere Rauchschwaden die Straße herauf und verbarg vor seinen Augen, wie Männer starben und Frauen geschändet wurden. Notgedrungen senkte er den Kopf und lauschte. Das Gegröle der Krieger verdrängte er genau wie das Geschrei der Männer, die um Familie oder Hab und Gut kämpften, konzentrierte sich auf die Stimmen von Frauen und Kindern. Er verstand nur selten Wörter, doch Furcht, Qual und Schmerz vernahm er so deutlich, dass Bilder vor seinem geistigen Auge erschienen: Kleinkinder, die sich hinter Fässern zusammenrollten und die Augen zukniffen, in der dummen Hoffnung, so nicht gesehen zu werden; Mädchen mit gefalteten Hauben, die ihre Blicke züchtig senkten, sobald ein Mann erschien, und die jetzt rannten, eingefangen wurden, um ihr Leben flehten und sich vergebens dagegen wehrten, dass nach Branntwein und Schweiß stinkende Ungeheuer sich auf sie warfen.

Ein hohes »Nein! Bitte nicht!« bescherte ihm einen wohligen Schauer. Sie war jung und unberührt. Doch bald würde sie innerlich zerfetzt sein und uralt. Ein gequältes Brüllen ließ ihn den Gedankenfaden weiterspinnen. Das war ihr Vater, der mehr Mut als Verstand besaß. Die Krieger würden ihn zwingen zuzusehen, wie sie sich keuchend einer nach dem anderen in sein Herzchen entleerten. Diese Vorstellung ließ eine seltene Hitze in seinen Lenden aufwallen.

»Soll ich eine Sänfte in die Stadt für dich bestellen?«

Er hatte nicht bemerkt, dass Camora, der Schwarze Fürst, den Raum betreten hatte. Die tiefe Stimme ließ ihn herumfahren. Widerwillig kam er zurück in die anheimelnde Umgebung aus poliertem Holz und Fliedersträußen. Er sah gestickte Gobelins, Schalen mit Obst oder Blütenblättern. Die Sonne zauberte einen rotgoldenen Schimmer auf hochlehnige Stühle und den großen Tisch. Das Geschrei aus der Stadt war noch zu hören, aber jetzt hörte er auch wieder das hölzerne Windspiel neben dem Fenster und die Vögel, die in der Weide sangen. Hätte seine feine Nase nicht auch den Duft verbrannten Menschenhaars und -fleisches aufgesogen, er hätte sich geekelt in diesem häuslichen Frieden aus Duftkräutern und frischen Binsen.

Camoras gekräuselte Mundwinkel und ein Blitzen seiner dunklen Augen unter buschigen Brauen verrieten, dass er um die Erregung des Hexers wusste. »In den Gassen herrscht ein munteres Treiben. Fast möchte ich sagen: ein sehr erhitztes.«

Maluch musterte den Anführer der Horden, dessen Oberarme und Schenkel das Leder zu sprengen schienen und der ihn wie immer an einen Bullen denken ließ. »Ich bin in Eile. Ehe ich aber zum Grund meines Besuchs komme – sagtest du nicht, Fürst Marcos wolle dir die Stadtschlüssel kampflos übergeben?«

Camora zog an seiner Pfeife. Er stieß den Rauch durch die Nase aus, und es roch nach verbranntem Heu. »Er übergab mir sein Reich und sein Haus. Ich war entgegenkommend, nahm beides an und ließ den Feigling mit seiner Familie ziehen. Aber seine Fischfresser waren trotzig, blieben in ihren Häusern und verriegelten Fenster und Türen. Da ich meine nächsten Feldzüge von hier aus führen werde, hielt ich es für angebracht, ihnen zu zeigen, wie man mich zu empfangen hat. Außerdem ist für die Männer nach einem langen Ritt nichts enttäuschender als eine Stadt, die sich ergibt. Wo bleibt da der Spaß?«

Milchige Augen starrten ihn an, Spinnenfinger krallten sich um einen hölzernen Stab. Camora fuhr fort: »Jedenfalls haben wir, was wir wollten: Kambala! Unser Tor zum Westen, zum Sieg! Keine langen Nachschubwege mehr, und nach El'Maran kann ich fast pissen. Weder die edle Königin Morwena noch

Darius, ihr fürstlicher Hengst, werden mich jetzt noch aufhalten.«

Die dürre Gestalt ihm gegenüber, die aussah und roch, als sei sie vor mehr als Tagesfrist gestorben, blähte die Nasenflügel. »Ist es tatsächlich fünfundzwanzig Jahre her, seit du mir dies zum ersten Mal versprachst? Spätestens die Tötung der da'Kandar sollte uns nach deinen Worten den Sieg bescheren.« Die Stimme wurde sanft. »Der Todestag des Großkönigs jährt sich nun zum fünfzehnten Mal. Gab es je eine gröbere Fehleinschätzung als die deine? Aber ich bin voller Hoffnung ... vielleicht ist deine Pisse ja wirkungsvoller als deine Truppen.« Ein Lachen, das eher nach dem Husten eines Schwindsüchtigen klang, unterbrach seine Rede. Dann sprach der Hexenmeister weiter: »Gleichgültig! Was schert mich der Krieg? Mir geht es um Größeres. Darius ruft die Siegelerben der Prophezeiung zusammen.«

Der Fürst zuckte die Achseln. »Ich habe davon gehört. Doch warum sollte es mich kümmern? Ohne einen da'Kandar-Erben können sich die beiden anderen meinetwegen auf den Weg zu Darius oder direkt zur Quelle machen. Hinkommen werden sie nicht. Der da'Kandar-Erbe, der ihnen das letzte Wegstück öffnen müsste, ist ja leider in Rauch aufgegangen.«

»Was, wenn es doch noch einen gibt?«

Wieder stieg Wut in ihm hoch. »Du kannst mir vorwerfen, Morwenas und Darius' Einfluss auf den Rat der Freien Reiche unterschätzt zu haben. Aber ich kann den Ausgang einer Schlacht beurteilen. Ich habe die Festung nach dem Überfall besucht. Es gab kein Leben mehr auf da'Kandar. Weder vor Säuglingen noch vor schwangeren Frauen haben meine Krieger haltgemacht«, schnaubte er. »Seit Jahren hält sich das Gerücht, ein da'Kandar-Prinz hätte überlebt und würde den Thron zurückerobern. Bis vor sechs Monden hast du es wie ich als

Unsinn abgetan. Dann taucht plötzlich diese Prophezeiung auf. Seitdem suchst du genauso gründlich wie vergeblich nach einem Überlebenden dieser Nacht. Genauso vergeblich, wie du nach dem Schwert der Prophezeiung, diesem Schwert der Alten Könige, suchst. Was sagt dir das? Dass es beides nicht gibt. Du jagst Hirngespinsten hinterher.«

»Und befinde mich in bester Gesellschaft. Fürst Darius' Seher ist auf dem Weg nach Norden, um den dritten Erben zu suchen, und von einer Zuträgerin weiß ich, dass auf der Nebelinsel die Köpfe der Magierinnen rauchen, seit eine Prinzessin von einem da'Kandar-Prinzen geträumt hat ... einem Prinzen, der noch lebt.«

Der Schwarze Fürst formte mit rundem Mund Rauchringe und sah ihnen nach, ehe er antwortete: »Fantastereien! Träume! Sie klammern sich an diese Prophezeiung, weil sie wissen, dass es für sie keine Hoffnung mehr gibt. Der Osten gehört mir, der Norden auch und mit Kambala auch das erste Reich der Westunion. Sie wissen um ihre unausweichliche Niederlage. Soll ihr aus Furcht geborener Eifer mir jetzt den Schlaf rauben?«

»Nein, nur das nicht! Schon ausgeschlafen ist deine Überheblichkeit kaum zu ertragen.« Maluchs Miene blieb unbewegt. »Zwischen dir und dem Thron stehen nicht die königstreuen Reiche und auch nicht deren Führer, Morwena und Darius, zwischen dir und da'Kandar steht nur der rechtmäßige Erbe.«

»Sobald Latohor und El'Maran gefallen sind und Darius und Morwena vor mir im Staub liegen und um Gnade winseln, wird es niemand mehr wagen, mir den Titel des Großkönigs zu verweigern.«

Der Schrei einer Frau bescherte dem Hexenmeister erneut einen warmen Schauer. Das Zerrbild eines Lächelns umspielte sogar seine Lippen, als er erwiderte: »Du träumst von einer winselnden Morwena und einem Darius, der dir zu Füßen liegt? Ich habe dich zu meinem Heerführer ernannt, weil du genauso stark wie ehrgeizig und gewissenlos warst. Deine aus Dummheit geborene Selbstüberschätzung habe ich allerdings unterschätzt. Träume weiter und bete, dass du nie meinem Hirngespinst gegenübertreten musst. Ich werde mich derweil der Siegelerben annehmen. Die Versiegelung unserer Quelle würde nämlich nicht nur das Ende deiner Siegeszüge bedeuten, sondern auch das Ende meines Lebenstraums. Kein Erbe darf Latohor daher lebend erreichen.«

Die Kritik nahm Camora äußerlich ungerührt hin und nickte. »Fast tun mir diese auserkorenen Helden leid.«

Der Hexenmeister schlurfte zur Tür und erwiderte im Gehen: »Aber auch nur fast, nicht wahr? Bis zum nächsten Mal und … ich würde das Fenster schließen.«

Erst jetzt bemerkte Camora, dass Qualm in den Raum waberte. Er würde woanders essen müssen. Gleichgültig, Hauptsache, es wagte niemand, ihm Fisch vorzusetzen.

2. Kapitel

Im Grenzgebiet nach El'Maran

Der Rappe mit der langen Mähne lahmte. »Gleich ist es überstanden, Patras.« Derea, sein Reiter, strich über den Hals des Hengstes und schnalzte mit der Zunge. Er wischte sich den Schweiß ab, dachte aber nicht daran, wegen der Hitze den dicken Fellmantel auszuziehen.

Zwischen Birken sah er ein zweistöckiges, rotes Holzhaus, flankiert von zwei einstöckigen Häusern, und gegenüber ein kleines Gebetshaus. Laken flatterten im Wind, ein Wäschekorb lag umgekippt unter der Leine, und es herrschte lärmende Betriebsamkeit … durch Hordenkrieger.

Derea riss Patras herum, doch mit Fellen behangene Berittene versperrten ihm den Rückweg. Axtblätter blitzten in der Sonne.

»Schon wieder weg, Jungchen?« Ein Grinsen entblößte braune Zahnstumpen.

Weitere Hordenkrieger näherten sich. Derea sah sich hektisch um, wies auf die Laute auf seinem Rücken und lächelte verkrampft: »Bin nur ein Barde auf Durchreise und wollte nicht stören …«

Männer zerrten ihn schon aus dem Sattel und betatschten ihn.

»Keine Waffen, Vorreiter.«

»Es ist wirklich nur Zufall …« Zwei packten seine Oberarme und sahen zu dem Mann mit dem breiten Grinsen. »Zum Gesinde ins Gebetshaus?«

»Bitte nicht!« Derea schüttelte den Kopf.

Der Vorreiter zwinkerte ihm zu. »Nicht? Dann soll der Kommandant entscheiden. Der schätzt gewisse Unterhaltung.«

Gelächter brandete auf, und die Krieger schleiften den Barden über den Hof. Vorräte wurden dort auf Wagen verladen, und Hühner flatterten um ihr Leben. Die Männer schienen Spaß an der Hühnerhatz zu haben. Immer wieder schlug oder trat ein Krieger dabei gegen das Gebetshaus, in dem dann Wimmern und Beten zu Geschrei anschwollen. Krieger ahmten die Angstschreie nach und bogen sich vor Vergnügen. Sie schlugen sich auf die Schenkel, als ein torkelnder Kamerad beim Versuch, gegen die Wand zu treten, auf einen Leichenberg fiel und bis zur Besinnungslosigkeit betrunken einschlief. Umgehend wurden Wetten abgeschlossen, ob er erwachen würde, wenn sie das Gebetshaus anzündeten.

Dereas Augen verengten sich, aber schon stieß man ihn durch die Tür zum Haupthaus. Ein Fleischberg thronte ihm gegenüber auf dem Stuhl des Hausherrn, das rotblonde Haar zu unzähligen Zöpfen geflochten, wie es bei der Horde üblich war, und bohrte in der Nase.

Eine Frau um die fünfzig in reich bestickter Tunika und mit schiefsitzender Haube stand mit einem Tonkrug hinter ihm, die Augen weit aufgerissen. Der Hausherr lag in einer Ecke hinter ihr. Blut tropfte von seiner Stirn. Dass er nicht draußen neben dem Gebetshaus lag, sprach dafür, dass er noch lebte. Zu Füßen des Hordenkommandanten kauerte ein pummeliger Halbwüchsiger, der ein Brett mit Käseresten und Beeren an die Brust presste und den Kampf gegen die Tränen offensichtlich längst verloren hatte, so rot und verquollen, wie seine Augen waren.

Um einen Tisch zur Rechten flegelten sich vier Hauptleute, die Umhänge und lederne Brustharnische achtlos neben sich geworfen hatten. Sie legten ihre Hammelkeulen nur weg, um eines der beiden Mädchen zu begrapschen, die mit nassen Augen über sich ergehen ließen, dass schmierige Hände in ihre Hintern kniffen und volle Münder sich auf ihre Lippen pressten. Die vier schenkten Derea nach flüchtiger Musterung nur ein Grinsen. Er bedeutete keine Gefahr und sie waren Jäger, die mit ihrer Beute spielten wie satte Katzen mit Mäusen.

»Was gibt's?«, brummte der Hordenkommandant.

»Wir haben einen Barden gefangen, Hauptmann Listrus. Der Vorreiter meinte, Ihr sollt entscheiden, ob wir ihn gleich wegsperren sollen oder ob Ihr seine Unterhaltung wünscht.«

Listrus pulte jetzt in seinen Zähnen. Sein Blick wanderte über Derea, und seine Augen weiteten sich: Kastanienbraunes Haar umrahmte in sanften Wellen ein bartloses, ebenmäßiges Gesicht mit hohen Wangenknochen und Augen, die blau waren wie die junge Nacht.

Die Zahnpflege war vergessen. Auf sein Zeichen hin rissen die Reiter Derea Laute und Mantel herunter. Es polterte und mit einem »Pling« riss eine Saite. Listrus musterte derweil ausgiebig die schlanke Gestalt in der braunen Lederkleidung.

»Bei Haidar! Es ist wirklich ein Kerl. Zeig mir deine Hände, Bursche!«

»Herr, lasst mich gehen«, flehte Derea. »Ich kenne diese Leute doch gar nicht.«

»Ich auch nicht«, erwiderte Listrus. »Das muss uns nicht kümmern. Los, streck die Hände aus!«

Derea tat wie ihm geheißen und schluckte, als Listrus seine rechte Hand Finger für Finger betastete.

»Schlanke Finger wie ein Spielmann, aber Schwielen in der Handfläche wie ein Schwertkämpfer. Wie kommt ein Fiedler zu Schwielen?«

»Krieg ist schlecht für Unterhaltung, Herr. Um zu überleben, musste ich seit der Schneeschmelze Fischnetze einholen. Nicht einmal die Laute könnte ich so zupfen, dass es Euch Genuss bereiten würde. Außerdem …« Er warf einen Blick über die Schulter, ehe er vollendete: »… ist sie kaputt. Lasst mich gehen, Herr! Die Götter werden es Euch vergelten.«

Listrus hielt seine rechte Hand weiter umfangen und ergriff nun auch die linke.

»Tatsächlich! In beiden Händen Schwielen.« Seine Hände wanderten höher, kneteten die Oberarme. »Muskeln hast du bei den Fischern auch bekommen. Sehr schön. Auf Geklimper furz ich, aber ich liebe festes Männerfleisch.«

Scherben klirrten, eine Mädchenstimme bat zittrig um Vergebung. Die Hausherrin erflehte leise göttliche Hilfe, ihr Sohn kicherte. Dass es anderen noch schlechter ging als ihm, schien ihn kurzzeitig von seiner eigenen Lage abzulenken.

Derea konnte nicht anders. Er riss sich los und schüttelte sich. Dafür bekam er eine Faust in den Magen. Der Hauptmann trat so nahe an ihn heran, dass der Gestank nach Ziegenkäse und Schweiß ihm fast den Atem raubte. Er überragte ihn um mehr als Haupteslänge.

»Du bist das schönste Geschöpf, das mir je unter die Augen gekommen ist.« Listrus' Stimme klang heiser. Er setzte einen Dolch an Dereas Wange und fuhr, ohne die Haut zu ritzen, über Gesicht und Hals. Langsam schnitt er dann den Kittel auf. Der Dolch hinterließ eine dünne rote Spur auf der Haut. Listrus rieb mit dem Finger darüber und schleckte das Blut ab.

Der Barde spürte kaum Schmerz, hörte nur das Schmatzen und bekam eine Gänsehaut, als Listrus ihm das Hemd über die Schultern schob. Ein Finger strich über Dereas Mund und versuchte, sich hineinzudrängen. Er drehte den Kopf weg und bekam erneut eine Faust in den Magen. Wieder keuchte er, krümmte sich, empfand aber auch Erleichterung, weil er mit

Prügeln besser umgehen konnte als mit diesen widerwärtigen Berührungen.

»Ich sag dir was, Fiedler, und ich sag es nur einmal: Du bist eine Augenweide, und dein Arsch wird's bestimmt auch sein, aber ich bevorzuge williges Fleisch. Willst du im Gebetshaus brennen, nachdem ich mich gewaltsam mit dir vergnügt habe, oder willst du *mich* in Brand setzen, freiwillig, heute, morgen und …? Du hättest es gut bei mir, solange du mich erfreust.«

Derea war nicht sicher, ob seine Stimme ihm gehorchen würde. Obwohl sein Mund völlig trocken war, musste er mehrfach schlucken. »Ich will nicht brennen«, war alles, was er stockheiser herausbekam.

Listrus lächelte, nickte, ergriff den Gürtel des Spielmanns und verlangte: »Küss mich!«

Dem wurden die Knie weich. »Nicht hier«, würgte er hervor. »Bitte nicht!«

Der Hauptmann lachte kehlig. »Hast recht, mein Vögelchen. Der Rest deines Körpers ist nur für mich. Komm!«

Er riss der zur Salzsäule erstarrten Hausherrin den Krug aus der Hand und kippte sich Branntwein in den Mund. Die Hälfte lief ihm in den Bart und über den Hals.

Die Reiter ließen Derea los und grinsten, als der sich sofort in seinen Mantel hüllte. Listrus stieg die Stufen hoch, die unter seinem Gewicht knarrten. Derea folgte ihm.

Der Hordenhauptmann erwartete ihn im Schlafzimmer des Hausherrn und nestelte bereits an seinem Schwertgürtel. Derea schloss die Tür, schob den Riegel vor und verharrte. Listrus hob den Kopf und forderte: »Her mit dir, Spielmann! Mich juckt's gewaltig.«

Er sah umgehend rot, blutrot, und von ganz allein zogen seine Hände die Kurzschwerter aus den Innentaschen des Mantels, der ihm dabei von den Schultern glitt.

Listrus warf ihm einen glühenden Blick zu und öffnete den Mund. Doch die Worte erstarben auf seinen Lippen. Er riss sein gezahntes Schwert aus der Scheide, machte zwei Schritte und holte aus. Derea fing den Schlag mit gekreuzten Klingen ab und knurrte: »Ihr seid ein Schwein, Rai Listrus.«

»Vielleicht, aber ich bin auch stärker als du«, erwiderte der Hüne. »Trägt der Messerchen in den Manteltaschen. Da soll einer draufkommen. Weg damit, ich will dir nicht wehtun.«

»Das beruhigt mich«, entgegnete Derea. Er drehte die Klingen so schwungvoll, dass Listrus sein Schwert wegziehen musste, stieß seinerseits zu und erwischte den Hauptmann am Arm. Der Hordenhauptmann keuchte auf. Blut tropfte auf das Kuhfell unter seinen Stiefeln. Derea ging erneut zum schnellen Angriff über. Listrus parierte und hielt seine Waffe vor sich.

»Du hast mich überrascht, aber jetzt gib auf. Mit deinem Spielzeug kommst du nicht an mich ran. Leg deine Messer weg, ehe ich dich aufspieße oder meine Männer rufe.«

Derea ließ seine Blicke durchs Zimmer streifen, ging in die Hocke und legte die Schwerter ab.

Listrus grinste. »Na, siehst du, geht doch.«

»Mal sehen, ob's geht.« Mit einem Ruck riss Derea an dem Fell, auf dem Listrus stand. Der taumelte. Derea warf sich gegen seine Schenkel. Der Hauptmann stürzte rücklings über einen Schemel, sein Hinterkopf knallte gegen die Wäschetruhe. Er stöhnte benommen.

Derea hörte Gepolter auf der Treppe, nahm seine Schwerter, kroch eilends zu Listrus und rammte ihm den Schwertknauf an die Schläfe. Grob zerrte er den Bewusstlosen an sich und legte ihm das Schwert an die Kehle.

»Kommandant!«

Derea hörte Getuschel, verstand allerdings nichts. Jemand machte sich an der Tür zu schaffen. Es polterte, der Riegel brach, die Tür krachte gegen die Wand, und die vier Hordenkrieger stürzten mit gezückten Schwertern ins Zimmer und verharrten mit verwirrten Mienen.

»Lebt er noch?«, fragte ein Mann, dessen Mund im schwarzen Bart völlig verschwand.

Der Barde nickte. »Sicher! Steckt die Waffen weg, und es bleibt auch so.«

Die vier sahen einander an. Ein Glatzkopf gab zu bedenken: »Woher sollen wir wissen, dass du uns nicht alle tötest, sobald wir unbewaffnet sind?«

»Ich gebe euch mein Wort als Ehrenmann.«

Der Glatzkopf grinste. »Na, das ist mal ein Angebot. Ich mach dir auch eins: Leg du die Schwerter weg, und wir lassen dich laufen. Hast unser Wort.«

Derea verzog das Gesicht. »Das lass ich lieber, ich glaube euch nämlich nicht.«

»Dann hältst du uns also nicht für Ehrenmänner?«, fragte der Glatzkopf. Er wandte sich an seine Kameraden. »In dem Fall können wir auf unseren Kommandanten keine Rücksicht nehmen. Unsere Ehre steht auf dem Spiel.«

Grinsend nickten seine Kameraden, fuchtelten mit den Schwertern und verteilten sich.

»Na komm, Kleiner«, verlangte ein Rothaariger. »Lass uns spielen. Zwei Jungfern warten auf uns.«

Der Barde legte Listrus umständlich ab und verlor augenscheinlich fast den Halt, als er sich hochdrückte. Ein Blonder, der ganz rechts stand, kicherte. »Ist er …«

Er konnte den Satz nicht beenden, denn ein Nachttopf krachte in sein Gesicht. Winselnd ging er zu Boden. Derea sprang schon aufs Bett, spießte die Daunendecke auf und schleuderte sie seinen Feinden entgegen.

Der Glatzkopf kam ihm vom Fußende des Bettes entgegen.

Von der Seite näherte sich der Rothaarige. Derea fuchtelte mit den Schwertern über seinem Kopf herum, und der Baldachin aus schwerem, rotem Stoff hüllte den Glatzkopf ein wie eine Statue vor der Einweihung. Derea trat kräftig zu, und die »Statue« kippte schreiend vom Bett. Er setzte nach, als der andere Krieger hinter ihm aufs Bett sprang.

Der Barde hörte es unter sich knacken und stieß sein Schwert nach unten. Das Geschrei verstummte. Ein Dolch pfiff an ihm vorbei und bohrte sich neben ihm in die Wand, während er einen Schwerthieb vom Bett aus parierte. Zwei Sätze nach hinten brachten ihn außer Reichweite.

Mit blutigem Gesicht rappelte sich das Opfer des Nachttopfs auf. Offenbar war der Mann noch benebelt, denn er suchte ausgerechnet am Schwertarm des Rothaarigen Halt. Der schüttelte ihn ab und gab kurz seine Deckung preis. Das genügte dem Barden. Wie einen Dolch warf er sein Schwert. Verblüfft starrte der Krieger auf die Klinge in seiner Brust. Derea riss sie heraus, trat dem knienden Blonden ins blutige Gesicht und wirbelte herum.

Der Schwarzbärtige stand ihm gegenüber. Jedes Grinsen war verschwunden. »Du siehst nicht nur aus wie ein Mädchen, du kämpfst auch wie eins. Kämpf wie ein Mann!«

»Willst du es wirklich durchziehen?«, keuchte Derea, ließ seine Kurzschwerter dabei aber gekonnt in den Händen herumwirbeln. »Leg die Waffen nieder, Kamerad!«

»Ich bin nicht dein Kamerad.« Der Bärtige zog einen Dolch und stieß mit dem Schwert zu. Derea parierte und griff gleichzeitig mit der zweiten Waffe an. Die fing der Dolch ab. Die Gegner ließen einander nicht aus den Augen. Angriff folgte auf Parade, Parade auf Angriff. Der Krieger ging kraftvoll, aber nie ungestüm vor. Derea trieb ihn auf einen umgekippten Wäscheständer zu. Ein Stolpern konnte den Kampf schnell beenden. Er drang vor und sah, wie der Blick des Kriegers kurz über seine Schulter zuckte.

Derea stieß sein rechtes Schwert blind nach hinten und traf auf Fleisch. Während Gebrüll erscholl, versuchte er bereits, mit links einen Schlag des Schwarzbärtigen zu parieren. Dessen Schwert glitt an seiner Waffe ab und bohrte sich kurz über dem Gürtel in seine Seite. Schmerz ließ ihn aufstöhnen. Sein Gegner stieß tiefer zu, grinste über das Stöhnen seines Opfers und starb mit diesem Grinsen, als das zweite Schwert ihm durch die Kehle fuhr. Er sackte zusammen und riss im Sterben seine Klinge wieder aus der Wunde.

Keuchend drehte sich Derea zu dem Blonden um. Er wand sich in einer Lache aus Blut und Daunen, versuchte aber immer noch, seine Eingeweide im Bauch zu halten. Kein Heiler hätte ihn mehr retten können. Derea erlöste ihn von seinem Leiden.

Kaum hatte er sich davon überzeugt, dass alle Hauptleute tot waren, glitten ihm die Schwerter aus den kraftlosen Fingern. Notdürftig verband er seine Wunde mit Fetzen des Lakens, seine Hände zitterten, die Umgebung verschwamm, und Schwäche kroch von den Beinen an aufwärts. Das Bett lockte, verhieß neben Schlaf aber auch Tod. Er klammerte sich an einen Bettpfosten und atmete langsam tief durch. Viel Zeit blieb ihm nicht. Bestickte Zierkissen drängten sich in sein Blickfeld … einladend und bequem. Er atmete dagegen an: Tief einatmen, langsam ausatmen. Endlich verfestigte sich seine Umwelt wieder. Ächzend und leise fluchend stopfte er seinen Kittel in den Gürtel, um den schon durchgebluteten Verband zu verdecken. Dann riss er weitere Streifen vom Laken, legte dem immer noch bewusstlosen Hordenhauptmann Fesseln an, atmete ein letztes Mal tief durch und schlug ihm hart ins Gesicht.

Listrus schlug die Augen auf. Sein Blick wanderte ungläubig

durch das verwüstete Zimmer. »Ihr seid doch kein Spielmann«, krächzte er. »Wer seid Ihr?«

Dereas Brauen hoben sich. »Erkennt Ihr denn meine Waffen wirklich nicht, Rai Listrus?«

Der sah auf die mit alten Schriftzeichen reich verzierten, kurzen Klingen, die jetzt an Dereas Seiten hingen.

»Die Zwillingsschwerter.« Er warf einen Blick auf die Toten und starrte dann seinen Bezwinger fassungslos an. »Ihr seid Derea Far'Lass, Sohn Königin Morwenas und Heerführer der Flammenreiter? Das glaube ich nicht.« Seine Stimme war nur ein Krächzen.

»Glaubt es besser. Und soll ich Euch noch etwas sagen, was Ihr auch glauben solltet? Meine Reiter haben den Hof umstellt. Ihr habt keine Möglichkeit zu entkommen.«

Er machte eine Pause und fuhr sich mit der Zunge über die Lippen. Dann knurrte er: »Ich sage dir etwas, du widerlicher Bastard, und hör gut zu, denn ich sage es nur einmal. Du kannst deine jämmerliche Haut und die deiner Männer retten, wenn du tust, was ich sage, oder ihr sterbt alle, noch ehe die Sonne sich zur Ruhe legt.«

»Greift an, und meine Männer stecken das Gebetshaus in Brand«, knurrte Listrus. »Männer, Frauen, Kinder, sogar Säuglinge sind dort.«

»Und wenn schon. Nicht mein Reich, nicht unter meinem Schutz. Mir fehlte ein Geburtstagsgeschenk für die Königin. Da fand mein Späher euch. Welch glückliche Fügung, meint Ihr nicht auch? Die Höflinge kümmern mich nicht. Ich kämpfe gegen die Horden, ich bin kein Retter von Witwen und Waisen.«

»Warum habt Ihr den Hof dann nicht einfach gestürmt?«

Das hätte ich gern getan, du blöder Hund, ging es ihm durch den Kopf, aber er erwiderte gelassen: »Was glaubt Ihr, wie das ausgegangen wäre? Tote Hordenkrieger hätte ich schon am Blauen Fluss reichlich einsammeln können, aber Leichen geben ein geschmackloses Geschenk für eine Dame ab. Listrus, meine Reiter warten nicht ewig. Entscheidet Euch!«

»Was müssten wir tun?«

»Meine Leute sind gereizt und in seltsamer Stimmung, weil sie Kameraden verloren haben und nun auf dem Weg zu einem feuchtfröhlichen Fest sind. Kennt Ihr diese gefährliche Stimmungslage? Der kleinste Anlass zum Argwohn könnte tödlich enden, denn ihnen ist es gleichgültig, wenn ich ohne Geschenk dastehe. Die Krieger sollen gut sichtbar ihre Waffen ablegen und mit den Menschen im Gebetshaus die Plätze tauschen.«

Königin Morwenas Flammenreiter waren neben Fürst Darius' Adlern die gefürchtetsten Gegner der Horden. Wenn ihr Kommandant hier war, warteten wahrscheinlich draußen zwei-, eher noch dreihundert Reiter. Es gab keine Möglichkeit mehr zu siegen oder auch nur zu entkommen. Das Schicksal seiner Männer war Listrus gleichgültig, sein eigenes nicht. Lehnte er ab, würde das schöne Gesicht über ihm das Letzte sein, das er auf Erden sah. »Ihr werdet auch mich nicht töten? Ich habe Euer Wort darauf?«

»Habt Ihr.« Derea war stolz, es ohne hörbare Gemütsregung gesagt zu haben, denn jedes Mal, wenn er Listrus ansah, spürte er dessen feuchtwarme Hände und sah dessen glasigen Blick.

* * *

Die Bewohner des Hauses kauerten in der Ecke und sahen ihnen entgegen. »Bei Haidar«, stieß der Hausherr hervor, sprang auf und starrte den jungen Mann an. »Was hat das zu bedeuten? Das muss ein Traum sein. Wo sind die Hauptleute? Ihr seid doch kein Barde. Wer seid Ihr?«

»Derea Far'Lass, Kommandant der Flammenreiter. Geht aus dem Weg!«

Er war die ungläubigen Gesichter der Menschen, die nur von ihm gehört hatten, gewöhnt. Inzwischen war es ihm gleichgültig, dass er jünger wirkte, als er war und nach den Worten seines Adjutanten Remo aussah wie ein Tanzmädchen. Dass man ihn deswegen unterschätzte, hatte ihm unzählige Male und wohl auch heute das Leben gerettet.

Er schob Listrus zur Tür. »Gebt Eure Anweisung und vergesst nicht: Ein Fehler, und Ihr sterbt.«

Hinter sich hörte er die Höfler lachen, weinen, einander trösten.

Auch die Krieger der Horden verspürten keinen Drang, sich mit den Flammenreitern anzulegen, zumindest nicht, wenn sie sich hoffnungslos in der Unterzahl wähnten. Der Jubel des aus dem Gebetshaus befreiten Gesindes kannte keine Grenzen, als sie einander in die Arme fielen. In dem Lärm ging sogar das Gebrüll der Säuglinge unter.

Steine und Unrat prasselten wie Flüche und Spott auf die Hordenreiter nieder, als diese die Waffen niederlegten und ins Gebetshaus schlichen. Jede Fröhlichkeit war verschwunden. Betrunkene Kameraden, die nicht mehr wussten, wo sie waren, schleiften sie unwillig mit, und an den gesenkten Häuptern derer, die noch aufrecht gehen konnten, konnte man erkennen, dass viele am Erbarmen ihrer ehemaligen Opfer zweifelten. Kaum war der Letzte verschwunden, als die Tür verrammelt wurde. Johlend tränkten die vor diesem Schicksal gerade Geretteten die Holzwände mit Öl.

Derea atmete erleichtert auf, schickte Listrus mit dem Schwertknauf erneut ins Reich der Träume und unterbrach den Hausherrn, der zu einer Dankesrede ansetzte. »Ja, ja. Bringt jetzt lieber Eure Leute zur Besinnung! Es wird hier kein Feuer geben.«

Der Hausherr musterte ihn mit zusammengekniffenen Augen. »Warum nicht? Jeder tote Hordenreiter bringt uns dem Ende des Krieges näher.«

»Sie sollen brennen«, schrie sein Sohn. »Diese feigen Mörder müssen brennen.«

Dereas Augen ruhten weiter auf dem Hausherrn, verengten sich allerdings. »Ich bin es nicht gewohnt, Befehle zu wiederholen. Macht Euren Leuten klar, dass jeder des Todes ist, der es wagt, sich an unseren Gefangenen zu vergreifen. Wir sind Krieger, keine Schlächter.«

»Ihr seid doch nicht mein Vorgesetzter«, widersprach der Hausherr. »Ihr ahnt nicht, was wir erdulden mussten. Männer wurden getötet, ich wurde verletzt. Dies ist mein Hof und ...«

»Geh, Karol!«, unterbrach die Hausherrin fast hysterisch und schob ihn Richtung Tür. »Der Herr Kommandant hat uns allen das Leben gerettet. Tu, was er verlangt!« Ihr Mann sah drein, als verstünde er die Welt nicht mehr, ging aber grummelnd nach draußen, während seine Gattin erst einmal ihre Kinder in die Arme schloss.

Derea überzeugte sich, dass die Höfler sich wenn auch unwillig vom Gebetshaus zurückzogen, und setzte sich endlich. »Leg ihm Fußfesseln an!«, wies er den Sohn des Hauses an und zeigte auf Listrus.

Der junge Mann ging mit großer Begeisterung ans Werk, löste den Gürtel des Gefangenen und wickelte ihn um dessen Knöchel und zurrte ihn fester und fester. Nach getaner Arbeit trat er ihm noch schnell ein paar Mal kräftig in die Rippen.

Derea verzog angewidert das Gesicht. »Heulen abgehakt? Fühlst du dich wieder stark?«

»Er hat es nicht anders verdient«, verteidigte sich der Junge. »Wir waren wehrlos, und er hat uns gequält.«

»Dann denk mal drüber nach, was dich gerade von ihm

unterscheidet«, empfahl Derea. Er schob einen Teller mit abgenagten Knochen zur Seite, legte die Schwerter griffbereit vor sich und hoffte, dies allein würde den aufbegehrenden Hausherrn genügend einschüchtern.

Die Hausherrin brachte ihm einen Krug mit Gewürzwein. Er nickte dankend und nahm einen tiefen Schluck. Ihr Sohn hatte sich auch wieder gesetzt und starrte erst Derea missmutig und dann die berühmten Klingen ehrfürchtig an.

»Darf ich sie einmal nehmen?«, fragte er und streckte die Hände aus.

»Nein!«

»Warum nicht? Ich werde sie schon nicht beschädigen.«

»Weil die Schriftzeichen auf den Klingen besagen, dass nur ehrenhafte Kämpfer sie führen dürfen. Du bist weder das eine noch das andere.«

Der Junge warf ihm einen beleidigten Blick zu, der sich schnell in ein verächtliches Grinsen verwandelte. Derea wusste, woran sich der Bauernlümmel gerade mit Schadenfreude erinnerte, war aber viel zu müde, um sich mit einem verzogenen Kind auseinanderzusetzen.

Die Töchter des Hauses tuschelten und warfen ihm glühende Blicke zu, bis ihre Mutter sie in die Küche scheuchte. »Ihr müsst ihnen ihr Verhalten nachsehen«, bat sie. »Ich bin selbst kaum in der Lage, einen vernünftigen Gedanken zu fassen, und sie sind jung, mussten so viel erdulden und geraten daher bei einem Retter wie Euch natürlich sofort ins Schwärmen.«

»Anscheinend nicht nur die Mädel«, fügte ihr Sohn an und gluckste.

Dereas linke Hand schoss über den Tisch und packte den Kragen des jungen Mannes. »Noch so eine dumme Bemerkung oder ein Grinsen und du wirst in nächster Zeit weder schmerzfrei stehen noch sitzen können.«

So viel Kraft hatte der Junge, der jetzt bäuchlings auf dem Tisch lag, seinem Gegenüber nicht zugetraut. Schließlich brachte er mehr Gewicht auf die Waage als der schmale Heerführer.

»Entschuldigt!«, stammelte er mit aufgerissenen Augen.

Derea stieß ihn von sich und mahlte mit den Zähnen. Die Hausherrin verpasste ihrem Sprössling eine saftige Ohrfeige.

Der Hausherr kam jetzt auch zurück und setzte sich. Verärgert klagte er über den Tod von sieben Männern, deren Arbeitskraft ihm bei der Ernte fehlen würde. Dereas trockene Frage, ob er sich nicht glücklich schätze, noch eine Ernte einfahren zu können, ließ den Bauern erröten und erneut Dankesworte stammeln, bis Derea abwinkte und sich dem Wein zuwandte.

Auch der Vater betrachtete nun die legendären Schwerter »Sturmwind« und »Donnerhall« ausgiebig. Einer uralten Erzählung nach hatten Bala, der Gott des Windes, und Doran, der Gott des Donners, sie schmieden lassen, um in einem Kampf mit gleichen Waffen herauszufinden, wer von ihnen der bessere Kämpfer war. Beide waren schwer verletzt worden, und ihr göttliches Blut hatte die Klingen so gehärtet, dass man sie nie wieder schärfen musste. Die Mutter der streitbaren Götterzwillinge hatte ihre verwundeten Söhne gefunden und die Klingen zornig aus dem Himmel geschleudert. Unehrenhafte, eigennützige Kämpfer sollten mit diesen Klingen keine Siege mehr erringen können. Die Geschichte musste wahr sein, denn die kurzen, spiegelblanken Schwerter waren so fein geschliffen und wunderschön verziert, dass sie nicht von Menschenhand gefertigt sein konnten. Wie zufällig ruhte Dereas Hand neben einem Griff.

Das brachte den Hausherrn zurück in die Wirklichkeit. »Das Rind, das die Horden vorbereitet haben, wartet jetzt auf Eure Männer. Wann werden sie hier sein?«, fragte er.

»Jeden Augenblick.« Derea hoffte es zumindest, denn das

Gesicht vor ihm schien zu zerfließen und sein Stuhl zu schwanken. Er kämpfte gegen die Ohnmacht an, indem er seinen rechten Ellbogen immer wieder auf die Wunde drückte, damit aufflammender Schmerz ihn wachhielt. Er traute diesen Leuten nicht, die ohne eigenes Zutun von Opfern zu Siegern geworden waren. Um sich sorgte er sich nicht, um die Hordenkrieger dafür umso mehr. Anstand und Menschlichkeit schien der lange Krieg neben all seinen Opfern auch längst verschlungen zu haben.

Endlich kamen zwei der berühmten Flammenreiter, gut zu erkennen an ihren feuerroten Kitteln. Remo, ein stoppelhaariger Hüne, riss fast die Tür aus den Angeln, als er dicht gefolgt vom hageren Lucio, Dereas zweitem Adjutanten, in die Halle stürmte und brüllte: »Kommandant?« Sein Brüllen ließ alle zusammenfahren.

»Dem Himmel sei Dank!«, fügte er an, als er Derea sah. Sein Blick galt nur kurz und verächtlich Listrus, der mittlerweile wieder erwacht war, und wanderte über seinen bleichen Kommandanten, über den Kratzer, der im Ausschnitt verschwand, und blieb schließlich an einem dunklen Fleck an der rechten Seite hängen.

»Lief nicht ganz so wie geplant?« Bei diesen Worten wandte er sich an die Hausfrau. »Wir brauchen Wasser, sauberes Leinen, Nadel und Faden … und Branntwein.«

Sie wirkte überrascht, eilte aber sofort hinaus, um die gewünschten Dinge zu beschaffen.

Derea legte die Hand auf Remos Arm. »Listrus hat mein Wort, dass er und seine Reiter Gefangene sind.«

»Wachen sind bereits postiert.«

Der Hausherr, der mit seinem Sohn einen Blick auf die ruhmreiche Truppe hatte werfen wollen, kam von der Tür zurück und fragte verwirrt: »Wo sind denn die übrigen Flammenreiter?«

Remo grinste, dass es weiß im braunen Bart blitzte. »Euch ist aufgefallen, dass wir nicht vollzählig sind? Eigentlich waren wir tatsächlich sieben, aber Jonas ist zurück zur Truppe geritten, um sie herzuholen. Wir wollten zum Geburtstag der Königin pünktlich kommen, waren daher schneller unterwegs, und der Kommandant musste wegen unserer Unterzahl zu einer kleinen List greifen.«

Die fassungslosen Mienen der Hausbewohner und Listrus' wutentbranntes Schnauben führten zu einem Heiterkeitsausbruch bei den drei Flammenreitern. Derea presste allerdings nach kurzem Lachen mit schmerzverzerrtem Gesicht die Hände in die Seite.

»Das hast du von deiner ewigen Gefühlsduselei. Ich hör noch deine Worte«, fluchte Remo und äffte die Stimme Dereas nach: »Wir müssen die Höfler retten. Das wird nicht schwierig, denn Rai Listrus ist genauso abartig wie einschätzbar. Ich kann euch sagen, wie es laufen wird. Ich benötige nur Lucios Laute und Mattis Mantel, den die Diebesgilde so einfallsreich genäht hat. In trauter Zweisamkeit zeig ich ihm dann meine Schwerter. Es wird ein Spaziergang, zumindest, wenn ich ihm nichts vorspielen muss.« Seine Stimme wurde wieder zornig. »Erzähl du mir noch mal was von Menschenkenntnis. Ich töte sie alle. Verdammtes Hordenpack! Sieh mich nicht so grimmig an. Es wird ja geschehen, wie du es wünschst, aber ich darf doch noch träumen.«

Lucio, dessen weißer Zopf ihn als den Ältesten der kleinen Truppe auswies, schob den massigen Kameraden beiseite und zog seinen Heerführer auf die Füße. »Ich habe nicht nur für dich gebetet, ich habe den Göttern mit der Zerstörung ihrer Altäre gedroht, sollten sie nicht über dich wachen. Die haben jetzt was gut bei mir.«

Derea packte ihn am Kragen. »Du musst mir jetzt helfen.

Lass bloß Remo nicht … an mich ran. Der näht mich … glatt … am Bett fest. Bitte, Lucio!«

»Schon gut! Ich werde dich versorgen. Ich pass auf dich auf und werde Remo notfalls umhauen. Wenn ich's von hinten mache, wird's schon klappen.«

Während Remo grummelte, lächelte Derea und sackte in den Armen Lucios zusammen.

Zur selben Zeit tief im Süden

Lautlos schnitt das Boot durch die Wellen des Argonsees. Schwerer, feuchter Nebel umgab Cornelius und seine Begleiter. In seinen annähernd fünfzig Sommern hatte der Hauptmann schon viel Nebel erlebt, aber nie zuvor hatte er Angst vor ihm gehabt.

Er konnte nicht mal mehr die Gestalt seines Fährtenlesers Hermes erkennen, der drei Handspannen vor ihm saß. Er klammerte sich an den Bootsrand, denn das Wissen, dass der See, der aus dem Südmeer gespeist wurde, genauso tief war wie dieses, ließ ihn jede Schwankung des Bootes als Drohung empfinden. Entweder er klammerte sich gleich an Hermes, der bei den Flussleuten aufgewachsen war und schwimmen konnte wie ein Fisch, oder er klammerte sich weiter an den hölzernen Halt und an seine Wut. Cornelius entschied sich für Letzteres. Schwer fiel ihm das allerdings nicht, denn sie hatten länger als einen halben Tag am Ufer des Sees warten müssen. Der Rat der Sieben unter Vorsitz Fürst Darius' hatte ihn verabschiedet und von der großen Bedeutung seines Auftrags gesprochen, und die Nebelfrauen hatten ihn, den Gesandten der Union der Freien Reiche, wie einen Hausierer warten lassen. Als er kurz davor gewesen war umzukehren, in der Annahme, die Magierinnen hätten es sich anders überlegt, hatte sich der Nebel geteilt und eine weiße

Barke, die weder Segel noch Ruder benötigte, war erschienen. Hoch aufgerichtet hatte die Bootsherrin in fließendem, weißem Gewand im Boot gestanden. Ohne ein Wort der Begrüßung oder gar der Entschuldigung hatte sie auf ein Tau gezeigt. Cornelius' Männer hatten damit das kleine Boot an der Barke befestigt. Die Grußworte des Hauptmanns, die ihm dickflüssig und bitter wie Fischtran über die Lippen gekommen waren, hatte sie mit einem Nicken zur Kenntnis genommen. Wenig später waren sie in den Nebel eingetaucht, der sich jetzt wieder lichtete.

Ein Raunen ging durch die Reihen seiner Männer, und der Hauptmann stieß einen Pfiff aus. Blumenwiesen und bunte Laubwälder, die Schatten und Stille verhießen, bedeckten die Hügel der Nebelinsel. Am Horizont stürzten Wasserfälle aus einem zerklüfteten Gebirge, und Regenbögen färbten den Wasserdunst. Süßer Duft und Vogelsang erfüllten die Luft. Ein Pfad aus weißen Kieseln schlängelte sich durch die Farbenpracht bis hin zum Wohnsitz Königin Ayalas. Stolz ragten die vier Türme der prächtigen, weißen Burg gen Himmel. In der Sonne glitzerte der Stein wie frisch gefallener Schnee. Dächer, Fensterläden und Zinnen waren reich mit kostbarem Jaspis verziert, der goldgelb funkelte und mit der Sonne um die Wette strahlte. Von dieser Uferseite schimmerte selbst der Argonsee grün, und Nebel war keiner zu sehen.

Cornelius musste sich die Augen reiben. Nie würde er seiner Familie diesen Anblick beschreiben können, nie dieses Gefühl, in einer Zauberwelt zu verweilen. Auch seine Männer standen da wie staunende Kinder.

Königin Ayala, Herrin über diese Pracht, hatte den Rat der Hohepriesterinnen verlassen und schritt über funkelndes Mosaik aus weißem Stein und Jaspis durch die hohe, lichtdurchflutete Säulenhalle, gefolgt von einer jungen Frau, die über dem weißen Priesterinnengewand die blaue Schürze der Anwärterinnen trug. »Lexa, bitte Prinzessin Caitlin zu mir! Ich werde sie im Sonnenzimmer erwarten.«

»Ich eile, Herrin.« Lexa, die mit der Gabe gesegnet war, Unwetter und Dürren vorauszusagen, stammte aus da'Maranda, einer kleinen Ostprovinz. Nach Camoras Machtübernahme war diese derart verarmt, dass ihre Eltern den Ruf der Nebelfrauen unterstützt hatten.

Lexa hörte noch die Abschiedsworte ihrer Mutter: »Bitte Königin Ayala, sich unseres Leids anzunehmen! Wenn sie käme und sähe, wie groß unser Elend ist, würde sie gewiss helfen. Sie ist mächtig, und mit ihrer Hilfe könnten die Freien Reiche den Sieg über den Schlächter erringen.«

Als schüchterne Zehnjährige hatte Lexa nicht gewagt, der Königin die Botschaft zu überbringen, als nunmehr Neunzehnjährige traute sie sich erst recht nicht mehr. Außerdem wäre es Zeitverschwendung gewesen, denn die Nebelfrauen wussten genau um die Geschehnisse außerhalb der Insel. Schließlich waren ständig Priesterinnen unterwegs, nur selten allerdings, um den Freien Reichen beizustehen. Die Hohepriesterinnen erklärten dies damit, dass es nicht die Aufgabe der Hüter göttlicher Magie sei, in weltliche Kriege einzugreifen. Lexa hatte das eingesehen, bis sie gelesen hatte, dass die Nebelfrauen nicht weit in der Vergangenheit oft über den Ausgang von Kriegen entschieden hatten. Ayala war die erste Königin, die sich ganz aus der Politik zurückgezogen hatte.

Sogar Sasha, deren zweitälteste, begabteste und umgänglichste Tochter, fand das seltsam und zweifelte in kleiner Runde an, dass die Götter wollten, dass die Hüter ihrer Gaben ihre Augen vor dem Leid einfacher Menschen verschließen. Von Sasha wusste sie aber auch, dass es jetzt anders werden würde, denn Fürst Darius hatte um Hilfe für den Kampf gegen den

Tyrannen ersucht, und die Nebelfrauen hatten zugesagt. Sasha war aufgeregt wie nie und betete, dass ihre Mutter sie schicken würde, weil sie es als heilige Pflicht ansah, anderen zu helfen.

Lexa fand, für eine so wichtige Aufgabe käme ohnehin nur die Königin selbst oder Sasha infrage, und war daher verblüfft, jetzt Prinzessin Caitlin holen zu müssen. Ayala hatte fünf Töchter, die so unterschiedlich waren wie ihre Erzeuger, und die siebzehnjährige Caitlin war in ihren Augen mit Abstand die nichtsnutzigste. Unmöglich konnte Ayala ein Fräulein schicken wollen, das, sollte es tatsächlich einmal Augen und Ohren für die Belange anderer öffnen, sich angesichts des Elends lediglich fragen würde, welches ihrer unzähligen Kleider für einen Rundgang durch die Armut passend wäre.

* * *

Ayala zwickte einen wilden Trieb von einem Bäumchen und summte dabei vor sich hin. Pflanzen waren ihre Leidenschaft, das Sonnenzimmer war ihr liebster Raum. Säulen und die gewölbte Decke waren von Ranken bedeckt, und über allem lag ein Duft voller Süße und Frische. Steinbänke, von denen aus man Früchte pflücken konnte, und Sitzgruppen inmitten einer Rosenpracht luden zum Verweilen ein, Sonnenlicht durchflutete den Raum, Bienen summten und Vögel flatterten von draußen hinein und wieder hinaus. Das Sonnenzimmer mit seinen stets offenen Fenstern war mehr Garten als Gemach.

Lexa öffnete die hohe Flügeltür, und Prinzessin Caitlin rauschte in einem Traum aus goldgelber Javaseide herein, der wunderbar mit ihrer roten Haarpracht harmonierte. Nur wenige Kämme hielten ihre Locken im Zaum. Das enggeschnürte Kleid betonte ihre Wespentaille, ihre edelsteinbestickten Schuhe klackten, und ihre Armreifen klimperten.

»Ihr habt mich rufen lassen, Mutter?«

Ayala warf ihr einen Blick zu, nickte, drehte das Bäumchen aus eigener Zucht und knipste einen weiteren unerwünschten Trieb ab. »Ich weiß, dass du der Welt außerhalb unserer Insel nur wenig Beachtung schenkst, aber du hast sicher trotzdem von der Prophezeiung aus der Zitadelle der Träume gehört. Es ist uns gelungen, sie zu enträtseln.«

Caitlin blieb stehen, zog die Nase kraus und schnupperte. »Irgendein Duft hier ist unangenehm schwer und grenzt an Gestank. Was ist das?«

»Feldlilien. Ich neige mittlerweile auch zur Ansicht, ich hätte sie auf dem Feld lassen sollen, und werde sie wieder entfernen.« Ayala sah auf und wartete, bis Caitlin ihren Kopf nach vorn schob und gespannt dreinsah, bevor sie fortfuhr: »Bei deinen Schwestern könnte ich dieses Wissen voraussetzen, aber Martha berichtete mir, dass du nie am Unterricht über die Geschehnisse unserer Zeit teilnimmst. Also: Im Wolkengebirge gibt es eine geheimnisvolle Höhle. Was in ihr verborgen ist, weiß niemand, da keiner, der ihr Geheimnis zu lüften versuchte, je wiederkehrte. Es muss aber etwas Gewaltiges sein, denn vor Urzeiten wurde diese Höhle mit Bannsprüchen belegt und magisch versiegelt. Steinerne Wächter, die zum Leben erwachen, wenn man sich ihnen nähert, sorgen dafür, dass jeder Zutritt verwehrt bleibt. Wurden zunächst Schätze in der Höhle vermutet, muss man nun davon ausgehen, dass etwas Magisches in ihr verschlossen wurde. Denn vor einigen Jahren wurden die Siegel brüchig. Schwarzes Wasser sickert daraus hervor. Um die Siegel zu erneuern, bedarf es dreier Auserwählter. Nur der Erbe des Wissens kann die uralten Bannzeichen entziffern und die Formeln erneut sprechen, nur der Erbe der Macht kann die Siegel wieder magisch verschmelzen, und der Erbe der Kraft muss zuvor mit dem Schwert der Alten Könige die Steinwächter bezwingen. Wir haben vor einigen Tagen ein Ersuchen des Fürsten Darius erhalten, der diese drei Siegelerben zu sich ruft. Meister Fergus, Darius' Seher, ist sich sicher, dass eine Nachfahrin unserer heiligen Myria die Siegelerbin der Macht sein muss.«

Sie blickte erneut auf und sah, wie Caitlin ein Gähnen unterdrückte. Mit einem Lächeln fuhr sie fort: »Wir haben uns natürlich auch mit der Prophezeiung beschäftigt und sind zu dem Schluss gekommen, dass der Seher sie richtig gedeutet hat. Nur unsere Ahnfrau kann einst die Siegel angebracht haben, und an uns ist es jetzt, diese Ruhmestat zu wiederholen und die Quelle wieder zum Versiegen zu bringen. Wir sind bereit, Fürst Darius' Bitte zu entsprechen. Für mich wäre die Reise nicht mehr zu bewältigen, und da du die älteste meiner Töchter bist, gebührt die Ehre dir.«

Caitlin runzelte die Stirn und fragte verständnislos: »Ich soll losziehen, um eine Quelle zu verschließen? Warum? Wasser stört doch nicht, selbst wenn es dreckig ist.«

Ayala schüttelte den Kopf. »Das Wasser ist nicht dreckig, sondern schwarz und hat magische Kräfte. Camora verleiht damit seinen Männern Stärke und Ausdauer. Es liegt auf der Hand, dass die Freien Reiche sie aus denselben Gründen gern unter ihrer Herrschaft, zumindest aber verschlossen wüssten. Wie gesagt kann dies nach der Prophezeiung nur den Siegelerben gelingen. Meine Tochter, sei stolz, denn du bist auserkoren, das Gleichgewicht der Kräfte wiederherzustellen.«

Sie schwieg, um die Worte wirken zu lassen, und musste sich ein Schmunzeln verkneifen, als Caitlin die Augen aufriss und den Mund öffnete, ohne einen Ton herauszubringen. Nur das Zwitschern einer Blaumeise durchbrach die Stille.

»Ich?«, fragte Caitlin schließlich. Dann lächelte sie. »Jetzt hast du mir wirklich einen Schrecken eingejagt. Dabei hast du längst vor, Sasha zu schicken. Stimmt's? Die wird sich freuen. Hat die letzte Nacht im Stall verbracht, um einer fohlenden Stute beizustehen, und wird begeistert die Gelegenheit ergreifen, etwas wieder ins Gleichgewicht zu bringen. Ihre Güte kennt keine Grenzen. Ich werde mich nicht übergangen fühlen, denn mir ist gar nicht danach, jemandem zu helfen, den ich nicht einmal kenne, und ich bin auch beschäftigt. Ich habe gerade einen Erfolg beim Mischen von Farben erzielt. Mein Gelb …«

»Ich will nicht verhehlen, dass ich zunächst an Sasha dachte. Die Hohepriesterinnen und ich haben lange beratschlagt und dann entschieden, dass bei einer Prophezeiung, die durchaus göttlichen Ursprungs sein könnte, alle Formen gewahrt werden müssen. Natürlich wäre ich gegangen, wenn ich mich dazu imstande gesehen hätte.«

Sie ignorierte das sichtbare Erstaunen ihrer Tochter und fuhr fort: »Dem ist aber nicht so, selbst wenn es dir entgangen ist, da ich nicht dazu neige, über Gebrechen des Alters zu klagen. Du bist durch das Recht der ersten Geburt meine Vertreterin. Selbst wenn Sasha auf Knien darum bäte, sie zu schicken, dürfte ich ihr nicht nachgeben.«

In Caitlin überschlugen sich die Gedanken: Ihrer Mutter war es ernst, und Ratsbeschlüsse waren unumstößlich. Die Höhle lag im Osten. Sie hatte gehört, der wäre kalt und öde. Dort hatte sie nichts verloren. Hatte ihre Mutter nicht gesagt, die Quelle sei bewacht? Wie sollten sie dann hinkommen? Aber es ging angeblich um die Rettung ganzer Reiche. Sicher würde man ein Heer schicken, um die auserwählten Erben zu geleiten und zu bedienen. An längere Kutschfahrten mochte sie aber auch nicht denken, und sie würde bestimmt vergessen haben, wie sie diesen Gelbton gemischt hatte, wenn sie wieder hier war. Für sie hatte schließlich auch noch nie jemand etwas getan, außer Dienerinnen, Lakaien und Anwärterinnen, die schließlich nur dazu da waren. Warum sollte sie jetzt Zeit und Mühen für andere verschwenden? Aber es war nicht mehr zu ändern. Oder vielleicht doch? Sasha galt allgemein als Ayalas Nachfolgerin. Selbst die Königin nahm ihre zweitälteste Tochter zu offiziellen Anlässen mit, um sie den Fürsten vorzustellen. Vielleicht suchte Ayala nur nach einer Ausrede, um Sasha schicken zu können.

»Sasha ist viel fähiger als ich und würde bestimmt gern gehen. Wenn ich plötzlich böses Bauchgrimmen bekäme oder …«, begann sie mit einem verschmitzten Zwinkern, verschluckte aber den Rest ihres Satzes unter dem Adlerblick ihrer Mutter.

»Machst du dich gerade über göttliche Prophezeiungen lustig oder über den Beschluss von Hohepriesterinnen?«

Jedes Lächeln war verschwunden. Caitlin war sicher, dass es deutlich kälter geworden war, denn es fröstelte sie plötzlich. Selbst Vögel und Bienen waren nicht mehr zu hören.

»Verzeiht! Ich werde gehen, wohin Ihr mich schickt.«

Die Königin stand kerzengerade inmitten mannshoher Farne, deren Grün das Rot ihrer kunstvoll hochgesteckten Haare leuchten ließ, hielt immer noch ihre Zange in der von Erde schwarzen Hand und zeigte keinerlei Regung, bis Caitlin den Kopf senkte, knickste und ihre Bitte um Vergebung demütig wiederholte.

»Dir sei verziehen. Ich schreibe dein Verhalten der Überraschung zu. Sag, Kind, über welche Fähigkeiten verfügst du?«

»Über viele. Du wirst staunen. Ich singe, musiziere und tanze gut. Ich beherrsche neben dem Lauten- auch das Harfenspiel.« Sie zwinkerte ihrer Mutter zu und fuhr fort: »Suri sagte, selbst du hättest auf der Harfe nur Geschramme erzeugt.«

Ayala nickte ungerührt, und Caitlin zählte weiter auf: »Ich

sticke vorzüglich. Den neuen Gebetsteppich, den du so schön findest, habe ich entworfen, er entstand unter meiner Anleitung. Auch meine Schuhe habe ich selbst entworfen.«

Sie lupfte den Rock und streckte einen Fuß aus. »Hübsch, nicht? … Obwohl … die roten Edelsteine sollte ich entfernen lassen. Grüne und gelbe reichen. Was meinst du?«

»Etwas weniger bunt wäre eleganter. Aber wir waren bei deinen Fähigkeiten.«

Caitlin musterte den Schuh, nickte versonnen und drehte den Fuß. »Du hast recht. Etwas plump. Das passt zu meinen Malkünsten. Mir gelingen einfach die Schattierungen nicht. Alle Priesterinnen lobten mein letztes Bild, aber die Sonne sah aus, als hinge Eidotter am Himmel. Ich habe meine Mischtechnik verfeinert und bin kurz vor einem Durchbruch. Ich …«

Ayala unterbrach sie: »Ich weiß um deine künstlerische Ader, wüsste aber gern, was ich dir vererbt habe. Wie steht es um deine magischen Fähigkeiten?«

Caitlin wippte auf den Füßen. »Martha hält viel von meiner Begabung, nur ist meine Ausbildung nicht sehr fortgeschritten, weil sie mich langw… also … Natürlich ist Magie schon sehr … sehr … Ich bin nur so beschäftigt. Aber ich nehme seit Kurzem fast regelmäßig … also, häufiger als früher am Unterricht teil und beherrsche schon einen kleinen … sehr kleinen Feuerzauber.«

Ayalas Mundwinkel zuckten. »Beeindruckend! Beherrschst du noch nicht einmal Heilzauber?«

Caitlin verzog angewidert das Gesicht. »Bäh! … Die sind mir am grässlichsten. Ich spüre nicht gern Schmerzen, auch keine fremden, und beim Anblick von Verletzungen muss ich mich immer übergeben.«

»Du scheinst ja bestens gerüstet für ein Abenteuer«, erklärte Ayala und gluckste.

Allein das Wort Abenteuer schmerzte in Caitlins Ohren. Wenn sie den Erzählungen der älteren Priesterinnen glauben durfte, war ihr Vater Maler gewesen, der die Königin hatte porträtieren sollen und sich dabei in die Schönheit der Nebelfrau verliebt hatte. Sie hatte ihn nach Vollendung des Bildes von der Insel gejagt, aber Caitlin, die das Aussehen Ayalas geerbt hatte, besaß augenscheinlich mehr Wesenszüge ihres Vaters und war stolz darauf, ein Schöngeist zu sein. Sie liebte es, von schönen Dingen umgeben zu sein. Ausgerechnet sie sollte jetzt ein Abenteuer bestreiten? Sie schaute auf Ayala, die wieder einen Trieb entfernte, der ihren Wünschen zuwider an unpassender Stelle entsprossen war, und wisperte: »Natürlich bin ich nicht gerüstet für ein Abenteuer. Ich wollte nie eines erleben und bin auch nicht davon ausgegangen, unsere Insel einmal verlassen zu müssen. Wer sind denn diese anderen Erben?«

Die Königin musterte ihr Werk noch einmal von allen Seiten, nickte zufrieden, legte die Zange weg und schenkte ihrer Tochter Aufmerksamkeit und ein Lächeln. »Ein Gelehrter, der Weise der Berge, ein Nachfahre der großen Dala, verkörpert das Wissen, und ein Nachfahre der Alten Könige, also ein da'Kandar-Prinz, wäre der Erbe der Kraft. Wie du hoffentlich weißt, hat der allseits geschätzte Großkönig Camora seine Stellung nur, weil er vor fünfzehn Jahren die da'Kandar-Familie ermorden ließ und sich selbst zum neuen Herrscher ausrief. Deshalb habe ich gezögert, Fürst Darius' Bitte zu entsprechen und dich zu ihm zu senden. Ohne den Siegelerben der Kraft kann die Prophezeiung nicht erfüllt werden. Doch Darius ist der Meinung, es bestünde noch Hoffnung und eine Vorbereitung der beiden anderen Siegelerben wäre von Vorteil. Damit zumindest könnte er recht haben.«

Caitlin schöpfte wieder Hoffnung. »Wenn auch du meinst, ich sei unfähig, diese Prophezeiung zu erfüllen …«

Aber Ayala schüttelte bereits den Kopf. »Du irrst! Als meine Tochter kannst du gar nicht unfähig sein. Du bist nur ein wenig … unbedarft. Du wirst an deiner Aufgabe reifen. Hohe Ziele verlangen oft Opfer … von uns allen. Allerdings wird sich dein Opfer vermutlich darauf beschränken, eine Zeit lang in Latohor zu leben. So bedauerlich es ist, die Aussicht auf ein Zusammentreffen aller Siegelerben ist denkbar gering. Doch wir werden für die Erfüllung der Prophezeiung tun, was wir können und müssen. Du bist eine Nachfahrin der großen Myria und wirst sie und uns würdig vertreten.«

»Ja, Mutter!« Eine andere Antwort hätte Caitlin nie gewagt, und Ayala überhörte den leiernden Tonfall und nickte.

»Dich erwartet bereits irgendein Hauptmann. Du musst nicht einmal packen. Dieser Mann führt angeblich alles mit sich, was du brauchst.« Hell lachte sie auf. »Sollte es tatsächlich so sein, darfst du ihm meine Glückwünsche aussprechen, denn dann wäre er der erste Mann, der auch nur ansatzweise ahnt, was eine Frau benötigt.«

Sie wollte sich abwenden, als ihr noch etwas einfiel. »Ach, Caitlin, sollte dein Traum doch einmal eine Änderung erfahren, teile sie mir mit! Die Traumdeuterinnen halten ihn für wichtig.« Bei den letzten Worten ergriff sie schon die nächste Pflanze.

Caitlin starrte eine Weile vor sich hin und spielte mit ihrem Geschmeide aus glitzerndem Jaspis. »Glaubst du, der da'Kandar-Prinz, wenn es ihn denn doch geben sollte, ist schön und mutig?«

Ayala sah nicht einmal auf. »Dass Männer schön sein können, halte ich für ein Gerücht, und Mut zeichnet in der Regel die größten Trottel aus. Ein Mann, der ansatzweise über Verstand verfügt, nicht stinkt wie ein Ziegenbock und nicht dauernd bewundert werden will, weil er von Natur aus größere

Steine schleppen kann als wir, wäre schon eine seltene Bereicherung dieser Gattung.«

»Sind alle Männer so wie unsere Diener oder die, die hin und wieder hierherkommen, um …«

»Die Männer, die du kennst, sind die besten ihres Geschlechts. Aber es ist nicht an uns, die Schöpfung zu hinterfragen. Die Götter werden sich selbst bei Fruchtfliegen und Quallen etwas gedacht haben.«

Beide lachten, und Caitlin dachte bereits daran, dass es in Latohor die besten Färber gab.

* * *

Die Karawane hatte den See hinter sich gelassen. Ringsum umgaben sie Sanddünen. Wolken schmolzen dahin, wenn sie der Sonne zu nahe kamen, und die Luft flirrte, gaukelte ein ums andere Mal glitzernde Wasserflächen vor. Cornelius wischte sich Schweiß aus dem Gesicht, ehe er durchatmete, vom Pferd stieg und erneut zur Kutsche stapfte. Die erzwungenen Pausen häuften sich. Das erste Mal hatte die Prinzessin dunklere Tücher in den Fenstern gewünscht, um die Sonne auszusperren, dann frisches Wasser, dann Obst und das letzte Mal weichere Kissen.

Der Kutscher zuckte die Achseln. Schließlich hatte man ihm aufgetragen, bei jedem Klopfen der Gäste zu halten. Cornelius gönnte ihm kaum einen Blick, denn schon flog der Schlag auf, und Prinzessin Caitlin lugte heraus und stellte ihre neue Forderung: »Ich verlange eine Rast. Es ist unerträglich heiß, und ich benötige Schatten und vor allem eine Erfrischung. Das Wasser im Beutel ist warm und ungenießbar.« Leichtfüßig sprang sie aus dem Wagen und sah sich um.

Cornelius hatte dieses Priesterinnenpack jetzt schon satt,

unterdrückte aber eine schroffe Erwiderung, knirschte mit den Zähnen und machte eine ausladende Geste. »Wie Ihr seht, kann ich Euch im Augenblick keinen Eurer Wünsche erfüllen. Wenn Ihr Euch wieder in die Kutsche begeben würdet, könnten wir die Wüstenstadt Tegris und unseren Gasthof in Kürze erreichen.«

Caitlin war nicht beeindruckt. »Dummkopf! Ich weiß, wo wir sind, und verlange nicht, dass Ihr Bäume wachsen lasst oder nach Wasser grabt. Ihr könntet ein Zelt aufbauen und mir Wein bringen. Das sollte selbst Eure Fähigkeiten nicht übersteigen«, erwiderte sie spitz.

»Ein Zelt? Doch nicht so kurz vor der Herberge«, empörte sich der Hauptmann. »Ich bitte Euch: Nehmt Vernunft an!«

Ihre Augen blitzten. Sie hätte gern mit dem Fuß aufgestampft, sah aber davon ab, weil der Wüstensand ihr dabei sicher in die flachen Schuhe gedrungen wäre und sie gepiekt hätte. »Ihr wollt mich also weiter in diesem Karren durch die Wüste rumpeln lassen? Ich hatte geglaubt, Euch wäre daran gelegen, dass ich Latohor lebend erreiche. Ich spüre jeden einzelnen Knochen, und dieses farb- und formlose Ding, das Ihr aus mir rätselhaften Gründen Kleid nennt, klebt seit geraumer Zeit an meiner Haut. Ich werde es abschälen müssen, um es je wieder loszuwerden.«

Ruth, die alte Kammerfrau, legte jetzt dankenswerterweise ihrem Schützling die Hand auf die Schulter. »Caitlin, auch in einem Zelt wäre es noch viel zu heiß. Freu dich lieber darauf, dass du bald ein Bad und kühlen Wein genießen kannst. Der Hauptmann wird dafür Sorge tragen, dass es dir an nichts fehlt, sobald wir Tegris erreichen. Ich werde dir die Zeit bis dahin vertreiben und dir eine Geschichte erzählen. Komm aus der Sonne, Herzchen! Deine Haut rötet sich schon. Du weißt, dich erwartet vielleicht ein Prinz. Stell dir vor, du müsstest ihm mit gebräunter Haut begegnen. Die heilige Myria möge das verhüten.«

»Meine Haut rötet sich?« Wie ein Kind patschte die Prinzessin in ihrem Gesicht herum und kletterte eilends in die Kutsche. »Göttin, welch schreckliche Welt!«

Hermes schüttelte den Kopf. »Wenn das Schicksal der Freien Reiche auch von diesem Fräulein abhängt, können wir unsere Hoffnungen gleich begraben.« Ohne auf Antwort zu warten, gab er seinem Pferd die Hacken und ritt voran.

Cornelius stimmte ihm insgeheim zu, denn die Prinzessin war so verwöhnt, wie sie schön war, und sie war überirdisch schön. Ihr hüftlanges, flammenrotes Haar umrahmte ein herzförmiges Gesicht mit mandelförmigen, veilchenblauen Augen und Wimpern, aus denen man hätte Zöpfe flechten können. Ihre Haut war makellos, ihr kirschroter Mund verführerisch, zumindest, wenn er geschlossen war, ihre Figur zierlich, und ihre Bewegungen waren so geschmeidig wie anmutig. Cornelius hatte völlig hingerissen geglaubt, einen fleischgewordenen Traum vor sich zu sehen – bis zu dem Zeitpunkt, da er sie überreden musste, auf ihren königlichen Tross zu verzichten und sich als Tochter eines Kaufmanns auszugeben.

Die Kleider waren eine Zumutung, die Schuhe entwürdigend, der Umhang aus feiner Wolle war bloß eine Ziegendecke. Es fehlte die Abendgarderobe, und Nachmittagskleider waren auch nicht vorhanden. Sollten die Lumpen, die sie trug, in der Welt außerhalb ihrer Insel allerdings Nachmittagskleider darstellen, dann fehlte die Morgengarderobe.

Er hoffte, dass die magischen Fähigkeiten der Prinzessin genauso ausgeprägt waren wie ihre Überheblichkeit und betete darum, dass die anderen Siegelerben nicht nur fähig waren, sondern auch sehr umgänglich.

3. Kapitel

Wenige Tage später tief im Westen

In einer Senke in den Ausläufern des Kimmgebirges loderte ein Feuer gen Himmel. Die sechs verlausten Kerle, die sich ums Lagerfeuer lümmelten, wischten fettige Hände an Fellmänteln ab und rülpsten um die Wette. Einer fragte mit verwaschener Stimme: »Wer übernimmt die erste Wache?«

Dane, der Jüngste von ihnen, nickte. »Ich mach das. Bin nüchtern und eh noch nicht müde.«

Die anderen fünf zogen so nah am Feuer wie möglich Kapuzen über, Mäntel enger und wickelten sich in abgenutzte Felldecken, denen der modrige Gestank zu lange feucht gewesener Wäsche anhaftete. Wenig später hörte man nur noch Schnarchen.

Dane legte Holz ins Feuer. Er zog eine miefige Decke um seine Schultern und sah zu den Sternen auf. Seine Eltern und seine kleine Schwester schliefen sicher schon – unter denselben Sternen und doch so weit entfernt. Wie gern wäre er jetzt bei ihnen auf ihrem kleinen Hof gewesen. Es war Erntezeit, und überall würde es duften, nach … er schreckte hoch, denn die nahe dem Eingang zur Senke angepflockten Pferde drängten sich schnaubend aneinander.

Ein Tier? Er wusste nicht mal, welche Tiere es hier gab. Sollte er Alarm schlagen? Trine, ihr Ackergaul, hatte vor Igeln gescheut. Jassir würde ihn fressen, wenn er ihn weckte, weil ein Igel um die Beine der Pferde wieselte. Er zwang sich zur Ruhe, sah wieder gen Himmel, um seinen Liebsten nahe zu sein, doch die Gäule gaben keine Ruhe. Er rappelte sich hoch, zog einen brennenden Ast aus dem Feuer und ging nachschauen. Sein Herz klopfte, die Axt in seiner Hand zitterte, das Astfeuer flackerte. Alle Sinne waren bis zum Äußersten gespannt.

Die Pferde schnaubten und zerrten an den Seilen. Seine Blicke glitten über kahles Gestrüpp. Dort konnte sich nichts verstecken. Oder doch? Gab es hier Schlangen? Er erwog, die Tiere ans Feuer zu holen, und schob seine Axt in den Gürtel. Freundlich tätschelte er ein Pferd, als er ein Seil bemerkte, das sich um dessen Körper spannte. Sein Blick glitt am Pferderücken entlang. Eine Hand krallte sich in die Mähne, und ein Gesicht ohne Mund und Nase erschien neben dem Hals, ein Körper schob sich seitlich auf den Rücken. Graugrüne Augen, die im Fackellicht funkelten, starrten ihn an. Er wollte brüllen, mit dem Ast zuschlagen und seine Axt greifen, doch stattdessen spürte er einen Schlag auf den Hinterkopf und ging zu Boden.

Dolche blitzten, als die Fremden sich dem Feuer näherten. Eine Gestalt presste die Hand auf den Mund des am nächsten Liegenden, während eine andere ihm die Kehle durchschnitt. Nur die Augen hatte er noch aufreißen können. In ihnen spiegelte sich der Mond.

Lautlos erhoben sich die Gestalten. Vier Schlafende, vier Dolche … vier durchschnittene Kehlen! Nur einer zappelte kurz, dann entspannte auch er sich ein letztes Mal.

Eine der dunklen Gestalten ging auf zwei Männer zu, die Rücken an Rücken gefesselt und geknebelt abseits saßen.

Die Klinge blitzte, und die Fesseln fielen. Braune Augen schauten ängstlich, während ihr hagerer Besitzer gierig Luft einsog. Der dicke Alte, der hinter ihm kauerte, lugte um ihn herum. Auch in seinen blauen Knopfaugen stand Furcht.

Die Gestalt erhob sich, wickelte das schwarze Tuch vom

Kopf und schüttelte ihr krauses, zum Pferdeschwanz gebundenes Haar. »Hauptmann Marga Thalissen, Tochter des Fürsten Darius, zu Euren Diensten! Ich gehe doch recht in der Annahme, dass ich mit dem Weisen der Berge spreche?«

Der Alte nickte zögerlich.

Sein Begleiter krächzte: »Mei ... Meister ...«

Ein Mann erschien neben Marga und hielt beiden Wasserschläuche hin. Der Hagere trank gierig. Der Alte konnte die Arme nicht bewegen, und der Mann hielt ihm den Schlauch an die Lippen.

»Sie sind vor Kälte fast erstarrt. Bringt sie zum Feuer und gebt ihnen Branntwein!«, befahl Marga Thalissen.

Wenig später erklärte der Hagere, nunmehr in Felle gehüllt und auch innerlich erwärmt: »Dies ist Meister Cato, und ich bin sein Schüler, Gideon Montastyre. Unser Treffpunkt, der *Himmelsstürmer*, ist abgebrannt. Der Meister vermutet einen Blitzschlag. Vor einigen Nächten gab es hier ein gewaltiges Gewitter. Wir hätten in den Ruinen warten können, aber uns schien es sinnvoller weiterzugehen. Wir konnten ja nicht ahnen, dass die Horden schon so weit im Westen sind. Im Felsgang, in dem wir ihnen begegnet sind, hatten wir keine Möglichkeit, uns zu verbergen, und Flucht schien aussichtslos. Wir verdanken Euch unser Leben.«

»Wir sollten rasch weiter. Habt Ihr Hunger?«, fragte Marga und ging nicht auf den Dank ein. Sie hatte gerade einen Meuchelmord befohlen und verübt und war nicht stolz darauf. Doch die Aufgabe, den Weisen zu ihrem Vater zu bringen, war zu wichtig, um an Ehre zu denken.

Gideon schüttelte den Kopf. »Man hat uns zu essen gegeben, ehe man uns die Knebel verpasste, weil der Meister einfach nicht ruhig sein wollte.«

Der Alte krächzte: »Hätten sie auf mich gehört, wären sie

noch am Leben, was aber wohl nur nahe Angehörige begrüßt hätten. Eine unerquickliche Gesellschaft ... bis auf den Jungen. Aber sagt, wie soll es jetzt weitergehen? Wenn ich die Hordenreiter richtig verstanden habe, soll ein größerer Trupp hierher unterwegs sein, und es gibt nur den einen Weg – zumindest für Pferde.«

Hauptmann Thalissen lächelte. »Es gibt einen zweiten Weg: den durch die Sümpfe.«

»Das kann nicht Euer Ernst sein«, protestierte Meister Cato. »Die Sümpfe taugen nur für Blutsauger und eklige Stechviecher. Wer am Leben hängt, traut sich auch wegen der Kalla gar nicht hinein. Es ist keine fünfzig Jahre her, dass diese Riesenechsen Bauern abschlachteten, die Teile des Sumpfes für Felder trockenlegen wollten. Die Armee, die daraufhin in die Sümpfe ging, um Vergeltung zu üben, kehrte nie zurück. Euer Großvater verlor damals hundert Mann. Dass die Echsen Menschen fressen, ist kein Gerücht.«

Sie zuckte die Achseln. »Vielleicht. Aber sie verteidigten doch nur ihr Gebiet. Nur selten sieht man Kalla außerhalb der Sümpfe. Ich kann daher nur hoffen, dass es auch kein Gerücht ist, dass die Echsen nur auf Nahrung aus sind. Zehn Lohböcke warten auf uns, die wir ihnen – sozusagen als Wegezoll – anbieten können. Das sollte reichen.«

Ein Mann, den sie mittlerweile als Ramon kannten, trat zu ihnen und hockte sich neben Marga. »Danid holt die Pferde, Korve kümmert sich um den Kleinen. Der ist wieder wach, hat eine Riesenbeule und einen Brummschädel. Ich habe ihm aufgetragen, seine toten Kameraden heimzubringen.« Er grinste. »Hat begeistert zugestimmt, aber wohl gelogen. Wenn du mich fragst, träumt er bereits von Mama und Papa. Zwei Kurven, und er ist auf und davon.«

Marga zuckte die Achseln. »Meinen Segen hat er. Die Pferde

werden ihren Weg zur Truppe schon allein finden.« Sie wandte sich ihren neuen Begleitern zu. »Nicht weit von hier ist eine verlassene Hütte. Sie ist klein, wird für den Rest der Nacht aber reichen. Können wir los?«

Gideon schälte sich aus den Fellen. Auch Cato wuchtete sich unterstützt von seinem Schüler hoch, und Marga dachte unwillkürlich an gefüllte Schweinsblasen auf Beinen. Den runden, fast kahlen Schädel zierte ein spärlicher, weißer Haarkranz, die dicken Backen wirkten wie aufgeblasen. Der Kugelbauch wogte beim Aufstehen.

Marga zog die Nase kraus: Ihr Vater, der immer wieder von der schwierigen Aufgabe der Siegelerben sprach, würde nicht begeistert sein.

Zeitgleich in Mar'Elch, Reichsstadt El'Marans

Kerzenschein spiegelte sich im polierten Holz der Truhen. Ein gestickter Wandteppich zeigte die Krönung Umbrosius', des ersten Königs El'Marans. Weißer Flieder verströmte seinen Duft.

Gleich würde der Ausrufer das Ende des Tages verkünden.

Morwena Far'Lass, Königin von El'Maran, stand am Fenster ihres Gemachs und blickte hinaus. Zum Geburtstag der Herrscherin hatten ihre Untertanen die Reichsstadt wie jedes Jahr in ein Flammenmeer verwandelt, und überall loderten Freudenfeuer in den Nachthimmel. Aufgehende Sterne am Himmel, erlöschende Feuer auf der Erde: ein traumhafter, unglaublich friedvoller Anblick.

Fürst Darius trat vom Fenster zurück und betrachtete Morwena, wie sie an ihren Ziehsohn Canon gelehnt auf die Stadt blickte. Im Schein der Kerzen sah man weder die grauen Strähnen im weißblonden Haar noch die Fältchen um Augen und Mundwinkel. Ihre Figur war die einer jungen Frau. Ihr Blick wanderte wohl zum hundertsten Mal an diesem Tag zur Tür.

»Gib's endlich auf!«, forderte Darius ungehalten. »Wie ich deinen Sohn kenne, hat er es wieder einmal schlicht vergessen.«

Canons Augen verengten sich zu Schlitzen. »Mein Bruder kämpft am Blauen Fluss gegen die Horden. Es ist bedauerlich, aber oft nimmt der Feind keinerlei Rücksicht auf eigene Wünsche oder Zeitpläne. Niemals würde Derea den Geburtstag unserer Mutter vergessen.«

»Du musst ihn nicht in Schutz nehmen.« Darius, dem man aufgrund des muskulösen Körpers zwar den Krieger ansah, aber nicht den Mann, der die Lebensmitte längst überschritten hatte – was vor allem daran lag, dass sein Haar noch braun und füllig wie in jungen Jahren war –, sah sich nach seinem Becher um. Ihm fiel ein, dass er ihn im großen Saal hatte stehen lassen, und er war dankbar dafür, dass er bereits nach Getränken geschickt hatte, denn ihm war in seinem engen, dunkelblauen Festrock ungemütlich heiß. Doch nie hätte er gewagt, wie Canon den Überrock auszuziehen, sobald sie die Privatgemächer betreten hatten. Morwena hätte nichts dagegen gehabt, aber er trug ein bunt besticktes Hemd, wie es nach den Worten seines Kammerdieners neuerdings für besondere Anlässe zwingend vorgeschrieben war. Morwenas Sohn hatte dies offensichtlich genauso wenig wie er mitbekommen und trug ein schlichtes weißes. Nur die Manschetten, die die weiten Ärmel zusammenhielten, zierte das eingestickte Wappen El'Marans: eine Krone, die im Feuer schwebte. Darius, der heute nicht ein einziges besticktes Hemd gesehen hatte, wäre sich neben ihm wie ein alberner Geck vorgekommen.

Canon widersprach ihm gerade kühl: »Mit Verlaub: Ihr kennt Derea eben nicht, sonst …«

Morwena strich ihm über die Wange und unterbrach: »Streite nicht, Liebster! Ich wäre nur gern sicher, dass er lebt. Warum hat er keine Verbindung zu dir aufgenommen?«

Canon hatte sich darüber auch schon seine Gedanken gemacht. Einziges Vermächtnis seiner leiblichen Mutter war, dass sein Bruder und er sich geistig verständigen konnten. »Ich weiß es nicht, aber ich bin mir sicher …«

Aus der Halle ertönten der spitze Schrei einer Frau und ein Scheppern, und Canon grinste breit und vollendete anders als geplant: »… dass das unser Schlaftrunk war.«

Erneut schepperte es, diesmal lauter und blecherner.

»Urahn Umbrosius' Rüstung«, erläuterte er. »Er ist in Eile. Gleich müsste er an der Leuchtersäule sein. Das kann nicht gut gehen. Die Kurve kriegt er nie im Leben.«

»Denkst du wirklich?« Morwena sah hoffnungsvoll zu ihm auf.

Draußen ging etwas zu Bruch. Klirren und Fluchen hallten durch die Hallen.

»Wer würde wohl sonst um diese Zeit alles in Grund und Boden rennen?«, fragte er zurück, befreite sich sanft aus dem Griff seiner Mutter und schob umsichtig zwei Lehnstühle, die zwischen Tür und Königin standen, näher an den Tisch heran. Er drehte sich wieder zu ihr um und fragte mit einem Zwinkern: »Oder hättest du es lieber, wenn er dir der Länge nach vor die Füße fiele? Manchmal könnte man denken, er hätte einen Sehfehler. Dabei ist er gedanklich meist nur anders unterwegs als zu Fuß.«

Da flog auch schon die Tür auf. Derea fegte mit wehendem Umhang in den Raum, einen Diener dicht auf den Fersen. »Verzeiht, Majestät! Er bleibt einfach nicht stehen … Eure Waffen, Prinz, Eure Waffen!«

»Ist ja gut.« Trotz der Eile schaffte er es endlich, den Waffengurt abzuschnallen, und die legendären Schwerter polterten zu Boden. Der Diener klaubte sie auf und eilte mit ihnen hinaus.

Derea fiel vor Morwena auf ein Knie und senkte das Haupt. Er räusperte sich unangenehm heftig und brachte keuchend hervor: »Meine Königin, der Kommandant der Flammenreiter entbietet Euch … im Namen des ganzen Heeres … Glückwünsche zu Eurem Geburtstag.«

Vom Turm des Gebetshauses wurde das Ende des Tages ausgerufen.

»Uff!« Der Laut kam von tief unten, und dorthin sackten nun seine Schultern.

»Die Königin dankt ihren Flammenreitern. Erhebt Euch, Heerführer!«

Der musste sich abstützen, um hochzukommen, schwankte auch in der Senkrechten leicht, aber seine Augen strahlten mit denen Morwenas um die Wette.

Sie breitete die Arme aus. »Bekomme ich nun die Glückwünsche meines Sohnes?«

Er trat auf sie zu, hielt aber inne und sah an sich herab. Seine Kleidung war schlammbespritzt, seine Hände glänzten schwarz von Schweiß und Staub. Unbeholfen versuchte er, sie an seinem Umhang und seiner verdreckten Hose abzuwischen. Derweil ließ er den Blick über ihr hellblaues, kostbar besticktes Kleid wandern, dann wieder über seine Hände und murmelte schließlich: »Ich gratuliere dir von ganzem Herzen, Mutter.«

»Oh, Kind, Schlachtfelder und lange Ritte kannte ich schon, ehe du geboren wurdest. Ich fürchte Schweiß und Dreck nicht, und ich habe tatsächlich auch noch ein zweites Kleid.«

Als er immer noch zögerte, wurde ihre Stimme ungeduldig: »Mein Sohn?«

»Wenn mich morgen deine Kammerfrau jagt, weil dein Kleid hinüber ist, sage ich, es sei deine Schuld gewesen.« Mit Schwung schloss er sie in die Arme. »Von ganzem Herzen alles Gute! Ich wünsche dir Gesundheit, Frieden und, wenn es den nicht geben kann, Erfolg auf deinen Feldzügen. Du siehst so bezaubernd aus, und ich glaube einfach nicht, dass du älter geworden bist. Ich werde nie eine Frau finden, weil einfach kein anderes weibliches Wesen so schön und doch so kühn und tapfer sein kann wie du. Es ist hübsch, wie du deinen Zopf gesteckt hast. Sieht aus wie eine Krone, und alle Damen, die etwas auf sich halten, werden dir in Kürze nacheifern.« Stürmisch küsste er sie auf die Wange.

Sie lachte auf, hielt seinen Kopf fest und küsste ihn auf die Stirn. »Ich danke dir, und ich danke den Göttern, dass du wohlbehalten zu uns zurückgekehrt bist.«

Er winkte ab. »Diesmal hatten sie es leicht. Das Hordenpack ist uns zahlenmäßig überlegen, aber so durchschaubar. Wird ein Plan durchkreuzt, verlieren sie eben. Der Blaue Fluss gehört wieder Fürst Bajos. Wenn der allerdings nicht schnell einen fähigen Heerführer bekommt, wird er ihn und sein Fürstentum nicht lange behalten. Aber er konnte ja nicht ahnen, dass sein Vater und zwei ältere Brüder fallen würden und er die Verantwortung übernehmen muss.« Seine Augen blitzten. »Wusstest du, dass er dichtet und darüber nachdenkt, warum wir versuchen, fremdsprachige Völker zu verstehen, aber nicht den eigenen Hund?« Er rieb grinsend mit seinen Fingern in ihrem Gesicht herum. »Du bist da schwarz … immer noch. Ich glaube, ich mache es schlimmer statt besser.« Sein Gesicht zeigte komische Zerknirschung. »Es tut mir leid, dass ich deine Feier schon wieder verpasst habe. Ich habe sie nicht vergessen und mich ehrlich bemüht, aber es kam so viel dazwischen. Kannst du mir verzeihen?«

»Dummkopf! Was sollte ich dir verzeihen müssen? Dass Krieg herrscht? Außerdem hätte ich mir keinen schöneren

Tagesabschluss wünschen können. Ich habe die Menschen um mich, die meinem Herzen am nächsten stehen. Jetzt begrüße Darius und deinen Bruder, und dann trinken wir Wein.«

Derea begrüßte Darius mit einer höflichen Verbeugung und Canon mit einer herzlichen Umarmung, während eine Dienerin Getränke brachte und dem jüngeren Prinzen dabei einen ärgerlichen Blick zuwarf, der jedoch schnell in Verzückung überging. Was auch immer der zerbrach, er sah einfach zu gut aus dabei, um ihm lange böse zu sein.

Darius litt nicht unter dieser weiblichen Verirrung und stellte wieder einmal fest, dass es kaum unterschiedlichere Brüder geben konnte. Der schmale, dunkle Jüngling verschwand fast in der Umarmung seines großen, breitschultrigen Bruders. Canon trug sein blondes Haar auch nur kinnlang und sein Bart war sorgfältig gestutzt.

»Du siehst erschöpft aus, kleiner Bruder«, bemerkte der gerade, während er Derea aus dem Umhang half. »Und nicht nur das. Ein Schwertarm, der zu langsam war?«

»Ein Schwertarm, der anderweitig beschäftigt war«, erwiderte der und ließ sich seufzend auf den nächsten Stuhl sinken. Er war froh, dass der Armlehnen hatte. So konnte er zumindest nicht seitlich wegkippen. Er war nach dem langen Ritt so müde, dass er selbst die Wunde, die Lucio mit sechs Stichen genäht hatte, kaum noch spürte.

Morwena hielt ihm zwei, drei, vier Becher hin und ließ auch den Blick über ihn wandern. »Du bist verletzt?«

Er griff zu und war stolz, den einzig wahren Becher sofort erwischt zu haben. »Nur ein Kratzer. Kein Grund zur Sorge. Stört es dich, wenn ich mich nicht wasche und umkleide? Ich weiß nicht, ob ich die Treppe noch einmal runterkomme, wenn ich erst mal oben bin. Ich weiß nicht einmal, ob ich sie überhaupt noch allein hochkomme. Ich bin ziemlich erledigt.«

Sie überspielte ihre Sorge mit einem Lachen. »Dummer Junge!« Mit ihrem Taschentuch säuberte sie ihm notdürftig das Gesicht und strich ihm liebevoll nasses Haar aus der Stirn, und er fühlte sich sicher und geborgen. Seine Mutter behandelte ihn wie ein Kleinkind, und aus dem Augenwinkel sah er Canon deswegen grinsen. So kannte er seine Familie. Wenn er jetzt zugab, wie elend er sich fühlte, würde Canon ihn einfach schnappen und ins Bett tragen, und seine Mutter würde ihm heiße Brühe, einen Bettwärmer und einen Heiler bringen.

»Geht es dir ansonsten gut?«, hörte er sie fragen, verdrängte den Wunsch, genauso behandelt zu werden – mit Ausnahme des Heilers vielleicht –, zwinkerte ihr zu und nickte. »Jetzt, da ich deine Verzeihung habe und Canons Zorn nicht mehr fürchten muss, geht es mir richtig gut. Du ahnst nicht, was er mir angedroht hat. Gerade hören meine Knie auf zu zittern.«

Ihr fröhliches Gelächter brach ab, als nach kurzem Klopfen ein Krieger in den Raum eilte. »Verzeiht, aber es ist ein Botenvogel aus Kambala eingetroffen. Ihr wünschtet, sofort unterrichtet zu werden. Soll ich die Nachricht verlesen?«

Morwena hätte am liebsten geschrien, denn nichts wollte sie weniger, als jetzt an die Welt außerhalb dieses Raums denken zu müssen, aber sie nickte selbstverständlich.

Kurze Zeit später kannten sie die Wahrheit: Fürst Marcos hatte die Stadt ohne Widerstand an Camora übergeben. Die Krieger Kambalas, die bisher den Freien Reichen ergeben gewesen waren, hatten am Tag darauf fast alle einen Treueeid auf den Schwarzen Fürsten geleistet. Die wenigen, die sich geweigert hatten, waren zur Besserung in das berüchtigte Lager von Amansdier verbracht worden. Besserung bedeutete Schwerstarbeit im Steinbruch – in Ketten, unter sengender Sonne und den Peitschen der für ihre Grausamkeit bekannten Wärter. Zurückkehren würde keiner von ihnen. Da konnte man den Männern, die sich Camora unterworfen hatten, keinen ernsthaften Vorwurf machen.

Die beiläufige Erwähnung, Camora hätte die Stadt seinen Kriegern überlassen, trieb Canon die Zornesröte ins Gesicht. Er wartete, bis sich die Tür hinter dem Kundschafter geschlossen hatte, bevor er die Faust auf die Stuhllehne donnerte, dass es knackte. »Als wären die Schlachten nicht grausam genug. Wie kann man eine Stadt, die sich ergeben hat, noch schleifen lassen? Ehe man Camora in der Stadt hat, wünscht man sich eher noch die Pestilenz. Unter ihm verkommen selbst Krieger und Generäle, die einmal an Ehre und Anstand glaubten. Doch letztlich bringt ihn auch seine Gewissenlosigkeit gut voran. Die Furcht eilt ihm voraus und schlägt selbst Tapfere in die Flucht … Wobei ich nicht sagen will, dass Marcos je tapfer war. Nicht umsonst gehörte er nie dem Rat der Freien Reiche an. Jetzt hat dieser schwarze Bastard also endlich seinen Stützpunkt, und damit ist der Weg nach El'Maran frei. Unsere Grenzstadt Ten'Shur wird sich erneut auf einen Krieg einstellen müssen.«

»Sie hat schon einmal standgehalten.« Die Königin trommelte mit den Fingern auf der Tischplatte herum. »Canon, du wirst dich umgehend um die Verstärkung der Ostverbände kümmern. Suche Fürst Menides auf! Er hat uns seine Bogenschützen zugesagt. Wir …«

»Halt!«, unterbrach Derea. Seine Müdigkeit war wie weggeblasen. »Das sollten wir überdenken, denn ich habe auch schlechte Neuigkeiten, die ich mir eigentlich für morgen aufheben wollte. Meine Verspätung habe ich nämlich einem Hordentrupp zu verdanken, der auf dem Weg zum Varna war. Camora lässt auf ihm große Verbände Richtung Westen verschiffen.«

Die Hand Morwenas verharrte über der Tischplatte. »Was? Er bringt Truppen über den Fluss?«

»Rai Listrus' Berichten zufolge große Truppenverbände … und schon seit geraumer Zeit.«

Canon erhob sich, holte eine Gebietskarte aus einer Truhe und breitete sie auf dem Tisch aus.

»Er kann sie im Varna-Becken sammeln«, erklärte Darius. »Von dort müsste er durch ausgedehnte Nord-West-Provinzen, um El'Maran anzugreifen. Warum sollte er das jetzt, da er endlich in Kambala sitzt, tun?«

Morwena und Derea zuckten die Achseln, während Canon auf die Karte starrte. »Was, wenn er sie gar nicht im Varna-Becken sammelt, wenn er sie noch weiter verschifft?«

»Ins Westgebirge?« Darius beugte sich wieder über die Karte. »Sie könnten bis nahe der Quelle reisen und dann über einen Gebirgspass den Westen El'Marans erreichen. Innerhalb weniger Tage stünden sie vor den Toren Mar'Elchs.« Er sah zu Canon auf und zog endlich seinen Überrock aus. Ihm war einfach zu heiß, und es war ihm nunmehr gleichgültig, wie albern er wirkte. »War das deine Überlegung?«

Der nickte. »Die Provinzen sind ausgedehnt, arm und dünn besiedelt. Um sie einzunehmen, braucht man keine Armee. Um sie zu durchqueren, braucht ein Heer aber Unmengen an Verpflegung. Außerdem wären wir so schnell über ihr Kommen unterrichtet, dass wir unsere Heere sammeln könnten. Dieser Plan wäre hirnrissig, und dumm ist Camora nicht. Er kann nur durchs Gebirge wollen.«

Eine Weile war es still. Als wolle sie es nicht wahrhaben, glitt Morwenas Blick zum Fenster. Sie sah nur noch Schwärze. Ernüchtert ergriff sie das Wort: »Aber warum sollte er den beschwerlichen Weg über den Fluss und dann durch die Berge nehmen, wenn der Weg vom Nordosten her endlich frei ist?«

Ehe jemand etwas sagen konnte, antwortete sie selbst: »Weil er davon ausgeht, dass wir jetzt den Osten verstärken. Während wir unsere Truppen dort sammeln, kommt er durch die Hintertür und greift unsere Reichsstadt an.« Sie sah Derea an. »Bei allen Göttern, kannst du ermessen, wie unsagbar wertvoll deine Nachricht ist?«

Der nickte. »Leider bringt sie uns nur bedingt weiter. Camora wird auf Ten'Shur zumarschieren, um unsere Truppen zu binden. Findet er eine unbefestigte Stadt vor, wird er sie in Schutt und Asche legen und nach Mar'Elch weiterziehen. Gleichgültig, ob wir seine Pläne kennen oder nicht, wir werden an zwei Fronten kämpfen müssen, und das wird eng. Seine Truppen sind längst auf dem Weg, und uns gehen allmählich die Krieger aus.«

Darius stimmte ihm zu: »Damit hat er recht. Camoras Armee ist gewaltig und wird im Gegensatz zu unserer von Feldzug zu Feldzug größer. Er kann es sich leisten, seine Nadelstichtaktik an unseren Grenzen zu erweitern, ohne dass seine Hauptheere schrumpfen. Du dagegen kannst deine Grenztruppen nicht abziehen und bist auch noch gezwungen, dein übriges Heer aufzuteilen. Ich kann dir je eine Reitertruppe für den Osten und den Westen abstellen. Unsere Fußtruppen werden kaum schnell genug sein, und meine übrige Reiterei muss Latohors Grenzen sichern. Wir befinden uns in einer sehr ernsten Lage. El'Maran gilt als größtes Reich der Union als uneinnehmbares Bollwerk gegen die Horden. Fällt es, ist das der Anfang vom Ende.«

Morwena saß kerzengerade auf ihrem Stuhl und strahlte Stolz und Würde aus, als sie mit fester Stimme erklärte: »Es wird nicht fallen. Mag es Zufall gewesen sein oder der Wille der Götter … wir sind jetzt vorbereitet. Die Horden kennen das Westgebirge nicht, aber meine Bergjäger sind dort zu Hause.« Ihre Augen blitzten. »Kein Hordenreiter wird jemals das Gebirge überqueren, solange ich Königin bin.«

Canon sah wieder auf die Karte und fuhr mit dem Finger auf ihr herum. »Den Nordpass können sie nicht nehmen, er ist für Wagen und Geschütze zu steil und zu eng. Der Wendenpass wäre wegen seiner Breite am besten geeignet, aber dafür müssten sie zuvor tief ins Moor. Das werden sie nicht wagen. Sie werden den Roten Pass wählen. Wie eine tiefe Wunde durchschneidet er das Gebirge. Es müssen keine größeren Höhen überwunden werden, und er ist breit genug für Trosswagen und Katapulte.«

»Das denke ich auch«, stimmte sie zu. »Ich kenne den Pass. Ein gutes Gebiet für eine Schlacht … für den, der zuerst dort ist. Sind wir schnell genug, ist Camora bald um eine Armee ärmer.«

Derea sah sie an und konnte kaum glauben, dass dieselbe liebevolle Frau, die ihm in seiner Jugend nächtelang erklärt hatte, dass nur Taten einen Mann auszeichneten und nicht breite Schultern oder Bärte, gerade mit einem Lächeln den Tod von Tausenden beschlossen hatte.

»Wer geht?«, fragte Canon.

Morwena antwortete sofort: »Ich! Widersprich erst gar nicht. Ein Geburtstag mehr hat mich nicht zur Greisin gemacht. Außerdem brauche ich dich hier. Camora wird alles tun, um Mar'Elch einzunehmen, und seine Verbände sind gewaltig. Es wird ihm nicht ewig verborgen bleiben, dass sein Überraschungsangriff fehlgeschlagen ist. Du musst im Falle eines Angriffs die Hauptstadt halten, bis Derea oder ich dir zu Hilfe kommen können. Ich kann dir nur die Garde hierlassen. Du wirst dir also etwas einfallen lassen müssen, aber ich vertraue auf dein Geschick. Du warst schon immer der beste Planer unter uns.«

Es sah zunächst aus, als wolle Canon doch widersprechen, aber schließlich nickte er.

Derea, der ihren Ausführungen entnommen hatte, dass er nach Ten'Shur gehen sollte, wandte ein: »Ich weiß nicht, ob das reicht. Der Großteil meiner Truppe ist noch am Blauen Fluss und verfolgt die Horde. Ich habe nicht viel mehr als zweihundert Mann.«

Morwena hatte schon so viele Schlachten gewonnen und dennoch so viele Reiche verloren. Sollte es wieder so sein? Sie zwang sich zu einer sachlichen Antwort: »Dann muss das zusammen mit den Stadtkriegern, Menides' Schützen und Darius' Adlern reichen, um die Stadt zu schützen. Wir müssen hoffen, dass Camora seine Hauptstreitmacht in den Westen schickt … und dass wir vor ihr eintreffen. Wenn wir uns irren oder zu langsam sind, dann mögen die Götter mit Ten'Shur, mit dir und mit uns allen sein.«

Derea nickte, und Darius schwieg und rieb sich immer wieder das Kinn.

In die Stille hinein erklärte Canon: »Camora ist zugegebenermaßen ein hervorragender Meuchelmörder und vergeht sich gern und gut an Schwächeren, aber ich kann mich nicht daran erinnern, dass seine Horden auch nur einmal eine Schlacht gewonnen haben, an der einer von uns vieren beteiligt war. Wenn ich mir jetzt Sorgen machen soll, muss mir zuvor jemand erklären, warum.«

Derea lachte, und Morwena ergriff seine Hand. »Ich weiß, du hättest auf alles, was ich vorbringen würde, eine passende Antwort, und du ahnst nicht, wie stolz mich das macht. Wenn ich je etwas Wertvolles geleistet habe, dann war es, El'Maran so großartige Prinzen zu schenken.«

»Die ohne dich auf der Nebelinsel Unkraut jäten würden. Natürlich nur, wenn Ayala uns nicht doch noch über die Klippen entsorgt hätte, wie sie es angedroht hat, nachdem Derea beim Spielen einen Trieb von was-weiß-ich abgebrochen hatte.

Was wir wissen, wissen wir von dir. Was wir können, können wir durch dich. Was wir sind, hast du aus uns gemacht. Wir sind eine Familie, und jetzt sollten wir uns gemeinsam daranmachen, Pläne zu schmieden, um unsere Heimat zu verteidigen«, gab er zurück.

»Warum fallen mir nie so tolle Sätze ein?«, nuschelte Derea, und seine Mutter lächelte ihn so liebevoll an, dass Darius mit den Zähnen knirschte.

In Schlachtplänen versunken wurden nun Strategien erörtert. Irgendwann knallte Dereas Kopf auf die Tischplatte. Darius fuhr hoch, Morwenas Gesicht wurde sorgenvoll, und Canon erhob sich und zerrte seinen Bruder auf die Füße. »Mit deiner Erlaubnis, Mutter, bringe ich unseren Kleinen ins Bett.«

Der hing in Canons Armen und lächelte vernebelt. »Der Krieg ist immer ... na, jedenfalls schneller als ich, aber ich wollte dir sagen, meine Königin, du bist die verdammt beste Mutter, die ich mir vorstellen kann. Danke für deine Liebe. Gute Nacht! «

Seine Verneigung vor Darius musste Canon abfangen. Der versprach, gleich wiederzukommen, und trug seinen Bruder dann mehr oder weniger hinaus.

»Du kannst wirklich stolz sein«, bemerkte Darius. »Canon ist ein besonnener junger Mann mit großem Weitblick.«

Morwena löste den Blick von der Tür. »Ja, das ist er. Aber wie betont du das sagst ... Du kennst Derea nicht.«

»Ich verstehe nur nicht, warum du ihn Canon so offen vorziehst. Du hast pausenlos zur Tür gesehen, in der Hoffnung, dein kleiner Liebling käme herein. Alles andere war dir gleichgültig.«

Sie spielte mit ihrem Armband aus Holzperlen, das Canon und Derea ihr vor Urzeiten gebastelt hatten, und erwiderte: »Du hast nur zur Hälfte recht. Ich hätte diesen Tag lieber nur mit meinen Liebsten gefeiert. Canon hat mich davon überzeugt, wie wichtig es ist, Stärke zu vermitteln. Er hat mir erläutert, dass Feste in Kriegszeiten die Moral der Truppen stärken und die des Feindes untergraben. Er hat dafür gesorgt, dass die Botschaft vom fröhlichen Fest weit verbreitet wurde. Canon ist nicht nur in der Schlacht ein guter Stratege. Daher ist er mein Statthalter, und ich habe ihn längst öffentlich zu meinem Nachfolger bestellt. Er ist mir Halt und Stütze.«

Ihr Lächeln wurde sanfter. »Derea ist mein Sonnenschein und bringt mich selbst in diesen schweren Zeiten immer wieder zum Lachen. Mach nicht auch den Fehler, ihn nach seinem Äußeren zu beurteilen! Derea hat sich durch Kindheit und Jugend prügeln müssen, weil andere ihn nicht ernst nahmen. Du würdest sicher auch hin und wieder über die Stränge schlagen, wenn Fremde dich verächtlich behandelten, nur weil du ein so schönes und bartloses Gesicht hast. Ich glaube, du willst ihn einfach nicht mögen, und du bist eifersüchtig auf ihn.«

Darius schnaubte, musste sich aber eingestehen, dass sie recht hatte. Er ergriff ihre Hände. »Ich will dich nicht verärgern. Ich weiß, er steht deinem Herzen am nächsten, und natürlich bin ich deswegen eifersüchtig, und du wärst enttäuscht, wenn es nicht so wäre.«

Eine weitere Kerze erlosch. Das Zimmer lag nun fast im Dunkeln.

Sie erwiderte den Druck seiner Hände. »Wenn andere Zeiten wären, hätten wir Zeit für uns und unser spätes Glück. Fünfundzwanzig Jahre Krieg, fünfundzwanzig Jahre Tod. Ich frage mich immer häufiger: wofür? Derea war dreizehn, als er das erste Mal neben mir in die Schlacht ritt und abends nicht in den Schlaf kam, weil er zu viele Menschen hatte sterben sehen. Seit zehn Jahren kennt er nur Kampf, Leid und Zerstörung. Canons Jugendliebe starb nach einer Schlacht in seinen

Armen, und er fand noch nicht einmal die Zeit, um sie zu trauern. Marga sollte schöne Kleider tragen und ihre Kinder hüten. Stattdessen reitet sie von einem Schlachtfeld zum anderen. Das Leben, das wir aus unserer Jugend kennen, haben sie nie kennenlernen dürfen. Sie wissen nicht einmal, wofür sie kämpfen und vielleicht sterben. Was verlangen wir nur von ihnen? Ich wollte so gern eine gute Mutter sein. Ich wollte für meine Söhne sorgen, und stattdessen versorge ich viel zu häufig ihre Wunden. Jeden Tag, den sie nicht bei mir sind, bete ich zu den Göttern, dass sie noch leben. Wäre es nicht leichter, wir würden Camora als Großkönig anerkennen? Ich will meine Söhne nicht beweinen müssen, und es gibt so viele Mütter und Väter in unseren Reichen. Sie werden doch genauso denken.«

Er schlug mit der flachen Hand auf die Landkarte. »Camoras Gebiet! Mittlerweile genauso groß wie die königstreuen Reiche zusammen. Aber wie sieht es dort aus? Ganze Landstriche sind entvölkert. Männer werden schon im Kindesalter in die Horde gepresst, und die Frauen, die die Arbeit der Männer mit übernehmen müssen, sind schon mit zwanzig alt. Camoras Statthalter knechten sie unbarmherzig, lassen sie für ihren dunklen Herrn ausbluten.« Seine Augen wurden feucht. »Ich habe sie gesehen, die dürren Mädchen, die vor einen Pflug gespannt waren, und die Frauen, die sich mit der Sense fast die Beine abschlugen. Es gibt Dörfer, in denen kein arbeitsfähiger Mann mehr wohnt. Soll das unsere Zukunft sein? Unsere Kinder müssten vielleicht nicht mehr kämpfen, aber sie hätten auch nichts, wofür es sich zu leben lohnt. Wir haben fünfundzwanzig Jahre standgehalten. Seit …«

Morwena legte ihre Hand auf seine und unterbrach ihn leise: »Seit fünfundzwanzig Jahren verlieren wir Reich um Reich. Es gab einmal den Rat der Zwölf, jetzt gibt es nur noch den der Sieben. Ich weiß um das Leid der Ostvölker, aber mehren wir es nicht durch unseren Widerstand? Die Horde scheint unaufhaltsam wie eine Lawine. Wir bauen seit vielen Jahren Hindernisse auf ihrem Weg. Doch letztlich wird sie alles verschlingen. Lohnen sich der Tod und das Leid so vieler für bloßen Aufschub?«

Er widersprach sofort: »Wir werden die Lawine schmelzen, ehe sie das Tal erreicht. Camora wird fallen, denn nach der Prophezeiung werden wir den Sieg davontragen. Alle Menschen wären wieder frei. Dafür ist kein Opfer zu groß.«

Sie wusste, dass er das nicht einfach so gesagt hatte. Der letzte Satz der Prophezeiung besagte, das Schwert der Alten Könige werde die Völker einen und ins Licht führen, und Darius' Glaube an die Prophezeiung grenzte an Besessenheit. Sie seufzte und fragte: »Konnte dein Seher den Thronfolger da'Kandars endlich finden?«

»Meister Fergus ist auf dem Weg in die Tempelstadt. Er glaubt, seine Träume bedeuten, dass er den Erben der Kraft in Kairan finden kann.« Darius' Gesicht strahlte Zuversicht aus.

Morwena sah nichts Tröstliches in der neuen Entwicklung. »Darius, wie sollte ein Prinz dieses Gemetzel überlebt haben? Wir hoffen auf einen Geist.«

»Aber wir *haben* noch Hoffnung, Liebste. Glaube an den Erben da'Kandars, an den wahren Großkönig! Glaube daran, dass er uns zum Sieg führen wird.«

Morwena nickte nur verhalten, glaubte sie selbst doch längst nicht mehr daran.

Zeitgleich in Tegris, der Wüstenstadt

Der kahle Raum beherbergte ein Bett, einen Stuhl und einen Tisch mit Schüssel und Wasserkrug. Prinzessin Caitlin fuhr hoch, stieß einen Schrei aus, sah sich hektisch um, konnte aber in der völligen Schwärze nichts erkennen und schnappte nach Luft, weil sie kurzzeitig das Atmen vergessen hatte. Sie zitterte am ganzen Körper. Das Nachthemd klebte ihr auf der Haut.

Allmählich gewöhnten sich ihre Augen an die Dunkelheit. Sie wollte nicht an ihren wiederkehrenden Albtraum denken, aber die Bilder drängten sich ihr auf: Männer mit Tierfellen, die lachten und Körper auf einen Scheiterhaufen warfen … der Scheiterhaufen, der nicht aus Reisig bestand, sondern aus Menschenleibern … der Ring mit dem Wappen, der ihr vor die Füße rollte … das Siegel darauf, ein geflügeltes Schwert … ihre eigene Hand, die danach griff … die verbrannte Kinderhand, die ihr zuvorkam … und die plötzlich erwachsene Gestalt, die in der Dunkelheit verschwand. Doch diesmal loderte das Feuer hell auf, und deutlich sah sie das lange, blonde Haar des Ringräubers.

Sie schüttelte sich, glitt aus dem Bett, ging zu dem winzigen Fenster, rieb sich die Arme und schaute hinaus. So schwarz wie in der Wüste wäre der Himmel nirgendwo, hatte Ruth gesagt. Tatsächlich schienen die glitzernden Sterne zum Greifen nah. Die Waage der Schicksalsgöttin zog ihren Blick an. Wie üblich bat sie Haidar um eine unbeschwerte Zukunft. Doch heute bat sie auch noch um einen schönen, geistreichen und zärtlichen Prinzen.

Priesterin Hylia hatte einen Sommer außerhalb der Nebelinsel verbracht. Nächtelang hatte sie ihr hinterher trotz des Verbots der Königin Liebesgeschichten erzählt. Hylia hatte sogar zugegeben, sich auch verliebt zu haben, aber nicht preisgegeben, wer der Glückliche gewesen war. Caitlin hatte sich seither immer wieder gefragt, wie sich Verliebtsein anfühlte. Ihre Dienerin Ruth hatte sie auf der Fahrt mit Geschichten über die rauschenden Feste der weltlichen Könige unterhalten. Zwar hatte sie – damals noch Zofe Königin Ayalas – immer abseits gestanden, aber die Tänze und die Heiterkeit der Feiernden hatten sie auch so begeistert.

Sie seufzte noch einmal und versuchte dann, Verbindung zu ihrer Mutter aufzunehmen. Die Prinzessin verschwendete keinen Gedanken daran, dass es vielleicht nicht freundlich war, ihre Mutter mitten in der Nacht mit der unglaublichen Neuigkeit zu überraschen, dass der Dieb des Ringes blond war. Warum sollten andere schlafen, wenn sie keinen Schlaf fand?

Sie hätte sich aber doch über Ayalas Reaktion gewundert. Denn die hatte umgehend den Priesterinnenrat zusammengerufen. Die Nebelfrauen saßen in Nachtgewändern und mit zerzausten Haaren um einen Tisch herum und sahen erwartungsvoll die Königin an.

Die nickte. »Es gibt eine wichtige Neuigkeit, die uns tatsächlich zum überlebenden Prinzen führen könnte. Nur ein Familienmitglied war nämlich blond: Prinz Rhonan, der jüngste der königlichen Sippe. Zu wissen, wen man sucht, erleichtert die Suche ungemein. Wir sind durch diesen Fortschritt gezwungen, unsere Pläne zu ändern. Caitlin darf Latohor nicht mehr erreichen, denn wir können nicht zulassen, dass Darius davon erfährt und ihn vor uns aufspürt.«

Sofort tuschelten alle Priesterinnen aufgeregt miteinander, nur Martha, eine der ältesten Priesterinnen, wandte sich direkt an die Königin. »Du willst sie zurückholen? Überlege gut! Wir haben sie nur geschickt, um Darius' Argwohn nicht zu erregen. Sollen wir ihn jetzt schüren? Davor muss ich warnen. Du kannst doch Caitlin anweisen, ihren Traum für sich zu behalten.«

Ayala hob eine Braue. »Und du meinst, diese dumme Gans könnte sich das über einen längeren Zeitraum hinweg merken? Wenn ich mich niemals auf jemanden verlassen würde, dann ist es Caitlin.« Sie nahm sich eine Traube. »Aber du hast recht. Wir werden Söldner beauftragen.«

Ihr Blick huschte zu einer Frau mit Hasenscharte. »Dora, kümmere dich darum. Zahl gut und deute an, es könnten andere Aufträge folgen. Mach deutlich, dass ein Misserfolg allerdings ihren Tod bedeutet. Dann werden sie gute Arbeit verrichten. Sie sollen Caitlin aber erst im Grenzgebiet Latohors töten. Ich will, dass Darius sich verantwortlich fühlt.«

Nur Priesterin Hylia, die Jüngste des Kreises, warf Ayala einen fassungslosen Blick zu und zog ihre Stola enger. Alle anderen nahmen ungerührt hin, dass die Königin in einem Nebensatz den Tod ihrer Tochter befohlen hatte. Die hatte ihre Kinder schließlich nicht aus Familiensinn bekommen, sondern weil es ihre Pflicht war. Wegen einer Laune des Schicksals hatte sie zuerst zwei Söhne geboren. Die unbrauchbaren Bälger hatte sie an Morwena verschenkt.

Die Königin hielt ein Bild hoch. »Wir sollten uns jetzt dem Prinzen zuwenden. Auf dem Bild dürfte er sieben oder acht Jahre gewesen sein. Ich glaube, begegnet bin ich ihm nie, aber ich weiß noch, dass Königin Nemedala und ich am selben Tag niederkamen, an Haidars Namenstag. Doch die Göttin war wohl missgelaunt. Ich bekam wieder einen Sohn und Nemedala schien genauso unglücklich über ihren Nachwuchs zu sein. Zumindest hat sie ihn mir nie vorgeführt wie ihre anderen Kinder, die offensichtlich nur dafür lebten, den Reichtum da'Kandars durch Heirat noch zu vermehren. Sie sprach ständig nur von irgendwelchen Angeboten reicher Häuser und …«

Sie stutzte und lachte auf, bevor sie fortfuhr: »Erinnerungen. Wir waren beim Prinzen. Heute müsste er … dreiundzwanzig sein. Fünfzehn Jahre dürften sein Aussehen erheblich verändert haben, also prägt euch vor allem die ungewöhnlich grünen Augen ein. … Kalila, wir müssten in unserer Erinnerungskammer auch eine Kiste mit Gegenständen aus der da'Kandar-Festung haben. Hol sie! Wenn wir ein Spielzeug des Bengels hätten, könnten wir ihn vielleicht aufspüren.«

Zwischen den anderen Frauen begann sofort ein Streitgespräch darüber, ob ein Spielzeug nach so langer Zeit überhaupt noch Anhaftungen des Besitzers haben könnte. Ein Kleidungsstück wäre sicher besser geeignet, allerdings dürfte es nicht gewaschen sein.

Hylia wandte sich unterdessen an die Königin. »Ich verstehe nicht, warum Caitlin dem Fürsten nichts erzählen darf. Der ist doch ohne Bedeutung für uns. Ich dachte, dir wäre nur am Weisen der Berge gelegen, der unsere Pergamente übersetzen kann.«

Ayala nahm sich eine Traube, aß sie genussvoll und lächelte ihre Lieblingspriesterin an. »Der Blondschopf dürfte der Schlüssel zur Zukunft sein. Die Freien Reiche bauen aufgrund der Prophezeiung auf ihn, Camora muss ihn aus demselben Grund vernichten. Mein Hauptaugenmerk gilt dem Weisen. Ist der Prinz aber in unseren Händen, werden sowohl Darius als auch Camora eher bereit sein, mir den Gelehrten im Tausch gegen ihn auszuleihen. Sollte er von Darius kommen, wird er schon allein deswegen möglichst schnell arbeiten, um die Prophezeiung erfüllen zu können. Käme er von Camora, wird er aus lauter Dankbarkeit sowieso alles für uns tun. Unser Schicksal scheint untrennbar mit dem Schicksal des Prinzen verbunden zu sein, und in unseren Händen dürfte er vorläufig am besten aufgehoben sein.«

Die Priesterin nickte und betrachtete das Bild der Herrscherfamilie genauer. Der jüngste Prinz sah brav und niedlich aus, mit seinen blonden Locken und den großen, dunkelgrünen Augen, aber er wirkte nicht erhaben wie seine Eltern und Geschwister, sondern eher verloren. Aber Maler hatten ja oft …

»Es kann einfach nicht sein«, unterbrach Martha ihre Gedanken. »Camoras Wölfe haben damals alles durchstöbert. Es kann kein Leben mehr in der Festung gegeben haben.«

»Wenn ich Caitlins Traum richtig deute, hielt sich der kleine Prinz am einzigen Ort versteckt, der in jener Nacht völlig sicher war: auf dem Scheiterhaufen.«

Allgemeines Keuchen folgte der Aussage und alle starrten die Königin entsetzt an.

»Du beliebst zu scherzen. Wie sollte er das überlebt haben?«, würgte Martha schließlich hervor.

Ayala zwinkerte ihr zu. »Ich habe nicht die leiseste Ahnung. Wir fragen ihn, wenn wir ihn haben. Lasst uns um den Beistand unserer Ahnfrau bitten. Jede Hilfe ist uns willkommen.«

Umgehend versammelten sich die Priesterinnen um einen Altar mit dem Standbild Myrias, und die Nebelkönigin stimmte einen Gesang an.

4. Kapitel

Wie kurz zuvor Caitlin fuhr auch Rhonan aus einem wiederkehrenden Albtraum hoch.

Neben ihm schnarchte Milla. Der Vorhang zur Wohnstube blähte sich. Wind pfiff durch alle Ritzen. Die Waschschüssel stand auf dem Boden, um Wasser von oben aufzufangen. Es musste entweder tauen oder Schnee regnen, denn es tropfte stetig hinein.

Er träumte ständig von der Mordnacht auf da'Kandar, und der Traum endete stets damit, dass Diener Roland ihn brennend in den Burggraben warf. Doch diesmal hatte sich ihm eine Frau mit wallendem rotem Haar in den Weg gestellt. Er wusste es: Sie bedeutete Gefahr.

Wieder einmal fragte er sich, was er getan hatte, um dieses Leben zu verdienen. Seine Familie hatte ihn in einen Turm verbannt. Dann hatte er zusehen müssen, wie sie neben vielen anderen verbrannte, und hatte selbst überlebt. Vier Jahre lang hatte er sowohl Stimme als auch Erinnerung verloren, und er verfluchte immer noch den Tag, an dem ihm beides zurückgegeben worden war. Was nutzte die Stimme, wenn man nicht reden durfte? Was nutzten Erinnerungen, die nur schmerzten?

Er griff seinen Beutel und nahm einen großen Schluck Branntwein, dann drehte er sich zu Milla um. Seine Hand wanderte über ihre Hüfte und zärtlich küsste er ihren Nacken.

Milla erschauerte und räkelte sich. »Geh nach Kairan!«

Die Hand verharrte, seine Lippen lösten sich. »Was?«

»Geh nach Kairan. Triff dort den Mann, der dir den Weg weisen wird.«

Er rüttelte sie. »Was ist mit dir? Fantasierst du?«

Unwillig öffnete sie die Augen einen Spalt. »Noch zu früh, Schatz. Später! Wir haben doch den ganzen Tag Zeit.«

Er drehte sie auf den Rücken und fragte: »Sag mir erst, warum ich nach Kairan gehen soll.«

Sie drehte sich wieder weg, kuschelte sich in die Decke und murmelte: »Geh nicht dorthin. Das ist eine Stadt, in der selbst Talermädchen Standgebühren zahlen müssen. Nichts für uns.« Sie gähnte herzhaft, und kurze Zeit später schnarchte sie wieder.

Rhonan spürte wie so oft, dass sich jemand in sein Leben drängen wollte. Doch das würde er nicht zulassen. Ihm gefiel es hier. Niemand stellte Fragen, und von Dieben abgesehen interessierte sich auch niemand für ihn. Darüber hinaus war Kairan die letzte Stadt, die er je wieder betreten würde. Er nahm noch einen Schluck, rollte sich neben Milla und schlief ein.

Bald darauf fand er sich im Nebel wieder. Eine weiße Burg erhob sich daraus, und Frauen in weißen Gewändern huschten durch lichtdurchflutete Gänge. Jemand rief ihn. Er spürte Ketten. Eine alte Frau schwang lachend die Peitsche. Er wollte ausweichen, fiel und prallte auf etwas Hartes. Etwas drang in seinen Mund und er bekam keine Luft mehr. In seinem Kopf sammelte sich Blut, er wand sich, aber seine Beine waren gefesselt.

Endlich wachte er auf. Seine Beine steckten im Bettlaken, sein Oberkörper hatte sich im abgerissenen Vorhang verheddert. Mühsam versuchte er, sich zu befreien, und strampelte gleichzeitig mit den Füßen. Er hörte Gelächter, Stoff riss, er steckte den Kopf durch ein Loch im Vorhang und sog dankbar Luft ein.

Milla saß auf dem Bett, hielt sich den Bauch und prustete. »Was machst du da unten?«

»Mich mit meinem Schicksal abfinden«, entgegnete er matt. »Hilf mir bitte hoch.«

Zeitgleich im Westen

Danid und Korve warfen Marga böse Blicke zu. Sie hatte umgeben von Schnarchen und Schweißgestank keinen Schlaf gefunden und zum Aufbruch gedrängt, aber ihre Männer hätten offensichtlich gern noch etwas Ruhe gehabt. Denn noch hing die Nacht in den Bergen und dicker Nebel im Tal.

Fröstelnd zogen alle die Mäntel enger und die Kapuzen hoch.

Marga erteilte letzte Anweisungen. Ihr Atem hinterließ Dampfwölkchen, die sich im Dunkel verloren. Vorreiter Ramon machte sich auf den Weg, und Marga wandte sich ihren Schützlingen zu. Stirnrunzelnd betrachtete sie die kleine Gestalt, die in dem neuen, dicken Mantel noch kugeliger wirkte.

Gideon, der gerade Handschuhe überstreifte, entgingen ihre besorgten Blicke nicht. »Benötigt Ihr Hilfe, um in den Sattel zu kommen, Meister?«, fragte er mit belustigtem Zwinkern.

Der drohte kurz mit der Faust, hievte sich ächzend aufs Pferd und ließ es antraben, ohne sich weiter um seine Begleiter zu kümmern.

Marga blieb beim Ritt mit Gideon etwas zurück und wollte wissen: »Wie alt ist Euer Meister?«

Gideon runzelte nachdenklich die Stirn. »So um die zweihundert. Aber keine Sorge! Er wird Euch nicht wegsterben. Wir Verianer werden in der Regel um die zweihundertfünfzig Jahre alt.«

Sie schien nicht beruhigt. »Du meine Güte! Die vor ihm liegende Aufgabe ist mit großen Gefahren und Anstrengungen verbunden. Hat er überhaupt die leiseste Ahnung davon, was auf ihn zukommt? Ihr werdet ihn vielleicht nicht immer begleiten können.«

»Wir wären dem Ruf Eures Vaters nicht so schnell gefolgt,

wenn nicht auch unsere Ahnfrau uns Aufgaben erteilt hätte. Der Meister ist auf dem Weg nach Latohor, weil es seine Bestimmung ist. Er wird immer tun, was nötig ist, genau wie ich.«

»Ihr seid auch ein Verianer?«, wollte sie wissen.

Er nickte. »Bevor Ihr fragt, ich bin dreiundsechzig.« Er hörte ihr Schlucken und lächelte.

Eine Weile waren nur das Plock-Plock der Hufe und das Pfeifen des Windes zu hören, bis Marga sinnierte: »Kein Wunder, dass Meister Cato ein Weiser ist – bei der Zeit zum Lesen.«

Gideon nickte. »Fügt die Fähigkeit hinzu, nie wieder etwas zu vergessen, was Ihr gehört oder gelesen habt, und Ihr seid nahe dran zu begreifen, was einen Gelehrten ausmacht.«

»Seid Ihr auch ein Weiser der Berge?«, fragte sie. Verlegen fügte sie hinzu: »Verzeiht meine Unwissenheit, aber Ihr lebt so zurückgezogen, dass kaum jemand etwas über Euch weiß.«

»Fast alle Verianer sind Gelehrte, aber nur alle zweihundert Jahre wird ein Weiser, ein direkter Nachfahre unserer Ahnfrau Dala, geboren. Alle zweihundert Jahre kommt am Göttertag ein Knabe auf die Welt, der nach dem Tod seines Vorgängers der nächste Weise der Berge wird.«

Sie hätte gern weitergefragt, aber in diesem Augenblick kam Ramon auf sie zu. »Lukas wartet mit den Böcken. Er rät zur Eile, denn die Wolfsjäger sind nicht mehr weit. In Thula haben sie heute Nacht jedem Haus einen Besuch abgestattet.«

Marga nickte. »Dann los! Bei Sonnenaufgang will ich am Kreuzweg sein.«

* * *

Seit zwei Tagen waren sie jetzt in den Sümpfen unterwegs. Die kühle, klare Bergluft war einer drückenden Schwüle und modrigem Gestank gewichen. Kleider klebten am Körper, allein das

Atmen wurde zur Tortur. Ein Pfad schlängelte sich zwischen trüben Wasserlöchern, weiten Flächen aus blubberndem Morast und hohen Schilfgewächsen hindurch. Das Zirpen unzähliger Grillen, zunächst noch idyllisch, klang mittlerweile überlaut und nervtötend in Margas Ohren, und das Surren der kleinen Stechmücken um sie herum machte sie fast wahnsinnig.

Schweiß rann ihr in den Kragen, doch sie wäre nie auf den Gedanken gekommen, den Mantel auszuziehen. Danid hatte seinen gegen den dringenden Rat Meister Catos am Vortag abgelegt, war nun überall zerstochen und kratzte und stöhnte zum Gotterbarmen. Sechs, sieben Tage hatte sie eingeplant, um den Sumpf zu durchqueren, und schon jetzt fragte sie sich, ob das nicht zu kühn gedacht gewesen war. Ständig mussten sie die Lohböcke antreiben, da sie sonst einfach stehen geblieben wären, und mit dem Wasser mussten sie schon haushalten. Von Feuchtigkeit umgeben, hatten sie bisher keine einzige Trinkwasserstelle gefunden.

Marga kannte die Echsenmenschen nur aus Erzählungen. Bei der Nahrungssuche galten sie als nicht wählerisch. Menschen gehörten durchaus mit zu ihrer Beute. Da Marga bis auf Insekten und Vögel keine Tiere zu Gesicht bekommen hatte, konnte sie das sogar verstehen. Unter anderen Umständen wäre sie nie in die Sümpfe gegangen.

»Menschen und Sumpf passen nicht zueinander. Die Viecher fressen mich bei lebendigem Leib auf«, fluchte Meister Cato gerade und schlug sich erneut ins Gesicht.

Gideon lachte. »Ihr werdet noch …«

Sein Satz blieb unvollendet, denn Ramon zügelte sein Pferd, und unmittelbar darauf blieb ein Speer zitternd zwischen den Tieren im Erdreich stecken. Gideon krallte die Finger um die Zügel und hielt die Luft an, und Meister Cato sackte in sich zusammen und betete stumm.

»Keiner bewegt sich! Keiner zieht eine Waffe!«, befahl Marga. Sie spürte, wie ihr Herz raste.

Bis auf ein Rascheln im Schilf war nichts zu hören oder zu sehen. Die Zeit kroch dahin. Dann traten sie auf den Pfad: etwa zwanzig aufrecht gehende, schweiflose Echsen, deren gelbgrüne Körper farblich mit dem Schilf verschmolzen und deren Köpfe die Pferdeköpfe um einiges überragten. Die Mund- und Nasenpartie war vorgewölbt, die gelben Augen darüber rund und lidlos. Die je vier langen, gespreizten Klauen an Händen und Füßen waren mit gebogenen Krallen bewehrt, die tatsächlich lang waren wie Jagddolche.

Marga schluckte, setzte ein, wie sie hoffte, freundliches Lächeln auf, wies auf die Böcke und versuchte, durch Handzeichen zu verstehen zu geben, dass diese ein Geschenk sein sollten, wenn sie selbst weiterreiten durften.

Die Echsen gaben daraufhin Laute von sich, die wie tiefes Pluck, Pluck klangen, unterbrochen von Zischlauten. Pluck, pluck, tsch, tsch, pluck, tsch, pluck, tsch, tsch! Gespaltene Zungen schnellten zwischen breiten Zähnen hervor.

Marga konnte nicht erkennen, ob die Echsen ihre Zeichen verstanden hatten, aber zu ihrer Überraschung gab jetzt Meister Cato eigenartige Laute von sich – höher, aber denen der Kalla ähnlich.

»Ihr sprecht ihre Sprache?«, fragte sie Gideon erfreut.

»Wir beherrschen fast alle Sprachen«, war die ungeduldige Antwort.

»Was sagen sie?«, fragte sie weiter. »Sind sie einverstanden?«

»Wenn Ihr mich zuhören ließet, könnte ich's Euch sagen. Ihre Sprache ist umständlich. Für ein einfaches ›Ja‹ brauchen sie drei bis fünf Sätze.«

Zwischen einem Kalla und Cato ging es jetzt hin und her. Während der Kalla reglos verharrte, ruderte Meister Cato immer wieder mit den Armen und wackelte mit dem Kopf. Marga wertete das als schlechtes Zeichen und streifte den Mantel vom Degen. Die Männer folgten ihrem Beispiel. Sie ergriffen Bögen, und Hände wanderten zu den Pfeilen im Köcher.

Gideon setzte zum Sprechen an, da wandte sich Meister Cato um. »Gute und schlechte Nachrichten. Sie nehmen die Böcke und lassen uns leben, aber wir müssen sie in ihr Lager begleiten. Der Dorfälteste entscheidet, ob wir weiterleben dürfen. Wir haben nämlich ihr Inneres Land betreten, ein Gebiet, das allein den Kalla vorbehalten ist.«

»Verdammter Mist«, fluchte Marga voller Inbrunst. »Aber uns bleibt wohl keine Wahl.«

»Das sehe ich auch so«, stimmte Gideon unbehaglich zu. »Wenn ich es richtig verstanden habe, sind noch mehr von ihnen in der Gegend, und schneller als wir sind sie allemal.«

So verließen sie den Pfad und folgten den Kalla tiefer in den Sumpf. Immer wieder hielten ihre Führer sie dazu an, nur hintereinander zu reiten. Schließlich mussten sie sogar absteigen und die Pferde führen. Die Wege wurden schmaler und waren oft nicht einmal mehr zu erkennen. Für Marga sah es aus, als durchquerten sie geradewegs den Sumpf. Er quatschte unter ihren Stiefeln, die durch den Morast immer schwerer wurden, und jeder Schritt zu weit nach links oder rechts ließ sie tiefer einsinken. Wer sich hier nicht auskannte, war unweigerlich verloren. Und das bedeutete: Sie waren völlig in der Hand der Kalla.

Sie waren ihnen schon eine ewig lange Zeit gefolgt, als der Untergrund fester und vor ihnen eine große Kuppel aus geflochtenem Schilfgras sichtbar wurde. Marga und ihre Männer starrten sie beeindruckt an.

»Heilige Dala«, entfuhr es Gideon. »Seht nur! Das ist … ein

Wunderwerk. Das ist so groß, da könnte man ein ganzes Dorf … was sage ich … eine Stadt unterbringen.«

»Das hat man vermutlich auch. Schließlich ist die Regenzeit hier lang«, bemerkte Meister Cato. Er wollte weiterreden, aber in diesem Augenblick nahmen ihnen ihre Führer Pferde und Böcke ab. Einige der Echsen verschwanden mit den Tieren im Schilf. Die Menschen schob man auf die Kuppel zu. Erst jetzt fiel ihnen auf, dass die geflochtenen Gräser an einer Stelle eine Art Vorhang bildeten. Die Kalla schoben ihn auseinander, und sie betraten das Innere. Die Wände der Kuppel waren fast so dick, wie ein Pferd lang war. Licht drang durch Schlitze im unteren Kuppelbereich herein. Angenehme Kühle, der Geruch nach scharfen Gewürzen und vielstimmiges Zischen empfingen sie. Moos erstreckte sich zu ihren Füßen, durchzogen von kristallklaren Wasserläufen, über die unzählige Brücken aus dickem Rohr führten. Die Gräben unterteilten den Innenraum in lauter kleine Felder, auf denen je eine oder zwei Schilfhütten und Kochgestelle standen. Offenbar lebten die Echsen in Familienverbänden oder anderen kleinen Gruppen. In der Mitte der Kuppel befand sich ein großer Platz, auf den die Kalla über etliche Brücken ihre Gefangenen führten.

Deren Unbehagen wuchs mit der Anzahl der Kalla, die sich ihnen anschlossen. Ein Gewirr aus Stimmen umgab sie. Kleinere Echsen drängten sich zwischen den Erwachsenen durch, rissen an der Kleidung der Gefangenen und quiekten vor Vergnügen.

»Was sagen sie?«, wollte Marga von Meister Cato wissen, während sie versuchte, kleine Klauen möglichst sanft abzuwehren und sich unter größeren wegzudrehen.

Er gab sichtlich ungern Auskunft, während er darum kämpfte, sein Gleichgewicht zu halten und nicht in den Graben zu fallen. »Sie scheinen zu glauben, es sei unsere Schuld, dass die Wunde eines ihrer Jäger sich nicht schließt. Sie wollen das durch unsere Opferung ändern.«

»So schnell opfert mich keiner. Ein paar von diesen Tieren nehme ich mit«, erklärte Ramon und legte seine Hand auf den Schwertgriff.

»Lass die Waffe los«, raunte Marga, die die sofort wachsende Anspannung um sich herum spürte.

Umringt von Kalla hieß man sie schließlich stehen bleiben. Sie war dankbar, dass ihre Führer nun dafür sorgten, dass sich die Bewohner der Kuppel etwas zurückzogen. Zumindest das Gezerre hatte ein Ende, und sie sah wieder etwas anderes als gelbgrüne Körper.

Auf dem runden Platz standen vielleicht zwanzig sorgsam geflochtene Rohrstühle mit hohen Rückenlehnen im Halbkreis um einen schwarz glänzenden, eiförmigen, mannshohen Stein. Fremdartige rote Schriftzeichen oder Verzierungen waren darauf in einer Spirale eingeritzt. Um ihn herum befanden sich Vertiefungen im Boden. In einer davon lag ein blutroter Stein.

Die Verianer versuchten unwillkürlich, die Schriftzeichen zu entziffern, als das Geplapper um sie herum plötzlich abriss und eine gewaltige Echse und ein runder Gnom, dessen menschliches Gesicht und kahler Schädel mit unzähligen Warzen übersät waren, auf die Gruppe zuschritten. Der Gnom, der in einen bodenlangen Umhang aus buntgefärbten Vogelfedern gehüllt war, fing sofort an, wie ein Irrwisch herumzutanzen, kreischte, fuchtelte mit den Armen herum und wies dabei immer wieder auf die Gefangenen. Die Echsen verharrten stumm und reglos.

Irgendwann fand Meister Cato es an der Zeit, den Wortschwall des Kleinen zu unterbrechen. Ohne ihm auch nur einen Blick zu schenken und ohne die Stimme zu heben, wandte er sich an den großen Echsenmann und gab seine Zischlaute von sich. Je mehr der Gelehrte sagte, desto lauter wurde die Stimme des Kleinen. Hilfesuchend sah Marga Gideon an, der das Wortgefecht übersetzte: »Der Visar – das ist ein nahezu ausgestorbener Volksstamm aus dem Sumpfrandgebiet im Süden – ist der Medizinmann hier. Offenbar sind ihm in der letzten Zeit einige Kalla unter den Händen weggestorben, was man ihm übel genommen hat. Er versucht jetzt, dem Ältesten zu erklären, wir seien daran schuld gewesen. Meister Cato hat uns gerade vorgestellt und erklärt, wir seien erst seit zwei Tagen in den Sümpfen und von daher in keinem Fall schuld an den Unglücksfällen. Außerdem versucht er, dem Ältesten klarzumachen, dass der Visar ein boshafter Lügner ist, der versucht, seine eigene Unfähigkeit anderen anzulasten. Dem Medizinmann hat er gerade empfohlen, den Ältesten nicht zu beleidigen, indem er ihm unterstellt, derart unsinnige Behauptungen zu glauben.«

Marga lächelte verkrampft. »Euer Meister ist nicht ungeschickt. Ich kann nur hoffen, dass der Älteste Vernunftgründen zugänglich ist.«

Gideon nickte und verfolgte weiter die Unterhaltung. Der Gnom wurde noch wilder und lauter, tobte jetzt fast, und erst die Stimme des großen Kalla ließ ihn verstummen.

»Was hat er gesagt?«, fragte die Hauptmännin nervös.

»Der Älteste hat entschieden, ihrem Gott Javor die Entscheidung zu überlassen. Dem Medizinmann hätte der die Hilfe verweigert. Wir sollen den verletzten Jäger heilen. Wenn es uns gelingt, dürfen wir mit dem göttlichen Wind reisen, wenn nicht …« Er zuckte die Achseln und sah Marga an. »Das muss ich nicht weiter ausführen, oder?«

Sie schüttelte den Kopf und schluckte. »Ich bete, dass Euer Meister diesen Jäger heilen kann.«

»Das würde nicht viel nutzen, denn ich werde mein Glück versuchen.«

Marga verlor fast die Fassung, und hätte sie nicht notgedrungen mit gedämpfter Stimme gesprochen, hätte die ähnlich schrill geklungen wie die des glücklosen Medizinmanns. »Er schickt Euch? In solch einer Lage? Das erlaube ich nicht. Ich werde sofort mit ihm reden.«

Gideon hielt sie am Arm fest. »Schon gut! Er wird kommen, wenn ich seiner Hilfe bedarf, aber er ist alt und benötigt dringend Ruhe. Der Meister klagt nicht, aber seht ihn Euch an: Er kann sich kaum auf den Füßen halten. Seid unbesorgt. Was getan werden kann, wird getan werden.«

»Kennt Ihr Euch denn mit Heilkunst aus?« Sie wirkte keineswegs beruhigt.

»Ich habe viel darüber gelesen.« Mit diesen Worten wandte er sich ab und folgte einem Echsenkrieger in eine Hütte.

Marga sah ihm mit gemischten Gefühlen hinterher, und Ramon stieß sie leicht an. »Vergiss nicht, dass der Schüler auch nicht mehr so jung ist, wie er aussieht. Hat bestimmt auch schon 'ne Menge im Kopf. Er ist schließlich so alt wie mein Großvater.«

Der aufgeregte Medizinmann hatte sich längst wieder den Echsen zugewandt, zeterte laut und ruderte dabei mit den Armen. Die aber vertrauten wohl auf die Beschlüsse ihres Anführers und entfernten sich nach und nach.

Meister Cato drehte sich lächelnd zu seinen Begleitern um. »Seid unbesorgt! Wenn dem Jäger noch zu helfen ist, wird Gideon es schon richten. Nicht immer kommt es bei der Bewältigung von Aufgaben auf das Alter an. Ich würde mich in solchen Dingen immer lieber auf ihn als auf mich verlassen. Er hat viel geschicktere Hände. Wir wissen aber auch, dass hin und wieder jede Hilfe zu spät kommt. Hoffen wir, dass dies bei dem Jäger nicht der Fall ist. Der Älteste will sich jetzt mit mir unterhalten. In den letzten Jahren häufen sich hier ungewöhnliche Naturereignisse. Teile des Sumpfes sind ausgetrocknet, Seuchen breiten sich aus, und Missbildungen unter Neugeborenen häufen sich. Ich habe ihm vom Krieg erzählt, und darin sieht er die Ursache für ihre Plagen.« Auf Margas verständnislosen Blick hin ergänzte er: »Für die Echsen ist Luft nicht nur Luft und Wasser nicht nur Wasser. Für sie sind es Geister, denen sie Opfer bringen. Wenn Krieg die Luft verpestet, müssen sie darunter leiden. Krieg zerstört das Gleichgewicht der Natur.« Er warf dem Echsenmann einen kurzen Blick zu und fuhr fort: »Ich darf ihn nicht länger warten lassen. Setzt Euch, esst und trinkt und vertraut auf meinen Schüler. Man wird Euch Rasbeerensaft anbieten. Er ist sehr herb, löscht aber hervorragend den Durst. Fleischgerichte werden hier reichlich mit der Sumpfknolle, einer sehr scharfen Zwiebelart, gewürzt. Wir werden mit einer Delikatesse bewirtet: Riesenschildkröte.« Er zwinkerte und drückte Marga noch einmal beruhigend die Hände. »Solltet Ihr noch drängende Fragen haben, stellt sie jetzt. Ein Gespräch mit dem Ältesten darf nicht unterbrochen werden.«

»Ich hätte viele Fragen«, erwiderte sie nüchtern. »Aber sie sind nicht drängend.«

Obwohl die meisten Kalla sich zurückgezogen hatten und andere sie jetzt bewirteten, wollte sich bei ihr keine Entspannung einstellen, was zum einen daran lag, dass sie nichts von dem verstand, was um sie herum gesprochen wurde, zum anderen daran, dass sie nicht wusste, was in der Medizinhütte vor sich ging.

Der Saft, den man ihnen reichte, war tatsächlich erfrischend, und Marga fand ihn recht wohlschmeckend. Das Schildkrötenfleisch war unangenehm weich und so scharf, dass sie immer wieder nach Luft schnappen musste. Aber sie würgte die ungewohnte Kost tapfer hinunter. Auch ihre Krieger leerten höflich ihre Schüsseln, lehnten einen Nachschlag jedoch ab.

Meister Cato unterhielt sich derweil mit dem Ältesten, und in der Medizinhütte herrschte ein ständiges Kommen und Gehen. Um sich abzulenken, ließ Marga die Blicke schweifen. Die kleinen Inseln waren allesamt bevölkert. Überall saßen Echsen um Kessel herum und aßen. Auf einigen Inseln ging es ruhig zu, von anderen her klang es nach Streit. Marga lächelte unwillkürlich. Ähnlichkeiten zu einem Menschendorf waren nicht zu leugnen, nur dass sie beim besten Willen nicht erkennen konnte, wer Frau und wer Mann war.

Endlich erschien Gideon wieder. Er erstattete zunächst dem Dorfältesten Bericht, kam dann zu seinen Weggefährten und nickte. »Der Jäger müsste überleben, hatte nur eine übel entzündete Wunde. Die Maden werden ordentlich zu knabbern haben.«

»Sagtet Ihr gerade *Maden*?«, fragte Ramon mit angewiderter Miene.

Gideon nickte. »Die reinigen die Wunde, mögen nämlich totes Fleisch. War nur schwer, den Echsen zu erklären, was ich wollte. Für ›Maden‹ fehlte mir die Übersetzung. Außerdem brauchte ich eine besondere Art. Nicht alle …« Er schüttelte den Kopf. »Das würde jetzt zu weit führen. Aufgrund der Verständigungsschwierigkeiten hat es jedenfalls länger gedauert.«

Danid würgte leicht, und der Verianer zwinkerte ihm zu. »Maden sind sehr wirksam. Der Kalla sagt, die Würmchen kitzeln. Ist doch schön, wenn man in seiner Lage noch etwas zu lachen hat, oder?«

»Heißt das, dass wir weiterreisen können?«, fragte Marga.

»Zumindest stehen wir nicht auf dem Speiseplan. Aber der Dorfälteste ist allerdings noch nicht überzeugt, dass der Jäger gesund wird. Er wird uns seine Entscheidung wissen lassen, sobald er sie getroffen hat. Doch nun entschuldigt mich. Meister Cato benötigt mich beim Gespräch. Seine Erschöpfung macht ihm immer mehr zu schaffen, und er bedarf meiner Unterstützung.«

Marga sah ihm missmutig nach. Sie wurde das Gefühl nicht los, dass die Verianer ihr etwas verschwiegen, und dieses Gefühl hasste sie.

5. Kapitel

Die Nebelkönigin saß in ihrem Frühstückszimmer. Die Sonne tauchte den Raum in anheimelndes Licht und ließ den rotpolierten Tisch glänzen, auf dem um einen bunten Strauß Blumen herum Wein, Wasser, ofenwarmes Brot, Fleisch, Früchte und Käse standen. Doch Ayala aß nicht, sondern trommelte mit den Fingern auf dem Tisch herum und bemerkte: »Die Priesterinnen suchen jetzt seit Tagen nach diesem Prinzen. Einmal, aber nur ganz kurz hatten sie eine Verbindung. Nur Hylia ist sicher, dass er im Norden sein muss. Ihre Eingebung hat sich oft als richtig erwiesen. Wir sollten darauf setzen – was bleibt uns schließlich anderes übrig?«

Martha schnitt sich ein Stück Braten ab, spießte dazu noch einen geschmorten Pilz auf und nickte. »Der Norden ist groß und blonde Männer dort nicht gerade selten. Ich sollte mit Ligurius sprechen. Er könnte uns sicher helfen, den Prinzen aufzuspüren.«

Ayala dachte über ihre Worte nach. Der Norden erkannte Camoras Ansprüche auf den Thron an. Der Schwarze Fürst hatte Kairan nicht erobern müssen, denn Händler legten sich nicht mit Männern an, hinter denen ein Heer stand. Im Norden galt das Recht des Stärkeren. Die Nordmenschen dienten keinem weltlichen Herrscher, aber sie waren gottesfürchtig, denn nicht Krone oder Thron waren wichtig, sondern ausreichend Zeit und Sonne für die spärliche Ernte zwischen Frost und Frost. Der Priesterrat unter Vater Ligurius hatte höchstes Ansehen genossen, bis Camora ihn aufgelöst hatte. Im Geheimen aber lebten sowohl der Rat als auch die Inquisition weiter. Ein Ketzerjäger gab seine Berufung nicht auf Befehl eines weltlichen Fürsten auf. Der einzige Unterschied war, dass er seine Opfer nun nicht mehr öffentlich brandmarkte oder verbrannte. Sie verschwanden einfach. Ligurius war nach wie vor der heimliche Fürst des Nordens, und Martha war seine beste und wohl auch einzige Freundin. Sie waren wie Geschwister aufgewachsen, und bei verstockten Gefangenen holte er sie gern zur Befragung dazu. Marthas schmerzhafter Überredungskunst konnte auf Dauer niemand widerstehen.

Die Königin nickte daher. »Das ist ein guter Gedanke, aber Ligurius soll vorsichtig sein. Lieber verliere ich den Prinzen an Camoras Wölfe, als dass ich Gefahr laufe, das Misstrauen des Schwarzen Fürsten zu schüren. Ich habe sein letztes Gelächter immer noch in den Ohren.«

»Wenn es uns gelingt, den Weisen zu finden, und der die geheimen Schriften entschlüsselt, wird unser Gelächter das Letzte sein, was Camora in dieser Welt hört«, nuschelte Martha, ohne hochzusehen. »Und er wird es lange hören, weil ich dafür sorgen werde, dass er langsam stirbt. Dabei wird er lernen, wie viele Knochen man einem Menschen brechen und wie viele Sehnen man ihm durchtrennen kann, und ihm wird klar werden, wie unglaublich viel Haut ein Mann hat, die man zunächst verbrennen und dann abziehen kann.« Erneut gabelte sie Fleisch auf.

Ayala schüttelte sich. »Also, Martha, manchmal bist du mir wirklich unheimlich. Ich …«

Sie verstummte, weil Hylia das Zimmer betrat. Ihr weißes Gewand war zerknittert, Strähnen hatten sich aus ihrem rehbraunen Haarknoten gelöst. Die junge Priesterin verneigte sich und ließ sich auf einen Stuhl fallen. Sie schüttelte müde den Kopf, als Martha den Weinkrug hob, um ihr einzuschenken. »Danke, ich will nur noch schlafen. Unsere Ablösung sucht weiter, aber ich rechne kaum noch mit einem Erfolg. Wir sollten in Erwägung ziehen, dass er tot ist.«

Die Augen der Nebelkönigin weiteten sich vor Entsetzen. »Hältst du das für möglich?«

»Ich weiß es nicht. Entweder das, oder er weiß, dass wir ihn suchen, und sperrt sich dagegen. In diesem Fall können wir ihn nur im Schlaf überraschen.« Müde rieb sie sich die Augen.

»Warum stellt ihr die Suche nicht tagsüber ein und spart eure Kräfte?«, fragte Martha.

»Weil ich seine Schlafgewohnheiten nicht kenne und weil die Abwehr den Prinzen genauso viel Kraft kostet wie uns die Versuche einer Verbindung«, erklärte Hylia. »Im Gegensatz zu ihm können wir einander jedoch ablösen. Da wir ihn einmal erreicht haben, dürfte es nur eine Frage der Zeit sein, bis wir ihn wiederfinden, wenn er noch lebt. Es wundert mich nur, dass er uns überhaupt abwehren kann. Dieses Können setzt zumindest eine gewisse magische Veranlagung voraus.«

»Hast du ihn während der Verbindung gesehen?«, fragte Martha.

Hylia schüttelte nur den Kopf.

»Wie kommst du dann auf den Norden?«

»Weil ich Kälte gespürt und Angus-Bäume gerochen habe. Die gibt es nur im hohen Norden.«

Ayala tätschelte Hylias Arm. »Was sagt dir dein unübertreffliches Gespür? Lebt er noch?«

Die zuckte die Achseln. »Mein Gespür sagt mir zurzeit rein gar nichts, aber es wäre doch ein verrückter Zufall, wenn er ausgerechnet kurz nach unserer ersten Verbindung gestorben wäre.«

Ayala sah Hylia in die warmen, braunen Augen, streichelte noch einmal ihren Arm und lächelte erneut, diesmal allerdings etwas verkrampft. »Das wäre es in der Tat. Geh jetzt schlafen.«

Die junge Priesterin erhob sich sofort, verneigte sich und schlurfte aus dem Zimmer.

Die Königin wartete, bis sich die Tür geschlossen hatte, ehe sie sich ereiferte: »Was geht hier vor? Dieser Knabe überlebt, was er nicht überleben kann, und verfügt über Magie. Ziehe ich noch in Betracht, dass Nemedala bei seiner Geburt über das Alter hinaus war, in dem man sich noch Gedanken über Nachwuchs macht, dann sträuben sich mir jetzt tatsächlich die Haare.«

»Was nicht oft vorkommt«, bemerkte Martha, begutachtete die Trauben und pickte sich die dicksten Beeren heraus. »Ich werde Priesterinnen beauftragen, Ahnenforschung zu betreiben. Vielleicht war ja eine Magierin im da'Kandar-Geschlecht vertreten. Aber magisches Talent hin oder her, Ligurius' Spionen kann er nicht entkommen. Wenn er im Norden ist, gehört er bald uns.«

Ayala sah sie an und nahm auch endlich Brot und Käse. »Wir haben einen großen Vorteil. Er ahnt nicht mal, dass die Ketzerjäger ihm auf den Fersen sind. Der gefährlichste Feind ist der, den man nicht kennt. Ich fürchte, die Tage, die der da'Kandar-Erbe in Freiheit verbringt, sind gezählt. Bei dem, was vor ihm liegt, wird er sich noch wünschen, er wäre seinerzeit nicht entkommen.«

Martha nickte kauend. »Ja, die Gnade eines schnellen Todes wird oft unterschätzt.«

* * *

Marga hoffte immer noch, nur schlecht geträumt zu haben, denn Gideon hatte sich gerade von ihr verabschiedet.

Zwei Tage hatten sie bei den Echsen verbracht. Dem Jäger ging es besser. Aber der Dorfälteste hatte beschlossen, Gideon für den Fall der Fälle dazubehalten. Da die Genesung länger dauern konnte, Fürst Darius die Siegelerben aber baldmöglichst erwartete, hatte Meister Cato beschlossen, ohne seinen

Schüler weiterzureisen. Das ärgerte sie, aber sich wehren konnte sie nicht. Schließlich erwartete ihr Vater nur den Weisen und nicht dessen Schüler, mit dem sie sich so gern unterhielt. Selten war ihr ein Mensch innerhalb so kurzer Zeit so ans Herz gewachsen.

Am Abend zuvor hatte er die Laute genommen und mit seinem Spiel und seiner Stimme sogar die Echsen verzückt. Als die sich im Takt gewiegt hatten, hatte sie gespürt, dass die Wesen mit den ausdruckslosen Gesichtern den Menschen verwandter waren als Tieren.

Verzagt schüttelte sie den Kopf. »Gibt es wirklich keine andere Möglichkeit, Gideon? Ein, zwei Tage könnten wir noch warten.«

»Es könnte auch zehn dauern. Mit den Körpern der Kalla kenne ich mich nicht aus. Aber wenn die Götter es wollen, werden wir uns wiedersehen. Passt auf meinen Meister und auf Euch auf!«

Traurig nickte sie, ergriff die Zügel und sah sich nicht mehr um.

Gideon dagegen sah seinen ehemaligen Begleitern lange hinterher. »Mögest du auf deiner Reise mehr Freud als Leid und an ihrem Ende wohlmeinende Götter finden«, flüsterte er. Als die Pferde im Schilf verschwanden, wusste er, dass er seinen Lehrmeister nicht wiedersehen würde. Er war wie gelähmt. Alle Gedanken verschwanden in einem Loch, bis ihn nur noch Leere umgab.

* * *

Ein Kalla stieß ihn unsanft an und gab Laute von sich. Gideon erschrak und stieß ihn weg. »Du kannst mich mal gernhaben, du ungebildeter Muskelberg. Du weißt nicht, warum du Fuß vor Fuß setzen kannst, und hast keine Ahnung, was beim Fliegen alles schiefgehen kann. Ich schon.« Er schalt sich wegen seiner Überheblichkeit, wechselte die Sprache und erklärte seinem Führer, ihm sei ziemlich unwohl, wenn er an die Art seiner nächsten Fortbewegung denke.

Der hatte entgegen Gideons Annahme vollstes Verständnis. Er schilderte so anschaulich, wie er als Kind so übel abgestürzt war, dass er sich anschließend lange Zeit nur unter Schmerzen auf allen vieren hatte fortbewegen können, dass Gideon sich im nächsten Schilfbusch tatsächlich übergab. Das war dem Echsenmann nun unangenehm. Er versuchte, seine Ungeschicklichkeit dadurch wettzumachen, dass er dem Verianer immer wieder auf Schultern und Rücken schlug, und beteuerte, er kenne ganz viele, denen gar nichts Schlimmes beim Fliegen widerfahren sei.

Vorsichtshalber entfernte Gideon sich etwas von seinem ungestümen Führer. Schließlich hatte er schon genug blaue Flecken von den Dankesbekundungen des genesenen Jägers.

Nach einer Weile betraten sie eine Lichtung: das Gebiet der Flugechsen. Die waren kleiner und schmaler als ihre erdverbundenen Artgenossen, aber im Verhältnis zum Verianer immer noch riesig.

Pthullah, den er schon vom Gespräch mit dem Echsenführer kannte, kam sofort auf ihn zu. Erneut fiel ihm auf, dass es bei den Echsen immer aussah, als bewegten sie sich nicht selbst fort, sondern als glitte der Untergrund unter ihnen hinweg. Es war wohl nicht so gemeint, aber Gideon empfand es als Drohung, als der Kalla seine durchscheinenden Flügel ausbreitete. Auch Pthullah schlug ihm aufmunternd auf die Schulter.

Gideon gelang es nur mit Mühe, ein Aufstöhnen zu unterdrücken und verkniffen zu lächeln.

Man gab ihm letzte Anweisungen, was er während des Fluges auf alle Fälle unterlassen sollte. Pthullahs nächste Worte trugen auch nicht zu seiner Beruhigung bei. Der erklärte nämlich, der Verianer solle sich nicht wundern, wenn er hier und da absackte. Schließlich sei eine Flugechse nicht für Flüge mit so schweren Lasten gebaut. Er müsse daher die Luftströme genau beachten, um immer genug Auftrieb zu haben. Man wolle einen Absturz nach Möglichkeit vermeiden. Sollte es aber doch dazu kommen, solle Gideon nicht zappeln. Die Wahrscheinlichkeit, einen neuen Luftstrom zu erwischen, wäre dadurch deutlich erhöht.

Der Gelehrte war einer Ohnmacht nahe. Nur die Tatsache, dass er in Dalas Auftrag reiste, ließ ihn jetzt nicht umkehren. Er hatte trotz aller Kriegswirren bisher Ruhe, Behaglichkeit und seine Studien genossen, aber nun hatte er eine wichtige Aufgabe zu erfüllen, und nicht etwa angemessener Stolz war sein vorherrschendes Gefühl, sondern schnöde Angst. Vielleicht sollte er doch lieber reiten, aber ohne Führung würde er bald nur ziellos umherirren.

Durchscheinende Flügel fächelten ihm unbeabsichtigt Luft zu und ließen ihn frösteln. Solche zarten Gebilde sollten ihn durch die Lüfte tragen? Er ging mit butterweichen Knien und schweißnassen Händen auf Pthullah zu. Der ließ sich einen Gurt aus Riesenschildkrötenhaut umlegen, den die Kalla extra für Gideon angefertigt hatten. Zwei Kalla hoben den Gelehrten in Fußschlaufen an Pthullahs Oberschenkeln. Dann konnte Gideon die Hände in Schlingen auf den Schultern des Echsenmannes stecken. Im Flug würde er so mit gleich verteiltem Gewicht zwischen den Flügeln liegen.

Ptho, ein weiterer Echsenmann, sollte sie zur Sicherheit begleiten und Gideons Gepäck tragen. Die ledernen Gesichter der Echsen waren völlig ausdruckslos, aber Gideon hätte schwören können, in allen ein Grinsen zu sehen.

Pthullah und Ptho schlugen mit den Flügeln und erhoben sich in die Luft.

Gideon klammerte sich fest und schloss die Augen. Sein Magen hob und senkte sich. Seine Muskeln ver- und entspannten sich. Sein Herz pochte wild und beruhigte sich wieder. Er hätte nicht sagen können, wie viel Zeit vergangen war, bis er es wagte, die Augen zu öffnen.

Unter ihnen lag der Sumpf, über ihnen türmten sich zum Greifen nah weiße Wolken. Bis auf das Geräusch des Flügelschlags war es still. Seine Angst wich dem Gefühl unendlicher Freiheit und tiefen Friedens. Gideon spürte weder das Gewicht seines Körpers noch die Last seiner Sorgen und er verstand plötzlich die Götter, die sich den Himmel als Lebensraum erkoren hatten.

Pthullah raunte ihm etwas zu, und er antwortete wahrheitsgemäß: »Ja, ich beneide dich. Was bedeutet all mein Wissen im Gegensatz zu diesem Gefühl, eins zu sein mit der Unendlichkeit?«

Gleichzeitig im südlichen Grenzgebiet Latohors

Die Köchin, die von Cornelius ein großzügiges Handgeld für die Bewirtung erhalten hatte, hatte es gut gemeint und geschmorte Hasenstückchen zu getrockneten Feigen und gerösteten Apfelspalten als Vorspeise serviert. Ruth und Cornelius löffelten begeistert. Nur Caitlin aß nichts.

»Kostet doch zumindest! Es schmeckt hervorragend«, bat Cornelius, erntete aber nur ein Kopfschütteln und seufzte. »Morgen erreichen wir Latohor. Ich versichere Euch, dass es Euch dann nicht mehr an Bequemlichkeit mangeln wird.«

Die Prinzessin hatte die Hände im Schoß gefaltet und trug einen angewiderten Gesichtsausdruck zur Schau. »Ich weiß nicht, wie Ihr meinen könnt, ich könnte hier auch nur einen

Bissen hinunterbringen. Reinlichkeit scheint hier unbekannt zu sein. Ich werde nichts essen.«

Cornelius sah sich verständnislos um. Die wenigen Holztische waren weiß vom Schrubben, die Binsen frisch gestreut, sogar Wildblumen standen auf dem Tisch. »Ich weiß nicht, was Ihr meint.«

»Ich wage es kaum zu sagen«, begann Caitlin und schluckte, ehe sie fortfuhr: »Mein Badewasser durfte nicht ausgeschüttet werden. Es sollte noch einmal benutzt werden – von jemand anderem. Ich wollte es nicht glauben, aber es war ihnen tatsächlich ernst. Das ist so … so eklig. Ich mag gar nicht daran denken, wie es hier in der Küche zugeht.«

Cornelius hatte Mühe, ein Lachen zu unterdrücken. »Ich versichere Euch, Ihr habt das Wasser zuerst benutzt. Wasser ist hier außerhalb der Regenzeit knapp und daher wertvoll – und wie bitte soll es in der Küche schon zugehen? Seid versichert, der Braten ist noch unbenutzt. Ich würde jede Bissspur sofort erkennen. Das gilt auch fürs Brot. Der Wein stammt aus unseren eigenen Vorräten. Er kommt in der Küche unter Hermes' Augen vom Fass in Krüge. Ihr sorgt Euch unnötig.« Er wagte einen Scherz. »Wenn sie uns Brei bringen, lasse ich ihn vorsichtshalber zurückgehen.«

Ruth lachte, wenn auch nur unterdrückt.

Caitlin indes keuchte: »Das ist entsetzlich. Warum soll ich eine Welt retten, die so wenig rettenswert ist? Ich bin ein Schöngeist, ich tauge nicht für die Wildnis.«

Sie schien mit den Tränen zu kämpfen, und Ruth mahnte: »Tränen sind nicht gut für die Haut, Herzchen. Nicht weinen! Du musst jetzt die Zähne zusammenbeißen, auch wenn es schwerfällt. Denk daran, du wirst vielleicht einmal Großkönigin sein. Dann kannst du sagen, du hast viel erlebt. Das wird dein Gefolge beeindrucken: Die schöne Königin kennt sogar die Wildnis.«

Caitlin legte den Kopf schief und schien das zu überdenken, doch Cornelius kam nicht umhin, unwirsch zu erklären: »Ich will niemandem zu nahe treten, aber zukünftige Untertanen könnten es Euch durchaus übel nehmen, wenn Ihr ihre mit viel Liebe und Mühe erbauten und sorgsam gepflegten Wohnstätten als Wildnis bezeichnet.«

Ruth sah ihn ungehalten an. Dann wurde ihr Blick weich und wechselte zu ihrem Schützling. »Stell dir vor, was du später alles tun kannst, um das Leben dieser Leute zu verbessern, nur weil du weißt, wo sie der Schuh drückt. Sie werden dir zu Füßen liegen.«

Während die Damen sich über die Unzulänglichkeiten der einfachen Menschen unterhielten, machte Cornelius sich so seine Gedanken. Die Prinzessin sollte zusammen mit dem Weisen und dem noch unbekannten Prinzen das Quellentor verschließen. Von einer Ehe war in der Prophezeiung seines Wissens nicht die Rede gewesen. Er bezweifelte auch stark, dass ein Mann bei klarem Verstand erwägen könnte, Caitlin zu ehelichen. Allerdings war seine größte Sorge, wie es überhaupt jemandem gelingen sollte, mit dieser Dame ein so schwieriges und gefährliches Unterfangen durchzustehen. Camora würde nichts unversucht lassen, um den Erfolg zu verhindern, und die Schwarze Quelle lag mitten im Feindesland. Noch nie hatte es eine Prophezeiung gegeben, deren Erfüllung ihm nunmehr aussichtsloser erschien.

* * *

In aller Frühe waren sie wieder unterwegs. Noch vor Mittag würden sie Latohor erreichen. Nach den Erfahrungen mit der Nebelprinzessin sehnte Cornelius sich tatsächlich danach, wieder in eine Schlacht geschickt zu werden. Bei der Truppe musste er nicht dauernd überlegen, was und wie er etwas sagte, und konnte Nörgler umgehend bestrafen lassen. Sein Leben würde wieder leicht und überschaubar werden. Guter Dinge ritt er seinem Ziel entgegen.

Es geschah in den dichtbewaldeten Höhen des Grenzgebiets. Hermes, der wie immer ein Stück vorausgeritten war, kam zurück und rief atemlos: »Reiter! Mindestens zwanzig!«

Es war unmöglich, den Wagen auf dem engen Weg zu wenden. Cornelius sprang aus dem Sattel und riss den Kutschenschlag auf. »Rasch! Wir werden vielleicht angegriffen. Versteckt Euch zwischen den Bäumen!«

Caitlin und Ruth gaben entsetzte Laute von sich, stellten aber einmal keine Fragen, sondern sprangen sofort aus der Kutsche, rafften ihre Röcke und stürzten sich zwischen die Bäume.

»Manu, Loman, begleitet sie«, befahl Cornelius. »Ihr anderen: weiter! Wir sind Kaufleute. Keinen Widerstand, wenn sie uns berauben wollen. Haltet die Augen offen und die Waffen bereit.«

»Sie umzingeln uns«, flüsterte Hermes wenig später. »Links und rechts zwischen den Bäumen regt sich was.«

Cornelius nickte und befahl mit gedämpfter Stimme: »Sollte es zum Kampf kommen, versucht, in den Wald zu gelangen. Auf dem Weg geben wir zu gute Ziele ab.«

Ein Pfeil bohrte sich kurz vor ihnen in den Boden.

»Halt, nicht weiter!«

Die Krieger Latohors zügelten die Pferde und sahen den Reitern entgegen, die in graue Staubmäntel gehüllt waren. Keine Hordenkrieger also, aber zehn an der Zahl … ohne die zwischen den Bäumen.

»Lasst die Waffen stecken! Wir sind Händler auf dem Weg nach Latohor. Wir führen Wein, Leder und Gewürze mit uns. Wenn ihr Wegzoll wollt, werden wir zahlen«, bot Cornelius an.

Der Befehlshaber der Reiter ignorierte ihn, und drei seiner Männer stiegen ab und gingen zum Wagen. Sie öffneten den Kutschenschlag, spähten hinein und schüttelten den Kopf.

»Wo sind die Frauen?«, fragte ihr Führer, und Cornelius wurde klar, dass sie es nicht mit Wegelagerern zu tun hatten. »Frauen?«, fragte er und strich seinen Umhang zur Seite.

Der Söldner gab erneut ein Zeichen. Pfeile surrten zwischen den Bäumen hervor, aber die Krieger sprangen bereits ab und warfen sich rechts und links ins Unterholz.

»Hinterher!«, hörte Cornelius den Söldnerführer brüllen. »Lasst keinen entkommen. Findet die Frauen!« Schwerter schlugen aufeinander, dann ein kehliger Schrei.

Cornelius schluckte: Raina, der Jüngste, hatte geschrien, und so, wie es geklungen hatte, würde er nie wieder schreien. Er hörte erneut Waffenklirren. Rechts neben ihm brachen drei Söldner durchs Gebüsch. Cornelius erschlug einen, der über eine Wurzel stolperte, bevor der sein Schwert auch nur erheben konnte. Schon wehrte der Hauptmann den Hieb des nächsten ab. Der dritte Angreifer schlitzte Cornelius den halben Unterarm auf. Der konzentrierte sich auf den Kampf. Der Söldner stolperte zurück und blieb mit dem Mantel im Gebüsch hängen. Cornelius setzte nach und stieß ihm die Waffe in den Leib. Rechts neben sich sah er eine Klinge blitzen. Er duckte sich, wirbelte herum und wandte sich dem letzten Feind zu, als er hinter sich einen Ast knacken hörte. Eine Axt traf ihn mit enormer Wucht in den Rücken. Er hörte, wie sein Rückgrat brach, und kippte nach vorn. Die Welt versank in rotem Nebel. Er hörte Hermes' Todesschrei und von weit her den Schrei einer Frau.

* * *

Caitlin hörte Ruth auch schreien. Mit rasendem Herzen hastete sie weiter. Kampfgeräusche und Schmerzensschreie folgten ihr, schienen näher zu kommen. Sie stolperte, stürzte, schrie und rappelte sich wieder hoch. Haare und Kleid blieben im Buschwerk hängen, und ihre Füße stießen gegen Wurzeln oder Steine. Hinter sich hörte sie Äste knacken, rannte weiter. Ein Speer zischte an ihr vorbei, blieb in einem Baum stecken. Sie schrie auf und stieß kurzatmig unzusammenhängende Gebete aus.

Wieder blieb ihr Kleid im Gestrüpp hängen, sie strauchelte und stürzte. Ein Pfeil surrte über sie hinweg. Blind vor Tränen kämpfte sie sich hoch, riss ihr Kleid los und hastete weiter. Ohne auf die Richtung zu achten, hetzte sie auf eine Lichtung. Statt Deckung zu suchen, empfand sie es nur als maßlose Erleichterung, dass endlich keine Zweige mehr ihre Flucht behinderten. Dicht hinter sich hörte sie einen Mann »Ich hab sie« brüllen. Sie spürte einen Schlag und verlor den Boden unter den Füßen.

6. Kapitel

Im Westgebirge

Dreihundert Hordenkrieger ritten vom Varnafluss aus gen Süden. Trotz der Hitze herrschte gute Laune. Die Wege waren breit genug für den Tross. Ihr Führer, Hauptmann Pantahas Korte, gehörte zudem zu den wenigen Vorgesetzten, mit denen man gut auskommen konnte. Er war Krieger, weil er schlicht nichts anderes gelernt hatte. Er verstand sich aufs Töten, aber noch besser verstand er es, es sich gut gehen zu lassen.

Da sie gut vorankamen, gab es genügend Pausen. Was lediglich fehlte, waren Weiber. Talermädchen, die dem Tross sonst folgten, fehlten. Nicht mal die Bewohner des Toten Landes hatten sie bisher zu Gesicht bekommen. Angeblich sollten sie klein, stark und völlig behaart sein. Vor solchen Frauen wären selbst Hordenkrieger zurückgeschreckt. Insofern kam es ihnen durchaus entgegen, dass die »pelzigen Gnome« unsichtbar blieben.

Die Späher, die dem Tross voranritten, dachten auch längst mehr an geröstetes Fleisch als daran, nach Spuren von Feinden zu suchen.

Zur Linken ragte das Westgebirge auf, und auch zur Rechten säumten Berge den Horizont. Eingebettet ins Gebirge lag das Tote Land. Steinlawinen hatten den Fluss Varna vor Jahrzehnten ausgesperrt. Seither prägten Regen- und Trockenzeit die Umgebung. Aus Schlamm hatten sich Moore gebildet. Nun, gegen Ende der Trockenzeit, waren diese ausgetrocknet und hatten das Aussehen gerissenen Tons angenommen. Je weiter man gen Süden kam, desto schmaler wurde der Talkessel und desto länger der Schatten der Berge. Kahle Bäume und welkes Gestrüpp ragten hier und da aus schlammigem Grund. Doch immer noch waren die Wege breit genug.

* * *

Ein Späher hatte Korte kurz zuvor Bericht erstattet. Sie hatten eine Gabelung erreicht. Ein Weg führte tiefer ins Moor, der andere geradewegs in die Roten Berge. Wenn er seiner Karte Glauben schenken konnte, standen sie vor der »Hintertür« nach El'Maran.

Er hatte viel über Mar'Elch gehört. In allen Reichen galt sie als Zentrum der Künste und vornehmer Lebensart. Noch nie hatte er ein Bild gesehen, nie einem Bänkelsänger gelauscht und noch nie ein Schauspiel besucht. Wie man »vornehm« lebte, wusste er nicht. Doch eins wusste er: Die Stadt musste er sehen.

Wenig später führte er die Truppe auf den Roten Pass zu. Die Erde staubte, Anhöhen gingen in immer steilere Hänge und schließlich ins Gebirge über. Grauweiße Baumgerippe oder Büsche und rote, bemooste Felsen ragten zunächst noch zwischen trockenen Gräsern auf. Dann gab es nur noch Fels.

Mit etwas Glück konnten sie einen feuchtfröhlichen Ruhetag einlegen, während sie auf den Haupttross warteten. Zufrieden mit sich und der Welt zückte er seine Pfeife, setzte sich auf einen Schemel, den sein Adjutant aufgestellt hatte, und beobachtete die Männer beim Aufbauen des Lagers. Einige spannten Planen, um die Krieger vor der brennenden Sonne zu schützen. Andere bauten sein Zelt auf. Wieder andere versorgten die Pferde. Überall hörte man Gelächter und Scherze. Die Männer freuten sich auf Braten und Branntwein.

* * *

Um die fünfzig Mann unter Hauptmann Vigo ritten in den Pass ein. Bisher hatten sie keine Feindberührung gehabt. Der Westen war nach dem, was sie bisher erlebt hatten, völlig ungeschützt. Auch der Pass bot keine Herausforderung: nicht zu steil und breit genug für Wagen und Geschütze. Vigo sah sich erfreut um. Steile, rote Felswände begrenzten den Pass. Hier und da ragten kahle Büsche aus dem Stein. Er glaubte, ein Aufblitzen zu sehen, sah genauer hin und lauschte.

Ein Vogelschrei erklang. Dann erfüllte ein Surren die Luft, und daumenlange Armbrustbolzen hagelten auf die Männer nieder.

Er wollte einen Befehl brüllen, aber ein jäher Schmerz im Hals ließ ihn verstummen. Er kippte aus dem Sattel. Seine Männer griffen nach ihren Waffen und schrien durcheinander.

Unausgesetzt regnete es Bolzen. Einige Hordenkrieger gaben ihren Pferden die Hacken, um nach vorn zu stürmen, andere rissen ihre Tiere herum, um zur Truppe zurückzufliehen. Pferde wieherten, schnaubten und stiegen. Ein weiterer Vogelschrei, und die Felswände erwachten zum Leben. Barfüßige Rianer mit Zottelhaaren in rotgraue Kleidung gewandet sprangen herab, landeten hinter Sätteln, auf Pferdehälsen und zwischen den Tieren und verhinderten jedes Entkommen. Erbarmungslos zogen sie durch die Reihen und brachten mit ihren Äxten den Tod.

* * *

Den Kriegern in der Schlucht erging es nicht besser. Während sie den Rost für den Ochsen aufbauten und Fässer abluden, flogen brennende Teerkugeln und Feuerpfeile von den Hügeln. Die überraschten Hauptleute schrien durcheinander und versuchten, eine Verteidigungslinie aufzubauen. Männer verschanzten sich hinter Wagen und Schilden.

Korte ließ die Pfeife fallen und sah sich fassungslos um. Der Angriff war so kurz wie verheerend gewesen. Wagen brannten, brüllende Krieger torkelten wie lebende Fackeln durchs Lager. Andere versuchten nur halbherzig, weil schutzlos, Brände auszuschlagen.

Er überlegte gerade, warum keine Pfeile mehr kamen, als Reiter auf das Lager zusprengten. Sie preschten durch die Reihen, ritten Soldaten nieder, schlugen erbarmungslos auf die Feinde ein. Der Verteidigungsring war längst gebrochen. Die Hordenkrieger stoben auseinander. Jeder kämpfte nur noch ums nackte Überleben.

Korte versuchte, zu den Pferden durchzukommen. Sie waren in eine Falle geraten, und er musste den General warnen. Ein junger Krieger stürzte schreiend und blutend vor seine Füße. Korte sprang über ihn hinweg, und ein Pferd streifte ihn schmerzhaft. Er fuhr herum und fing die Axt des Angreifers mit seinem Schwert ab. Die Waffen krachten aufeinander. Korte schlug mit ganzer Kraft zu. Die Wucht des Hiebes riss den Reiter aus dem Sattel. Der Hordenhauptmann zögerte keine Sekunde und bohrte ihm das Schwert in den ungeschützten Hals. Er hörte ihn röcheln, riss sein Schwert heraus, fluchte, weil das Pferd nicht stehen geblieben war, und rannte hinterher. Um ihn herum fielen seine Männer, aber seine Nachricht an den General war wichtiger.

Neben ihm tauchte ein Bergjäger auf. Wie besessen schlug Korte mit dem Schwert zu. Der Jäger parierte mit seiner kurzen

Axt. Ein Pferd rempelte den Rianer, und der stolperte seinem Gegner entgegen. Korte setzte zum Todesstoß an, doch der Jäger fuhr ihm mit der linken Hand übers Gesicht und zerfetzte es mit seinen messerscharfen Widerhaken. Korte schrie vor Schmerz. Blut lief ihm ins rechte Auge. Ein Axthieb traf seine Brust mit solcher Wucht, dass alle Luft aus seiner Lunge gepresst wurde. Er taumelte, verlor sein Schwert und fiel. Der Bergjäger war schon über ihm und riss ihm mit den Widerhaken die Kehle auf. Korte lebte noch, als sein Gegner ihm mit der Axt die rechte Hand abtrennte und in ein rotes Säckchen am Gürtel steckte. Er lebte nicht mehr lang genug, um das endgültige Ende seiner Truppe zu sehen, aber er starb im Wissen um eine vernichtende Niederlage.

* * *

Königin Morwena stand auf einer Anhöhe und sah in die Schlucht. Sie hatte schon viele Schlachten erlebt, aber hier sah sie ein Gemetzel. Ihre Männer machten keine Gefangenen.

Karren und Geschütze brannten. Verwundete Pferde wieherten. Ihre Leute ritten Flüchtende nieder. Hordenkrieger warfen die Waffen weg, knieten inmitten gefallener Kameraden nieder und bettelten vergeblich um Gnade. Ihre Schreie hallten durch die Schlucht.

Die Königin seufzte tief. Sie war nicht gefühllos, aber Überlebende passten nicht in ihren Plan. Sie hatte den Tod von dreihundert Männern befohlen und zu verantworten, und jetzt würde sie weinen und für sie beten, aber bald würde sie mit ihren Generälen und Kriegern den Sieg gebührend feiern, und unmenschliche Grausamkeiten würden zu Heldentaten werden. Sie war Morwena, Königin und Feldherrin – und wie so oft wünschte sie sich, eine andere zu sein.

Sie wandte sich dem Krieger hinter ihr zu. »Ich will die Späher sehen, sobald sie hier sind. Wir müssen wissen, wie weit der Tross entfernt ist. Bitte jetzt die Generäle zu mir.«

* * *

Die Generäle trafen zeitgleich ein: zwei Männer, wie sie unterschiedlicher kaum hätten sein können. General Morabe von den Schützen war groß und hager. Ein sauber gestutzter Bart und sorgfältig geschnittenes Haar umrahmten sein kantiges Gesicht. Er trug einen grünen Umhang über der Lederrüstung und ging mit so weit ausholenden Schritten, dass es wirkte, als messe er seine Gehstrecke ab. Alles an ihm strahlte Würde und Erhabenheit aus.

Neben ihm hüpfte General Cahn, Führer der Bergjäger. Er war mehr als einen Kopf kleiner, aber viel breiter als der Schütze. Der wild wuchernde Vollbart erreichte fast die kleinen, braunen Augen, die unter ungewöhnlich langen, zotteligen Brauen lustig hervorlugten. Er trug eine weite Hose über bloßen Füßen und einen zerlumpten Kittel, der Umgebung angepasst in den Farben Grau, Rot und Braun. Die Bergjäger waren Meister der Tarnung. Normalerweise bewegten sie sich wieselflink. Zum langsamen Gehen gezwungen wirkte es, als hüpften sie.

Morabe begrüßte die Königin mit einer ehrerbietigen Verbeugung, der Jäger nickte nur.

»Die Schlacht war so kurz wie erfolgreich«, begann Morwena. »Allen voran den Bergjägern und den Schützen gilt mein Dank.«

Morabe nahm das Lob mit einem Nicken zur Kenntnis.

General Cahn dagegen verkündete: »Der Sieg war vorbestimmt. Sieben ist unsere Glückszahl, und sieben Adler kreisten bei Sonnenaufgang. Da wusste ich: ein Tag für reiche Ernte.«

Morabe verabscheute die unübersehbare Kampfeslust des

Rianers und dessen Freude am Töten und verzog angewidert das Gesicht. »Schneidet Ihr Euren Opfern immer noch die rechte Hand ab?«

Cahns Augen blitzten vergnügt. »Köpfe sind zu groß. Außerdem kann man sie nicht gut rösten. Knusprige Hände sind demgegenüber ausgesprochen lecker.« Er klapperte mit dem Säckchen an seinem Gürtel. »Wir behalten aber stets nur einen Knochen.«

»Ihr esst die Hände auch noch? Das ist barbarisch.« Morabe schüttelte sich unwillkürlich.

»Keineswegs«, widersprach der Bergjäger. »Wir ehren damit unsere Feinde, denn ein Teil ihrer Kraft lebt so in uns weiter. Nach jeder Schlacht schütten wir die Knochen aus und danken den Gefallenen, dass sie mit zu unserem Sieg beigetragen haben. Was Ihr für Barbarei haltet, nennen wir Achtung unserer Gegner.«

»Das ist …«, begann Morabe erneut, wurde jedoch von der Königin unterbrochen.

»Es will mir scheinen, dass es geeignetere Augenblicke für ein Gespräch über unsere unterschiedlichen Sitten und Gebräuche gibt. Wir sollten den Göttern danken und nach einem Mahl unsere Pläne bezüglich des Haupttrosses verfeinern.«

Cahn nickte. »Göttliche Hilfe kann nie schaden. Doch wir sind auch hervorragend vorbereitet. Das war ein Glanzstück der Kriegskunst, und ein weiteres wird folgen.«

Der Schützenkommandant hob die Brauen und warf ein: »Nur wenn es uns gelingt, den Feind unter geringen eigenen Verlusten aufzuhalten. Sonst könnte dieses Glanzstück der Kriegskunst schnell zu unserer letzten gewonnenen Schlacht werden. Haltet euren Siegestaumel also noch ein wenig zurück!«

»Aber ja«, versprach Cahn gut gelaunt. »Vorfreude ist schließlich auch schön.«

7. Kapitel

Am selben Tag im hohen Norden

Die Winde waren günstig und manchmal ging es geradezu pfeilschnell durch die Luft. Städte, Flüsse, Wälder und Hügel wechselten sich unter ihnen ab. Schon gegen Mittag war es deutlich kälter geworden, und jetzt, in der Morgendämmerung des nächsten Tages, klapperten Gideon die Zähne. Es war bedauerlich, dass die Panzer die Echsen zwar weitgehend vor Verletzungen, aber nicht vor Auskühlung schützten. Seine Begleiter waren viel weiter geflogen als besprochen, aber nun, vor den Toren Kairans, waren sie am Ende ihrer körperlichen Möglichkeiten angelangt.

Pthullah schenkte ihm zum Abschied ein Säckchen Kalla-Beeren. Zwei bis drei davon deckten den Nahrungsbedarf eines ausgewachsenen Mannes für einen ganzen Tag.

Sein Begleiter Ptho warf seiner ehemaligen Last einen letzten Blick zu und erklärte Gideon, wegen ihrer roten Haare habe er sich immer wie nah am Feuer gefühlt, jetzt sei ihm furchtbar kalt.

Dann machten sich die Echsen auf den Heimweg. Gideon sah ihnen nach, bis sie nicht mehr zu erkennen waren, und kam sich plötzlich sehr verlassen vor. Um ihn herum war nur Wald, und nicht jedes Geräusch um ihn herum konnte er zuordnen. Er war ein Mann der Bücher, gefragt war hier ein Mann der Tat.

Er drehte sich um und wandte sich der Prinzessin zu, die noch tief und fest schlief. Dala hatte ihn unterrichtet, dass die

Siegelerbin der Macht am nächsten Tag das Grenzgebiet um Latohor erreichen würde, und ihn angewiesen, ein Treffen mit Darius zu verhindern, weil der die Erben kaum ziehen lassen würde. Dalas Meinung nach würde eine Eskorte unweigerlich Camoras Aufmerksamkeit erregen, zwei Wanderer dagegen kaum. Eigentlich hatte er Caitlin auf einer Ebene vor Latohor erwarten wollen. Doch dann hatten sie Schreie aus dem Wald gehört und dort ein Gemetzel gesehen. Ptho hatte im kühnen Sturzflug eine junge Frau kurz vor ihren Verfolgern erreicht. Bei der ersten Rast hatte er das Amulett mit dem Schlangenkopf, dem Zeichen der Nebelfrauen, bemerkt, und bei näherer Betrachtung war ihm die Ähnlichkeit zwischen der Geretteten und dem Bildnis der Nebelkönigin aufgefallen. Daraus hatte er geschlossen, es müsse sich um eine ihrer Töchter handeln. Ptho hatte sich sofort bereit erklärt, die winzige Frau in einer Decke zu tragen.

Um zu verhindern, dass die Priesterin während des Fluges aufwachte und herumzappelte, hatte er ihr neben Kalla-Beeren Schlafkraut eingeflößt. Sie schlief schon seit Tagen, und es würde wohl noch eine Weile wirken.

Er hüllte sie in seine Decke und gähnte. Heldenmütig beschloss er, trotz seiner Erschöpfung nicht zu schlafen, sondern, wie es sich wohl gehörte, Wache zu halten.

Ihr Lager befand sich unter den letzten Tannen des Waldes, der an die Südebene Kairans grenzte. Im Morgenrot waren die Stadtmauer und zwei der ehemals fünf Türme der Tempelanlage zu sehen.

Er hatte viel über die Stadt gelesen und gehört. Die Tempelstadt hatte einst als Ort gegolten, an dem selbst die Ärmsten ein gutes Leben führen konnten. Kairan war Zuflucht für Arme, Kranke und Verfolgte gewesen, denn die Tempelwächter gewährten ohne Fragen und ohne Lohn jedem Hilfe, der darum bat.

Ihre Lehre, dass vor den Göttern alle gleich seien, war nie auf ungeteilte Gegenliebe gestoßen, denn welcher Fürst oder reiche Kaufmann wollte schon seinem Knecht gleich sein? Auch ihre Ansicht, es sei frevelhaft zu schlemmen, wenn man auch nur einen Einzigen kannte, der hungern musste, hatte bei den reichen Kairanern kaum Unterstützung gefunden. Ihre Heilerfähigkeiten allerdings hatten alle gern in Anspruch genommen. Also hatte man ihnen verziehen, dass sie sich auch noch der Krüppel, Armen und Rechtlosen angenommen hatten. Armut gab es nicht mehr, und Kairan war ständig gewachsen. Die Tempelwächter hatten selbst stets bescheiden gelebt, aber sie waren unermesslich reich gewesen.

Allein das musste früher oder später den Vorsitzenden des Priesterrates, Vater Ligurius, auf den Plan rufen. Dessen Behauptung, Lehren und Handeln der Tempelherren widersprächen dem Willen der Götter, da Lohn und gutes Leben nur den Fleißigen zustünden, hatte zu einer beispiellosen Verfolgungs- und Hinrichtungswelle geführt.

Das Gerücht, es ginge Vater Ligurius nicht um Glaubensfragen, sondern darum, das Geheimnis vom Reichtum der Tempelherren zu ergründen, hielt sich hartnäckig. Man hörte es allerdings nur hinter vorgehaltener Hand. Die Angst, auf dem Scheiterhaufen zu landen, war zu groß.

Schnell hatte dieses Gerücht Camora erreicht, der bis dahin wenig Interesse am Norden bekundet hatte. Es war wohl die Angst gewesen, hier könnte ein mächtiger Gegner heranwachsen, die ihn hatte einschreiten lassen. Er war mit einer Truppe gen Kairan gezogen und hatte den Städterat einberufen, der aus angesehenen Bürgern bestand. Kaum hatte Camora das letzte Wort gesprochen, da hatte man ihm auch schon die Schlüssel zur Stadt überreicht. Seine erste Tat war gewesen, den Priesterrat aufzulösen und die Inquisition zu verbieten. Die wenigen überlebenden Tempelherren hatte er nach Amansdier verfrachten lassen. Eine Hinrichtung wäre mit dem Verbot der Inquisition nicht vereinbar gewesen, gegen eine Begnadigung hatte gesprochen, dass die Tempelherren nicht bereit gewesen waren, Camora die Treue zu schwören. Der hatte die Stadt wieder sich selbst überlassen. Ohne die Tempelwächter war aus einer Zuflucht ein Ort der Gier geworden, an dem nur die Stärksten oder Gewissenlosesten gut lebten. Von denen sollte es in Kairan nunmehr reichlich geben.

Traurig schüttelte Gideon den Kopf, lehnte sich gegen einen Baum und schlief ein.

* * *

Er erwachte von einem Schrei.

»Bei Haidar! Wo bin ich? Man hat mich entführt. Cornelius, wo seid Ihr? Ruth? Was ist nur geschehen? Hauptmann Corneeeelius! Hauptmann Corneeeelius!«

Gideon sprang auf und hatte Mühe, seine Gedanken zu ordnen und sich zurechtzufinden. Er hatte von Marga geträumt, von ihrem krausen, rotblonden Haar und ihren Sommersprossen, und sah jetzt flammendes Rot vor sich, und schrilles Geschrei schmerzte in seinen Ohren. »Ruhig! Ich werde Euch alles erklären. Hört bitte mit dem Geschrei auf!«

Caitlin starrte ihn gehetzt an. Ihre blauen Augen traten fast aus den Höhlen. »Wo bin ich? Gehört Ihr zu diesen schrecklichen Männern? Wo sind meine Begleiter? Wer seid Ihr?«

Er räusperte sich. »Ihr seid vor den Toren Kairans. Ich gehöre nicht zu irgendwelchen schrecklichen Männern, wo Eure Begleiter sind, weiß ich nicht, und ich bin Gideon Montastyre, ein verianischer Gelehrter. Ich soll Euch und dem Prinzen zur Seite stehen.«

Sie sprang auf die Füße. »Oh nein!« Wild schüttelte sie ihre Kleider, fuhr sich über Gesicht und Arme und schrie immer wieder: »Oh nein, oh nein!«

»Hört auf«, bat Gideon verblüfft. »Was tut Ihr denn da?«

Immer noch zappelte sie und schüttelte ihr Haar. »Ich habe im Freien geschlafen. Das ist so ekelig. Überall sind Blätter, Käfer, Dreck und Würmer. Ich bin befallen davon. Es juckt und kribbelt überall. Ruth!«

»Hört bitte auf zu schreien. Ihr hetzt uns noch die Stadtwachen auf den Hals. Hier ist es zu kalt für Käfer oder Würmer, und in einem Nadelwald können keine Blätter fallen.« Gideon trat auf sie zu, aber sie hob abwehrend die Hände und wich zurück, bis sie an eine Tanne stieß.

»Wagt es nicht, mich anzurühren! Ihr habt mich entführt. Ich lasse Euch vierteilen. Ich will jetzt meine Ruth. Ich will zu Hauptmann Cornelius. Ich benötige ein Bad und neue Kleider. Keinen Schritt näher, oder ich schreie, so laut ich kann.«

Er blieb umgehend stehen. »Das tut Ihr schon die ganze Zeit. Oder wollt Ihr ernsthaft behaupten, Ihr könntet noch lauter schreien? Wenn Ihr endlich still wärt, könnte ich Euch erklären, warum wir hier sind.«

Caitlins Augen sprühten Funken. »Ich will nicht wissen, warum ich hier bin, ich will hier weg. Meine Füße sind eiskalt, meine Hände auch, ich habe Hunger, und ich will meine Ruth. Oh, ist das alles grässlich! Womit habe ich das verdient?« Sie ließ sich auf den Boden fallen und hüllte sich bibbernd in die Decke. »Die kratzt und stinkt«, klagte sie und schluchzte herzzerreißend.

Gideon ging in angemessenem Abstand in die Hocke und sagte laut, um das Schluchzen zu übertönen: »Ihr wart auf Bitte des Fürsten Darius auf dem Weg nach Latohor. Ihr seid die auserkorene Erbin der Macht und damit genau wie der

Prinz Teil der Prophezeiung. Meine Aufgabe ist es, euch beide schnellstens zum Göttergipfel zu bringen. Niemand darf davon erfahren. Deshalb musste ich Euch entführen. Allerdings denke ich, man könnte es auch mit Rettung umschreiben. Ihr wart in einer äußerst misslichen Lage und wärt vermutlich tot, hätten wir Euch nicht gesehen. In der Stadt sollten wir den Prinzen finden und uns dann gemeinsam ins Wintergebirge aufmachen. Ich bin vom Schicksal als Euer Begleiter auserkoren.«

Sie sah ihn mit tränenverhangenen Augen an. Gideon hatte noch nie eine so schöne Frau gesehen. Doch ihre Stimme war so schrill, dass es erneut in den Ohren schmerzte. »Ihr lügt. Wie sollten wir kurz vor Kairan sein? Wir hatten nicht einmal Latohor erreicht. Ich wollte nicht dorthin, und nach Kairan will ich überhaupt nicht. Es ist mir hier viel zu kalt.«

Gideon kam zu dem Schluss, dass die Geschichte mit den Flugechsen bei der jungen Dame wohl zu ewig langen Erörterungen führen würde, und entschloss sich zu einer Notlüge. »Erinnert Ihr Euch? Ihr habt einen Schlag auf den Kopf bekommen. Ihr habt lange geschlafen. Ich werde Euch ausführlich darüber berichten, aber jetzt drängt die Zeit.«

Sie wischte sich nachdenklich die letzten Tränen ab. »Der Prinz ist auch hier? Es gibt ihn also? Wie ist er denn so?«

Gideon suchte verwirrt nach Antworten. »Ich habe keine Ahnung. Ich kenne ihn nicht. Ich …«

Caitlin erhob sich anmutig, sah an sich herunter und wischte seinen Erklärungsversuch mit einer Handbewegung weg. »Ich benötige neue Kleider. So kann ich ihm nicht gegenübertreten. Glaubt nicht, ich reise freiwillig so. Gibt es hier wohl gute Schneiderinnen?«

Ihre Hände glitten über ihren Umhang, und Gideon war nun restlos überfordert. Die Frauen, die er bisher kennengelernt hatte, waren gelehrte Verianerinnen oder eben die vernünftige Marga gewesen. Mit dieser schönen, aber offenbar verrückten jungen Frau konnte er nicht das Geringste anfangen. »Wir haben eine Reise in die Berge vor uns. Wir werden uns mit warmer Kleidung versorgen. An gesellschaftlichen Ereignissen werden wir nicht teilnehmen, weil wir uns auf der Flucht befinden.«

Sie schüttelte sich und ihre Haarpracht und stampfte auf. »Oh, wie ich das hasse! Ihr seid wie Hauptmann Cornelius. Muss man bei einer Flucht denn zwangsläufig schlecht gekleidet sein?«

»Nicht unbedingt«, antwortete er. »Aber doch zweckmäßig. Der Prinz wird auch nicht in einer Robe hier erscheinen. Er fände es sicher seltsam, wenn Ihr im Festgewand auftaucht.«

Caitlin nickte bedächtig. »Ihr wollt sagen, er ist im Augenblick als Krieger unterwegs. Das verstehe ich. Trotzdem benötige ich eine Schneiderin. Schließlich bin ich eine Prinzessin der Nebelinsel. Ist sein Heer auch hier?«

»Sein Heer? Nein. Wie gesagt, wir reisen in aller Heimlichkeit. Wenn Ihr jetzt vielleicht die Güte hättet, mir zu folgen? Ach, und wärt Ihr so nett, mir Euren Namen zu verraten?«

»Caitlin«, sagte sie und begleitete ihn gedankenversunken.

* * *

Kurze Zeit später hatte er sie im Fliegenden Hirsch untergebracht. Es war die dritte Herberge gewesen, die sie aufgesucht hatten, und die erste, die Caitlins Zustimmung gefunden hatte. Neben einer großen Wanne gab es hier auch ein Dampfbad. Der Preis für dessen Benutzung überschritt den der Zimmer um einiges, aber Gideon willigte sofort ein. Er musste eine Magd überreden, Caitlin als Zofe zu dienen, da die sich außerstande sah, sich allein zu entkleiden.

Was sollten sie bloß in der Wildnis mit einer Begleiterin anfangen, die schon in einem Gasthof nicht allein zurechtkam? In düsteren Gedanken umfangen trat er auf die Straße.

Kairan war groß, neben Mar'Elch die größte Stadt überhaupt. Zwei-, sogar dreistöckige Steinhäuser säumten hoffnungslos überfüllte Straßen. Ochsenkarren zwängten sich durch die fluchende Menge, Kutscher brüllten, um den Weg frei zu machen, Handkarren rumpelten über die steinigen Wege und Händler, Handwerker, Marktfrauen und Bettler schoben sich aneinander vorbei. Mittendrin trieben Kinder eine Herde Bergziegen zum Markt. In seinem Turm hatte schon das Kratzen einer Feder als Belästigung gegolten, ein solches Getöse kannte er nicht. Selbst die Kalla erschienen ihm demgegenüber gesittet und ruhig. Wie sollte er hier einen unbekannten Mann finden?

»Geh der kalten Sonne nach!«, war der einzige Anhaltspunkt, den er von Dala erhalten hatte. Guter Ratschlag! Es war klirrend kalt und wolkenverhangen. Es sah nach Schnee aus, aber die Sonne war weit und breit nicht zu sehen.

Gideon fragte sich zum Markt durch. Dabei ließ er die Blicke schweifen und erregte prompt die Aufmerksamkeit von Bettlern, die ihn meist humpelnd und immer stinkend bedrängten. Kleine Münzen wechselten den Besitzer, und Gideon war froh, als er den Freimarkt erreichte, den Bettler nicht betreten durften. Von Händlern entlohnte Stadtwachen setzten dieses Verbot strikt durch. An Ständen oder in Gattern gab es hier alles zu kaufen: Fleisch, Tuch, Garne, Nadeln, Wein und Vieh. Überall feilschte man um Preise.

Gideon schob sich durch die Menge zu einem Pferdegatter, auf dessen Pforte ein bärtiger Mann im Fellmantel saß. Die Pferde, die Gideon erstand, waren klein, aber stämmig. Um den Preis zu drücken, erzählte er dem Händler eine Spottgeschichte auf Camora, in der es darum ging, wie der erfolglos gegen seinen Schatten kämpfte, weil er genauso schwarz war wie er selbst. Der Gelehrte verstand sich aufs Erzählen, und Tränen lachend gewährte der Händler ihm einen Nachlass auf Pferde und Zaumzeug und verwies ihn an seinen Freund Bard, der ihm gute Winterkleidung verkaufen konnte. Er solle nur sagen, er käme auf persönliche Empfehlung Lurds, dann würde man ihn nicht übervorteilen.

Der Hinweis erwies sich als Volltreffer. Bard nickte mit Verschwörermiene, überließ den Stand seinem Gehilfen und zog Gideon in ein Haus. Zwischen Fellen, die zum Trocknen auf Gerüsten hingen, breitete er auf einem Tisch gefütterte weiße Schneewolfspelzmäntel aus: das Beste und Wärmste, das man sich vorstellen konnte. Nach einer Anprobe glaubte Gideon ihm. Auch weich gefütterte Lederhosen führte Bard. Scherzhaft fragte er, ob sich auch eine Frau in der Gruppe befände. Als Gideon nickte, zeigte ihm Bard mit einem anzüglichen Lächeln eine Art Hosenrock: Weit geschnitten sah er aus wie ein Rock, eignete sich durch die Hosenform jedoch gut zum Reiten. Außerdem war er doppelt gefüttert, weil Frauen ja schneller froren.

Der Verianer nickte begeistert und hoffte inständig, dass Prinzessin Caitlin das ungewöhnliche Ding nicht umgehend zerreißen und wieder nach ihrem Cornelius brüllen würde.

Bard packte noch ein paar Felldecken als Zugabe obendrauf. Er verkaufte nicht alle Tage drei der teuersten Winterausrüstungen auf einmal.

Lurds Sohn hatte derweil die drei gesattelten Pferde und das Packpferd gebracht. Gemeinsam luden sie Gideons Einkäufe auf. Auf dessen Frage, wo er Vorräte erstehen könne, bot der Knabe an, ihn zum allerehrlichsten Krämer Kairans zu bringen. Gideon nahm das gern an. Der Proviant war schnell zusammengestellt. Der Gelehrte freute sich, wider Erwarten auch seinen Vorrat an Kräutern aufstocken zu können. Im Norden waren die seltenen Kräuter allerdings teurer als der gesamte übrige Proviant. Lurds Sohn konnte nur den Kopf schütteln über einen Mann, der so viele Kromtaler für welkes Unkraut zahlte.

Gideon drückte dem Jungen nach Beendigung seiner Einkäufe eine kleine Münze in die Hand. »Sei so nett und bring die Pferde zu meinem Gasthof.«

»Gern, Meister! Wo seid Ihr abgestiegen?«

Gideon lachte verlegen und kam sich unglaublich dämlich vor. Jetzt hatte er tatsächlich den Namen der Herberge vergessen. Er vergaß nie etwas, und nun das.

Der Junge schüttelte den Kopf und zählte die Gasthäuser auf, die er kannte. Gideon unterbrach ihn: »Sagtest du gerade Zur kalten Sonne? Wo ist das?«

»Ihr wisst auch nicht mehr, wo Euer Gasthof ist?«, fragte der Knabe und kratzte sich am Kopf. »Wollt Ihr wirklich in die Berge, Herr?«

Der Gelehrte strahlte ihn an. »Ich weiß, wo ich abgestiegen bin, und mir ist gerade wieder eingefallen, dass es der Fliegende Hirsch war, aber jetzt sag mir schnell, wo ich die Kalte Sonne finde.«

Unter Zuhilfenahme beider Hände erklärte der Junge ihm den schwierigen Weg durch die verwinkelten, engen Straßen und war erstaunt, dass Gideon auf eine Wiederholung verzichtete. »Ihr könnt ja noch mal fragen«, rief er ihm nach.

* * *

Gideon ging zielstrebig durch das Gewirr von Gassen. Während die breiten Straßen mit Schotter bestreut waren, musste er hier auf seine Schritte achtgeben, denn Schneematsch verbarg gefrorene Rillen und Furchen. Menschen traf er kaum noch. Es gab auch nur noch vereinzelt Werkstätten, aus denen Hämmern und Klopfen drangen, Stände gab es keine mehr. Er ging durch ein Wohngebiet der ärmeren Kairaner. Die Häuser waren klein und baufällig. Morsche Bretter waren oft durch Leder ersetzt, und Schimmel wucherte aus Wänden und Dächern. Katzen und Hunde wühlten in halbgefrorenem Müll.

Erneut bog er ab und sah zur Linken das Gasthaus vor sich. Er spürte, wie sein Herz raste, öffnete die niedrige Tür und betrat einen schummrigen Schankraum. Obwohl es Vormittag war, waren schon einige Tische besetzt, und es stank nach billigen Talgkerzen und Gebrautem. Gideon drehte sich der Magen um bei dem Gedanken, das bittere Getränk schon zum Frühstück zu sich zu nehmen.

Endlich hatten sich seine Augen an die Lichtverhältnisse gewöhnt, und er ging zum Tresen und bestellte Milch, Brot und Käse. Den Krug in der Hand drehte er sich um und musterte die Gäste. Drei Handwerker saßen an einem Tisch und fluchten über die Standgebühren. Ein zerlumpter Hausierer ordnete seine Kämme und Knöpfe aus Horn. In einer Ecke schliefen zwei leicht bekleidete Talermädchen auf kleinen Bänken. An einem Tisch am einzigen, kleinen Fenster der Gaststube saß ein Mann mit langem, blondem Haar vor den Resten eines kaum angerührten Frühstücks. Die Augen halb geschlossen schien er in seinen Umhang gehüllt zu dösen. Ein Wandersack und ein knorriger Ast lehnten am Tisch. Gideon hatte das von einem wenig begnadeten Maler stammende Bild der Königsfamilie im Kopf. Wenn überhaupt, konnte dies nur der jüngste Prinz sein. Unwillkürlich ging er einige Schritte auf den einsamen Gast zu.

Der hob träge die Lider. »Kann ich Euch helfen?«

Gideons Herz machte einen Sprung. Der Künstler war sicher nicht begnadet gewesen, aber die dunkelgrünen Augen des

Prinzen hatte er hervorragend getroffen. Er trat an den Tisch. »Darf ich mich setzen? Ich glaube, wir haben ein gemeinsames Anliegen.«

Rhonan sah aus dem Fenster. »Um die Mittagszeit vor dem Osttor. Wir bekommen Besuch.«

Gideon bückte sich und schaute auch aus dem Fenster. Vier Männer kamen auf das Gasthaus zu. Sie wirkten wie Handwerker, bis ihm dämmerte, dass die Ausbuchtungen an ihren Umhängen von Schwertgriffen herrührten. Er wandte sich um und sah nur einen leeren Stuhl. Sein Gesprächspartner war nirgends zu sehen. Überrascht ging er zum Tresen und aß sein Brot.

Die vier Bewaffneten betraten den Raum und sahen sich um. Einer fragte den Wirt nach einem blonden Fremden. Der schüttelte nur den Kopf. Auch die Gäste konnten sich nicht erinnern und zuckten die Achseln. Auskünfte gab man hier offensichtlich nicht ohne Weiteres.

* * *

Gideon und Caitlin warteten seit geraumer Zeit auf der Ebene jenseits des Osttors. Ein weiteres Reit- und ein Packpferd führte Gideon an Laufleinen mit sich. Ihm schmerzten noch die Ohren von Caitlins Gezeter, als er ihr den Hosenrock gezeigt hatte. Erst seine Ankündigung, dem Prinzen mitzuteilen, sie könnten ihre Aufgabe nicht erfüllen, weil seine Begleiterin eine dumme Gans sei, hatte sie zum Einlenken bewogen. Jetzt kauerte sie auf ihrem Pferd, die Kapuze weit ins Gesicht gezogen, und grummelte vor sich hin.

Auch Gideon setzten Nässe und Kälte immer mehr zu. Schneeregen wehte ihm ins Gesicht, und schon jetzt dankte er Bard für die warme Kleidung. Es ärgerte ihn nur, dass er auf

Handschuhe verzichtet hatte, weil er geglaubt hatte, mit ihnen die Zügel nicht halten zu können. Bald würde er sie wirklich nicht mehr halten können, denn seine Finger wurden langsam steif.

Er überlegte gerade, ob er die Fäustlinge aus der Satteltasche holen sollte, als eine große Gestalt, in einen schwarzen Umhang gehüllt und mit Bogen und Köcher über der Schulter, auf sie zuhinkte. Grußlos band sie das überzählige Reitpferd los und schwang sich in den Sattel.

»Wir reden im Wald. Da ist es sicherer«, erklärte Rhonan und ritt gen Osten. Seinen Begleitern schenkte er keinerlei Beachtung.

»Freut mich, Euch wiederzusehen«, erwiderte Gideon und lenkte sein Pferd neben das des Prinzen. »Darf ich Euch meine Begleiterin vorstellen? Prinzessin Caitlin. Ich bin Gideon Montastyre. Ihr habt uns erwartet?«

»Euch nicht unbedingt, aber irgendwen.«

Höflich oder mitteilsam schien der Prinz nicht zu sein, aber der Gelehrte versuchte es trotzdem. »Ich bin ohne Hoffnung aufgebrochen, tatsächlich einem da'Kandar-Prinzen zu begegnen. Wie war es Euch nur möglich zu entkommen?«

Ihn traf ein derart eisiger Blick, dass er unwillkürlich schluckte. »Ihr kennt Euch im Wald aus?«, fragte er hastig und war nahe daran, vor sich hin zu pfeifen.

»Ja.«

Das war für die nächste Zeit der letzte menschliche Laut, den Gideon hörte. Das Klatschen der Hufe im Schneematsch war lange das einzige Geräusch.

Vor ihnen lag der Angus-Wald. Hohe, dichtstehende Nadelhölzer bedeckten ein Gebiet, das fast so groß war wie El'Maran. Den rötlichen Zapfen entströmte ein intensiver, herber Duft, der schon jetzt zu ihnen herüberwehte. Gideon erinnerte sich an Berichte über Menschen, die nie wieder aus diesem Wald zurückgekehrt waren, weil …

»Reitet!«, brüllte Rhonan, riss sein Pferd herum und hob den Bogen.

Verwirrt sah Gideon sich um. Sechs Reiter stürmten in gestrecktem Galopp heran.

Caitlin wollte sich auch umsehen, aber ihr Kopf drehte sich nur in der Kapuze. »Was …?« Weiter kam sie nicht, denn Gideon versetzte ihrem Pferd einen Schlag, und es preschte los. Sie warf sich auf den Pferdehals und schrie. Der Verianer floh unmittelbar hinter ihr. Die ersten Bäume hatte er fast erreicht, als er einen Schrei hörte, der Caitlins Kreischen übertönte. War das der Prinz gewesen? Er riss sein Pferd herum.

Rhonan spannte gerade den Bogen und schien unverletzt, aber seine Pfeile hatten bereits Ziele gefunden. Reiterlos irrte ein Pferd umher, ein zweites schleifte seinen Reiter am Steigbügel mit sich. Ein dritter Reiter war verwundet. Ein Pfeil ragte aus seinem Arm.

Die Verfolger erreichten den Prinzen. Der warf den Bogen weg, riss sein Schwert aus der Scheide und fingerte mit der Zügelhand am Gürtel. Sein Pferd tänzelte hin und her.

Gideon hörte einen Schrei und sah einen Dolchgriff aus dem Hals eines Kairaners ragen.

Die drei verbliebenen Verfolger versuchten, ihr Opfer einzukreisen, doch Rhonan trieb sein Reittier mal nach links, mal nach rechts und ließ es dann wieder nach vorn schießen. Das Pferd machte wahre Bocksprünge und wieherte kläglich. Aber die Taktik schien aufzugehen. Der Prinz drängte einen Fremden von den anderen ab. Ihre beiden Pferde drehten sich Seite an Seite im Kreis, während die Reiter mit Schwertern aufeinander einschlugen. Der Kairaner griff an, aber Rhonan parierte und warf einen weiteren Dolch. Der schon verwundete Verfolger sackte mit einem Schrei im Sattel zusammen. Der Prinz wurde schon vom nächsten bedrängt. Die Pferde warfen die Köpfe hin und her und schnaubten. Blutgeruch ließ sie immer unruhiger werden.

Gideons Hände bebten, als er sein kleines Messer aus dem Gürtel fingerte. Eigentlich hatte er es zum Gemüseputzen dabei und war dankbar, dass die Kämpfer so mit sich beschäftigt waren, dass sie ihn gar nicht wahrnahmen. Aber der Prinz schien in arge Bedrängnis zu geraten, denn die Fremden drangen immer gleichzeitig auf ihn ein. Der Prinz wich immer weiter zurück, konnte nur noch abwehren, aber kaum noch eigene Attacken anbringen. Auch sein Pferd war offenbar kaum noch zu führen und stemmte sich gegen die Zügel.

Ohne nachzudenken, warf Gideon seinen Dolch und traf einen Kairaner in die Schulter. Der schrie und starb, als ein Schwert ihm in die Brust fuhr.

Rhonan schlug auf den letzten Gegner ein, traf dessen Klinge, drehte schwungvoll den Arm, und das Schwert seines Feindes segelte davon. Der Kairaner riss sein Pferd ungestüm zurück, der Prinz setzte nach und holte erneut aus. Da wirbelte sein Gegner im Sattel herum und schleuderte ihm eine Kette entgegen. Sie wickelte sich um Rhonans Schwerthand, und noch ehe der Prinz reagieren konnte, wurde er mit einem Ruck aus dem Sattel gerissen, landete hart auf dem Boden und brüllte auf. Der Kairaner gab seinem Pferd die Sporen und schleifte ihn hinter sich her. Doch schnell zügelte er sein Pferd, musterte Gideon kurz, der prompt die Augen aufriss und die Luft anhielt, und höhnte: »Keinen Bogen, keinen Schneid. Unser Interesse gilt ohnehin nur dir. Tut's weh? Ich gebe zu: eine unschöne Art zu reisen. Aber ich bin meinen Kameraden etwas schuldig für …«

Ein Dolch Rhonans traf ihn in die Kehle. Blut spritzte, er

kippte auf den Pferdehals. Das Tier ging durch. Der Prinz hatte es nicht geschafft, die Kette zu lösen, und wurde weiter mitgeschleift.

Gideon gab seinem Pferd die Hacken und nahm die Verfolgung auf. Bald hatte er den Kairaner eingeholt und versuchte, sein Reittier neben dessen Pferd zu bringen. Doch das war schwierig, da der Reiter halb aus dem Sattel hing. Erst nach mehreren Versuchen bekam er die Zügel des schäumenden Pferdes zu fassen. Noch ein paar Schritte, und es blieb zitternd stehen.

Gideon glitt aus dem Sattel und sackte auf die Knie. Alles an ihm schlotterte. Kaum wieder in der Lage, die Beine zu bewegen, löste er die Kette vom Sattel des Toten und stolperte zum Prinzen.

Der saß bereits und befreite sein Handgelenk.

»Seid Ihr ernsthaft verletzt?«, fragte der Gelehrte und musterte besorgt die verdreckte Gestalt und das aufgerissene, blutige Handgelenk.

Rhonan beachtete ihn nicht, knüpfte seinen Lederbeutel vom Gürtel und goss reichlich Branntwein über die Wunde. Er zog dabei lediglich mit einem zischenden Geräusch die Luft zwischen den Zähnen ein, während Gideon leicht schwindelig wurde.

»Kann ich etwas für Euch tun?«

»Ja! Wenn ich das nächste Mal verlange, dass Ihr reitet, dann reitet gefälligst auch.«

Gideon verteidigte sich: »Haben wir doch getan. Wir hatten die Bäume fast erreicht, als ich einen Schrei hörte. Da musste ich …«

»Was?«, unterbrach Rhonan, der an seinem Hemd zerrte. »Wie angewurzelt stehen bleiben? Damit ich mich beim Versuch, zwischen den Bäumen Deckung zu finden, auch noch um Euch kümmern muss?«

Stoff riss. Der Verianer schluckte. »Ihr meint, Ihr wolltet … und seid nur meinetwegen …«

Erneut unterbrach ihn Rhonan: »Wir haben keine Zeit. Holt mein Pferd und meine Waffen!«

Gideon sammelte Schwert und Bogen ein, zog, möglichst ohne die Toten dabei anzusehen, die Dolche aus den Leichen und führte schließlich das Pferd zu seinem zukünftigen Weggefährten zurück. Der stand mittlerweile zwar noch leicht schräg, aber aufrecht und verknotete mit Hand und Zähnen ein matschverschmiertes Stück Stoff am Handgelenk.

»Ich habe sauberes Leinen in der Satteltasche«, brachte Gideon hervor.

»Schön für Euch.« Der Prinz nahm die Messer, wischte sie an seinem Hemd ab, dem jetzt ein Stück fehlte, und verstaute sie in Stiefeln und Gürtel.

Gideon führte das Pferd des Prinzen nahe heran. Matschbrühe, die Rhonan aus den Haaren tropfte, schien ihn nicht zu stören. Er holte Luft und schwang sich in den Sattel. Die Hände krallten sich um die Zügel, und der Brustkorb hob und senkte sich sichtbar.

»Wartet!« Der Gelehrte kramte einen Beutel hervor und hielt ihm ein graues, welkes Blatt hin. »Marsiskraut. Legt es unter die Zunge. Es lindert Schmerzen.«

Rhonan nahm das Blatt und schob es in den Mund. Ohne ein Wort des Dankes ritt er dem Wald entgegen.

Gideon saß auch auf, warf aus der Entfernung einen letzten Blick auf die Toten, die sie einfach so im Dreck zurückließen, und schickte ein stummes Gebet für sie zu den Göttern. »Tut mir leid, dass ich Euch gerade in noch größere Schwierigkeiten gebracht habe. Ich bin sozusagen neu in der Wildnis und solche Dinge nicht gewöhnt. Wer war das? Wie Hordenkrieger oder Wolfsjäger sahen die gar nicht aus.«

»Ligurius' Spione.«

»Ligurius? Der Ketzerjäger? Seid Ihr sicher?« Gideon konnte nicht glauben, was er gehört hatte.

»Ja.«

»Aber was sollte der von uns wollen?«

»Woher soll ich das wissen? Ihr solltet zusehen, dass Ihr Eure Prinzessin einholt, ehe sie Euch im Wald verloren geht.«

»Caitlin! Die habe ich ganz vergessen«, schrie Gideon und gab seinem Pferd erneut die Hacken.

Rhonan verdrehte die Augen und folgte ihm gemächlicher in den Wald.

Hätte Milla ihn nicht gefunden, hätte er sich nun keine Gedanken mehr darüber machen müssen, warum die Hexen von der Nebelinsel ihn suchten und ihm nun Spione auf den Fersen waren. Immerhin war es sechs Jahre her, dass Ligurius ihn zum Tode verurteilt und ausgerechnet Camora persönlich dafür gesorgt hatte, dass er nicht verbrannt, sondern mit einigen anderen zusammen nach Amansdier gebracht worden war. Hätte Milla ihn doch liegen lassen! Dieses Leben war zum Kotzen, aber offenbar war er verdammt dazu, es weiterzuführen.

* * *

Caitlin hatte sich die Kapuze abgestreift, saß auf einem Baumstumpf und rieb sich den Knöchel. Bisher hatte sie nicht viel von dem Prinzen gesehen. Seinen strengen Geruch hatte sie als unangenehm empfunden, aber in seltener Großzügigkeit ging sie von einer frischen Verletzung und damit zusammenhängender Unmöglichkeit des Badens aus. Verkettungen unglücklicher Umstände gab es ja. Schließlich war sie selbst auch unmöglich gewandet und wartete nur auf die Gelegenheit, ihm zu sagen, dass sie niemals freiwillig in Hosen herumlaufen würde.

Sie hörte Pferdehufe klatschen und dann Gideons Stimme, die ihren Namen rief. Sie überlegte, ob sie schweigen sollte, um seine Sorge zu vergrößern, als etwas neben ihr raschelte. Sie schrak zusammen und rief sofort: »Hier! Hier bin ich.«

Noch eifriger als zuvor beschäftigte sie sich mit ihrem Fuß. Sollten die Männer ruhig ein schlechtes Gewissen haben. Schließlich war es völlig unverantwortlich von ihnen gewesen, sie einfach so sich selbst zu überlassen.

Die Pferde kamen in Sicht, und Caitlin sah ihnen entgegen, wollte unbedingt die Wirkung ihrer Erscheinung auf den Prinzen sehen. Die fiel heftiger aus, als sie es sich vorgestellt hatte.

Rhonan erkannte in ihr die Frau aus seinem Traum wieder und riss so wild an den Zügeln, dass sein Pferd stieg und auf der Hinterhand tänzelte. »Himmel!«, stieß er aus.

Er war versucht, umgehend das Weite zu suchen. Sterben durfte er nicht, aber von einer Katastrophe in die nächste schlittern schon. Doch wenn er sie jetzt verließ, mussten seine neuen Begleiter wohl oder übel nach Kairan zurückkehren ... Bei dem, was sich gerade auf der Ebene abgespielt hatte, ein denkbar gefährliches Unterfangen. Widerwillig lenkte er also sein Pferd auf die Lichtung. »Hier sind wir nicht sicher. Sagt ihr, wir müssen weiter«, forderte er Gideon auf.

»Sie ist in Hörweite«, gab der zurück.

»Sagt diesem ... diesem ..., ich habe einen verstauchten Fuß und kann nicht weiter«, keifte die Prinzessin.

Gideon sah entnervt vom einen zum anderen. Gerade hatte er Menschen sterben sehen, und jetzt stritten sich seine jungen Begleiter albern herum.

»Sie soll reiten, nicht gehen.« Rhonan vermied es strikt, sie anzusehen.

Caitlin legte große Betonung auf ihr erstes Wort, als sie

erklärte: »Sie kann auch nicht reiten mit einem verstauchten Fuß, und Ihr seid ein rücksichtsloser Grobian.«

Gideon war abgestiegen und ging mit seinem Medizinbeutel in der Hand auf sie zu. »Wenn Ihr mich an Euren Fuß lasst, kann ich einen schmerzstillenden Stützverband anlegen.«

Sie zierte sich erst und zog einen Schmollmund, dann seufzte sie und nickte. »Aber seht nicht hin!«

»Niemals«, versprach er und fragte sich, wie er sie mit geschlossenen Augen behandeln sollte.

»Können wir jetzt zurück nach Kairan in das Gasthaus?«, fragte sie, während er ihr den Stiefel auszog. »Ein Dampfbad täte mir gut.«

Er schüttelte den Kopf. »Wir müssen, wie ich Euch bereits gesagt habe, ins Wintergebirge, und der Weg dorthin führt durch diesen Wald. Mir passt es auch nicht, aber so ist es nun mal.«

Er fand nicht den kleinsten Hinweis auf eine Verletzung, legte trotzdem einen Verband an, zog den Stiefel wieder vorsichtig darüber und reichte ihr die Hand.

Caitlin erhob sich stöhnend und ließ sich von ihm auf das Pferd helfen. Sie bot ein Bild des Jammers und fühlte sich auch tatsächlich elend, doch nicht wegen Schmerzen im Fuß. Niemand hatte ihr gesagt, dass der Ausflug so gefährlich und ungemütlich werden würde, und dieser sogenannte Prinz war das Allerletzte. Nie würde sie ihm freiwillig auch nur die Hand geben, aber bedauern sollte er das schon.

* * *

Gideon verstand bald, warum sich Menschen in diesem Wald verirrten. So dicht standen die Tannen, dass ihre Zweige kaum einen Lichtstrahl durchließen und selbst den Schnee aufhielten. Nur wenn die Schneelast zu groß wurde, brachen Äste. Wie ein Wasserschwall ergoss sich dann der Schnee und gefror am Boden zu Eis. Unaufhörliches Knacken begleitete die Reiter, und ein Weg war nicht zu erkennen.

So weit sie auch ritten, ihre Umgebung blieb unverändert: weit oben das Dach aus Tannenzweigen, darunter verkrüppelte, kahle Äste und darunter nur noch schlanke Stämme und Eis.

»Ich habe Hunger und Durst«, klagte Caitlin vor ihm zum wiederholten Mal. »Außerdem tut mir alles weh. Ich bin Damensättel gewöhnt und nicht diese … Dinger. Ich verlange eine Rast.« Ihre Stimme war von Mal zu Mal schriller geworden, aber jetzt klang sie nur noch jämmerlich.

Gideon unterstützte sie daher. »Könnten wir nicht eine kurze Rast einlegen? Wir haben seit dem Frühstück nichts gegessen, und lang kann es bis zum Abend nicht mehr sein.«

»Wir kommen gleich an einen See«, brummte Rhonan. Eigentlich war nichts gegen eine Rast einzuwenden, aber er wollte so schnell wie möglich die Mine erreichen, sich Gideons Geschichte anhören und dann wieder verabschieden. Seit er Caitlin gesehen hatte, hatte sich dieser Wunsch um ein Vielfaches verstärkt.

Endlich erreichten sie den kleinen See. Da ihn ein Bach speiste, war er noch nicht zugefroren. Die Tiere kamen am frühen Morgen oder in der Abenddämmerung zur Tränke. Jetzt hatten sie den See und die kleine Lichtung für sich. Es hatte aufgehört zu schneien, und die tiefstehende Wintersonne hatte die Wolkendecke durchbrochen.

Gideon genoss nach der langen Dämmerung des Waldes den ersten freien Blick in den Himmel, half der Prinzessin vom Pferd und breitete fürsorglich eine Felldecke aus. Die Prinzessin ließ sich erschöpft darauf nieder. Rhonan suchte Zweige, schichtete sie auf und schürte ein Feuer.

Caitlin hatte das erste Mal Gelegenheit, ihn genauer zu betrachten. Die Haare, in allen Blondschattierungen, die sie kannte, fielen ihm strähnig weit über die Schultern. Das Gesicht war schmal, scharf geschnitten, unrasiert und wirkte herb, eher noch düster. Eine Narbe unterm linken Auge verstärkte diesen Eindruck noch. Bemerkenswert waren die dunkelgrünen Augen, die sie an Moos erinnerten. Allerdings wirkten sie seltsam trüb. Der Prinz war groß und breitschultrig, aber sehr schlank, wirkte eher sehnig als kräftig. Die dunkle Kleidung war alt und schäbig. Er trug nicht die im Süden gebräuchlichen längeren Kittel und weiten Hosen, sondern unter einer speckigen Weste ein kurzes, vorn geschnürtes Hemd aus grobem Tuch und eine enge Lederhose, Kleidung, wie sie Nordmänner bevorzugten. Sie war genauso ungepflegt wie der Mann, der sie trug. Er hinkte jetzt noch stärker, und seine Bewegungen wirkten unbeholfen. Alles in allem war er ein heruntergekommener, offensichtlich auch noch trinkender Krüppel.

Er schien zu spüren, dass sie ihn beobachtete, und ihre Blicke trafen sich kurz. Beide sahen sofort wieder weg, und er erhob sich schwerfällig mit den Worten, noch Holz holen zu wollen.

Er verschwand zwischen den Bäumen, spürte die Blicke seiner Begleiter im Rücken und war sich deutlich seines linkischen Ganges bewusst. Wütend schlug er gegen einen Stamm. Sein verfluchtes Bein brauchte dringend Ruhe, aber er brauchte sie noch viel dringender. Er konnte nicht einmal sagen, was ihm mehr zusetzte: der angewiderte Blick der Frau oder der mitleidige des Mannes. Er kannte diese Blicke seit Jahren, aber er gewöhnte sich einfach nicht an sie. Das war einer der Gründe dafür, warum er sich gern unter Bettlern, Tagedieben und Talermädchen aufhielt. Dort war er nur ein weiterer Krüppel. Missmutig suchte er Äste zusammen. Er hörte die Prinzessin schreien, ließ das Holz fallen und hastete zum Rastplatz zurück.

Mit einem brennenden Ast in der Hand versuchte Gideon dort, einen großen Wolf davon abzuhalten, sich auf die Prinzessin oder ihn zu stürzen. Der Verianer fuchtelte mit dem Ast vor dem Tier herum und brüllte in einem fort: »Weg, du Biest! Weg!«

Caitlin wirkte wie gelähmt, kam nicht einmal auf die Beine. Nur ihre Stimme schien von der Lähmung verschont worden zu sein, denn sie schrie wie am Spieß. Rhonan hatte weder Bogen noch Schwert dabei. Zwischen diesen Waffen und ihm befanden sich seine Begleiter und ihr hungriger Angreifer. Das Feuer erlosch, Gideons nasser Ast qualmte nur noch.

Der Wolf zog den Kopf ein und setzte zum Sprung an, als der erste Dolch ihn traf. Er jaulte, warf sich im Sprung herum und brauchte nur zwei gewaltige Sätze, um Rhonan zu erreichen und anzuspringen.

Gideon sah einen weiteren Dolch aufblitzen, ehe Wolf und Mann in einem einzigen Knäuel zwischen den Bäumen verschwanden. Er stieß einen neuen Ast ins Feuer. Sein Herz raste. Das Holz war feucht und wollte nicht entflammen. Heiser bat er: »Komm schon! Brenne!«

»Ihr wollt mich doch nicht allein lassen?«, brachte Caitlin aufgelöst hervor.

Aus dem Wald drangen Knurren, lautes Keuchen, Stöhnen und ein fürchterliches Jaulen. Endlich schlugen winzige Flammen aus dem dürren Zweig.

»Ich komme gleich wieder«, krächzte er. »Wenn noch ein Wolf kommt, schreit einfach!«

»Ich schreie jetzt schon, wenn Ihr geht.« Sie sprang auf und wollte ihn am Arm packen.

Gideon warf ihr einen verzweifelten Blick zu, rammte den Ast schwingend zwischen die Bäume und stolperte fast über den toten Wolf. »Oh, das ist gut«, stöhnte er und sah sich um.

Der Prinz stand an einen Baum gelehnt da. Das Hemd war zerfetzt und dunkel von Blut, Hände und Gesicht waren blutverschmiert. Einen Ärmel hatte er teilweise abgerissen. Das Stück Stoff hatte er um seinen rechten Unterarm gewickelt und verknotete es gerade mit Hand und Mund.

Der Gelehrte schluckte. »Ist das alles Euer Blut?«

»Dann würde ich kaum noch hier stehen.« Die Stimme klang belegt. »Packt zusammen! Wir müssen los.«

»Wollt Ihr Euch nicht erst ein wenig ausruhen? Ihr seht nicht gut aus«, gab Gideon zu bedenken und sah voller Mitgefühl auf den Arm, der jetzt schon zwei Verbände trug.

»Hier ist nicht der geeignete Platz zum Lagern. Nicht mal Riesenwölfe kommen üblicherweise dem Feuer zu nahe. Der Frost hat dieses Jahr viel zu früh eingesetzt, das Nahrungsangebot ist daher dürftig. Hunger ist eine mächtige Antriebskraft. Wir müssen in die Mine.«

»Dann reiten wir besser weiter. Kann ich … ich meine, benötigt Ihr vielleicht …?«

»Könnt Ihr mir Euren Arm leihen?«, unterbrach Rhonan das Gestammel.

Gideon kam der Bitte umgehend nach, und der Prinz stützte sich schwer auf ihn.

»Wie weit ist es bis zu dieser Mine?«

»Nicht mehr weit.«

»Und was ist das für eine Mine?«, fragte der Gelehrte weiter.

»Ein sicherer Ort.«

* * *

Caitlin stieß einen Schrei aus, als die Männer wieder auf die Lichtung kamen, und schlug die Hand vor den Mund.

»Das ist Wolfsblut. Wir haben keine Zeit. Wir müssen weiter, ehe noch mehr von diesen Biestern kommen. Packt zusammen!«

Gideons Stimme klang aufgeregt, da er bereits entferntes Wolfsgeheul vernahm. Er führte Rhonan zu seinem Pferd, doch der Prinz wusste nicht, wie er auf das verdammte Tier kommen sollte. Sein linkes Bein war nicht mehr belastbar und …

Der von Furcht getriebene Gelehrte rammte ihm schon die Schultern unter den Hintern und schob kräftig. Ihm blieb nur übrig, zügig die üblichen Bewegungen auszuführen. Schmerz raste vom Knie abwärts bis in den großen Zeh und aufwärts bis in die Haarspitzen, aber immerhin saß er plötzlich im Sattel, musste sich allerdings am Knauf festkrallen.

Gideon zog erneut Marsiskraut aus seinem Säckchen und sah Rhonan an. »Wird es gehen?«

Der nickte und nahm es wortlos entgegen.

Der Gelehrte sah sich um. Erstaunt stellte er fest, dass Caitlin in aller Eile und völlig wahllos Nahrung und Kochgeschirr in die Satteltaschen stopfte. Es war das erste Mal, dass er sie etwas annähernd Sinnvolles tun sah.

»Ich will aus diesem Wald raus. Hier ist es unheimlich«, klagte sie, als sie endlich wieder Gideons Aufmerksamkeit hatte. »Ich will wieder nach Kairan, und dann will ich heim.«

»Das geht nicht«, erwiderte er sanft.

»Ich will aber«, schrie sie und schmetterte einen Kessel zu Boden. »Und zwar sofort. Ich habe hier nichts verloren.«

Rhonan warf ihr einen abschätzigen Blick zu und nahm einen Schluck aus seinem Beutel.

Gideon hob beschwichtigend die Hände. »Ganz ruhig. Nach Kairan würden wir es gar nicht mehr schaffen. Man schließt die Stadttore bei Einbruch der Dunkelheit. Wir sind bald in Sicherheit.«

Er hoffte inständig, dass diese kühne Behauptung sich als wahr herausstellen würde, verstaute auf ihr trostloses Nicken hin hastig die letzten Sachen, goss Wasser übers Feuer, half der

Prinzessin aufzusteigen, band die Pferde aneinander und saß endlich selbst auf.

Weiter ging es in den Wald hinein. Unter den Tannen lastete die Dunkelheit so schwer, dass Gideon bald meinte, sie auf seinen Schultern zu spüren. Er verstand schnell, warum der Prinz ihn angewiesen hatte, die Pferde aneinanderzubinden, denn er sah keinen seiner Begleiter mehr. Caitlins Genörgel empfand er schnell als tröstlich, sagte es ihm doch, dass er nicht so allein war, wie er sich fühlte. Der Prinz antwortete längst nicht mehr auf seine Rufe. Gideon hoffte nur, dass er noch bei Bewusstsein und nüchtern genug war, um sie zu führen. Immer häufiger heulte es irgendwo, und die Pferde wurden immer unruhiger. Feuchte Kälte schlich sich unter den Mantel, und jedes Geräusch ließ ihn sich hektisch umsehen.

Als er gerade überlegte, ob er mal nach vorn reiten sollte, blieb sein Pferd neben Caitlins stehen, und eine Fackel flammte vor ihm auf. Gideon sah einen Stern, die Sichel des Mondes und dann schemenhaft ihren Führer, der an einer Felswand etwas zu suchen schien.

»Was tut er da?«, jammerte die Prinzessin. »Ich erfriere, und er kratzt am Stein herum. Ich dachte, hier wäre eine Mine. Dass er sie erst graben will, hätte er vorher sagen müssen. Aber betrunken, wie er ist, macht das für ihn wohl keinen Unterschied.« Nahes Geheul ließ sie schluchzen, schniefen und klagen … alles gleichzeitig und alles laut.

Gideon war auf dem Weg zum Prinzen, als sich vor ihm geräuschvoll eine Steinplatte zur Seite schob. Der Prinz hinkte in den Gang, der dahinter lag. Das Fackellicht ließ die Wände gelb schimmern.

»Jaspis«, hauchte Gideon. »Diese Mine ist ein Vermögen wert. Aber das mit dem Stein …«

»Lasst mich rein.« Caitlin stieß ihn zur Seite, stolperte hinter Rhonan her und kreischte: »Geht das nicht schneller? Draußen sind Wölfe. Schon vergessen?« Sie fand keine Beachtung.

Rhonan, der sich darauf konzentrieren musste, auf den Füßen zu bleiben, entzündete eine Wandfackel und rief über die Schulter zurück: »Da ist rechts ein eckiger Stein. Drückt ihn!«

Gideon wartete, bis alle Pferde drinnen waren, und drückte den Stein. Die Platte glitt vor den Eingang und schloss die Kälte aus. Dann wurde es immer wärmer, je weiter sie kamen, und in der Höhle, die sie schließlich betraten, konnte Gideon die Handschuhe abstreifen und den Mantel öffnen. Rhonan lehnte an der Wand und hielt ihm die Fackel hin. Als alle Wandfackeln brannten, hätte Gideon am liebsten gejubelt.

Fast vier Pferdelängen in Länge und Breite maß die Höhle aus grauschwarzem, behauenem Stein, dessen Jaspis-Einlagerungen sie in ein sanftes gelbes Licht tauchten. Gestapelte Decken, ein Rost mit Resten von Feuerholz, Töpfe, Krüge und Spitzhacken zeugten von früheren Besuchern. Er zog den Mantel aus und strahlte. Er hatte auf Sicherheit gehofft, doch hier gab es Wärme und fast so etwas wie Behaglichkeit dazu. »Wieso ist es hier so warm?«, fragte er.

Der Prinz wies in einen Gang. »Heiße Quelle.«

Diese Worte schienen Caitlin zu beleben. »Hier gibt es heißes Wasser?« Sie eilte in den Gang.

»Das ist fantastisch. Woher kennt Ihr diese Mine?«, wollte Gideon wissen.

»Von den Tempelwächtern. Da rechts ist eine Höhle, in die Ihr die Pferde bringen könnt.« Rhonan rutschte an der Wand nach unten und streckte sein Bein aus, während die Prinzessin wieder in den Raum gefegt kam und ihren Mantel abwarf. »So etwas habe ich noch nie gesehen. Es sprudelt einfach aus dem Felsen, fließt durch ein Becken und verschwindet dann wieder im Felsen. Kann ich darin baden? Ich bin halb erfroren, und das Wasser ist herrlich. Ich würde mich gern aufwärmen, aber es darf mich keiner stören.«

Gideon warf einen Blick auf Rhonan. Der zeigte keine Regung, und er nickte. »Nur zu!« Schon war sie weg, was wohl bedeutete, dass sie sich im Notfall allein entkleiden konnte.

Der Gelehrte brachte erst einmal die Pferde in die angrenzende Höhle. Begeistert musterte er das Räderwerk aus ineinandergreifenden Zahnrädern und Seilen, das wohl die Steinplatte bewegte. Die Tempelwächter mussten hervorragende Baumeister gewesen sein. Seine Finger strichen über die hölzernen Räder, um zu ergründen, welchen Weg die Seile nahmen, als ein Wiehern ihn an weniger interessante, jedoch wichtigere Dinge erinnerte. Er wandte sich um, klopfte einem Hengst entschuldigend den Hals und versorgte die Tiere. Mühsam streckte er danach die steifen Glieder und machte sich auf den Weg zurück. So erschöpft, hungrig und verängstigt war er noch nie gewesen. Eine schlimme Ahnung von dem, was ihnen noch bevorstand, ließ ihn trotz der Wärme frösteln.

Rhonan saß noch immer in derselben Haltung da. Er hatte die Augen geschlossen, war unter der Kruste aus Blut und Dreck kaum noch zu erkennen und wirkte wie tot. Auf Gideons Frage, ob er ein Feuer entzünden könne, brummte er etwas von natürlichen Lüftungsschächten.

Gideon zog seine kleine Eisenzange mit Feuerstein aus der Satteltasche, entfachte ein Feuer, breitete die Zutaten für eine Linsensuppe, Brot und Trockenfleisch aus und machte sich an die Zubereitung der Mahlzeit. Er kannte Rezepte für feinste Gerichte, war aber froh, hier nur Eintöpfe zubereiten zu müssen. Das würde ihm wohl auch ohne Kocherfahrung gelingen. Die Beschäftigung mit so schlichten Dingen brachte ihm allmählich seine innere Ruhe zurück.

Der Prinz trank derweil mehrfach aus seinem Beutel.

»Wenn Ihr Durst habt, solltet Ihr lieber Wasser trinken«, gab Gideon zu bedenken. »Das ist, dem Geruch nach zu urteilen, Branntwein. Wenn Ihr nicht über eine sehr vertrauenswürdige Bezugsquelle verfügt, könnt Ihr gar nicht wissen, was alles in dem Zeug drin ist.«

»Bisher hatte ich keine Schwierigkeiten.«

Gideon hängte einen Kessel übers Feuer und sah seinen neuen Begleiter an. Dessen Gesichtszüge wirkten völlig verkrampft. »Ihr seht schrecklich aus, und die Verbände sind durchgeblutet. Darf ich mich darum kümmern? Ich bin Verianer und kenne mich ein wenig aus in der Heilkunst.«

Rhonan ging nur auf den letzten Satz ein. »Ihr seid Verianer? Wie alt seid Ihr?«

»Dreiundsechzig! Ich könnte Euer Großvater sein. Ihr könnt mir also vertrauen und mir auch sagen, was mit Eurem Bein ist.«

Eine Antwort erhielt er – wie erwartet – nicht. »Oh bitte, nun seid nicht so stur! Oder habt Ihr gern Schmerzen? Ich frage nicht aus Neugier, kann Euch aber erst sagen, ob ich helfen kann, wenn Ihr mir sagt, was die Ursache Eures Hinkens ist. Es wird doch kein Geburtsfehler sein.«

Der Prinz sah ihn müde an, bedauerte, dass er nicht in der Verfassung war, einfach aufzustehen und zu gehen, und antwortete: »Habe eine Pfeilspitze nicht ganz rausbekommen. Hatte keinen Dolch bei mir.«

Seiner Erklärung folgte eine kurze Stille, in der Gideon, der Gelehrte, den Prinzen stumpfsinnig anstarrte, bevor er dessen Antwort wiederholte: »Ihr wolltet selbst … und hattet … bei allen Göttern!« Er räusperte sich unbehaglich und fuhr dann möglichst nüchtern fort: »Kein Wunder, dass Ihr Schwierigkeiten habt. Wie lange steckt sie schon in Eurem Bein?«

»Vier Jahre, so ungefähr.«

»Welch Schindluder treibt Ihr mit Eurem Körper? Vier Tage wären schon zu viel gewesen.«

Zumindest darin stimmte Rhonan ihm zu. Vielleicht … Er kniff die Augen zusammen. »Könnt Ihr sie rausholen?«

»Ich?« Das war die Krönung eines grauenvollen Tages. Entsetzt starrte Gideon ihn an.

»Würdet Ihr es zumindest versuchen?«

Der Gelehrte schluckte schwer. Ein Funke sprang ihm auf den Ärmel, aber er bemerkte es nicht einmal. »Hier und jetzt?«

»Warum nicht? Ich treffe nicht oft Heilkundige, denen ich trauen kann. Mein Kopfgeld ist hoch, und allein mein Schwert dürfte mehr wert sein, als ein Heilkundiger in einem Jahr verdient.« Vielleicht brachte ihm das Treffen mit diesen seltsamen Leuten ja doch noch einen Vorteil.

Gideon brach der Schweiß aus. »Ich kann Wunden versorgen und habe über Eingriffe gelesen, aber noch nie welche durchgeführt. Wie denn auch? Dafür bin ich auch gar nicht ausgerüstet.«

Rhonan griff in einen Stiefel und warf ihm einen Dolch hin. »Jetzt schon.« Er sah so unbeteiligt drein, als hätte er Gideon ein Messer zum Zwiebelschälen hingeworfen.

»Das kann nicht Euer Ernst sein«, widersprach der. »Das ist Irrsinn. Ich kann doch nicht … Ihr könnt nicht wirklich wollen …«

»Schon gut, vergesst es!« Rhonan schloss die Augen und sackte wieder in sich zusammen.

Gideon dachte an die unwegsame Strecke, die vor ihnen lag, an die Aufgabe, die es zu bewältigen galt. Sie würden auf die Kampfkunst des Prinzen angewiesen sein. Trotzdem musste er sich zu den nächsten Worten durchringen. »Seid Ihr sicher? Ich müsste doch … und ich habe nichts Stärkeres zur Betäubung dabei«, brachte er heraus und spürte einen Kloß im Hals.

»Sieht nach schlechtem Wetter aus, und wir haben gerade nichts zu tun.« Rhonans Augen strahlten fast Belustigung aus.

»Euch wird das Lachen noch gründlich vergehen«, orakelte der Gelehrte düster.

Rhonan nickte und senkte die Wimpern. »Vermutlich.«

Gideon öffnete den Mund und schloss ihn wieder, denn Caitlin kam in die Höhle zurück.

»Das war himmlisch«, schwärmte sie. »Ich fühle mich wie neugeboren.« Sie schüttelte ihr Haar, sodass Wasser nach allen Seiten spritzte, sah auf das Lagerfeuer und fügte ernüchtert hinzu: »Das Essen ist nicht fertig. Dabei habe ich mir so viel Zeit gelassen. Ich gebe mir größte Mühe, meine schreckliche Lage zu meistern, aber ein klein wenig Unterstützung kann ich wohl erwarten. Ihr wusstet doch, dass ich hungrig bin.« Ihr Ärger wuchs, als keiner der Männer sie auch nur beachtete.

Gideon starrte unverwandt auf den Dolch zu seinen Füßen und schüttelte den Kopf. »Oh Götter, sagt mir doch, was ich tun soll«, flehte er.

»Holz nachlegen«, erklärte Rhonan anstelle der Götter. »In irgendeinem Gang müsste noch welches liegen. Lasst die Frau das Holz holen und helft mir zur Quelle.«

Caitlin stampfte mit dem Fuß auf und schnaubte: »Das ist unglaublich. Ich soll hier schuften, und der feine Prinz gibt nur Befehle und benötigt auch noch einen Diener?«

Der feine Prinz beachtete sie gar nicht, was ihre Wut noch weiter anheizte. »Wärt Ihr ein wahrer Prinz, wüsstet Ihr Euch besser zu benehmen.«

»Bestimmt«, gab der ungerührt zu und sah an sich herunter. »Aber meint die wahre Prinzessin nicht auch, ich sollte mich vor dem gemeinsamen Mahl etwas säubern?«

Gideon seufzte, erhob sich und ging Holz holen, ehe die letzte Glut erlosch.

»Ihr wollt Euch säubern?«, fragte sie gerade. »Woher der Sinneswandel? Das bisschen Dreck konnte Eurer Erscheinung wirklich nichts mehr anhaben. Glaubt Ihr ernsthaft, lediglich ein Bad würde aus Euch einen annehmbaren Tischnachbarn für mich machen?«

Er zählte stumm bis zehn, bevor er erwiderte: »Vermutlich nicht.«

»Sogar ganz sicher nicht. Ich habe schon Ziegen gesehen, die gepflegter waren als Ihr.«

»Und mit denen habt Ihr dann zusammen gegessen?«

Caitlin schrie empört auf: »Warum rede ich eigentlich mit Euch? Ihr seid doch nur ein betrunkener, völlig heruntergekommener, ungehobelter …« Sie hielt inne und atmete schwer.

»Krüppel?«, half er aus und musterte sie.

»Oh, danke«, zischte sie. »Genau das Wort, das ich suchte. So einer wie Ihr dürfte die Nebelinsel nicht mal betreten, geschweige denn unser Schloss.«

»Ihr seid eine Nebelhexe?« Jetzt war auch ihm nach Schreien zumute. Tagelang hatte er sich dagegen gewehrt, von ihnen aufgespürt zu werden, und jetzt reiste er mit einer von ihnen durchs Land. Zumindest ahnte er nun, warum Ligurius ihm auf den Fersen war. Er machte wohl einmal mehr gemeinsame Sache mit den Nebelhexen. Wie von selbst hatte sich seine Hand um einen Dolch im Gürtel gelegt: ein Wurf, und die Gefahr wäre gebannt. Sein Griff lockerte sich wieder. Er war zwar tief gesunken, aber so tief, ein wehrloses Mädchen zu töten, nicht.

»Hexe?«, schrie Caitlin, die keine Ahnung hatte, wie nah sie dem Tod gerade gewesen war. »Wie könnt Ihr es wagen? Ich werde dafür sorgen, dass Ihr Eure Worte noch bitter bereut.«

Rhonan bereute jetzt schon, allerdings nicht seine Worte, sondern dass er diese Reise überhaupt angetreten hatte.

»Hat es Euch die Sprache verschlagen?«, fragte sie und rümpfte triumphierend ihre Nase.

Er schwieg tatsächlich, und Gideon sah vom Kessel hoch. »Die Suppe ist fertig.« Mit diesen Worten hielt er Caitlin eine Schale hin.

»Danke«, säuselte sie, während sie sich setzte und sich Brot reichen ließ. »Sehr freundlich. Gut zu wissen, dass es noch Menschen gibt, die nicht nur an sich selbst denken.« Sie war sofort mit dem Essen beschäftigt, sodass ihr die ungläubigen Blicke ihrer Begleiter entgingen.

Der Prinz aß nur wenig, und auch Gideon verspürte keinen Hunger mehr. Vor Tagen noch hatte er gedacht, es sei langweilig, sein Leben ganz den Schriften zu widmen. Je mehr er gelesen hatte, desto mehr hatte er befürchtet, das wahre Leben zu versäumen. Wenn dies das wahre Leben war, zog er doch die Bücher vor. Aber gerade weil er so viel gelesen hatte, wusste er, was er bei dem Eingriff alles falsch machen konnte. Ein falscher Schnitt, und das Bein könnte für immer steif bleiben. Eine Entzündung, gegen die er hier wenig ausrichten konnte, konnte sogar zum Tod führen. Vor ihm saß der letzte Nachfahre der da'Kandar. Ein Fehler von ihm, und es würde gar keinen mehr geben. Das wäre das Ende der Prophezeiung. Er seufzte tief und rang die Hände.

Rhonan bemerkte die steigende Unruhe des Verianers. Noch mehr Zeit zum Überlegen, und der Gelehrte würde seine Heilkunst für sich selbst benötigen. »Seid Ihr bereit?«, fragte er daher.

Gideon nickte. Jetzt oder nie! Er half Rhonan hoch und stützte ihn beim Gehen.

Caitlin sah den beiden nach, nahm noch ein Brot und hoffte, dass durch ein Bad zumindest der bestialische Gestank verschwinden würde. Während sie aß, überlegte sie, ob sie Verbindung zu ihrer Mutter aufnehmen sollte. Sie hatte Gideon zwar versprochen, es nicht zu tun, aber da hatte sie ja noch nicht gewusst, wie gefährlich ihre Reise sein würde. Wütend schmiss sie ihr Brot gegen die Wand. Niemals würde Ayala ihr helfen. Eher würden auf der Nebelinsel Witze gerissen werden über die unfähige Caitlin, die jetzt sicher bedauerte, nicht eifriger gelernt zu haben. Sie würde keine Hilfe bekommen, also würde sie auch nicht darum bitten. Eine Weile starrte sie vor sich hin, dann erhob sie sich gähnend, stellte ihre Schale ans Feuer und bereitete sich ganz allein aus Felldecken ihr Lager. Dabei stellte sie fest, dass ein Fingernagel abgerissen war und richtig hässlich aussah, wie abgeknabbert. Sie hasste die gefährliche und ungemütliche Welt außerhalb der Nebelinsel und brach in Tränen aus.

Als die letzten Tränen längst versiegt waren, kam Gideon zurück, kramte seinen Medizinbeutel aus dem Wandersack und steckte einen Dolch ins Feuer.

Caitlin, die sich in Felle gekuschelt hatte, sah ihm verwirrt zu.

Ehe sie etwas fragen konnte, kam der Gelehrte ihr zuvor. »Gut, dass Ihr noch wach seid. Ihr seid doch Magierin und versteht Euch sicher auf Heilkunst. Der Prinz hat eine Pfeilspitze im Bein. Könnt Ihr mir beim Entfernen helfen?«

Schrill lachte sie auf. »Ich? Niemals!«

Er hatte mit ihrer Ablehnung gerechnet. Sogar den Tonfall hatte er vorhergesehen. »Ich kann die Spitze nicht ertasten und kann doch nicht das halbe Bein aufschneiden, um sie zu suchen. Ihr könntet sie gewiss spüren. Versucht es zumindest. Bitte!«

Die Prinzessin senkte den Blick. »Selbst wenn ich wollte, könnte ich Euch nicht helfen. Ich kann nämlich kein Blut sehen. Mir wird schlecht davon.«

»Es ist ja gar kein Blut da«, beruhigte er. »Ihr braucht also keine Angst zu haben. Ich weiß, Ihr mögt ihn nicht, aber Ihr wollt doch sicher nicht, dass er unnötige Schmerzen hat.«

»Mein verstauchter Knöchel war ihm doch auch gleichgültig«, gab sie patzig zurück.

Gideon betrachtete ihr trotziges, unglaublich junges Gesicht und verzichtete auf jede vernünftige Argumentation. »Er ist ungehobelt, aber er verfügt auch nicht über Eure königliche Erziehung. Die hörte bei ihm im achten Lebensjahr auf. Seitdem lebte er … irgendwo. Sein Gossengebaren werden wir ihm schon austreiben. Ihr könntet ihm jetzt zeigen, wie überlegen Eure Denkweise ist. Gerade weil er mir versichert hat, dass Ihr nie zur Hilfe bereit wärt, würde er wohl ins Grübeln kommen.« Er kam sich schäbig vor, weil er gelogen hatte, aber es wirkte.

Sie dachte kurz nach und erfreute sich dann an dem Gedanken, dass der unverschämte Kerl sich gleich bei ihr würde bedanken müssen. »Ist das Bein bedeckt?«

»Was? Nein, natürlich nicht!«

»Dann müsst Ihr mich führen: Ich bin Priesterin und werde in diesem Fall die Augen schließen. Ich benötige schließlich nur meine Hände.«

»Wunderbar!«, jubelte Gideon und rollte mit den Augen.

Rhonan hatte zwar kein Wort darüber verloren, hätte aber tatsächlich nie geglaubt, dass Gideon die Hexe zur Mithilfe würde überreden können, und fragte sich, wie er das wohl angestellt hatte. Dann blinzelte er ungläubig. Hatte sie die Augen zu? Dieses Mädchen war in der Tat einmalig.

Gideon warf ihm einen beredten Blick zu, zuckte die Achseln und half Caitlin, sich hinzuknien.

Der Prinz schob sich wieder seinen Gürtel zwischen die Zähne, denn es hatte höllisch wehgetan, als Gideon das ohnehin schmerzende Bein abgetastet hatte.

Die Prinzessin hielt ihre gespreizten Finger vor sich, verharrte und hoffte, keinem würde auffallen, dass einer ihrer Nägel eingerissen war. Gideon nahm entschlossen ihre Hände und legte sie oberhalb des Knies auf eine Narbe. »Hier irgendwo muss der Übeltäter sein. Gebt Euer Bestes! Ich bin sofort zurück.« Mit diesen Worten erhob er sich schon, um das Messer zu holen.

Ihre Hände glitten federleicht über Knie und Oberschenkel. Rhonan entspannte sich und nahm den Gürtel aus dem Mund. Sie dagegen stöhnte plötzlich auf. »Ich spüre Hitze und Schmerzen.«

»Welch umwerfende Erkenntnis«, brummte er.

»Seid still!«, forderte Gideon, der wieder hinter ihr stand, den glühenden Dolch in der Hand. »Prinzessin, beachtet sein Geschwätz einfach nicht.« Er starrte auf das Bein, das unnatürlich rot und geschwollen, aber ansonsten unversehrt aussah. Es erschien ihm plötzlich unmöglich, einfach hineinzuschneiden. Immer wieder musste er die feuchten Hände an seinem Hemd abwischen.

Sie schien in eine Art Trance verfallen zu sein, keuchte aber plötzlich auf. »Es sticht, es … Ich will das nicht. Hier ist der Ursprung.«

»Sicher?«

Sie nickte nur wild.

»Danke! Haltet jetzt das Bein fest«, befahl Gideon. »Es muss ganz ruhig liegen. Bereit?«

Rhonan nickte und griff wieder zum Gürtel.

»Was? Nein«, jammerte Caitlin. »Ich will das nicht. Ich kann das nicht.«

»Ihr müsst!«, brüllte Gideon. »Sonst sitzen wir zwei bald schutz- und führerlos in diesem Wald fest. Wenn Ihr am Leben hängt, haltet das Bein unten.«

Er hielt den Atem an, setzte den Dolch an und stach zu. Der erste Schnitt war getan. Warm lief Blut über seine Finger. Er biss sich auf die Lippe, konnte nicht glauben, was er da gerade tat, und musste sich dazu zwingen, tiefer zu schneiden.

Caitlin drückte, so fest sie konnte, die Augen weiterhin geschlossen. Sie sah nichts, spürte aber, wie die Klinge ins Fleisch schnitt, und hielt ebenfalls die Luft an. Übelkeit stieg in ihr auf. Entweder ihre Hände oder das Bein oder beides wurden feucht. Ihre Hände rutschten ab. »Heilige Myria, steh mir bei!«

»Haltet das Bein ruhig! Ich muss dicht an den Knochen. Nicht zucken jetzt, Rhonan! Ich glaube, ich hab's.« Gideons Stimme war nur noch ein Krächzen. Er tastete sich verbissen weiter und meinte endlich, einen Fremdkörper zu fühlen. Das Messer glitt ab. Caitlin schrie, und der Prinz keuchte laut auf. Sein Gesicht war völlig verzerrt. Er hatte die Augen jetzt auch zugekniffen. Schweiß oder Tränen liefen ihm übers Gesicht.

Gideon schluckte und blinzelte sich Schweiß aus den Augen. Seine Hände zitterten. Fast gegen seinen Willen führte er das Messer erneut in die Wunde, tastete an der Klinge entlang. Er sah nur noch Blut. Rhonans Körper bog sich durch, das Bein blieb jedoch ruhig.

Da war es wieder. Behutsam schob er das Messer darunter, legte den Finger darauf und zog. Er starrte auf das Blut, das aus der Wunde floss, und auf die Klinge. »Bei den Göttern! Da ist sie. Ich glaub's nicht. Rhonan, lebt Ihr?« Gideon ließ sich nach hinten fallen und seufzte erleichtert.

Caitlin öffnete zaghaft die Augen und fragte: »Ist es geschafft?«

Gideon raffte sich wieder auf. »Ja! Jetzt muss ich die Wunde nur noch nähen. Das kann ich aber allein.«

Rhonan hatte die Augen noch geschlossen, war schweißgebadet und nahm mit unsicheren Händen den Gürtel aus dem Mund. Caitlin floh, so schnell sie konnte.

8. Kapitel

Rhonan erwachte wie so oft schweißgebadet, aber diesmal war kein Albtraum dafür verantwortlich. Der Dampf der Quelle hatte sich über ihn gelegt. Sein Knie brannte, aber Wundschmerz verging, und er begrüßte ihn, verhieß er doch Linderung für die Zukunft. Auch sein Kopfschmerz war auf das übliche Morgenmaß abgeebbt. Ein paar Schluck, und er würde vergehen. Sein Blick glitt durch die Höhle und fand keinen Beutel.

Gideon saß bereits am Feuer und schüttelte bei Rhonans Erscheinen den Kopf. »Du solltest doch liegen bleiben. Die Wunde benötigt Ruhe. Wie geht es dir?«

»Ich fing schon an zu dampfen, aber sonst geht's gut«, erwiderte er, ließ sich nieder und griff nach seinem Beutel.

Der Gelehrte kam ihm zuvor und zog ihn außer Reichweite. »Du solltest auf Wasser umsteigen, in nächster Zeit wirst du eine sichere Hand und einen klaren Kopf brauchen.«

Ein klarer Kopf erschien dem nicht unbedingt erstrebenswert, denn Erinnerungen, die im Nebel steckten, blieben dankenswerterweise blass. »Meine Hand ist immer sicher«, erwiderte er knapp.

»Vor uns liegt das Wintergebirge. Dir wird der Branntwein schnell ausgehen. Gewöhne dich besser ans Nüchternsein, denn in der Wildnis könnten Entzugserscheinungen uns allen den Tod bringen. Du bist unser Kämpfer, und wir sind auf dich angewiesen.«

»Ich bringe euch zum Gebirge, dann reite ich zurück in die Stadt. Ich tauge nicht für Reisegruppen. Wenn du einen Rat willst: Meide das Wintergebirge! Zu gefährlich. Ich bringe euch auch nach Kairan zurück, wenn du willst – und jetzt gib mir den Beutel!«

Gideon beachtete die ausgestreckte Hand nicht. »Deine Pläne musst du ändern. Es ist an der Zeit für dich, die Freien Reiche in den Kampf gegen Camora zu führen.«

Der Prinz hob spöttisch eine Braue. »Ich soll also nicht nur dich und diese Nebelhexe durch ein Gebirge schleppen, das ihr nicht bewältigen könnt, und euch vor Wölfen und anderen Gefahren beschützen, ich soll hinterher auch noch die Freien Reiche anführen. Hast du dir etwas vom Branntwein genehmigt?«

»Ich wollte, es wäre so. Sag nicht, du hättest noch nie von der Prophezeiung gehört.«

»Wer hat das nicht? Ich habe sie als das abgetan, was sie ist: das Gekritzel eines Schwachsinnigen. Drei Menschen gegen eine Armee … da wüsste ich aber, auf wen ich setze.«

»Tatsächlich? Ich nicht. Alle Gelehrten sind sich einig: Caitlin ist eine Erbin der Macht, und du bist der Erbe der Kraft. Du bist der Mann, der den Krieg beenden kann.«

»Dann bist du der Erbe des Wissens?«

»Nein. Meine Aufgabe ist es lediglich, euch auf den rechten Weg zu führen.«

Rhonan kratzte sich am Kopf. »Auf den rechten Weg? Nehmen wir mal an, ich würde dieser Prophezeiung Glauben schenken. Was zum Henker sollte ich ausgerechnet im Wintergebirge?«

In Gideon stieg leichte Hitze auf. Er nahm an, dass sein Gesicht sich rötete. So bestimmt wie möglich entgegnete er: »Wir müssen die Wintergöttin aufsuchen. Sie wird uns den Weg weisen.«

»Was? Den Weg zum Wolkengebirge kenne ich, und der führt nicht durchs Wintergebirge.«

Die Hitze nahm zu. »Es ist wohl mehr an eine grundlegende Unterweisung gedacht.«

»Eine Göttin will uns unterweisen? Oh Mann! Wer hat dir nur diesen Blödsinn erzählt?« Rhonan schüttelte den Kopf. »Je näher man Kairan kommt, desto tiefer scheint der Nordstern zu stehen. In klaren Nächten sieht es aus, als berührten sich der höchste Berg des Wintergebirges und der Stern. Deshalb heißt er Göttergipfel. Da wohnt nicht wirklich eine Göttin. Du musst ...«

»Was denkst du denn, warum wir hier sind?«, unterbrach der Gelehrte barsch. »Weil wir Kälte und Gefahren so mögen? Wir Verianer vertrauen der Klugheit und Führung unserer Schutzheiligen. Die große Dala wies mir den Weg zunächst zur Prinzessin und dann zu dir. Oder glaubst du, es war Zufall, der mich unter Tausenden ausgerechnet zu euch beiden führte? Wenn der erste Teil der Weisung wider Erwarten zu meistern war, wird das auch beim zweiten Teil der Fall sein. Nun erwartet uns die Wintergöttin. Ich schäme mich, Dalas Worte jemals angezweifelt zu haben, und ich bin kein Narr. Behandle mich also nicht wie einen!«

Der Prinz sah eine ganze Weile vor sich hin, bevor er leise sagte: »Deine Schutzheilige hätte dich besser zu einer Armee geführt. Ich bin kein schlechter Kämpfer und lange Wanderungen gewöhnt, aber um euch auf den Göttergipfel zu bringen, reichen meine Kräfte nicht aus: Schneestürme und Eiseskälte, kein Dorf weit und breit, nur Schnee. Ein Tag ohne Essen ist dort das kleinste Übel. Schon mal von Schneewölfen oder Horkas gehört? Die Wölfe greifen nur im Rudel an, und die Horkas reißen ihren Opfern manchmal nur einen Arm heraus, damit es bis zur nächsten Mahlzeit noch laufen kann. Das Wintergebirge ist schon ohne seine Bewohner kaum zu bewältigen. Triffst du auf sie, ist das das Ende deiner Reise. Ich werde nicht dorthin gehen.«

»Ich geh da auch nicht hin«, schloss Caitlin sich an. »Auf keinen Fall!«

Beide Männer fuhren herum, da sie nicht bemerkt hatten, dass die Prinzessin erwacht war. Sie setzte sich auf, ordnete ihr Haar, legte die gefalteten Hände in die Felldecken und erklärte ruhig: »Niemand kann das von mir verlangen. Sollte das mein Schicksal sein, weigere ich mich, es anzunehmen. Ich bin keine jammernde Hexe, aber ich lasse mich niemals von diesem …«

»… ungehobelten Krüppel«, half Rhonan ohne sichtbare Gefühlsregung aus.

Sie warf ihm einen giftigen Blick zu. »Ja, genau! Ich lasse mich nicht von ihm zum Gipfel schleppen. Ich friere schnell, ich hasse lange Ritte und Spaziergänge, und ich will niemanden in Versuchung führen, mich zu verspeisen. Ich glaube an Prophezeiungen, aber ich gehe von einem Irrtum aus, was meine Person betrifft. Ich wünsche, heimgebracht zu werden.«

»Gut gesagt«, lobte der Prinz, der ihr zum ersten Mal aus vollem Herzen zustimmte.

Gideon sprang auf und fragte wütend: »Was glaubt ihr eigentlich, was ich bin? Euer Fußabtreter? Glaubt ihr, mir hat jemand gesagt, was mich erwartet? Dass ich eine Prinzessin mit Kleidersorgen und einen Prinzen, der dem Branntwein verfallen ist, zu einer Aufgabe überreden soll, der sie nicht gewachsen sind? Ich bin Gelehrter. Ich kämpfe nicht gegen Spione oder Wölfe oder suche nach Pfeilspitzen in fremden Körpern. Aber habe ich mich bisher auch nur einmal beklagt? Ich bin so wenig für unsere Lage verantwortlich wie ihr, aber ich habe mein Schicksal angenommen und habe keine Lust, mir weiter euer Gejammer anzuhören. Geht ruhig auf in eurem Selbstmitleid. Mir reicht's.« Er stapfte hinaus, ohne sich noch einmal umzusehen.

Caitlin rollte sich wieder auf ihren Fellen zusammen und schniefte.

Rhonan ahnte, dass Gideon nicht so schnell klein beigeben würde, und wollte das Gespräch auf keinen Fall in Anwesenheit der Nebelhexe weiterführen müssen. Er sprang auf, ignorierte den aufflammenden Schmerz im Bein und hinkte, so schnell es ging, nach draußen.

Gideon hatte sich nicht weit aus der Mine hinaus getraut. Der Schnee auf der Lichtung lag kniehoch, und es war eiskalt. Die Äste der nahen Tannen bogen sich unter ihrer Schneelast, und der rosa Himmel mit den aufgeplusterten, grauen Wolken sah nach noch mehr Schnee aus.

»Dir ist es ernst mit diesem ganzen Zeug, nicht wahr?«, eröffnete Rhonan das Gespräch.

Gideon schwieg.

Der Prinz rechnete schon nicht mehr mit einer Antwort, als sein Begleiter sich umdrehte, ihn ansah und erklärte: »Der Fortbestand der mittlerweile überschaubaren freien Welt liegt in deinen Händen. Wenn ich das ändern könnte, würde ich es umgehend tun. Ich würde nämlich Hände bevorzugen, die nicht zittern.«

Er lachte freudlos, als Rhonan prompt die Arme verschränkte. »Du musst sie nicht verstecken. Sie zittern schon den ganzen Morgen wie wohl jeden Morgen, und sie werden es ohne Branntwein vermutlich noch lange tun, aber solche Beeinträchtigungen sind heilbar. Doch das ist genau der Punkt, der mir Sorgen bereitet. Du hast Schmerzen auf dich genommen, um den Pfeilsplitter loszuwerden, aber von der Trunksucht willst du gar nicht loskommen. Du willst keine Verantwortung übernehmen und steckst deinen Kopf in den Branntweinbeutel, um nicht sehen zu müssen, was um dich herum geschieht. Wie also soll es weitergehen?«

Nur das Knacken und Knirschen der Äste, die unter ihrer Last zu brechen drohten, war zu hören, bis Rhonan das Schweigen brach. »Ist doch gleichgültig, ob ich Verantwortung übernehmen will oder nicht. Selbst wenn wir das Wintergebirge überleben, wir kommen doch nie bis zur Quelle. Sie liegt mitten in Camoras Reich, und wir sind zu dritt – dieses Nebelfräulein mit eingerechnet.«

»Sie liegt mitten in deinem Reich, und wir werden nicht zu dritt bleiben. Du musst Vertrauen haben in die Weisheit der Götter und die Stärke der Menschen.«

Der Prinz hob den Kopf und lachte, aber es klang nur bitter. »Ich habe früh lernen müssen, nie Vertrauen in irgendwen oder irgendetwas zu haben. Nur so habe ich überlebt.«

»Dann musst du jetzt eben lernen, mit diesem Vertrauen zu überleben.«

Einem erneuten Auflachen folgte Schweigen. »Wie willst du die Nebelprinzessin denn überreden, dir zu folgen?«, fragte Rhonan schließlich.

»Gar nicht. Sie ist allein. Was sollte sie schon anderes tun, als uns zu begleiten?«

»Damit schickst du sie in den Tod, den auch du finden wirst.«

Ein väterliches Lächeln umspielte Gideons Mund, und seine nächsten Worte klangen ganz selbstverständlich. »Nur wenn du versagst. Deine Aufgabe ist es ja, sie und mich zu beschützen. Eine Kostprobe deines kämpferischen Könnens haben wir erleben dürfen. Wenn du uns führst, schrecken mich die vor uns liegenden Gefahren nicht so sehr.«

»Nicht?« Rhonan wusste nicht, ob er lachen oder schreien sollte. Wenn er einen Wolf töten konnte, würde er natürlich auch mit einem Rudel fertigwerden. Wenn er Spione besiegen konnte, warum dann nicht auch Horkas oder Heere von Hordenkriegern? Ihm war danach, den einfältigen Gelehrten durchzuschütteln, stattdessen versuchte er es mit Nüchternheit. »Ich würde mir zutrauen, euch unversehrt zurück nach Kairan zu bringen, aber zum Göttergipfel … Wie soll das gehen? Du verlangst Unmögliches.«

»Nicht ich. Wir Verianer müssen Camora nicht fürchten. Unser Turm ist sicher, und Gelehrte, die keiner Allianz angehören, sind niemandes Feind. Die Menschen in den Städten und Dörfern erwarten etwas von dir. Seit fünfundzwanzig Jahren leben sie im Krieg. Tod, Angst, Hunger und Unterdrückung sind ihre ständigen Begleiter. Allein der Glaube, dass ein da'Kandar-Prinz etwas überlebt hat, was er nicht überleben konnte, und daher die Kraft haben muss, Camora zu stürzen und die Prophezeiung zu erfüllen, gibt ihnen noch die Kraft, um für ihr Morgen zu kämpfen. Du bist die Prophezeiung. Die Menschen hoffen auf dich.«

Ein Ast brach in unmittelbarer Nähe, und Schneestaub hüllte die Männer ein. Gideon war zusammengeschreckt und rieb sich die kalten Arme noch heftiger, doch Rhonan machte eine plötzliche innere Kälte derart zu schaffen, dass der Schnee dagegen wie ein warmer Schauer auf ihn wirkte.

Seine Stimme war kaum vernehmbar, als er entgegnete: »Dann warten sie vergeblich. Ich kann keine Hoffnung erfüllen. Ich bin kein Führer und schon gar kein Retter. Es war … es war ganz anders. Ich habe nur durch Zufall überlebt … und weil ein Diener mir half.«

Sein Begleiter legte ihm die Hände auf die Schultern, sah ihm fest in die Augen, und seine Stimme war ernst und eindringlich, als er sprach: »Du weißt, dass das Unsinn ist. Diese Nacht hättest du nie durch Zufall und auch nicht durch die Hilfe eines Dieners überleben können. Dein Überleben muss Bestimmung sein. Du bist der einzige Nachfahre der Alten Könige. Es ist an dir, Camora zu vernichten und die Quelle zu versiegeln. Verweigerst du deine Aufgabe, dann ist das Geschlecht der da'Kandar wirklich tot und wird in Vergessenheit geraten.«

»Meine Familie ist tot. Ich habe sie brennen sehen, und sie ist schon beinahe vergessen.« Die Stimme war rau und dunkel, aber nahezu kindlicher Trotz klang durch.

Gideon widerstand dem Drang, den jungen Mann vor sich in den Arm zu nehmen, und widersprach zum Wohl der wichtigen Aufgabe: »Glaubst du das wirklich? Dann geh einmal am Jahrestag des Massakers durch Latohor oder El'Maran, durch Lavissa oder ein anderes freies Land oder auch durch weite Teile des Camora-Reiches. In dieser Nacht bleiben die Kamine kalt, keine Kerze brennt, keine einzige brennende Feuerstelle wirst du finden, nicht einmal die berühmten Tabakpfeifen Lavissas oder die Wegeleuchten in den Städten brennen. Aber in allen Häusern beten Menschen bis zum Morgengrauen und bitten die Götter darum, den Prinzen zu behüten, der diese Nacht des Grauens überlebt haben soll. Camora versucht seit Jahren, diesen Brauch zu verbieten, droht die härtesten Strafen an, aber die Menschen trauern trotzdem Jahr für Jahr um deine Familie und beten für dich. Deine Familie ist die Erinnerung an eine friedliche Vergangenheit, und du bist ihre einzige Hoffnung auf eine lebenswerte Zukunft.«

Angst erschwerte Rhonan das Atmen, legte sich schwer auf seine Brust … Angst nicht etwa vor den Gefahren des Wintergebirges, auch nicht Angst vor Camora und seinen Schergen … Angst vorm Sterben hatte er nicht mehr, seit er hatte zusehen müssen, wie neben Hunderten auch seine Familie verbrannte. Feinde, Kämpfe und Gefahren fürchtete er genauso wenig wie den Tod. Er fürchtete sich vor Verantwortung, der er nicht gerecht werden konnte. Er war kein Held in strahlender Rüstung, er war ein Gossenkämpfer. Er hatte keine Ahnung von Politik und Kriegsführung. Was würde er ernten außer Hohn und Spott? Und das sollte er auf sich nehmen, um um einen Thron zu kämpfen, den er nie hatte besteigen sollen und den er nicht wollte? Er als Retter? Er hatte noch nie jemanden retten können, er konnte nur überleben … durch Zufall, wegen eines Fluchs … oder aufgrund der Gebete? Er hörte plötzlich die Stimme seines Vaters: *Du musst immer dein Bestes geben. Das bist du deiner Herkunft schuldig.*

Ohne sichtbare Gemütsregung nickte er. »Wenn diese Prophezeiung von den Göttern stammt, dann lachen die sich jetzt krumm. Solche Unterhaltung werden selbst sie nicht allzu oft geboten kriegen. Retten werden wir drei nämlich nichts und niemanden. Mir ist es gleichgültig, wann und wie ich sterbe. Wenn das auch für euch gilt, kann es losgehen. Nur … überlegt es euch gut!«

Gideon war nicht wenig erschrocken, weil er spürte, dass der Prinz das nicht nur so dahingesagt hatte, und erwiderte: »Im Gegensatz zu dir hänge ich am Leben, bin mir aber sicher, an deiner Seite auch überleben zu können. Machen wir uns also auf, sobald du wieder reiten kannst.«

»Ich konnte gestern reiten, ich kann morgen reiten und ich reite auch gleich.«

»Vielleicht, aber du würdest kaum weit kommen. Und jetzt komm, mein Junge! Wenn ich dich heute noch einmal auf den Füßen sehe, versohle ich dir den Hintern.«

Rhonan blinzelte überrascht, denn so hatte noch nie jemand mit ihm gesprochen, und grinste schließlich. »Ja, Großvater.«

* * *

Voller Tatendrang, der allerdings weitgehend in der Notwendigkeit, sich irgendwie von seinen Gedanken an Branntwein abzulenken, begründet war, versuchte er, seine Begleiter auf die vor ihnen liegende Aufgabe einzustimmen. Allein seine Schilderungen von steilen, eisigen Weiten, in denen sie tagelang gefangen wären, verursachten Gideon eine Gänsehaut, obwohl sie sich um das munter prasselnde Lagerfeuer versammelt hatten.

Caitlin erklärte lapidar, sie sei es langsam leid, zu erwähnen, dass sie derart widrigen Umständen nicht gewachsen sei. Es dürfe sich also niemand beschweren, wenn sie die Strecke nicht bewältigen könne. Ihre verzweifelten Versuche, Gideon doch noch zur Umkehr nach Kairan zu bewegen, scheiterten regelmäßig. Selbst ihr Geständnis, weder Kampf- noch Heilzauber zu beherrschen, konnte ihn nicht umstimmen.

Äußerlich nahm er dies gelassen hin, während sich seine Gedanken überschlugen. Er dachte noch nicht einmal daran, dass die Priesterin ihnen auf ihrem Weg keinerlei Hilfe bieten konnte. Er fragte sich nur, welche Rolle sie bei der Versiegelung der Quelle spielen konnte. Sein Blick glitt zum Prinzen, der für die Neuigkeit nur ein Achselzucken übrig hatte. Zuversichtlicher, als er eigentlich war, und auch zur eigenen Beruhigung, pries er Rhonans kämpferische Vorzüge.

Caitlin warf einen Blick auf dessen zitternde Hände und prustete los. »Zumindest können Feinde nie sicher sein, wo sein Schwert sie trifft, genauso wenig wie unser ›Krieger‹ selbst. Ich werde vor jedem Kampf um die Hilfe der Götter bitten, damit er zumindest längere Zeit aufrecht stehen kann«, bemerkte sie spitz.

Der Prinz presste die Hände noch fester auf die Oberschenkel, erwiderte aber, bevor Gideon die Priesterin um Mäßigung ersuchen konnte: »Gebete wären überflüssig, wenn Ihr eine auch nur halbwegs begabte Magierin wärt. Werden auf der Nebelinsel neuerdings nur noch die Stimmen geschult, um in allen Höhen und Tiefen jammern und keifen zu können?«

»Was bildet Ihr Euch eigentlich ein? Ihr …«

»Bitte«, unterbrach Gideon gereizt. »Hört endlich damit auf! Wir werden, wenn die Götter uns gewogen sind, lange gemeinsam wandern. Das dürfte uns alle an die Grenzen der Belastbarkeit führen. Trost und Wärme werden wir vermutlich nur in unserer Gemeinschaft finden. Begrabt also zumindest eure Streitigkeiten und reicht euch die Hände zum Neuanfang.«

Die Prinzessin setzte sich auf und erwiderte seinen Blick mit hochgezogenen Brauen.

Gideon schloss daraus, dass sie nicht daran dachte, versöhnlich einzulenken, und sah Rhonan an. Der räusperte sich und fragte Caitlin: »Was wollt ihr eigentlich von mir?«

»Ich?« Ein verächtliches Lachen entschlüpfte ihr. »Ich wüsste wirklich nicht …«

»Nicht Ihr persönlich«, unterbrach er ärgerlich. »Ich meine Eure Mutter und die anderen Nebelhe… Frauen. Warum suchen sie eine Verbindung zu mir?«

Sie schien überrascht. »Tun sie das? Wie eigenartig! Ich weiß nichts davon. Meine Mutter weiht mich nicht in ihre Pläne ein. Bei meiner Abreise ging sie auch noch davon aus, Ihr wärt tot. Nach ihren Worten sollte ich nur Fürst Darius aufsuchen, um dort den Weisen der Berge zu treffen. Der Fürst sollte uns – wie auch immer – vorbereiten für den Fall, dass es Euch doch noch geben sollte. Magie hat mich immer angeödet, und nicht mal diese Vorbereitung in Latohor konnte ich genießen, da ich mich plötzlich in Kairan wiederfand. Ich bin Künstlerin, keine Abenteurerin. Letztlich will ich noch einmal betonen, dass ich nicht ins Wintergebirge will.«

Er nickte nachdenklich, aber Gideon widersprach: »Dass wir alle lieber woanders wären, dürfte auf der Hand liegen. Wir sollten akzeptieren, dass wir nicht umkehren können und dass ein langer gemeinsamer Weg vor uns liegt. Dieser Weg wird steinig und voller Gefahren sein. Sollten wir ihn nicht zumindest halbwegs erträglich gestalten, indem wir gegenseitige Feindseligkeiten einstellen? Reicht euch endlich die Hände!«

Caitlin sah gelangweilt drein, und Rhonan starrte vor sich hin. Erst als Gideon hörbar die Luft ausstieß, hob er den Kopf. Ohne jemanden direkt anzusehen, erklärte er: »Wir sollten uns besser etwas vorbereiten.«

Er erhob sich, zog einen Dolch und hielt ihn der Prinzessin hin. »Nur für den Fall der Fälle … zur Selbstverteidigung.«

»Ich soll mich gegen Wölfe oder diese Bestien, die noch im Gebirge hausen, mit einem Dolch verteidigen? Glänzender Einfall! Habt Ihr genauso wenig Vertrauen in Eure Fähigkeiten wie ich?« Sie schüttelte den Kopf, dass die Haare flogen, und wandte sich an Gideon. »Ihr nennt Euch doch einen Gelehrten. Seid Ihr tatsächlich immer noch der Ansicht, unsere Reise könnte von Erfolg gekrönt sein?«

Der Verianer spürte Wut in sich aufsteigen. Wortlos erhob er sich und nahm den Dolch. »Zeig mir, was ich tun soll … wenn möglich jedoch im Sitzen! Rumlaufen solltest du noch nicht.«

»Das wird schwierig«, gab der Prinz zu bedenken und kratzte sich am Kopf. »Wenn dein Gegner nur noch sitzen kann, kannst du ihn nämlich getrost sich selbst überlassen.«

Gideon lachte, und selbst Caitlin versteckte ein Lächeln hinter ihrer Hand.

Auf Rhonans Vorschlag hin baute Gideon aus Holz und seinem alten Umhang einen zwar unbeweglichen, dafür jedoch aufrechten »Feind«. Der Gelehrte bemühte sich redlich, schien aber – zumindest, was Waffen betraf – zwei linke Hände zu haben. Jeder Wurf ging daneben.

Im Nahkampf lief es nicht besser. Ein ums andere Mal forderte sein Lehrer: »Nach dem Stich sofort zurück! … Biete dem Gegner nicht deinen Oberkörper als Ziel! ... Benutz den linken Arm als Schild! ... Du musst sicheren Stand haben, wenn du zustichst.«

Gideon sprang und schwitzte und irgendwann gab er auf. »Tut mir leid, dass ich immer dieselben Fehler mache. Ich weiß, wie es gehen sollte. Nur mein schlapper Körper gehorcht nicht meinen Befehlen. Offenbar muss man zum Krieger geboren sein.«

Diese Aussage veranlasste die Prinzessin, ihr Schweigen zu brechen. »Das sieht einfacher aus als tanzen«, warf sie ein. »Ehe ich vor Langeweile einschlafe, versuche ich es auch einmal.« Sie erhob sich graziös und ließ sich vom verblüfften Gideon den Dolch reichen.

Sooft sie den Dolch warf, sooft traf sie.

Gideon war voll des Lobes, und Rhonan bezeichnete sie als »unerwartet geschickt«, obwohl er nicht verstehen konnte, wie jemand auf diese Entfernung überhaupt danebenwerfen konnte.

Das stachelte sie noch mehr an. Während sie selbst jetzt Rhonans Anweisungen herbetete, stach sie auf den hölzernen Gegner ein. Das tat sie schließlich so gut, dass der Prinz ihre Angriffe verfeinerte.

Dem Gelehrten, der derweil eine Mahlzeit zubereitete, drehte sich fast der Magen um, als Rhonan erklärte, wie man eine Finte schlug, um an die Kehle des Gegners zu kommen, oder wie sie den Dolch in der Wunde hochreißen sollte, wenn sie nur den Oberkörper traf.

Caitlin aber hörte mit geröteten Wangen und leuchtenden Augen zu und versuchte, die Anweisungen in die Tat umzusetzen. Dass sie den Männern irgendwann das Du anbot, sah Gideon als ersten Schritt zu einem verträglicheren Miteinander.

Der Blick des Prinzen wurde klarer, glitt dafür aber immer häufiger und sehnsüchtiger zum Lederbeutel. Gideon, dem weder das entging noch wie das Zittern nach und nach den ganzen Körper befiel, schöpfte ein wenig Mut. Wenn der Prinz sich einmal entschieden hatte, fehlte es ihm zumindest nicht an Entschlossenheit. Doch dessen Zustand verschlechterte sich zusehends. Er schwitzte und fror gleichzeitig und sackte immer mehr in sich zusammen.

Irgendwann antwortete er nicht mehr auf Caitlins Fragen, und schließlich bekam er Schüttelfrost. Umhänge und Decken halfen nicht. Gideon und Caitlin schleppten ihn zur heißen Quelle. Der Verianer überlegte kurz, ob das heiße Wasser der frischen Wunde schaden könnte, doch die blutleeren Lippen und die eiskalte Haut seines Schützlings ließen ihm keine Wahl. Dann bekam er Fieber. Gideon holte Schnee zum Kühlen. Er war in den nächsten Stunden nur noch damit beschäftigt, Quellwasser und Schnee abwechselnd zum Einsatz zu bringen. Als Rhonan gegen Morgen endlich entspannter schien, kippte Gideon zur Seite und schlief ein.

9. Kapitel

Im Flussland südlich von El'Maran

Marga und ihre Begleiter fühlten sich nach dem langen Ritt auf dem Fluss endlich sicher.

Vier Jahre zuvor war der Ranton über die Ufer getreten und hatte Dörfer und Felder überschwemmt. Das Helderland war zu arm, um die drohende Hungersnot abzuwenden. Fürst Darius hatte sofort Geld und Nahrungsmittel geschickt. Die Menschen waren ihm immer noch dankbar dafür und hatten Marga sofort ein Boot mit vierzehn Ruderern zur Verfügung gestellt.

Ihr Bootsführer, Herr Veiland, gewandet in weißen Kaftan und Pluderhosen kam gerade auf sie zu und hüstelte. »Jukub hat die Wassertonne umgeworfen. Mit Eurer Erlaubnis würde ich gern anlegen, um Frischwasser zu laden. Freund Fluss ernährt uns gut mit seinem Fisch, aber sein Wasser verursacht Durchfall. Ein Stück flussabwärts ist eine Quelle.«

Marga nickte. »Diese Bootsfahrt macht so viel Spaß, dass ich gar nicht erpicht darauf bin, Kalis möglichst schnell zu erreichen. Nur zu!«

Unter vielen Verbeugungen zwängte sich der Bootsführer zwischen den Ruderbänken wieder nach vorn, und sie berauschte sich weiter an der Landschaft. Blau floss der Ranton durch dunkelgrüne Wälder. Die Luft war erfüllt von Gezwitscher, und der Wind zerzauste ihr Haar und streichelte ihr Gesicht. Ramon unterhielt sich im Heck mit Meister Cato,

Korve und Danid saßen an der Bootswand in der Sonne, und die kräftigen Ruderer teilten im stetigen Gleichklang das Wasser. Sie sah ans Ufer und stutzte: Hatte da zwischen den Stämmen etwas aufgeblitzt? Hier schillerte und blitzte es überall, aber da war es wieder.

Die Anspannung war wieder da. »Danid, Korve, beobachtet das Ufer. Ich habe ein ungutes Gefühl.«

Sie drehte sich zum Bootsführer um. »Wir verzichten auf die Rast.«

Er starrte sie entsetzt an. »Aber Hauptmann Thalissen, es wird doch nicht lang dauern.«

»Trotzdem! Bleibt in der Flussmitte!« Ihr Tonfall duldete keinen Widerspruch.

»Aber die Ruderer benötigen doch Wasser«, versuchte er es erneut.

Marga sah wieder zum Ufer und antwortete abgelenkt: »Hier nicht.«

»Bei allen Göttern! Wenn wir nicht ans Ufer kommen, werden wir sterben«, keuchte Veiland.

Nun hatte er ihre ungeteilte Aufmerksamkeit. »Was meint Ihr damit?«

»Sie haben versprochen, dass keinem etwas geschieht, wenn wir uns ergeben. Aber sie werden uns mit Pfeilen und Speeren töten, wenn wir zu fliehen versuchen.«

»Wer?«, fragte sie, obwohl sie die Antwort kannte.

»Hordenkrieger! Sie kamen kurz vor Euch in unser Dorf. Es tut mir leid, aber bevor wir ablegten, erreichten uns ihre Boten. Uns blieb doch keine Wahl.«

Marga nickte. »Was haben sie Euch geboten? Mehr als das Überleben Eurer Kinder?«

Er schlug die Augen nieder. Schweiß tropfte ihm von der Stirn. »Unser aller Überleben. Wir sind keine Kämpfer und können es uns nicht erlauben, uns gegen den Schwarzen Fürsten zu stellen. Aber Euch und Euren Männern wird nichts geschehen. Camora ist nur an dem alten Mann gelegen. Ihr könnt unbehelligt weiterziehen. Das haben wir zur Bedingung gemacht.«

»Gut gemacht, Herr Veiland«, höhnte Marga. »Ihr habt Camora einen Mann ausgeliefert, der dazu auserkoren ist, das Böse zu besiegen. Mit ihm stirbt jede Hoffnung auf eine bessere Zukunft. Wenn alle Freien Reiche gefallen sind, könnt Ihr sagen: Das ist auch mein Verdienst, denn ich habe dem Schwarzen Fürsten den Weisen der Berge verkauft.«

»Der alte Mann ist so wichtig?«

Margas Blick huschte immer wieder zum Ufer, und sie war sich sicher, dass sich dort etwas bewegte. Sie musste den Bootsführer unbedingt umstimmen. »Er ist einer der drei Siegelerben. Was glaubt Ihr, warum Camora Interesse an ihm hat? An Gelehrten liegt ihm nichts.«

Er war während des Gesprächs immer mehr in sich zusammengesunken, doch nun brüllte er: »In die Riemen, Männer! Wir legen nicht an. Ihr habt es gehört: Es geht nicht um uns, sondern um die Zukunft aller. Rudert, was das Zeug hält! Schlagmann: Schlagzahl an die Grenze!«

Das rhythmische Hoooo-Haa-Hoooo-Haa wurde schneller und ein Ruck schien durchs Boot zu gehen. Die Ruderer fielen in den Ruf des Schlagmanns ein, um sich anzufeuern.

»Könnten wir notfalls wenden?«, fragte Marga.

Er schien um Jahre gealtert. »Nein. Die Fahrrinne ist zu schmal. Wir würden auf Grund laufen.«

Marga nickte und hob den Bogen.

Meister Cato schwankte auf sie zu und ergriff ihren Arm. »Ergebt Euch! Diesen Kampf könnt Ihr nicht gewinnen.«

»Und Euch Camora ausliefern? Niemals! In Deckung!«

»Aber …« Weiter kam er nicht, denn Marga stieß ihn beiseite, schob eine Haarsträhne hinters Ohr, kniete sich ins Boot und beobachtete das Ufer.

Camoras Krieger begriffen schnell, dass der Plan gescheitert war. Erste Pfeile surrten heran.

»Nur schießen, wenn ihr ein gutes Ziel habt!«, brüllte Marga und spannte den Bogen.

Herr Veiland kauerte im Bug und dirigierte seine Männer. Pfeile und Speere flogen heran. Nur vereinzelt schossen die Bootsinsassen zurück. Die dichtstehenden Laubbäume boten zu gute Deckung. Brandpfeile bohrten sich in die Planken. Ruderer schrien und versuchten, sich möglichst klein zu machen. Das Boot schlingerte.

»Rudert!«, trieb der Bootsführer seine Männer erneut an. »Für die Freiheit unserer Kinder.«

»Danid, Korve, helft ihnen! Wir treffen ohnehin nicht«, schrie Marga.

Ramon schöpfte Wasser, um ein Feuer am Heck zu löschen. Meister Cato half ihm. Ein Mann schrie auf, ein weiterer kippte stumm von der Bank. Der Pfeil, der aus seiner Brust ragte, zerbrach dabei. Korve stieß den Leichnam beiseite und nahm seinen Platz ein. Die Stimme des Schlagmanns wurde heiser. Rauch legte sich über das Boot. Atmen wurde zur Qual.

»Können wir sie abhängen?«, keuchte Marga. Der Qualm ließ sie husten und ihre Augen tränen.

»Hinter der Sandbank«, schrie der Bootsführer zurück. »Wir sind gleich da. Rudert!«

Pfeile bohrten sich in Bänke und Planken. Die Männer legten sich mit aller Kraft in die Riemen. Korve stöhnte auf, und Marga sah einen Pfeil aus seiner Schulter ragen.

»Schützen nach vorn«, befahl sie.

Korve wuchtete sich von der Bank hoch, brach den Pfeilschaft ab und schob sich nach vorn. Auf Margas besorgten Blick hin schüttelte er den Kopf.

Drei Männer und eine Frau knieten im Bug, die Sehnen gespannt. Die Sandbank lag vor ihnen. Nur mittig war eine Fahrrinne, gerade breit genug für das Boot.

Die ersten Reiter preschten zwischen den Bäumen hervor ins flache Wasser.

»Schießt!«, befahl Marga.

Pfeil um Pfeil flog. Schreie hallten ihnen entgegen, Pferde trabten reiterlos umher.

»Rudert!«, brüllte Herr Veiland und ergriff selbst das Ruder eines toten Kameraden. »Wir schaffen es. Rudert, zum Henker! Rudert!«

Ein Brand am Heck war nicht mehr zu löschen, Flammen fraßen sich nach vorn. Die Ruderer stöhnten, trieben das Boot aber weiter voran. Korve schrie auf und sackte auf den Bootsrand. Aus seiner Schulter ragte ein zweiter Pfeil. Marga sprang hoch, um ihn in Deckung zu ziehen. Ein Speer traf sie so kraftvoll in die Seite, dass sie taumelte. Als hätte jemand die Zeit verlangsamt, sah sie Krieger herangaloppieren. Tropfen glitzerten im Sonnenschein, und kleine Regenbogen färbten die Luft. Ein wunderschöner Anblick. Aus weiter Ferne hörte sie Ramon ihren Namen schreien, dann kippte sie über die Bordwand, und Wasser schlug über ihr zusammen.

* * *

Auch am folgenden Tag tobte ein solcher Schneesturm, dass es Selbstmord gewesen wäre, sich länger im Freien aufzuhalten, zum anderen ging es Rhonan viel zu schlecht. Die Beinwunde heilte gut, dafür hatte er rasende Kopfschmerzen, und ihm war nach wie vor übel. Auf Drängen Gideons hatte er etwas gegessen. Kurze Zeit später kotzte er sich vor der Mine die Seele aus dem Leib. Mindestens zwanzigmal würgte er das Stückchen Brot wieder heraus.

Ein kleiner Schluck … er konnte an kaum etwas anderes denken. Nur ein Schluck würde … zum nächsten führen, und Gideon hatte recht: Sein Vorrat ging zur Neige. Es gab nur die Entscheidung zwischen Wintergebirge und Branntwein. Er musste auf andere Gedanken kommen. Nur gab es keine Ablenkung. Sein Blick reichte kaum eine Pferdelänge durch das Schneetreiben. Plötzlich spürte er Gefahr und wich unwillkürlich zurück. Er glaubte, Flügelschlag zu hören, aber in diesen Wäldern gab es keine Vögel. Erneut hörte er undeutlich, aber unverkennbar das Geräusch flatternder Flügel.

Er spürte eine Hand auf der Schulter, fuhr herum und hielt Gideon einen Dolch an die Kehle. »Du spielst mit deinem Leben. Erschreck mich nicht noch einmal!«

Gideon atmete aus, als Rhonan den Dolch einsteckte, und unterdrückte ein Zittern. »Wer hat hier wohl wen erschreckt? Was tust du so lange hier draußen? Du bist schon blaugefroren.«

»Hörst du das?«, fragte Rhonan und überging die Bemerkung.

Gideon lauschte. Schließlich zuckte er die Achseln. »Was meinst du? Ich höre Sturm heulen und Bäume knacken.«

* * *

Caitlin übte weiter mit dem Dolch, verlor aber irgendwann den Spaß daran, auf die Puppe einzustechen, und fragte: »Kann ich es einmal mit dem Schwert versuchen, Rhonan?«

»Nein.«

»Ich kann doch mit dem Dolch schon umgehen. Du hast es selbst gesagt. Bitte?«

Gideon schüttelte den Kopf. Die Prinzessin war mit nichts zu vergleichen. Der Prinz lag auf einer Felldecke und litt unter heftigen Krämpfen, doch die Prinzessin unterhielt sich locker weiter mit ihm. Gerade schimpfte sie: »Nun stell dich doch nicht so an! Sag schon Ja!«

Er nickte gottergeben, und sie eilte zu seinem Waffengurt. Sie zerrte die Klinge aus der Scheide, konnte sie aber nicht anheben. »Findest du das etwa lustig? Dass das Schwert so schwer ist, hättest du mir sagen können«, klagte sie. »Ich versuche es besser mit dem Bogen.«

Rhonan, der zurzeit gar nichts lustig fand, hielt sie davon ab. »Den kannst du nicht spannen, aber in meinem Wandersack ist ein Langdolch. Versuch es damit.«

Sie wühlte eifrig in dem Gepäckstück und förderte schließlich eine kurze Kette mit je einer kleinen Kugel an den Enden zutage. »Was ist das denn für ein seltsames Ding?«

Da er nicht antwortete, wurde sie direkter: »Hallo, Herr Prinz, ich rede mit dir. Was ist das?«

Er musste die Augen zusammenkneifen, um zu erkennen, was sie in der Hand hielt. »Eine Tschuka. Du kannst damit werfen, und wenn du es richtig machst, gibt es einen Gegner weniger.«

»Das klingt gut! Dann käme mir keiner zu nahe. Zeigst du mir, wie es gemacht wird? Ich glaube, das könnte ich auch. Du hast selbst gesagt, dass ich geschickt bin.«

»Ich rede zu viel«, brummte er, kämpfte sich aber hoch, bis er saß. Sofort kauerte sie sich neben ihn. Er zeigte ihr die Drehung des Handgelenks und wann sie die Waffe loslassen musste.

»Geht das auch, wenn meine Hände nicht so zittern?«, fragte sie kichernd. Ihre Augen blitzten.

Er hätte dieses unverschämte Gör am liebsten geohrfeigt. »Ist natürlich schwieriger«, erwiderte er stattdessen und krümmte sich wieder zusammen.

Rhonans Zustand verschlechterte sich zusehends. Sein Gesicht wirkte ausgezehrt, tiefe Ringe lagen unter seinen Augen, er zitterte immer heftiger, atmete nur stoßweise, Schweiß tropfte ihm von der Stirn, und das Hemd klebte ihm am Körper. Gideon hatte es mit Kräutern versucht, aber nun fiel ihm nichts mehr ein, was er für den Prinzen hätte tun können.

Caitlins nörgelnde Stimme drang an sein Ohr. »Sie trudelt durch die Luft, verheddert sich und plumpst runter. Du hast es mir falsch gezeigt. Zeig es mir noch einmal.«

Rhonan nahm die Tschuka, warf sie, und sie wickelte sich um den Hals des ausgestopften Gegners. Umgehend sackte er wieder auf die Decke und presste die Lippen zusammen.

»Es nützt mir nichts, dass du es kannst. Ich muss es können«, maulte sie und holte die Waffe zurück. Erneut zerrte sie ihn hoch, völlig unbeeindruckt von seinem Stöhnen.

»Kannst du nicht mal Ruhe geben? Es geht mir nicht gut«, klärte er sie über das Offensichtliche auf.

»Das sehe ich«, gab sie zurück. »Aber ich muss mich vorbereiten. Darauf hast du gestern noch ausdrücklich bestanden. Wenn es dir wieder besser geht, müssen wir auf diesen kalten Berg, dann kann ich nicht mehr üben. Also …«

Gideon schüttelte den Kopf und verdrehte die Augen, als sie auffordernd die Kette vor Rhonans Gesicht baumeln ließ. Der nickte resignierend, legte eine Kugel in ihre Hand und drehte ihr Handgelenk. »So, und dann wirf!«

»Gut!« Die Tschuka trudelte am Umhang vorbei. »Wieder nichts«, schimpfte sie. »Was mache ich denn falsch?«

»Gar nichts. Du musst nur üben.«

»Woher willst du das wissen? Du guckst ja gar nicht.«

»Ich schaue dir gebannt zu. Nicht aus der Schulter drehen, aus dem Handgelenk.«

»Mache ich ja.«

»Machst du nicht. Halt den Arm doch mal still!«

»Wie soll ich denn dann werfen? Das ist doch dumm.«

»Der Arm ist für die Entfernung, die Hand für das Umwickeln.«

»Ja, aber es wickelt sich doch nicht.«

»Himmel! Du musst nur üben.« Er kippte um, biss die Zähne zusammen und krümmte sich.

Ungeduldig wartete sie neben ihm, bis er sich entspannte. »Jetzt geht es wieder, oder? Also, wenn ich so drehe, ist das dann richtig?«

Er wischte sich keuchend den Schweiß aus den Augen.

»Sieh nicht mich an! Sieh auf meine Hand! Ist das richtig oder nicht?«

Er leckte sich die Lippen, raffte von irgendwoher letzte Kraftreserven zusammen und verbesserte ihre Schwungbewegung. »Verstanden?«

Caitlin übte verbissen weiter und bezog Rhonan erbarmungslos mit ein. Der Prinz war nur noch damit beschäftigt, keinen jammervolleren Anblick als nötig zu bieten. Doch allmählich klärte sich sein Blick. Irgendwann stand er schwankend hinter ihr, um mit ihr die Ausholbewegung zu üben, und einige Zeit später freute er sich mit ihr über ihren ersten Erfolg.

Beim gemeinsamen Essen, das Caitlin mit Prahlereien über ihr Geschick würzte, ließ Rhonan plötzlich sein Brot sinken und starrte vor sich hin.

»Was ist?«, fragte Gideon besorgt. »Geht's dir wieder schlechter?«

»Nein. Das Geräusch, das ich heute Morgen gehört habe … jetzt weiß ich, was das war: Kinians Hexe.«

»Eine richtige Hexe diesmal, oder sind alle Frauen Hexen für dich?«, wollte Caitlin wissen.

Er überging ihre Frage und erzählte, er habe das Geräusch

schlagender Flügel schon einmal gehört. Knapp sechs Jahre zuvor war er mit einigen Tempelwächtern in der Mine gewesen, um Jaspis abzubauen. Während sie geschürft hatten, hatte in Kairan die Jagd auf sie begonnen. Um die fehlenden Tempelwächter zu finden, hatte Ligurius seinen Jäger Kinian und dessen Hexe ausgeschickt. Die Hexe war eine Missgeburt ohne Augen, aber mithilfe der Magie konnte sie ihren Geist wie einen Vogel fliegen lassen. Sie hatte damals die Tempelwächter aufgespürt. Unweit der Mine hatten Ligurius' Leute sie erwischt und in den Kerker verschleppt. Jeden Tag waren zwei Tempelwächter auf dem Scheiterhaufen gestorben. Rhonans Augen wurden bei der Erzählung immer dunkler und seine Stimme rauer, und seine Fäuste ballten sich unwillkürlich, als er berichtete, wie die übrigen Templer der Vollstreckung der Todesurteile hatten beiwohnen müssen. Unmittelbar nach jeder Hinrichtung hatte Ligurius sie öffentlich gefragt, ob sie ihrem Ketzertum abschwören wollten. Keiner hatte es getan. Die Kairaner hatten mit Tränen in den Augen zugesehen, aber keiner hatte aufbegehrt. Menschen, denen die Tempelwächter zuvor geholfen hatten, sahen nun ihrem Sterben zu. Es hatten nur noch wenige gelebt, als Camora den Priesterrat aufgelöst hatte. Die waren nach Amansdier gebracht worden, wo die geschwächten Gelehrten allerdings nicht lange überlebt hatten.

Gideon schauderte es unwillkürlich. »Diese gütigen Menschen. Sie haben Unzähligen geholfen, und keiner von denen half ihnen?«

»Ligurius hatte längst sein Netz über Kairan gesponnen. Seine Spione waren überall, und niemand wusste, wer alles zu ihnen gehörte. Menschen, die sich gegen die Inquisition aussprachen, fanden sich in seinem Kerker wieder, andere verschwanden einfach. So war es damals … so ist es heute noch. Selbst in Amansdier hatte Ligurius Spione.«

»Warst du lange dort?«, fragte der Gelehrte, dem das Unbehagen deutlich anzusehen war.

»Nein. Dort ist niemand lange.«

»Und was ist dieses Amansdier jetzt wieder?«, warf Caitlin ein.

»Ein Steinbruch.«

»Steine gibt's doch überall. Muss man noch welche irgendwo abbrechen?«

Rhonan sah sie entgeistert an. Dieses Mädchen musste blind und taub durch die Welt gegangen sein. »Schon mal Häuser aus Kieseln oder Felsen gesehen? Aus den weißen Steinen von Amansdier wurde euer Schloss errichtet, soweit ich weiß.«

»Dann ist es gut, dass man dort Steine abbricht, denn unser Schloss ist wunderschön.« Sie schnitt ihm eine fröhliche Grimasse und nahm sich noch Eintopf.

Rhonan war nicht nach Lachen zumute. Dazu hatte das Schloss zu viele Menschenleben gekostet.

Gideon runzelte die Stirn und wollte wissen: »Wen sucht Vater Ligurius jetzt überhaupt? Den Prinzen oder den Tempelwächter?«

»Seine Spione dürften ihm berichtet haben, ich wäre beim Fluchtversuch gestorben. Damals bekam ich den Pfeil ins Bein und stürzte von einer Klippe. Er wird also wohl den Prinzen suchen, für sich oder im Auftrag der Nebelfrauen. Mit denen hat er oft gemeinsame Sache gemacht.«

Caitlin wollte protestieren, schwieg aber. Der Name Ligurius kam ihr bekannt vor, und noch etwas gab ihr zu denken: Beim Üben mit der Tschuka war ihr das Narbengewebe auf Rhonans Handrücken aufgefallen, und ihr war klar geworden, dass sie von ihm geträumt hatte. Der Scheiterhaufen, die verbrannte Kinderhand und das blonde Haar passten. Sie hatte sich schon gefragt, warum ihre Mutter ihr das nicht mitgeteilt hatte. Ayala hatte sicher gewusst, dass sie im Traum einen da'Kandar-Prinzen gesehen hatte. Außerdem war nach wie vor unklar, warum man ausgerechnet sie geschickt hatte. Ihr war bewusst, dass sie die Unbegabteste der Nebelprinzessinnen war, und die Begründung mit der ersten Geburt war nicht schlüssig. Dass bisher keine Priesterin versucht hatte, mit ihr in Verbindung zu treten, war genauso rätselhaft.

Als sie dem Gespräch wieder folgte, erklärte Rhonan gerade: »Ligurius' Spione, die Wolfsjäger und Kinians Hexe – das wird eng. Ich werde morgen mal die Gegend auskundschaften.«

»Du kannst dich unmöglich so in Gefahr begeben«, ereiferte sich Gideon.

»Sollen wir hierbleiben, bis uns die Vorräte ausgehen? Irgendwann müssen wir raus. Aber wenn es dich beruhigt, ich habe nicht die Absicht, allein zu gehen. Ich nehme unseren Freund mit.« Er wies auf den ausgestopften Umhang. »Er gibt so eine herrliche Zielscheibe ab.«

10. Kapitel

Gideon rang nur machtlos die Hände, als Rhonan die Umhangpuppe auf ein Pferd band und aus der Höhle hinkte.

Der Schnee lag mehr als kniehoch, und Neuschnee fiel in großen Flocken. Rosa bis violette Streifen durchzogen das Grau des Himmels. Eisiger Wind zerrte ihm die Kapuze vom Kopf, und Rhonan hatte Mühe, das Pferd zum Gehen zu bewegen. Sobald er die Zügel losließ, blieb es einfach stehen. Erst kräftige Schläge brachten es dazu loszustapfen. Ehe der Prinz ihm folgte, beseitigte er unterstützt vom Schneefall die Spuren vor der Mine, so gut es ging.

Gegen Mittag kamen ihm ernste Zweifel. Zwar hörte er hin und wieder Wolfsgeheul, Menschen aber sah und hörte er nicht. Er glaubte einmal, Flügelschlag zu hören, war sich aber nicht sicher. Mühsam stapfte er weiter. Unvermittelt blieb das Pferd auf einer Lichtung stehen und warf den Kopf hin und her. Ein Pfeil surrte über die Lichtung und blieb in einer Tanne stecken. Dann hörte er einen Befehl: »Lass die Hände an den Zügeln, wenn dir dein Leben lieb ist!«

Die Umhangpuppe im Sattel tat wie befohlen, wackelte nur leicht hin und her.

Zwei Reiter trabten auf die Lichtung, einer mit Bogen im Anschlag, einer mit erhobener Axt. Rhonan spannte die Sehne, und einen Wimpernschlag später schrie der Bogenschütze getroffen auf. Schon flog der nächste Pfeil, und der zweite Reiter fiel lautlos in den Schnee. Der Prinz wartete, ob vielleicht noch mehr kämen. Er meinte, einen Ast knacken zu hören. So leise und schnell wie möglich verschwand er zwischen den Bäumen und hinterließ dabei deutliche Spuren. Aufspüren würden sie ihn sowieso, doch noch konnte er den Kampfplatz wählen.

Wenig später hörte er ein »Verdammt! Hierher!«, dann weitere Stimmen.

Den Bogen im Anschlag wartete er. Sechs, höchstens sieben, schätzte er. Mit etwas Glück konnte er zwei oder gar drei mit Pfeilen treffen, denn hier gab es für die Pferde nur einen Weg, und den konnte er gut einsehen, während er selbst gedeckt war. Zwischen den Tannen war die Überzahl nicht unbedingt ausschlaggebend.

Doch der Angriff kam völlig unerwartet. Er spürte etwas und wirbelte herum. Knurrend stürzte sich ein Riesenwolf auf ihn. Er stieß mit dem Pfeil zu und traf den Wolf. Der Stich war sicher nicht tödlich gewesen, doch plötzlich winselte der Wolf, erschlaffte und sackte zu Boden.

Er gab den Blick frei auf sechs Männer, die mit angelegten Bögen oder gezückten Schwertern zwischen den Bäumen standen. Flucht war aussichtslos.

»Denk nicht einmal daran, dein Schwert zu ziehen, Blondschopf. Lass die Waffen fallen«, forderte einer von ihnen. »Wir gehen jetzt zu unserem Lager, stärken uns ein wenig, und dann werden wir dich zu Vater Ligurius bringen. Er erwartet dich bereits sehnsüchtig.«

Rhonan warf seinen Bogen in den Schnee und hob seine Hände. Während andere ihm Schwert und Dolche abnahmen, trat ihr Anführer näher. »Kennen wir uns? Ich könnte wetten, dich schon einmal gesehen zu haben, Blondschopf.«

Der Prinz zeigte keinerlei Regung, obwohl er das Gesicht mit den buschigen Brauen über der gewaltigen Hakennase sofort erkannt hatte. Kinian persönlich stand vor ihm.

* * *

Einige Zeit später erreichten sie das Lager. Auf der Lichtung war der Schnee weitgehend geräumt und türmte sich wie eine Mauer um das Lager, ein Feuer loderte in der Mitte. Dem Kessel darüber entströmte ein würziger Duft. Vier weitere Söldner und Kinians Hexe löffelten Eintopf.

Während die Hexe ungerührt weiteraß, erhoben sich die Männer nach einem Blick auf die Pferde, die die toten Kameraden trugen. Schalen mit brauner Pampe wurden achtlos in den Schnee geschmissen, derbe Verwünschungen ausgestoßen. Sie nahmen Rhonan, dessen Hände noch gefesselt waren, in die Mitte. Der kam sich schnell vor wie eine Schweinsblase, mit der Kinder spielten: ein Schlag von rechts, ein Tritt von links, ein Hieb von rechts … und immer so weiter. Er trudelte hin und her und war nur dankbar über Schläge, die der Mantel dämpfte.

Kinian aß, sah dem Treiben zu und befahl schließlich: »Lasst gut sein! Vater Ligurius will ihn unbedingt lebend. Ich wüsste nur zu gern, warum der Inquisitor eigentlich hinter ihm her ist.«

Die Männer ließen den Prinzen los, und er sackte auf die Knie. Seine Zunge fand einen lockeren Zahn, und sein Mund war voller Blut. Sein linkes Auge schwoll bereits zu, und in seinem Knie schienen Messer zu wüten. Kinian sprach ihn jetzt direkt an und wollte von ihm wissen, wer er war. Was sollte er sagen? Der großartige Prinz der Prophezeiung? Der Ketzerjäger hatte sicher nicht für ihn gebetet und würde sich höchstens überlegen, ob er ihn noch an Ligurius weitergeben oder lieber gleich an Camora verkaufen sollte.

»Du schweigst?«, drang Kinians Stimme an sein Ohr. Rhonan spuckte Blut. Seine Lippe war aufgeplatzt, und er musste sich auf die Zunge gebissen haben.

Erneut riss man ihn hoch. Aber diesmal landete er nicht in den Armen des nächsten Söldners. Wie volltrunken taumelte er über den Platz, bis Hände sich auf seine Schultern legten. Vor ihm saß die Hexe, eingehüllt in einen abgenutzten Schaffellmantel, dem ein modriger, irgendwie toter Gestank entwich. Vielleicht stank auch die Alte so. Er bekam eine Gänsehaut, als er ihre bucklige Gestalt, die unnatürlich gekrümmten Finger und das augenlose Gesicht sah.

Man trat ihm von hinten in die Beine und zwang ihn so, vor ihr auf die Knie zu gehen. Sie streckte die verkrüppelten Hände aus, um sein Gesicht abzutasten, und brabbelte dabei vor sich hin. Rhonan glaubte, das Wort Ketzer zu hören, und auf ein Zeichen Kinians nahm man ihm die Fesseln ab und riss ihm Mantel, Weste und Hemd herunter.

»Bei Haidar! Du hast ja eine Menge hinter dir«, staunte Kinian und wandte sich an die Hexe. »Du hattest recht: Er trägt das Brandzeichen der Ketzer. Finde heraus, wer er ist, Limam! Aber denk dran, er gehört nicht uns.«

Knochenfinger berührten seinen Oberkörper. Er spürte sie wie glühende Nadeln und stöhnte auf. Ihre Hände glitten über seine Brust, und Rhonan krümmte sich vor Schmerz und versuchte unwillkürlich aus ihrer Reichweite zu kommen.

Zwei Söldner hielten ihn fest. »Nicht so schüchtern, Jungchen«, höhnte einer. »So frische Kerle kriegt die Alte selten zu fassen. Denk einfach, sie wäre ein feuriges Talermädchen.«

Der Prinz hörte Gelächter. Ihm brach Schweiß aus und er wunderte sich, dass ihre Hände keine Brandspuren hinterließen. Er war froh, als sie endlich innehielt und etwas brabbelte.

»Ein Tempelwächter bist du«, stellte Kinian fest. »Soso! Ligurius ist also immer noch hinter dieser Mine her. Sag mir, wo sie ist. Vielleicht könnte ich mich dann dazu durchringen, dem Inquisitor zu berichten, wir hätten dich leider nicht gefunden. Überleg es dir gut! Ligurius' Folterkammer kennst du ja schon, wie man sieht, aber Limam kann noch ganz andere Sachen.«

Rhonan schwieg. Die Mine war ihm gleichgültig. Kinian hätte sie haben können, nur nicht mit den jetzigen Bewohnern. Caitlin würde sicher eine unwiderstehliche Versuchung für die Söldner abgeben. Unter Blutgeblubber würgte er hervor: »Du kannst mich mal, du feiger Bastard.«

Kinians Augen verengten sich zornig. »Ich fürchte, das wirst du schnell bedauern. Limam hat sich bis jetzt zurückgehalten.« Schroff wandte er sich an seine Männer: »Haltet ihm den Mund zu! Wir wollen nicht unnötig auf uns aufmerksam machen.«

Die krummen Finger krallten sich wie feurige Dolche in Rhonans Oberarme. Der Schmerz war aber nichts im Vergleich zu dem Entsetzen, das ihn bald darauf packte. Er spürte, wie die Hand der Hexe sich um sein Herz schloss. Er sah sie immer wieder in seinem Leib verschwinden und kam sich wie zerfetzt vor, sein Innerstes nach außen gekehrt. Dass er keine Wunden sah, machte alles noch unerträglicher, weil es dadurch unheilbar wirkte. Die Söldner konnten ihn kaum noch halten, und als endlich alle von ihm abließen, fiel er um wie ein nasser Sack, sein Geist verängstigt, sein Körper ein einziger glühender Schmerz.

Zwei Söldner zerrten ihn wieder hoch, und ein dritter flößte ihm aus einem Beutel Wasser ein, während die Hexe ihre Erkenntnisse an Kinian weitergab.

»Du weißt ungefähr, wo die Mine ist? Das müsste reichen.« Kinian klang äußerst zufrieden.

Angst um seine Begleiter und Zorn loderten in Rhonan auf. Die Bilder vor seinen Augen verschwammen. Das Einzige, was er noch sah, war der Schwertgriff an der Seite des Mannes mit dem Lederbeutel. Dieser Griff zog ihn magisch an, füllte sein Blickfeld und sein Denken. Alles andere verlor sich im roten Nebel … und die Welt um ihn herum zerbarst.

Zeitgleich im Grenzgebiet zwischen Kambala und El'Maran

Heiß brannte die Sonne auf Ten'Shur. Staub wirbelte über den menschenleeren Marktplatz. Wo normalerweise Händler ihre Waren feilboten, stand Vieh dicht an dicht und blökte und meckerte ähnlich laut wie an Markttagen die Händler. Es stank bestialisch, und die Kinder, die Futter und Wasser brachten, hatten es eilig, ihre Arbeit zu beenden.

In diesen Tagen lebten fast zehntausend Menschen in der östlichsten Stadt El'Marans. Menschen aus dem Umland hatten sich auf der Flucht vor Camoras Horden in den Schutz der Stadtmauern begeben. Gasthöfe und Häuser waren völlig überfüllt, es gab kaum ein Bett, das nicht doppelt belegt war, und die Lagerhäuser quollen über.

Rund um den Marktplatz waren die Händler und Handwerker angesiedelt. Seit Tagen hallten Klopfen und Hämmern durch die Gassen. In den Schmieden glühten die Öfen. Zimmerleute fertigten nur noch Pfeile und Speerschäfte. Frauen wuschen Leinen für Verbände. Krüge stapelten sich an den Brunnen für den Fall, dass es Brände zu löschen gab. Kinder schleppten unablässig Steine zur Stadtmauer. Alte, die nicht mehr arbeiten konnten, hüteten Kleinkinder oder zündeten Opferstäbe in den Gebetshäusern an, um die Götter um Beistand zu bitten.

So emsig, wie alle waren, hatten sie dennoch Zeit gefunden, Königin Morwenas Flammenreitern zuzujubeln. Es gab in Ten'Shur kaum einen Jüngling, der sich nicht sehnlichst wünschte, einmal zu dieser Truppe zu gehören, und wohl kaum ein weibliches Wesen, das sich nicht sehnlichst wünschte, ein Lächeln des Kommandanten zu erhaschen.

* * *

Derea begutachtete zunächst die Verteidigungsanlagen auf der Stadtmauer. »Wie sieht es mit der Verpflegung aus? Wie lange kommen wir ohne Nachschub aus?«

Der junge Stadtgardist in der blauen Uniform neben ihm erwiderte stolz: »Ewig! Alles Vieh ist innerhalb der Stadtmauern. Die Bauern sind gekommen und haben alles Essbare mitgebracht. Durch die Brunnen haben wir auch genug Wasser.«

Der Hauptmann nickte. »Fein, fein! Sind die Bogenschützen schon eingetroffen?«

»Wir erwarten sie frühestens morgen.«

»Die Adler?«

»Dürften bald eintreffen. General Darkoba befehligt sie.«

Derea fluchte lautlos. Er war sicher, dass Darius mit Absicht ausgerechnet diesen alten General geschickt hatte. Darkoba war ein fähiger Mann, aber geltungssüchtig und selbstherrlich und würde sich nicht einfach einem jungen Hauptmann unterordnen. Er sah sich um. Speerschleudern, Armbrüste und Katapulte waren ausreichend vorhanden und gut verteilt.

»Achtet darauf, dass genug Pech da ist! Fürst Menides' Bogenschützen bringen ihre eigene Brennpaste mit.«

»Sind die wirklich so gut, wie man immer hört? Besser als wir?«, fragte der junge Mann.

»Unsere Schützen könnten ihre Langbogen nicht mal spannen. Ich schätze, sie können mindestens fünfzehn Pferdelängen weiter schießen als alle anderen. Die Truppe besteht nur aus Krakern. Die sind so breit wie hoch. Lasst euch bloß nicht von roten Locken über runden Gesichtern täuschen. Sie sind zänkisch, leicht reizbar und haben Arme wie Schmiedehämmer. Warnt eure Männer! Ich will keine Schlägereien.«

Bei diesen Worten sah er über die Brüstung. »Holzt das Wäldchen da ab! Wenn nötig, brennt es nieder. Die Horden sollen sich das Holz für ihre Türme nicht direkt vor unserer Haustür holen können. Wie sieht es draußen mit Wasser aus?«

Jakobson, ein älterer Hauptmann der Garde Ten'Shurs, grinste. »Die Bauern haben auf dem Weg hierher Salzsteine in Brunnen und Wasserstellen geworfen. Für längere Zeit dürfte das Wasser ungenießbar sein. Sie haben aus der ersten Belagerung der Stadt viel gelernt.«

»Sehr gut! Ich mache jetzt einen Stadtrundgang. Überprüft noch einmal die Wehrgänge und denkt daran, den Aufgang zum Westturm auszubessern.«

In diesem Augenblick kam ein Flammenreiter auf sie zu. Seine Zugehörigkeit zu dieser Truppe war an der Kleidung zu erkennen: schwarze Hose und Stiefel, rotes Hemd und ein wallender Umhang, rot mit gelben Flammen. Der rote Turban war im Kampf so gewickelt, dass nur die Augen zu sehen waren. Jetzt war Lucios Gesicht entblößt. »Kommandant, die Adler treffen in Kürze ein.«

Derea nickte. »Unter Genearal Darkoba. Er wird erwarten, dass er mit allen Ehren begrüßt wird. Tun wir ihm den Gefallen, bevor es gleich böses Blut gibt.«

* * *

Kurze Zeit später fluchte er in seiner Kammer: »Diese Scheißrüstung zwickt überall.«

»Das kommt davon, wenn man eine geborgte Rüstung trägt. Du hättest dir längst eine eigene anfertigen lassen sollen«, erwiderte Lucio breit grinsend, während er eine Schnalle schloss.

Derea schnaubte: »Wozu? Ich brauche fast nie eine.«

»Du trägst fast nie eine. Das ist ein Unterschied.«

»Werd nicht frech! Ich benötige keine.«

»Lass nie den Tag kommen, da ich sagen muss: Heute hätte er eine gebraucht. Jetzt steh endlich still, damit ich die Schlaufe zubekomme.«

»Ich kriege kaum Luft.«

»Sei tapfer und atme flach.«

»Ich könnte doch auch …«

»Nein«, unterbrach Lucio streng und zog die letzte Schlaufe fest. »Du kannst Darkoba nicht in Lederkleidung empfangen. Auf dem Schlachtfeld bist du großartig, aber außerhalb wirkst du etwas, na sagen wir mal … dürftig.« Er griff hinter sich. »Hier ist der Helm.«

»Nicht auch den noch. Da fällt immer das Visier runter.«

Lucio lachte laut auf. »Das kommt davon, wenn man seine Sachen nicht in Ordnung hält.«

»Das ist ja gar nicht mein Helm.«

»Du bist der lausigste Kommandant, den ich kenne, zumindest wenn es um Kleidung geht. Es würde mich nicht überraschen, wenn dein Umhang Löcher hätte.«

Die Tür öffnete sich, und ein weiterer Flammenreiter trat ein. »Die Adler sind im Anmarsch. Wir sollten los. Hauptmann, dein Visier ist runtergeklappt.«

»Raus!«, brüllte Derea undeutlich und erntete Gelächter.

* * *

Wenig später betrat er den Hof, den Helm unterm Arm. Der Menge gefiel der junge Heerführer. Derea war nur durchschnittlich groß, schmal und wirkte inmitten seiner Krieger fast zierlich, aber er bewegte sich mit katzenhafter Geschmeidigkeit. Mit einem eleganten Satz schwang er sich in den Sattel und setzte sich mit Patras an die Spitze seiner Männer.

In dieser Truppe hätten selbst Eltern ihren Sohn kaum

erkannt. Die Reiter schienen alle von ähnlicher Statur zu sein. Ihre Turbane ließen nur die Augen frei. Ihre Pferde waren groß, schwarz und langmähnig. Langsam ging es in Richtung Südtor. Die Straßen und die Ebene waren von jubelnden Menschen gesäumt. Derea ließ den Blick schweifen und konnte kaum glauben, dass Menschen, die sich von früh bis spät auf die kommende Schlacht vorbereiteten, jetzt begeistert Tücher schwenkten und ausgelassen ihre Reiter feierten. Aber das Schauspiel, die beiden ruhmreichsten Reitertruppen der Reiche zu sehen, wollte sich keiner entgehen lassen.

»Setz endlich den Helm auf. Du hältst ihn im Arm wie einen Spucknapf«, forderte Lucio.

»Als solchen werde ich ihn auch gleich benutzen«, erwiderte Derea, tat aber wie geheißen.

General Darkoba hatte etwas übrig für große Auftritte. Alle Reiter trugen schwarze Umhänge, die ein silberner Adler mit ausgebreiteten Flügeln zierte, und Lederhelme mit schwarzer Feder. Silbrig glänzten die Kettenhemden. Darkobas Helm in Form eines Adlerkopfs funkelte in der Sonne. Die große, schwarze Feder daran wippte. Sein Silberharnisch hatte die Form eines Federkleids, der Umhang war kunstvoll um Reiter und Ross drapiert. Silberne Adlerschwingen auf den Schulterklappen vervollständigten das Bild des ruhmreichsten Generals Latohors.

Zwanzig Reiter sprengten aus den Reihen, um die Begrüßungslinie zu bilden. Die Schreie, die sie ausstießen, erinnerten tatsächlich an Adlerschreie. Abrupt rissen sie an den Zügeln, und die Pferde blieben in einer Reihe stehen, ließen in der Mitte Platz für ihren Kommandanten.

»Na, wenn er unbedingt will«, murmelte Derea seufzend und hob kurz die Hand.

Daraufhin stiegen alle Pferde der Flammenreiter. Zwanzig

Mann jagten auf die Adler zu. Ihre rotgelben Umhänge flatterten im Wind, und ihr Anblick machte klar, woher die Truppe ihren Namen hatte. Es sah beinahe so aus, als fege eine Feuersbrunst über die Ebene. Unmittelbar vor der Begrüßungsfront der Adler stiegen die Pferde erneut, um genau gegenüber Aufstellung zu nehmen. Der Jubel war ohrenbetäubend.

»Der Punkt geht an uns«, raunte Lucio. »Verdirb jetzt nicht alles!«

Sein Hauptmann grunzte nur unwillig.

Beide Befehlshaber setzten sich mit ihren Hauptleuten in Bewegung. Zeitgleich erreichten sie die Begrüßungslinie.

»Ich grüße den General der ruhmreichen Adler«, eröffnete Derea mit einer knappen Verneigung. »Königin Morwena, El'Maran und Ten'Shur danken Euch für Euer Kommen.«

Darkobas Augen verengten sich ungläubig. »Prinz Derea? Kann es sein?«

Der nickte nur.

»Verzeiht, aber Ihr seid nicht ernstlich Kommandant dieser Stadt? Der Krieg war sicher verlustreich, aber die Königin hat doch bestimmt noch erfahrene Generäle in ihren Reihen.«

»Doch, es gibt noch welche, aber seid unbesorgt, es mangelt auch mir nicht an Erfahrung.« Er wollte noch etwas anfügen, aber in diesem Augenblick klappte sein Visier herunter.

»Folgt mir!« Dereas Stimme klang undeutlich, als er Patras herumriss und in Richtung Stadttor ritt.

Darkoba war sichtlich empört über die kurze Begrüßung, schloss sich aber notgedrungen an. Unter dem Jubel der begeisterten Bewohner ritten die Truppen in die Stadt.

»Gut gemacht«, lobte Lucio. »Jetzt kannst du das Visier wieder öffnen.«

»Geht nicht, es klemmt«, nuschelte Derea.

Lucio bemühte sich, nicht laut zu lachen. »Du bist mein dritter Befehlshaber, aber bei dir lache ich an einem halben Tag mehr als bei deinen Vorgängern in einem Jahr.«

* * *

Sie hatten das Quartier der Adler erreicht. Die Stadtgardisten hatten ihnen ihre Unterkünfte zur Verfügung gestellt und waren selbst bei Angehörigen oder Bekannten untergekommen. Derea schwang sich vom Pferd, nahm den Helm ab und nahm sich vor, ruhig zu bleiben.

Darkoba stieg ebenfalls ab und kam umgehend zur Sache: »Ich war bei der ersten Schlacht von Ten'Shur zugegen. Damals seid Ihr vermutlich noch auf einem Pony geritten. Vor fünf Jahren, als wir uns das erste Mal begegneten, wart Ihr ein guter Krieger. Ich hoffe, Ihr seid jetzt ein ebenso guter Hauptmann und erkennt einen fähigeren Kommandanten, wenn er vor Euch steht.«

Der Hauptmann erwiderte ziemlich tonlos: »Eure Fähigkeiten sind unbestritten. Ich werde jederzeit für Euren Rat dankbar sein. Doch Ten'Shur gehört nun einmal zu El'Maran. Daher liegt das Kommando bei einem Heerführer der Königin. Ich werde Euch immer die Achtung entgegenbringen, die Ihr verdient, aber die Befehlsgewalt liegt bei mir.«

Darkoba schnaubte unwillig und blies die Backen auf. »Ich habe schon Schlachten geführt, als Ihr noch in den Windeln lagt. Euer Ruf als Meister der Zwillingsschwerter und undurchschaubarer Führer der Flammenreiter ist bis zu mir gedrungen, aber weder Eure Kampfkunst noch Eure überraschenden Einfälle werden diese Schlacht entscheiden.«

»Vielleicht nicht! Dann werde ich Euch um Rat ersuchen. Ihr wollt Euch nach dem langen Ritt sicher erholen. Solltet

Ihr Beschwerden oder Fragen haben, wendet Euch an meine Truppenführer. Ich erwarte Euch morgen zur Lagebesprechung.« Er verneigte sich und ging.

* * *

Etwas stupste ihn an. Rhonan spürte Schleim im Gesicht und hob müde die Lider. Über ihm hing ein Pferdekopf, verschwand aber gleich wieder aus seinem Blickfeld. Erneut schloss er die Augen. Er fühlte sich sterbenskrank. Zähneklappernd zog er die Beine an, machte sich möglichst klein und versuchte, sich zu erinnern. Sie hatten ihn in ihr Lager gebracht. Die Hexe … er hatte getrunken, ein Schwert gesehen und dann? Es war so still. Wo waren die Männer?

Er rollte sich herum und blickte in die leeren Augen eines Mannes. Verwirrt quälte er sich auf die Knie und sah sich um. Das Bild, das sich ihm bot, bewirkte, dass er sich auf der Stelle übergab. Da er kaum etwas im Magen hatte, würgte er bald nur noch trocken.

Er wagte kaum, wieder hochzusehen, denn Kinian, die Spione und die Hexe lagen tot um ihn herum. Aber sie waren nicht nur tot – das hätte ihn lediglich gefreut –, sie waren zerstückelt. Abgetrennte Arme, Unterschenkel, Köpfe, sogar Gedärm waren über die Lichtung verteilt.

Vor seinem geistigen Auge sah er seine Hand, die sich um einen Schwertgriff schloss. Hatte er allein in Raserei zehn Männer und eine alte Frau abgeschlachtet? Bilder von kämpfenden, blutenden und schreienden Männern setzten sich in seinem Geist zusammen. Abgetrennte Arme, zerschlagene Beine, aufgeschlitzte Bäuche, durchschnittene Kehlen. Eine Frau schrie und starb. Ihr Kopf rollte ins Feuer. Rhonan schlang die Arme fest um sich, wiegte sich vor und zurück wie ein kleines Kind und murmelte unentwegt: »Wer bin ich? Was bin ich?«

Er wusste nicht, wie lange er dort gekauert hatte, als ihn nahes Wolfsgeheul in die Wirklichkeit zurückholte. Uralt fühlte er sich, als er sich aufrappelte und Kleidung und Waffen zusammensuchte. Dabei mied er den Blick auf die übel zugerichteten Leichen.

* * *

Gegen Mitternacht erreichte er die Mine. Lange stand er zögernd davor. Als Kundschafter war er aufgebrochen und als Barbar, der im Blutrausch wehrlose Frauen zerhackte, kehrte er zurück. Unmöglich konnte er seinen Begleitern gegenübertreten, denn dieser Wandel musste ihm anzusehen sein. Das Pferd stieß ihn an, und der Prinz tätschelte seinen Hals. »Hast recht. Besser wird durch Warten nichts.«

Er war kaum eingetreten, als Caitlin rief: »Oh, Rhonan, endlich!«

Gideons »Bei allen Göttern! Was ist geschehen?« kam gleich darauf.

Rhonan drückte ihm die Zügel in die Hand und erklärte: »Alles in Ordnung. Ich gehe baden und will nicht gestört werden.« Caitlin starrte ihm mit offenem Mund nach und beschwerte sich dann lauthals über diese Unhöflichkeit. Schließlich hatte sie sich den ganzen Tag gesorgt.

Irgendwann hielt Gideon ihr Gezeter und seine Sorgen nicht länger aus und ging zu ihm. Rhonans Waffen und Kleidung lagen auf dem Boden. Er lag mit geschlossenen Augen im Wasser, das ihn rot umspülte.

»Verschwinde!«, knurrte er, ohne die Augen zu öffnen.

»Ich habe meinen Medizinbeutel dabei«, widersprach der Gelehrte. »Du bist verletzt. Lass dir helfen.«

»Ich will keine Hilfe, ich will meine Ruhe.«

»Ach komm! Benimm dich nicht wie ein kleiner Junge. Wenn du blutend im heißen Wasser sitzt, blutest du immer weiter. Außerdem solltest du mir erzählen, was geschehen ist.«

Er erhielt keine Antwort und seufzte: »Du warst zu lang allein. Jetzt bist du Teil einer Gruppe, in der jeder auf den anderen angewiesen ist, und weil wir, Caitlin und ich, dich dringend brauchen, komm aus dem Wasser raus, ehe du aufgrund von Kratzern stirbst!«

Erneut wartete er vergeblich auf eine Antwort. »Also gut: Ich gehe hier nicht weg, ehe ich dich versorgt habe, und wenn es bis zum Mittag dauert. Erspare uns bitte diese Posse.«

Damit hatte er Erfolg. Rhonan atmete schwer, stieg aber aus dem Wasser. Gideon keuchte entsetzt, als er sah, dass der Prinz tatsächlich aus zahlreichen Wunden blutete. Allerdings war nur eine Wunde an der rechten Schulter tiefer, alle anderen waren eher Kratzer. Rhonan setzte sich und lehnte sich an die Höhlenwand.

Gideon hockte sich vor ihn, tupfte, trug Salbe auf und legte Verbände an. »Schnitte, Quetschungen, Prellungen … Wie passt das zusammen? An der Schulter sollte ich nähen.«

»Dann näh!«

Gideon schüttelte den Kopf aufgrund der Verstocktheit des Prinzen, fädelte ein Pferdehaar in die Nadel aus Fischbein und machte sich ans Werk. »Erzähl mir jetzt, was geschehen ist«, forderte er erneut.

Der zuckte nicht einmal und schwieg.

»Ich sehe es dir doch an. Dich quält etwas, und es sind nicht deine Wunden. Was immer auch geschehen ist, lass dich nicht auffressen davon. Ich bin dein Freund. Zumindest wäre ich …«

Rhonan packte die Hand, die die Nadel hielt, und unterbrach: »Rede nicht von Freundschaft, alter Mann! Wir reisen gezwungenermaßen gemeinsam. Mehr nicht.« Er ließ die Hand wieder los, schloss die Augen und lehnte sich wieder an die Wand, als wäre nichts geschehen.

Gideon setzte den nächsten Stich, schnitt das Pferdehaar durch und verknotete es. Während er neu einfädelte, räusperte er sich. »Es tut mir leid, wenn ich unserer … Bekanntschaft mehr Bedeutung beimaß. Das liegt wohl daran, dass Verianer keine persönlichen Beziehungen pflegen. Ich habe bisher nur über Freundschaft gelesen und mir oft gewünscht, sie zu erfahren. Natürlich sucht ein Krieger wie du keine Freundschaft zu einem alten Gelehrten. Verzeih!«

Er stach die Nadel ins Fleisch, und der Prinz zuckte das erste Mal leicht.

»Nur noch drei Stiche«, versprach der Verianer.

»Du hast mich falsch verstanden. Ich suche überhaupt keine Freundschaften, und du tätest gut daran zu überdenken, ob du wirklich mit mir ins Wintergebirge willst. Es könnte sein, dass dir von mir mehr Gefahr droht als von Wölfen oder Horkas.«

Gideon runzelte die Stirn. »Warum drohst du mir? Habe ich dich beleidigt oder verletzt?«

»Nein, im Gegenteil. Ich drohe dir auch nicht, ich warne dich.« Er atmete tief durch und fuhr mit nahezu unbeteiligter Stimme fort: »Mathew, mein ältester Bruder, klärte mich einst darüber auf, dass meine Familie mich für einen verfluchten Wechselbalg hielt. Kurze Zeit später waren alle tot … nur ich nicht. Ein altes Ehepaar, kinderlose Fischer, fand und versorgte mich. Doch irgendwann wurde ich ihnen unheimlich, wie ich aus ihren nächtlichen Unterhaltungen erfuhr, und sie verkauften mich an die Minengilde. Auf dem Rückweg erschlugen die Minenwachen sie und raubten sie aus. Ich weiß nicht, wie lange ich in der Mine war, bis irgendwann der Stollen einbrach. Für eine Mine nicht ungewöhnlich. Ungewöhnlich war, dass ich überlebte. Ich muss mich durch die Wärter gekämpft haben, die uns nicht glaubten. Ich weiß nicht mehr, was geschehen ist, aber während meine Kameraden den Tod fanden, fand mich ein Tempelwächter weit weg von der Mine. Deren Großmeister sprach von meiner dunklen Aura und wollte mich auf den Weg der Erleuchtung führen. Wie es ihnen danach erging, weißt du.« Er fixierte Gideon, der gerade den letzten Faden verknotete. »Gibt es dir nicht zu denken, dass meine bisherigen Weggefährten alle das gleiche Schicksal ereilte? Sie starben schnell und gewaltsam. Ich glaube mittlerweile, Mathew hatte recht. Ich bin verflucht.«

Gideon verstaute umständlich seine Nähutensilien, um seine Gedanken zu ordnen, und fragte schließlich: »Du glaubst, du bist verflucht, nur weil du überlebt hast? An keinem dieser Todesfälle trägst du Schuld.«

Rhonan dachte an Kinian und die Hexe und schwieg.

Der Gelehrte wusch die blutbefleckte Kleidung aus und legte sie zum Trocknen neben die Quelle, ehe er sich wieder vor den Prinzen hockte und dessen Schultern ergriff. »Was ist da draußen geschehen?«

Der Blick, der ihm begegnete, war so voller Trauer und Qual, dass er unwillkürlich schluckte.

»Nichts Besonderes. Nur ein Kampf. Kinian und seine Hexe müssen wir nicht mehr fürchten.«

Aus dem Gang ertönte Caitlins Stimme: »Ich habe Brei gekocht und lade euch zum Essen ein, wenn ihr euch traut. Ich habe auch Brot geschnitten mit meinem eigenen Dolch und einen Kräutertrank für Rhonan gebraut. Er sieht eigenartig aus und riecht immer strenger. Daher wäre es nett, wenn ihr endlich kommen würdet. Ich wüsste zu gern, ob ich jetzt auf dem Weg zur Köchin oder eher zur Giftmischerin bin.« Ihr helles Lachen hallte durch den Gang.

»Wir kommen«, rief Gideon.

Rhonan kämpfte sich auf die Füße und verknotete die Decke in der Taille.

Der Verianer beobachtete ihn dabei und kratzte sich am Kinn. Der Prinz hatte einen prachtvollen Körper, schien nur aus Muskeln zu bestehen – und aus Narben. Den Oberkörper überzog ein dichtes Netz aus teils glatten, teils wulstigen Striemen, die nur von Peitschen und Stöcken stammen konnten. Die neuen Verbände verdeckten weder die Spuren von Brandeisen und Messern auf der Brust noch die runzligen Narbengeflechte von Verbrennungen. Er räusperte sich und sagte: »Du hast bestimmt ein zweites Hemd. Das nasse kannst du unmöglich tragen.«

Auf Rhonans verständnislosen Blick hin ergänzte er: »Caitlin ist behütet aufgewachsen, aber auch neugierig. Dein Anblick könnte zu einer Ohnmacht oder zu nächtelangen Fragen führen. Ich würde allerdings darauf wetten, dass die Neugier siegt.«

»Sei so gut und hol mir ein Hemd aus der Satteltasche.«

* * *

Caitlin musterte den Prinzen, der angemessen bekleidet am Feuer saß und in ihrem braungrünen Schleim rührte.

»Hast dich geprügelt, nicht wahr?«, fragte sie. »Du hast eine aufgeplatzte Lippe, ein zugeschwollenes Auge und einen gelbblauen Fleck im Gesicht. Hast du diesen Kinian erwischt?«

»Ja.« Sein Blick war starr geradeaus gerichtet.

»Seine bösen Begleiter auch?«

»Ja.«

»Und diese schreckliche Hexe?«

»Auch.«

»Alle? Oh, das ist wunderbar«, jubelte sie. »Ich wollte sie nie kennenlernen und jetzt muss ich das auch nicht mehr. Erzähl mal! Wie war dein Jagdglück?«

Er verschluckte sich am Wasser, spie einiges davon wieder aus und riss die Augen auf. »Was?«

»Wie viele von den elenden Bestien hast du erlegt?«

»Ich bitte dich.«

Sie stieß ihn ungeduldig an. »Den ganzen Tag hab ich mich gelangweilt, jetzt will ich etwas hören. Zier dich doch nicht immer so.«

»Du stellst vielleicht Fragen. Ich weiß es nicht genau.« Auf ihren bösen Blick hin ergänzte er: »Zwölf, dreizehn.«

»Das ist eine Menge. Die haben dich bestimmt gründlich unterschätzt«, mutmaßte sie. »Du siehst nämlich so nach gar nichts aus. Ich meine, du bist groß und breitschultrig, das war's aber auch. Du wirkst nicht sehr stark, hinkst, zitterst und machst einen eher klapprigen Eindruck.« Sie zuckte zusammen, als Gideons Schöpfkelle auf den Boden polterte, fuhr aber fort: »Wir werden alle verwirren. Du kannst kämpfen, obwohl du aussiehst, als seist du schon zum längeren Gehen zu schwach, und sieh mich an: schön und zerbrechlich. Niemand würde je vermuten, dass ich so gut in der Wildnis zurechtkomme und mit Dolch und Tschuka kämpfen kann, oder?«

»Nie und nimmer! Ich sehe schon die Schneewölfe vor mir, wie sie verstört das Weite suchen.«

Gideon konnte nicht mehr an sich halten, als er Caitlins empörten Gesichtsausdruck sah, und lachte laut auf. Sie stutzte kurz, fiel dann aber trällernd in das Lachen ein, kurze Zeit später lächelte auch Rhonan.

Nach dem Essen schliefen der Prinz und Caitlin ein. Gideon hatte Rhonan heimlich Schlafkraut in die Suppe gemischt und nahm zufrieden dessen endlich entspanntes Gesicht zur Kenntnis.

II. Kapitel

Im Westgebirge El'Marans

Sumpfkrähen hatten sich in großer Zahl in der Schlucht vor dem Roten Pass eingefunden und hielten Festschmaus. Ihr Krächzen erfüllte die Luft, die vor Hitze flirrte. Heißer Wind wehte den Geruch von Blut, Moder und verbranntem Fleisch heran.

»Die Fratze des Krieges«, murmelte Morwena und wandte sich an General Morabe. »Sie werden jeden Moment hier sein. Wir müssen diesen Pass um jeden Preis halten. Mögen die Götter uns beistehen.«

Er verneigte sich. »Mögen sie uns den Sieg bringen und unsere Königin schützen.«

Die Horde kam. Ein gewaltiges, schwarzes Heer zu Fuß und zu Pferd ergoss sich in die Schlucht. Es rumpelte und klapperte, dass Morwena meinte, ein Erbeben der Berge zu spüren. Krähen flatterten zu Hunderten auf, kreischten und überließen nur unwillig den Kriegern das Feld. Befehle wurden gebrüllt, und Bogenschützen und Schildträger zogen einen Verteidigungskreis um das zerstörte Lager. Ihre Pfeile zeigten in die Hügel.

General Mattalan gab Anweisung, das zerstörte Lager der Vorhut genau zu untersuchen.

Nach einiger Zeit erschien sein Adjutant: »Viele Pferde sind abgeschlachtet, den Leichen fehlen die rechten Hände. Spuren führen bis zur Gabelung und von dort aus gen Süden.«

Der General verzog angewidert das Gesicht. »Rianer! Sie nehmen lieber Hände als Pferde. Korte war oft nachlässig, aber gleich eine ganze Vorhut zu verlieren … Ist er unter den Toten?«

Der Adjutant nickte. »Zumindest steckt eine Leiche in seiner Rüstung. Vom Hals aufwärts ist nichts mehr zu erkennen.«

»Habt ihr nach Pfeilwunden gesucht?«

»Die Leichen sind von den Krähen übel zugerichtet, das Fleisch zum Teil bis auf die Knochen weggepickt. Größere Wunden scheinen von Äxten zu stammen, kleinere sind nicht mehr zu erkennen. Ich würde sagen, es waren nur Rianer hier.«

»Was sollten so viele Rianer hier gesucht haben? Um diese Vorhut zu töten, brauchte es eine Armee, nicht ein paar versprengte Jäger. Nein, hier stimmt etwas nicht. Bringt die Katapulte in Stellung! Richtet Speerschleudern auf die Hügel. Lasst das Gelände auskundschaften. Den Pass sollen sich Plattenreiter vornehmen.«

Der Adjutant salutierte und bat: »Dürfen wir die Leichen verbrennen? Den Männern wäre wohler, wüssten sie die Seelen ihrer toten Kameraden auf dem Weg in die Sternenhalle.«

»Nein! Ich benötige klare Sicht, denn ich will nach Mar'Elch.«

* * *

Während Krieger mit gezückten Schwertern in die Hügel ausschwärmten, ritten fünfzig Mann in schweren Plattenrüstungen und mit Helmen in den Pass ein. Sie lenkten ihre ebenfalls gepanzerten Pferde mit den Schenkeln und hatten ihre Bogen gespannt. Äxte hingen griffbereit am Sattel. Langsam durchquerten sie den Pass, der sich fünfhundert Pferdelängen durch hohe, rote Felswände zog. Er bot vier Pferden nebeneinander Platz und erweiterte sich nach oben hin. Die Plattenreiter sahen Felsvorsprünge, Absätze und dunkle Flecken, die vielleicht

Eingänge zu Höhlen waren. Pfeile, die in der Dunkelheit verschwanden, bestätigten diese Vermutung.

Görkas, ihr Anführer, schüttelte den Kopf. »Wenn sich dort jemand versteckt, dann muss er fliegen können. Der Fels ist spiegelglatt. Wer sollte da hochkommen?«

»Die Rianer sollen mehr Tiere als Menschen sein«, gab ein Kamerad zu bedenken.

»Na gut, und welches Tier sollte da raufkommen? Da nisten höchstens Adler. Was ist das?« Görkas zeigte auf graue Ranken, die sich in der Nähe des Ausgangs zur Ebene von El'Maran an den Fels schmiegten.

»Flechten«, vermutete sein Begleiter. »Die wachsen selbst da, wo sonst nichts wächst.«

Görkas spuckte aus, ehe er erwiderte: »Am Lagerfeuer könnten wir jetzt sitzen. Stattdessen suchen wir hier nach unsichtbaren Feinden, nur weil Korte mal wieder was verbockt hat. Ich sage dir, der wollte es sich gemütlich machen und hat die Fässer freigegeben. Seine Leute haben sich die Bäuche vollgeschlagen und bis zum Abwinken gebechert. Dann hatten die Rianer leichtes Spiel mit ihnen.« Er beugte sich zu seinem Kameraden und ergänzte: »Korte ist doch nur aufgestiegen, weil er so nett war, Camora 'ne geschwängerte Braut abzunehmen, die leider die Tochter eines seiner Oberbefehlshaber war und daher nicht einfach abserviert werden konnte wie all die anderen. Jetzt kann Camora die Ziehtochter des Hexenmeisters heiraten, sein Oberbefehlshaber kann es aufgrund des geschenkten Landgutes verschmerzen, nicht dessen Schwiegervater zu werden, und seine Ehemalige ist eine gut versorgte Witwe mit königlichem Bastard. So geht das in der Horde … ach, was sag ich? So geht es überall, wo die Noblen das Sagen haben. Und wir armen Säue baden alles aus.« Angewidert spuckte er erneut aus.

Sein Begleiter sah ihn beeindruckt an und fragte: »Woher weißt du das mit Camoras Liebchen?«

»Mein Vetter ist Adjutant des Generals, und der hat Korte einige Male den Marsch geblasen. Mattalan wird Kortes Tod nicht sonderlich betrauern.«

Sie hatten den Pass durchquert. So weit das Auge reichte, bog leichter Wind trockenes Gras, das nur hin und wieder von genauso trockenem Buschwerk unterbrochen wurde. Görkas schickte einige Männer zu den Büschen.

»Ich habe was gefunden«, brüllte einer von ihnen sofort.

Görkas spannte sich sofort an. »Was?«

»Einen Karnickelbau. Sollen wir die Biester ausräuchern?«

Die Plattenreiter lachten.

»Zurück!«, befahl ihr Führer. »Hab's doch gewusst: Hier ist nichts und niemand.«

* * *

Morwena hoffte, dass die Bergjäger bei der Spurenbeseitigung sorgfältig gewesen waren. Die Zeit tröpfelte dahin, genau wie ihr Schweiß. Anscheinend wurde ihre Hoffnung erfüllt, denn die Plattenreiter kehrten zurück. Kaum waren sie bei der Truppe angelangt und hatten Bericht erstattet, rief man auch die Männer aus den Hügeln mit einem Hornstoß zurück.

General Mattalan ließ Wachen aufstellen, fühlte sich aber scheinbar sicher, denn es wurde gegessen. Für so viele Männer war es ungewöhnlich still. Was wohl daran lag, dass der Duft der gebratenen Rinder den Gestank der Verwesung ehemaliger Kameraden nicht überdecken konnte.

Morwenas Blick glitt zu dem einzigen Zeltdach. Sie wusste, dass darunter General Mattalan aß. Neben Camora und seinem Hexenmeister war er der meistgehasste Feind der

Freien Reiche. Skrupellos wie der Schwarze Fürst vergoss er das Blut von Bauern und Bürgern wie Dreckwasser. Er hatte eine ganze Stadt in Schutt und Asche legen lassen, um dreißig Reiter auszulöschen. Sie war nie zimperlich, aber sie kämpfte gegen Krieger. Das Leben von Kindern, Frauen und alten Leuten hätte sie nie leichtfertig aufs Spiel gesetzt. Das machte den Unterschied: Sie und ihresgleichen kämpften für die Freiheit aller, Camora und Mattalan nur für den eigenen Sieg. Das Bild von Hordenkriegern, die sich vor nicht viel länger als Tagesfrist hatten ergeben wollen und auf ihren Befehl hin abgeschlachtet worden waren, tauchte vor ihrem geistigen Auge auf.

»Es ist furchtbar heiß. Wollt Ihr etwas trinken?« Ihr Adjutant hielt ihr einen Wasserschlauch hin.

»Gern.« Sie war dankbarer für die Unterbrechung als für das Wasser.

Endlich geschah etwas: Der Tross setzte sich in Bewegung. Bogenschützen und Krieger in leichter Rüstung, begleitet von wenigen Plattenreitern, zogen in Dreierreihen in den Pass. Die auf die Hügel ausgerichteten Geschütze blieben besetzt. General Mattalan wollte offenbar kein Risiko eingehen. Immer mehr Männer verschwanden im Pass und aus Morwenas Blickfeld. Nervös rieb sie sich die Hände und wartete auf das Zeichen der Bergjäger.

☆ ☆ ☆

General Cahn lag auf einem Felsen, von dem aus er das Ende des Passes und die Ebene von El'Maran einsehen konnte, und zählte grob die Hordenkrieger, die unter ihm den Roten Pass wieder verließen. Etwa vierhundert. Es war Zeit für sein Zeichen. Er grinste in seinen Bart. Ein paar mehr konnten nicht schaden.

Ein Schütze, der neben ihm hockte, räusperte sich. »General?«

»Gleich. Sind erst dreihundert.«

Der Schütze wollte widersprechen, als Cahn ihm zuzwinkerte und erklärte: »Bin nicht so gut im Zählen.«

Um die fünfhundert Krieger waren auf der Ebene, als der Führer der Bergjäger endlich die Hand hob. »Schön hoch, mein Junge.«

Schon beim letzten Wort surrte ein brennender Pfeil ins Blau des Himmels. Auf der Erde brach umgehend die Hölle los. Bergjäger kamen in den Steilwänden aus ihren Verstecken und hackten auf die »Flechten« ein. Felsbrocken, die diese gerade noch gehalten hatten, krachten zusammen mit gewaltigen Stein- und Staublawinen in den Pass. Es polterte, als stürzten die Berge in sich zusammen.

Hordenkrieger schrien. Etliche begruben die Steine, und es gab kein Entkommen, denn Kameraden, die gerade in den Pass einmarschierten, drängten zunächst noch von hinten nach. Das änderte sich, als Bergjäger aus sicherer Deckung ihre Armbrüste abfeuerten. Sie deckten den gesamten Pass mit Bolzen ein.

»Rückzug! Schilddach!« Die Stimme des Hordenvorreiters hallte durch die Berge.

Mit den Schilden über den Köpfen rückten die Hordenkrieger eng zusammen. Einer geschuppten Schlange gleich zogen sie sich aus dem Pass zurück.

»Feiglinge! Bleibt gefälligst und kämpft«, fluchte General Cahn und spuckte aus.

* * *

Die in der Ebene vom Haupttross Abgeschnittenen glaubten nur kurz an ein Naturereignis. Erste Bolzen flogen auch hier aus den Bergen.

»Außer Reichweite der Schützen!«, brüllte ein Hauptmann. »Weg von den Felsen und sammeln.«

Kaum waren sie außer Reichweite der Bergschützen, da schien das Gebüsch zum Leben zu erwachen. Feuerbälle schossen gen Himmel und fielen als brennende Heubündel auf Schützen und Fußsoldaten. Das trockene Gras fing Feuer, und Brände breiteten sich rasend aus. Immer mehr Feuerkugeln flogen. Die Erde brannte, und die Luft qualmte.

Männer rannten um ihr Leben, sahen kaum etwas und hörten nur, wie die »Adler« sich mit Geschrei näherten. Die Reiter hatten nicht einmal ihre Waffen gezückt. In nasser Kleidung und dicht auf den Pferdehälsen liegend preschten sie lediglich durch die Reihen der im Feuer gefangenen Krieger. Sie mussten sie nur niederreiten. Alles andere besorgten die Flammen. Die wenigen Plattenreiter hatten keine Chance gegen die Übermacht.

* * *

General Mattalan nahm die Meldung aus dem Pass mit versteinerter Miene zur Kenntnis.

»Nehmt den Pass!«, brüllte er. »Plattenreiter und Bogenschützen der dritten Gruppe! Macht mir den Weg frei!«

Die Reiter jagten los. Behelmte, in Leder gerüstete Bogenschützen rannten hinterher.

Cahns Bergjäger schossen unablässig, doch nur mit geringem Erfolg: Die Plattenrüstungen waren zu stark. Ein Vogelschrei ertönte, und der Bolzenregen erstarb. Die Jäger sprangen von den Felsen auf die Feinde herab und schwangen ihre kurzen Doppeläxte. Unbarmherzig schlugen sie auf alles ein, was ihnen vor die Waffen kam. Reiter schrien, Pferde stürzten mit abgetrennten Vorderläufen. Den gewaltigen Schlägen hielten selbst die Plattenrüstungen nicht lange stand. Die Hordenkrieger hatten ihre Bogen längst gegen Schwerter oder Äxte getauscht. Ihre schweren Rüstungen machten sie aber unbeweglich. Die schnellen, leichtgewandeten Bergjäger waren klar im Vorteil. Das Getöse und Geschrei im Pass war ohrenbetäubend.

Die Bogenschützen der Horde hatten den Pass jetzt auch erreicht, deckten die Felswände mit Pfeilen ein und schossen auch in die am Boden kämpfende Truppe, wohl wissend, dass ihre Pfeile den Plattenreitern kaum, den Bergjägern dafür umso größeren Schaden zufügten. Immer mehr Rianer fielen. Die Hordenreiter gewannen allmählich die Oberhand.

Auf einen Vogelschrei hin zogen die Bergjäger sich zurück, krochen echsengleich an den Wänden hoch. Camoras Schützen schossen unbeirrt weiter, und Schreie aus den Felswänden belohnten sie. Die Plattenreiter sprengten zum Ende des Passes, um das Geröll zu entfernen.

Brennende Pechkugeln fielen aus den Felswänden. Cahns Jäger warfen in Pflanzenöl getränktes Gestrüpp hinterher. Beißender, gelblicher, undurchdringlicher Qualm breitete sich aus und waberte durch die Schlucht. Die Reiter konnten ihre Pferde nicht mehr halten und selbst kaum noch atmen. Rauch setzte sich klebrig in den Atemwegen fest und ließ sie husten und würgen. Notgedrungen zogen sie sich in die Schlucht zurück.

General Cahn rieb sich die Nase. Dem ersten Angriff hatten sie standgehalten, aber ihre Verluste waren größer als erwartet, die der Horden geringer als erhofft.

* * *

»Jetzt haben wir den Vorteil der Überraschung nicht mehr auf unserer Seite«, erklärte die Königin. »Er wird seine Bodentruppen in die Berge schicken. Unsere Schützen sollen angreifen und sich dann sofort zurückziehen. Solch hohe Verluste wie der Feind können wir uns nicht leisten. Cahns Jäger haben freie Hand. Versucht, unsere Katapulte auf die Geschütze auszurichten.«

General Morabe salutierte. »Wir werden den Pass verteidigen, meine Königin.«

Sie nickte. »Das müssen wir, wenn El'Maran nicht fallen soll.«

12. Kapitel

Caitlin saß zusammengesunken auf ihrem Pferd. Mühsam kämpften sich die Tiere durch Tiefschnee. Es schneite heftig, und es war klirrend kalt. Immer tiefer drangen sie in den Wald vor. Obwohl es viel beschwerlicher war, mied Rhonan gangbarere Wege und lenkte die Pferde durch dichten Baumbestand. Die Gefahr, entdeckt zu werden, sank dadurch seiner Meinung nach erheblich. Der Schneefall kam ihnen auch zugute: Die Sichtweite betrug höchstens vier Pferdelängen, und ein Feind konnte eigentlich nur durch Zufall über sie stolpern.

»Ich kann nicht mehr«, klagte Caitlin. »Meine Hände sind eiskalt, und ich kann mich kaum auf dem Pferd halten, weil ich so schrecklich friere.«

Gideon musterte sie verständnisvoll. Ihre Lippen waren blutleer, ihre Haut war weiß. Er hätte gern etwas Tröstliches gesagt, ihm fiel nur nichts ein.

Rhonan lachte auf. »Willkommen in der Wildnis! Nun zeig mal, was du kannst. Wir können keine Rast machen, wir müssen den Hügelkamm erreichen, bevor es dunkel wird. Sonst finde ich die Höhle nie«, erklärte er.

»Ich sage das nicht nur so«, schluchzte sie. »Ich falle gleich vom Pferd.«

»Himmel«, knurrte er, stieg ab, stapfte auf sie zu und zog sie wortlos aus dem Sattel.

»Was tust du?«, schrie sie und ruderte mit den Armen.

»Mein Pferd ist kräftiger.«

»Und davon wird mir wärmer?«, fragte sie verwirrt.

»Bestimmt!« Er zog ihr den Mantel aus, überhörte ihren wilden Protest und hob sie auf sein Pferd. Dann schwang er sich hinter ihr in den Sattel, öffnete seinen Mantel, zog die plötzlich ausgesprochen steife Prinzessin eng an sich und schloss ihn wieder. »Lehn dich an! Du benötigst Körperwärme. Hab dich nicht so. Ich tu dir schon nichts. Gideon, nimm das Pferd!«

Mit klammen Fingern in Fausthandschuhen gelang es dem Gelehrten gerade eben, den Zügel aufzufangen.

Caitlin ließ sich mit zusammengepressten Lippen gegen den Prinzen sinken. Noch nie war sie einem Mann so nah gewesen. Ungewohnt hart war der Körper. Sie spürte seinen Herzschlag und jedes Anspannen der Muskeln. Aber vor allem spürte sie seine Wärme. Schnell hatte sie ihre Scheu daher überwunden und schmiegte sich an ihn. Er breitete ihren Mantel über ihr aus und bedeckte ihr Gesicht weitgehend mit der Kapuze.

Kurze Zeit später machte sie sich erneut bemerkbar. »Rhonan? Meine Hände sind eiskalt«, wisperte sie. »Sonst geht es jetzt, aber meine Hände erfrieren gleich.«

Er seufzte, hielt sein Pferd erneut an, schob Caitlin leicht schräg in seine Schulterbeuge und zog ihr die Handschuhe aus. Er rieb ihre klammen Finger, bis sie nicht mehr so eisig waren, und forderte sie auf: »Steck die Hände unter mein Hemd!«

Sie keuchte entsetzt auf. »Was soll ich?«

»Komm schon, Tochter der Wildnis! Tu, was ich dir sage, oder frier weiter.«

»Du bist ein Mann. Das kann und darf ich nicht.«

»Dann nicht. Hier sind deine Handschuhe.« Er wartete gerade noch, bis ihre Hände in den Fellen verschwunden waren, schnalzte mit der Zunge, und das Pferd setzte sich in Bewegung.

Gideon hörte den Prinzen überrascht die Luft einziehen. Die Prinzessin hatte ihre Scheu anscheinend doch überwunden. Es verging eine Weile.

»Oh Rhonan, das wirkt wirklich, aber es ist überhaupt nicht schicklich. Du trägst ja gar nichts unter deinem Hemd, und ich bin Priesterin.«

»Mach dir darum keine Gedanken. Wir sagen es nicht weiter.«

»Es erfährt niemand? Dann ist gut. Danke!« Sie gähnte, und kurz darauf war sie eingeschlafen.

Gideon ertappte sich dabei, wie er Caitlin beneidete. Auch er fror erbärmlich, obwohl er zwei wollene Leibhemden trug. Sein Gesicht war halb erfroren, seine Hände spürte er kaum noch, und in Hintern und Beinen piekte es, als hätte er sich in einen Dornbusch gesetzt. Seinen Begleiter konnte er nur bewundern. Weder Wunden noch Witterung schienen ihn zu beeinträchtigen. In einem Arm hielt er die Prinzessin, mit der anderen Hand lenkte er sein Pferd zielstrebig immer weiter durch Bäume und Schnee. Endlich ging es bergan.

»Sind wir in den Hügeln?«, fragte Gideon, und seine Zähne klapperten beim Sprechen.

»Wir müssten bald die Höhle erreichen. Wenn ich sie finde.«

»Du machst einen Scherz, oder?« Gideon fand das überhaupt nicht lustig.

Rhonan lachte leise. »Ich war seit Jahren nicht mehr hier. Vielleicht ist sie längst eingestürzt, oder meine Erinnerung spielt mir einen Streich. Ist ja nicht sehr abwechslungsreich hier.«

»Du treibst Späße mit mir? Das ist nicht nett. Ich bin ein einziger Eiszapfen, ich bin müde und hungrig, mir tut alles weh, und du machst dich lustig über mich. Ich bin auch kein Mensch der Wildnis.« Er warf einen sehnsüchtigen Blick auf die beiden. »Und seit geraumer Zeit überlege ich mir, dass ich gern tauschen würde.«

»Du willst die Prinzessin nehmen?«

»Nein, ich will mit ihr tauschen.«

Grüne Augen blitzten ihn belustigt an. »Was sind denn das für Gedanken? Muss ich mir Sorgen machen, wenn ich mich vor dir ausziehe?« Er lachte über das Schnauben seines Begleiters.

»Wieso frierst du eigentlich nicht? Gibt es da ein Geheimnis?«, fragte der bibbernd.

»Ich habe lange hier gelebt, da gewöhnt man sich an die Kälte. Außerdem denkst …« Er zügelte sein Pferd und legte einen Finger an die Lippen.

Gideon lauschte. Bald hörte auch er entfernte Stimmen. Entsetzt starrte er Rhonan an. Der schüttelte den Kopf und machte eine beruhigende Geste. Die Feinde waren zu weit weg. Sie hatten sie nicht entdeckt. Längere Zeit schwiegen sie beide. Dann waren die Stimmen nicht mehr zu hören. Gideon atmete erleichtert durch, und sie ritten weiter.

Endlich zügelte Rhonan sein Pferd und weckte Caitlin. Verschlafen öffnete sie die Augen und blinzelte ihren Begleiter müde an.

»Wir sind da. Ich muss absteigen«, sagte er knapp.

Errötend zog sie die Hände aus seinem Hemd und löste sich von ihm.

Er schwang sich aus dem Sattel und stapfte durch den Schnee.

Caitlin wickelte sich fest in ihren Mantel und gähnte herzhaft. »Mir ist erstaunlich warm. Aber Gideon, du siehst ganz verfroren aus«, erklärte sie im Ton tiefsten Bedauerns.

Gideon sah sich lediglich in der Lage dazu, unwirsch zu brummen. Er bezweifelte, dass er überhaupt noch absteigen konnte, ohne sich die zu Eis erstarrten Knochen zu brechen.

Rhonan kam wieder, griff die Zügel der Pferde und führte sie eine kurze Strecke. Dann zügelte er sie wieder, hob Caitlin aus dem Sattel und wies zwischen zwei Bäume. »Da ist die

Höhle. Nicht einladend, wird aber reichen.« Sie stapfte anweisungsgemäß durch den Schnee, und der Prinz ging zu Gideon und half ihm vom Pferd.

Der Gelehrte konnte nicht aufrecht stehen, seine Beine knickten einfach weg. »Glaubst du, sie könnten brechen?«, fragte er mit heiserer Stimme und klammerte sich an den Prinzen.

Der schüttelte den Kopf. »Dafür ist es nicht kalt genug. Frag mich das im Wintergebirge! Dann wirst du wissen, was Kälte ist.« Er trug den schlotternden Gideon mehr oder weniger in die Höhle, die kaum zwei Pferdelängen maß. Der einzige Unterschied zu draußen war, dass hier kein Schnee rieselte. Kalt und dunkel war die Höhle nicht dazu angetan, die Stimmung zu heben.

Rhonan, der mit dem Kopf an die Decke stieß, verschwand wieder und kam mit einem Arm voller Äste zurück, die er in der Nähe des Eingangs aufschichtete. Nur mithilfe getrockneter Baumpilze konnte er ein Feuer entzünden, das dann erbärmlich qualmte. Er baute das Bratgestell auf und hängte einen Topf Schnee übers Feuer. Dann versorgte er die Pferde, brachte ihre Habseligkeiten in die Höhle und zog zwei unterwegs erlegte Schneehasen ab.

Gideon hätte gern geholfen, brachte es aber nur noch fertig zu bibbern.

Caitlin saß in ihren Mantel und mehrere Decken gehüllt da und sah sich verschreckt in der ungastlichen Umgebung um.

Rhonan steckte die ausgenommenen Hasen auf Spieße und legte sie über das Feuer, warf Kräuter ins kochende Wasser und holte Holz zum Nachlegen. Dann ging er zu Gideon, rubbelte ihn ordentlich ab, rieb dessen Hände und drückte ihm einen dampfenden Becher in die Hand. Auch die Prinzessin bekam einen. Endlich setzte er sich selbst ans Feuer, drehte die Spieße und trank ebenfalls. Während der ganzen Zeit hatte niemand gesprochen.

Allmählich wurde es wärmer, zumindest war es nicht mehr ganz so klamm. Auch das heiße Getränk tat seine Wirkung. Gideon hatte das Gefühl, ein Ameisenheer hätte seinen Körper befallen.

Der Prinz musterte seine Begleiter. Schließlich fragte er: »Könnt ihr zwei mir mal verraten, wie ich euch auf den Göttergipfel schaffen soll? Heute hatten wir den einfachsten Teil der Reise zu bewältigen, und ihr seht aus, als wären wir schon ewig unterwegs. Diese Höhle ist wahrscheinlich die letzte Annehmlichkeit für lange Zeit. Es wird deutlich kälter werden, und wir werden nicht reiten, wir werden zu Fuß unterwegs sein … immer bergauf.«

Caitlin schluchzte auf. »Noch kälter und steil und zu Fuß? Das kann ich nicht. Ist der Hase so weit? Ich habe schrecklich Hunger, und es duftet so gut.«

»Du musst dich noch etwas gedulden.« Dass Caitlin jammern würde, hatte er erwartet. Aber von ihr hing auch nichts ab. Er wandte sich daher an Gideon. »Glaubst du nicht, es reicht, wenn ich auf den Gipfel gehe? Ich werde die Wintergöttin finden, wenn es sie gibt. Ich bringe euch morgen zurück in die Mine oder nach Kairan und gehe allein.«

»Ja, Rhonan soll gehen. Er schafft das spielend. Wenn wir genug zu essen haben, warte ich gern in der Mine, sonst lieber in Kairan.«

Gideon schüttelte den Kopf. »Es ist zwingend erforderlich, dass wir alle auf den Gipfel gehen. Glaubt nicht, dass ich mich nicht lieber davor drücken würde, aber es geht nicht anders. Und Caitlin, leider musst auch du mit.«

»Na, wenn ich denn unbedingt muss. Dann muss Rhonan mir aber helfen.«

»Ich werde dich kaum die ganze Strecke tragen können«, gab der zu bedenken.

»Musst du nicht. Ich werde immer laufen, bis ich müde bin«, erklärte sie großzügig.

»Das kann was werden«, murmelte er verdrießlich.

* * *

Nach dem Essen forderte der lange Ritt seinen Tribut. Rhonan begann schnell ihre Schlafstatt herzurichten.

Caitlin beobachtete ihn argwöhnisch. »Was tust du da?«

»Sieht man das nicht? Ich bereite das Lager vor.«

»Dein Lager oder mein Lager?«

»Unser Lager.«

Sie schleuderte einen restlos abgenagten Knochen ins Feuer und sprang auf. »Das glaubst du doch selbst nicht. Ich soll mit euch … mit dir … auf einem Lager schlafen? Das hättest du wohl gern.« Viel schriller hätte ihre Stimme kaum klingen können.

Er wandte sich um und sah sie an. »Es ist ziemlich kalt, und das Feuer wird irgendwann ausgehen, weil ich nicht aufbleiben werde, um es zu schüren. Dies ist die letzte Nacht, in der wir keine Wache brauchen. Wir sollten daher alle schlafen. Du hast heute gelernt, Körperwärme zu nutzen. Ab morgen werden wir in einem winzigen Zelt oder in Schneehöhlen schlafen. Wenn wir uns nicht gegenseitig wärmen, werden wir erfrieren.«

Gideon sah verschreckt von dem einen zum anderen. Über etwas zu lesen und es zu tun war ein gewaltiger Unterschied. In der geräumigen, warmen Mine war ihm alles noch machbar erschienen. Hier wurden normale Dinge wie Schlaf und Körperpflege schwierig. Selbst bei seiner Notdurft war ihm jedes Geräusch peinlich. Er betrachtete die Felldecken mit Unbehagen.

Caitlins Augen waren kugelrund. »Das hätte man mir sagen müssen. Ich bin bereit, ohne Besteck zu essen, ich verzichte auf ein Kopfkissen, und ich stecke die Hände sogar unter dein Hemd, aber das geht zu weit. Ich bin Priesterin, ich kann und darf das nicht. Denk dir etwas anderes aus!«

Er hatte die letzten Felle übereinandergeschichtet und erhob sich. »Ich werde nicht mit dir streiten. Dafür bin ich zu müde. Ich werde jedenfalls unter den Fellen schlafen. Meinetwegen kannst du es dir draußen oder im Eingang gemütlich machen.«

»Bei allen Göttern«, stammelte Caitlin. »Ich will nach Hause.« Ihr Blick huschte immer wieder vom Lager zu den beiden Männern. »Gideon, sag du doch auch mal was!«

»Ich kann nicht. Aber glaube mir, ich fühle mit dir. «

Sie rang die Hände und war kurz darauf erneut einem Nervenzusammenbruch nahe. Sie schimpfte und zeterte und konnte nicht glauben, dass wirklich jemand ernsthaft von ihr erwarten könne, nur im Unterzeug bekleidet unter den Fellen zusammen mit ihren Begleitern zu schlafen. Schließlich gingen ihre Begleiter nach draußen, damit sie ungestört zwischen die Felle schlüpfen konnte.

Der Prinz sah belustigt Gideon zu, der fast so aufgeregt wie Caitlin auf und ab lief. »Ich muss dir etwas sagen. Ich meine … so wegen der Frauen. Ich war immer beschäftigt und kenne kaum welche, jedenfalls … also keine im Unterzeug.« Er stockte. »Tu mir den Gefallen und geh in die Mitte«, stieß er dann hervor. Wegen der Dunkelheit konnte er Rhonans breites Grinsen nicht sehen und fragte weiter: »Sag mal, macht dir das gar nichts aus?«

Nächte in Ligurius' Kerker oder Amansdier hatten den mit Grauen erfüllt, weil der kommende Tag Schrecken verhieß. Nächte unter Freunden waren ein Geschenk, aber das konnte der Gelehrte noch nicht begreifen. Die Antwort fiel daher etwas anders aus. »Weißt du, hier draußen tust du, was nötig ist, und überlebst, oder du fängst an zu denken und kommst in ernsthafte Schwierigkeiten. Komm, die Prinzessin dürfte mittlerweile untergetaucht sein.«

Gideon, der vor lauter Aufregung seinen Mantel vergessen hatte, fror entsetzlich, ging aber trotzdem nur zögerlich in die Höhle. Caitlin lag zwischen den Decken, die Augen fest zusammengepresst. Gideon merkte, dass seine Hände zitterten, obwohl es in der Höhle nicht einmal sehr kalt war. Er brachte es kaum fertig, seinen Kittel festzuhalten, und war mehr als erstaunt über die Gelassenheit seines Begleiters. Nicht einmal Caitlins entsetztes Aufkeuchen, als der sein Hemd ablegte, schien ihn aus der Ruhe zu bringen.

Trocken bemerkte der nämlich lediglich: »Das kommt davon, wenn man linst. Sieht hässlich aus, lässt sich aber nicht ändern.«

Wenig später, als sie alle unter den Decken lagen, war der Verianer richtig stolz. Er lag, nur mit seiner Leibwäsche bekleidet, neben Rhonan, wurde langsam warm und hatte gerade ein weiteres Stück Wildnis gemeistert. Er hörte Caitlins fragende Stimme: »Rhonan, woher hast du …«

»Schlaf jetzt, Prinzessin!«

»Ich wollte nur gern wissen …«

»Jetzt nicht! Gute Nacht, Caitlin.«

»Morgen?«

»Gib endlich Ruhe!«

Gideon bemerkte mit leichtem Schmunzeln: »Ich hätte wetten können, dass ihre Neugier siegt.«

»Gute Nacht, Gideon.« Die tiefe Stimme klang müde.

»Rhonan, ich habe kalte Füße.«

»Himmel!«

Gideon war schon im Halbschlaf, als Caitlins bittende

Stimme erneut ertönte: »Rhonan!?« Er hörte seinen Begleiter aufseufzen und spürte Bewegungen neben sich.

»Du bist so kuschelig warm. Wie machst du das bloß? Ich liege jetzt auf einem Verband. Das ist doch nicht unschicklich. Das ist ja fast wie ein Hemd, oder?«

»Ja, alle Formen sind gewahrt. «

Gideon hörte sie zufrieden aufseufzen. »Findet ihr nicht, dass ich mich überall erstaunlich schnell zurechtfinde? Ich bin doch wirklich unglaublich.«

»Treffender hätte ich es nicht ausdrücken können. Schlaf endlich, Prinzessin!«

Obwohl Rhonan hundemüde war, fand er lange keinen Schlaf. Die Befürchtung, dass er den freundlichen Gelehrten und das verdrehte Mädchen in seinen Armen geradewegs in den Tod führte, ließ ihn nicht zur Ruhe kommen.

* * *

Hauptmann Derea machte mit Lucio einen letzten Rundgang durch Ten'Shur. Bei Nacht waren die Gassen verwaist. Derea liebte diese Stadt, in der alle zusammenrückten, wenn Unheil drohte. In Ten'Shur war niemand reich, aber auch niemand richtig arm.

Lucio boxte ihm in die Seite. »Träumst du? Ich rede mit dir. Jonas schätzt die Horde auf viertausend Mann. Das wird ein hartes Stück Arbeit.«

»Sie dürften hier mit viel mehr Kriegern rechnen. Ich glaube nicht, dass sie sofort angreifen.«

»Du hoffst, dass sie nicht sofort angreifen.«

Derea grinste schief. »So könnte man auch sagen. Zumindest hoffe ich, dass sie nicht zu schnell bemerken, wie unzureichend Ten'Shur besetzt ist.«

»Einen Angriff überleben wir nicht. Nie können wir vier Tore verteidigen. Meinst du nicht, wir sollten Grenztruppen anfordern?«

»Das können wir nicht. Jetzt, wo Kambala in Camoras Hand ist, werden seine Horden wie ein Bienenschwarm über El'Maran herfallen. Unsere Verteidigungslinie sollte besser dicht sein.«

Lucio nickte. »Hast du Nachricht vom Pass?«

Dereas Miene verdüsterte sich. »Nach Canons Berichten liefern sich die Horde und unsere Truppen erbitterte Gefechte mit gewaltigen Verlusten auf beiden Seiten. General Mattalan ist offensichtlich wild entschlossen, den Pass zu nehmen, aber unsere Königin ist genauso entschlossen, ihn zu halten.«

»Mattalan?« Lucio spuckte aus. »Dieser …«

Weiter kam er nicht, denn neben ihm flog die Tür einer Schänke auf, ein Mann stolperte auf ihn zu und riss ihn im Fallen halb mit zu Boden. Aus der Gaststube hörte man Grölen, dann wurde die Tür geräuschvoll wieder zugezogen.

Lucio und Derea halfen dem älteren Mann auf die Füße.

Der erkannte in einem seiner Helfer sofort den Hauptmann der Flammenreiter, klammerte sich an ihn und sprudelte los: »Ich danke den Göttern, dass Ihr es seid, Heerführer. Diese Kraker spielen verrückt. Tun, als wären sie die Herren der Stadt, lassen sich volllaufen und prellen mich dann um die Zeche. Sie haben viel gegessen und meine Fässer fast leer getrunken, und als ich sie aufgefordert habe zu zahlen, haben sie mich aus meiner eigenen Schenke geworfen. Ich bin ja dankbar, dass sie hier sind, und gebe Speisen und Getränke zum besten Preis an sie ab, aber so geht es doch auch nicht. Ich habe Familie. Ich muss …« Er wurde immer aufgeregter.

Derea legte ihm eine Hand auf die Schulter. »Beruhigt Euch,

Herr Wirt! Ich werde mich darum kümmern. Wartet hier.« Er wandte sich an Lucio, und seine Augen blitzten. »Komm, ich lade dich zu einem Schlummertrunk ein.«

»Nur wir beide?«

»Wir wollen gemeinsam mit den Krakern gegen die Horde kämpfen, da sollten wir auf Streitigkeiten untereinander verzichten, oder?«

Lucio seufzte auf. »Du hast was vor. Du guckst schon wieder so komisch. Es ist zum Verrücktwerden: Immer muss ausgerechnet ich dabei sein, wenn du in diese Stimmung kommst.« Er rückte seinen Schwertgurt zurecht. »Dann los!«

»Wollt Ihr nicht Männer zur Unterstützung holen?«, fragte der Wirt. »Ich weiß nicht, ob die Kraker betrunken, wie sie sind, Euch noch gehorchen.«

»Unser Hauptmann regelt das schon«, erklärte Lucio mit ausdrucksloser Miene.

Sie betraten die Schenke. Rund fünfundzwanzig Kraker flegelten sich hier laut grölend um mehrere Tische, auf denen sich die Krüge bereits stapelten. Ihre ohnehin mit roten Sommersprossen übersäten Gesichter glühten vom Gebrauten. Rundgesichtig mit großen Knubbelnasen, hellblauen Knopfaugen, weit abstehenden Ohren und rotem Kraushaar sahen sie von Natur aus eigentlich sehr freundlich aus. Das täuschte allerdings. Sie waren reizbar und legten sich gern mit jedem an. Dabei kam ihnen zugute, dass sie über enorme Körperkräfte verfügten und Hände groß wie Bratpfannen hatten. Als beste Bogenschützen der Reiche wurden sie verehrt, als Gesellschaft aus gutem Grund weitgehend gemieden.

Ein Schankbursche, der gerade Krüge und Teller vom Boden klaubte, stolperte ihnen mit gehetzter Miene entgegen. »Tut mir leid, die Herren, aber die Bogenschützen wünschen, unter sich zu bleiben. Ich muss euch bitten, wieder zu gehen.«

»Wir wollen nur etwas trinken und werden nicht stören«, erwiderte Derea freundlich.

»Ihr werdet hier nicht bedient«, brüllte ein Kraker. »Geht heim zu Mama!«

»Der Kleine müsste doch längst in die Laken pupen«, ergänzte ein anderer unter wildem Gelächter seiner Kumpane.

»Ich darf noch.« Das Lächeln des Hauptmanns blieb.

Ein Rundgesicht tauchte vor ihm auf. »Hast du nicht gehört, Jungchen? Hier ist nur für Krieger.«

»Wir sind auch Krieger. Das passt schon.«

Gelächter erfüllte die Schankstube, Hände klatschten auf Tische, und Krüge polterten zu Boden.

Der Kraker wandte sich an Lucio. »Nimm den übermütigen Burschen und verschwinde, bevor wir ungemütlich werden!«

Derea schenkte weder ihm noch Lucio Aufmerksamkeit, sondern hatte sich einem Tisch zugewandt, an dem zwei Schützen sich gerade mit Armdrücken vergnügten. »Das spielen wir in unserer Truppe auch gern. Ich kann das gut und fordere den Besten von euch heraus.«

Wieder brandete Gelächter auf, die Kraker schlugen sich vor Vergnügen auf die Schenkel, und Lucio murmelte: »Jetzt ist er endgültig verrückt geworden.«

»Na, was ist?«, fragte Derea mit hübschem Augenaufschlag.

»Das ist kein Spiel für Frauen und Kinder, das ist ein Wettkampf für Männer«, spottete der Schütze vor ihm.

»Ich spiele nicht nur gern, ich bestreite auch richtig gern Wettkämpfe und fordere euch heraus. Habt ihr Angst?«

Ein breiter Kraker erhob sich und ließ die Schultern kreisen, dass es knackte. »Bist du sicher, dass du deinen Arm nicht mehr benötigst? Du siehst so niedlich aus, ich will dir deswegen nicht gern wehtun.«

»Das ist nett, aber ich lasse es drauf ankommen.« Derea

legte seinen Umhang sorgfältig über einen Stuhl und machte jetzt seinerseits einige Dehnübungen mit ausgestreckten Armen nach rechts und nach links, was die Schützen erneut zum Lachen brachte.

Er grinste sie an, setzte sich dicht an einen freien Tisch, knallte entschlossen den rechten Ellbogen darauf und zuckte zusammen. »Aua! Das tat jetzt aber weh. Irgendwelche Regeln?«

Lucio schüttelte in stummer Verzweiflung den Kopf, und die übrigen Besucher der Schenke hielten sich die Bäuche vor Lachen.

»Nein! Wenn das Tuch den Tisch berührt, geht's los. Wessen Handrücken zuerst auf dem Tisch liegt, der verliert.« Der Kraker setzte sich ihm gegenüber und betrachtete schmunzelnd die schmale Hand seines Gegners, ehe er sie ergriff.

Ein Schütze hob sein Halstuch hoch. Das letzte Gelächter verstummte. Sanft flatterte das Tuch. Kaum hatte es den Tisch berührt, als Dereas Hand auch schon langsam, aber stetig nach unten gedrückt wurde.

Die Kontrahenten sahen einander unverwandt in die Augen.

Lucio fragte sich gerade, was sein Freund mit diesem Spiel bezweckt haben könnte, als er sah, wie dessen Arm langsam Stück für Stück wieder hochkam.

Die Kraker um ihn herum wollten ihren Augen kaum trauen, aber jetzt senkte sich der Arm ihres Kameraden immer weiter dem Tisch entgegen. Dessen Augen hatten mittlerweile einen seltsamen Glanz angenommen, und der Mund wirkte verkniffen, doch der Arm neigte sich immer tiefer, bis seine Hand die Platte berührte. Ungläubiges Raunen ging durch die Menge.

Derea lehnte sich zurück und blickte weiterhin sein Gegenüber an. »Ich habe gewonnen.«

Der Schütze nickte grimmig. »Du hast gewonnen.«

»Es ist immer gefährlich, einen unbekannten Gegner zu unterschätzen.«

Sein Gegner nickte erneut, und der Hauptmann fuhr fort: »Ich bin der Stadtkommandant, und in meiner Stadt gibt es im Gegensatz zu diesem Spiel gewisse Regeln. In eurem Quartier erhaltet ihr Essen und Trinken. Besucht ihr Gasthäuser, werdet ihr euch benehmen und zahlen. Klar? Es wird keinen Ärger mehr geben. Wir sind hier, um die Bevölkerung zu schützen, nicht, um sie auszuplündern. Habe ich mich klar ausgedrückt?«

»Jawohl, Kommandant«, antwortete der Kraker.

Seine beeindruckten Kameraden murmelten zustimmend.

Derea stand auf, lächelte in die Runde und erklärte: »Ich bin verdammt froh, euch hier zu haben. Die nächste Runde geht daher auf mich. Ich selbst werde allerdings wohl mit links trinken müssen, seltsamerweise schmerzt mein rechter Arm erheblich.«

Die Kraker brachen in Gelächter aus, bedankten sich lautstark und ließen den Sieger fröhlich hochleben.

Der klopfte dem Verlierer auf die Schultern und raunte ihm zu: »Du hast Bärenkräfte, aber die eine oder andere Regel würde ich doch einführen.«

Der sah ihn zunächst verkniffen an, dann lachte er ebenfalls. »Ich habe Euch nicht erkannt, Heerführer. Hätte ich gewusst, gegen wen ich antrete, hätte ich mich vorgesehen. Ich schätze mich glücklich, unter Eurem Kommando zu stehen.«

Gut gelaunt stießen die ehemaligen Gegner miteinander an.

Der Wirt konnte es kaum glauben, aber die Schützen beglichen ihre Schulden, sobald er die Schenke betreten hatte, und stießen freundschaftlich mit den Flammenreitern an.

Aus einer Runde wurden mehrere, da auch der Wirt seine Dankbarkeit beweisen wollte, und erst als der Ausrufer das Ende des Tages verkündete, verließen Derea und Lucio die Schenke.

»Noch einen Becher, und du hättest mich tragen müssen«,

stöhnte der Hauptmann und schüttelte sich kräftig. »Zum Wetttrinken würde ich gegen die nicht antreten.«

Lucio warf ihm einen fragenden Blick zu. »Ich wüsste zu gern, wie du das angestellt hast. Der war doch mit Sicherheit stärker als du.«

»Na ja, auf dem Tisch schon, aber unterm Tisch war mein Schwert seinen Eiern ziemlich überlegen. Er hatte die Wahl und hat offensichtlich lieber auf dem Tisch verloren.«

Nach einem verblüfften Blick des Adjutanten brachen beide in Gelächter aus.

»Du bist doch wirklich …«, würgte Lucio prustend hervor, wurde aber von Derea unterbrochen.

»Wirf mir hier ja nichts vor! Ich hatte nach Regeln gefragt. Es gab keine.«

Lucio schüttelte belustigt den Kopf. »Du bist und bleibst ein verdammtes Schlitzohr. Hoffen wir, dass du auch im Angesicht von viertausend Hordenreitern so einfallsreich bist.«

»Das wird eng«, erwiderte Derea wieder völlig ernst. »Verdammt eng.«

Zur selben Zeit in Latohor

Fürst Darius stand am Fenster, krallte die Finger um den Sims und starrte in den sternenlosen Nachthimmel. Der Weise war in Camoras Händen, Marga war tot, und er hatte ihr nie gesagt, wie sehr er sie liebte. Jetzt würde er keine Gelegenheit mehr dazu haben. Er war so furchtbar enttäuscht gewesen, als seine Frau ihm nach mehreren Fehlgeburten nur eine Tochter geschenkt hatte. Dass weder sie noch der ersehnte Sohn den Tag der nächsten Niederkunft überlebt hatte, hatte ihn noch mehr verbittert. Marga musste das gespürt haben, denn stets hatte sie versucht, ihm den Sohn zu ersetzen. Für ihn war sie sogar Kriegerin geworden, und er hatte ihr kein einziges Mal gesagt, wie stolz er auf sie gewesen war. In solchen Dingen hatte ihm immer die Leichtigkeit gefehlt, die Morwena und ihre Ziehsöhne auszeichnete. Oft hatte er gefühlt, dass Marga auf ein Zeichen seiner Liebe wartete, aber er hatte immer so lange überlegt, was er wie am besten sagen sollte, bis der Augenblick vorbei gewesen war. Was hatte Morwena gesagt? »Ich will meine Söhne nicht beweinen müssen.« Er hätte Camora sein Reich mit Freuden geschenkt, wenn er dafür Marga zurückbekommen hätte.

Morwena hatte in so vielem recht gehabt. Er hatte immer geglaubt, Stärke zeigen bedeute, kein Gefühl zu zeigen, aber das war Unsinn. Der Abschied der Königin von ihren Söhnen fiel ihm ein. Liebevoll hatten sie sich umarmt, obwohl Heere zugegen gewesen waren. Alle drei waren jetzt Heerführer auf unterschiedlichen Kriegsschauplätzen, und niemand würde ihnen je mangelnde Stärke vorwerfen. Alle drei wussten aber auch, dass sie geliebt wurden. Marga war ohne dieses Wissen gestorben. Er wollte die Welt retten und hatte nicht einmal seine Tochter retten können. Er hatte kein guter Vater sein können, wie wollte er da ein guter Reichsfürst sein? Wütend schlug er gegen die Wand. Er hatte Marga verloren – und die Hoffnung dazu. Der Weise war verloren, die Nebelprinzessin auch. Die Prophezeiung konnte nicht mehr erfüllt werden. Die schwarzen Schatten wurden länger, und niemand konnte sie aufhalten. Meister Fergus' Reise in den Norden war längst sinnlos geworden, und Marga kam nicht mehr zurück, Marga kam nie wieder zurück. Das erste Mal in seinem Leben ließ Darius seinen Tränen freien Lauf, aber es war längst zu spät für Tränen. Was auch immer er jetzt noch tat, es war für alles längst zu spät.

13. Kapitel

Nebelkönigin Ayala stand inmitten ihrer Blütenpracht und knetete voller Zorn die Hände. »Den Nächsten, der mir eine schlechte Nachricht bringt, opfere ich der Göttin«, schnaubte sie.

Martha nahm eine Traube und sah sie mit hochgezogenen Brauen an. »›Schlechte Nachricht‹ trifft es nicht annähernd. Ligurius tobt. Er hat seine beste Truppe verloren. Unser Prinz hat angeblich Unterstützung von zwei anderen. Nach dem Massaker waren sie wie vom Erdboden verschwunden. Dieser Bengel ist mit Vorsicht zu genießen. Er lässt sich offensichtlich nicht so leicht einfangen.«

Sie sah Hylia an, die etwas verloren unter Ranken mit langen, safranfarbenen Rispen saß und an ihrem Wein nippte. »Wie geht es den Priesterinnen?«

»Loren stottert immer noch. Die anderen klagen über Kopfschmerzen, sind aber unversehrt.«

»Wie hat er das nur gemacht?«, fragte Ayala stirnrunzelnd und trommelte ungehalten mit den Fingern auf der Tischplatte herum. »Berichte noch einmal, was die Frauen erzählten!«

Hylia seufzte auf. Es war jetzt das dritte Mal, dass die Königin sie um einen Bericht bat. »Sie hatten ihn gerade aufgespürt. Im Angus-Wald. Plötzlich war die Verbindung da. Ihm musste gerade etwas Schreckliches zugestoßen sein. Die Priesterinnen spürten Furcht und Schmerz. Es fiel ihnen natürlich schwer, die Verbindung unter diesen Bedingungen zu halten. Dann sahen sie plötzlich roten Nebel und hatten das Gefühl, ihre Köpfe würden platzen. Als wir sie fanden, bluteten sie aus Nase und Ohren. Sie waren nicht ansprechbar und krümmten sich vor

Schmerzen. Sie weigern sich, noch einmal eine Verbindung herzustellen.«

Ayala schritt zum Fenster und starrte in den Garten. »So etwas hat es noch nie gegeben. Es ist unmöglich, jemandem auf so große Entfernung solchen Schaden zuzufügen«, erklärte sie schließlich. »Was hat das zu bedeuten? Das ist doch kein normaler Prinz.«

»Sondern?«, fragte Martha in herausforderndem Tonfall und knipste sich eine Traube ab.

Ayala fuhr herum. »Was weiß denn ich? Sag du es mir!«, blaffte sie ärgerlich zurück.

Die alte Priesterin sah sie nachdenklich an. »Hast du schon mal daran gedacht, dass hier vielleicht noch andere Mächte im Spiel sind? Der Prinz entkommt einem Massaker, dem er nicht hätte entkommen können. Fünfzehn Jahre lang löst er sich in Luft auf. Dann widersetzt er sich unseren Versuchen, ihn aufzuspüren, obwohl er gar nicht über diese Fähigkeit verfügen dürfte, tötet Ligurius' beste Einheit und bringt fast unsere Priesterinnen um. Er besitzt also magische Fähigkeiten, obwohl kein einziger Angehöriger der da'Kandar-Sippe sie ihm hätte vererben können. Ich denke, wir wissen nicht einmal, wen wir eigentlich suchen. Sieh dir das Bild der Familie mal genau an! Wenn du eine Familienähnlichkeit entdeckst, siehst du mehr als ich.«

»Aber er war doch ein anerkannter Sohn«, keuchte Hylia.

»Fragt sich nur von wem«, bemerkte Ayala mit zusammengekniffenen Augen. »Die Königin muss bei seiner Geburt schon fast fünfzig gewesen sein, also weit über das Alter hinaus, in dem man sich noch Gedanken über Nachwuchs macht. Hylia, setz alle entbehrlichen Priesterinnen ein. Sie sollen etwas über dunkelgrüne Augen herausfinden. Blonde Männer gibt es gerade im Norden reichlich, aber dunkelgrüne Augen sind überall selten. Martha, Ligurius darf nicht aufgeben. Er soll seine Spione unbedingt weitersuchen lassen.«

Beide Frauen nickten, und Martha erklärte: »Keine Angst, das wird er. Er wird ihn aufspüren. Wunder dauern manchmal nur etwas länger.«

* * *

Das Wintergebirge lag vor ihnen. Caitlin und Gideon sahen wehmütig den Pferden hinterher, die zurück in den Wald trotteten.

»Was guckt ihr denn? Wollt ihr da festfrieren?«, kam es barsch von ihrem Führer.

Gideon verdrehte die Augen. Der Prinz war schon den ganzen Vormittag über unleidlich gewesen. Seine Antworten waren einsilbig, seine Anweisungen knapp. Es war deutlich zu sehen, dass es ihm nicht gut ging. Er war bleich, und trotz der Kälte glänzte Schweiß auf seiner Stirn.

Nachdem sie den halben Tag geritten waren, standen sie nun vor einer Felswand, die etwa vier Pferdelängen hoch war.

»Jetzt heißt es klettern«, erklärte Rhonan. »So hoch ist es ja nicht und zerklüftet genug, um guten Halt zu finden.«

Das sah Caitlin völlig anders. »Da sollen wir hoch? Bist du von Sinnen?«, fragte sie.

»Das Wintergebirge heißt so, weil es da Berge gibt«, gab er zurück. »Ich gehe vor und lasse euch ein Seil herunter. Bindet das Gepäck daran, damit ich es hochziehen kann. Dann bindet euch das Seil um und kommt nach. Solltet ihr abrutschen, halte ich euch. Alles klar?«

»Nein! Ich schaffe das nie. Gibt es keinen anderen Weg?«

»Doch, aber den sichern bestimmt Ligurius' Spione oder Camoras Wolfsjäger. Dass wir uns im Wald herumtreiben, dürfte in Kairan längst ein offenes Geheimnis sein, und sämtliche Wege heraus dürften bewacht sein. Willst du lieber ein wenig klettern oder dich durch Wölfe kämpfen?« Ohne auf ihr flehendes Gemurmel zu achten, zog er den Mantel aus, hängte sich ein Seil über die Schultern und machte sich auf den Weg.

Ein ums andere Mal musste er nachfassen. Einmal brach ein Felsstück, von dem aus er sich mit dem rechten Bein abrückte, unter seinem Gewicht ab, und er rutschte wieder ein ganzes Stück nach unten, ehe er erneut Halt fand.

»Ich kann gar nicht hinsehen. Das tut doch weh, wenn man an dem Stein abrutscht«, keuchte Caitlin bei diesem Anblick und schlug die Hand vor den Mund. »Ich will das nicht tun.«

Gideon sah das ähnlich, erklärte aber tapferer, als er sich fühlte: »Wir sind ja am Seil gesichert und können nicht so schnell abrutschen.«

»Aber ich kann nicht klettern und bin bestimmt nicht schwerer als das Gepäck. Glaubst du, er könnte mich vielleicht auch einfach hochziehen?«

Er warf ihr einen Blick zu, ehe er sich wieder auf ihren kletternden Begleiter konzentrierte. »Versuch zumindest zu helfen, indem du dich abstützt. Ich glaube, ihm geht es nicht gut. Wir sollten ihm nicht zu viel zumuten.«

Sie nickte schaudernd. »Er ist ziemlich grimmig heute. Denkst du, ihm fehlt der Branntwein?«

»Vielleicht. Vielleicht ist es auch das Bein oder eine andere Verletzung oder von allem ein bisschen. Auswahl haben wir ja reichlich bei unserem Freund und mitteilsam ist er nicht.«

»Warum sagt er uns nicht einfach, was los ist?«

Gideon gab ihr eine Antwort, die sie ohne lange Erklärungen verstehen konnte. »Weil wir nichts dagegen tun könnten. Wir können es ihm nur leichter machen, indem wir unser Bestes geben.«

Sie überlegte kurz, nickte und sah mit kugelrunden Augen an der Wand empor. »Ich habe nur so schreckliche Angst. Ich weiß doch gar nicht, was ich machen muss.«

»Ich auch nicht«, gab er zu und schluckte schwer. »Immer irgendwo Halt suchen, denke ich.«

* * *

Rhonan zog sich über den Rand, ließ sich fallen und blieb erst einmal liegen. Das letzte Stück hätte er fast nicht mehr geschafft. Tagträume, in denen Schattenwesen ihn in dunkle Abgründe zerrten, überfielen ihn immer wieder, seit er nicht mehr trank. Sie waren nur kurz und hatten ihn bisher nicht sonderlich beeinträchtigt. Aber der Wirklichkeit zu entgleiten, während man sich gerade an einen Felsvorsprung klammerte, war alles andere als lustig.

Als er so dalag und in den grauen Himmel starrte, wünschte er sich fast ein neues Entgleiten. Er hatte ein Gefühl, als zögen sich seine Eingeweide immer wieder zusammen, und sein Kopf drohte zu zerspringen. Zumindest lenkte der Schmerz im Kopf von dem im Bein ab. Als er träumend abgerutscht war, hatte er verdammt ungeschickt wieder Halt gefunden. Zumindest aber war er erwacht und hatte Halt gefunden. Was, wenn dieses Glück ihn verließ?

Er atmete tief durch, ehe er sich aufsetzte und das Seil von der Schulter nahm. Bei der Bewegung verzog er das Gesicht. Die Wunde hatte sich wieder geöffnet – und der Tag war gerade mal zur Hälfte vorbei. Verdrossen sah er sich um. Kein Fels, kein Baum … nichts, nur endloser Schnee. Es gab keine Möglichkeit, das Seil zu sichern. Er stieß sinnlos aneinandergereihte Schimpfworte aus, während er mit Dolchen im Eis herumhackte, um zumindest seine Füße gegen etwas stemmen zu können, dankte den Göttern dafür, dass weder Gideon noch Caitlin Schwergewichte waren, und warf ein Seilende über den Rand.

Das Gepäck war schnell oben. Er wunderte sich tatsächlich, dass es seinen Begleitern gelungen war, es so festzubinden, dass es nicht auf halber Strecke heruntergefallen war.

Erneut warf er das Seil. Er war ziemlich sicher, auch Caitlin hochziehen zu müssen. Hochherzig würde sie ein paar Handspann klettern und dann schreien: »Ich kann wirklich nicht mehr.«

Er hatte es noch nicht einmal zu Ende gedacht, da hörte er sie schon zetern, keuchen und flehen. Sorgsam achtete er darauf, dass das Seil immer gestrafft blieb. Ihr »Oh!« und »Autsch!« hallte durch die Winterlandschaft, und er fühlte sich versucht, auch einmal zu schreien, zum Beispiel: »Hallo, Wolfsjäger, hier sind wir.«

Ein schmerzhafter Ruck ging durch Arme und Schultern und ließ ihn aufstöhnen. Seine Beine versteiften sich. Von unten hörte er seine Begleiter schreien. Hand über Hand zog er Caitlin hoch. Am Seil war sie bedeutend schwerer, als er gedacht hatte, und er keuchte vor Anstrengung, als er sie endlich über den Rand zog.

Sie kroch ungelenk in Sicherheit, und er rieb sich die Augen. »Du wolltest im Mantel und mit Handschuhen klettern?«

»Gideon hat gesagt, ich soll nicht, aber mir war so kalt, und ich wollte mir nicht wehtun. Bitte schimpf nicht auch noch mit mir. Das war wirklich ganz fürchterlich, und ich zittere noch.«

»Oje«, murmelte er und ließ erneut das Seil hinunter.

Gideon schaffte es fast allein. Er lugte schon über den Rand, als er sich zu früh in Sicherheit wiegte und glaubte, der knackende Stein würde noch halten. Rhonan erwischte gerade noch seine Hand und zog ihn hoch. Sie brachten es noch fertig, einander zuzublinzeln, ehe sie sich ermattet fallen ließen.

Gideon setzte sich allerdings schnell wieder auf. Der Wind fegte Schneestaub über die Ebene, und ihm wurde kalt. Er stolperte schwer atmend zum Gepäck und zog seinen Mantel über. Die körperliche Anstrengung ließ ihn die Wärme des Fells doppelt spüren. Seine Glieder hörten schnell auf zu zittern, und er griff Rhonans Mantel, ging zu seinem Begleiter und hielt inne. »Du blutest ja.«

»Nur die alte Schulterwunde«, murmelte der Prinz und setzte sich auf.

Gideon hatte sich bereits auf die Knie fallen lassen. »Caitlin, bring mir den Medizinbeutel!«

Rhonan winkte ab. »Nicht nötig. Es hat schon wieder aufgehört. Wir müssen weiter.«

»Nicht so! Wir sollten eine Entzündung nach Möglichkeit vermeiden, und ich werde daher zumindest einen neuen Kräuterverband anlegen«, erklärte der Verianer und legte die Schulter frei. So sanft wie möglich löste er den verklebten Verband.

»Caitlin, wo bleibst du denn?« Ungeduldig drehte er sich um und glaubte zu träumen.

Die Priesterin näherte sich langsam, den Beutel in der Hand, mit geschlossenen Augen.

»Das gibt es nicht. Mach gefälligst die Augen auf, oder willst du den Abhang wieder runterfallen?«, schimpfte er.

Sie blieb wie angewurzelt stehen. »Ich kann doch kein Blut sehen«, erklärte sie weinerlich.

Ihm riss der Geduldsfaden. Für wirre Launen war hier nicht der geeignete Ort. Wütend schnaubte er: »Mach auf der Stelle die Augen auf und komm her, sonst wirst du mich kennenlernen.« Nie zuvor hatte er so zornig geklungen. Er sah kurz hoch und direkt in Rhonans belustigt blitzende Augen. »Und du wirst mich auch kennenlernen, wenn du weiter so blöd grinst«, drohte er und kam sich neben den beiden plötzlich uralt vor.

Sie schniefte, ließ den Beutel aber direkt neben Gideon fallen und musste erst einmal schlucken. Bei Tageslicht sahen die Narben auf Schulter, Oberarm und Brust viel grässlicher aus als in der dämmrigen Höhle. Dort hatte sie nur Linien gesehen, jetzt sah sie dicke Striemen, wulstige Stränge und ein eingebranntes K. Runzlige Narben und bräunliche, zusammengezogene Haut konnte sie gar keiner Verletzung zuordnen und war froh, dass sie mehr nicht sehen konnte. Dieser kraftstrotzende Körper zeugte von viel Leid.

Rhonans Blick, den sie auffing, als sie ihn voller Mitgefühl betrachtete, hätte sie am ehesten als scheu oder verlegen beschrieben, aber da musste sie sich wohl geirrt haben.

»Aua! Was treibst du da?«, fragte der gerade atemlos.

»Ich säubere die Wunde mit Branntwein. Gut, dass du welchen dabeihattest.«

»Nicht wahr!?« Die Stimme klang so hölzern, dass Caitlin ein Kichern entschlüpfte, während Gideon betroffen »Entschuldigung« murmelte.

* * *

Etliche Zeit später stapften sie durch Tiefschnee eine endlos scheinende Steigung hoch. So weit das Auge reichte, umgab sie nur graublauer Himmel und glitzernder Schnee. Manchmal sanken sie bis zur Hüfte ein. Es wurde so beschwerlich, dass sie die Kälte kaum noch spürten.

Gideon stapfte voraus. Sein Atem schien sich sofort in Eiskristalle zu verwandeln und zwickte auf der Haut. Nur selten sah er sich um, da er dann den Schrittrhythmus verlor und es noch schwieriger wurde, sich weiterzukämpfen.

Rhonan musste Caitlin immer wieder aus dem Tiefschnee ziehen. Seit geraumer Zeit beschwerte sie sich nicht mehr, sondern taumelte nur noch stumm hinter ihm her.

Gideon stapfte immer weiter, den Blick starr geradeaus gerichtet. Er wusste nicht mehr, wie lange er gewandert war, als er eine Hand auf der Schulter spürte und stehen blieb. Dankbar für die Rast sah er sich um. Der Prinz hatte Caitlin über der Schulter und sagte etwas. Doch Gideons Ohren schienen verstopft, vernahmen nur ein dumpfes Pochen. Stumpfsinnig folgte sein Blick der ausgestreckten Hand zu einem Felsen mit Überhang, der an ein Vordach erinnerte. Der Prinz ergriff schon seinen Arm und zog ihn dorthin.

Wenig später saßen Gideon und Caitlin unter allen Decken, die sie besaßen, im Schutz des Felsens. Rhonan kramte einen schwarzen Stein aus seinem Gepäck, häufte getrocknete Baumpilze darauf und entzündete sie.

»Was ist das?«, krächzte Gideon, der langsam wieder zu sich kam.

»Ein Feuerstein aus Lavissa. Brennt nicht, wird nur heiß. Geht's wieder?« Er wartete Gideons Nicken ab und bat: »Kannst du die Hasenreste aufwärmen und Schnee schmelzen? Dann kümmere ich mich um das Zelt.«

Der Gelehrte rappelte sich auf. Er fühlte sich scheußlich, hätte schwören können, dass Waden und Oberschenkel den doppelten Umfang hatten, und begriff nicht, warum sie ihn so angewachsen nicht tragen wollten und darüber hinaus so schmerzten. Er war sich allerdings auch sicher, dass der Prinz sich nicht viel besser fühlte, und biss die Zähne zusammen.

Caitlin kuschelte sich in die Felle und sah sich um. Das Abendrot in den Schattierungen von Gelb bis Dunkelviolett färbte den Himmel, und der Schnee glitzerte rosa. Zu hören war nur das Klappern des Kochgeschirrs. Doch so friedvoll der Augenblick auch schien, die unendlichen Weiten vermittelten ihr ein Gefühl von Verlorenheit. Ihr wehmütiger Blick glitt zum Prinzen, der gerade Zelthaken in den eisigen Untergrund schlug. Sie musste lächeln, denn er wirkte dabei wie ein Kind, das mit Klötzchen baute. Die Zunge hatte er im Mundwinkel eingeklemmt, und hin und wieder hielt er inne, um Haarsträhnen aus dem Gesicht zu streichen oder sich über die Triefnase zu fahren. Endlich schien er zufrieden mit seinem Werk, schob den Schnee, den er zuvor geräumt hatte, wieder an das Zelt und türmte ihn an der Plane auf. Er kroch und schob, schniefte, fuhr sich durchs Gesicht, schob und kroch. Ihr entschlüpfte ein Kichern.

Rhonan hörte es, schluckte die aufkeimende Wut herunter und erklärte lediglich: »Junge Damen, die schon wieder kichern können, könnten auch mal helfen.«

Caitlin ging davon aus, dass er es nicht ernst gemeint hatte, lachte und nahm von Gideon eine Schale mit Hasenresten entgegen.

* * *

Gideon erwachte bibbernd. Im ersten Augenblick ergriff ihn Panik: Er fürchtete, lebendig begraben zu sein. Dann hörte er Atemgeräusche neben sich und tastete umher. Er lag zwischen Felldecken im Zelt. Neben ihm schlief Caitlin. Eisige Luft strömte aus einem Spalt schräg über seinem Kopf ins Zelt. Rhonan musste dort draußen sein. Gideon hüllte sich in die oberste Decke und kroch aus dem Zelt. Seine Augen hatten sich mittlerweile an die Dunkelheit gewöhnt, und im Mondlicht war es noch heller. Der Prinz wühlte in einem Rucksack. Trotz der Kälte trug er nur seine Hose.

»Was treibst du hier?«, fragte Gideon verwirrt.

Der fuhr herum, einen Dolch in der Hand. »Irgendwann ist es dein Tod, wenn du nicht lernst, mich nicht zu erschrecken.«

»Bist du von Sinnen? Du stehst im Begriff, dir den Tod zu holen.«

»Wo ist der Branntwein?«, fragte Rhonan heiser.

»Es ist keiner mehr da«, erwiderte Gideon. »Komm …«

»Mir ist nicht nach Spielchen. Sag mir, wo du ihn versteckt hast!« Er kam näher, und seine Haltung mit nach vorn geschobenen Schultern und angewinkelten Armen wirkte ausgesprochen bedrohlich.

Gideon schluckte unbehaglich. »Du wirst doch nicht in Erwägung ziehen, einen alten Mann zu schlagen?«

»Ich ziehe in Erwägung, einen alten Mann zu erwürgen. Bitte, Gideon! Mir geht's wirklich dreckig.«

Sollte er ihm sagen, dass der Lederbeutel in Caitlins Wandersack war? Im fahlen Mondlicht sah Rhonan furchtbar elend aus. Nein, das würde nur vorübergehende Linderung bringen. Langsam wich er zurück, während er behauptete: »Es war nur noch ein Schluck drin, und den habe ich getrunken. Weißt du nicht mehr? Ich habe viel für deine Schulter verbraucht.«

»Du lügst.« Der Prinz war schon bei ihm und zog ihn an der Decke zu sich heran. »Rede!« Als der Gelehrte schwieg, schüttelte er ihn. »Bei allen Göttern, rede endlich!« Er klang verzweifelt, nahezu weinerlich.

»Nein!« Gideon sah Rhonans Augen blitzen, nahm allen Mut und alle Kraft zusammen, verschränkte die Hände und rammte sie ihm in den Magen. Der warf sich auf den Verianer. Hände legten sich um dessen Hals. Gideon spürte, wie das Zelt unter ihm nachgab, rang um Luft und rammte dem Prinzen das Knie in die frische Wunde am Oberschenkel. Stöhnend ließ Rhonan los, und Gideon schlug erneut mit der geballten Faust zu. Der Prinz taumelte rückwärts.

Nun schon in Panik flehte Gideon: »Rhonan, komm endlich zu dir!«

Im ersten Moment sah es aus, als wolle sich der Prinz erneut auf ihn werfen. Gideon schrie seinen Namen und presste sich gegen das Zelt. Sein Begleiter starrte ihn mit irrem Blick an, griff sich mit beiden Händen an den Kopf, sackte auf die Knie und kippte vornüber in den Schnee.

Der Gelehrte eilte zu ihm. Der Prinz war bewusstlos, und Gideon zerrte ihn ins Zelt. Es war schwierig, ihn unter die Decken zu bugsieren. Er musste ziehen, schieben und dafür im winzigen Zelt herumkriechen, mal – sehr vorsichtig – über Caitlin weg und mal – ohne jede Rücksichtnahme – über Rhonan. Als es geschafft war, schloss Gideon den Eingang und schob sich neben den Prinzen. Er hatte von der Anstrengung nun zumindest viel Wärme, die er an seinen zitternden Nebenmann abgeben konnte.

Es dauerte lange, bis er wieder einschlief, denn ihm war gerade klar geworden, dass der Prinz nur schwer einschätzbar war. Während er darüber nachdachte, wie er ihn dazu bewegen konnte, mitteilsamer zu werden, wurde der spürbar unruhiger. Er wand sich und murmelte gequält vor sich hin. Gideon überlegte, ob er den offensichtlich in einem schweren Albtraum gefangenen Prinzen wecken sollte, als Caitlin sich im Schlaf umdrehte und sich halb auf diesen wälzte. Rhonan legte unwillkürlich den Arm um sie, verstummte und entspannte sich zusehends.

Der Verianer schüttelte den Kopf, lächelte und schlief ein.

14. Kapitel

Als Gideon erwachte, war es hell, und er stellte fest, dass neben ihm wieder nur Caitlin lag. In böser Vorahnung lugte er aus dem Zelt. Wie ein roter Ball stand die Sonne am Himmel, und leichter Wind wehte Schneestaub über die Ebene.

Rhonan saß im Fellmantel vor dem glühenden Stein und schob Brotscheiben darauf hin und her.

»Geht's dir gut?«, fragte Gideon.

»Hervorragend! Weck die Prinzessin! Wir müssen los.«

Der Gelehrte kam der Aufforderung nach, und Caitlin jammerte sofort los: »Was? Ich soll schon aufstehen? Warum können wir nicht zumindest ausschlafen? Ich bin noch müde, und hier ist es warm und draußen kalt. Mir tun die Beine noch von gestern weh. Ich …«

Sie hielt inne, weil der Prinz die Plane anhob und ihr einen Topf mit warmem Wasser hinschob. »Zum Waschen«, erklärte er und zog sich wieder zurück.

»Ich soll mich in einem Topf waschen? Das gibt es alles nicht. Was duftet denn da so?«

»Geröstetes Brot«, erwiderte Gideon und wurde damit belohnt, dass er nach draußen geschubst wurde.

»Ich beeil mich«, hörten sie Caitlins Stimme.

* * *

Gegen Mittag veränderte sich die Umgebung. Felsen ragten aus dem Schnee, und es wurde deutlich steiler. Da der Untergrund immer härter wurde, sanken sie jedoch nicht mehr ein.

»Warum hetzen wir bloß so?«, klagte Caitlin. Rhonan hatte

gerade ihre erneute Bitte um eine Rast abgeschlagen. »Die Wintergöttin wird auch noch da sein, wenn wir langsamer gehen.«

»Die schon, aber wir vielleicht nicht mehr«, gab er unwirsch zurück und lauschte erneut. »Wolfsjäger sind in der Nähe.«

Gideon fragte: »Bist du wegen der Jäger sicher? Können es keine Schneewölfe sein?«

»Weil sie aus dem Südwesten kommen. Sie haben den bequemeren Weg genommen, den Caitlin so gern gegangen wäre«, sagte Rhonan. »Können wir schneller gehen?«

»Noch schneller?« Ihre Stimme klang weinerlich, doch der Prinz packte schon wortlos ihren Arm und zerrte sie unbarmherzig voran.

Selbst Gideon hatte Mühe mitzuhalten, denn der Anstieg kostete unglaublich viel Kraft. Die Waden schmerzten, das Atmen tat weh. Neben sich hörte er Caitlin keuchen, doch das Heulen der Wölfe wurde lauter. Die Felsen boten kaum Deckung. Ein Entkommen schien unmöglich.

Die Prinzessin jammerte immer lauter, stolperte immer häufiger und fiel schließlich. Rhonan fluchte, riss sich ihren Rucksack, den er stets neben dem eigenen trug, herunter und warf ihn Gideon zu. »Wenn er zu schwer wird, wirf ihn weg!«

Er zerrte Caitlin hoch, warf sie sich unsanft über die Schulter und stapfte weiter. Schneller kamen sie so allerdings nicht voran. Das schwerere Gepäck drückte. Schneefall setzte ein. Große Flocken trieben über die steile Ebene.

Gideons Gedanken drehten sich nur noch um Angst und Schmerz. Er warf einen Blick über die Schulter zurück und konnte die Wolfsjäger erstmals erkennen, wenn auch nur als schwarze Punkte. »Sie kommen näher«, brachte er keuchend hervor.

»Ich weiß.«

»Was glaubst du, wie lange es noch dauert, bis sie uns eingeholt haben?«, fragte der Verianer und hatte Mühe, den langen Satz an einem Stück herauszubekommen. Er war völlig ausgetrocknet. Es war kein Speichel mehr da.

»Noch ehe die Sonne die Felsen da vorn erreicht, wenn wir weiter so langsam vorankommen.«

»Wenn sie uns sowieso einholen, warum müssen wir dann überhaupt noch rennen?«, wollte Caitlin wissen und schluchzte laut.

Der Prinz antwortete müde: »Wenn wir die Ausläufer des Bergmassivs erreichen könnten, wäre das Gelände für einen Kampf besser geeignet. Hier, ohne jede Deckung, können wir uns gleich ergeben.«

»Was würden sie tun, wenn wir uns ergeben?«

»Wenn wir Glück haben, töten die Wölfe uns schnell. Ich würde aber nicht darauf bauen.«

Kurz war es still, bis die Prinzessin hervorwürgte: »Ich glaube, ich kann wieder laufen. Ich werde auch ganz schnell sein.«

Rhonan setzte sie umgehend ab und nahm Gideon wortlos Caitlins Gepäck ab.

Der widersprach verhalten: »Es wäre noch gegangen.«

»Lauf!«, war alles, was sein Begleiter zu sagen hatte.

So schnell sie konnten stapften sie weiter. Gideon ertappte sich dabei, wie er sich, ohne es zu wollen, immer häufiger umsah. Der Abstand wurde immer kleiner.

»Ich kann nicht viel erkennen«, keuchte er irgendwann. »Was schätzt du, wie viele es sind?«

»Sechs oder sieben, also so um die zwanzig Wölfe.«

Weiter ging es. Plötzlich blieb der Prinz stehen, lauschte und zeigte nach vorn in Richtung Bergmassiv. »Doch kein geeigneteres Kampfgebiet. Schneewölfe!«

Caitlin atmete nur noch stoßweise, fand in den erschöpften

Gesichtern vor sich keinen Trost und warf sich an Rhonans Brust. »Oh bitte, … sag, dass das nicht wahr ist! Sag, … dass du dich geirrt hast! Bitte … sag irgendwas. Ich sterbe vor Angst.«

»Niemand stirbt vor Angst.« Er schlang eher gedankenverloren als liebevoll die Arme um sie und starrte mutlos vor sich hin. Irgendwann murmelte er: »Vielleicht können wir das ausnutzen. Vor und hinter uns Feinde, aber unsere Feinde mögen sich gegenseitig auch nicht. Sie werden einander bekämpfen, wenn sie aufeinandertreffen, aber wir sollten nicht mittendrin sein.«

Wie sollte das gehen? Gideon sah sich gehetzt um. »Glaubst du, die Berge da könnten uns Sicherheit bieten?« Er wies auf drei Felsen, die links von ihnen aus dem Schnee ragten.

»Keine Ahnung, aber besser als nichts. Versuchen wir's. Hör auf zu weinen, Prinzessin.«

Wacker kämpfte sich Caitlin an der Seite ihrer Begleiter weiter, aber der Weg zu den so nahe geglaubten Felsen schien endlos. Gideon verlor jedes Zeitgefühl. Seine Beine knickten immer wieder ein. Seine Knie versteiften sich, dann wurden sie weich wie Brei.

Caitlin keuchte und wurde schnell von Rhonan halb getragen, halb gezogen. Der hoffte inständig, dass die Schneewölfe auch wirklich kamen, um die Wolfsjäger zu bekämpfen. Die waren inzwischen noch näher gekommen. Das Heulen der Schneewölfe war indes nicht lauter geworden. Er stöhnte und verfluchte sich für seine Dummheit. Der Wind kam vom Berg. Die Schneewölfe hatten ihre Witterung wahrscheinlich noch gar nicht aufgenommen.

»Lauft zu den Felsen! Versucht, Schutz zu finden! Ich komme gleich nach«, rief er, warf Gideon das Gepäck zu und wandte sich schon in Richtung Bergmassiv um.

»Was hast du vor?«, keuchte Gideon atemlos.

»Wölfe anlocken.«

»Grundgütiger«, entfuhr es dem Verianer, während Caitlin den Prinzen unter wildem Schluchzen anflehte, sie nicht allein zu lassen.

»Lauf, Prinzessin! Es ist nicht mehr weit, und ich bleibe in der Nähe.«

Gideon ergriff sie am Ärmel und zerrte sie weiter. »Komm! Er weiß schon, was er tut.« *Hoffentlich!*, setzte er in Gedanken hinzu.

Rhonan hetzte den Berg hoch. Vielleicht war er schon nah genug. Mehr als einen Versuch hatte er nicht, denn das Heulen der Wölfe hinter ihm wurde bedrohlich laut. Er schob seinen Ärmel hoch, schnitt mit einem Dolch seinen Verband durch und riss ihn ab. Das Leinen klebte an der fast verheilten Wunde fest, und das Reißen öffnete sie wieder. Frisches Blut quoll hervor.

Kräftig scheuerte er den Verband darüber und blieb dann stehen, um das Leinen um einen Pfeil zu binden. Es dauerte lange, weil seine Hände zitterten. Er spannte den Bogen, atmete mehrmals ruhig durch und schoss. Das frische Blut müsste sie eigentlich anlocken, wenn der Pfeil weit genug flog, wenn sie hungrig waren und wenn seine Überlegungen richtig waren.

Er spürte, wie sein Körper rebellierte. Flüssiges Blei schien durch seine Adern zu fließen, ließ seine Glieder schwer werden. Jeder Muskel wehrte sich gegen die Anstrengung und zog sich schmerzhaft zusammen. Brustkorb und Schädel standen vorm Bersten.

Ein Heulen ließ ihn aufhorchen. Kamen die weißen Wölfe? Er konnte die Geräusche nicht mehr zuordnen, war viel zu erschöpft. Aber stehen bleiben konnte er auch nicht. Er rannte los, stolperte den Berg hinunter und sah die Wolfsjäger. Sein

Bein knickte weg. Er stürzte und kugelte unkontrolliert bergab, bis er an einem Felsbrocken hängen blieb.

Während er sich aufrappelte, hörte er die Wolfsjäger brüllen. Sie ließen die Wölfe los. Humpelnd hastete er weiter in Richtung Felsen. Gideon und Caitlin sah er nicht, hoffte nur, dass sie sich irgendwo versteckt hatten. Ihm würde das nicht mehr gelingen, denn die Wölfe waren jetzt näher als die Felsen und im Gegensatz zu den Felsen kamen sie ihm entgegen.

Er blieb stehen, zog sein Schwert, hörte ein Knurren und sah geifernde Mäuler vor sich. Sein Wille hielt ihn aufrecht und sein Schwert ruhig. Die Wölfe kreisten ihn ein, bleckten die Zähne und grollten wild. Ein Wolf löste sich aus der Gruppe, fletschte die Zähne und sprang. Rhonan riss die Waffe hoch, drehte sich zur Seite, erwischte ihn im Sprung und schlug ihm sein Schwert quer über den Bauch. Der Wolf erschlaffte.

Knurrend und geifernd zogen die Wölfe den Kreis enger – langsam, lauernd, die Köpfe vorgeschoben. Rhonan hielt das Schwert in der Rechten, zog mit der Linken seinen Dolch. Plötzlich verharrten die Wölfe, spitzten die Ohren, drehten die Köpfe, wurden unruhig.

Die Schneewölfe kamen.

Erleichterung überfiel ihn, ließ ihn fast lachen. Wie verzweifelt musste man sein, wenn man sich über das Erscheinen von Schneewölfen freute? Er hörte das Hecheln seiner erwarteten Retter, das Geschrei der nahen Wolfsjäger leider auch. Die schwarzen Wölfe rotteten sich zusammen, missachteten die Befehle ihrer Herren und stürzten sich auf die neuen Angreifer.

Rhonan schenkte ihnen keine Beachtung mehr, hastete auf die Felsen zu. Er knickte wieder ein, stürzte, keuchte auf, hörte Caitlin kreischen und wildes Knurren, wälzte sich auf den Rücken, riss gleichzeitig sein Schwert hoch und spießte einen schwarzen Wolf auf, der es sich offenbar anders überlegt hatte.

Das gewaltige Tier begrub ihn unter sich. Der Todesschrei eines Jägers hallte über die Ebene. Fieberhaft versuchte er, den Wolf von sich herunterzuwälzen, aber seine Muskeln gehorchten ihm kaum noch. Jemand packte ihn an den Schultern. Sein Schwert steckte im Wolf. Der Dolch musste reichen. Ein Blick, und die Dolchhand sank zu Boden.

Es war Gideon, der an ihm zerrte. Der Gelehrte eilte schreckensbleich um ihn herum und riss den aufgespießten Körper weg. Er wollte Rhonan gerade aufhelfen, als er unmittelbar neben sich ein Knurren hörte und erstarrte.

»Lass dich fallen!«, brüllte Rhonan und schlug mit dem Schwert zu, verfehlte aber sein Ziel.

Der Wolfsrachen kam auf Gideon zu. Heiße, faulige Luft schlug ihm entgegen. Eine Hand mit einem Dolch zuckte an seinem Gesicht vorbei, traf die Kehle des Wolfs, und Blut spritzte Gideon ins Gesicht. Magensäure und Halbverdautes stiegen in ihm hoch.

»Weg hier!«, hörte er Rhonans heisere Stimme. Eine Hand zerrte ihn hoch.

Knurren und Schreie hallten über die Ebene, und er war mittendrin. Das konnte nicht wahr sein.

»Komm!«, brüllte der Prinz und zog ihn unbarmherzig mit. Aber sie kamen nicht weit.

Ein Brüllen hinter ihnen hielt sie auf. Rhonan ließ Gideon los und drehte sich keuchend um. Ein Wolfsjäger griff sofort an und schlug mit dem Schwert zu.

Der Prinz parierte. »Bring dich in Sicherheit!«, schrie er, während er angriff. Stahl klirrte auf Stahl. Die Klingen vollführten eine Kreisbewegung. Rhonan spürte, wie seine Muskeln sich verkrampften. Der Jäger griff schon wieder an. Rhonan drehte sich weg, fing den Schlag mit der Waffe ab und spürte ihn bis in die Schulter. Der Schwertgriff war kaum noch zu halten, glitt ihm fast aus feuchten Händen und lahmen Armen. Er holte aus und hörte Gideon schreien. Zu spät! Ein Wolf sprang ihn von der Seite an und stieß ihn zu Boden.

Der Wolfsjäger grinste, schrie dann aber selbst schmerzerfüllt auf: Ein Schneewolf grub die Zähne in seine Schulter und riss ihn herum. Der Jäger schrie, verstummte aber abrupt, als der weiße Wolf ihm die Zähne in den Hals schlug. Das Fell färbte sich rot, Knochen knackten.

Rhonan rammte dem schwarzen Wolf die Faust an die Kehle. Er hatte sein Schwert verloren, kam nicht mehr heran, versuchte stattdessen krampfhaft, an einen Dolch im Stiefel zu kommen. Er sah die gelben Augen, spürte die Krallen, sah die spitzen Zähne vor sich und stieß zu.

Gleichzeitig schlug Gideon brüllend mit dem Schwert zu.

Der Wolf jaulte auf und brach zusammen.

Rhonan nahm alles nur noch verschwommen wahr. Wie aus weiter Ferne hörte er Kampflärm und das Knurren der Wölfe. Er sah Gideons Gesicht. Der Wolf verschwand, Gideon zog ihn hoch. Der Prinz konnte sich kaum auf den Beinen halten und stöhnte auf, als er sein linkes Bein belastete. Gideon zerrte ihn ächzend mit. Sie stolperten vorbei an einem Schneewolf, der seine Beute zerfetzte und ihnen keine Beachtung schenkte, vorbei an Wölfen, die sich ineinander verbissen. Die Felsen waren nicht mehr weit. Gideon keuchte immer mehr. Er wagte nicht, sich umzusehen, und wäre fast gestürzt, als Rhonan erneut einknickte und aufschrie.

Ein schwarzer Wolf tauchte neben ihnen auf und jaulte, als ein Dolch aus Richtung der Felsen ihn traf. Dennoch setzte er zum Sprung an. Eine Tschuka segelte heran. Zwar legte sie sich nicht um den Hals des Wolfs, traf ihn aber zumindest am Kopf. Er sackte winselnd zu Boden.

Eine schreckensbleiche Caitlin kam angerannt und stützte

Rhonan auf der anderen Seite. Brüllen, Knurren und Heulen umgaben sie. Wie durch ein Wunder erreichten sie die Felsen, zwängten sich durch einen schmalen Durchgang und hetzten weiter.

Gideon und Caitlin ließen Rhonan so plötzlich los, dass er nur mit Mühe stehen bleiben konnte.

»Caitlin, beeil dich! Hoch mit dir!«, keuchte Gideon, stand an einem Felsen und hielt die gefalteten Hände vor sich. Caitlin stellte den Fuß hinein, kletterte, ohne darauf zu achten, dass sie ihm dabei ins Gesicht trat, auf seine Schulter und verschwand aus Rhonans Blickfeld.

»Los, jetzt du!«, forderte der Gelehrte atemlos.

Rhonan starrte ihn an. Er konnte sein linkes Bein nicht mehr belasten. Wie sollte er da klettern?

»Halt dich an mir fest! Es ist nicht hoch«, keuchte Gideon. »Im Namen der Götter, komm!«

Der Prinz fiel ihm fast entgegen. Er klammerte sich an Gideons Schulter und schaffte es unter Stöhnen, das rechte Bein in die gefalteten Hände zu stellen.

»Weiter!«, ächzte Gideon, spannte die Muskeln an und schob den Prinzen mühevoll höher.

»Gib mir die Hand!«, hörte Rhonan Caitlin über sich und setzte den linken Fuß auf Gideons Schulter.

Der schob, so gut er konnte, sie zog von oben. Endlich war es geschafft. Der Prinz lag um Luft ringend auf einem Plateau. Gideon kam kurz danach über den Rand geklettert. Zusammen mit Caitlin zog er den Prinzen in eine Felsnische, die etwas Schutz vor dem Schnee bot.

Die Prinzessin legte die Hände an Rhonans Schläfen. »Ich weiß nicht, ob es klappt, aber vielleicht kann ich dir helfen.«

Gideon musterte ihn. »Neue Verletzungen?«, fragte er immer noch um Atem ringend.

Der schüttelte nur den Kopf.

»Es geschehen noch Zeichen und Wunder«, murmelte der Verianer und schüttelte sich.

Immer noch hörten sie die Wölfe. Ein markerschütternder Schrei ließ Gideon frösteln. Caitlin nahm die Hände von Rhonans Schläfen und sackte zusammen. »Hat es was gebracht?«

Der schob sich an der Felswand hoch, bis er saß, und machte Bestandsaufnahme. Die Schmerzen im Bein waren auf ein erträgliches Maß abgeebbt, und die Erschöpfung war nicht mehr ganz so bleiern. Er ließ die Schultern kreisen, hob die Arme und war überrascht, dass es ging. Er warf ihr einen erstaunten Blick zu. »Ja! Danke! Auch vorhin ... das hast du gut gemacht.«

Weder Dank noch Lob schien sie zu erreichen. Ihre Augen waren tränenverschleiert, ihr Gesicht bleich. Nackte Angst stand darin, und sie zitterte am ganzen Körper. Er streckte die Hand aus, und sie schmiegte sich an ihn und vergrub ihr Gesicht im Fellmantel. Rhonan legte die Arme um sie und flüsterte in ihr Haar: »Ganz ruhig. Hier geschieht dir nichts. Sie werden sich draußen austoben. Fleisch für den Sieger dürfte in jedem Fall genügend da sein.«

»Wer wird gewinnen?«, wollte Gideon wissen.

Der Prinz überlegte nicht lange. Die schwarzen Wölfe waren zum Jagen und Töten abgerichtet, aber die Schneewölfe kämpften täglich ums Überleben. »Die Schneewölfe«, erwiderte er.

»Und du bist dir sicher, dass sie nicht hierherkommen?«

»Sie werden sich satt fressen und dann in ihr Lager zurückziehen. Sie töten aus Hunger, nicht, weil sie Spaß daran haben.«

Waren auch die Worte beruhigend, legte sich die Angst bei Gideon doch nicht ganz, als er sah, dass Rhonan einen Dolch neben sich legte.

»Nur für alle Fälle«, erklärte er. »Falls sich doch mal einer hierher verirrt.«

Da erschien auch schon ein Wolfsjäger zwischen den Felsen. Rhonan packte den Dolch, legte ihn aber wieder aus der Hand. Ein furchtbarer Schrei hallte von den Bergwänden. Ein Schneewolf hatte sich im Bein des Jägers verbissen. Zwei weitere umkreisten ihr Opfer, sprangen es an, schlugen die Zähne in Brust und Arme. Schmerzensschreie jagten Gideon Schauer über den Rücken. Obwohl er sich die Ohren zuhielt, war der Todesschrei des Jägers nicht zu überhören.

Die Wölfe zerrissen ihr Opfer und kämpften spielerisch um die größten Stücke. Bald war nur noch ihr Schmatzen zu hören. Es dauerte lange, bis sie sich zurückzogen. Kleiderfetzen, Blut und abgenagte Knochen blieben zurück.

Die Geräusche jenseits der Felsen wurden nach und nach leiser und erstarben schließlich völlig.

»Ehe es dunkel wird, sollten wir nachsehen, ob sie Fleisch für uns übrig gelassen haben. Wolfsfleisch ist sehr schmackhaft«, erklärte Rhonan in die Stille hinein.

Gideon sah ihn ungläubig an, kroch auf allen vieren zum Rand des Plateaus und würgte.

Der Prinz schüttelte den Kopf. »Eine Regel der Wildnis ist es zu nehmen, was man kriegen kann.« Bei diesen Worten löste er bereits sanft die Umklammerung Caitlins, zeigte auf ein paar kahle Weidensträucher, die im Schutz der Felsen standen, und forderte: »Macht Feuer! Ich gehe meine Waffen holen.«

Die Prinzessin, die sich nur unwillig von ihm löste, riss den Kopf hoch. »Du willst da raus?«

»Tote Wölfe und Jäger werden mir nichts mehr tun, und die Sieger sind satt und fort.«

»Du kannst deine Waffen morgen holen. Es wird sie hier keiner stehlen«, beharrte sie.

»Er will einen Braten holen«, erklärte Gideon heiser.

»Was?«, kreischte Caitlin und setzte sich auf. »Du willst in den Resten dieses Gemetzels wühlen? Das kannst du dir sparen. Gideon und ich werden nichts davon anrühren.«

»Da unten ist Fleisch im Überfluss, und wir sind kaum in der Lage, wählerisch zu sein«, knurrte er. »Hier gibt es leider nicht so viel Auswahl, was Fleisch betrifft. Macht Feuer und seht mich nicht an, als wäre ich ein Ungeheuer!« Mühsam rappelte er sich auf.

»Ich benötige kein Fleisch«, rief sie und klammerte sich an seinen Arm. »Was ist mit deinem Bein?«

»Das werde ich nicht mehr benötigen, wenn wir hier verhungern, und du benötigst sehr wohl Fleisch. Bei diesen Witterungsbedingungen bringt dich Haferbrei nicht immer weiter«, erwiderte er und machte sich an den Abstieg. Seine Begleiter sahen ihm entsetzt nach.

Rhonan verscharrte die Überreste des Wolfsjägers im Schnee und hörte seine Begleiterin würgen. Es war wie immer: Er gab sich Mühe und erntete Ablehnung. Er war der Barbar, der den Weg für die feinen Leute räumte, die ihn dann gingen und dabei angewidert Köpfe schüttelten über die Art, wie er gangbar gemacht worden war.

Auf dem Hang zog sich ihm dann aber auch der Magen zusammen, denn ihn erwartete ein Gemisch aus Schnee, Blut und Knochen. Weit verteilt lagen Körperteile von Menschen, schwarzen und weißen Wölfen oder abgenagte Knochen, die er niemandem mehr zuordnen konnte. Trotz der Kälte lag süßlicher Blutgeruch über dem Schlachtfeld.

Sein erster Weg galt seinem Schwert, der zweite Dolch und Bogen. Auch Caitlins Waffen sammelte er ein. Unwillkürlich glitt ein Lächeln über sein Gesicht. Er hätte nie damit gerechnet, dass die Priesterin sie einmal benutzen würde. Dann wandte er sich den Rucksäcken der Jäger zu. Er drehte einen Jäger um, und dessen Eingeweide fielen aus dem aufgerissenen Leib und verströmten einen widerwärtigen Gestank. Rhonan war froh, dass seine Begleiter nicht sahen, wie er die Rucksäcke durchwühlte, aber Trockenfleisch, Bohnen und Brot waren zu wertvoll. In einem Rucksack fand er zwei Lederbeutel mit Wein und schluckte unwillkürlich. Er verstaute alles in einem noch gut erhaltenen Rucksack. Dann stockte er seinen Pfeilvorrat auf.

Er hörte ein gurgelndes Geräusch. Aufmerksam ließ er den Blick schweifen. Der Körper eines Wolfs hob und senkte sich. Rhonan näherte sich mit gezücktem Schwert. Der Kopf des Tieres war schrecklich zugerichtet, ein Hinterlauf fehlte. Ein Hieb beendete die Qual des Tiers und erleichterte Rhonan die Wahl.

Gideon hatte derweil am Rand des Plateaus Äste aufgeschichtet. Während Caitlin sie mit einem Feuerzauber entzündete, baute er das Zelt auf. Immer wieder schweifte ihr Blick zum Felseingang.

»Da kommt er«, rief sie endlich erleichtert und entspannte sich etwas.

Gideon verließ sofort das Plateau, um dem Prinzen beim Klettern behilflich zu sein. Der nahm die Hilfestellung dankbar an. Kaum oben holte er zwei ansehnliche Fleischstücke hervor, steckte sie an Spießen übers Feuer und war überrascht, keine Entsetzensschreie zu hören.

Schweigend sahen sie ins Feuer. Die furchtbaren Erlebnisse saßen noch zu tief. Die Gesichtsfarbe seiner Begleiter hob sich kaum vom Schnee ab.

Gideon konnte es kaum fassen, aber das Brutzeln und der Duft ließen seinen Magen knurren. Er war sich so sicher gewesen, nichts von den Resten des Gemetzels essen zu können.

»So edel, wie wir es uns wünschen, sind wir nun mal nicht«, bemerkte Rhonan mit einem kleinen Lächeln. »Zumindest nicht, wenn es ums Überleben geht.«

»Ist es in der Wildnis immer so?«, fragte Caitlin schaudernd.

»Nein«, erwiderte er. »Meist hat man nicht das Glück, so mühelos an Fleisch zu kommen.«

»Mühelos?«, keuchte sie entgeistert. »Bist du verrückt? Wir wären um ein Haar gestorben.«

Er blinzelte sie an. »Ach, das meinst du. Das kann hier jederzeit passieren, aber nur selten sitzt man hinterher am Feuer und sieht einem Braten beim Rösten zu.« Er wühlte im Rucksack. »Wir haben uns heute etwas Besonderes verdient.« Mit diesen Worten warf er Gideon einen Lederbeutel hin und Caitlin zwei Säckchen mit Trockenobst und Nüssen.

Sie strahlte wie ein kleines Kind. »Ich liebe Nüsse. Oh, danke, Rhonan!« Genussvoll steckte sie sich eine in den Mund.

»Woher hast du das?«, fragte Gideon verblüfft.

Rhonan sah ihn an und hob nur die Brauen.

Gideon starrte seinen Begleiter und dann den Beutel an. Schließlich zuckte er die Achseln, und mit den Worten »hast recht« nahm er einen tiefen Zug. »Wein … und der ist gar nicht schlecht. Wäre eine verdammte Verschwendung gewesen.« Er nahm einen weiteren Schluck und gab den Beutel an Caitlin weiter.

»Das wird immer besser«, jubelte die verzückt. »Jetzt auch noch Wein.« Auch sie nahm einen tiefen Zug, wischte sich wenig damenhaft über den Mund und rülpste. Ihr Lachen hallte durch die Dämmerung. »Wenn mich meine Mutter jetzt sehen könnte oder Ruth oder Hauptmann Cornelius. Es würde ihnen die Sprache verschlagen.«

Sie hielt dem Prinzen den Beutel hin, aber der schüttelte nur stumm den Kopf und sah auf seine Hände. So ruhig, wie sie im Kampf waren, so zittrig waren sie sonst. Er hatte sich wirklich den dümmsten Zeitpunkt ausgesucht, um mit alten Gewohnheiten zu brechen, aber schließlich konnte er nicht immer wieder von vorn anfangen, schon gar nicht hier, wo seine Begleiter ohne ihn keinen Tag überleben würden. Sein nächtlicher Angriff auf Gideon war ihm noch gut in Erinnerung. Er dankte den Göttern dafür, dass Caitlin nicht Zeugin seines schmachvollen Auftritts gewesen war. Es wunderte ihn ohnehin, dass sie ihm trotz seiner offensichtlichen Schwächen offenbar immer noch Vertrauen entgegenbrachte. Er hörte Gideon nach einem weiteren Schluck wohlig aufseufzen und zwang sich dazu, ruhig zu bleiben. Auf keinen Fall wollte er erneut Schande über sich bringen, aber das fiel ihm verdammt schwer, denn kalter Schweiß brach ihm aus allen Poren, und das Zittern der Hände setzte sich im ganzen Körper fort.

Caitlins Stimme drang an sein Ohr. »Das habe ich für dich gebastelt. Für jeden Wolf eine.« Er drehte sich um, und sie hielt ihm eine Trockenfeige hin, in die drei Nüsse gebohrt waren.

Sie lachte fröhlich. »Ich kann nicht kochen, aber ich kann verzieren.«

Sie aßen reichlich Fleisch und Leckereien, und Gideon und Caitlin leerten den ganzen Beutel. Offensichtlich war der Wein stark gewesen, denn sie stimmten schließlich beide ein vergnügliches Lied an. Vergessen oder zumindest verdrängt schienen die Schrecken des Tages, und Rhonan sah erleichtert, dass seine Begleiter endlich wieder Farbe im Gesicht hatten. Caitlins Nase zumindest war so rot wie ihre Haare. Immer lustigere Lieder fielen ihnen ein, die sie lauthals vortrugen.

»Rhonan, warum singst du nicht mit?«, fragte Caitlin irgendwann.

»Ich kenne keine Lieder, aber singt bitte weiter, ich höre euch gern zu.«

»Sag doch einfach, welche du kennst!«

Er schüttelte stumm den Kopf, und sie sah ihn ungläubig an.

»Das glaube ich nicht. Du kennst gar keine, nicht einmal Kinderlieder?«

»Nein.« Er kam sich plötzlich ausgeschlossen vor und beschäftigte sich mit dem Feuer.

»Macht nichts«, erklärte die Prinzessin. »Wir haben ja viel Zeit, dir welche beizubringen. Gideon, das Lied vom Fährmann, der nie dort landet, wo er hinwill, finde ich so lustig. Lass es uns singen! Das wird Rhonan auch gefallen.« Sie erklärte mit einem Zwinkern: »Der Fährmann trinkt nämlich auch viel zu viel.« Sie lachte. »Komm! Du siehst ziemlich erschöpft aus. Wenn du keinen Wein trinken darfst, werde ich eben noch einmal nett zu dir sein.«

Ohne jede Vorwarnung riss sie ihn bei ihren Worten einfach um, verrenkte ihm fast den Hals, als sie seinen Kopf unsanft in ihren Schoß bettete, und stimmte auch schon die erste Strophe an:

»Oh, wo bin ich? Ah, das kenn ich.
Nein, das kenn ich eben nicht.
Wo ist Ella? Wo bleibt Jolich?
Göttin, sende mir ein Licht!
War's der …«

Gideon fiel mit einem belustigten Blick auf seinen überrumpelten Begleiter ein. Während er noch sang, schüttelte er den Kopf. Sie hatten einen fürchterlichen Tag voller Tod, Angst und Schrecken hinter sich, nicht weit entfernt von ihnen beschien der Mond ein grausiges Schlachtfeld, und sie saßen am Feuer, hatten sich zuvor an Überresten des Gemetzels gelabt, tranken den Wein ihrer zerrissenen Feinde und sangen fröhliche Lieder. Die zimperliche und wohlerzogene Caitlin ließ sanft, fast zärtlich ihre Finger über Rhonans Schläfen gleiten und fütterte den plötzlich verlegenen Kämpfer zwischendurch mit Nüssen, und er selbst fühlte eine wohlige Wärme in sich aufsteigen. Das knisternde Feuer, der Wein und die wachsende Zuneigung zu seinen jungen Begleitern waren wohl gleichermaßen dafür verantwortlich. Die Wirklichkeit erschien ihm mit einem Mal unwirklicher als jede Bauernmär.

Irgendwann legten sie das letzte Holz ins Feuer, und kurze Zeit später schlüpften sie unter die Decken. Mit den Worten: »Die furchtbaren Wolfsjäger und alle bösen Wölfe sind tot, und ich habe einen Schwips«, kuschelte sich Caitlin eng an Rhonan.

15. Kapitel

Ten'Shur, am nächsten Morgen

Derea, General Darkoba und Krakerhauptmann Falack standen auf der Ostmauer. Ihnen bot sich ein beeindruckender Anblick, denn die Ostsenke schien sich in ein schwarzes, wogendes Meer verwandelt zu haben. Sogar die Zelte der Horde waren schwarz. Beobachtungstürme und Katapulte wurden gerade in Stellung gebracht. Auf halber Strecke zur Stadt befand sich ein Zwischenlager. Derea wusste, dass auch im Norden, Süden und Westen vor den Toren solche Lager entstanden, um sowohl Flucht als auch Verstärkung zu verhindern.

»Es soll also eine Belagerung werden und kein schneller Eroberungsangriff«, stellte er erleichtert fest und wandte sich dem hünenhaften Falack zu. »Verteilt Eure Männer nach Gutdünken und lasst sie schießen, wann immer sie etwas treffen können.«

Der Krakerhauptmann nickte. »Eure Anordnung findet offensichtlich großen Gefallen. Auf dem Weg hierher kam mir ein Frauentrupp entgegen, in Männerkleidung und mit Besenstielen in den Händen, an die Messer gebunden waren. Sie schienen voller Vorfreude, und auch meine Männer wissen es zu schätzen, die Horde zur Abwechslung mal an der Nase herumzuführen. Sie werden sich gern in die Scharade einordnen.«

»Als nichts anderes kann man diesen Unfug bezeichnen. Was sollen uns Frauen mit Besenstielen, die wie Speere aussehen, nützen?«, schnaubte Darkoba. »Sollen sie im Ernstfall damit kämpfen? Statt Pläne auszuarbeiten, sollen Scharaden aufgeführt werden. Wir Adler werden uns nicht daran beteiligen. Wir sind uns für so etwas zu schade.«

»Reiter auf der Mauer wären auch eher ungewöhnlich«, gab Derea so prompt zurück, dass der Krakerhauptmann in schepperndes Gelächter ausbrach. »Das ist gut, das ist köstlich«, würgte er heraus.

Darkoba lief rot an und erklärte: »Fürst Darius hat uns nicht geschickt, damit wir Speck ansetzen. Wir sollten immer wieder die Zwischenlager angreifen. Ein Ausfall hier und da ...«

»Nein!«, unterbrach Derea ungewohnt scharf. »Fürst Darius hat Euch auch nicht geschickt, damit Ihr innerhalb kürzester Zeit ein ruhmreiches Ende findet. Wir haben je zweihundert Adler und Flammenreiter, hundert Bogenschützen und dreihundert Stadtgardisten. Nach unserer Schätzung lagern da draußen mindestens viertausend gut ausgerüstete, kampferprobte Krieger. Ich werde einen Teufel tun und Eure Adler oder meine Reiter ohne Not in Kämpfe verwickeln.«

»Mit Vorsicht hat man noch keinen Krieg gewonnen«, schnaubte der General.

»Aber man hat mit ihnen eine Belagerung überlebt. Wir sind hier, um zehntausend Bürger zu verteidigen, mehr als zwei Drittel davon Frauen, Kinder oder alte Männer. Die wollen keine Heldentaten, die wollen eine Zukunft.«

»Dann solltet Ihr nicht dem Feind die lebenswichtigen Entscheidungen überlassen.«

Der Hauptmann bemühte sich nach wie vor um einen ausgeglichenen Tonfall. »Der Feind kann haben, was er will, nur nicht die Stadt. Es wird von unserer Seite vorerst keinen Angriff geben.«

»Die Adler sind berühmt für ihre Blitzschlachten«, beharrte Darkoba.

Derea nickte. »Ich bin sicher, dass sie in naher Zukunft ihren Heldenmut beweisen können.«

»Wenn Ihr die Gelegenheit, den Feind zu schwächen, verstreichen lasst, werdet Ihr das noch bedauern. Ich spreche aus meiner langjährigen Erfahrung als General.«

Derea schlug die langjährige Generalserfahrung langsam auf den Magen, trotzdem versuchte er, sachlich zu bleiben. »Keine Blitzschlacht bleibt ohne eigene Verluste. Die Horde kann sich Verluste leisten, kann notfalls Verstärkung rufen. Ich nicht.«

»Nun, ich werde vorsorglich einen Plan ausarbeiten, für den Fall, dass Ihr Eure zögerliche Haltung zugunsten einer vernünftigen Kriegsführung ändern solltet.«

»Tut das«, erwiderte Derea. »Ich werde jetzt einen Rundgang machen. Ihr habt sicher zu tun.«

»Unter Eurem Kommando könnte ich jetzt schlafen gehen«, schnaubte Darkoba wütend.

»Dann gute Nacht!« Derea nickte Falack zu, wandte sich ab und ging.

Hinter sich hörte er den Kraker lachen und »Schöne Träume!« wünschen, und es hätte ihn nicht gewundert, gleich einen Dolch des langjährigen Generals zwischen den Schulterblättern zu spüren.

* * *

In Kambala war man mit dem Wiederaufbau beschäftigt. Menschen räumten mit versteinerten Gesichtern verkohlte Überreste ihrer Häuser fort. Selbst Knochen, die sie in der Asche fanden, ließen nur Tränen fließen. Niemand wagte, laut zu trauern oder zu klagen. Kambala, immer ärmlich, aber stets geschäftig und laut, war zur Gruft geworden.

Mit sich und der Welt zufrieden saß Camora am Schreibtisch des ehemaligen Fürsten. Zwar war er des Lesens und

Schreibens unkundig, aber der Sessel war gemütlich und knarrte nicht unter seinem Gewicht. Daher hatte er beschlossen, hier zu essen. Gerade hatte man die Reste seines üppigen Mahls abgeräumt, und der Fürst schmauchte seine Pfeife.

Dass er immer noch keine Erfolgsmeldung Mattalans erhalten hatte, wunderte ihn, aber vielleicht hatten sie das Westgebirge unterschätzt, und das Heer kam langsamer voran als gedacht. Doch wie auch immer, die Zeit der Königstreuen würde bald ablaufen, mit ein wenig Glück zusammen mit der der Siegelerben. Der Gelehrte war auf dem Weg zu ihm, die Nebelprinzessin verschollen, vermutlich tot. Ayala hatte verlautbaren lassen, ihre Trauer sei unermesslich, ihr Vertrauen in die Schutztruppen des Fürsten Darius verloren und sie nicht gewillt, ohne triftigen Grund noch einmal das Leben einer ihrer geliebten Töchter aufs Spiel zu setzen. Eins musste man ihr lassen: Ihre Verlogenheit war immer gut ummantelt.

Sein Blick glitt zum Bild der da'Kandar-Familie. Ein Diener hatte es entfernen wollen, genau wie das der Fürstenfamilie, aber Camora hatte ihn daran gehindert. Er sah es stets mit stillem Triumph an, denn diese Leute hatten einst auf ihn und seine Familie herabgesehen. Längst waren diese überheblichen Gesellen tot oder besiegt wie viele andere auch, die ihn nicht ernst genommen hatten. Aus dem Rat der Zwölf war der der Sieben geworden, und bald würde es auch den nicht mehr geben, sondern nur noch ihn: den Großkönig von da'Kandar.

Dafür musste nur noch der blonde Bengel weg. Mit diesem Prinzen lief es nicht so gut, aber er hatte eine Hundertschaft auf den Weg nach Kairan geschickt. Ewig konnte der Mann schließlich nicht im Angus-Wald oder im Wintergebirge bleiben. Bei der Rückkehr würde man ihn gebührend empfangen. Er konnte sich erst als König fühlen, wenn der letzte Nachfahre des alten Geschlechts tot war. Deutlich sah er es vor sich: Von der da'Kandar-Festung bis zur Zitadelle der Träume würde er mit königlichem Tross reiten. Den Mann, auf dem die Hoffnungen der Freien Reiche ruhten, würde er in Ketten durch den Staub schleifen. Wo die Prophezeiung ihren Ursprung hatte, würde sie am Ende seiner Reise zusammen mit dem gescheiterten Retter auf dem Scheiterhaufen verbrennen.

Er lächelte bei dieser Vorstellung. »Du weißt es noch nicht, mein grünäugiger Jüngling, aber du bist längst tot. Du hattest bisher Glück, aber jetzt ist es aufgebraucht. Schon lange vor deinem Ende wirst du dir wünschen, tot zu sein, und mich anflehen, deinem Leiden ein Ende zu bereiten. Aber ich werde dich nicht erhören.«

Er griff seinen Krug, prostete dem Bild zu und schwelgte in Zukunftsträumen. Ärgerlich sah er auf, als sich die Tür öffnete.

Maluch kam herein. Camora war froh, schon gegessen zu haben, denn der Anblick des Alten, dessen Haut über dem Totenschädel immer dünner zu werden schien, konnte einem schon auf den Magen schlagen. Die Lippen waren so schmal, dass man sie nur erahnen konnte, und die braunen Zahnstümpfe konnten bestimmt kein Fleisch mehr beißen. Am lebendigsten am Hexer wirkte sein Stock.

Maluch schlurfte durch den Raum und höhnte: »Du bist mal wieder etwas voreilig mit deiner Siegesfeier. Ich habe Nachricht aus dem Norden. Unser Prinz ist ganz schön umtriebig. Unsere Späher berichten, dass Vater Ligurius seine Fühler nach dem Jungen ausgestreckt und nunmehr den Verlust seiner besten Truppe zu beklagen hat, und sieben unserer Jäger zusammen mit einundzwanzig Wölfen sind seit Tagen überfällig. Erkläre mir das!«

Camora überging Maluchs Anspielung und zuckte die Achseln. »Eine Hundertschaft ist bereits auf dem Weg. Kaum anzunehmen, dass er auch die besiegt.«

Der Hexenmeister blieb vor dem Schreibtisch stehen und entgegnete: »Könnte es sein, dass du nie dazulernst? Er ist seinerzeit – gerade mal acht Jahre alt – auch deiner Armee entkommen, die da'Kandar überfiel. Da du mir ständig versicherst, dass das unmöglich war, muss er wohl über außergewöhnliche Kräfte verfügen. Ich werde daher Juna nach Kairan schicken, aber ich will, dass eine Priesterin mit ihr geht: diese Hylia, die Ayala beim letzten Besuch begleitete.«

Camora hatte sich zunächst verteidigen wollen, war aber bei den letzten Sätzen Maluchs davon abgekommen. Wenn Maluch seine Ziehtochter schicken wollte, musste er dem Prinzen eine ganze Menge zutrauen. Juna war ein Geschöpf des Magiers. Als begabte Tochter einer Hexe und von Kindesbeinen an gestärkt durch das Schwarze Wasser verfügte sie nicht nur über gewaltige Magie, sondern war auch imstande, einen kräftigen Mann im Zweikampf zu besiegen. Maluch hatte sie ganz in seinem Sinne erzogen. Sie war kaltherzig, bösartig, heimtückisch und machtbesessen … und seine zukünftige Gemahlin. Er sah den Alten an, der auf eine Antwort wartete, stellte stattdessen aber eine Gegenfrage: »Wie soll ich Ayala denn dazu bringen, uns eine Priesterin zu überlassen, und was sollte die können, was Juna nicht kann?«

Maluch schnaubte ungeduldig. »Biete ihr dafür den Weisen an. Sie ist doch ganz besessen davon, den in ihre Hände zu bekommen, und für uns ist er nutzlos. Und zu deiner zweiten Frage: Hylia kann die Portalsteine der Nebelfrauen benutzen. Für eine Strecke, für die deine Armee einen Mond braucht, reicht ihr ein Wimpernschlag. Das ist ein unglaublicher Vorteil, schließlich wissen wir nicht, wann dieser Bengel genug vom Schnee hat. Kümmere dich darum!«

Der schwarze Fürst nickte. »Ich werde Ayala eine Nachricht schicken. Hast du daran gedacht, dass sie den Prinzen nie in die

Finger bekommen darf? Sie verfügt dann über alle Siegelerben.«

Der Magier prustete, und Speicheltropfen regneten auf den glänzenden Schreibtisch und Camoras Hand. »Fürchtest du, sie könnte die Prophezeiung erfüllen? Daran ist ihr genauso wenig gelegen wie uns. Ayala will wie wir die Reiche nicht retten, sondern beherrschen. Soll sie sich ruhig in Sicherheit wiegen. Wir kümmern uns um die Nebelfrauen, wenn es an der Zeit ist. Besiege du einstweilen unsere Feinde, ich bringe dir den Prinzen.«

»Sag Juna, dass ich ihn möglichst noch an einem Stück will«, bat Camora blinzelnd.

Maluch nickte. »Das könnte in der Tat sinnvoll sein. Ihr Talent ist einzigartig, aber sie vergisst sich manchmal.«

Er wollte sich abwenden, aber der Fürst hielt ihn zurück. »Wie weit bist du eigentlich mit der Schattenarmee? Du entvölkerst seit Jahren meine Länder, raubst den Nachwuchs für meine Armee. Wann sehe ich endlich ein Ergebnis?«

Der Hexenmeister versteifte sich, war jetzt gerade wie sein Stock. »Es will mir scheinen, du verwechselst da etwas. Du darfst seit Jahren mit den Menschen spielen, die mir unwichtig sind. Ich werde dir gestatten, den Prinzen zu töten und Großkönig zu werden, und ich werde dir Juna zur Frau geben, aber vergiss nie, wer du bist, und vergiss vor allem nicht, wer ich bin.«

Niemals konnte die volltönende Stimme aus diesem menschlichen Wrack kommen, aber der lebende Leichnam beherrschte plötzlich den Raum und ließ den Hünen Camora schrumpfen.

»Verzeiht, Meister!« Die Stimme klang belegt. »Ich bin nur besorgt. Meine Krieger werden müde. Nicht mal die Plünderung der Städte hält sie noch bei Laune. Der Krieg dauert zu lange.«

Maluch neigte das Haupt. »Ich habe versprochen, dass die Schicksalsgöttin das Ende der Freien Reiche sehen wird, und so wird es sein. Noch vor Ablauf des Jahres wirst du der unumstrittene Herr der Reiche sein und ich der des Schattens.«

* * *

Neun Tage waren sie schon unterwegs. Den Vortag hatten sie im Schutze einiger Felsen im Zelt verbringen müssen. Ein Schneesturm hatte das Weiterkommen unmöglich gemacht. Caitlin war nicht mehr in der Lage, längere Strecken zu laufen. Aus Fellen, Seilen und Zeltstangen hatte der Prinz einen Schlitten gebaut, auf dem sie liegen konnte.

Rhonan sah sich zum hundertsten Mal an diesem Tag um. Sie brauchten dringend einen Ort, an dem sie ein Feuer machen konnten. In Ermangelung von Holz würde er Decken und Kleidung verbrennen müssen. Die Prinzessin war am Ende, und auch Gideon würde keinen weiteren Tag durchhalten, daher kam eine Rast im Zelt nicht in Betracht.

Er hatte am Vortag schon Schwierigkeiten gehabt, seine kältestarren Begleiter am Leben zu halten. Den Gelehrten hatte er mit Schnee abreiben müssen, weil er Erfrierungen im Gesicht und an Händen und Füßen hatte, und Caitlin hatte seit dem Vortag nicht mehr gesprochen. Er hätte sich nie vorstellen können, dass er ihre nervtötende Stimme einmal so vermissen würde.

Verzagt sah er himmelwärts. Rosarote bis violette Schneewolken türmten sich, und Wind kam auf. Nicht mehr lange und sie würden im dicksten Schneesturm stecken.

Neben ihm sackte Gideon auf die Knie. Der Gelehrte sah furchtbar aus. Die Lippen waren aufgesprungen, die Haut über den eingefallenen Wangen schimmerte bläulich und war fast durchsichtig. Eiskristalle hingen in Brauen und Wimpern, und Schnodder war an der Haut festgefroren. Rhonan überfiel Panik. »Gideon! Komm zu dir! Sieh mich an!«

Er schüttelte ihn. Gideons Kopf kippte hin und her, als säße er nur lose auf den Schultern, und von den Augen war nur noch das Weiße zu sehen. Der Prinz trug ihn zum Fellschlitten. Caitlin schlief und sah nicht viel besser aus als der Verianer. Bald lag der neben ihr unter den Decken.

Der Prinz sah bergauf. Er würde beide zusammen nicht weit ziehen können, und ringsum war nur Schnee. Kein Gasthaus, nicht einmal eine Hütte mit Feuerstelle, über der man ein Schaf braten konnte.

Entschlossen schob er sich zwei Kalla-Beeren in den Mund, aber die Dinger waren so klein, dass er sie nicht mal kauen konnte. Er hätte sich das ganze Säckchen in den Mund schütten müssen, um das Gefühl zu haben, etwas zu essen, aber selbst die blöden Beeren musste er einteilen.

Erschöpfung ließ seine Glieder schwer und seinen Kopf leer werden. Doch nach einem Blick auf seine Begleiter straffte er die Schultern wieder. Wer aufgab, war verloren. Man durfte nie an morgen denken, sondern musste sich auf das Wesentliche konzentrieren.

Wesentlich war, dass ein Zelt am Hang einem Sturm nicht standhalten würde. Also grub er eine Schneehöhle. Neuschnee umwehte ihn, aber schnell wurde der Untergrund eisig, und die Hacke kam zum Einsatz. Eissplitter spritzten ihm ins Gesicht. Es war eine kräftezehrende Arbeit.

Sie hatten jetzt die Hälfte des Weges hinter sich, und er fragte sich, wie sie die restliche Wegstrecke bewältigen sollten und wie er seine Begleiter am Leben erhalten sollte. Überall, wo er bisher gewesen war, hatte es Nahrung gegeben, aber hier gab es nichts. Von Schneehasen sah er nur ab und an Spuren, Adler kreisten zu hoch. Die Wölfe, die er gelegentlich hörte, waren zu weit weg – keine Gefahr, aber auch keine Möglichkeit, Frischfleisch zu beschaffen.

Er spürte, wie seine Kräfte schwanden. Er hatte in den letzten Nächten alle Wachen zum Schutz vor Wölfen übernommen und nur gedöst, wenn ihn die Müdigkeit übermannt hatte. Die letzte Nacht hatte er sogar darauf verzichtet aus Angst, nicht wieder zu erwachen. Aber schon bald würde er seine Erschöpfung nicht mehr verdrängen können. Gegen Wölfe hätte er kämpfen können, sogar gegen Horkas, aber gegen Schneestürme, Kälte, Hunger und Entkräftung war er machtlos, genauso machtlos, wie er zeitlebens gewesen war, wenn es darauf angekommen war.

Er konnte vielleicht überleben, aber retten konnte er nichts und niemanden, gleichgültig, wie sehr er sich anstrengte.

Verbissen, fast wie ein Besessener, hackte und grub er weiter. Dabei war er sich sicher, dass dies die letzte Schneehöhle war, die er graben musste. Wenn sie am nächsten Tag keine Nahrung und keinen geeigneteren Unterschlupf fanden, würden Gideon und Caitlin nur noch ein Grab benötigen.

Er hörte ein Geräusch, fuhr kampfbereit herum und erstarrte in der Bewegung.

16. Kapitel

Marga blinzelte. Ihre rechte Seite schien in Flammen zu stehen, und ihr linker Arm war feucht. Ein schwarzer Wolf leckte ihn und starrte sie aus gelben Augen an. Augenblicklich versteifte sie sich. Eine Tür knarrte, und eine Männerstimme befahl: »Lori, du kannst jetzt gehen.«

Der Wolf verschwand, stattdessen sah Marga in ein zerfurchtes Gesicht. Eine Narbe verlief vom linken, milchigen, offensichtlich blinden Auge bis zum Kinn, weißes Haar fiel bis auf die Schultern. Das eisblaue rechte Auge sah sie freundlich an. »Na, endlich wach?«

»Wo bin ich?«, krächzte sie und trank dankbar aus dem Becher, den der Alte ihr hinhielt.

»Bei mir. Sonst gibt's hier nur den Ranton. Da habe ich dich rausgefischt – aufgespießt wie ein Festtagsbraten. Beweg dich nicht! Die Wunde ist tief.«

Marga konnte nichts begreifen, aber ihr fiel alles wieder ein: der Fluss, die Horde, der Speer.

»Das Boot?«, fragte sie leise und ohne Hoffnung.

»Verbrannt mit Mann und Maus. Die Horde ist mit so einem Fetten abgezogen. Kannst von Glück sagen, dass die Schreie der Bootsleute Lori und mich angelockt haben.«

Glück? Sie schluchzte auf. Ramon, Korve, Danid, die Flussleute – alle tot. Meister Cato – Gefangener Camoras.

»Es kommt, wie's kommt, Mädel. Da sind wir manchmal machtlos. Ich mache was zu essen.«

Marga war froh, mit ihrer Trauer allein zu sein, und starrte blicklos an die hölzerne Decke.

Nach einiger Zeit fiel ein Schatten auf sie. Der Alte stellte eine Schale Suppe auf ein Tischchen neben dem Bett und schob ihr behutsam einige Kissen in den Rücken. »Geht's so, Mädel?«

Dieses »Mädel« ärgerte sie maßlos, schließlich war sie Kriegerin. »Ja, danke. Im Übrigen heiße ich Marga, Hauptmann Marga Thalissen. Darf ich auch erfahren, wer Ihr seid?«

»Ein Hauptmann ist das Mädel. Ist das zu glauben? Ich bin Raoul, vor Urzeiten Vernon Raoul, General der Horde.«

»Ihr seid ein General Camoras?«

Das ledrige Gesicht verzog sich spöttisch. »Ich war ein General. Hat mir nicht mehr gefallen, habe meinen Abschied genommen.«

Der Weise war verloren, ihre Begleiter tot, und sie war nicht nur gescheitert, sondern auch noch bei einem ehemaligen Hordengeneral gelandet. Verarbeiten konnte sie das alles nicht. Wie Fetzen zogen die Gedanken an ihr vorbei, und sie war außerstande, sie festzuhalten.

»Hier war ein Wolf«, sinnierte sie, eher zu sich selbst.

»Ich habe meine Laufbahn als Wolfsjäger begonnen und habe immer noch drei. Alte Gewohnheit. Lori ist inzwischen allerdings zahm wie ein Hund. Jetzt iss etwas, Mädel!«

»Ich muss meinem Vater eine Nachricht bringen. Er muss wissen, dass Camora den Weisen hat.«

Raoul schüttelte den Kopf. »Du könntest allein essen, wenn ich zuließe, dass du dich überanstrengst. Reisen kannst du weder heute noch morgen. Alles hat seine Zeit. Für dich ist jetzt die Zeit, gesund zu werden. Du hast ein Loch im Bauch, da hätte ich die Hand reinstecken können. Habe ich natürlich nicht gemacht, aber reisen kannst du damit nicht. Das steht fest.«

»Könntet Ihr Fürst Darius dann die Nachricht bringen?«, flehte sie.

»Was heute alles Hauptmann wird!? Bist du bei Verstand?

Ich muss dich pflegen, ich kann jetzt auch nicht reisen. Dein Vater wird ohnehin längst Bescheid wissen.«

Marga gab nicht auf. »Ich werde Euch ein Geheimnis anvertrauen. Es geht um die Prophezeiung. Der fette Alte war einer der Siegelerben.«

Er nahm die Suppenschale und hielt ihr einen Löffel hin. »Ich weiß. Iss und rede nicht so viel!«

In der nächsten Zeit konnte sie nur noch kauen und schlucken. Sie hätte nicht sagen können, ob es Wildeintopf oder Hirsebrei war, denn sie aß nur notgedrungen, ohne Hunger und Geschmack. Endlich war die Schale leer, und Marga versuchte es erneut. »Es geht um die Reiche. Bitte …«

Er legte ihr die Hand auf den Arm. »Ruhig Blut! Ihr jungen Leute seid immer so aufgeregt. Nur selten ist Eile gefragt. Überlegung täte euch gut. Der Einzige, der unersetzbar ist, ist der Erbe der Kraft, denn vom da'Kandar-Geschlecht ist nur noch einer übrig. Nebelprinzessinnen gibt's reichlich, und der Weise lebt doch noch. Nichts ist verloren, nur einiges muss neu überdacht werden. Ich gehe die Wölfe füttern. Wenn du keinen mehr zuquatschen kannst, beruhigst du dich vielleicht.« Er klopfte ihr auf die Schulter und ging.

»Bleibt, General, bitte!«, rief sie ihm mit drängender Stimme nach.

»Nur Raoul, Mädel. Den General gibt's nicht mehr.« Er verließ die Hütte.

Marga starrte vor sich hin, und Tränen verschleierten ihren Blick. Alles war verloren, weil sie versagt hatte. Warum hatte der General sie retten müssen? Nur damit sie sich ihr Leben lang Gedanken darüber machen konnte, warum ausgerechnet sie versagt hatte?

* * *

Gideon spürte im Halbschlaf wohltuende Wärme. Er rekelte sich und schlief wieder ein. Irgendwann erwachte er vom Duft nach Gebratenem. Voller Vorfreude wollte er sich erheben und bemerkte, dass seine Hände auf den Rücken gefesselt waren. Verschreckt huschte sein Blick umher. Dreißig Horkas saßen in einer großen Berghöhle um ein Feuer herum und unterhielten sich. Es klang wie tiefes Grunzen oder Brummen. Dazu ruderten sie mit den Armen, denn ihre Sprache setzte sich aus Lauten und Gesten zusammen.

Nicht viel größer als Rhonan, aber wesentlich breiter, völlig behaart und mit vier gewaltigen Fangzähnen ausgestattet, hätte Gideon sie eigentlich dem Tierreich zugeordnet. Ihre Gabe zu sprechen und ihre Gewohnheit, Kleidung aus Leder sowie Waffen zu tragen, sprachen allerdings dagegen. Alles, was er bisher über die Horkas gelesen hatte, war furchterregend gewesen. Sie waren grausam und töteten, weil sie Hunger hatten oder weil es ihnen gerade Spaß machte.

Gideon spürte, wie sich seine Eingeweide zusammenzogen. In einer Ecke dösten Hunde mit langem, gescheckten Fell. Spieße und Keulen lehnten an Wänden, die mit schlichten Zeichnungen versehen waren. Sie sollten Jagdszenen darstellen, und Gideon sträubten sich alle Haare, als er in dem Wild neben Vierbeinern auch Zweibeiner erkannte.

Er hörte Gemurmel hinter sich und wälzte sich herum. Neben ihm lag Rhonan, auch gefesselt, und flüsterte etwas in Caitlins Haare. Sie bebte nur. Ehe er noch fragen konnte, wie sie hierhergekommen waren, kamen fünf Horkas mit gezückten Messern auf sie zu.

»Wir sind nicht eure Feinde«, erklärte er in ihrer Sprache. Soweit er es beurteilen konnte, zeigte sich Erstaunen auf ihren Gesichtern. Diese waren nicht mit grauem Fell bedeckt, sondern ließen an brüchiges Leder denken. Runde, rote Augen lagen unter Knochenwülsten über einer flachen Nase. Riesige Münder mit spitzen Zähnen beherrschten die Gesichter. Auch die Hände, die Innenseiten der Unterarme und die Füße waren haarlos.

Ein Horka sagte etwas, und Gideon nickte seufzend.

»Du sprichst ihre Sprache?«, fragte Rhonan verblüfft.

»Sie haben nicht immer hier gelebt. Die Menschen haben sie aus den Nordländern vertrieben. Alle Sprachen, die wir lernen, geben wir von Generation zu Generation weiter. Der Häuptling wünscht uns zu sehen«, erwiderte Gideon heiser, während man ihre Fesseln unsanft durchtrennte und sie auf die Füße zerrte.

Man trieb sie durch einen Höhlengang, in dem nur Caitlin aufrecht gehen konnte. Die folgte dem Gelehrten nur zögerlich, weil sie versuchte, möglichst dicht beim Prinzen zu bleiben. Da er deshalb langsam gehen musste, bekam er immer wieder Fäuste der Horkas in den Rücken.

Sie betraten eine weitere Höhle. Um ein Feuer standen mit Wolfsfellen bedeckte Bänke und vier roh zusammengezimmerte Stühle, deren Sitzflächen deutlich höher waren. Fackeln steckten in Wandhalterungen, die Wände waren rot bemalt. Anders als zuvor waren hier überlebensgroße Horkas dargestellt. Begnadete Künstler schien es in diesem Stamm nicht zu geben, aber die Bilder wiesen trotzdem unterschiedliche Merkmale wie enorm breite Schultern, riesige Pranken oder längere Fangzähne auf.

In der Höhle trennte man Caitlin und Rhonan unsanft. Zwei Horkas packten den Prinzen, zerrten ihn in die Mitte der Höhle und hielten ihn fest. Ein anderer stieß Caitlin so heftig in die entgegengesetzte Richtung, dass sie stolperte und auf die Knie fiel. Sie schrie auf, verstummte aber starr vor Schreck, als sie riesige Füße mit dicken, gelbbraunen Nägeln an den Zehen vor sich sah. Ihr furchtsamer Blick wanderte höher.

Ein gewaltiger Horka mit weißem Fell, in das Knöchelchen

und Zähne geflochten waren, stand in Lederhose und Weste vor ihr und sah auf sie herab. Sie keuchte und versuchte wegzukrabbeln, aber er griff in ihr Haar, riss sie daran hoch und schnupperte geräuschvoll daran. Als er in Schenkel, Po und Brust kniff, als wolle er die Festigkeit ihres Fleisches prüfen, schrie sie auf und warf Rhonan einen flehenden Blick zu. »Das tut weh und ist so widerlich.«

Ihrem Peiniger schien das zu gefallen. Er drehte ihr Gesicht hin und her. Eine Bemerkung von ihm ließ seine Stammesbrüder lachen.

»Was hat er gesagt?«, wollte der Prinz wissen.

»Dass sie jault wie ein junger Wolf«, gab Gideon matt zurück, während der riesige Horka sich am Ausschnitt der Priesterin zu schaffen machte.

»Rhonan, bitte!«, kreischte die und wand sich.

»Wir kommen in friedlicher Absicht«, rief Gideon hektisch.

Der Riese sagte etwas, und wieder lachten alle.

Auf Rhonans »Was ist jetzt?« erwiderte der Gelehrte heiser: »Er sagt, wir wären nicht gekommen, sie hätten uns gefangen. Daher wären wir keine Gäste, sondern Beute. Da sie hungrig sind und sich wegen des Schneesturms langweilen, kämen wir gerade recht.«

»Oh Götter, helft«, hauchte Caitlin, als die Hand des Horka in ihrem Kragen verschwand. Erneut warf sie dem Prinzen einen flehenden Blick zu.

Der kaute auf seiner Unterlippe, während er vor Wut fast platzte: Wut auf den behaarten Riesen und seine eigene Unterlegenheit. Zahlreich waren seine Möglichkeiten zur Hilfe nicht, und auf die Schnelle fiel ihm nur eine ein, die ihm allerdings auch nicht sonderlich behagte. »Gideon, sag ihm, er soll sie loslassen, sonst ist er gleich ein toter Häuptling«, knurrte er.

Der Verianer starrte ihn entgeistert an. »Bist du verrückt?«

»Übersetze!«

»Rhonan, das ist keine …«

»Mach!« Jetzt klang die Stimme des Prinzen so unwirsch, dass alle Anwesenden ihn anstarrten.

Gideon bezweifelte, dass Drohungen etwas Gutes bewirken könnten, übersetzte aber stockend. Die Horkas, die Rhonan hielten, schüttelten ihn daraufhin, boxten ihm in die Seiten und wollten ihn offensichtlich in die Knie zwingen.

Rhonan stemmte sich mit aller Kraft dagegen. »Sag ihm, sie ist meine Frau. Beeil dich!«

Gideons Stimme überschlug sich jetzt fast.

Der weiße Horka sagte etwas, und Rhonan konnte wieder ungehindert stehen. Seine Wächter hielten ihn zwar noch, ließen ihn aber ansonsten in Ruhe. Gideons Übersetzung war allerdings weniger erfreulich. »Jetzt nicht mehr. Er mag ihre Feuerhaare und will sie zur … zur Zucht.«

»Waaas?« Caitlin, immer noch im Griff des Häuptlings, erschauerte und flehte um Hilfe.

Der Prinz erhörte sie. »Sag ihm, er ist ein erbärmlicher, großmäuliger Feigling … und, Gideon, sag es genau so!«

»Das kann nicht dein Ernst sein. Wir …« Ein Blick Rhonans ließ ihn innehalten und übersetzen.

Die Horkas grunzten, verstärkten wieder drohend ihren Griff, hielten sich aber zurück, während der Verianer leise erklärte: »Für diese Unverschämtheit wird er dich vor ihren Augen töten, sagt er. Langsam und qualvoll.«

»Sag ihm, Menschenfrauen bekommen nur Kinder, wenn sie es wollen. Meine Frau ist es nicht gewöhnt, einen Schlappschwanz zum Mann zu haben, der nur stark ist, wenn sein Stamm hinter ihm steht. Sie ist die Frau eines Kriegers und wird ihm keine Kinder gebären, weil es sie beschämen würde. Die Kinder wären Nachfahren eines Schwächlings.«

Gideon protestierte gar nicht mehr, aber Caitlin betete lauter. Die Horkas grunzten und verdrehten dem Prinzen die Arme. Der konnte nur noch gebeugt stehen, wenn er verhindern wollte, dass sie ihm die Arme brachen. Der Häuptling trat auf ihn zu, wobei er die Prinzessin wie eine Puppe mitschleifte. Rhonan sah ihm zumindest äußerlich gelassen entgegen.

»Für deine Beleidigung wird er dich lebendig über dem Feuer rösten lassen.«

Der Prinz konnte kaum ein Stöhnen unterdrücken und sprach nur langsam. »Da werden mich wohl seine Krieger hinbringen. Er selbst traut sich offensichtlich nur an Frauen ran. Übersetze!«

Gideon rang die Hände. »Er sagt, du bist seiner nicht würdig, denn du bist ein Lahmbein.«

»Wo ich herkomme, haben große Krieger auch große Narben. Wer andere für sich kämpfen lässt, kann davon natürlich nichts wissen. Sag ihm das und sag auch, ihn allein würde ich selbst mit zwei lahmen Beinen besiegen. Los, übersetze, und zwar schnell!« Die Horkas zwangen ihn fast in die Knie.

Gideon übersetzte leise: »Morgen, wenn die frühe Sonne den Gipfel erreicht, wird er gegen dich kämpfen. Er wird dir Beine und Arme abhacken, dich aber am Leben erhalten, damit du zusehen kannst, wie deine Frau seinen Samen empfängt.«

Der Häuptling stieß Caitlin weg, wandte sich um und ging zu einem der Stühle, und die Horkas ließen Rhonan los. Die Prinzessin warf sich sofort an seine Brust.

Ohne Stoßen und Zerren wurden sie wieder in die erste Höhle gebracht.

Caitlin kauerte dicht neben dem Prinzen und sah sich mutlos um. »Wir werden alle sterben, nicht wahr«, murmelte sie tonlos. »Die sind schlimmer als Wölfe … viel schlimmer.«

»Das würde ich nicht sagen«, versuchte er zu trösten. »Bis-

her lief es doch ganz gut. Wölfe hätten uns längst zerrissen. Wir haben es warm und trocken, können uns erholen und ...«
Er verstummte. Ohne sich umzudrehen, wusste er, dass Horkas sich näherten, denn sie packte seinen Oberarm mit beiden Händen.

Sie stellten ihnen drei Schalen mit Braten und Fladen hin.

Gideon bedankte sich heiser, während der Magen der Prinzessin so laut knurrte, dass Rhonan breit grinste. »Und wir bekommen endlich wieder einmal Fleisch. Ich weiß nicht, wie es euch geht ... mir gefällt's hier zurzeit besser als draußen.«

Er angelte sich ein Stück Braten, und auch Caitlin griff zu und biss herzhaft hinein. »Ich war am Verhungern«, erklärte sie mit vollem Mund.

Gideon musste das gerade Geschehene erst verdauen. Sein Blick blieb an Rhonan hängen. »Bist du jetzt völlig von Sinnen, diese haarige Muskelmasse zum Kampf herauszufordern?«

Der schluckte, ehe er zwinkernd zurückfragte: »Das fragst du erst heute? Wäre ich immer bei Sinnen, säße ich gemütlich in einem Gasthaus und nicht mit euch im Wintergebirge.«

Der Gelehrte wurde ungewohnt laut. »Du machst Witze? Ich kann dem bevorstehenden Kampf aber auch gar nichts Lustiges abgewinnen.«

»Ich auch nicht«, gab der Prinz zu. »Aber zumindest birgt er doch Hoffnung. Grüble nicht so viel, iss lieber! Morgen ist morgen, doch heute können wir es uns gut gehen lassen.«

Gideon öffnete den Mund, aber ein Blick Rhonans auf Caitlin und ein kaum wahrnehmbares Kopfschütteln ließen ihn schweigen und essen. Obwohl er in den letzten Tagen Hunger gelitten hatte, schmeckte das Wolfsfleisch bitter. Ohne Bedauern trat er die Hälfte an Caitlin ab.

Die seufzte tief, als sie ihre Schale, in der nur noch abgenagte

Knochen lagen, wegschob. »Das war gut. Ich wusste gar nicht mehr, wie sich Sattsein und Nichtfrieren anfühlen.«

Sie sah zu Rhonan, der gerade das letzte Fleisch mit Wasser hinunterspülte. Die Hände, die den Becher hielten, zitterten wie üblich. Die düstere Gegenwart hatte sie wieder. »Jetzt weiß ich auch wieder, wie sich Furcht anfühlt. Denkst du, du kannst gewinnen … gegen diesen Riesen?«

Sein Blick war fast väterlich. »Größe und Gewicht wären bei einem Ringkampf entscheidend, deswegen wird der Häuptling ihn nicht wählen. Seine körperliche Überlegenheit ist zu deutlich. Will er sich beweisen, muss er einen Vergleich wählen, bei dem ich zumindest gewinnen könnte. Und wenn ich könnte, dann kann ich auch und mit ein bisschen Glück werde ich dann auch.«

Sie legte ihre Hand auf seinen Arm. »Du meinst das ernst und willst mich nicht nur trösten?«

»Ja. Und jetzt lasst mich schlafen. Erholt kämpft es sich besser.«

Während er die Felle zurechtrückte und wohlig seufzte, nickte sie und setzte ein Lächeln auf, das allerdings recht kläglich ausfiel. Dann musste sie gähnen.

Er lachte. »Siehst du? Du bist auch müde. Da wir nicht wissen, wann wir weitermüssen, solltest du schlafen. Bequemer als im Zelt ist es hier allemal, denn du kannst dich richtig ausstrecken.«

Sie nickte. »Ich habe wirklich nicht mehr so viel Angst. Deine Gelassenheit ist ansteckend und deine Nähe beruhigend.« Schon ganz in alter Gewohnheit schmiegte sie sich an ihn.

Er war zwar verdutzt, legte jedoch den Arm um sie. Vielleicht übte ja nur ganz nahe Nähe eine beruhigende Wirkung auf die Kleine aus.

Gideon baute sich auch eine Schlafstatt, war aber sicher, kein Auge schließen zu können. Lange starrte er in die Flammen. Deren Prasseln hatte er immer mit Behaglichkeit verbunden – bis heute. Dieses Feuer ließ ihn nur an Zerstörung denken.

Die Horkas hatten sich zurückgezogen. Die Flammen warfen Schatten an die Wände und ließen die Jagdszenen fast lebendig wirken. Angewidert wälzte Gideon sich herum und sah seinen Begleiter an, der gerade Caitlins Haare aus seinem Mund entfernte.

Die patschte unbeabsichtigt in sein Gesicht und blinzelte ihn verschlafen an. »Dein Hemd kratzt, und die Schnüre drücken.« Sie nestelte an den Bändern, strich das Hemd zur Seite, ließ sich fallen und wünschte: »Gute Nacht!« Bald schlief sie wieder.

Die Blicke ihrer Begleiter trafen sich. Gideon grinste. »Über Fragen der Schicklichkeit ist sie offensichtlich hinweg. Sie ist so vertrauensvoll und so unendlich jung und unschuldig.«

»Wie schön«, brummte Rhonan. »Sie bestimmt, ich aber nicht.«

Der Verianer nickte. »Selbst ausgezehrt, wie sie ist, ist ihre Schönheit nicht zu übersehen. Ihre Jugend auch nicht. Ich glaube, sie sieht in dir so etwas wie ihren persönlichen Beschützer.«

»Diener, Träger und Kopfkissen kannst du noch hinzufügen.«

Gideon schmunzelte, wurde aber gleich wieder ernst. »Glaubst du wirklich, du kannst morgen gewinnen?«

Der Prinz zuckte die Achseln. »Wird bestimmt ein unangenehmer Gegner, aber ich denke, es ist die einzige Möglichkeit, nicht als Braten zu enden. Das ist doch einen Versuch wert, oder?«

»Die letzten Tage sind auch an dir nicht spurlos vorübergegangen. Ich sehe es dir doch an: Du bist mit deinen Kräften genauso am Ende wie wir.«

»Ich bin zäh. Es wird reichen.«

»Das gibt es nicht. Deine Ruhe ist … ist widernatürlich.« Der Verianer schüttelte den Kopf.

»Was willst du denn von mir? Würdest du dich besser fühlen, wenn ich jammern würde?«

Gideon schüttelte erneut den Kopf. »Es geht doch nicht darum, wie ich mich fühle. Du hast einen Kampf gegen ein Ungeheuer vor dir. Du wirst vielleicht schwer verletzt oder schlimmer noch, du wirst getötet. Wie fühlst du dich?«

»Satt und warm und das ist verdammt viel besser, als ich mich gestern gefühlt habe.«

»Das ist doch verrückt. Du musst dir doch Gedanken über den Kampf machen. Sag nicht, du kannst das so einfach verdrängen.« Der Gelehrte sah nahezu fassungslos drein.

Rhonans Stimme blieb ausdruckslos. »Wo lebst du eigentlich? Gingst du bisher mit dem Wissen ins Bett, den nächsten Tag sicher zu überleben? Dann willkommen in meiner Welt. In der dankt man jeden Abend dafür, den Tag überlebt zu haben. Die Horkas haben uns das Leben gerettet. Was morgen sein wird, wird sich morgen zeigen. Ich kann gewinnen oder verlieren. Wenn ich gewinne, kommen wir alle in einem Stück wieder aus dieser Höhle heraus, wenn ich verliere, werdet ihr genauso sterben wie ich.« Er sah sich um, nahm zur Kenntnis, dass kein Horka ihnen die geringste Aufmerksamkeit schenkte, und griff in seinen Stiefel. Die Dolche darin hatten sie nicht entdeckt. Unauffällig schob er Gideon einen zu. »Sollte ich morgen verlieren, lass Caitlin jung und unschuldig sterben.«

Gideon musste feststellen, dass Todesangst durchaus noch steigerungsfähig war, und starrte ihn an. »Du meinst, ich soll … Das kann ich nicht. Ich habe noch nie …«

Der Prinz unterbrach ihn ungeduldig: »Überlass sie nicht den Horkas! Himmel, sieh mich nicht an, als wäre ich ein Ungeheuer, und steck den Dolch weg!«

Gideon schob ihn unter die Felle und rieb sich die plötzlich kalten Arme.

Rhonan fuhr fort: »Ich weiß, das ist viel verlangt. Die Horkas werden es nicht zu schätzen wissen, wenn du sie tötest. Versprich mir, es trotzdem zu tun!«

Gideon nickte, wusste natürlich, dass es seine Pflicht war, der Prinzessin notfalls den letzten Dienst zu erweisen, und stieß aus: »Tu mir den Gefallen und gewinne morgen!«

Der nickte. »Ich verspreche, zu tun, was ich kann. Jetzt schlaf! Die Erholung tut uns allen gut.« Bei diesen Worten rutschte er in eine liegende Stellung, sorgsam darauf bedacht, Caitlin nicht unnötig zu stören. Aber die seufzte nur und klammerte sich an seiner Schulter fest.

Gideon starrte lange auf seinen entspannt schlafenden Begleiter und die Prinzessin, die halb auf ihm lag und im Schlaf selig lächelte. Hatte Rhonan Erholung gesagt? War er wirklich so abgebrüht oder litt er doch mehr unter den Entzugserscheinungen, als er angenommen hatte? Gideon betete wie nie zuvor.

17. Kapitel

Es war weit nach Mitternacht, aber noch viel Zeit bis zum Morgengrauen: Zeit des Tiefschlafs, Zeit der Unaufmerksamkeit. Die beste Zeit für einen Angriff.

Die Adler sammelten sich am Südtor, aber die Wachmannschaft weigerte sich, das Tor zu öffnen. Adler-Hauptmann Waruss bellte: »Man hat den Befehl nicht weitergegeben? Da werden Köpfe rollen.«

Der Befehlshaber der Wache blieb hart. »Nein, Hauptmann. Wir müssen nachfragen.«

Waruss sah einer davoneilenden Wache nach. »Das wird ja immer besser. So eine dunkle Nacht kriegen wir so schnell nicht wieder. Aber nur zu!«

Die Stadtgardisten blieben, wo sie waren. Dass die Adler ohne Befehl des Stadtkommandanten hier aufritten, erschien ihnen kaum denkbar. Eine Behinderung konnte schwerwiegende Folgen nach sich ziehen, aber noch hatten sie ihre Befehle.

General Darkoba persönlich erschien jetzt hoch zu Ross und schnaubte: »Wird das noch mal was, Hauptmann, oder wollt Ihr unseren Angriff lieber in den Morgen verlegen, damit wir unsere Feinde nicht mehr so sehr überraschen?«

Der wandte sich im Sattel um. »Nicht meine Schuld, Kommandant. Die Wachmannschaften sind nicht unterrichtet worden.«

»Was?« Darkobas Brüllen ließ die Gardisten schrumpfen. »Ich soll mitten in der Nacht aufgestanden sein, um Fehlermeldungen entgegenzunehmen und unverrichteter Dinge wieder ins Bett kriechen? Wenn diese Männer das Tor nicht sofort öffnen, nehmt sie in Haft.«

Ohne weitere Verzögerung gab der Befehlshaber der Wachen

das Zeichen, das Tor zu öffnen. Waruss konnte kaum ein Grinsen verbergen. In den fünfzehn Jahren, die er jetzt unter Darkoba diente, hatte es noch nie jemand gewagt, sich dem entgegenzustellen.

Die Reiter gaben ihren Pferden die Hacken und lenkten mit den Schenkeln, die Bogen gespannt. Wie üblich begleiteten sich die Adler mit ihrem hohen Geschrei. Nun war es vorbei mit der Heimlichkeit.

Sie waren längst in Schussweite des Südlagers, als dort das Signalfeuer emporloderte. Das wäre allerdings gar nicht mehr nötig gewesen, denn hell und unübersehbar surrten Brandpfeile durch die Dunkelheit und prasselten auf das Lager.

* * *

»Das gibt es nicht«, fluchte Derea und versuchte, in die Hose zu kommen. »Diesen Darkoba kaufe ich mir. Der passt in einen Krug, wenn ich mit ihm fertig bin. Die Reiter sollen aufsatteln. Schützen auf die Mauer. Wo sind meine Stiefel? Wo ist mein Kammerdiener? Habe ich überhaupt einen?«

* * *

Die Adler waren unaufhaltsam. Katapulte, Speerschleudern, Beobachtungsturm und Zelte standen in Flammen. Schutzwälle waren niedergetrampelt. Die schlachterprobten Rösser sprangen über Feuer hinweg, und ihre Reiter mähten die umherirrenden Krieger nieder. Schwerter blinkten im Feuerschein. Mit Ausnahme der wenigen Wachen hatten die Hordenkrieger nicht einmal Zeit gehabt, Rüstung anzulegen. Aus dem Schlaf gerissen rannten sie planlos zwischen den Pferden umher und boten kaum Widerstand.

»Zum Westlager«, brüllte Darkoba. »Breite Front! Auf mein Zeichen: Fackeln weg!«

»Das könnte knapp werden, General«, wagte Hauptmann Waruss zu bemerken.

»Mütterchen Vorsicht hat noch nie eine Schlacht gewonnen. Gebt das Kommando!«

Ohrenbetäubendes Geschrei ertönte, und die Adler stürmten weiter durch die Nacht.

Dem Befehlshaber des Westlagers war das Feuer natürlich nicht entgangen und er hatte umgehend seine Männer in Stellung gebracht.

Die Adler waren in Schussweite. »Letztes Feuer!«, brüllte Darkoba.

Brandpfeile surrten. Unmittelbar danach flogen die Fackeln in den Nachthimmel. Die ersten Pfeile der Hordenkrieger kamen, abgelenkt vom Licht der Fackeln, viel zu hoch. Die nächste Pfeilsalve der Adler surrte durch die Nacht.

Schreie hallten durch die Dunkelheit.

Die Pferde erreichten die Schutzwälle und setzten darüber hinweg, aber diesmal erwarteten sie die Lanzen der Horde, und Pferde gingen qualvoll wiehernd zu Boden, Reiter stürzten in ein Gewirr aus Pferde- und Menschenbeinen und blitzenden Waffen.

Die Krieger des Westlagers waren vorbereitet und leisteten erbitterten Widerstand. Aber die kämpferische Überlegenheit der Adler war zu groß. Die Zahl der Hordenreiter, die noch kämpfen konnten, schrumpfte schnell. Die Adler hatten ihr Ziel erreicht.

Aus dem Süden aber näherten sich Hordenkrieger aus dem Hauptlager und schnitten den Adlern den Rückweg ab.

Darkoba fluchte unterdrückt und brüllte: »Rückzug zum Nordtor! Nehmt die Verletzten mit!«

Sie bekamen Hilfe aus der Stadt. Pfeile prasselten von der Mauer, und brennende Pechkugeln zwangen die Hordenreiter dazu, den Abstand zur Mauer zu vergrößern. Die Adler gewannen dadurch entscheidende Zeit.

Letzte Wolken lösten sich auf, und Mondlicht beschien die Ebene.

Hauptmann Waruss schluckte. Ihr Plan war fehlgeschlagen. Denn auch aus dem Norden kam ihnen ein Hordentrupp entgegen. Weder Nord- noch Westtor war kampflos zu erreichen.

General Darkoba gab notgedrungen erneut das Zeichen zum Angriff.

* * *

Das Nordtor der Stadt öffnete sich. Die Flammenreiter kamen. Ihre Pferde jagten im Rücken der Horde über die Ebene. Pfeile flogen, glänzten wie silberner Regen im Mondschein und rissen Lücken in die Reihen der Hordenreiter. Pferde wieherten, Männer schrien und fielen. Wenig später prallten die Reitertruppen aufeinander. Äxte schlugen auf Schilde, Schwerter auf Äxte.

Darkoba war erstes Angriffsziel der Horde. Von allen Seiten drangen Krieger auf den Anführer der Adler ein.

»Wir müssen den General rausholen«, brüllte Derea und stürzte sich ins Getümmel. Patras schnaubte, bahnte sich seinen Weg und schlug aus, wenn es nötig war. Derea wich einer Axt aus, schlug sein Schwert über ein Gesicht, trennte dem nächsten Krieger den Arm von der Schulter, sah aus dem Augenwinkel eine weitere Axt auf sich zusausen, tauchte weg und parierte. Schon griff der Feind wieder an.

Morrisen, ein junger Flammenreiter, bohrte sein Schwert in den Rücken des Angreifers und zwinkerte seinem Hauptmann zu. Derea schrie eine Warnung, aber sie kam zu spät. Eine Axt traf den jungen Reiter und trennte ihm den Kopf halb vom

Rumpf. Wutentbrannt preschte Derea auf den Hordenkrieger los und holte mit dem Schwert aus. Der parierte. Derea knallte ihm den Schild unters Kinn, und sein Schwert schlitzte nur unwesentlich später den Leib des Reiters auf.

Waruss und Remo, unterstützt von Flammenreitern und Adlern, hatten den Kreis um Darkoba durchbrochen und schützten den General vor weiteren Angriffen. Der schwankte im Sattel.

»Zurück!«, brüllte Derea. Die Adler, Darkoba in der Mitte, stürmten auf das Tor zu. Die frischeren Flammenreiter sicherten den Rückzug. Die Horde gab die Verfolgung allerdings bald auf. Zu nah war sie der Stadtmauer. Die Bogenschützen waren im Mondlicht gut zu sehen.

* * *

Darkoba glitt ächzend aus dem Sattel. So hatte er sich die Nacht nicht vorgestellt. Jetzt musste er sich wohl oder übel bei dem Hauptmann bedanken. Der war unter den Letzten, die durchs Tor kamen, sah sich wild um, und sein Blick traf den des Generals. Seine Augen blitzten, und er machte Anstalten, vom Pferd zu springen.

Doch Lucio legte ihm die Hand auf die Schulter, hielt ihn fest und bat leise: »Nicht! Tu's nicht! Nicht vor den Männern.«

»Ich erwarte ihn in meinen Räumen«, knurrte der Hauptmann, riss sein Pferd herum und sprengte davon.

»Das ist gerade noch mal gut gegangen«, murmelte Remo und stieß die Luft aus.

Lucio nickte. »Wenn wir den General in Zukunft noch benötigen, sollten wir Dereas Kopf in einen Wasserkübel stecken. Unser Heißsporn kocht vor Wut.«

* * *

Wenig später rauschte General Darkoba in Dereas Arbeitszimmer. »Mein lieber Hauptmann …« Weiter kam er nicht.

Der Heerführer der Flammenreiter war mit zwei langen Schritten bei ihm. »Ich bin nicht Euer lieber Hauptmann. Ich bin Kommandant Derea Far'Lass, und ich werde dafür sorgen, dass Ihr das begreift. Spielt Eure Spielchen, wo immer Ihr wollt, aber nicht in meiner Stadt und nicht mit meinen Männern! Ich enthebe Euch Eures Kommandos. Die Adler unterstehen ab sofort mir.«

Darkoba reckte sich, sah auf Derea herunter und erwiderte herablassend: »Wir haben eine gute Schlacht geschlagen. Zwei Lager sind vernichtet, der Feind ist geschwächt. Nennenswerte Verluste sind nicht zu beklagen. Ich bin sicher, dass die Adler auch ohne das Eingreifen der Flammenreiter siegreich gewesen wären. Ruhm, Ehre und Siege sind Wegbegleiter der Adler. Ich spiele auch keine Spielchen, ich schlage und gewinne Schlachten. Mein Eingreifen hat Ten'Shur genutzt, weil es den Feind geschwächt hat. Jeder Befehlshaber sollte dies zu würdigen wissen. Kriege gewinnt man nicht durch Scharaden, sondern durch Kampf. Ich erwarte keinen Dank, verbitte mir allerdings auch jeden Tadel. Ich …«

Der Hauptmann unterbrach ihn erneut: »Tadel? Ich hör wohl nicht recht. Ich tadle meine Kammerdiener, wenn die meine Stiefel nicht vernünftig putzen. Meuterer tadle ich nicht, ich lasse sie hinrichten. Eure …«

»Habt Ihr nicht zugehört?«, brüllte der General dazwischen. »Ich will Euren Krieg gewinnen.«

Der Hauptmann sah kurz zur Decke. »Meinen Krieg? Habt Ihr Wachs in den Ohren? Ich will keinen Krieg um Ten'Shur. Den könnten wir nie gewinnen. Habt Ihr mal unsere Krieger gezählt? Habt Ihr Euch die Strohdächer und die Holzhäuser angesehen? Einige Brandpfeile, und die halbe Stadt steht in

Flammen. Ich bin hier, um Ten'Shur zu schützen. Wenn es Euch um Ruhm und Siege geht, seid Ihr hier falsch.« Er trat einen Schritt auf Darkoba zu. »Gebt mir Euer Schwert!«

Der wich zurück. »Niemals!«

»Wollt Ihr es wirklich auf die Spitze treiben? Es gefällt Euch nicht, aber ich bin hier Euer Vorgesetzter. Muss ich Wachen rufen, die Euch entwaffnen?«

Seine Ruhe verfehlte ihre Wirkung nicht. Darkoba leckte sich die Lippen. »Das würdet Ihr nie tun. Meine Beweggründe …«

»Kenne ich nur zu gut. Ihr wolltet mir ein Geschenk machen und mir zugleich zeigen, dass Ihr der fähigere Kommandant seid. Ich erwarte aber von Untergebenen keine Geschenke, sondern dass sie meinen Anweisungen Folge leisten. Wenn Lucio oder Remo getan hätten, was Ihr getan habt, hätte ich ohne Zögern ihr Todesurteil unterschrieben. Ihr untersteht Fürst Darius, daher werde ich Euch nur in Haft nehmen lassen.«

»Was? Ich bin General.« Darkobas Stimme überschlug sich fast.

Derea erwiderte kühl: »Lucio hatte den gleichen Rang, ehe er sein Regiment abgab, um den Flammenreitern beizutreten. Wenn ich mich recht erinnere, haben wir noch drei weitere Generäle in unserer Truppe. Ach nein, nur noch zwei. Labda ist ja unter den Gefallenen. Versucht also nicht, mich mit Eurem Rang zu beeindrucken! Geht in Eure Räume und verlasst sie nur auf meinen Befehl. Weil Fürst Darius Euch uns zum Beistand geschickt hat, werde ich Euch und vor allem Euren Männern die Schmach ersparen, Euch in den Kerker werfen zu lassen. Zum letzten Mal, ehe es zu noch größeren Peinlichkeiten kommt: Gebt mir Euer Schwert!«

War der General zuvor bleich gewesen, war er jetzt weiß wie die Wand. Allerdings zog er sein Schwert und reichte es dem

Hauptmann. »Bedenkt nur eins: Meine Adler nehmen Befehle nur von mir entgegen. Ihr schwächt Eure eigene Truppe.«

Derea ging zur Tür und rief seinen Adjutanten. Er wandte sich nur kurz an Darkoba. »Wohl kaum.«

Lucio kam, begleitet von zwei Männern, und ließ den Blick über den General schweifen.

»Bring den General in seine Räume. Er steht unter Arrest.«

Lucio salutierte, gab seinen Männern ein Zeichen, und der General ließ sich ohne jedes weitere Wort aus dem Zimmer geleiten.

* * *

Das Versammlungshaus der Handwerker diente als Lazarett der Flammenreiter, und der Gestank nach Schweiß und Blut überdeckte den frischen Duft gewaschenen Leinens. Holzpritschen standen dicht an dicht. Frauen verbanden Wunden, verteilten schmerzstillende Getränke aus zerkochter Weidenrinde und sprachen je nach Bedarf Mut oder Trost zu. Decken trennten eine Ecke des Raums ab, in der zwei Männer in blutgetränkter Kleidung sich gerade mit einem stöhnenden Krieger, der auf einen Holztisch gebunden war, beschäftigten.

Derea suchte zunächst Taifa auf, dessen tiefe Axtwunde im Unterleib verbunden war. Der Verband war blutgetränkt, und eine Frau, die sich beim Anblick des Kommandanten von dessen Lager erhob, schüttelte traurig den Kopf. Der Hauptmann sprach dem jungen Mann Mut zu, versprach, nach seinem Rundgang wiederzukommen, und untersagte Taifa, bis dahin sein Leben auszuhauchen. Taifa gelang es zu fragen, ob das ein Befehl sei, und er bestätigte dies umgehend.

Anschließend unterhielt sich Derea mit sämtlichen Verwundeten. Er kannte seine Männer gut genug, um zu wissen, wo ein

Scherz und wo Trost angebracht war. Er sprach mit Willey zusammen ein Gebet und riss einen anzüglichen Witz über Diktas Verletzung an der Oberschenkelinnenseite. Gelächter hallte durch den Raum.

Hauptmann Waruss betrat das Lazarett, sah sich suchend um, sah Derea an einem Lager, konnte ihn aber nicht erreichen, denn Remo stellte sich ihm in den Weg. »Darf man fragen, was Ihr hier wollt?«

»Ich muss den Stadtkommandanten sprechen«, antwortete Waruss. »Es ist dringend.« Der Flammenreiter wich nicht zur Seite.

»Später«, erklärte Remo. »Er ist beschäftigt.«

Waruss blieb grimmig stehen und beobachtete den Heerführer, der an Jonas' Lager saß. Dessen Gesicht war grau und schweißnass, das Lager blutig.

»Hab gehört, jetzt muss er ab?«, fragte der Hauptmann im Plauderton.

Jonas nickte. »War mein Leben lang Krieger … ab morgen kann ich betteln gehen. War 'ne schöne Zeit mit dir. Warst mein bester Vorgesetzter.«

»Versuchst du gerade, deinen Abschied zu nehmen?«

»Was sonst? Brauchst du einarmige Krieger?«

Derea stieß laut die Luft aus. »Ganz ehrlich, als Krieger warst du schon mit zwei Armen lausig. Aber du bist mein bester Spurenleser. Ich brauche dich beim Spähtrupp.«

Ein Lächeln huschte über das schmerzverzerrte Gesicht. »Ehrlich? Ich kann bleiben?«

»Wenn ich mich recht erinnere, war dein rechter Arm allein unter meinem Kommando schon zweimal verwundet. Offensichtlich gelingt es dir nicht, auf ihn aufzupassen. Sei froh, wenn er ab ist! Dann hast du eine Sorge weniger.«

Das Lächeln wurde breiter. »Danke! Hatte befürchtet, du

wolltest mir nur das Sterben erleichtern. Jetzt kann der Knochenschinder kommen. Ich melde mich morgen zum Dienst.«

Eine grauhaarige Frau mit einem Becher in der Hand trat ans Lager.

»Im Moment gibt es nichts auszuspähen. Gönn dir ein paar Tage Ruhe zwischen all den hübschen Mädels hier«, erklärte der Hauptmann daraufhin zwinkernd und erhob sich.

Jonas nickte dankbar, und die Frau lachte und schüttelte den Kopf.

Derea wollte sich gerade wieder auf den Weg zu Taifa machen, als Remo einen Pfiff ausstieß. Er wandte sich um und schlenderte auf ihn zu. »Und was willst du jetzt? Mir zeigen, dass du noch alle Zähne hast?«

Der deutete hinter sich. »Hauptmann Waruss will dich sprechen. Sagt, es sei dringend.«

Der Hauptmann wusste selbstverständlich, was Waruss hergetrieben hatte, hob aber die Brauen und fragte: »Was gibt's? Fasst Euch kurz! Ich werde erwartet.«

Waruss salutierte denkbar knapp. »Kommandant! Wir möchten mit Euch über den Arrest des Generals sprechen.«

»Gleich! Es gibt Wichtigeres«, erklärte er, ging zu Taifas Lager und setzte sich. »Hör zu! Ich muss zu den Adlern. Sie scheinen mir übel zu nehmen, dass ich ihrem General die Flügel gestutzt habe. Ich komme danach wieder. Bleib schön wach, ja?«

Taifa bewegte die Lippen, und Derea beugte sich zu ihm herunter und lachte auf. »Nein, ich habe ihn nicht verprügelt und auch nirgendwo runtergeschmissen. Ich war ein würdevoller Kommandant, und ihr seid eine lästerliche Bande. Streng dich ja an! Klar? Ich beeile mich.«

Seine Miene war düster, als er wieder zu Waruss kam. »Ich gebe Euch einen guten Rat: Kommt mir heute bloß nicht blöd.«

* * *

Gemeinsam betraten sie das Quartier der Adler. Die Hauptleute des Generals saßen um einen Tisch. Keiner erhob sich.

Derea sah sich um. »Hier muss ich falsch sein«, erklärte er, machte auf dem Absatz kehrt und verließ den Raum.

Die Adler sahen einander verblüfft an.

»Was sollte das denn jetzt?«, fragte einer.

»Er ist nun mal Kommandant, auch wenn es uns nicht passt«, erklärte Waruss ärgerlich.

Der Heerführer der Flammenreiter betrat nochmals den Raum. Alle Hauptleute erhoben sich und salutierten.

Der Kommandant machte eine beschwichtigende Geste. »Behaltet Platz, meine Herren! Es war eine lange Nacht, und wir sind alle müde. Da wollen wir auf Formalitäten verzichten.«

Die Adler starrten ihn an, schwankend zwischen Unmut und Unglauben, blieben aber stehen, da auch Derea sich nicht setzte. Der fuhr fort: »Bevor sich jemand verrennt: Es mag Euch nicht gefallen, aber ich bin Befehlshaber dieser Stadt. Ich kann und werde nicht dulden, dass jemand eigenmächtig handelt. Die Adler unterstehen ab sofort meinem Kommando. Noch Fragen?«

Hauptmann Berge, ein rothaariger Hüne, räusperte sich. »Wir haben eine glorreiche Schlacht geschlagen.«

Der Hauptmann nickte, und Berge fuhr fort: »Der Feind hat große Verluste hinnehmen müssen.«

Erneutes Nicken.

»Es ist uns eine Schmach, den General in Arrest zu wissen.«

Verstehendes Nicken.

Berge schöpfte etwas Hoffnung. »Könntet Ihr Eure Entscheidung überdenken?«

»Nein! Noch Fragen?«

Dem Adler-Hauptmann blieb der Mund offen stehen, und Waruss schaltete sich wieder ein. »Wir sind Adler und nehmen Befehle nur von unserem General entgegen.«

»Ist das so?« Derea maß ihn mit kühlem Blick, ging zur Tür und öffnete sie. »Remo! Die Hauptleute des Generals wünschen, ihm Gesellschaft zu leisten. Schick eine Eskorte und sag Lucio, er soll sich von nun an um die Adler kümmern.«

Vom Flur erklang ein »Jawohl, Kommandant!«.

Waruss räusperte sich unbehaglich. »Dürften wir die Angelegenheit zumindest mit General Darkoba besprechen, bevor wir uns entscheiden?«

Der Hauptmann ging durch den Raum und blieb vor ihm stehen. »Ganz sicher nicht. Ich kann mich wohl kaum auf Hauptleute verlassen, die jeden Befehl erst mit ihrem inhaftierten General besprechen wollen. Klar?« Er wandte sich wieder um und machte Anstalten, das Zimmer zu verlassen, doch Waruss hielt ihn nach einem kurzen Blick in die Runde zurück. »Dürfen wir uns unter Euer Kommando stellen?«

Derea sah vom einen zum anderen. Alle standen stramm und salutierten. Er nickte. »Wir wollen das vergessen. Kümmert euch um eure Männer!«

* * *

Wenig später saß er wieder an Taifas Lager und hielt dessen Hand, bis dieser starb. Taifa hatte gekämpft und verloren, und er war keine zwanzig geworden.

Derea drückte ihm die Augen zu und hörte, wie der Ausrufer den Beginn des neuen Tages ankündigte und allen Bewohnern Ten'Shurs einen friedvollen Tag wünschte.

»Gute Reise, mein Freund«, murmelte er und berührte Taifas Stirn und Augen. »Auch dir einen friedvollen Tag! Wir sehen uns in der Sternenhalle.«

18. Kapitel

Mehrere Horkas führten sie durch einen engen, von Fackeln beleuchteten Felsengang.

Rhonan drehte sich zu Gideon um und flüsterte: »Versprich mir, dass du zu deinem Wort stehst!«

Der schluckte und nickte. Wenig später betraten sie eine riesige Höhle, und Jubel empfing sie.

Eine Palisade umgab ein Rund von etwa acht Pferdelängen. Angespitzte Hölzer ragten aus ihr ins Innere. In der Mitte stand ein hoher Pfahl. Mehrere Feuer brannten in der Arena. Um sie herum lagen Krummdolche, deren Klingen vielleicht zwei Handspannen maßen. Der Boden war mit weißem Sand bestreut. Rund um die Palisade erhoben sich Sitzreihen für die Zuschauer.

Gideon fragte seinen Führer etwas und keuchte nach dessen Antwort auf. Die Horkas lachten.

»Was ist?«, fragte Rhonan.

Gideon sah ihn kummervoll an und rang die Hände. »Ich hab gefragt, was das für Sand ist.« Er schüttelte sich, ehe er fortfuhr: »Es sind die gemahlenen Knochen der Verlierer.«

»Gemahlene Knochen? Viel lassen die von ihren Feinden wirklich nicht übrig.«

Caitlin fand das gar nicht lustig und schnappte hörbar nach Luft. »Wie grauenhaft! Ich will das nicht, ich kann das nicht … ich will lieber draußen warten.«

Sie hatte es kaum ausgesprochen, als zwei Horkas sie packten und in die Arena schubsten. Sie kreischte auf und trat um sich. Die Zuschauer trampelten vor Begeisterung mit den Füßen. Kaum hörte sie das, verstummte sie und hob würdevoll den Kopf.

»Gut so«, lobte Rhonan. Missmutig betrachtete er die kurzen Waffen. So nah hatte er dem haarigen Gegner eigentlich nicht kommen wollen.

Auch Gideon musterte die Dolche, allerdings mit ganz anderen Gefühlen. Er war erleichtert. Die kurzen Waffen sahen viel ungefährlicher aus als Rhonans Schwert oder gar Äxte.

Caitlin wurde zum Pfahl gebracht, von dem zwei Seile herunterhingen. Die Enden davon wurden um ihre Handgelenke gebunden, allerdings so, dass sie ihre Arme frei bewegen konnte. Wie versteinert ließ sie es über sich ergehen, schloss die Augen und betete zu Haidar.

Die Horkas ließen Rhonan inzwischen durch Gideon auffordern, sein Hemd auszuziehen, da man das Blut dann besser sehen könne. Gideon versagte bei der Übersetzung fast die Stimme, aber der Prinz kam der Aufforderung umgehend nach und blinzelte ihm zu. »Jetzt guck doch nicht so! Ich hätte es sowieso ausgezogen. Es schützt nicht, und ich habe nur noch ein anderes. Also pass gut darauf auf!«

Der Gelehrte wollte noch etwas sagen, wurde aber schon grob hinausgestoßen.

Der Prinz sah sich um und versuchte, sich einzuprägen, wo die Feuer waren, ging dann zur Prinzessin und stellte sich vor sie. Sie bebte, war weiß wie Schnee und hatte die Augen zusammengepresst.

»Mach die Augen auf! Sieh zu, dass du immer mich oder zumindest den Pfahl zwischen dir und unserem Gegner hast!« Er lächelte sie an, als sie widerstrebend die Lider hob.

»Ich fühle mich furchtbar«, hauchte sie. »Ich glaube, ich werde gleich ohnmächtig. Könntest du mich in den Arm nehmen und mir versprechen, dass alles gut wird?«

»Aber ja.« Unter dem Geschrei der Zuschauer zog er sie eng an sich. »Nicht weinen!« Er wischte mit dem Daumen eine

Träne weg. »Wir schaffen das. Haben wir bisher nicht alles überstanden? Hab Vertrauen!«

Er bemühte sich um einen sorglosen Tonfall. »Ganz ruhig! Es wird alles gut. Er darf dir nur unter keinen Umständen zu nahe kommen. Gib also acht!«

»Ich kann das nicht, ich fürchte mich zu Tode.«

Er hob ihr Kinn an und sah ihr in die Augen. »Du schaffst das. Du bist eine Nebelprinzessin und wirst dich diesen Wilden nicht beugen, wirst ihnen deine Angst nicht zeigen.«

Aus dem zunehmenden Brüllen und Trampeln der Zuschauer schloss er, dass sein Gegner die Arena betreten haben musste. »Sei jetzt tapfer, für dich und für mich«, murmelte er in ihr Haar und strich ihr sanft mit den Daumen über die Wangen.

Sie sah kläglich zu ihm auf, versuchte aber, ein Lächeln zustande zu bringen. In ihren Wimpern hingen Tränen, und ihre großen Augen schimmerten. Sie erinnerte ihn an ein weidwundes Reh, und er beugte sich unwillkürlich hinunter und küsste sie zärtlich auf den Mund.

Sie erwiderte den Kuss ungestüm, klammerte sich an ihn, und ihre Stimme war nur ein Flüstern, als sie bat: »Lass mich bei diesen Wilden nicht allein.«

»Niemals!« Sanft löste er ihre Hände und wandte sich langsam um.

Hinter dem Häuptling standen Gideon und vier Horkas. Der Gelehrte war bleich und übersetzte hörbar widerwillig: »Der Kampf geht bis zum Tod. Zum Kämpfen darfst du alles benutzen, was du in der Arena findest. Der Kampf beginnt mit einem Hornstoß. Caitlin kann ihn noch verhindern, wenn sie freiwillig den Häuptling erwählt.« Unglücklich ließ er den Kopf hängen.

Die Prinzessin lachte wild auf. »Sag diesem haarigen Ungeheuer, dass ich zu Hause einen Bettvorleger habe, der wohl aus seinem Bruder geschneidert worden ist. Er wärmt die Füße, für alles andere ziehe ich meinen Gatten vor. Sag ihm, ich lasse mir eine Pferdedecke aus seinem Fell und einen Haarschmuck aus seinen langen Zähnen machen. Sag ihm, ich würde nie und unter keinen Umständen auch nur in Erwägung ziehen, meinen starken, tapferen und gut aussehenden Gatten gegen eine stinkende, hochbeinige Bergziege wie ihn einzutauschen.« Schwer atmend hielt sie inne.

Rhonan war überrascht, wandte sich um und nickte ihr mit einem anerkennenden Zwinkern zu, aber Gideon schluckte. »Willst du ihn vor dem Kampf unbedingt noch richtig reizen? Das ist …«

»Übersetze«, forderte der Prinz, immer noch mit einem Lächeln im Gesicht. Hatte sie gut aussehend gesagt? »Und übersetze ja wortgetreu!« Bestimmt hatte sie das nur so oder in Bezug auf den Häuptling gesagt, aber es hatte nett geklungen.

Sein Begleiter schüttelte den Kopf und kam der Aufforderung leise und stockend nach. Es wurde zunächst totenstill, dann ging ein Raunen durch die Reihen der Zuschauer, und der Häuptling schüttelte seine Fäuste und brüllte etwas.

Gideon sah die Priesterin vorwurfsvoll an: »Ich hab's gewusst. Er sagt, für diese Beleidigung wird er dir deinen Gatten stückweise vor die Füße legen.«

Deren violette Augen erinnerten an einen Gewitterhimmel, als sie höhnisch auflachte. »Sag ihm, Träume haben wir alle. Er wird seinen mit zu seinen Göttern nehmen. Meinen Gatten besiegt er nie.«

Der Häuptling grunzte nach der Übersetzung zornig, und Rhonan grinste ihn an und hob spöttisch die Brauen.

Die Horkas beeilten sich jetzt, mit Gideon aus der Arena zu kommen. Der drehte sich noch einmal um und bat: »Mögen die Götter dir beistehen, mein Junge.«

Der hörte ihn gar nicht mehr, konzentrierte sich nur noch auf seinen Gegner.

Ein Hornstoß durchschnitt die Stille. Der Häuptling hatte wohl vor, seinen Gegner sofort in den Nahkampf zu zwingen, und stürmte Kopf voran los. Rhonan brachte sich mit einer Hechtrolle aus der Gefahrenzone und zu den Dolchen. In jeder Hand einen sprang er wieder auf. Sein Gegner näherte sich mit einem Dolch in der rechten Pranke. Schritt für Schritt wich er zurück.

»Pass auf, hinter dir ist ein Feuer!«, warnte Caitlin aufgeregt.

Er glitt nach rechts, weiterhin auf Abstand bedacht. Sein Gegner stürzte blitzartig vor und stieß mit dem Dolch zu. Der Angriff erfolgte genauso ungestüm wie unbedacht, und der Prinz bog den Oberkörper nach hinten, parierte mit rechts und stieß mit links zu, aber der Horka drehte sich weg und donnerte mit der Faust unter das Gelenk der linken Hand. Rhonans Dolch flog weg. Schon zuckte die Klinge des Häuptlings wieder vor. Rhonan tauchte ab und trat ihm mit Wucht gegen das rechte Knie. Der stöhnte, und der Prinz rollte sich weg, packte den verlorenen Dolch und schleuderte ihn noch in der Hocke seinem Feind entgegen. Der wich aus, aber der Dolch hinterließ diesmal eine rote Spur im Fell des Oberarms. Der Häuptling grunzte und sah überrascht auf die Wunde. Rhonan griff sich eine Handvoll Knochenstaub und warf.

Der Horka schnaubte und rieb sich die Augen. Leider machte er nicht den Fehler, dabei stehen zu bleiben. Der Dolch des Prinzen traf nur die Schulter und wurde unter Gebrüll wieder aus der Wunde gerissen.

Rhonan nutzte die Zeit für einen weiteren Angriff, trat dem Feind kräftig in den Unterleib, stieß mit der Klinge zu und traf ihn in die Seite, allerdings nicht sehr tief.

Der Häuptling begriff, dass er seinen Gegner unterschätzt

hatte, und ging nun überlegter vor. Die Kämpfer umkreisten einander. Keiner ließ den anderen aus den Augen.

Gideon kämpfte gegen die aufsteigende Übelkeit an, als er von den Zuschauern Aufforderungen wie »Ich will sein Schenkelfleisch« oder »Mach doch, Jerva! Die langen Finger sind bestimmt knusprig« vernahm.

Der Häuptling griff wieder an. Er warf einen Dolch, verfehlte jedoch den sich wegdrehenden Gegner. Doch in der Drehung strauchelte Rhonan. Der Horka nutzte das aus, stürmte auf seinen Feind zu und rammte ihm den Kopf in die Rippen. Der Prinz keuchte auf, taumelte rückwärts und hörte Caitlin einen Warnschrei ausstoßen. Er kam zu dicht an die Palisade, doch zu beiden Seiten waren Feuerstellen. Er wählte das kleinere Übel, warf sich zur Seite und rollte über ein Feuer hinweg, den Feind jetzt dicht auf den Fersen. Er wirbelte noch auf dem Boden herum und grätschte dem Gegner die Beine weg. Der Häuptling fiel, rappelte sich aber erstaunlich schnell wieder hoch. Doch die Zeit hatte Rhonan gereicht, um aufzuspringen und sich eine Waffe zu greifen. Schweiß lief ihm in die Augen. Schwer atmend sah er seinem Feind entgegen.

Der keuchte ebenfalls, leckte sich dann aber unangenehm die Lippen. Langsam und mit Bedacht hob er den Dolch und zielte nicht auf Rhonan, sondern auf Caitlin. Die stöhnte auf und murmelte ein Gebet, denn der Pfahl bot nur sehr unzureichende Deckung. Der Prinz überlegte kurz. Er konnte den Horka nicht erreichen, ehe der werfen konnte, aber das wollte er offensichtlich auch gar nicht. Schmatzend und sich erneut die Lippen leckend wartete er ab.

Ohne seinen Gegner aus den Augen zu lassen, ging der Prinz in die Knie und griff einen zweiten Dolch. Sein Gegner stieß ein kehliges Lachen aus und holte betont langsam aus. Caitlin unterdrückte mühsam einen Schrei und presste die Lippen zusammen. Sie verspürte nicht mal Erleichterung, als ihr Beschützer sich zwischen sie und den Häuptling schob, die Klingen vor der Brust gekreuzt.

Der Horka warf. Rhonan widerstand dem Reflex auszuweichen und versuchte stattdessen, die Klinge mit einem Dolch abzulenken. Es gelang ihm fast, aber nicht ganz. Der Dolch hinterließ eine blutige Spur an seinem rechten Unterarm. Caitlin schrie auf, als sei sie selbst verletzt. Der Prinz sah, dass sein Gegner sich bereits neue Dolche griff, und stürmte Kopf voran los. Als lebender Schild würde er kaum längere Zeit überstehen. Sein Angriff traf den Häuptling völlig überraschend. Nie hätte der damit gerechnet, dass der körperlich unterlegene Gegner den Nahkampf suchen würde. Er taumelte unter der Wucht und fiel ins Feuer, riss aber seinen Angreifer mit. Es knisterte, Funken stoben aus der Glut. Der Häuptling wälzte sich brüllend herum, die Arme wie Schraubstöcke um sein Opfer gelegt. Rhonan lag halb in der Glut und versuchte, sein Knie anzuziehen, traf aber nur den Oberschenkel seines Gegners. Aber er hatte noch einen Dolch, griff nach ihm und drückte die Klinge tief in die Hüfte des Horka. Ein heiserer Aufschrei, und die Umklammerung lockerte sich.

Der Prinz riss die Arme auseinander und wollte sich aus der glimmenden Asche retten, als ein mörderischer Schlag ihn an der Schulter traf und ihm fast den Arm aus dem Gelenk drückte. Er stöhnte auf, drehte sich halb herum und rammte dem Feind den Ellbogen in den Magen. Das entlockte wiederum dem Horka ein Grunzen. Unterdessen versuchte Rhonan verzweifelt, auf die Füße zu kommen. Doch ausgerechnet jetzt knickte sein Bein ein, und ein Dolchstoß traf ihn von hinten in die linke Seite. Sein Gegner drehte den Dolch in der Wunde, bevor er ihn wieder herausriss. Rhonan schrie auf und schwankte. Sein Gegner nutzte das, sprang halb auf die Füße und warf ihn wieder zu Boden. Das presste sämtliche Luft aus seiner Lunge und raubte ihm fast die Sinne.

Der Horka saß auf seinem Rücken, schwerer als ein Pferd. Ein Schlag traf ihn zwischen die Schulterblätter, ein weiterer die frische Wunde. Der Schmerz war mörderisch. Er keuchte noch einmal auf und erschlaffte.

Höllenlärm brach los. Caitlin schrie immer wieder beschwörend seinen Namen, und die Zuschauer tobten und jubelten.

Der Häuptling grinste bösartig und hob einen Arm des Prinzen hoch, ließ dessen Hand locker hin und her pendeln. Als er den Arm losließ, fiel er einfach in den Knochensand. Rhonan regte sich nicht mehr. Der Häuptling riss die Arme hoch und ließ sich von seinem begeisterten Stamm als Sieger feiern. Stolz beugte er das Haupt nach allen Seiten. Dann rief er der Prinzessin etwas zu, was die natürlich nicht verstand, nahm den Dolch und setzte ihn an der linken Schulter des Besiegten an, als wolle er den Arm abtrennen.

Caitlin stöhnte auf. Zitternd und weinend presste sie sich an den Pfahl.

Gideon brüllte, und zwei Horkas hielten ihn fest, als er in die Arena stürmen wollte.

Die Menge johlte und trampelte.

Der Häuptling hatte erst einen kleinen Schnitt gemacht, als ihm ein besserer Gedanke kam. Noch netter wäre es, wenn der wilde Feuerkopf das Gesicht des Gatten sehen konnte, wenn er ihn langsam auseinanderschnitt. Er erhob sich leicht und drehte sein schlaffes Opfer auf den Rücken.

Rhonans Augen waren geschlossen. Sand traf die Augen seines Gegners zum zweiten Mal völlig unerwartet. Erschrocken heulte er auf. Der Prinz ballte die rechte Faust und rammte sie dem Horka mit all seiner verbliebenen Kraft an die Kehle. Röchelnd sackte der über ihm zusammen.

Das Geschrei der Zuschauer erstarb.

Der Prinz konnte kaum atmen, wälzte den Körper mühsam von sich herunter, schaffte es, auf die Knie zu kommen, griff seine Dolche und kroch unter Ächzen auf die Brust seines Gegners. Mit den Armen drückte er sich hoch und hielt die Dolche wie eine Schere an die Kehle des Häuptlings. »Gideon!« Seine Stimme war nur ein heiseres Krächzen, aber in der Stille, die den Jubel abgelöst hatte, war sie gut zu hören.

Vier Horkas begleiteten Gideon in die Arena. Der stürzte sofort zu seinem Begleiter. »Ich dachte, es wäre alles vorbei. Bist du halbwegs in Ordnung, Junge?«

Der nickte nur erschöpft.

»Sie wollen wissen, ob ihr Häuptling tot ist.«

»Er atmet noch.«

»Sie wollen deine Bedingungen dafür, dass du ihn am Leben lässt.«

»Ich will … Verpflegung und freies Geleit, auch auf … auf dem Rückweg. Beeil dich! Ich falle gleich um.«

»Sie werden uns wie Freunde behandeln. Sie danken dir für deinen Großmut.«

»Ja, ja! Sie sollen … sollen Caitlin losmachen … und du … hilf mir hoch!«

Gideon kam der Bitte nach, zog seinen Freund auf die Füße und presste ihm sein Halstuch auf die Wunde in der Seite.

Caitlin kam angerannt. Schluchzend warf sie sich in Rhonans Arme. »Ich habe geglaubt, du wärst tot oder müsstest sterben. Als er das Messer …«

»Ist ja gut! Es …«, murmelte er und sackte zusammen.

* * *

Die Horkas zeigten sich sehr bemüht um ihre Gäste. Sie gaben ihnen Rucksäcke und Waffen zurück, brachten Wasser und Tücher zur Wundversorgung. Freundlich bot der Heiler seine Hilfe an. Gideon hätte sie auch angenommen. Zwar bezweifelte er den Nutzen, wollte aber ihre Gastgeber nicht verprellen. Sicher fühlte er sich in ihrer Mitte nach wie vor nicht. Seine Versuche, Caitlin zur Vorsicht zu ermahnen, schlugen jedoch fehl. Sie hörte gar nicht zu, sondern beschimpfte den Heiler laut. Als sie ihn mit ihrem Dolch bedrohte, begriff er, dass seine Anwesenheit nicht erwünscht war.

Zu Gideons Erstaunen half sie, Rhonan das Blut-Sand-Schweiß-Gemisch abzuwaschen. Sie würgte zwar hin und wieder, hielt sich aber tapfer und drehte sich erst weg, als der Verianer mit zwei Nähten die Dolchwunde schloss. Arm- und Schulterwunde waren kaum mehr als Kratzer, und Gideon war ausgesprochen dankbar, denn diese Verletzungen würden Rhonan kaum beeinträchtigen. Beim Zusammenstoß mit Kinian hatte er mehr einstecken müssen.

Als der Prinz das erste Mal seufzte und sich bewegte, war Gideon vollends beruhigt, denn die Bewusstlosigkeit schien in Schlaf übergegangen zu sein.

Die Horkas warfen ihnen immer wieder gespannte Blicke zu, trauten sich nach den Erfahrungen des Heilers aber offensichtlich nicht näher heran. Doch mit jedem Blick wurde Caitlin nervöser. Immer wenn sie glaubte, Gideon würde es nicht sehen können, stupste sie Rhonan an. Zu ihrem Kummer reagierte der nicht.

Etliche Zeit später erklärte sie: »Jetzt hat er bestimmt genug geschlafen.«

»Nein! Er wird erwachen, wenn er genug geschlafen hat«, widersprach Gideon, wusste aber, dass er sich vergeblich für den Kämpfer einsetzte, denn in diesem Augenblick kamen drei Horkas geradewegs auf sie zu.

Caitlin rüttelte ihren Beschützer an der Schulter, erst sanft, dann heftiger. »Rhonan, wach auf!«

Offenbar brauchte sie dringend Hilfe. Augenblicklich stand der Prinz senkrecht.

Das war so schnell gegangen, dass sie zusammenfuhr. »Hast du mich erschreckt«, stotterte sie.

Einer der Horkas hatte seine Schale fallen lassen. Braten und Fladen landeten auf dem Boden.

Der Prinz stellte nach kurzem Rundblick fest, dass sie entgegen seiner Annahme nicht angegriffen wurden, und sah Caitlin verständnislos an. »Was sollte das?« Unter verhaltenem Stöhnen setzte er sich wieder hin.

Gideon musste gegen seinen Willen lachen. Die Horkas wagten sich nicht näher heran und standen ängstlich herum, Rhonan zeigte nur Verwirrung, und Caitlin schoss die Röte ins Gesicht. Gideon erläuterte den Gastgebern, dass es ein Missverständnis gewesen sei und sie gern etwas essen würden, und die Horkas stellten ihre Schalen in sicherer Entfernung auf den Boden und entfernten sich eilig.

»Ich hatte Angst«, erklärte Caitlin mit dünner Stimme.

»Wovor?«, fragte Rhonan verständnislos. »Dass sie mit Braten werfen?«

Gideon griff barmherzig ein. »Sie hat immer Angst, wenn du schläfst.«

»Hin und wieder werde ich das trotzdem tun müssen«, murmelte sein Freund und lehnte sich vorsichtig an die Höhlenwand.

Kurz nachdem sie gegessen hatten, kamen fünf Horkas auf sie zu. Caitlin schob sich sofort an Rhonan heran, der beruhigend ihre Hand in seine nahm.

»Sie lassen fragen, ob du bereit wärst, ihr Stammesbruder zu werden«, übersetzte Gideon und fügte hinzu: »Ich gehe mal davon aus, dass die Schmach der Niederlage für den Häuptling geringer bewertet wird, wenn er gegen einen ›Bruder‹ verloren hat. Ich will dich nicht drängen, aber eine Ablehnung könnte zu Verstimmungen führen.«

»Sehe ich auch so. Werde ich eben Stammesbruder«, erwiderte der Prinz ohne jede Begeisterung. Die Dolchwunde schmerzte, und er fühlte sich erschöpft, müde und ausgelaugt, aber unabänderliche Dinge brachte man am besten hinter sich.

»Der Häuptling erwartet dich bereits.« Gideon gab ihm ein Hemd.

Sie folgten ihren Führern in die Höhle des Häuptlings. Alle Jäger saßen dort auf Bänken um ein prasselndes Feuer herum. Ihr Anführer selbst thronte auf einem der Stühle. Rhonan stellte mit Genugtuung fest, dass auch er nicht besonders frisch aussah und einen Verband um die Schulter trug.

Gideon übersetzte: »Der Häuptling sagt, du hättest tapfer und wahrlich gut gekämpft. Er sei noch nie besiegt worden, und es sei ihm daher eine Ehre, sich bald dein Bruder nennen zu dürfen.«

»Sag ihm etwas Unfreundliches, diesem ekligen Wurm! Er wollte dir den Arm abschneiden«, fauchte Caitlin.

»Sag ihm, es sei eine Ehre gewesen, gegen ihn antreten zu dürfen. Allein die Sorge um meine Gefährtin hätte mir die Kraft gegeben, gegen ihn zu bestehen. Er sei ein großer Kämpfer, und ich wäre froh, dass das Glück diesmal auf meiner Seite war. Sag ihm, es wäre mir eine Ehre, dem Stamm beitreten zu dürfen. Sollte er mich Bruder nennen, würde mich das mit Stolz erfüllen.«

Gideon nickte, aber Caitlin riss die Augen auf, zerrte an seinem Arm und keifte: »Ich glaube es nicht. Was erzählst du da?«

»Still, Prinzessin!«

»Ich soll still sein? Pah! Er hat schlecht und gemein gekämpft. Er ist ein Feigling und ein Widerling. Sag ihm das! Wenn du es nicht tust, tue ich es.«

»Sei still und hör auf, mich zu schütteln! Ich will mich nicht durch die Krieger kämpfen müssen, nur weil ich ihren Häuptling beleidige. Zurzeit könnte ich das auch gar nicht.«

Dem Stamm hatte die Erwiderung des Prinzen offensichtlich gefallen. Ein beifälliger Singsang war zu hören und allgemeines Nicken zu sehen.

Gideon übersetzte: »Du sollst durch die Reihen gehen. Jeder will dich willkommen heißen. Der Häuptling wird dir dann das Stammeszeichen der Jäger geben.«

Rhonan sah kurz auf ein Eisen im Feuer und murmelte: »Das hat mir gerade noch gefehlt. Können die keine kleinen Steine verteilen oder Losungen?«

Gideons Augen folgten seinem Blick. »Oh nein! Du meinst doch nicht …« Er schluckte schwer.

Die Horkas bildeten schon eine Gasse, und alle umarmten den Prinzen. Nach erster Verwirrung fand er heraus, dass alle nach der Umarmung ihr linkes Handgelenk gegen seins drückten: die formelle Begrüßung der Jäger. Ihre Handgelenke zierte ein Dreieck mit einem Kreis auf der Spitze – schlichtes Symbol für die Sonne über einem Berg.

Caitlin schüttelte sich. »Ist das nicht entsetzlich?«

Gideon schaute immer noch wie gebannt auf das rotglühende Eisen im Feuer, spürte eine Gänsehaut am ganzen Körper und nickte heftig. »Barbarisch! Mir wird gleich schlecht. Hoffentlich übersteht er das einigermaßen.«

»Ehe ich heute schlafen kann, muss er sich gründlich waschen«, erklärte sie unumwunden.

»Was?«

»Sieh dir das nur an! Einige küssen ihn sogar. Das ist so

widerlich. Er wird ganz besabbert sein und stinken. Du hast recht: Hoffentlich übersteht er das.«

Gideon starrte sie nur entgeistert an.

Rhonan fand die herzliche Aufnahme auch übertrieben, bemühte sich aber, ein freundliches Gesicht zu machen. Irgendwann spürte er neben Schmerzen Feuchtigkeit an seiner verletzten Schulter, und sein Lächeln gefror, während er immer weitergereicht wurde. Endlich stand er vor dem Häuptling, und Gideon übersetzte: »Bist du bereit, einer der ihren zu werden?«

»Eigentlich nicht. Sag einfach Ja!«

Ein Horka kam mit einem Stück Eis, um das er ein Tuch wickelte, und stellte sich einfältig, aber freundlich lächelnd neben den Prinzen.

Halbherzig lächelte der zurück. Er spürte, wie seine Handflächen feucht wurden und sein Herz raste. Dass er wusste, was auf ihn zukam, machte es nicht leichter.

Der Häuptling ging zum Feuer und holte das Eisen.

»Was will er damit?«, krächzte Caitlin augenblicklich mit weit aufgerissenen Augen. »Gideon, was geschieht da?«

Der Gelehrte legte ihr freundschaftlich den Arm um die Schultern, zog sie an sich und empfahl mit brüchiger Stimme: »Schließ jetzt besser die Augen, Kleine.«

Rhonan hatte den linken Ärmel hochgeschoben und die Hand zur Faust geballt. Er hörte Caitlin kreischen. Dann verstummte sie. Entweder hielt Gideon ihr den Mund zu, oder sie war in Ohnmacht gefallen. Aber das war ihm gleichgültig, denn der Häuptling stand jetzt vor ihm und sprach wohl die übliche Aufnahmeformel. Er spürte Schweiß auf der Stirn, und unter dem Jubel der Stammesbrüder drückte Horka das rotglühende Eisen kurz und kräftig auf das Handgelenk. Rhonan hielt die Luft an und biss sich auf die Unterlippe. Es zischte, und der Häuptling warf das Eisen weg und riss den

Arm des Prinzen in die Höhe, damit alle sehen konnten, dass es einen neuen Horka gab.

Der Jubel schwoll an, der ehemalige Feind drückte den Prinzen an sich und wickelte dann eigenhändig das Eistuch um die Wunde. Schließlich wies er Rhonan an, sich neben ihn zu setzen.

Man brachte Getränke und Speisen, um das freudige Ereignis gebührend zu feiern. Gideon und eine bleiche Caitlin wurden zu ihrem Begleiter geführt.

Sie rückte ihren Stuhl nahe an Rhonans und klammerte sich an ihn. »Ich will hier weg. Das sind Barbaren. Wie geht es dir?«

»Ganz gut.« Mehr brachte er noch nicht heraus, aber er spürte bereits, wie das Eis die Schmerzen langsam betäubte.

Man reichte ein Getränk herum, dessen Hauptbestandteil der Farbe nach Blut war. Gideon und Rhonan tranken tapfer, Caitlin vergrub ihr Gesicht nur angewidert an Rhonans Arm. Der Häuptling fühlte sich dadurch anscheinend nicht beleidigt, sondern lachte herzhaft. Er ließ Gideon fragen, wie ein großer Krieger zu einer so widerspenstigen Frau kam. Caitlins Augen schleuderten Blitze, aber der Prinz ließ erklären, das Schicksal hätte sie zusammengeführt. Der Häuptling nickte und winkte mit der Hand. Ein Horka kam daraufhin näher und trug vor sich etwas Längliches in den Händen, das in weißes Fell gewickelt war.

Der Verianer übersetzte: »Sie möchten, dass du ein Geschenk annimmst.«

»Was das wohl Entsetzliches ist? Sag, ich fühle mich geehrt.«

Der Häuptling erhob sich, entfernte das Fell und überreichte dem Prinzen einen wunderschön gefertigten Schwertgürtel, der mit schimmernden Edelsteinen besetzt war. In der ebenso kunstvollen Scheide steckte ein funkelndes Kurzschwert, dessen Griff ein blauer Edelstein zierte.

Gideon lächelte. »Der Häuptling trennt sich gern von diesem Beutestück, denn er ist der Ansicht, dass zu einem großen Krieger eine Kriegerin gehören sollte. Der Stein würde mit den Augen deiner wunderschönen Frau um die Wette funkeln. Wenn sie irgendwann nur halb so gut mit diesem Schwert umgehen könne wie mit dem Mund, würden sie sicher bald von ihren ruhmreichen Taten hören.«

Caitlin schnaubte beleidigt, und Rhonan grinste. »Sag ihm, sein Geschenk sei äußerst großzügig und wunderschön. Nie hätte ich ein edleres Schwert gesehen. Ich würde mein Bestes geben, um meine Gemahlin im Umgang damit zu unterrichten. Sag ihm, seine Einschätzung könne freilich nur darauf beruhen, dass er sie noch nicht so lange kennt, denn wenn sie damit auch nur ein Viertel ihrer Zungenfertigkeit erreichen würde, wäre sie schon eine große Kriegerin, und ich könnte mein Schwert getrost in eine Truhe legen.«

Die Horkas schlugen sich nach der Übersetzung auf die Schenkel und lachten, dass die Höhle zu beben schien.

Caitlin schnaubte noch lauter und hätte ihren schmunzelnden Begleiter am liebsten geschlagen. »Das war gemein von dir. Ich werde kein Wort mehr mit dir wechseln. Du hast dich vor diesen Wilden über mich lustig gemacht.« Damit ließ sie ihn los und rückte von ihm weg – allerdings nicht sehr weit.

Die Stimmung war nach dem Gelächter gut. Die Horkas redeten laut und unverständlich und ließen die Becher kreisen, und Rhonan und Gideon ließen sich derweil vom Häuptling den besten Weg zum Gipfel beschreiben und erfuhren, dass immer noch ein Schneesturm tobte. Es war der Weiße Tod, wie ihn die Horkas nannten, der sie immer wieder heimsuchte und mindestens drei bis vier Tage andauerte. Das hieß, ein Aufbruch kam frühestens in zwei Tagen in Betracht.

Gideon schüttelte fassungslos den Kopf. »Es ist unglaublich, aber ich könnte mich fast zu der Äußerung hinreißen lassen, dass wir richtig Glück hatten, hier zu landen.«

»So ist es. Draußen hätten wir nie überlebt«, stimmte Rhonan zu, während er ein frisch gebrachtes Eistuch um sein Handgelenk knüpfte.

Nach Pferdemist stinkende Pfeifen machten jetzt die Runde, und die Horkas schienen immer mehr in Stimmung zu kommen. Man verstand sein eigenes Wort kaum. Irgendwann sprangen einige auf, huschten in gebeugter Haltung um das Feuer herum und stießen dabei tiefe, kehlige Laute aus. Plötzlich blieben sie stehen, die Pfeife kreiste, und Jäger sprangen mit Bocksprüngen über das Feuer. Funken stoben, und schnell roch es nach verbranntem Fell.

Erst spät in der Nacht endete das Fest.

* * *

Gideon sah noch einmal nach Rhonans Wunden, verband das Handgelenk und gähnte. »Diese Nacht werde ich so gut wie lange nicht mehr schlafen. Nicht nur der Kampf, auch dein Verhalten als bescheidener Sieger haben dir heute zur Ehre gereicht. Das hast du großartig gemacht.«

»Schön, dass du zufrieden bist. Himmel, bin ich müde! Gute Nacht!« Er ließ sich bäuchlings auf die Felldecke fallen, seufzte noch einmal tief und schloss die Augen.

Caitlin saß auf ihrer Decke und sah ratlos drein. »Hast du mir gar nichts zu sagen?«, begann sie.

Seine Augen blieben geschlossen. »Nein, du sprichst ja nicht mehr mit mir.«

»Nicht, bevor du dich entschuldigst.«

»Ich merke es mir.«

Ihre Stimme wurde lauter. »Du musst dich nur entschuldigen.«

»Morgen.«

»Das ist unhöflich und grob. Warum bist du zu allen nett, nur zu mir nicht? Es war alles so grässlich, und jetzt quälst du mich auch noch. Womit habe ich das verdient? Erst lobst du mich, dann machst du dich über mich lustig … vor diesen Wilden … und dann …« Lautes Schniefen begleitete die Beschwerde.

Rhonan seufzte und öffnete wieder die Augen. »Redest du immer so viel, wenn du nicht reden willst?«

Da sie endlich seine Aufmerksamkeit hatte, wischte sie sich eine Träne aus dem Gesicht. »Ich müsste gar nicht reden, wenn du dich entschuldigen würdest. Aber so kann ich nicht schlafen.«

»Also schön: Es tut mir leid.«

»Das sagst du jetzt nur so.«

Gideon musste sich umdrehen, damit keiner sein Grinsen sah. Wenn Rhonan gehofft hatte, eine ungestörte Nacht zu haben, weil Caitlin beleidigt war, hatte er sich offensichtlich geirrt.

Rhonans Stimme klang auch leicht genervt, als er widersprach: »Nein, es ist mein voller Ernst. Ich hätte das nie sagen dürfen. Es tut mir ehrlich leid.«

»Ich nehme die Entschuldigung an.«

»Bin ich erleichtert. Gute Nacht!«

»Rhonan?«

Gideon biss in seine Faust, um ein Lachen zu unterdrücken, während Rhonan stöhnte. »Was?«

»Kannst du dich nicht auf den Rücken legen?«

»Warum?«

»Ich fürchte mich … so ungeschützt.«

»Gütiger Himmel«, murmelte er und wälzte sich ächzend herum.

»Hast du dich etwa meinetwegen umgedreht? Ich will nicht, dass du es unbequem hast. Mach dir keine Gedanken um mich. Niemand soll je auf mich Rücksicht nehmen müssen«, erklärte sie mit bebender Stimme und warf ihm einen sehnsüchtigen Blick zu.

»Mir ist gerade wieder eingefallen, dass ich noch nie auf dem Bauch schlafen konnte. Komm her und gib Ruhe!«

Eilig kroch sie zu ihm. »Ich will dir aber nicht wehtun.« Sie schmiegte sich bei ihren Worten schon an ihn und zog seinen Arm über sich.

»Tust du auch nicht.«

»Rhonan?«

Gideon konnte sein Lachen kaum noch unterdrücken.

»Bitte, was ist jetzt noch?« Rhonans Stimme klang merklich gereizt.

»Bringst du mir bei, mit dem Schwert zu kämpfen?«

»Ja, aber nicht jetzt.«

»Ich bin geschickt und lerne schnell. Das hast du selbst gesagt. Werde ich wohl eine große Schwertkämpferin? Ich ...«

Rhonan unterbrach sie: »Caitlin, wenn du nicht endlich Ruhe gibst, vergesse ich mich. Du fandest den Tag entsetzlich? Soll ich dir etwas verraten? Ich auch! Der Häuptling war kein leichter Gegner, und die Aufnahme in den Stamm war auch nicht erfreulich. Ich bin müde.«

Sie strich ihm zärtlich über die Wange. »Das verstehe ich nur zu gut. Wir hätten uns nicht so lange unterhalten sollen, aber du redest und redest und mutest dir viel zu viel zu. Wir reden morgen weiter, denn ich kann auch kaum noch die Augen offen halten.« Sie gähnte wohlig, kam aber noch einmal kurz hoch. »Die Schnüre drücken mich wieder, und dein Hemd ist mir einfach zu rau. Ich mache es eben auf … Nun können wir alle richtig gut schlafen. Gute Nacht!«

Rhonans Knurren war zu viel für Gideon. Er zitterte vor unterdrücktem Lachen. Er würde eine Geschichte schreiben über einen unerschrockenen, todesmutigen Krieger und eine blutjunge Priesterin, die ihn mit schöner Regelmäßigkeit um den kleinen Finger wickelte.

19. Kapitel

Gideon konnte Rhonans Geduld nur bewundern. Seit einer halben Ewigkeit übte er schon den Schwertkampf mit der Prinzessin. Sie kämpfte wild, schimpfte, fluchte und gab ständig ihrem Lehrer lautstark die Schuld, wenn etwas nicht so klappte, wie sie es wollte. Der Prinz nahm alles mit gewohnter Gelassenheit hin.

»Nicht so ungestüm«, wies er Caitlin gerade an. »Du musst auch mal überlegen, was du tust.«

»Ich hab dich gleich«, keuchte sie und griff ungestüm an.

Er schlug ihr die Waffe mit einer Parade aus der Hand.

»Das war gemein«, klagte sie. »Ich hatte dich fast.«

»Ja, fast ist aber in der Regel zu wenig. Du wärst jetzt tot.«

Sie zog eine beleidigte Grimasse. »Weil du viel stärker bist als ich.«

Er schüttelte den Kopf. »Das werden fast alle Gegner sein. Ein Kraftbündel bist du ja nicht gerade. Deshalb musst du deine Stärken ausnutzen. Du bist beweglich und geschickt. Bewahre Ruhe und tu endlich, was ich dir sage.«

»Das Schwert ist doch nicht so gut, wie ich dachte«, beschwerte sie sich.

»Das Schwert ist sehr gut. Sollen wir eine Pause machen?«

Sie nickte und maulte: »Deins ist aber besser.«

»Das ist kein Schwert, sondern ein Langdolch.«

»Eben! Ich kann nicht mit einem Schwert gegen einen Dolch kämpfen.«

»Weil du nicht tust, was ich dir sage.«

Sie sah ihn wütend an und keifte: »Darum geht es dir ja bloß wieder, nicht wahr? Ich tue nicht, was du willst. Immer muss alles so gemacht werden, wie du es willst.«

»Ich sollte dir etwas beibringen«, rechtfertigte er sich und griff sich einen Lederbeutel.

»Du machst das doch nicht nur beim Üben. Immer muss alles nach deiner Nase gehen.«

Er verschluckte sich am Wasser. »Ich bestimme immer? Wir stolpern von Feind zu Feind, und ich darf bestimmen, wie ich gegen ihn kämpfe. Meinst du das? Du sagst, ich kann nicht mehr, und ich darf bestimmen, ob ich dich trage oder ziehe. Ich bin erledigt und möchte gern schlafen. Ich darf dann bestimmen, ob ich unsinnigerweise versuche, es selbst bequem zu haben, oder ob ich mich deinen Wünschen lieber gleich beuge. Ich würde seit längerer Zeit gern zum Baden zu dem Wasserfall gehen, von dem die Jäger erzählten, aber da du allein Angst hast, übe ich natürlich viel lieber mit dir. Weißt du was? Ich bestimme wieder und gehe jetzt baden.«

Er war überrascht, dass er so barsch mit ihr gesprochen hatte, und prompt lag ihm eine Entschuldigung auf der Zunge. Aber dann schwieg er. Sollte sie ruhig beleidigt sein. Hin und wieder musste es ihm gestattet sein, seine Meinung zu sagen.

Er wollte sich abwenden, aber Caitlin hielt ihn am Ärmel fest. »Tu das! Darf ich mitkommen?«

»Was? Bei allen Göttern! Nein!«

Ihre Stimme klang flehentlich. »Ich mache auch die Augen zu. Versprochen!«

Jetzt reichte es. Rhonan fuhr sich wild durchs Haar. »Seit Tagen trage oder ziehe ich dich durchs Gebirge, morgen werde ich dich vermutlich weiterschleppen müssen. Weiter als eine Pferdelänge bist du nur von mir entfernt, wenn ich mit Wölfen oder Horkas beschäftigt bin. Kannst du dir nicht vorstellen, dass ich gern mal ein bisschen Zeit für mich hätte? Es wird dir nichts geschehen. … Hör auf zu lachen, Gideon, mir ist es ernst.«

Gideon nickte, wagte aber nicht, seinen Begleiter anzusehen, aus Angst, dann doch von der Heiterkeit übermannt zu werden. »'tschuldigung!«, brachte er hervor.

Caitlin sah Rhonan mit feuchten Augen an und erklärte weinerlich: »Ich wusste nicht, dass ich dir so lästig bin. Entschuldige!«

Er fuhr sich übers Gesicht. »Du bist mir nicht lästig. Ich verstehe deine Angst ja, aber gönne mir doch mal eine kleine Pause.«

»Du wirst mich auch beschützen, wenn ich dir lästig bin?«

Während sie mit den Wimpern klimperte, gestand er sich ein, dass es für einen erwachsenen Mann wie ihn erbärmlich war, sich nicht gegen ein verzogenes, völlig verdrehtes Mädchen durchsetzen zu können. Nüchtern antwortete er: »Noch mal: Du bist mir nicht lästig, und ja, ich werde dich immer beschützen.«

Sie schenkte ihm ein strahlendes Lächeln. »Dann wird mir nichts geschehen. Danke!«

Er lächelte zurück. »Gern geschehen! Darf ich jetzt baden gehen?«

»Selbstverständlich!«

Er atmete auf. Immerhin ein kleiner Erfolg. Er schenkte ihr noch ein Lächeln, in dem nicht wenig Genugtuung mitschwang, und nickte. »Bin gleich wieder da.«

»Darf ich nicht doch mitkommen? Ganz ehrlich: Ich linse diesmal wirklich nicht.«

Rhonan starrte sie entgeistert an. »Ich glaube das alles nicht! Warum spare ich mir nicht den Atem?«, murmelte er und wandte sich um. Er verlor kein Wort darüber, dass Caitlin sich an seinen Arm hängte.

Gideon hörte sie munter plaudern und wischte sich Tränen aus den Augen. Nie hätte er gedacht, dass er mit seinen ungleichen Begleitern einmal solchen Spaß haben würde. Allerdings schämte er sich seiner Fröhlichkeit ein bisschen. Rhonan sah wirklich aus, als könne er Ruhe vertragen, aber Caitlin von ihrem auserkorenen Beschützer zu trennen war ein schier aussichtsloses Unterfangen.

* * *

Gideon unterhielt sich mit einigen Horkas, als seine Begleiter wiederkamen. Rhonan war klitschnass, hatte augenscheinlich bekleidet sein Bad genommen. Nur seine Stiefel trug er trocken in der Hand. Ohne Gideon anzusehen, zischte er: »Ein einziges Grinsen von dir, und ich schlage zu.«

Gideon presste die Lippen zusammen und nickte, und der Prinz fuhr fort: »Frag sie, wie sie die Gletscher besteigen! Vor allem, wie ich Caitlin da hochbekomme.«

Gideon übersetzte, und jetzt wirkten die Horkas schwer erheitert. Ein Stammesbruder machte eine Bewegung, die einen Wurf andeutete, und erneutes Gelächter erklang.

»Schön, dass hier alle ihren Spaß haben«, brummte der Prinz.

»Lachen die über mich?«, fragte Caitlin sichtlich empört.

»Nein, über mich«, entgegnete er. »Recht haben sie.«

Ein Horka holte Bolzen und einen Hammer. Er demonstrierte, wie man die Bolzen ins Eis schlug, und gab Rhonan ein Seil, das dünn und leicht, aber außerordentlich reißfest war. Anschaulich erklärte er, wie man es um den Bolzen wickelte, um sich zu sichern.

Im Anschluss an die Erklärung lächelte Gideon. »Sie halten uns für verrückt, weil wir auf den Gletscher wollen. Ich …«

»Da haben sie verdammt recht. Frag, wie lange wir etwa unterwegs sein werden!«

»Vier bis fünf Tage bis zur Steilwand. Wir können einen Hundeschlitten haben, auf dem wir unsere Ausrüstung verstauen können und auf dem Caitlin sitzen kann. Am Fuß des Gletschers können wir die Hunde zurücklassen. Sie werden den Weg zurückfinden.«

Die Erwähnung des Schlittens bewog die Prinzessin zum ersten strahlenden Lächeln, das sie den Horkas schenkte.

20. Kapitel

Im Westgebirge El'Marans

Der Gestank nach Fäulnis hatte längst auch die Hügel und den Roten Pass erreicht. Um die Sicht nicht zu behindern, hatte Mattalan verboten, die Toten zu verbrennen. Zu Hunderten stapelten sie sich am Eingang zur Schlucht.

Der Anblick der toten Kameraden und die Erfolglosigkeit der Angriffe setzten den Hordenkriegern mehr und mehr zu. Das Wort »Rückzug!« klang immer wieder durch die Schlucht.

Mattalan schlug mit der Faust auf den Tisch. »Jetzt werfen uns diese Tiere unsere eigenen Toten entgegen. So etwas habe ich noch nicht erlebt.«

»Sogar Verwundete, die wir zurücklassen mussten, waren an Leichen gebunden. Einige Menschenbündel brannten. … General, die Männer stehen kurz vor einer Meuterei. Längst müssen wir das Wasser bewachen, Nahrungsmittel verderben, unsere Verluste werden von Angriff zu Angriff größer. Die Moral ist auf dem Tiefpunkt. Immer mehr Krieger versuchen zu fliehen. Die Lage ist sehr ernst.«

Der General starrte mit blitzenden Augen in die Berge. Irgendwo dort war der Feind, lauerte hinter kahlen Büschen oder Felsvorsprüngen, die von unten nicht einmal erkennbar waren. Aus unerfindlichen Gründen war Camoras Plan gescheitert. Statt vor den Toren Mar'Elchs zu lagern, verlor er immer mehr Männer in dieser Schlucht, und dem Feind war es tatsächlich auch noch gelungen, aus Kriegern Verweigerer zu machen. Diese Schlacht war verloren.

Er musste versuchen, durchs Moor zu kommen. Am Wendepass war das Gebiet seines Wissens nach nur noch hügelig. Dort würde ihm keine Armee länger standhalten.

»Verbrennt die Toten. Wir ziehen ab.«

* * *

Königin Ayala topfte Pflanzen um, weil sie dabei besonders gut nachdenken konnte.

Hylia war in Kambala und hatte mitgeteilt, sie solle zusammen mit Juna, der Hexentochter, nach Kairan reisen, um den Prinzen bei seiner Rückkehr aus dem Schnee willkommen zu heißen. Ayala lachte. Sie hatte jetzt Vertraute genau dort, wo sie sie benötigte. Camora hatte ihr dafür auch noch den Weisen angeboten. Wie hätte er auch ahnen sollen, dass sie seine Bitte um Hylias Begleitung in jedem Fall erfüllt hätte.

Natürlich hatte sie zunächst abgelehnt und sich dann von einer Drohung Camoras einschüchtern lassen. Er kam sich jetzt sicher großartig vor, und sie hatte mehr, als sie zu hoffen gewagt hatte: Hylia mit Juna auf dem Weg nach Kairan und der Weise auf dem Weg zu ihr. Das musste Bestimmung sein. Die Götter wollten ihren Erfolg.

Eine junge Priesterin hüstelte, und sie schreckte hoch. »Meine Königin, der Weise ist da.«

»Herein mit ihm, meine Liebe, und bitte Martha zu mir.«

Wenig später schlurfte Meister Cato ins Sommerzimmer und sah sich erstaunt um. »Himmelblaue Marowen, welch seltener Anblick!«, rief er aus. »Und eine Vangalie außerhalb der Sümpfe, noch dazu um diese Zeit?« Hingerissen musterte er eine große, blutrote Blüte und schnupperte an ihr herum.

»Richtig bemerkt. Das ist die Frucht zehnjähriger Bemühung. Ich wage zu behaupten, diese sehr viel widerstandsfähigere Art könnte überall, vielleicht mit Ausnahme des Nordens, gedeihen.«

»Das ist nicht Euer Ernst. Eine Vangalie im Osten?«

»Ist sie nicht herrlich? Obwohl ich oft denke, das Rot der Wildpflanzen sei tiefer. Was meint Ihr?« Ihr Züchterstolz ließ sie ihr eigentliches Anliegen vergessen.

Cato sah nachdenklich drein. »Das Grün des Sumpfes hebt möglicherweise die Farbe hervor. Stellt sie zu den Farnen!«

Ayala eilte durch den Raum und stellte den Topf zwischen die Farnkräuter. »Unglaublich! Ihr habt recht: Die Farbe kommt viel besser zur Geltung. Das lehrt mich, in Zukunft mehr auf das Zusammenspiel der Farben zu achten. Schon jetzt betrachte ich Euren Besuch als Gewinn.«

Martha, die kurz darauf das Zimmer betrat, blieb wie angewurzelt stehen. Die Königin und der Weise waren in ein angeregtes Gespräch über Kreuzungen verwickelt. Sie räusperte sich.

Ayala sah zunächst ungehalten hoch, lachte dann aber. »Wir werden unser Gespräch ein andermal fortsetzen, Meister! Ich habe mich hinreißen lassen, aber es kommt so selten vor, dass ich auf jemanden treffe, der meine Arbeit zu würdigen weiß. Doch jetzt sollten wir uns wichtigeren, drängenderen Dingen zuwenden. Darf ich Euch Hohepriesterin Martha vorstellen? Sie wird in der nächsten Zeit Eure Gesellschafterin sein.«

Martha, alt, hager, mit dünnem Haar und spitzem Gesicht, starrte ihn herausfordernd an.

»Ich bin entzückt«, erwiderte Cato charmant.

Die Königin fuhr fort: »Wir sind im Besitz uralter Schriften. Es ist uns noch nicht einmal möglich, ihr genaues Alter festzustellen, geschweige denn, sie zu entziffern. Ich bin aber sicher, dass sie dazu beitragen könnten, das Böse der Quelle zu vernichten.«

Sie sah seine Verwirrung und erläuterte: »Wir sind keine Gelehrten, aber wir sind auch nicht dumm. Die Schriften, von denen ich spreche, weisen Ähnlichkeiten mit der Prophezeiung auf, nur scheinen sie wesentlich älter zu sein. In diesen Schriften könnte das Geheimnis der Quelle liegen. Ich will offen zu Euch sein: Die Erfüllung der Prophezeiung scheint mir fraglich. Sollte der Erbe der Kraft wider Erwarten doch noch in den Freien Reichen erscheinen, werde ich meine Hilfe nicht verweigern, obwohl meine älteste Tochter zusammen mit Fürst Darius' Schutztruppe spurlos verschwunden ist. Aber glaubt Ihr daran? Geht in Euch und fragt, ob Ihr noch an eine Gemeinschaft der Siegelerben glaubt.«

Er hob hilflos die Schultern, und sie fuhr fort: »Ich wusste es. Nur Kleingeister klammern sich an die Prophezeiung. Wir müssen andere Wege gehen, die vielleicht gefährlich sind. Die Quelle ist der Inbegriff der Macht. Wer sie besitzt, wird sie zu schützen wissen, wie es zurzeit der Hexenmeister tut. Unser Streben muss daher geheim bleiben. Solltet Ihr meinen, dass Angst mich zu diesen Gedanken veranlasst, so will ich Euch recht geben. Camoras Feindin will ich nicht sein. Doch wenn ich wüsste, was zu tun wäre, um ihn zu vernichten, würde ich nicht zögern. Werdet Ihr an meiner Seite stehen?«

Cato lächelte verkniffen. »Ihr macht mir Angst. Ich bin nur ein Gelehrter.«

Ayala lächelte zurück. »Ihr seid der erste Gelehrte, der diese Schriften sieht. Deshalb weiß ich, dass Ihr diese Schriftrollen übersetzen werdet, selbst wenn Ihr dafür Euer Leben geben müsstet.«

»Alte Schriften, die bisher niemand entziffern konnte … ich

könnte nicht widerstehen.« Ein verschmitztes Lächeln erhellte das runde Gesicht. »Allerdings hänge ich auch am Leben.«

Ayala lachte. »Ich auch. Deshalb werde ich Euch bequem in meiner Schatzkammer unterbringen. Seht Euch als geschützten Gast. Für meine Priesterinnen kann ich mich verbürgen, für die Diener oder Anwärterinnen nicht unbedingt. Äußert Eure Wünsche, und Ihr werdet bekommen, was immer uns möglich ist. Solltet Ihr spazieren gehen wollen, lässt sich auch das einrichten. Ihr werdet Eure Übersetzungen an Martha weiterleiten … und nur an sie. Wir sollten umsichtig zu Werke gehen, bevor wir wissen, was uns offenbart wird.«

»Ich bin in freudiger Erregung, zumal ich glaubte, im Kerker Camoras mein Leben beenden zu müssen. Jetzt habe ich stattdessen die größte Herausforderung meines Lebens vor mir. Ich bin entzückt.« Strahlend rieb er sich die Hände und sah Martha an. »Ans Werk, meine Liebe!«

Sie musterte den Alten und nickte. »Ihr solltet uns genaue Übersetzungen liefern«, drohte sie.

Cato lächelte sie entwaffnend an. »Aber meine Liebe, warum auch nicht? Das Wissen dürfte bei Euch am besten aufgehoben sein. Auch mir liegt das Wohl der Reiche am Herzen. Wir werden uns glänzend verstehen.«

Martha erwiderte das Lächeln nicht, erweckte eher den Eindruck, als hätte man ihr gerade ihr Lieblingsspielzeug weggenommen. »Folgt mir!«, forderte sie mürrisch.

Ayala sah den beiden nach. Es lief hervorragend: keine tiefergehenden Fragen, kein Misstrauen, kein Sträuben … der Weise war wohl klug, aber nicht schlau.

* * *

Fürst Darius' Seher, Meister Fergus, saß in einer Schenke in Malian im Süden Kairans und wartete auf das Talermädchen Milla. Er hatte erfahren, sie habe einen geheimnisvollen Freund gehabt, der sie plötzlich verlassen hatte. Dieser grünäugige Fremde konnte durchaus der jüngste Prinz des da'Kandar-Geschlechts gewesen sein.

Fergus zog seinen Umhang enger um sich, denn das Feuer qualmte mehr als dass es wärmte. Die trunkenen Kerle, die hier saßen und so lärmten, dass der Seher sich wunderte, wie der Wirt überhaupt die Bestellungen verstand, störte das aber offensichtlich wenig. Schnee rieselte durch Löcher im Dach, verlor sich aber auf dem Weg nach unten im Qualm.

Die Tür knarrte, und in einem Schneeschwall stolperte ein Junge in die Schenke, sah sich um und kam auf ihn zu. »Meister Furges?«

»Fergus!«

»'tschuldigung! Komme von Milla. Soll Euch zu ihr bringen, wenn Ihr noch wollt. Ihre Zeit kost' aber was, sagt sie.«

Der Seher nickte. Dass Talermädchen keine Zeit zu verschenken hatten, war ihm klar.

Fergus hätte schwören können, dass die Nächte im Norden dunkler waren als anderswo. Vielleicht lag es daran, dass ständig dunkle Wolken Sonne, Mond oder Sterne verdeckten. Düster und kalt, wie es hier war, hatte sich ihm oft die Frage aufgedrängt, ob die Götter sich aus dem Norden zurückgezogen hatten. Doch darüber würde er später nachdenken, jetzt fror er dafür zu sehr.

Knöcheltief versank er im Schneematsch. Voller Mitleid folgte er dem Knaben, dessen zerlumpte Hose nicht mal die Waden bedeckte, und wühlte in seinem Rucksack, um die Börse zu finden. Dem Kleinen musste doch geholfen werden.

Doch die gute Tat blieb ihm verwehrt. »Die letzte da«,

krähte sein Führer, wedelte mit der Hand und verschwand zwischen zwei Hütten.

Fergus stapfte an armseligen Hütten vorbei und klopfte an eine Tür aus zusammengebundenen Brettern. Er hörte Schritte, und die Tür ging auf.

Trotz der auffordernden Geste seiner Gastgeberin blieb er wie angewurzelt stehen.

Eine atemberaubend schöne Frau stand vor ihm. Die kristallblauen Augen erinnerten ihn an einen klaren Gebirgsbach und bildeten einen wunderschönen Kontrast zum schwarzen Haar. Die weiße Haut war makellos und ihr Mund, vollllippig, dunkelrot und leicht geöffnet, sehr verführerisch. Ihr blaues Kleid betonte ihre weibliche Figur. Die Taille war schmal, doch ihre Brüste schienen das Mieder sprengen zu wollen.

»Meister Fergus? Wollt Ihr nicht hereinkommen? Mir wird kalt, und drinnen könnten wir uns sogar setzen.«

Der Seher errötete, murmelte eine Begrüßung und trat ein. Die Einrichtung war ärmlich, aber sauber: ein Herd, in dem ein Feuer prasselte, ein Tisch mit drei Stühlen, eine Kleidertruhe und ein Vorhang, der einen Teil des Raums abtrennte. Fergus vermutete dort das Bett. Talgkerzen verbreiteten genauso viel Gestank wie Licht, und das Leder im Fenster flatterte.

»Ihr wollt etwas über einen Freund wissen?«, eröffnete sie das Gespräch. »Warum?«

Er stellte seinen Rucksack ab, nahm den Umhang ab und ließ sich nieder. »Das werde ich Euch gern erzählen, wenn ich sicher bin, dass Euer Freund und mein Freund derselbe sind. Verratet Ihr mir den Namen des jungen Mannes und was Ihr über ihn wisst?«

»Rhonan«, erwiderte sie. »Er ist groß, schlank, blond und hat dunkelgrüne Augen.«

Fergus, der sich zeitlebens seinen seherischen Fähigkeiten

verschrieben hatte, konnte kaum den Blick von ihrem Ausschnitt lösen. Wenn viele Talermädchen so aussahen, hatte er eine Menge verpasst. Hitze durchflutete ihn, und er spürte eine ungewohnte Verhärtung.

»Das weiß ich schon«, antwortete er. »Ihr wart mit ihm zusammen und müsst doch mehr über ihn wissen.«

Ihr Blick verlor sich in der Ferne. »Ja! Er ist stark und außerordentlich männlich, hat herrlich feste Muskeln und einen flachen, harten Bauch. Seine Schenkel sind …«

Er unterbrach sie stotternd: »Ihr … Ihr wisst, dass ich das … also … das nicht meinte. Was könnt Ihr mir noch sagen?«

»Wenig! Er sprach nie über sich oder seine Vergangenheit. Aber er muss Schlimmes erlebt haben. Zumindest hatte er viele Narben.«

Dieses Bild verführerischer Weiblichkeit machte ihn verrückt, aber der letzte Satz ließ ihn aufhorchen. »Narben von Verbrennungen?«, fragte er, obwohl er bereits sicher war, auf der richtigen Spur zu sein.

Sie nickte. »Ja, auch.«

»Wohin ist er gegangen? Nach Kairan?«

»Das weiß ich nicht.« Sie senkte den Blick und spielte mit ihrem Zopf.

»Ihr hattet ihn gern?«

Ihr Nicken konnte er mehr erahnen, ihr Schniefen war allerdings nicht zu überhören. Hatte er bis gerade noch geglaubt, eine enttäuschte oder gar rachsüchtige Frau anzutreffen, die für ein paar Taler jede Auskunft geben würde, ging er nun davon aus, dass Milla ihren Freier geliebt hatte und nicht an Verrat oder Vergeltung dachte. Demgemäß wählte er seine nächsten Worte. »Ihr könnt mir vertrauen. Ich bin hier, um ihm zu helfen. Er ist auf der Flucht vor Camoras Häschern. Der Grund für sein Verschwinden war gewiss, dass sie ihm zu nahe gekommen sind und er Euch nicht in Gefahr bringen wollte. Ich will ihn in Sicherheit bringen.«

»Wer sagt mir, dass Ihr nicht selbst zu diesen Häschern gehört?«, gab sie zu bedenken.

»Habe ich Wölfe oder Folterknechte dabei? Ich kann Euch nur bitten, mir zu vertrauen. Wenn Ihr mir helft, würdet Ihr auch dem Fürsten einen Dienst erweisen. Er würde sich sicherlich erkenntlich zeigen.«

»Reden könnt Ihr gut, aber das reicht mir nicht. Ihr verschwendet Eure Zeit.«

Meister Fergus griff seinen Rucksack und förderte einen Ring zutage. »Ob ich Euch damit überzeugen kann, weiß ich nicht, aber der Siegelring des Fürsten würde unserem gemeinsamen Freund meine Redlichkeit beweisen. Erkennt Ihr das Wappen? Ich bin Gesandter Latohors.«

Sie lachte. »Einen Ring mit einem Adler kann sich jeder anfertigen lassen. Hätte ich Euch für einen Hordenreiter gehalten, wärt Ihr nicht hier. Ich weiß nur immer noch nicht, wofür ich Euch halten soll.« Bei ihren Worten stand sie auf, ging hüftschwingend durch den Raum und holte einen Krug und zwei Becher.

»Wein?«, fragte sie und schenkte auf sein Nicken ein.

Der Seher nippte und war angenehm überrascht. Der Wein war frisch und fruchtig. Erfreut gönnte er sich einen weiteren Schluck, ehe er sich vorbeugte, ihr den Ring hinhielt und erklärte: »Dieser Ring ist einmalig. Er sollte aus bestem Jaspis sein, aber hier in der Ecke ist eine kleine, kaum sichtbare Verunreinigung. Unser einstiger Großkönig hatte den Ring aus Dank für Fürst Darius anfertigen lassen. Erst bei der Übergabe fiel der Makel auf. Der König war außer sich vor Zorn. Es ist zwar lange her, aber ich denke, unser Freund wird sich noch daran erinnern können, wie König und Fürst an dem Ring zerrten. Der Fürst wollte ihn wegen seiner Einmaligkeit unbedingt haben – zumindest gab er das zum Wohle des Goldschmieds vor –, und dem König war es unangenehm, ein minderwertiges Geschenk überreicht zu haben. Über die nahezu kindische Rangelei der beiden Herrscher haben beide Familien noch lange gelacht. Vertraut Ihr mir jetzt? Euer Freund wird es tun, denn er war wie ich dabei.«

»Ja, ich denke, dass die Geschichte den Prinzen von der Redlichkeit des Überbringers überzeugen könnte. … Seht mich nicht so überrascht an! Ich weiß, dass wir von Rhonan da'Kandar reden. Er wird den Ring als Vertrauensbeweis anerkennen, vor allem, wenn er ihm von Fürst Darius' Tochter überbracht wird.«

Sie war sündhaft schön und eine einzige Verführung, aber seine Hitze erfuhr einen Kälteschock. »Ich fürchte, ich kann Euch nicht folgen.«

»Nicht? Dann kommt!« Sie erhob sich und schob den Vorhang beiseite. Wie vermutet befand sich dahinter das Bett.

Auf dem Bett lag die übel zugerichtete Leiche einer jungen, blonden Frau. Ihr Kleid war zerrissen und blutbefleckt. Brand- und Schnittwunden entstellten Gesicht, Arme und Beine. Die Finger schienen alle gebrochen, die Nägel waren blutig.

»Darf ich vorstellen? Milla! Sie hing an dem jungen Mann und wollte nichts verraten, obwohl er ohne jeden Abschied gegangen war. Aber mir gelang es trotzdem, einiges in Erfahrung zu bringen, wenn es auch ziemlich lange gedauert hat. Viel konnte sie allerdings nicht berichten.«

»Wer seid Ihr?«, fragte er fassungslos und mied den Blick auf den Leichnam.

Sie lachte dunkel: »Gerade war ich noch Milla, das Talermädchen, im Augenblick bin ich wieder Juna, Pflegetochter Maluchs, bald bin ich aber schon Marga, Tochter des Fürsten

Darius. Habt Ihr schon vom Tod der Hauptmännin gehört? Armer Darius! Nichts will ihm so recht gelingen. Wir sind ihm immer einen Schritt voraus. Doch der Prinz scheint recht findig zu sein, wenn es darum geht, Feinden aus dem Weg zu gehen, und er scheint recht erfolgreich zu sein, wenn es darum geht, Feinde aus dem Weg zu räumen. Wenn er aus dem Wintergebirge zurückkehrt, wird es hier von Feinden so wimmeln, dass er über einen Freund oder, besser gesagt, eine Freundin froh sein wird. Der Ring und die hübsche Geschichte werden ihn von meiner Aufrichtigkeit überzeugen.«

»Glaubt Ihr, ich würde Euch den Ring jetzt noch überlassen?«

»Natürlich nicht! Ich werde ihn mir nehmen, sobald das Gift im Wein wirkt. Ihr habt Glück, dass ich mich schon mit Milla vergnügen durfte, so habe ich bei Euch auf eine einfache Todesart zurückgegriffen. Keine Angst! Es geht sehr schnell.«

Fergus' Glieder wurden langsam taub. »Meine Männer werden mich vermissen«, ächzte er.

»Nein! Sie werden Euch im Jenseits erwarten. Wolfsjäger haben sich um sie gekümmert.«

Sie ging auf ihn zu und liebkoste sein Gesicht mit den Fingern. »Es hat Spaß gemacht, Milla zu töten, denn sie war zäher, als ich dachte. Jetzt werde ich Euch beim Sterben zusehen, und bald wird der derzeit begehrteste Mann in meinen fähigen Händen sein, und ich werde mir die Zeit mit ihm vertreiben, bis ich ihn Camora ausliefere. Ich wollte schon immer wissen, wie es ist, jemanden zu foltern, der verliebt in mich ist. Was meint Ihr? Könnte sich der tüchtige Thronerbe in die schöne Marga verlieben?«

»Ihr seid eine Hexe«, stöhnte Fergus und krümmte sich.

Sie strich ihm übers Haar und hauchte ihm ins Ohr: »Gut erkannt! Man merkt, dass Ihr ein Seher seid … wart.«

Die letzten Worte hörte er nicht mehr. Leblos war er zusammengesackt.

Sie nahm gerade den Ring, der über den Boden rollte, als Hylia in die Hütte schlüpfte.

Deren Blick blieb an Fergus' blauem Gesicht hängen. »Nur Gift? Ihr überrascht mich. Habt Ihr etwas herausgefunden?«

Juna ließ den Ring zwischen ihren Brüsten verschwinden. »Natürlich! Ich bin auf den Prinzen vorbereitet. Eure Aufgabe ist es nun herauszufinden, wo er sich aufhält.«

»Ihr wisst, dass er sich mit Erfolg gegen uns wehrt?«, fragte Hylia.

»Ich werde Euch doch helfen und ich habe noch jedes Wild erlegt. Ich bin die geborene Jägerin.« Ihr Gelächter hallte durch die Hütte.

Hylia unterdrückte ein Frösteln, denn draußen im Sturm war es nicht so kalt wie in Junas Nähe.

21. Kapitel

Marga saß auf einer Holzbank nicht weit vor der Hütte. Eine Eidechse huschte über ihre Füße. Lori, ihre vierbeinige Beschützerin, jagte sie ins Dickicht. Vögel sangen, und vor ihr floss der vom Sonnenlicht schillernde Ranton.

Sie war gekommen, um Abschied zu nehmen von allen, die jetzt in ihm ruhten. Tränen liefen über ihr Gesicht.

»Bist du sicher, dass die Toten zu beweinen sind? Vielleicht sehen sie auch auf dich herab und bedauern dich, weil du weiterkämpfen musst.«

Sie spürte die Hand des Generals auf der Schulter und schüttelte den Kopf. »Korve hätte sicher gern weitergekämpft. Er wäre bald Vater geworden und wollte seinem Kind eine friedlichere Zukunft sichern. Nur deshalb hat er seinen Hof verlassen und ist Krieger geworden.«

»Dann solltest du dafür sorgen, dass seine Kämpfe nicht vergebens waren. Wenn sein Kind einmal sagt, mein Vater hat auch für den Frieden gekämpft, hört der verblichene Korve das bestimmt lieber als jetzt dein Geheule.«

Sie wischte sich entschlossen das Gesicht ab und straffte die Schultern.

Raoul setzte sich neben sie und sah auf den Fluss. »Ich bin in Schwierigkeiten, Mädel. Ich muss weg, kann dich aber nicht allein lassen. Was machen wir da?«

»Wohin müsst Ihr denn?«, wollte sie wissen.

Raoul zog eine Pfeife hervor und stopfte sie mit großer Sorgfalt. »Ich lebe hier weitab von jeder Menschenseele, weil ich es so will. Das heißt aber nicht, dass ich nichts weiß. Ich habe gute Quellen. Ich sage dir, was im Land los ist. Der Weise ist auf der Nebelinsel. Dein Vater weiß das längst, hat aber genug damit zu tun, seine Grenzen zu verteidigen. Camora hat El'Maran angegriffen und will danach nach Latohor marschieren. Was aber viel wichtiger ist: Der Prinz der Prophezeiung ist aus uns unbekannten Gründen im Wintergebirge. Er …«

»Einer der Prinzen lebt?«

»Zumindest vor Kurzem noch.«

»Wir hätten die Prophezeiung erfüllen können, wenn ich nicht den Weisen verloren hätte«, stieß sie aus. »Nur meinetwegen ist alles verloren?«

»Ich habe dir schon mal gesagt: Gib die Hoffnung nicht auf! Dein Vater führt seit fünfundzwanzig Jahren Krieg und hatte auch nicht nur Erfolge. Was meinst du, wo er mit deiner Einstellung geblieben wäre? Das Ziel zählt, nicht der Weg. Wenn du fällst, darfst du nicht liegen bleiben, sondern musst wieder aufstehen. Dann ist das Ziel immer noch erreichbar. Solange die Erben leben, ist nichts verloren. Nur sollten wir ihnen helfen, am Leben zu bleiben. Beim Prinzen dürfte das nicht ganz so einfach sein, denn ihm im Besonderen gilt Camoras Augenmerk. Im ganzen Norden sind seine Hordenreiter verteilt. Irgendwann wird der Junge das Gebirge verlassen müssen, wenn er nicht dort sein kaltes Grab findet. Es dürfte ihm dann schwerfallen, Camoras Reihen zu durchbrechen. Deswegen muss ich jetzt nach Ten'Shur und den Kommandanten der Flammenreiter dazu überreden, mit mir nach Kairan zu gehen.«

Er fluchte, weil seine Pfeife ausgegangen war. »Woher wisst Ihr das alles?«, fragte sie.

»Von meinen Spionen. Nicht nur ihr setzt Botenvögel ein.«

Das verstand sie, aber den Rest nicht. »Warum ausgerechnet die Flammenreiter?«

Sie musste auf die Antwort warten, weil Raoul die Pfeife

nicht anbekam. Sie hörte ihn schmatzen und dann sagen: »Ich will nicht die Flammenreiter, ich will nur deren Kommandanten. Wir werden Hilfe brauchen.«

Selbst Generäle schienen alt und wunderlich, wenn nicht gar schwachsinnig zu werden. Da er ihr Retter war, formulierte sie ihre Erwiderung so nett wie möglich: »Zu zweit wäre es schwierig, aber zu dritt nicht mehr? Verzeiht, aber das erscheint mir seltsam.«

»Einen Krieg gegen Camora können wir nicht gewinnen. Fünfundzwanzig Jahre sprechen für sich. Ich befehlige auch keine Armee, aber ich habe Verbindungen. Wir werden nicht mit Kriegstrommeln kommen, sondern still und unbemerkt, wie wir auch wieder verschwinden werden. Wir benötigen dazu allerdings einen Kundschafter, der sich in Kairan frei bewegen kann. Prinz Derea erscheint mir dafür geeignet.«

Jeder Gedanke an Schwachsinn löste sich in Rauch auf. »Ja, aber warum sollte er Euch folgen?«

Raoul zog genüsslich an seiner Pfeife. »Weil er ein schlaues Bürschchen ist. Er ist mein Sohn.«

Marga riss die Augen auf. »Euer Sohn?«

»Zumindest habe ich ihn gezeugt. Königin Ayala suchte einen Zuchtvater, und Camora war ihr einen Gefallen schuldig und schickte mich zweimal auf die Insel.«

Margas Gedanken überschlugen sich. »Zweimal? Ihr seid auch Canons Vater? Wissen Eure Söhne von Euch?«

»Noch nicht«, erklärte er munter. »Aber ich habe ihre Entwicklung verfolgt. Morwena hat sie sehr gut erzogen. Es sind prächtige Söhne. Leider entspreche ich nicht so ganz dem Wunschbild eines Vaters, aber damit werden sie leben müssen.«

Sie war schon wieder mit der bevorstehenden Reise beschäftigt. »Warum wollt Ihr das tun? Eure selbsterwählte Einsamkeit ließ mich glauben, die Welt sei Euch gleichgültig.«

»Ich bin alt, die Welt ist für mich wirklich nicht mehr wichtig. Aber ich habe Söhne, und die werden möglicherweise auch einmal Kinder haben. Jeder, der zum Frieden beitragen könnte und es nicht tut, ist verantwortlich. Irgendwann werden wir alle für unsere Taten oder Unterlassungssünden gerichtet.«

Er hatte die letzten Sätze in so bitterem Ton gesagt, dass Marga ihn prüfend ansah. »Wollt Ihr mir vielleicht erzählen, was Euch quält?«, fragte sie zaghaft. »Nur, um es loszuwerden. Wie Ihr wisst, kann auch ich nicht auf all meine Taten stolz sein.«

Raoul lachte. »Ich war unter Camora General. Ich bräuchte mehr Zeit, als mir noch zur Verfügung steht, um dir all meine Gräueltaten zu erzählen. Aber sie sind Vergangenheit und rauben mir nicht den Schlaf. Aber nett, dass du gefragt hast. Bist ein liebes Mädel.«

Sie lächelte, längst daran gewöhnt, dass er sie nur Mädel nannte. Lori legte den Kopf auf ihren Schoß, und Marga kraulte sie liebevoll hinter den Ohren. »Wie wollt Ihr nach Ten'Shur reisen?«

»Mit dem Wagen. So könnte ich dich mitnehmen. Ist aber ein langer Weg. Was sagst du?«

»Zu Befehl, General. Wann fahren wir?«

Er lächelte sie warmherzig an. »Bei Sonnenaufgang. Mädel, wenn ich eine Tochter hätte, müsste sie so sein wie du.«

In den Mooren des Westgebirges

Seit zwei Tagen waren sie im Moor unterwegs, hatten kein Gelände für ein Lager gefunden und waren notgedrungen die Nacht durch weitergegangen. Jetzt stand die Sonne wieder tief. Die Katapulte hatten sie zurücklassen müssen, weil der Weg zu schmal geworden war. Selbst die Trosswagen mussten sie immer wieder aus tiefem Morast ziehen.

Wohin man sah: nur Sumpf und Schilf. Wasser war streng rationiert, das Fleisch war Opfer der Maden geworden, und selbst das steinharte Fladenbrot war verschimmelt. Gegen die Insekten hatten sie Tücher um ihre Gesichter gebunden, die schon nach dem Verknoten schweißnass waren. Die Bekleidung klebte am Körper, und das Gepäck wurde mit jedem Schritt schwerer.

Alle waren lange Märsche gewöhnt, aber Luftfeuchtigkeit und mörderische Hitze forderten ihren Tribut. Auf den Trosswagen lagen schon die ersten Krieger.

Ein Kundschafter kehrte zurück und erstattete Bericht. »Wir haben eine trockene Ebene für einen Lagerplatz gefunden. Nach der Beschreibung hätten wir aber längst auf dem Weg nach Osten sein müssen. Wir hätten die Berge schon wieder vor uns haben müssen. Irgendetwas stimmt hier nicht, General. Zumindest ist die Karte falsch.«

Mattalan erschlug ein Insekt in seinem Gesicht. »Wir lagern und sehen dann weiter. Wir werden Pferde braten und Gebrautes und Branntwein freigeben. Gib das weiter! Diese Aussicht allein könnte mittlerweile Leben retten.«

* * *

Es hatte noch nie so lange gedauert, das Lager aufzubauen. Die Männer waren zermürbt. Nur unwillig bezogen die eingeteilten Wachen Posten. Welcher Feind sollte hier schon aus den Mooren kriechen?

Zwei weitere Kundschafter fanden sich ein und brachten gute Neuigkeiten. Sie hatten den Weg nach Osten gefunden. Das Ende ihrer Leidenszeit war absehbar.

General Mattalan wunderte sich, dass sie bisher keine Anzeichen für Verfolger gesehen hatten. Das konnte nur bedeuten, dass sie sie irgendwo erwarteten. Bis dahin mussten seine Männer wieder bei Kräften sein. Fleisch, Gebrautes, Nachtkühle und Schlaf würden sie hoffentlich ausreichend erfrischen, und dann würden sie das verfluchte Moor hinter sich lassen.

Die Männer schlugen Schilfrohr, um es zu verfeuern, und bereiteten den Boden zum Aufbau der Zelte vor, die hier weder Wind noch Wetter, sondern nur Insekten abhalten sollten. Silbrige Stechpflanzen, in denen sich Schilfkügelchen verfangen hatten, bedeckten den Boden. Viel zu müde waren die Männer, um sich noch zu fragen, wie diese kugelrunden Gebilde auf natürliche Art zustande gekommen sein sollten. Pflanzen und Kugeln wurden dem Feuer überantwortet.

Die Schilfgebilde verbrannten und entließen dabei ihre Gefangenen zu Tausenden in die Freiheit: Moorwespen, winzig, rot und todbringend. Ihr Gift verursachte Atemlähmung … und wirkte schnell.

Innerhalb kürzester Zeit verwandelte sich das Lager in ein Tollhaus. Krieger schlugen mit Händen oder Tüchern nach den Insekten. Sie schwangen brennende Schilfrohre und versuchten, sich in den Mooren rund um das Lager vor den Wespen in Sicherheit zu bringen. Sie warfen sich hinein, und der Schlamm saugte sie auf, langsam und schmatzend.

Krieger wanden sich röchelnd am Boden, die Hände um die Hälse gelegt, die Gesichter angeschwollen und rotblau. Stumme Leiber zuckten im Todeskampf. Sterbende klammerten sich an unwillige Kameraden oder rammten sich das Schwert in den Leib, um sich von den Qualen zu befreien. Andere versuchten, sich unter Decken oder Zeltplanen in Sicherheit zu bringen. Krieger, die Gesichter bedeckt von Wespen, warfen sich in die Lagerfeuer und taumelten als lebende Fackeln durchs Lager.

Todesschreie aus Hunderten von Kehlen hallten durch die Nacht. Pferde wieherten unter den Stichen, rissen sich los und stürmten durchs Lager, trampelten alles nieder, was vor ihre Hufe kam, ehe auch sie zu Boden gingen.

General Mattalan ließ Moorwasser über die Feuer kippen, um die Insekten mit Rauch zu vertreiben. Beißender Qualm stieg auf, nebelte den Lagerplatz ein, ließ Männer husten und würgen, brachte aber Erfolg: Die Wespen flohen.

Das Lager glich einem Schlachtfeld, und der General musste all seine Befehlsgewalt aufwenden, um Hauptleute und Krieger zur Ordnung zu rufen. Man befreite lebende Kameraden aus dem Moor und übergab ihm die Leichen. Es galt, Pferde einzufangen, Feuer wieder zu entfachen, und derweil starben immer noch Männer.

Zelte waren niedergetrampelt worden, essen mochte niemand mehr. Nur Branntwein war heiß begehrt. Die Hordenkrieger fielen irgendwann vor Erschöpfung und sinnlos betrunken um.

Mattalan ging diesmal nicht gegen das unkriegerische Benehmen vor, denn er wusste, seine Armee war verloren. Wen das Moor noch hergab, der würde am Pass fallen.

Der Weg hatte sie unaufhaltsam in die zweite Falle geführt, und wem sie die Schilfkugeln zu verdanken hatten, war klar. Die Bergjäger wussten ihre Heimat zu verteidigen. Ihre Kämpfe waren nicht ehrenvoll, aber sie waren erfolgreich. Der Angriff winziger Wespen hatte vierhundertdreißig Männer das Leben gekostet.

Über vierhundert Krieger tot, verbrannt, von den Sümpfen verschlungen, und was genauso stark wog: Die Moral der Überlebenden war gebrochen. Ermüdung, Verzweiflung und die Ahnung vom eigenen Tod standen in ihren Augen. Ihre Taten würden nicht in die Geschichte eingehen, und ausgerechnet er,

General Mattalan, Oberbefehlshaber der Schwarzen Horde, enger Vertrauter Camoras, würde als der General sterben, der eine gewaltige Armee kampflos in den Mooren verloren hatte. Er würde versagen und wusste nicht, was er daran ändern konnte.

Flüchtig dachte er an einen Rückzug in den Norden, um zumindest einen Teil seines Heeres zu retten, aber er verwarf diesen Gedanken umgehend wieder. Er wusste, die Bergjäger würden sie nicht mehr gehen lassen. Nie sah er sie, aber er spürte ihre Gegenwart überall und zu jeder Zeit. Wie Schlachtvieh würde er seine Männer in die nächste Falle führen, und wie üblich würden sie sie erst erkennen, wenn sie mittendrin steckten.

* * *

Der Morgen brachte Hitze, Schwüle und die bittere Erkenntnis, dass die Mehrzahl der Männer am Fieber erkrankt war. Der General wusste, dass es für alle weniger beschwerlich gewesen wäre, die Kranken zurückzulassen, aber er wollte die ohnehin kaum noch vorhandene Moral nicht durch einen solchen Befehl weiter schwächen.

Wie ein Leichenzug setzte sich die Armee wieder in Bewegung. Sumpfkrähen erwarteten ungeduldig ihren Abzug. Immer wieder warf man unterwegs Tote von den Tragen ins Moor und legte neue Fieberkranke darauf.

Endlich führte der Weg gen Osten. Hoffnung keimte auf.

Die Sonne stand im Zenit, brannte erbarmungslos auf die schwitzenden Männer nieder, aber die flimmernde Hitze ließ den Blick auf die Hügel zu. Vereinzelt war Jubel zu hören. Mattalan blickte auf seine zerstochenen und angeschwollenen Hände und bat die Götter darum, dass er zumindest kämpfend den Tod finden würde. War ihm zuvor Schweiß in Bächen übers

Gesicht geflossen, bemerkte er jetzt, dass er glühend heiß, aber völlig trocken war. Auch er hatte Fieber.

Die Kundschafter kamen zurück und brachten schlechte Nachrichten. Fast hätte Mattalan gelacht: Der Weg in den Osten war eine Sackgasse, führte geradewegs in ein unpassierbares Moorgebiet. Er ließ erneut Kundschafter ausschwärmen und wusste doch, dass sie verloren waren. Die Götter ließen ihn nicht im Kampf sterben. Über ihnen kreisten die Totenvögel, und Mattalan war sich sicher, sie lachen zu hören. Lautlos fiel er vom Pferd.

22. Kapitel

Die Sonne zeigte sich in ganzer Pracht. Kaum eine Wolke durchbrach das Blau des Himmels. Wie ein umgedrehter, gewaltiger Eiszapfen ragte der Göttergipfel majestätisch zwischen seinen flacheren Begleitern auf.

Gideon empfand Ehrfurcht, sobald er den Blick hob und ihn vor sich sah. Im Schutz einiger Felsen, die jetzt zunehmend das endlose Weiß durchbrachen, blieb er stehen, stützte die Hände auf den Knien ab und sah sich nach seinen Begleitern um. Mittlerweile war es so steil, dass selbst die Hunde, die den Holzschlitten zogen, nur noch mühsam vorankamen. Seit Caitlin schlafend vom Schlitten gefallen und ein Stück talwärts gekugelt war, ging Rhonan immer hinten.

»Was denkst du, wie weit es noch ist?«, fragte der Gelehrte, kaum dass die beiden in Hörweite waren. »Ich vertue mich hier ständig mit den Entfernungen.«

Der Prinz machte eine vage Geste. »Spätestens morgen Vormittag müssten wir am Fuß des Berges angekommen sein. Dann heißt es: klettern.«

Caitlin, die in Felle gehüllt auf dem Schlitten saß, krächzte: »Auf dieses Eisding willst du rauf?«

Rhonan schnalzte mit der Zunge, und die Hunde blieben stehen. »Du behauptest das zwar ständig, aber es war nicht mein Einfall, die Wintergöttin zu besuchen.«

»Um da rauf zu kommen, müssten uns Flügel wachsen«, murrte sie.

»Werden wir sehen. Komm jetzt vom Schlitten runter und lass Gideon sitzen!«

Der warf ihm einen dankbaren Blick zu. Seine Knie waren

weich wie Brei und zitterten, sobald er stehen blieb. Alle Muskeln schmerzten.

»Ich kann aber nicht mehr laufen. Können die Hunde uns nicht beide ziehen?«

»Die Hunde ziehen bereits unser Gepäck. Mehr als ein Mensch ist nicht mehr drin, und bevor du wieder fragst: Nein, ich werde das Gepäck auch heute nicht tragen.«

»Gideon, willst du wirklich sitzen?«, unternahm sie einen letzten Versuch.

Ehe der Gefragte antworten konnte, stapfte Rhonan zum Schlitten und zerrte die unwillige Frau hoch, die sofort zeterte: »Gideon hat gar nicht gesagt, dass er sitzen will.«

»Weil er keine Kraft mehr dazu hat«, gab er zurück und zog sie unbarmherzig mit.

Der Gelehrte stolperte an ihnen vorüber, sackte auf den Schlitten, hüllte sich dankbar in die Felle und warf seinem Begleiter, der immer ging, einen verlegenen Blick zu. Seltsamerweise schien dem der Aufstieg wenig auszumachen. Auch die Kälte prallte weitgehend an ihm ab. Nicht mal die Kapuze hatte er auf. Eiskristalle überzogen sein Haar wie ein schimmerndes Netz.

Rhonan stieß einen Pfiff aus, und die Hunde setzten sich wieder in Bewegung, während Caitlin wehmütig zum Schlitten schaute. Er ergriff ihre Hand und zerrte sie mit.

»Mir ist ohne die Felle furchtbar kalt, und ich bin zu Tode erschöpft. Ich kann nicht mehr.«

»Lenk dich doch wieder mit Schimpfen ab, wie du es immer gern tust«, schlug er vor. »Du wirst bestimmt noch etwas finden, was du an mir auszusetzen hast.«

Gideon lächelte unwillkürlich. Rhonans Methode, die Prinzessin von den Strapazen der Reise abzulenken, war schlicht, aber sie klappte schon seit zwei Tagen. Auch diesmal sprang sie auf die Herausforderung an, beschimpfte den Prinzen wild, fluchte, zeterte und keuchte und stapfte immer weiter. Nach einer Weile keuchte sie allerdings nur noch.

Der Wind legte sich, und die Sonne wurde rot. »Rhonan?«, meldete Caitlin sich leise und atemlos. »Ich kann nicht mehr. Ehrlich nicht. Mir fallen auch keine Schimpfwörter mehr ein. Du bist ganz entsetzlich, aber wie entsetzlich … dazu fällt mir nichts mehr ein. Ich kann keinen Schritt mehr gehen.« Sie hielt ihm ihre Arme ausgestreckt entgegen.

Mit einem Seufzer warf er sich die Priesterin über die Schulter und stapfte weiter.

Sie hatten die Felsen gerade erreicht, als er im Kopf laut und deutlich seinen Namen hörte und glaubte, sein Schädel würde gespalten. Er taumelte, konnte Caitlin gerade noch absetzen und fiel mit einem heiseren Schrei auf die Knie, beide Hände an den Kopf gepresst.

Caitlin kniete sich vor ihn und schrie: »Was ist?«

»Mein Kopf zerspringt«, stöhnte der Prinz und krümmte sich.

Während Gideon auf sie zueilte, riss Caitlin ihre Handschuhe herunter und legte die Hände an Rhonans Schläfen. Sie keuchte, ließ aber ihre Finger weiter kreisen. Er kippte mit einem Ächzen vornüber in ihre Arme. Gemeinsam drehten sie ihn um, und die Prinzessin bettete seinen Kopf in ihre Armbeuge und strich ihm das Haar aus dem Gesicht. Dabei stutzte sie und sah ihn an, als sähe sie ihn zum ersten Mal. Kanten, Falten, Narben, selbst der struppige Bart ließen es schutzbedürftig erscheinen. Er war gar nicht …

»Was war das?«, fragte Gideon, immer noch erschrocken.

Die Stimme des Gelehrten riss sie aus ihren Gedanken. »Das waren Hylia, eine unserer Hohepriesterinnen, und … etwas anderes. Ich verstehe das nicht. Ich …«

»Was heißt etwas anderes?«

»Ich weiß es doch auch nicht. Ich weiß nur, dass keine Priesterin über so große Entfernung solche Kräfte entfalten kann. Es hätte ihn umbringen können, wenn ich nicht da gewesen wäre.«

Rhonan kam zu sich und fand sich in den Armen der Priesterin wieder.

»Oh, du bist wach. Wie geht es dir?«, wollte Gideon sofort wissen.

»Gut! Das waren die Nebelhe… die Priesterinnen. Jetzt haben sie mich also gefunden. Ist aber gleichgültig. Hierher werden sie uns kaum folgen. Ich habe nicht mehr mit ihnen gerechnet und werde wieder besser aufpassen. Danke, Caitlin!« Er befreite sich aus der Umarmung und erhob sich.

Sie sah ihn an, die Augen weit aufgerissen. »Das waren nicht nur Nebelfrauen.«

Er nickte abwesend und sah in den Himmel. »War auch anders als vorher. Wie dem auch sei, wir müssen das Lager aufschlagen, ehe wir nichts mehr sehen.«

»Hast du mich nicht verstanden? Jemand, der über sehr große Magie verfügt, sucht dich.«

»Ich hab's gehört, kann es aber nicht ändern. Jetzt haben wir andere Sorgen. Wir müssen das Zelt aufbauen, und in den nächsten Tagen werden wir auch mit anderen Dingen beschäftigt sein. Um all die Spione, Jäger und Magier, die mich offensichtlich suchen, kümmern wir uns, wenn es so weit ist.«

Er machte sich daran, den Schlitten zu entladen. Gideon lockerte derweil das Geschirr der Hunde.

»Was machst du, wenn sie es morgen wieder versuchen, und du hängst gerade im Gletscher?« Caitlin gab nicht so schnell auf.

»Keine Ahnung«, erwiderte er und entfaltete das Zelt. »Mich festhalten, vielleicht?«

Sie trampelte wütend herum, sodass man ihr die Erschöpfung kaum noch anmerkte. »Das ist nicht lustig.«

»Nein, lustig wird das wohl nicht«, gab er zu, während er die Zeltstange einschlug.

»Du hörst mir gar nicht richtig zu«, fauchte sie. »Ich versuche, dir zu erklären, dass du in Lebensgefahr schwebst«, erklärte sie dramatisch und rang die Hände.

Er drehte sich zu ihr um und lachte auf. »Darin schweben wir alle, seit wir uns vor den Toren Kairans getroffen haben. Das wird dir doch bestimmt schon hin und wieder aufgefallen sein. Sollen wir nur noch jammernd durch die Gegend laufen, oder sollen wir stattdessen versuchen zu überleben? Bisher ist uns das verdammt besser gelungen, als ich angenommen hätte. Damit das so bleibt, füll Schnee in den Topf, damit wir gleich etwas Warmes trinken können.«

Caitlin sah hilfesuchend Gideon an, der Fleischreste an die Hunde verteilte. Aber der zuckte die Achseln. »Er hat recht. Wir können uns nicht verkriechen. Wir müssen unsere Aufgabe erfüllen, und dazu müssen wir zunächst einmal jeden neuen Tag überstehen.«

* * *

In einem Zimmer in Kairan prasselte derweil ein Kaminfeuer, und heißer, gewürzter Wein wärmte die beiden Frauen, die gemütlich davorsaßen, auch von innen.

Hylia sah ihre Begleiterin über den Rand ihres Bechers an. »Was sollte das gerade? Ich glaubte, Ihr wolltet den Prinzen lebend.«

Juna wippte mit dem Stuhl, um an eine Schale mit Nüssen, die schräg hinter ihr auf einem Tisch stand, zu kommen. »Er lebt doch auch noch.«

Weil Caitlin ihm geholfen hat, dachte Hylia, behielt diesen

Gedanken aber für sich. Sie war maßlos erstaunt gewesen, die kleine Prinzessin zu spüren. Große Freude hatte sie durchflutet, aber wie im Namen der Göttin kam sie ins Wintergebirge?

»Ihr wirkt nachdenklich«, bemerkte Juna und knabberte an einer Nuss.

»Ich bin es nicht gewöhnt, dass man Unschuldige zu Tode foltert und andere zum Vergnügen quält«, erklärte die Priesterin. »Eure Vorgehensweise widert mich an.«

Juna prustete durch die Nase. »Sagt ausgerechnet eine Frau von der Nebelinsel. Zimperlich wart Ihr doch nie.«

Hylias Gesicht blieb ausdruckslos. »Es ist ein Unterschied, ob man Gewalt zur Durchsetzung höherer Ziele oder zum Vergnügen anwendet. Milla konnte Euch nichts Wissenswertes erzählen, trotzdem habt Ihr sie getötet, nur so zum Spaß. Der Seher hätte auch nicht sterben müssen, und den Prinzen wollten wir aufspüren, mehr nicht. Ich empfinde Abscheu über Eure Vorgehensweise.«

Diesmal lächelte Maluchs Ziehtochter nicht. Die blauen Augen blitzten. »Meint Ihr nicht, Ihr seid etwas unvorsichtig? Ich könnte auf den Gedanken kommen, Euch nicht mehr zu benötigen, jetzt da ich dort bin, wo ich hinwollte, und weiß, dass der Prinz noch dort ist, wo wir ihn vermuteten.«

Hylia hielt Junas Blick stand. »Spart Euch Eure Drohungen! Ich fürchte mich nicht vor Euch, und Ihr solltet bedenken: Ich kenne Eure Macht sehr wohl, aber Ihr kennt meine Fähigkeiten nicht einmal zur Hälfte. Ich bin durch die Weisung meiner Königin an Euch gebunden und werde Euren Wünschen nachkommen müssen, aber ich muss nicht so tun, als ob mir das gefiele. Ich verabscheue Euch. Sollte ich einmal von Eurem Tod erfahren, werde ich den Göttern ein Opfer darbringen. Habt Ihr noch Wünsche, oder kann ich gehen?«

Aufrecht stand sie in ihrem schlichten, weißen Gewand da und strahlte Ruhe und Gelassenheit aus.

Juna unterdrückte ihre Rachegelüste, da sie in der Tat nicht wusste, wie stark die Priesterin war. Im Gegensatz zu der wirkte sie keinesfalls gelassen, als sie fauchte: »Ihr könnt gehen.« Ihr Gesicht war weiß vor Wut.

Hylia verließ das Zimmer und atmete erst einmal durch. Sie war zu weit gegangen und musste sich in Zukunft besser beherrschen, denn auf ein Kräftemessen wollte sie es nicht ankommen lassen. Entgegen ihrer kühnen Behauptung war sie nämlich ziemlich sicher zu unterliegen.

* * *

Eine Kerze erhellte ihr Zimmer. Sie ging zum Fenster und lächelte, als sie ihr Bett passierte. Die Hitze einer Wärmpfanne strahlte von dort aus. Es lohnte sich immer, nett zu den Zimmermädchen zu sein.

Sie stieß die Fensterläden auf, um noch einmal frische Luft zu atmen. Fröstelnd rieb sie sich die Arme und schaute gedankenverloren auf das schneebedeckte Kairan.

Tagsüber brodelte es in der Stadt. Händler und Kunden feilschten um Preise, die Spione Vater Ligurius', die Wolfsjäger und die Hordenkrieger traten sich in ihrem Eifer auf die Füße und kontrollierten jede Straße, jedes Haus und jeden Mann, aber jetzt war Ruhe eingekehrt. Die Stadtwache hatte das Kommando und hielt nach Gesindel Ausschau und nicht nach einem blonden, grünäugigen Prinzen.

Hylia liebte diese Zeit zwischen der Mühsal des Tages und dem Schlaf der Nacht, diese Zeit der ruhigen Besinnung. Lange stand sie am Fenster und dachte über ihren Auftrag und die Erkenntnisse der letzten Tage nach.

Sie musste Ayala mitteilen, dass Caitlin wider Erwarten noch lebte, aber sie versuchte nicht, eine Verbindung herzustellen. Schließlich ging es nicht darum, eine verzweifelte Mutter zu trösten. Die Tatsache, dass Caitlin sich auch noch an der Seite des Prinzen befand, wäre für die Königin natürlich von größter Bedeutung gewesen, aber Hylia sah sich trotzdem nicht veranlasst, die Meldung zu übermitteln. Zu deutlich hatte die Nebelkönigin beim letzten Gespräch gemacht, wie unwichtig ihre Meinung war. Sie hatte Hylias Weigerung, Juna und Camora zu unterstützen, einfach vom Tisch gefegt. Hylias einzige Lebensaufgabe bestand nach Ansicht Ayalas darin, ihre Befehle zu befolgen, und die Priesterin konnte sich nicht daran erinnern, dass ihr befohlen worden war, etwas über Caitlin herauszufinden.

Mit der von allen anderen missachteten Nebelprinzessin hatte sie sich immer gut verstanden, hatte oft gedacht, dass deren Selbstverliebtheit vielleicht der einzige Ausweg aus der lieblosen Umgebung war. So schön, so prunkvoll, so reich an Genüssen und so gleichbleibend warm, wie es auf der Nebelinsel war, so gefühlskalt ging es dort zu.

Die kleine Prinzessin hatte dem Prinzen geholfen. Konnte das bedeuten, dass sie ihren Traummann gefunden hatte, ihren schönen, geistreichen, starken und liebevollen Helden?

»Viel Glück, Caitlin! Möge Haidar dich auf deinem Weg beschützen«, flüsterte sie und warf eine Kusshand in den Winterhimmel.

23. Kapitel

Der Gletscher ragte vor ihnen auf. Der Gipfel war in tiefhängenden Wolken verschwunden. Caitlin und Gideon traten zitternd auf der Stelle.

Der Wind zerzauste Rhonans Haar. Er schlug einen Bolzen ins Eis und glaubte, auf Stein zu schlagen. Die Zusicherung der Horkas, es sei nicht schwierig, war wohl mit deren enormen Körperkräften zu erklären. Schon hier auf dem Boden brauchte er alle Kraft, um den Bolzen so tief einzuschlagen, dass er Halt bot, und hier hatte er festen Stand und konnte weit ausholen. Wie sollte das in der Wand funktionieren? Versonnen rieb er sich das Kinn.

Caitlin sah ihn triumphierend an. »Jetzt kommst du auch endlich ins Grübeln. Da kommen wir nie hoch. Ich frage mich, warum Männer immer so lange brauchen, um etwas zu begreifen.«

»Sag Bescheid, wenn du die Antwort weißt«, entgegnete er, trat vom Felsen zurück und tauschte Mantel und Weste gegen eine Fellweste, die er von einem Horka erstanden hatte. Da sie erbärmlich nach dem kalten Fett stank, mit dem sie getränkt war, entfernte die Prinzessin sich naserümpfend ein Stück, während er schon den Gürtel mit Bolzen und Werkzeug umschnallte, sich ein kürzeres Seil um die Brust band und ein langes über die Schulter hängte.

»Du willst allen Ernstes da hoch?«, fragte sie, während ihre Blicke zwischen Gideon und Rhonan hin- und herhuschten.

Letzterem lag eine barsche Erwiderung auf der Zunge, aber ihre Angst war so deutlich zu sehen, dass er den Mund wieder schloss, durchatmete und erklärte: »Meine neuen Stammesbrüder haben mir viel beigebracht, und euch bereite ich den Weg so vor, dass du glauben wirst, du kletterst eine Leiter hoch.«

»Ich würde auch nie eine so lange Leiter hochklettern«, gab sie hitzig zurück.

Er antwortete ungewohnt schroff: »Hör endlich auf! Glaubst du, ich tue das zum Spaß?«

Er wandte sich an Gideon. »Wenn ich das Seil runterwerfe, erst Caitlin, dann das Gepäck, dann du.«

Dann sah er sie noch einmal an. »Bitte diesmal ohne Handschuhe, Prinzessin. Binde dir Felle um die Hände, lass nur die Finger frei!«

Er atmete noch einmal tief durch und machte sich an den Aufstieg. Da er mit den Bolzen haushalten musste, hackte er zunächst Löcher für die Füße ins Eis. Für Hände und Seil schlug er die angespitzten Bolzen ein. Nach Anweisung der Horkas wickelte er das Ende des kurzen Seiles um den jeweils letzten Bolzen, um sich zu sichern. Er kam nur langsam voran, denn das Einschlagen der Bolzen war schwierig, weil er dazu beide Hände benötigte und sich nicht festhalten konnte.

Die ersten Eislöcher hatte er nicht tief genug geschlagen, und mehrfach rutschte er beim Arbeiten ab. Einmal gelang es ihm nicht mehr, einen Bolzen zu erwischen. Er hing in der Luft und spürte, wie das Seil ihm in Brust und Rücken schnitt. Doch es hielt, auch wenn es erbärmlich knarrte. Nach einigen Verrenkungen fand er Halt und musste sich erst einmal, ans Eis gepresst, beruhigen. Sein Herz raste, und seine Muskeln schienen bereits verhärtet zu sein.

Nun, überwintern konnte er hier nicht. Notgedrungen tastete er sich weiter. Das Gletschereis war mal rundgeschliffen und dadurch rutschig, mal sehr griffig oder scharfkantig. Schon bald bluteten seine Hände aus zahlreichen Schnitten. Wegen der Kälte spürte er die Wunden kaum, die Handflächen wurden aber zunehmend glitschiger, das Arbeiten wurde immer beschwerlicher. So oft, wie ihm Hammer oder Hacke aus der Hand glitten, war er froh, sie am Gürtel festgebunden zu haben. Mit den Werkzeugen der Horkas war es mehr als mühsam, ohne sie wäre es unmöglich gewesen. Selbst für die stinkende Weste war er dankbar, denn sie hielt tatsächlich warm.

* * *

Gideon legte tröstend den Arm um Caitlins Schultern. »Keine Angst, Kleine, er wird es schon schaffen. Er ist vorsichtig und gut gesichert.«

Sie nickte versonnen. »Das denke ich auch. Er ist wirklich stark und ausdauernd. Er ist auch so mutig. Nichts und niemand macht ihm Angst. Eigentlich ist er auch ganz nett. Aber jetzt sieht er doch ziemlich erschöpft aus. Wir sollten ihn wirklich etwas mehr unterstützen.«

Gideon sah sie verblüfft an. Dann fiel ihm etwas ein. »Ich weiß, wie wir ihn unterstützen können. Wir werden unsere Rucksäcke selber tragen. Das Gepäck wird sonst zu schwer. Bei der Höhe wird er es kaum hochziehen können. Es wird anstrengend, sehr anstrengend für uns werden, aber, wie du schon sagtest, er sieht auch erschöpft aus.«

Sie nickte langsam, und Gideon lächelte in sich hinein.

Sturmböen fegten um den Gletscher. Rhonan fror und schwitzte gleichermaßen. Schweiß tropfte ihm in die Augen, Gesicht und Finger waren vor Kälte nahezu taub, Arme und Beine zitterten vor Anstrengung. Erleichtert zog er sich auf einen kleinen Absatz. Er war keine zwei Pferdelängen tief und bot wenig Schutz, zumindest aber die Gelegenheit, seine Begleiter nachkommen zu lassen. Inständig hoffte er, dass Caitlin zumindest versuchen würde, möglichst weit zu kommen. Er dachte besser nicht darüber nach, was sonst geschehen würde. Er achtete darauf, das Seil immer straff zu halten, um sie zu unterstützen, legte dabei immer wieder Schlaufen zur Sicherheit um einen Felsen.

Sie erklomm Bolzen für Bolzen, Eisloch für Eisloch den Gletscher. Ihre Finger waren eiskalt, und sie fror erbärmlich. Einmal riss eine Bö sie fast weg. Mit einem Schrei klammerte sie sich am Bolzen fest. Das Seil spannte sich. Sie holte tief Luft und arbeitete sich weiter vor. Eigentlich ging es leichter, als sie erwartet hatte, wären nur die Kälte und der schneidende Wind nicht gewesen. Sie traute sich nicht, einen Blick nach unten oder oben zu werfen, sah immer nur auf den nächsten Bolzen und das nächste Eisloch. Niemand sollte ihr nachsagen können, sie gäbe sich keine Mühe. Sie wollte nicht über das nachdenken, was sie gerade tat, denn dann würde sie sich nur noch zitternd an den nächsten Bolzen klammern.

Also dachte sie an Rhonan. Der strahlte eine unglaubliche Kraft und Unerschütterlichkeit aus. Nie zuvor hatte sie so feste Muskeln gespürt, allerdings war sie bisher auch nur den Priesterinnen so nahe wie ihm gekommen, und die hatten eine Menge Vorzüge, aber keine starken Muskeln.

Sie liebte seine dunkle Stimme. Wenn er inmitten vieler Feinde sagte, dass sie keine Angst haben musste, dann glaubte sie das auch. Schließlich schien es nichts zu geben, das er nicht meistern konnte.

Nein, schön war er nicht, aber auch nicht so hässlich, wie sie zunächst gedacht hatte. Er ließ sie an einen Barbaren denken, aber sie wollte gar nicht wissen, an wen ihr derzeitiger Anblick jemanden denken ließ. Zumindest hatte er ausdrucksvolle Augen, die blitzten und funkelten, wenn er fröhlich war, was leider viel zu selten der Fall war.

Was sie aber am meisten faszinierte, war, dass sie manchmal

glaubte, es mit zwei verschiedenen Männern zu tun zu haben. So stark und selbstbewusst, wie er Feinden gegenübertrat, so zurückhaltend war er, wenn es um persönlichere Dinge ging. Bei ihren abendlichen Gesprächen am Lagerfeuer zog er sich sofort zurück, wenn es um andere Dinge ging als die Planung der Reise. Fragen nach seinen Erlebnissen blockte er ab, Lieder oder Geschichten kannte er nicht, und als sie einmal eigene Zukunftsträume oder -wünsche von ihm hören wollte, hatte er sie für einen Augenblick so hoffnungslos angesehen, dass ihr die Tränen gekommen waren. Immer dann, wenn er nicht den Krieger oder Führer herauskehrte, sondern um ein Zelt herumkroch oder sich verschreckt mit dem Feuer beschäftigte, sobald Gespräche gefühlsbetonter wurden, fühlte sie sich zu ihm hingezogen. Er war nicht der Prinz, den sie sich vorgestellt hatte, aber der wäre bestimmt auch grässlich langweilig gewesen. Was sollte sie nach ihren Erlebnissen noch mit einem geistreichen Schönling anfangen?

Zum nächsten Bolzen musste sie sich strecken. Da hatte Rhonan offensichtlich ihre Größe überschätzt. Sie keuchte immer lauter, hangelte sich von Bolzen zu Bolzen, weil das Seil sie jetzt unbarmherzig weiterzog, und plötzlich war sie oben.

Rhonan zog sie stöhnend über den Rand. »Na endlich!« Er löste das Seil und warf es wieder hinunter. »Ist ziemlich stürmisch. Setz dich dicht an die Wand, damit du nicht wegwehst.«

Maßlos enttäuscht über diese Begrüßung ließ sie sich auf den Hintern fallen und fuhr sich über die Nase. »Meine Finger sind taub vor Kälte. Das tut ganz schön weh.«

»Gideon wird sich darum kümmern. Wir haben noch ein ziemliches Stück vor uns.«

»Wir sollen heute noch weiter?«, ächzte sie fassungslos.

»Willst du etwa hier übernachten?« Er achtete nur noch auf das Seil.

»Ich bin vollkommen erschöpft«, klagte Caitlin. »Es war nicht einfach zu klettern, aber ich habe es geschafft … sogar mit Rucksack.«

»Fein!«

Die Prinzessin sackte von Enttäuschung übermannt zusammen und rang mit den Tränen.

✡ ✡ ✡

Das Gepäck war bald oben, und Rhonan warf das Seil erneut nach unten.

Keuchend kroch letztlich auch Gideon über den Rand. »Diese Kälte frisst einen auf«, stöhnte er. »Glaubst du, wir schaffen die Wand heute?« Ächzend dehnte er seine verkrampften Glieder.

»Unwahrscheinlich«, erwiderte der Prinz. »Ich hoffe nur, wir finden einen geeigneteren Platz für unser Nachtlager. Hier müssen wir Angst haben, schlafend in die Tiefe zu kippen. Ich komme zurück, wenn ich keinen finde. Haltet euch möglichst warm!«

Rhonan war begeistert, schon nach kurzer Kletterei eine geeignetere Hochfläche zu finden, wenn sie auch wenig Schutz vor dem Wind bot. Aber er war viel zu fertig, um noch weiterzukommen.

Wenig später bauten zwei erschöpfte Männer dort das Zelt auf. Der Prinz konnte nicht einmal mehr die Haken zur Befestigung einschlagen. Der Hammer entglitt immer wieder seinen kraftlosen Fingern.

Gideon nahm ihn ihm schließlich ab. »Deine Hände sehen grauenhaft aus«, bemerkte er.

»Sieht schlimmer aus, als es ist«, erklärte der achselzuckend, und der Verianer nickte müde. »Ich lege gleich Kräuterverbände an. Das war heute ein richtiger Ausgleich. Bisher taten mir immer nur die Beine weh, heute kann ich auch die Arme kaum noch bewegen.«

»Das größte Stück ist geschafft. Wir müssen ja gottlob nicht bis zum Gipfel. Wenn die Horkas recht haben, erreichen wir morgen die Höhle.«

Gideon nickte wieder, warf einen Blick auf ihre in sich zusammengesunkene Begleiterin, beugte sich zu Rhonan und flüsterte ihm zu: »Du solltest Caitlin einmal loben. Sie ist heute über sich hinausgewachsen. Ich glaube, sie wartet auf ein nettes Wort von dir.«

Der Prinz seufzte. Der Gelehrte hatte ausgesprochen, was er selbst gedacht hatte, aber so etwas hatte ihm noch nie gelegen. Er konnte kämpfen, mit dem Reden war das eine ganz andere Sache. So lange wie möglich beschäftigte er sich mit dem Aufbau des Zeltes. Umständlich wie nie schichtete er die warmen Decken im Inneren auf.

Gideon hatte unterdessen eine kleine Mahlzeit zubereitet. Rhonan fand irgendwann nichts mehr, womit er sich sinnvoll oder sinnlos beschäftigen konnte, und betrachtete trübsinnig die schweigende Prinzessin. Ganz entgegen ihrer Gewohnheit schien sie kaum Hunger zu haben und stocherte lustlos im Essen herum.

Der Prinz räusperte sich. »Das war heute sehr anstrengend für dich, nicht wahr?« Er erntete nur einen bösen Blick, räusperte sich erneut und fuhr fort: »Aber du warst … äh …«

»Wolltest du langsam sagen?«, fauchte sie giftig. »Was hast du noch gesagt, als ich hier ankam … völlig am Ende meiner Kräfte? Selbst ein Sumpfwurm wäre schneller als ich?«

Gideon warf Rhonan einen ungläubigen Blick zu. Solche Bemerkungen sahen dem überhaupt nicht ähnlich. Aber offensichtlich hatte der Gletscher auch dem sonst so ausgeglichenen Prinzen Grenzen aufgezeigt.

Der hüstelte verlegen. »Das war dumm und ist mir nur so rausgerutscht. Entschuldige!«

»Pah«, stieß sie aus und wütete mit dem Löffel in ihrer Schale.

»Hör bitte auf«, bat er in versöhnlichem Ton. »Du warst unglaublich tüchtig, und ich war nur schlecht gelaunt, weil ich sonst auch nicht auf eisigen Bergen herumklettere und mich so dämlich angestellt habe. Ich hätte meine Wut darüber nicht an dir auslassen dürfen. Du hast dein Bestes gegeben. Es tut mir wirklich leid.«

Caitlin sah ihn todtraurig an, und Tränen hingen in ihren langen Wimpern.

Unwillkürlich rutschte er zu ihr hin und zog sie an sich. »Nicht weinen! Ich wollte dich nicht verletzen. Es war … ich war … Verzeih mir bitte!«

Sie schmiegte sich an ihn und sah mit flehendem Augenaufschlag zu ihm auf, war jetzt durchaus bereit, sich von ihm trösten zu lassen und ihm schließlich gnädig zu vergeben.

Gideon hantierte mit dem Kochgeschirr und kam sich plötzlich recht überflüssig vor. Er wandte sich höflich ab und überlegte, ob er besser ins Zelt gehen sollte, um den ersten Kuss nicht zu stören, als er Rhonans Räuspern und dann dessen Stimme hörte.

»Wir sollten schlafen gehen«, erklärte der gerade sachlich und räusperte sich erneut. »Wir benötigen Ruhe. Außerdem ist es hier draußen viel zu kalt. Geh schon mal vor, Prinzessin!«

* * *

Das erste, trübe Licht des Tages kroch über den Berg.

Gideon erwachte fröstelnd und versuchte, unter den Fellen noch etwas Wärme zu finden. Er fühlte sich furchtbar, spürte

Muskeln, von denen er vorher noch nicht einmal gewusst hatte, dass er sie besaß. Sogar sein Kiefer schmerzte. Beim Klettern hatte er so häufig die Zähne zusammengebissen, dass ihm jetzt das halbe Gesicht wehtat. Seine Lippen waren von der Kälte rau, genau wie seine Hände, und die Zeltplanen flatterten im Sturm. Als er daran dachte, bald erneut klettern zu müssen, ergriff ihn nackte Panik.

Er drehte sich um und warf einen Blick auf seine Begleiter. Caitlins Kopf lag wie immer in einem Meer von Haaren auf Rhonans Brust, eine Hand umschloss seine Schulter. Sie schlief noch tief und fest.

Gideon sah höher, und sein Blick traf den seines Begleiters.

»Es stürmt«, bemerkte er überflüssigerweise.

»Das wird ein Sautag«, stimmte der Prinz seufzend zu. »Du siehst nicht gut aus, mein Freund.«

»Wenn ich so aussehe, wie ich mich fühle, ist nicht gut die Untertreibung schlechthin. Ich weiß nicht, ob ich heute noch weiterkomme. Mich packt das kalte Grauen, wenn ich nur daran denke, das Zelt verlassen zu müssen. Wie sieht's bei dir aus?«

»Ich habe von Bolzen geträumt. Vor Schreck bin ich aufgewacht. Ich bin mir nicht sicher, ob ich noch einen einzigen von diesen verdammten Dingern ins Eis schlagen kann.«

»Was machen wir jetzt nur?« Gideons Stimme war heiser und völlig mutlos.

»Zum Sesshaftwerden ist dies nicht der geeignete Ort. Wir müssen weiter. Müssen wir uns eben mal ein wenig anstrengen.« Sehr überzeugt klang allerdings auch er nicht.

»Ich bin nicht wie du. Ich kann weder die Kälte noch meine Schwäche einfach verdrängen. Ich habe Grenzen, und die habe ich längst erreicht und gestern sogar überschritten.«

»Unsere Vorräte gehen zur Neige. Nicht einmal zurück zu

den Horkas könnten wir es noch schaffen. Du hast nur die Wahl, weiterzugehen oder hier dein eisiges Grab zu finden. Bis zur Höhle dauert es vielleicht noch einen halben Tag. Das wird zu machen sein.«

»Ich schaff es einfach nicht mehr. Du weißt, dass ich mir die größte Mühe gebe. Ich sag das nicht nur einfach so.«

Rhonan empfand tatsächlich Bewunderung für den hageren Gelehrten, der sich, ohne zu klagen, weiter und weiter gekämpft hatte. Dass er am Ende war, war verständlich, nicht zu übersehen und völlig unerheblich.

Also versuchte er, Mut zu machen. »Es wird gehen. Du hast mir die Pfeilspitze aus dem Bein entfernt, obwohl du sicher warst, es nicht zu können, du hast gegessen, was Wölfe übrig gelassen haben, obwohl der Gedanke daran dich hat würgen lassen, und du wirst diesen Gletscher auch besteigen, obwohl du es nicht kannst.«

»Die anderen Dinge glaubte ich vom Gefühl her nicht zu können. Jetzt sagt mein Körper: nein! Er sagt es nicht, er brüllt es.«

»Hör nicht hin! Ich werde dir helfen.«

»Na, dann bin ich ja beruhigt«, log Gideon mit wenig Vertrauen und noch weniger Hoffnung. »Und was ist mit Caitlin? Der wird es heute nicht besser gehen.«

»Wir schaffen das schon.«

Der Verianer staunte nicht zum ersten Mal über die Selbstverständlichkeit, mit der Rhonan vor ihm liegende Aufgaben anging. Wenn ihn etwas gleichermaßen beruhigte wie antrieb, dann war es die ruhige Entschlossenheit seines Begleiters. Ja, sie würden es vermutlich irgendwie schaffen.

Caitlin schmatzte zufrieden, wälzte sich halb auf den Prinzen und schlief weiter, während der sein Gesicht wieder einmal von ihren Haaren befreite.

Gideon schmunzelte, aber nur kurz, weil seine Lippen dabei einzureißen drohten, und blickte seinen Begleiter versonnen an. »Sie ist verliebt, Rhonan.«

»Das gibt sich wieder.«

Er stutzte. »Das gibt sich wieder?«, wiederholte er verdutzt. »Sie ist allein deinetwegen gestern so tapfer geklettert.«

»Wenn sich das hält, ist das nur gut für uns.«

»Wir sprechen übers Verliebtsein. Nimmst du das so leicht?« Der Gelehrte konnte kaum glauben, was er gerade hörte.

Der Prinz antwortete schnell, da er die halbe Nacht darüber nachgedacht hatte: »Als sie mich kennenlernte, war ich für sie ein ungehobelter, trunksüchtiger Krüppel. Jetzt sind wir seit Tagen mutterseelenallein in einer nun wirklich unwirtlichen Gegend unter Feinden aneinandergekettet, und sie glaubt plötzlich, verliebt zu sein. Wenn wir wieder außerhalb jeder Gefahr und unter Menschen sind, wird sie ihren Irrtum schnell erkennen.«

»Glaubst du das ernsthaft?« Der Miene des Verianers sah man den Zweifel deutlich an.

»Bei allen Göttern, Gideon! Es soll nicht ungewöhnlich sein, dass sehr junge Mädchen sich in ihre Beschützer verlieben. Das legt sich, wenn die Gefahr vorüber ist.«

Gideon schüttelte den Kopf. »Was du so alles weißt. Hast du schon einmal daran gedacht, dass wir uns in den letzten Tagen besser kennengelernt haben als manche in Jahren? Natürlich ist sie von deinem Mut und deiner Stärke beeindruckt, das bin ich auch, aber sie hat auch andere Seiten erlebt: Fieber, Schüttelfrost, Krämpfe, zitternde Hände. Ich glaube, sie kennt mittlerweile auch genug Schwächen von dir und hat sich trotzdem verliebt. Weißt du, richtig bewusst ist ihr das anscheinend auch nicht geworden, als du todesmutig gegen den Häuptling gekämpft hast, sondern als du ihr auf dem Gletscher besinnungslos in die Arme gekippt bist. Ich glaube daher nicht, dass sie nur an Heldenverehrung leidet.«

»Du solltest damit anfangen, die Finger zu bewegen, damit du nachher nicht noch mehr Schwierigkeiten hast.«

Gideon krümmte und streckte gehorsam die Finger und verzog sofort schmerzvoll das Gesicht. »Du weichst mir aus.«

»Warum sollte ich? Ich habe nur keinen Kopf für Fantastereien, ich habe wichtigere Dinge zu bedenken.«

* * *

Die hatte er einige Zeit später in der Tat. Es stürmte zwar nicht mehr ganz so stark, dafür hatte es wieder begonnen, heftig zu schneien. Nebel oder auch Wolken umgaben sie, und die Sichtweite betrug kaum zwei Pferdelängen. Es grenzte an Selbstmord, auch nur das Zelt zu verlassen. Aber wer konnte wissen, ob es morgen oder übermorgen besser werden würde. Das durchgebratene Fleisch der Horkas war hart, unansehnlich und nahezu ungenießbar geworden. Gideon hatte es noch gekocht, aber selbst Rhonan war es schwergefallen, das eklige Zeug hinunterzuwürgen. Caitlin hatte nahezu teilnahmslos ewig lange auf einem einzigen Bissen herumgekaut und ihn dann ausgespuckt.

Wenn sie die Höhle erreichen wollten, mussten sie es schaffen, bevor die letzten Kräfte aufgebraucht waren. Also heute!

Allein der Anblick des Gürtels mit der Hacke, dem Hammer und den Bolzen verursachte Rhonan Magendrücken, aber ohne jedes Wort schnallte er ihn um. Der Weg nach oben, der nicht zu sehen war, Kälte und nasser Schneefall ließen ihn denken, dass er verrückt war, jetzt den Göttergipfel besteigen zu wollen. Ein Blick auf seine torkelnden Begleiter ließ allerdings nur diese Entscheidung zu. Er machte sich an den Aufstieg.

War die Kletterei gestern eine Qual gewesen, war sie heute die Hölle. Er sah nichts, konnte nur tasten und kam so langsam voran, dass er ernsthaft befürchtete, die Strecke heute doch nicht mehr zu schaffen. Immer wieder musste er innehalten, um sich festzuklammern, wenn eine Bö um den Berg fegte. Durch den dichten Schneefall konnte er kaum etwas erkennen und hoffte nur, dass er sich überhaupt noch auf dem Weg zur Höhle befand. Dann hörte der Schneefall auf und machte dichtem Wolkennebel Platz. Allein das Wissen, dass der Weg zurück mittlerweile genauso gefährlich war wie der nach oben, trieb ihn vorwärts. Er sah nichts mehr, fühlte nur noch den Felsen und kämpfte sich weiter und weiter empor, achtete bald nicht mehr auf Raum und Zeit und spürte kaum noch, wenn der Hammer seine blutigen Hände traf. Fiel ihm ein Bolzen aus den Fingern, nahm er den nächsten, kam eine Windbö, hielt er sich fest. Er tastete, verfehlte, rutschte ab, zog sich hoch, hackte und hämmerte und kletterte weiter.

Er hatte nicht die leiseste Ahnung, wie lange er geklettert war, aber irgendwann erreichte er ein Plateau und sah den Eingang einer Höhle vor sich.

* * *

Gideon und Caitlin, die sich zum Schutz gegen die Witterung in sämtliche Felle gehüllt hatten, sahen beklommen auf das baumelnde Seil. Sie hatten sich darauf geeinigt, dass sie das Zelt und alles, was sie nicht dringend benötigten, zurücklassen wollten. Waffen und Reste ihrer Nahrung hatte der Prinz mitgenommen. Gideon, steif und trotz der Felle verfroren, band der Prinzessin das Seil um die Taille.

Sie stand vor ihm wie ein Häufchen Elend und war den Tränen nahe. Von der Anstrengung des Vortages war sie völlig entkräftet und konnte sich kaum auf den Beinen halten. »Ich glaube nicht, dass ich das überlebe, Gideon. Man sieht noch nicht einmal etwas.« Ihre Stimme war nur ein heiseres Krächzen.

»Sei tapfer, Kleine«, murmelte er. »Irgendwie wird es schon gehen. Lass Rhonan nicht warten!«

Sie nickte stumpfsinnig und ergriff mit einem Schniefen den ersten Bolzen. Umgehend spürte sie einen Zug und hangelte sich weiter. Der Zug am Seil gab ihr die Geschwindigkeit vor. Ohne überhaupt eine andere Möglichkeit zu haben, kletterte sie weiter und weiter, durch Schneefall, Sturm und Wolken. Sie sah kaum die Bolzen, sondern erwischte sie mehr durch Zufall, während sie am Eis hochkrabbelte. Ihre Füße hingen oft in der Luft, fanden kaum noch Löcher, während sich das Seil um ihre Taille schnürte und schmerzte. Tränen liefen ihr übers Gesicht, als Rhonan sie über den Rand zog. Er drückte sie kurz an sich und half ihr, sich im Eingang der Höhle hinzusetzen. Beiden fehlte die Kraft, auch nur ein Wort zu sagen. Bebend rollte Caitlin sich zusammen und beobachtete dumpf ihren Begleiter, der bereits das Seil nach unten warf und es nach kurzer Zeit Hand über Hand nach oben zog. Er ächzte und stöhnte, zog aber immer weiter, obwohl das Seil sich rot färbte, wo immer er es ergriff.

Caitlin hätte ihm gern geholfen, konnte sich aber nicht mehr bewegen. In ihrem Kopf hämmerte es, als wollte das Blut ihren Schädel sprengen, sie zitterte und fror und konnte nicht einmal mehr die Hand heben, um sich Eiskristalle aus dem Gesicht zu wischen.

Es kam ihr wie eine Ewigkeit vor, bis Gideon sich endlich keuchend über den Rand hangelte. Der Verianer war kaum auf dem Plateau, als der Prinz umfiel, einfach zur Seite wegkippte.

Gideon war so restlos erschöpft, dass er schon Mühe hatte zu atmen. Er nahm seine Umgebung nicht mehr wahr, sackte zusammen und schlief ein.

Caitlin wollte zu Rhonan kriechen, schaffte es aber nicht mehr. Auf halber Strecke fiel sie in den Schnee und blieb liegen. Ein Augenpaar lugte aus dem Dunkel der Höhle.

24. Kapitel

Derea saß nachdenklich an seinem Schreibtisch und trommelte mit den Fingern darauf herum. Lucio saß ihm gähnend gegenüber.

Die Tür knarrte, und Remo stapfte ins Zimmer. Auf eine Geste Lucios hin setzte er sich und flüsterte: »Ist er immer noch nicht fertig? Wir müssen aufpassen, dass er was isst.«

Derea rieb sein Kinn, und seine Adjutanten atmeten auf und erklärten wie aus einem Mund: »Gleich ist es so weit.«

Derea hielt inne, sah Remo an und bellte: »Wie viele haben sie zurückgelassen? Tausend?«

Remo nickte. »Ungefähr, höchstens zwölfhundert. Die Belagerung ist abgeblasen, eine Eroberung Ten'Shurs scheint nicht geplant.«

»Geschütze?«

»Keine mehr. Sie wollen ja nicht mehr rein.«

»Beobachtungstürme?«

Remo grinste. »Beim nächtlichen Angriff der Adler in Flammen aufgegangen. Die neuen sind noch nicht fertig. Es fehlt Holz. Nun müssen sie weit laufen. Welch ein Jammer!«

»Gut, gut!« Derea sprang auf und wanderte durchs Zimmer. »Camora zieht seine Truppen ab. Das heißt, er weiß, dass seine Westattacke fehlgeschlagen ist, aber auch, dass unsere Truppen weit verstreut sind. Ten'Shur ist bedeutungslos. Er will die Reichsstadt und die Burg der Königin. Wenn er schnell genug ist, kann ihm das gelingen. Canon hat zurzeit nicht viel mehr als siebenhundert Gardisten. Damit kann er Mar'Elch niemals verteidigen. Bleibt nur eins, Freunde, wir müssen die Horden besiegen und ihm helfen.« Überlegend wanderte er herum.

Lucio hüstelte erst leise, dann immer lauter, um Dereas Aufmerksamkeit zu erlangen.

»Hast du was im Hals?«, fragte der besorgt.

»Nein, aber du vielleicht was am Kopf. Wir haben nicht mal mehr vierhundert Reiter.«

»Du vergisst die Bogenschützen. Wenn jeder von uns sich zwei bis drei Feinde vornimmt, sind wir schnell in der Überzahl.«

Lucio schüttelte nur den Kopf und fasste sich an die Stirn.

»Es sei denn, von unseren Leuten fällt auch mal einer – natürlich nur rein zufällig«, bemerkte Remo an seiner Stelle trocken.

»Dann sind es eben drei bis vier für dich«, erklärte Derea. »Das macht dir keine Angst, oder?«

Remo knurrte ungehalten. »Ich folge dir, wohin du willst, aber verschone mich mit deinen blöden Rechenkünsten.«

»Sie wollen ja nicht zu uns kommen. Jetzt kann ich aber nicht mehr warten. Für die Bürger ist es auch besser, wir kämpfen vor dem Tor. Da lässt es sich leichter aufräumen.« Derea wandte sich zur Tür. »Ich besuche aber erst noch einen Freund.«

Beide Adjutanten starrten auf die Tür, die hinter ihm ins Schloss gefallen war, und Remo fragte: »Weißt du, was er vorhat?«

Lucio entgegnete matt: »Nein! Aber willst du es wirklich wissen?«

* * *

General Darkoba war überrascht, als der Hauptmann sein Zimmer betrat.

»Der Stadtkommandant persönlich? Was verschafft mir die Ehre?«, fragte er mit hochgezogenen Brauen und blieb demonstrativ sitzen.

Derea winkte ab. »Ihr mögt mich nicht und ich Euch nicht,

aber wir wollen ja auch nicht heiraten. Lasst es also gut sein! Ihr hättet genauso gehandelt wie ich, und ich würde es jederzeit wieder tun. Aber darum geht es nicht. Ich habe nicht viel Zeit. Können wir unsere persönlichen Gefühle füreinander vielleicht zurückstellen und uns mit unserer Aufgabe beschäftigen?«

»Der Aufgabe, die Belagerung zu überstehen?«, fragte Darkoba geringschätzig.

»Der Aufgabe, die Belagerung aufzuheben.«

»Ihr wollt sie angreifen?« Jetzt war deutlich Überraschung zu hören.

»So schnell wie möglich. Werdet Ihr mir helfen?«

»Unter Eurem Befehl?«

»Selbstverständlich! Aber Euer Rat wäre mir teuer.«

Der Hauptmann schien es ernst zu meinen. Nach kurzer Überlegung nickte Darkoba daher.

Derea wandte sich zur Tür. »Darf ich bitten? Hauptmann Falack erwartet uns.«

Der General sprang auf und hielt ihn am Arm zurück. »Ich danke Euch. Ihr hättet es mir auch schwerer machen können, Kommandant.«

Der grinste. »Ich plane eine Blitzschlacht nur mit den Reitern, und dafür sind wir ein wenig in der Unterzahl. Mein Gefühl sagt mir, die Adler kämpfen entschlossener, wenn ihr eigener General sie befehligt. Jetzt will ich die Horde besiegen. Wenn ich danach wieder Zeit zum Nachdenken habe, werde ich Euch vielleicht gern in die Eier treten wollen, aber nicht jetzt. Schließlich sollt Ihr bei der Schlacht noch auf Eurem Pferd sitzen können.«

Darkoba lachte scheppernd. »Ihr denkt wirklich an alles. Gewinnen wir diese Schlacht.«

* * *

Im Lager der Horde machte sich Unmut breit. Seit Tagen saßen sie untätig herum, und auf einer öden Ebene zu hocken und trockene Grasbüschel zu zählen, zehrte allmählich an den Nerven.

Aus der Stadt wehte oft der Duft von Gebratenem zu ihnen herüber, und sie mussten mit Bohnenbrei vorliebnehmen, weil die Jäger kaum Wild brachten. Nicht einmal genug Wasser war noch in den Fässern. Innerhalb der Stadtmauern gab es alles, was sie jetzt entbehren mussten, und dazu noch Gebrautes, Branntwein und Weiber. Kaum einer verstand, warum die Kameraden in aller Eile abgezogen waren, ohne Ten'Shur anzugreifen. Immer mehr Männer waren zu hören, die es dem Verhungern oder Verdursten unmittelbar vor den Fleischtöpfen Ten'Shurs vorzogen, in einer Schlacht um die Stadt zu sterben.

Hordenführer Kujak dachte wie seine Männer, hatte aber seine Befehle: Ten'Shur war zu sichern, bis er den Befehl zum Abrücken erhalten würde. Ehre für die Sieger würde es nur in Mar'Elch geben.

Sie befanden sich außerhalb der Reichweite der Bogenschützen vor dem Westtor Ten'Shurs. Seine Männer hatten einen kleinen Wall aufgehäuft. Einige hämmerten am Beobachtungsturm herum. Achthundert Krieger, dreihundert Bogenschützen und fünfzig Berittene standen ihm zur Verfügung. Das musste reichen. Die Hauptstreitmacht El'Marans befand sich angeblich im Westgebirge, hatte zumindest der General behauptet.

Ihm schien die Mauer immer noch gut besetzt. Offensichtlich hatte sein Vorgesetzter das ähnlich gesehen und daher Anweisung gegeben, nicht anzugreifen. Der Befehl schmeckte ihm nicht, aber er musste ihn befolgen. Andererseits war er für die Truppe verantwortlich. Wenn die Jäger wieder ohne Beute heimkehrten, würde er einen Angriff auf die Stadt in Erwägung ziehen … ziehen müssen.

»Das Tor wird geöffnet, Hauptmann«, unterbrach ein Adjutant seine Überlegungen.

»Was?« Er fuhr herum. Reiter verließen die Stadt und fächerten sich zu einer breiten Front auf.

»Bogenschützen in Stellung und Lanzenträger nach vorn«, brüllte er. »Lasst sie schön nahe rankommen.«

Die Flammenreiter ritten im Schritt, kamen nur langsam näher, und die Hordenkrieger konnten in Ruhe ihre Verteidigungsstellung einnehmen. Sie rammten schwere Lanzen gegen die Pferde in den Boden, Reiter warteten an den Flanken auf ihren Einsatz, Pfeile wurden in Bogen gelegt.

»Wartet noch!«, befahl Kujak. Er fragte sich gerade, ob der kleine Trupp nur beabsichtigte, ein Friedensangebot zu überbringen, als ein schriller Pfiff die Luft durchschnitt, die Pferde sich daraufhin sämtlich aufbäumten, ein ums andere Mal auf der Hinterhand drehten und dann im wilden Galopp auseinanderstoben. Eine Staubwolke überzog die Ebene.

»Sichert die Flanken!«, brüllte Kujak. »Sie wollen uns ein …«

Eine Pfeilsalve prasselte auf Lanzenträger und Bogenschützen, die gerade ihre Stellung wechseln wollten. Schreie, Stöhnen, sterbende und stürzende Krieger und die nächsten Pfeile aus dem Staub lösten ein heilloses Durcheinander aus.

»Schießt! Reiter auf die Ebene!«, brüllte der Hordenführer.

Die Pfeile der Hordenschützen bohrten sich in die Ebene.

Kaum hatten die Kraker nämlich ihre letzten Pfeile abgeschossen, rannten sie zurück in die Stadt, verfolgt von den Berittenen der Horde. Die Adler preschten mit gezückten Schwertern und wildem Geschrei aus dem Tor, ließen die Schützen passieren, deren Verfolger aber nicht. Einer dreifachen Überzahl hatten die Hordenkrieger nichts entgegenzusetzen.

Hauptmann Kujak bekam deren Sterben nicht einmal mit, denn es ging zu schnell und unvorsehbar vor sich. Seine Truppe glich einem Hühnerhaufen, und die Flammenreiter stürmten bereits auf seine Stellung zu.

Die mächtigen Streitrösser sprangen über Wälle und Barrikaden, pflügten durch die Reihen der Horde, und die Reiter waren den am Boden kämpfenden Kriegern weit überlegen. Die Ankunft der Adler besiegelte das Ende. Ein Hornstoß übertönte schließlich alles. Sofort wurden Pferde gezügelt, Schwerter und Äxte gesenkt. Camoras Krieger legten die Waffen nieder und knieten sich hin. Der Hordenführer, selbst aus mehreren Wunden blutend, humpelte auf Darkoba zu. Er hielt sein Schwert wie ein Geschenk vor sich und wollte gerade zum Sprechen anheben, als der General ihn durch eine Geste zum Schweigen aufforderte.

Der sprang vom Pferd, ging auf den Hauptmann der Flammenreiter zu, neigte sein Haupt und wies auf Kujak. »Herr Kommandant, der Befehlshaber der Horden bietet Euch sein Schwert dar.«

Der Hauptmann der Horde schaffte es, seine Überraschung darüber, dass der Kommandant ein junger Bursche war, zu verbergen, und bot formvollendet die Unterwerfung an.

Derea nahm ebenso formvollendet an.

Der Hordenführer war erstaunt, dass der Kommandant ihm anbot, seine gefallenen Krieger mit einer Totenfeier zu ehren und sie nach altem Ritus zu verbrennen. Das Wort Kujaks, sich danach in Gefangenschaft zu begeben, reichte Derea. Dem Hordenhauptmann war anzusehen, dass er nicht mit dem Gedanken spielte, sein Wort zu brechen.

* * *

Während Krieger sich um Verwundete und Waffen kümmerten, ritt Derea neben dem General wieder aufs Stadttor zu.

Darkoba grinste breit. »Der Einfall mit den Krakern war vortrefflich. Ich weiß nicht, was höher zu bewerten ist: die Zahl ihrer Opfer oder die Verwirrung, die sie unter unseren Feinden gestiftet haben. Alle schienen völlig benommen vor Schreck. So schnell habe ich noch nie eine Überzahl besiegt. Glückwunsch, Kommandant!«

»Danke.«

»Ihr seid sehr großzügig zu den Besiegten.«

»Ich will uns nur Arbeit ersparen. Wir wollen schnellstens nach Mar'Elch. Hauptmann Kujak ist ein Ehrenmann. Er hat tapfer gekämpft und sich ergeben, als ein Sieg unmöglich wurde. Außerdem wird die Stadtgarde sie im Auge behalten. Sie freut sich auf diese wichtige Aufgabe.«

Darkoba nickte beifällig. »Sehr umsichtig. Wie soll es weitergehen?«

Derea sah sich ein letztes Mal um. Obwohl er schon viele gesehen hatte, hasste er den Anblick von Schlachtfeldern. Tote lagen dort, gestorben, weil ein Mann einen Thron wollte, den andere ihm nicht geben wollten. Der General hatte ihn gefragt, wie es weitergehen sollte. Die richtige Antwort wäre gewesen: zur nächsten Schlachtbank. Er fasste es in andere Worte. »Ihr brecht mit den Adlern so bald wie möglich nach Mar'Elch auf. Lucio wird sich Euch mit den Flammenreitern anschließen. Falack mit seinen Schützen auch. Ich werde die letzten Angelegenheiten hier regeln und so schnell wie möglich nachkommen.« Er wandte sich nach rechts. »Remo, ich will einen Bericht über unsere Verluste, und kümmere dich um die Verwundeten, auch um die der Horde! Möglicherweise können wir dann bald ein paar neue Krieger auf unserer Seite begrüßen.«

Der General runzelte die Stirn, denn ihm wurde plötzlich

klar, dass der Hauptmann nicht nur über unbestreitbares Kampfgeschick, sondern auch über Weitblick verfügte. Camora hatte viele Hordenkrieger in die Armee gepresst, und sie würden sicher die Seite wechseln, wenn sie Gelegenheit dazu hatten. Er sah den Hauptmann an und fragte: »Würdet Ihr es für anmaßend halten, wenn ich Euch sagen würde, dass ich Euch für einen ausgesprochen fähigen Kommandanten halte?«

Der erwiderte ernst: »Nein, General, es würde mich mit Stolz erfüllen.«

* * *

Marga saß neben General Raoul auf dem Kutschbock und ließ ihre Blicke schweifen. Ten'Shur lag vor ihnen. Im Westen der Stadt brannten Scheiterhaufen, und der Geruch des Kriegs lag über der Ebene. Die Stadt selbst schien unversehrt. Der Wagen passierte das Südtor und kam nur noch langsam voran. Ganz Ten'Shur schien auf den Beinen zu sein, überall lachte und scherzte man und schwärmte von der beeindruckenden Leistung der Reiter und Schützen.

»Die Schlacht scheint gewonnen. Meint Ihr, Prinz Derea ist überhaupt noch hier?«, fragte sie.

»Hoffentlich! Aber wenn überhaupt, gewiss nicht mehr lange«, erwiderte Raoul. »Mädel, kannst du dich um den Wagen kümmern? Ich muss sehen, wo ich ihn auftreiben kann.«

Sie nickte, und er sprang vom Wagen und eilte auf eine Stadtwache zu.

* * *

Derea hörte weder das Gezwitscher des Vogelpärchens auf dem Fenstersims noch das Lachen der Bürger, die sich ihres Lebens freuten. Müde unterschrieb er gerade die letzten Anweisungen an den Stadtvogt und die Garden, nachdem er die Verwundeten besucht und danach die Totenrede für die gefallenen Kameraden gehalten hatte. Er dankte den Göttern, dass sie nur geringe Verluste zu beklagen hatten, aber Matti, ein ehemaliger Dieb und guter Freund, war unter den Opfern gewesen. Sein Traum war es gewesen, einmal Wirt zu sein, vorzugsweise zusammen mit einer drallen Wirtin, die des Nachts nicht nur sein Bett wärmte. Unwillkürlich fragte er sich zum hundertsten Mal, wofür sie eigentlich kämpften. Männer starben durch sein Schwert oder aufgrund seiner Befehle. Auch Matti hatte nicht darum gebeten, gegen die Horden kämpfen zu dürfen. Jedes Mal, wenn er sich die Hände wusch, sah er mittlerweile zweimal hin, in der Annahme, noch Blut an den Fingern zu haben. Doch sichtbar oder nicht: Das Blut Hunderter klebte an seinen Händen.

Remo unterbrach seine düsteren Gedanken: »Hier ist ein General Raoul für dich.«

»Kenne ich nicht. Wimmle ihn ab!«

Jemand schob den Adjutanten brüsk zur Seite. »Mich kann man nicht abwimmeln.«

Remo rieb sich genüsslich die Hände und warf Derea einen Blick zu, der deutlich zeigte, dass er bereit war, den ungestümen Gast unsanft wieder nach draußen zu befördern.

»Lass gut sein«, seufzte der und sah den ungebetenen Gast an. »Macht's aber kurz! Wir sind schon so gut wie weg.«

Raoul kam umgehend zur Sache. »Ihr dürft nicht nach Mar'Elch gehen, sondern müsst mich nach Kairan begleiten.«

»Remo, bring schon mal das Gepäck runter.« Zerstreut sah Derea den General an. »Entschuldigt, was wolltet Ihr noch?«

»Ich will, dass Ihr nach Kairan geht.«

»Ja ... äh ... das geht jetzt nicht. War's das?« Freundlich lächelte er den Fremden an.

Raoul ging auf den Schreibtisch zu. »Ich bin kein verwirrter, alter Mann. Behandelt mich also nicht so! Damit der Siegelerbe der Kraft die Prophezeiung erfüllen kann, muss er Kairan lebend verlassen. Die Möglichkeiten dafür sind allerdings sehr eingeschränkt, da Camoras Reiter die Stadt belagern. Geht nach Mar'Elch, und Ihr könnt helfen, eine Stadt zu retten, geht mit mir nach Kairan, und Ihr könnt helfen, die Reiche zu retten.«

Derea blinzelte und rieb sich das Kinn. »Das würde ich selbstverständlich gern tun, aber im Augenblick bin ich beschäftigt. General … wie war das noch?«

Sein Gast kniff zornig die Augen zusammen. »Vernon Raoul, ehemaliger General Camoras. Könntest du mir vielleicht mal zuhören? Ich bin nicht verrückt, ich bin dein Vater.«

Erheiterung zeigte sich auf Dereas Gesicht. »Oh, das ist ja mal schön. Welch nette Überraschung.« Kaum hatte er das gesagt, kicherte er auch schon haltlos. Es war sicher eine übertriebene Reaktion, hervorgerufen durch die wenig erfreulichen Erlebnisse der letzten Tage und den mangelnden Schlaf, aber er konnte nur noch lachen.

Remo kam zurück und sah ob der Erheiterung seines Kommandanten verdutzt drein. »Wir wären bereit. Noch Befehle, Kommandant?«

Der schlug mit der flachen Hand auf den Tisch und gluckste. »Nein. Aber darf ich dir meinen Vater vorstellen? Wir zwei beiden wollen zusammen nach Kairan, um die Reiche zu retten.«

»In den Norden? Du hast immer gesagt, da wäre es dir zu kalt«, gab Remo zu bedenken und fiel in das Lachen ein.

Raoul schnaubte: »Ich hatte geglaubt, einen vernünftigen Menschen hier anzutreffen.«

»Tut mir leid, die sind schon alle weg«, brachte Derea mühsam hervor. »Aber wenn Ihr Euch ein wenig beeilt, holt Ihr

General Darkoba bestimmt noch ein. Der ist sehr vernünftig und auch tüchtig. Mit ihm könnt Ihr bestimmt alles retten, was Ihr nur wollt.«

Raoul ließ die Hände auf den Schreibtisch krachen. »Jetzt hör mal zu! Deine Witze kannst du dir sparen. Ich bin mit Marga Thalissen hergekommen, weil ich deine Hilfe benötige, um den da'Kandar-Prinzen zu retten.«

»Oh, Ihr reist auch noch mit der toten Tochter des Fürsten? Na, der wird sich freuen.« Derea blinzelte Tränen weg und versuchte erfolglos, ein ernstes Gesicht zu machen.

Er wandte sich Remo zu und nahm einige Pergamente vom Schreibtisch. »Gib die dem Vogt! Die Nachricht an Fürst Darius soll er umgehend abschicken. Ich komme gleich.«

Der nickte und wandte sich zur Tür, wo Marga fast in ihn hineinrannte. Sie entschuldigte sich kurz und sah dann fragend Raoul an. »Ich wusste nicht, ob ich warten oder nachkommen sollte«, erklärte sie und lächelte dabei den Heerführer glücklich an. »Derea, welch Freude, Euch gesund wiederzusehen.«

Der starrte sie ungläubig an, und der General bemerkte frostig: »Darf ich vorstellen? Meine tote Reisebegleitung. Wirst du mir jetzt zuhören, ohne vor Lachen vom Stuhl zu fallen?«

Der Hauptmann beachtete ihn gar nicht, sondern sprang auf, lief auf sie zu und packte ihre Hände. »Ihr lebt? Ich kann gar nicht sagen, wie froh mich das macht. Die Nachrichten vom Fluss waren furchtbar. Wir gingen alle von Eurem Tod aus.«

Sie erwiderte den Druck seiner Hände. »Ich hatte unverdientes Glück. General Raoul fand und pflegte mich. Werdet Ihr uns begleiten?«

»Ihr wollt wirklich nach Kairan, um diesen Prinzen zu retten?« Er sah sie überrascht an. »Ich bin immer davon ausgegangen, dass er längst tot ist.«

»Ich auch. Aber er lebt und hält sich im Wintergebirge auf.

Camora hat eine Hundertschaft in den Norden geschickt, um ihn zu erwarten. Der Prinz darf nicht sterben, wenn unsere Kämpfe nicht vergebens gewesen sein sollen. Seht Ihr das nicht auch so?«

Immer noch waren ihm Zweifel anzusehen, doch er nickte. »Sicher. Aber ...«

Marga ließ seine Hände los, ergriff seine Arme und unterbrach: »Unsere Truppen sind gebunden. Nur Camora kann unbegrenzt Nachschub in den Norden schicken, wenn es sein müsste. Der General hat sicher recht, wenn er meint, der Prinz müsse deshalb heimlich nach Latohor gebracht werden. Wir werden uns als Jäger und Fallensteller ausgeben, aber wir benötigen dringend fähige Unterstützung. Es ist schwierig, in diesen Zeiten Menschen zu finden, denen man trauen kann. Camora hat ein unglaublich hohes Kopfgeld ausgesetzt. Die Spione des Generals haben berichtet, dass selbst Camora feindlich gesinnte Kairaner deswegen schon Ausschau nach dem Prinzen halten. An wen also sollen wir uns wenden? Ich verstehe, dass der General an Euch dachte.«

Der Hauptmann sah sie skeptisch an. »Ich glaube Euch ja, aber was kann euch ein Mann mehr nützen? Meine Männer sind schon fast alle weg.«

Raoul mischte sich wieder ein: »Wir wollen keinen Krieg entfesseln, eine Armee nutzt uns daher nichts. Wir brauchen aber einen fähigen Krieger an unserer Seite – sozusagen für alle Fälle. Das Mädel ist tüchtig, aber durch die schwere Verletzung geschwächt, und ich selbst bin in der Horde noch zu bekannt, um mich ungehindert bewegen zu können. Wir brauchen einen Kundschafter und Kämpfer.«

Marga ließ Derea los und sah ihn nur noch eindringlich an.

Um sich Zeit zum Nachdenken zu verschaffen, ging er langsam durchs Zimmer, wies einladend auf die Besucherstühle und setzte sich. »Ich würde ja gerne helfen, aber Ihr verlangt Unmögliches. Ich kann meine Heimat nicht im Stich lassen. Ich muss nach Mar'Elch.«

General Raoul schnaubte: »Und so etwas habe ich gezeugt. Bist du so dumm, oder willst du einfach nicht begreifen? Der Prinz ist weitaus wichtiger als jede Stadt. Außerdem wird beim Kampf um Mar'Elch ein Krieger mehr keinen Ausschlag geben. Bei unserem Vorhaben schon. Ich habe gehört, du könntest mit Canon über weite Entfernungen ›reden‹. Sprich mit ihm! Er zumindest gilt als verständig und wird es auch so sehen.«

»Ihr bleibt auch bei Eurer Behauptung, mein Vater zu sein?«

»Ich bin dein notgedrungener Erzeuger. Aber das ist jetzt unwichtig.«

»Natürlich«, lenkte Derea verstört ein. »Wenn Ihr nur mein notgedrungener Erzeuger seid, ist das wirklich einen Fliegenschiss wert. Wen sollte das kümmern?« Er räusperte sich. »Das kommt alles sehr plötzlich, und ich muss das erst mit Canon besprechen … weil … also ich sollte …« Er nickte entschlossen. »Ich möchte das ungestört tun und gehe nach nebenan. Ich muss ihn fragen. Schließlich sind wir im Krieg«, erklärte er und erhob sich. »Da steht Wein … nein, steht er nicht. Remo … ist auch nicht mehr da. Aber vor der Tür …«

»Wir kommen schon klar«, brüllte der General. »Verzieh dich endlich!«

Als die Tür sich schloss, musste Marga erst einmal lachen. Ein Blick auf den zornigen Raoul ließ sie allerdings schnell verstummen.

Aus dem Bedürfnis heraus, Derea in Schutz zu nehmen, bemerkte sie: »Er gibt einen hervorragenden Kundschafter ab, oder? Kein Mensch, der ihn nicht kennt, würde ihn je als Gefahr ansehen. Er benötigt nicht einmal eine Tarnung, er ist seine Tarnung.«

Raoul entspannte sich langsam. »Kannst du glauben, dass das der berühmte Befehlshaber der Flammenreiter ist? Den hält doch jeder für einen Irren.« Er schüttelte ungläubig den Kopf. »Wie zum Henker führt er seine Schlachten? Ich habe so viel von seinen Heldentaten gehört … und kann sie kaum noch glauben.«

Marga erwiderte: »Die Geschichten sind wahr. Er ist unglaublich, wenn es ums Kämpfen geht, aber gesellschaftlich ist er … na ja, ich will mal sagen … ein wenig seltsam. Ich habe ihn mal bei einem Empfang der Königin erlebt. Er kam viel zu spät und schaffte es, auf dem kurzen Weg von der Tür bis zu Morwena einen Diener und zwei Gäste umzurennen. Er war so müde, dass er nur wirres Zeug redete. Nach kurzer Zeit stand er an eine Säule gelehnt da und schlief. Euer Sohn passt in kein Muster, aber man muss ihn einfach lieben.«

* * *

Derea kam nach einiger Zeit wieder und lächelte seelenvoll. »Canon sagt, ich soll Euch begleiten. Grüßen soll ich auch.« Er sah den General an. »Nun, da bin ich also. Retten wir die Reiche. Wann soll's losgehen?«

25. Kapitel

Der Raum, in dem Caitlin, Rhonan und Gideon diesmal erwachten, flößte ihnen im Gegensatz zur Horkahöhle keine Furcht ein. Er war groß wie ein Thronsaal. Wände, Decke und Boden schienen aus Eis zu bestehen und funkelten in allen Regenbogenfarben. Obwohl eine angenehme Wärme herrschte, tropfte es weder von der Decke noch von den Wänden. Sitzgruppen und Tischchen mit Schalen aus Jaspis ließen sie an ein Frauengemach denken.

Ein Lächeln glitt über Caitlins Gesicht, als ihr Blick Rhonan streifte. Mit struppigem Bart, verfilzten Haaren und Händen, deren Verbände braun waren von getrocknetem Blut, passte er so gar nicht in diese Umgebung. Dreckig und zerlumpt, wie sie waren, galt das allerdings für sie alle.

Auf einem Tisch befanden sich Becher, eine Schale mit Feigen und eine weitere mit Gebäck. Ihr Magen knurrte, und sie fuhr sich unwillkürlich mit der Zunge über die rissigen Lippen.

Gideon schenkte ihr sofort Wein ein. »Schmeckt hervorragend.«

Sie ließ den ersten Schluck, der nicht mehr nach Wildnis schmeckte, im Mund kreisen und langte dann zu dem Tischchen. Gleich darauf stopfte sie Gebäck in sich hinein.

»Hmm, lecker«, brachte sie zwischen zwei Bissen hervor. »Wo sind wir, und wie kommen wir hierher?«

»Keine Ahnung. Ich vermute mal …«, setzte der Prinz an, doch eine Stimme unterbrach ihn.

»Willkommen im Eispalast.«

Rhonan wirbelte herum, das Schwert in der Hand.

Vor ihnen stand eine aus dem Nichts erschienene Frau. Ihr

schlichtes, fließendes, weißes Gewand und auch ihr weißblondes Haar wehten leicht, obwohl sich kein Lüftchen regte.

»Das Schwert benötigst du hier nicht, und es würde dir auch wenig nützen, Erbe da'Kandars.«

»Wer seid Ihr?«, fragte der, während er die Waffe in die Scheide gleiten ließ.

Die Prinzessin spähte um ihn herum. Was sie sah, gefiel ihr gar nicht: Die große, gertenschlanke Frau, deren Hüften ein mit Edelsteinen verzierter Gürtel betonte, war bildschön und zeigte jetzt zu Caitlins Unwillen auch noch ein Lächeln, das ihr Gesicht erstrahlen ließ.

»Ich bin Palema, erste Großkönigin da'Kandars und deine Ahnfrau.«

Die Prinzessin atmete beruhigt ein und schob sich wieder Nüsse in den Mund: Eine Ahnfrau, so gut sie auch aussah, war uralt und damit keine Konkurrenz.

Während Gideon überlegte, ob er niederknien müsste wie vor dem Standbild seiner Ahnfrau, fragte Rhonan mit nüchterner Stimme: »Die Wintergöttin seid Ihr demnach nicht?«

Lachen erfüllte den Raum. »Fürchtest du, du hättest dich in der Tür geirrt?«

Sie sah, wie seine Augen sich verengten, und ergänzte: »Dass eine Göttin hier wohnt, ist ein Gerücht, das wir nutzen, um uns zu schützen. Was glaubst du, wie lange es dauern würde, bis Heere sich aufmachen würden, um uns unser Geheimnis und die kostbaren Siegel zu entreißen, wüssten sie, wer hier lebt? Wer aber legt sich mit einer Göttin an?« Sie seufzte kurz auf, ehe sie weitersprach: »Sei willkommen. Du bist am Ziel deiner Reise, Nachfahre. Doch dieses Ziel wird zugleich der Beginn einer neuen Reise sein. Die Prophezeiung wies euch den Weg. Was eure Ahnen, Dala, Myria und ich, einst vollbrachten, müsst ihr jetzt wiederholen. Doch ohne unsere Anleitung wird euch das nicht gelingen. Es bedarf eines Gelehrten, der die Alte Sprache beherrscht, einer Priesterin, die große Magie wirken kann, und eines Kriegers, der das Schwert der Alten Könige gegen die Dämonen führen kann.«

»Heißt das, die große Dala weilt auch hier?«, fragte Gideon mit ehrfurchtsvoller Stimme.

Sie nickte und ließ ihren Blick vom einen zum anderen schweifen. »Ihr seid unsere Nachfahren, aber eure Fähigkeiten sind mit unseren nicht mehr zu vergleichen. Wir waren Meister, ihr seid Lehrlinge. Deshalb musste euer Weg zunächst hierherführen.«

Rhonan entnahm ihren Worten, dass Gideon der Weise der Berge war. Trotz dessen Versuchen, ihn vom Gegenteil zu überzeugen, war er von Anfang an auch davon ausgegangen. Ihn beschäftigte eine ganz andere Frage, die er umgehend stellte: »Wäre es nicht sinnvoller, Ihr würdet diese Aufgabe erneut erledigen? Warum sollen drei Lehrlinge wie wir sie übernehmen?«

Palema nahm Platz und lud die Herren mit einer Geste ein, sich auch zu setzen. »Die Antwort, Prinz, ist denkbar einfach. Wir können es nicht mehr. Nur hier im ewigen Eis verfügen wir über unsere einstige Stärke. Es ist daher an euch, die Welt vor dem Bösen zu retten.«

Rhonan räusperte sich vernehmlich. »Das geht mir alles zu schnell. Ich hätte mehrere Fragen.«

»Dann stelle sie.« Huldvoll neigte sie das Haupt.

»Ihr sagt, Ihr seid keine Göttin, aber für einen Menschen seid Ihr nach Eurer Schilderung zu alt.«

Mit volltönender Stimme erwiderte sie: »Als Menschen geboren, wurde meiner Familie Unsterblichkeit geschenkt. Die Götter haben uns gesegnet.«

Er runzelte die Stirn. »Dafür müsst Ihr aber hier im Eis leben? Eine seltsame Segnung.«

Caitlin fügte hinzu: »Hier ist es ja sehr hübsch, aber doch bestimmt einsam … und langweilig … so auf Dauer gesehen.«

»Das mag einem jungen Mädchen so erscheinen«, gab Palema zu, wandte sich aber wieder an den Prinzen: »Hast du weitere Fragen?«

»Ja. Was ist in der Höhle?«

Sie sah ihn länger an, bevor sie antwortete: »Unser dunkles Spiegelbild. Das Böse, die Verderbnis … ein Dämon. Mir gefällt der letzte Begriff am besten. Euer Schwarzer Fürst strahlt hell im Vergleich zur Dunkelheit, die über die Reiche fiele, würde das Tor zur Höhle sich ganz öffnen. Mit all unserer Macht gelang es uns nicht, den Schattendämon zu vertreiben. Wir konnten ihn lediglich überlisten und einsperren, und wir taten es, obwohl unsere weltliche Stärke dadurch verloren ging.« Sie sah, wie Rhonan erneut die Stirn runzelte, und sprach weiter: »So sind die göttlichen Gesetze. Zu jedem Tag gehört die Nacht. Kein Licht ohne Schatten. Die Macht des Dämons auf der Erde war gebrochen, und damit verloren auch wir dort unsere Stärke. Hätte Dala nicht aus uralten Schriften von diesem magischen Ort erfahren, würden unsere unsterblichen Seelen längst im ewigen Wind treiben. Wir waren bereit, dieses Opfer zum Wohle der Menschen zu bringen. Doch wie wir im Eis überlebten, lebte auch der Dämon weiter. Genau wie wir überdauerte er Jahrhunderte. Doch während wir Frieden suchten, arbeitete er ohne Unterlass daran, sein Gefängnis zu sprengen. Das wird ihm bald gelingen, wenn ihr die Siegel nicht erneuert. Es ist …«

Zwei weitere Frauen erschienen aus dem Nichts.

Eine von ihnen war hager, in ein zerknittertes, blaues Gewand gekleidet und trug ihr Haar zum Zopf geflochten, aus dem viele Strähnen herauslugten.

Die andere, genauso blond wie ihre Schwestern, aber kleiner

und draller, gefiel sich mit Ringellocken und einem blassrosa Kleid, das über und über mit Juwelen besetzt war. Halskette, Gürtel und Armreifen funkelten um die Wette.

»Wolltest du uns nicht Bescheid geben, wenn unsere Erben erwacht sind?«, beklagte die sich gerade und eilte auf Caitlin zu. »Du bist schön wie deine Mutter. Ich bin Myria, und ich werde dich in magische Sphären führen, die du nicht einmal erahnen kannst.«

Die Priesterin nickte und verkniff es sich zu bekennen, dass es dafür keiner größeren Zauber bedürfe. Dafür knurrte ihr Magen unüberhörbar.

Die schmucklose Hagere, die demnach Dala sein musste, lachte auf. »Wie ähnlich Palema das sieht. Unsere Gäste sind kurz davor, vor Ermüdung und Hunger zusammenzubrechen, aber sie denkt nur an die Erfüllung der Prophezeiung.«

Sie bedachte Gideon mit einem warmen Blick und hielt ihm beide Hände hin, als er vor ihr niederknien wollte. »Ich bin sehr stolz auf dich, Erbe. Du hast eine Aufgabe, die du für undurchführbar hieltest, dennoch in Angriff genommen und hervorragend gemeistert. Kommt nun, meine Lieben! Bäder und frische Kleidung warten auf euch, genauso wie ein Festschmaus und weiche Betten. Bevor wir mit der Unterweisung beginnen, solltet ihr euch erst einmal erholen. Und wo wäre das besser möglich als hier im ewigen Eis, wo Zeit kaum eine Rolle spielt?«

Sie klatschte in die Hände, und sechs kleine Gestalten in bodenlangen, weißen Gewändern eilten herbei, die aussahen wie glatzköpfige Kinder und sich durch nichts unterschieden. Sie erklärte: »Unsere Kellings werden euch zu Diensten sein und auf ein Händeklatschen hin erscheinen. Geht nicht ohne sie irgendwo hin. Nehmt diese Warnung bitte ernst. Ihr könnt erkunden, was ihr wollt, nur nicht allein. Die Kellings sind

Dienstboten, keine Wächter. Dies ist nur ein Ort jenseits von Zeit und Raum. Ein falscher Tritt, und ihr stürzt in die Unendlichkeit. Die Kellings können euch verstehen, sind aber von Natur aus stumm. Erwartet also keine Unterhaltung – und nun kommt, ihr Lieben!«

* * *

Nach einem ausgedehnten Bad wühlte Caitlin in den schönsten Gewändern, die sie je gesehen hatte. Stoffe, die zart und seidig durch die Finger glitten, hübsche Schuhe, Geschmeide und schlichte oder reichverzierte Gürtel entlockten ihr Ausrufe des Entzückens. Immer wieder zog sie sich um und konnte sich einfach nicht entscheiden, ob sie das grüne, das blaue, das gelbe oder vielleicht sogar das weiße Kleid wählen sollte. Sie entschied sich schließlich für das gelbe; nicht wegen der hübschen Stickerei, sondern weil es den tiefsten Ausschnitt hatte. Enggeschnürt hob es ihre kleinen Brüste. Schließlich wollte sie sich Rhonan, der sie nur in Hosen oder formloser, wollener Unterkleidung kannte, endlich einmal in voller Schönheit präsentieren. Sie schlüpfte gerade ins achte oder neunte Paar Schuhe, als es klopfte.

»Wir warten mit dem Essen auf dich. Bist du eingeschlafen oder was?«

Sie ordnete schnell ihr Haar, stellte sich in Positur und forderte: »Komm nur herein, Rhonan!«

Die Tür öffnete sich, und in zwei Gesichtern spiegelte sich Überraschung.

Caitlin musterte verblüfft ihren Begleiter, der nach wie vor seine – nun auf Hochglanz polierten – Stiefel trug, ansonsten aber völlig verändert aussah. Ein schneeweißes Leinenhemd mit weiten Ärmeln, die am Handgelenk gerafft waren, steckte in einer schwarzen Hose. Der Bart war ab, das Haar im Nacken zusammengebunden. Aus einem Enterich war kein Schwan geworden, aber aus einem Herumtreiber ein annehmbarer Tischnachbar für eine Prinzessin.

»Du hast dich rasiert«, stellte sie fest. »Das gefällt mir. Du siehst jünger aus und freundlicher.«

Sein Blick glitt durchs Zimmer, das einem Schlachtfeld glich. Das Bett war unter Gewändern und Wäsche nicht mehr zu sehen. Der Boden war bedeckt mit Schuhen, Stolen, Gürteln und Spangen, Tisch und Stuhl mit Schmuck beladen. Nur Truhen und Schachteln waren leer. Entgeistert schüttelte er den Kopf. »Kein Wunder, dass das so lang gedauert hat. Hast ganze Arbeit geleistet.«

Sie hätte ihn am liebsten getreten, sah aber davon ab, weil sie sich heute nicht mit ihm streiten wollte. »Hat es sich zumindest gelohnt?«, wollte sie wissen und drehte sich.

»Was?«

Seine gerunzelte Stirn ließ in ihr erneut den Wunsch nach körperlicher Gewalt aufkommen. »Manchmal bist du ein richtiger Holzkopf. Ich will wissen, wie ich aussehe«, erklärte sie mit nicht mehr so sanfter Stimme.

Er musterte sie mit dem Blick, mit dem er auch Pferde oder Gletscherwände prüfte, und nickte. »Siehst gut aus. Können wir jetzt essen?«

Während sie auf ihn zukam, riet er: »Wenn du nicht in einem anderen Zimmer schlafen willst, würde ich die Kellings beauftragen aufzuräumen … Aua! Warum trittst du mich?«

»Weil ich mein Schwert nicht dabeihabe«, schnauzte sie und rauschte an ihm vorbei.

Den ganzen Abend schwankte ihr Gemütszustand zwischen Zorn und Verzweiflung. Gideon entging ihr Unmut nicht, er ahnte auch den Grund dafür und fühlte sich bald denkbar unbehaglich zwischen einer schnippischen Priesterin und einem Prinzen, dessen Aufmerksamkeit ganz dem Essen galt. Dass er immer schneller Caitlins Becher nachfüllen musste, missfiel ihm auch, vor allem, weil sie von allen Gängen entgegen ihrer Gewohnheit nur wenig oder gar nicht kostete.

Sie waren bei Obst und Käse angekommen, als Caitlin auf ihrem Stuhl schwankte und Schluckauf bekam. Schließlich fiel ihr eine Feige aus der Hand, und sie lallte, sie wolle ins Bett. Ihr Kinn sackte auf die Brust, und Gideon ergriff ihren Arm, damit sie nicht vom Stuhl fiel.

Rhonan schüttelte den Kopf. »Hab mir gleich gedacht, dass sie in dem Kleid irgendwann keine Luft mehr kriegt. In was manche Frauen sich so hineinzwängen!?« Er erhob sich. »Komm, Prinzessin, ich trage dich besser aufs Zimmer, bevor du betrunken in die Ewigkeit taumelst.«

Er nahm sie auf den Arm, und sie schmiegte sich an ihn, als er geführt von den Kellings durch die Eisflure ging, die ihm wie ein Zauberlabyrinth erschienen. Abzweigungen tauchten auf, wo zuvor keine gewesen waren, und Wände verschwanden oder versperrten einen gerade noch freien Weg. So schnell änderte sich die Umgebung, dass selbst Rhonan ohne die Kellings keinen Schritt aus dem Zimmer trat. So albern er sich dabei auch vorkam, er folgte den kleinen Glatzköpfen strikt.

»Kann ich nicht bei dir schlafen wie sonst immer?«, wollte Caitlin wissen.

»Ganz sicher nicht.«

»Warum nicht?« Ihre Stimme klang verwaschen.

»Weil sich das nicht schickt und du nur zu betrunken bist, um klar zu denken.«

»Ich habe einen Schwips, betrunken … bin ich nie. Hast du mal ungehörige Dinge gemacht, wenn du … be… betrunken warst?« Sie lachte, knabberte an seinem Hals und fuhr mit den Händen unter sein Hemd.

»Caitlin, lass das!«

»Nööö! Das gefällt mir. Mir wäre jetzt richtig nach ungehörigen Dingen.« Ihr erneutes Lachen wurde von Schluckauf unterbrochen. »Dir auch?«

Er blies die Backen auf, ließ die Luft entweichen und war froh, endlich ihr Zimmer erreicht zu haben. Die Kellings hatten aufgeräumt, und er trug seine Last unfallfrei zum Bett. »Lass mich jetzt los! Die Kleinen werden dir helfen, zwischen die Laken zu kommen.«

Sie klammerte sich fester an ihn und riss ihn um, als er sie niederlegte. »Ich will aber nicht.«

»Prinzessin, bitte! Ich will nicht grob werden müssen.«

Er kniete neben ihr auf dem Bett und versuchte, sich zu befreien, ohne so zuzupacken, dass sie vielleicht blaue Flecke bekam.

Sie sah zu ihm auf, und ihre Augen leuchteten. »Einen Gutenachtkuss … dann lass ich dich los.«

»Versprochen?«

»Versprochen!«

»Na gut.«

Es wurde nicht, wie von ihm geplant, ein kleiner Kuss unter Freunden, es wurde ein warmer, leidenschaftlicher Kuss, von dem er sich schließlich losreißen musste.

Während sie erschlaffte, die Augen schloss und einschlief, stolperte er aus dem Raum. Jetzt war ihm schwer danach, etwas Ungehöriges zu tun. Die letzte Nacht mit Milla lag weit zurück, und er war auch nur ein Mann, noch dazu einer, der zur Tatenlosigkeit verdammt viele Nächte mit einer schönen Frau im Arm verbracht hatte. Ein williges Talermädchen wäre ihm mehr als willkommen gewesen, aber umgeben von schönen Frauen musste er den Abend mit einem Gelehrten verbringen. Ein klägliches Grinsen überzog sein Gesicht, als er an die Frauen dachte: drei alte Unsterbliche und ein Mädchen, das dazu noch Priesterin war. Er war wirklich ein Glückskind.

26. Kapitel

Gideon fühlte sich sofort heimisch in dem Raum voller Pergamente und Schriftrollen. Sternkarten zierten die Wände. Dala stand über ein Papier gebeugt, maß etwas aus und bemerkte ihn erst, als er hüstelte.

»Ich korrigiere Grenzlinien«, erklärte sie. »Ich habe mir vorgenommen, die genaueste Karte der Reiche zu fertigen, die es gibt. Die meisten Kartenzeichner geben sich kaum Mühe. Man kann schon froh sein, wenn die Himmelsrichtungen stimmen.«

Gideon beugte sich über die Karte. »Berge, Flüsse … das ist El'Maran, ein riesiges Reich im Vergleich zu anderen. Dieses leere Gebiet mit dem Punkt in der Mitte muss das Reich der Mitte mit der Zitadelle der Träume sein. Warum sind einige Flächen dunkler?«

»Das sind Hügel. Aber genug von der Karte … Komm! Wir beschäftigen uns mit der Alten Schrift. Sie ist schwierig, weil sie aus Symbolen besteht, die mal für einen Laut und mal für ein ganzes Wort stehen. Ein ganzes Wort ist manchmal aber nur ein Laut in einem anderen. Erschwerend kommt hinzu, dass viele alte Wörter seit Langem nicht mehr gebräuchlich sind.«

Sie zog ein Pergament aus einem Stapel, setzte sich an den Tisch und zog einen Stuhl neben sich. »Übersetzen wir diesen Text, der den Anbau von Hafer beschreibt.«

»Beschreibt er den Ackerbau im Eis?«

»Natürlich nicht.« Dala lächelte. »Du bist Gelehrter und fragst dich, wie wir zu gebratenen Tauben und Wein kommen. Ich sagte doch, dies ist ein magischer Ort. Ein kühner Bergsteiger, der die Höhle des Göttergipfels betritt, würde nur eine dunkle Höhle vorfinden. Hier ist eine Zwischenwelt. Was Myria einst auf der Nebelinsel schuf, gelang ihr auch hier. Lass dich einmal von den Kellings in unsere ›Gärten‹ führen. Doch nun frisch ans Werk, mein Schüler!«

* * *

Rhonan betrat einen Raum, der eigentlich nur einem Krieger gehören konnte. Keine Kissen, sondern Wolfsfelle bedeckten Bänke und Hocker. Eine blankpolierte Rüstung, deren Brustharnisch ein geflügeltes Schwert zierte, stand in einer Ecke. Ein blauer Schild, der ebenfalls das Wappen da'Kandars zeigte, lehnte daran. Schwerter, Äxte, Lanzen und was es sonst noch an Waffen gab, zierten die Eiswände.

Er griff ein Kurzschwert mit gebogener Klinge und schwang es.

»Gewöhnungsbedürftig, nicht wahr?«, kam es von Palema, die plötzlich neben ihm stand. »Ich habe es selbst geschmiedet. Vergeudete Zeit. Die Krümmung eignet sich nur für kurze Klingen.«

Sie schritt zur Rüstung und strich über das Metall. »Die erste Rüstung, die das Wappen da'Kandars trug. Würdest du dich gern einmal darin sehen?«

»Ich halte nichts von Rüstungen. Sie lassen zu wenig Bewegung zu.«

»Das habe ich auch oft gedacht. Sie erschöpfen einen unweigerlich. Doch genug davon. Lass uns zu Wichtigerem kommen. Du musst den Weg zur Quelle ebnen, damit ihr sie wieder verschließen könnt, und du musst deinen rechtmäßigen Thron erobern. Ich werde dich so vorbereiten, dass dir beides gelingen kann.«

»Ihr wollt mir nicht ernsthaft Fechtunterricht geben?«

»Obwohl ich dir sicher noch einiges beibringen könnte, halte ich dein Talent diesbezüglich für ausreichend. Ich werde dich lehren, deine Magie zu bündeln. Ohne sie wirst du das Schwert der Alten Könige nicht führen können.«

Er sah unwillkürlich zu den Waffen, und sie lachte auf.

»Kahandar ist kein Schwert, das man an die Wand hängt. Es schlummert. Du wirst es wecken und erobern müssen, und dazu brauchst du Magie.«

Er schlug nüchtern vor: »Das solltet Ihr besser Caitlin erklären. Ich bin nicht magiebegabt.«

»Wie gelingt es dir denn, die Nebelfrauen abzuwehren, und wie gelingt es mir, dich hin und wieder zu erreichen?« Sie nahm auf einer Bank Platz. »Setz dich! Ich muss dir einiges erklären.«

Sie wartete, bis er saß, und begann: »Haidar beschenkte unsere Familie einst mit Siegeln, die neben den Göttergaben Stärke, Weisheit und Magie Unsterblichkeit verliehen. Die göttliche Magie ist so stark, dass auch Dala und ich darüber verfügen. In unseren Nachfahren lebten unsere Gaben weitgehend fort, doch die Magie ging schnell verloren, soweit sie nicht auf der Nebelinsel praktiziert wurde. Caitlin sollte daher über Magie verfügen, Gideon nicht mehr.«

»Wieso sollte ich dann noch über Magie verfügen?«, fragte er.

»Liegt das nicht auf der Hand? Hast du dich nie gefragt, warum du als einziges Familienmitglied blond bist? Hast du dich nie gewundert, dass deine Augen nicht braun sind wie ihre, sondern grün … so grün wie meine?«

Er starrte sie an und schluckte. »Das ergibt keinen Sinn. Wie …« Die Weigerung seiner Mutter, ihn zu berühren, die familiäre Nichtbeachtung und die verlegenen Erklärungsversuche seines Vaters schwirrten in seinem Kopf. »Das ist unmöglich. Ich war unerwünscht, aber ich war ein Kind meiner Eltern.«

Palema spielte mit einem Dolch, den sie im Gürtel getragen hatte. »Jeder ist Kind seiner Eltern. Es fragt sich nur, wer die Eltern sind. Ich muss etwas ausholen. Als die Siegel an der Quelle brüchig wurden, wussten wir, dass es Zeit war, unsere Erben zu rufen. Dala hatte Glück. Gideon war gebildet und tapfer genug, die Prüfungen zu bestehen. Myria war ohne Sorge, denn Ayala ist eine große Magierin. Wie hätten wir ahnen können, dass sie mit dieser bedeutsamen Aufgabe eine Tochter betraut? Doch zumindest besteht die Hoffnung, dass Myria dieses hohlköpfige Mädchen unterweisen kann. Wer uns Sorgen machte, waren meine Nachkommen. Schwach waren sie geworden. Sie führten keine Kriege mehr, die den Körper stählen, sie trafen Abmachungen und setzten Fett an. Dein Vater war ein lausiger Krieger, und für seine Nachfahren galt dies erst recht. Nur reden konnten sie, diese blutleeren Gesellen. Doch wir brauchten einen Krieger, der es mit Dämonen aufnehmen konnte. Wir ahnten, dass die nächste Generation noch erbärmlicher ausfallen würde, und griffen ein. Wir können für kurze Zeit Besitz vom Körper eines Menschen ergreifen, der willens ist, uns zuzulassen, oder zu schwach, uns abzuwehren. Königin Nemedala war schwach. Es war leicht für mich, in ihren Körper zu schlüpfen. Nach einiger Zeit musste ich jedoch feststellen, dass ich mich umsonst immer wieder in diesen schlaffen Körper begab. Nemedala teilte noch die Mahlzeiten mit dem König, aber nicht mehr das Lager. Entgegen meinem Plan musste ich sie also einweihen.« Sie lachte. »War das ein Gezeter! Nemedala rang um Luft, und dein Vater wies den Gedanken daran, eine fremde Frau zu begatten, so entrüstet von sich, dass ich ihn auf seine zahlreichen Seitensprünge hinweisen musste. Das

Theater, das darauf folgte, bringt mich heute noch zum Lachen.«

Sie fuhr fort: »Als ich drohte, dann eben einen ihrer Söhne zum Krieger auszubilden, gaben sie nach. Nemedala hat dich ausgetragen und geboren, aber du bist mein Sohn.«

Lange war es still, und Palema wartete darauf, dass ihr Sohn begriff, welch großes Geschenk sie ihm gemacht hatte. Welcher Krieger wäre schließlich nicht stolz auf diese Herkunft?

Endlich nickte Rhonan, ohne den Blick zu heben. »Jetzt verstehe ich, warum meine Eltern mich ablehnten. Ich war nicht nur ein unerwünschtes Kind, ich war seltsames Zauberwerk.«

Sie stieß den Dolch in das Wolfsfell auf ihrer Bank. »Seltsames Zauberwerk? Nach mir wirst du der größte König der Reiche sein.«

Ihr Sohn sah sie nun direkt an. »Ach ja? Werde ich das?«

»Unter meiner Führung wird dir alles gelingen«, antwortete sie schlicht. »Nun, da du weißt, wem die Stimme gehört, die dich hin und wieder auf den richtigen Weg brachte, wirst du ihr hoffentlich schneller folgen.«

»Ich fürchte, für mütterliche Führung ist es zu spät. Früher habe ich sie mir oft gewünscht. Jetzt bin ich erwachsen und treffe meine eigenen Entscheidungen.«

»Wie kannst du es wagen, so mit mir zu sprechen? Nach allem, was ich für dich auf mich genommen habe? Ist das der Dank dafür, dass ich dich in Gestalt eines Dienstboten sogar vor dem Scheiterhaufen gerettet habe?«

Es war ihm, als streife ihn eisiger Wind, doch herausfordernd erwiderte er ihren Blick.

»Erwartest du tatsächlich Dank dafür, dass du mich in die Welt hast setzen lassen, nur damit ich die Dämonen töte, für die du zu schwach geworden bist? Du wolltest keinen Sohn, du brauchtest eine Waffe. Ich bin jetzt hier. Bring mir bei, was ich können muss, um die von euch erschaffenen Dämonen zu besiegen! Darüber hinaus erwarte besser nichts von mir.« Er rieb sich die Arme. »Kalt hast du es hier«, ergänzte er im Plauderton.

Ihre Augen blitzten, aber ihre Stimme war kühl und beherrscht, als sie erwiderte: »Diese Sätze wirst du noch bedauern. Ohne meine Führung wirst du kläglich versagen. Doch ich werde mich nicht aufdrängen. Ich werde warten, bis du mich um Hilfe bittest.«

Er zuckte die Achseln. »Kann sein, dass du da lange warten musst. Meine Zukunft meistere ich allein. Sollte sie dann nur kurz sein, ist das eben so.«

»Wie du meinst«, höhnte Palema. »Du hast ja schon viel geleistet. Dein Ruf ist wahrhaft gewaltig. Branntweinschmuggler werden dich vermissen und Talermädchen. Mit deiner Einstellung wirst du kaum etwas erreichen können. Dennoch fühle ich mich zum Wohle der Menschen verpflichtet, erneut meine Pflicht zu erfüllen.«

Sie erhielt keine Reaktion, griff in die Luft, hielt plötzlich einen Eisball in der Hand und warf ihn ihm zu. »Hier!«

Er fing ihn und sah sie verständnislos an.

»Konzentriere dich und lass ihn brennen.«

»Ich soll was?«

»Dich konzentrieren. Deine Zukunft wird noch sehr viel kürzer sein, wenn dir nicht einmal das gelingt.«

* * *

Einige Zeit später verließ er Palema, um mit Gideon und Caitlin zu essen.

Gideon war begeistert von seiner Ahnfrau und erzählte, welchen Spaß sie beim Übersetzen gehabt hätten. Caitlin, in einen grünen Traum gewandet, hatte sich endlich vom Gelage des Vorabends erholt und aß mit großem Appetit, und Rhonan stocherte auf dem Teller herum und wusste meist nicht, worüber die beiden überhaupt sprachen.

Er hatte dem Eisball nur Wasser abtrotzen können und nebenher erfahren, dass es nicht seine Mutter gewesen war, die ihm beim Gemetzel an Kinian und seinen Leuten zur Seite gestanden hatte. Einiges aus seiner Vergangenheit ergab jetzt einen Sinn, anderes blieb im Dunkeln.

Nachdem sowohl Caitlin als auch Gideon ihn mehrfach nach dem Grund für seine geistige Abwesenheit gefragt hatten, erzählte er, was er von Palema erfahren hatte, bat sie aber, ihr Wissen für sich zu behalten. Es müsse ja nicht jeder wissen, welch seltsamer Bastard er war.

Beide versprachen Stillschweigen, widersprachen der Begründung aber heftig. Gideon sprach ehrfürchtig von der Wahrhaftigkeit, Ernsthaftigkeit und Opferbereitschaft der unsterblichen Schwestern und empfahl dem Prinzen, seine edle Geburt als Geschenk anzusehen, das ihn mit Stolz erfüllen sollte.

Ehe der widersprechen konnte, tat Caitlin das. »Dem Königspaar einfach ein Kind aufzuzwingen … also, ich weiß ja nicht. Warum hat sie Rhonan nicht zumindest selbst erzogen? Von Kindern scheint Palema das gleiche Verständnis zu haben wie meine Mutter. Unbrauchbare verschenkt man, bei anderen wartet man, bis sie einem nützlich sein können, und du redest von Opferbereitschaft. Die einzigen Opfer, die sie bringen, sind ihre Kinder, die sie herzlos auf den Altar der Politik werfen.«

Sie hielt inne und ergänzte: »Habe ich das eben gesagt? Das war doch ein wunderbarer Satz, oder? Ich kann bald kämpfen wie Rhonan, und jetzt rede ich schon so gelehrt wie Gideon. Wenn jemand schnell lernt, dann ich! Stimmt's?«

Die Herren konnten nur zustimmen.

Als man sich trennte, um sich wieder dem Unterricht zu widmen, ergriff Caitlin Rhonan am Arm. »Wir können uns unsere Eltern nicht aussuchen und auch nicht die Umstände unserer Geburt. Meinen Vater kenne ich nicht, und meine Mutter sehe ich oft mondelang nicht, obwohl wir im selben Schloss wohnen. Ich kann mich nicht erinnern, dass sie je eine ihrer Töchter in den Arm genommen hat. Wenn du deine Mutter nicht magst … tröste dich: Ich mag meine auch nicht.«

Sie strahlte, und er nickte. Tatsächlich fühlte er sich etwas leichter und hätte noch nicht einmal sagen können, warum eigentlich.

* * *

Caitlin betrat beschwingt und guter Dinge den Wohnraum ihrer Ahnfrau und blieb erst einmal wie angewurzelt stehen. Von den Eiswänden war kaum etwas zu sehen. Gestickte Wandteppiche und Blumengirlanden zierten sie. Der Boden war mit Fellen bedeckt, die Caitlin an Rhonans neue Stammesbrüder denken ließen. Überall brannten Kerzen, und sogar ein Kaminfeuer flackerte umgeben von Eis vor sich hin. Eine offene Truhe enthielt Halsketten, Armbänder und Spangen. Es glitzerte und funkelte in allen Farben. Bänke mit dicken Polstern und gewebten Decken standen um den Kamin herum. Auf Tischen dazwischen befanden sich Krüge und Becher, Obst und Naschereien, und es roch nach Rosen.

Auf einer der Bänke lag ihre Ahnfrau und lauschte einer Laute, die neben ihr im Raum schwebte. Die Saiten bewegten sich von allein.

»Schön, nicht wahr?«, fragte sie. »Der Spielmann war auch nett anzusehen, aber leider sterblich.«

Die Laute verschwand, und Myria setzte sich auf. »Ich hatte dich früher erwartet.«

Caitlin lächelte verschmitzt und wippte auf den Füßen. »Ich will ehrlich sein. Ich hatte gestern ein bisschen zu viel getrunken. Aber jetzt bin ich wieder nüchtern.«

»Wie schön. Eigentlich hatte ich deine Mutter erwartet. Was hielt sie ab?«

»Die Gebrechen des Alters, sagte sie. Aber ich denke, sie hatte einfach keine Lust.« Hell lachte sie auf. »Bei der Reise, die wir hinter uns haben, hätte sie wohl tatsächlich ihr Alter gespürt. Ich weiß auch nicht, ob Rhonan sie so lange hätte tragen können. Sie wiegt mehr als ich.«

»Du gehst nicht davon aus, dass Ayala vielleicht andere Möglichkeiten offengestanden hätten, als sich tragen zu lassen?«

»Fliegen kann sie nicht, und allein die Vorstellung von Mutter in Schneehöhlen, im Unterzeug zwischen Gideon und …«

Erneut lachte sie und fand sich unerwartet auf einem Schneefeld wieder. Die Sonne schien, Wolken standen am Himmel. »Myria?« Ihr Blick huschte umher. »Hallo?« Sie fror und bekam eine Gänsehaut. Wind pfiff und türmte Schnee zu einer großen Höhle auf. Zaudernd ging sie hinein. Wärme schlug ihr entgegen. Sie sah sich um und stand wieder in Myrias Gemach.

»Was war das eben?«, fragte sie und wischte Schneestaub von ihren Armen.

»Das, meine Liebe, war Magie.« Myria ließ das erst einmal wirken, ehe sie fortfuhr: »Bevor du fragst: Meine Fertigkeiten kann Ayala nicht erreichen und du auch nicht. Menschen leben dafür nicht lang genug. Für deine Aufgabe ist das aber auch nicht erforderlich. Meine heutigen Fähigkeiten besaß ich auch noch nicht, als ich die Siegel an der Höhle verschmolz. Heute könnte ich ein Siegel erschaffen, das die Ewigkeit überdauert.

Dir kann ich hoffentlich beibringen, ein Siegel für die nächsten Jahrhunderte zu schaffen.«

»Das klingt schwierig genug«, gab Caitlin kleinlaut zu. »Ich bringe noch nicht viel zustande … eigentlich nur ganz wenig.«

»Das ist mir bewusst«, stimmte ihre Ahnfrau zu. »Ich lese in dir wie in einem Buch. Du hast die Laute gesehen und gehört und dir gewünscht, so gut spielen zu können. Du hast dir nicht gewünscht, sie erscheinen lassen zu können. Ich zeige dir große Magie, und du überlegst, welches Kleid du heute Abend tragen willst.«

Die Prinzessin errötete. »Tut mir leid. Ich weiß, ich muss mich konzentrieren. Was soll ich tun? Ich bin bereit.« Sie lächelte. »Darf ich mich dabei setzen? Meine Beine sind nach dem anstrengenden Marsch immer noch recht schwach.«

Ihre Ahnfrau wies auf eine Bank und hielt plötzlich eine Traube dicker, roter Beeren in der Hand. Genussvoll aß sie eine und sah dann wieder zu Caitlin, die genau wie sie selbst jetzt halb saß, halb lag.

»Du meinst, du kannst einen Dämon, der über annähernd so viel Magie verfügt wie ich, mit einer Konzentrationsübung bezwingen? Deine Einfalt hätte etwas Rührendes, wäre sie nicht so gefährlich. Muss ich dich daran erinnern, wie wichtig eure Mission ist?«

»Nein«, versicherte Caitlin umgehend. »Gideon hat häufig davon gesprochen. Ich hab das schon begriffen. Etwas, das noch böser ist als Camora, muss gebannt bleiben.«

»Dann lass uns beginnen. Um zu verstehen, was Magie ist, musst du dich ihr öffnen, dich ihr hingeben. Nichts anderes darf deine Sinne beherrschen. Deine Mutter hat es dir wie all die Nebelfrauen vor ihr vorgelebt. Eine Magierin lebt für die Magie und nur mit ihr. Sie …«

»Heißt das, sie darf sich nie verlieben?«, fragte Caitlin und setzte sich kerzengerade hin.

»Das heißt: Sie wird sich nie verlieben. Alles …«

»Was, wenn sie es schon getan hat? Geht das dann nicht mehr mit der Magie?«

Myria seufzte hörbar auf, ehe sie feststellte: »Ich kann einem Unwissenden das Lesen beibringen, aber keinem Blinden. Werde dir darüber klar, was du sein willst, und komm morgen wieder. So kann ich nichts mit dir anfangen.«

* * *

Caitlin erzählte ihren Begleitern nichts von dem Gespräch und zog sich früh zurück. Schlaf fand sie wenig, denn ihre Gedanken drehten sich im Kreis. Sie wollte bei Rhonan bleiben. Dazu musste sie Magie beherrschen. Wollte sie die aber erlernen, durfte sie nicht an ihn denken. Vielleicht gönnte die uralte Unsterbliche ihr einfach keine Liebe, weil sie selbst einsam in einem kalten Berg festsaß. Auf alle Fälle hatte sie sich nicht durchs Wintergebirge gekämpft, um jetzt aufzugeben.

Unglücklich klopfte sie ihr Kissen zurecht. Nie lag es so, wie es sein sollte, und kalte Füße hatte sie auch. Wehmütig dachte sie an die Nächte im Zelt. Darin, dass es in ihrem Zimmer nicht stürmte, fand sie nur wenig Trost.

27. Kapitel

Die nächste Zeit diente überwiegend der Unterweisung. Rhonan fand schnell, dass Kopfschmerzen von Konzentrationsübungen sich genauso anfühlten wie die nach einer durchzechten Nacht, vermisste nur den Spaß zuvor. Das Verhältnis zu Palema änderte sich nicht. Selbst als sie geheimnisvoll ankündigte, ihm ein großes Geschenk vorbereitet zu haben, das ihn bei seiner Rückkehr in die Reiche erwarten würde, stieß sie auf Desinteresse. Auf ihn wirkte sie wie Nemedala. Die hatte stets nur darauf geachtet, dass er sich angemessen verhielt, Palema legte nur Wert auf seine Stärke. Für ihn selbst interessierte sich keine der beiden.

Caitlin fürchtete sich vor jedem Treffen mit Myria. Die drohte immer wieder damit, sie auf die Nebelinsel zurückzuschicken. Die Prinzessin wurde immer stiller, erklärte ihren besorgten Begleitern auf Nachfrage hin aber lediglich, der Unterricht würde sie erschöpfen.

Gideon glaubte ihr nicht und es verwunderte ihn daher nicht, als er sie irgendwann in Tränen aufgelöst in seinem Zimmer vorfand.

»Caitlin, was ist geschehen?«, fragte er und ließ sich neben ihr auf dem Bett nieder.

Sie schluchzte und stammelte: »Ich bin eine Schande für die Nebelfrauen, ich bin unwürdig, die Prophezeiung zu erfüllen. Meine Schwester soll mich ersetzen.« Weinend warf sie sich an seine Brust.

Gideon strich ihr sanft durchs Haar. »Du willst aber nicht nach Hause?« Auf ihr Kopfschütteln hin gab er zu bedenken: »Wir haben eine fürchterliche Wanderung hinter uns, stehen jedoch erst am Anfang eines langen Weges. Schöne Kleider und üppige Mahlzeiten werden bald wieder der Vergangenheit angehören. Willst du wirklich weitergehen?«

»Es dürfte das Beste für alle sein, wenn ich mich zurückziehe«, schniefte sie. »Ich könnte wieder malen, und ihr hättet in Sasha eine fähige Begleitung, die auch dick genug ist, um Hungerzeiten zu überstehen. Ich werde zu Myria gehen und ihr sagen, dass ich liebend gern das Feld räume.« Sie lachte nahezu hysterisch, und Tränen liefen über ihr Gesicht.

Gideon erwiderte: »In Anbetracht der Kämpfe, die vor uns liegen, halte ich es für meine Pflicht, dir zu raten, deiner Ahnfrau nachzugeben. Denke ich an die Siegelgemeinschaft, möchte ich dich auf Knien bitten zu bleiben. Jeder einzelne von uns mag untauglich erscheinen, aber gemeinsam sind wir stark. Ich wage daher zu bezweifeln, dass diese Sasha deinen Platz einnehmen könnte.«

Er sah ihren Unglauben und sprach weiter: »Ich kann mich an eine Nacht erinnern, in der Rhonan zunächst wie ein Irrsinniger nach Branntwein suchte und sich dann in Albträumen gefangen hin und her wälzte. Deine Nähe brachte ihm Ruhe. Es klingt vielleicht einfältig, aber deine Ansprüche scheinen ihn zu beflügeln. Als ich ihn kennenlernte, neigte er zu Schwermut. Deine Unbeschwertheit trieb ihn oft zur Verzweiflung, aber meist auch zum Lachen. Rhonan ist der Kämpfer im Licht, aber du vertreibst die Schatten.«

Nicht der Ansatz eines Lächelns zeigte sich. »Denkst du, er will mit mir weiterziehen?«

Gideon war sicher, dass der Prinz die Priesterin sofort würde austauschen lassen, allein, um sie in Sicherheit zu wissen. Für ihn war sie so etwas wie eine Tochter geworden, die er nur ungern mit in eine Schlacht nehmen wollte, aber er hätte jeden

Eid darauf abgelegt, dass die Prophezeiung nur mit ihr erfüllt werden konnte.

»Genau wie ich wird er an deine Sicherheit denken, weil du uns wichtig bist. Im Gegensatz zu mir wird er aber nicht an die Prophezeiung denken. Du weißt ja, was er davon hält. Ich werde ihn schon dazu bringen, seine Meinung zu ändern. Doch nur, wenn du dir sicher bist, all das weiter auf dich nehmen zu wollen. Überlege gut, mein Kind.«

Caitlin sah ihn ungewohnt scheu an. »Die letzten Tage waren die schrecklichsten meines Lebens, aber auch die schönsten. Auf der Nebelinsel geht jede ihren Weg, Freundschaft ist selten und Liebe verpönt. Erst bei euch habe ich gespürt, wie fröhlich Gemeinschaft, wie tröstlich Freundschaft und wie … wärmend Liebe ist.«

Er zog sie wieder an sich und wiegte sie sanft. »Du hast gerade wunderbar in Worte gefasst, was ich auch empfinde. Wir sind uns also einig: Wir wollen zusammenbleiben. Jetzt werde ich Rhonan davon unterrichten. Es sollte mich wundern, wenn er insgeheim nicht genauso denkt. Wahrscheinlich wird er es nicht fertigbringen, das in Worte zu fassen. Aber damit können wir leben, nicht wahr? Schließlich wissen wir, dass er mit Feinden besser umgehen kann als mit Freunden.« Gideon wollte sich erheben, aber sie hielt ihn zurück.

Sie zog ihn zu sich heran und flüsterte ihm verschwörerisch ins Ohr: »Ich habe Myria gegenüber damit geprahlt, dass ihr mich nie gehen lassen würdet. Myria hat gesagt, sie würde mit Palema und Dala reden, und den Wünschen der Unsterblichen könnten wir uns nicht widersetzen. Ich sage dir, in unserer Welt können die drei alten Damen vielleicht nicht mehr viel ausrichten, aber hier ist ihre Macht gewaltig. Wo Myria ist, bewegen sich Gegenstände wie von selbst. Krüge schenken Wein ein, Messer schälen Äpfel, während sie einen Feuerzauber entfacht, der ohne den Schutzzauber, den sie gleichzeitig hält, den Berg schmelzen würde. Nicht mal Rhonan wird sich gegen die Kräfte der drei wehren können. Wir sind ihnen ausgeliefert.«

Gideons Hochgefühl erlitt einen gewaltigen Dämpfer, aber er erklärte munter: »Wie sagt Rhonan immer: Bisher haben wir für alles eine Lösung gefunden. Warte hier!«

* * *

Caitlins Zweifel wurden größer, je mehr Zeit verging. Gewiss würde Rhonan einem Austausch zustimmen, und selbst wenn nicht, hatte er keine Möglichkeit, ihn zu verhindern. Myria hatte ziemlich deutlich gemacht, dass die Wünsche der Erben völlig unerheblich waren. Die Unsterblichen würden nach ihrem Ermessen entscheiden.

Die Zeit verging. Sie starrte die Tür an, warf ein Kissen dagegen, als sie sich einfach nicht öffnete, sprang schließlich auf und wanderte durchs Zimmer. Vielleicht fand Gideon den Prinzen nicht, vielleicht waren sie schon bei Palema, vielleicht weigerte der Prinz sich auch hartnäckig, vielleicht …

Die Tür ging auf. Gideon, der über das Kissen stolperte und es verwundert zum Bett zurücktrug, wirkte erhitzt, der Prinz ruhig wie immer. Der Gelehrte begann: »Wir sind zu der Überzeugung gelangt, dass eine Rückkehr zur Nebelinsel für dich nicht in Betracht kommt. Es gibt uns zu denken, dass deine Mutter Interesse an Rhonans Aufenthaltsort zeigt, trotz deines Verschwindens aber nicht ein einziges Mal versucht hat, eine Verbindung zu dir herzustellen. Auch sollte vorläufig niemand wissen, dass die Siegelgemeinschaft komplett ist. Wir unterstellen dir nicht, dass du unser Geheimnis preisgeben würdest, aber wir gehen davon aus, dass Ayala Mittel hat, die Wahrheit notfalls auch gegen deinen Willen herauszufinden.

Rhonan kennt üble Geschichten über eine Priesterin namens Martha, die Ligurius manchmal zur Hand geht. Wir sind zu dem Schluss gekommen: Das Beste für dich wäre, fürs Erste hierzubleiben.«

Sie schluckte und erklärte heiser: »Wenn ihr mich nicht mitnehmen wollt und ich nicht nach Hause kann, könnt ihr mich auf dem Rückweg bei den Horkas absetzen. Hier bleibe ich keinen Tag länger als nötig. Die Schwestern sind mir unheimlich. Myria hat mit Strafen gedroht, und Palema sieht mich an, als wäre ich ein Wurm. Aber die Horkas haben ja gesagt, dass ...«

»Hör auf, Unsinn zu reden!«, unterbrach Rhonan barsch und sah endlich auf. »Du willst also tatsächlich weiter mit uns ziehen? Du hast keinen Tag verrinnen lassen, ohne dich über dein Schicksal zu beklagen, und weißt doch gar nicht, was noch alles auf uns zukommt.«

»Du denn? Ihr tauscht mich aus wie einen Gaul, der lahm geworden ist«, würgte sie hervor. »Hätte ich gewusst, wie du über mich denkst, wäre ich in Kairan geblieben, aber da wusstest du ja noch nicht, dass du statt mit mir auch mit Sasha reisen könntest. Die beschwerliche Reise hierhin musste ich daher mitmachen, aber nun habe ich ausgedient. Vielen Dank.«

»Caitlin ...«

»Ach, hör doch auf! Nach allem, was wir zusammen durchgemacht haben, könntest du zumindest ehrlich zu mir sein. Also: Was willst du von mir?«, schrie sie ihn an.

»Dich zur Frau nehmen«, brüllte er zurück.

Caitlin klappte der Unterkiefer herunter, in Rhonans Gesicht spiegelte sich Ärger und Gideon hätte am liebsten die Hände über dem Kopf zusammengeschlagen. Ihm war diese Lösung eingefallen für den Fall, dass Caitlin nicht hierbleiben wollte, da selbst die unsterblichen Schwestern kaum ein Ehepaar trennen würden. Rhonan hatte sich zunächst heftig gesträubt und plötzlich zugestimmt.

Der Verianer schalt sich einen Trottel, darauf vertraut zu haben, dass ausgerechnet der Prinz einen, wenn schon nicht formvollendeten, so doch annehmbaren Heiratsantrag vorbringen konnte. Nun, zumindest hatte er einem der seltenen gebrüllten Anträge beiwohnen dürfen.

Sorgenvoll betrachtete er die Prinzessin, die mit hochrotem Kopf und um die Bettkante gekrallten Fingern nicht gerade glücklich wirkte. Er überlegte fieberhaft, was er zur Entspannung der Lage sagen könnte, als sie keifte: »Sag das noch mal! Du willst was?«

»Hast du was mit den Ohren? Ich muss … soll … ich will dich heiraten.«

»Musst du, sollst du oder willst du?« Ihre Stimme bebte, aber die nächste Gelegenheit zur Wiedergutmachung verstrich, denn die Antwort war nur ein Achselzucken.

»Du erwartest ernsthaft eine Antwort von mir auf diesen blöden Antrag? Die kannst du haben: nein! Ich will doch keine Almosen von dir. Lieber geh ich zu den Horkas.«

Er nickte und räusperte sich. »Ich habe auch nicht erwartet, dass du Ja sagen würdest. Ich weiß, ich bin kein angemessener Gatte für dich, und wollte dich nur nicht verlieren. Vielleicht kannst du deine Antwort überdenken, wenn ich dir sage, dass dir keinerlei Verpflichtung aus dem Bund erwächst. Du bist viel zu jung und kennst niemanden … also … jedenfalls keine Männer … außer … Du wirst bessere finden … später in Latohor oder anderswo … und könntest gehen, wann immer du willst. Aber für jetzt, wenn du nicht nach Hause kannst und hier nicht bleiben willst … und zu den Horkas lasse ich dich nicht … ich dachte …«

Caitlin sah zu Gideon, der sein Gesicht in den Händen vergraben hatte und das Haupt schüttelte, und dann zu Rhonan, der zu Boden blickte. Sie holte Luft, ging auf den Prinzen zu und legte ihre Hände auf seine. »Bei all dem Unsinn, den du von dir gegeben hast, hast du ganz nebenbei auch erwähnt, dass du mich nicht verlieren willst. War es dir damit ernst?«

»Ja!« Noch immer blickte er zu Boden.

Er fuhr zusammen, als Caitlin glockenhell auflachte. Auch Gideon starrte sie entgeistert an.

Das Lachen verebbte, und Caitlin erklärte: »Dieses Wörtchen ist dir richtig schwergefallen, oder? So schlecht, wie ich laufen kann, so schlecht kannst du mit Gefühlen umgehen. Aber du kannst mich tragen, und ich kann dich lehren. Du wirst es möglicherweise einmal bereuen, mir einen Antrag gemacht zu haben, aber ich habe beschlossen, ihn anzunehmen. Gehen wir eine Zweckehe ein. Ich verrate dir allerdings, dass mein Zweck ein anderer ist als deiner.«

Er nickte und sah zu Gideon. »Wärst du bereit, unseren Bund für alle Zeiten niederzuschreiben? Wir wären wohl so weit.«

Kein Kuss, keine Umarmung. Gideon ahnte Schreckliches, aber Caitlin nickte nur strahlend.

✲ ✲ ✲

Einige Zeit später erhielt Palema Besuch von Rhonan. Zusammen mit ihren Schwestern saß sie an einer reichgedeckten Tafel, auf der unberührte Speisen von Appetitlosigkeit zeugten. Entspannt wirkte keine der Damen.

»Schön, dass du kommst. Ich wollte gerade nach dir schicken lassen«, erklärte sie. »Diese Priesterin ist ihrer Aufgabe nicht gewachsen. Wir werden Ersatz für sie finden müssen.«

Ihr Sohn sah kurz grüßend in die Runde, bevor er widersprach: »Nein. Ich werde keinen Ersatz dulden.«

Dala musterte ihn überrascht. Myrias Lippen wurden schmal, und Palemas Stimme bebte, als sie ihn zurechtwies: »Was du dulden oder nicht dulden willst, ist völlig belanglos.«

Er hob die Brauen. »Kann es sein, dass zu langes Leben Größenwahn erzeugt?«

»Wie kannst du es wagen, so mit mir zu reden? Wofür hältst du dich?«

»Das habe ich dir schon gesagt. Für einen Mann, der seine eigenen Entscheidungen trifft.«

»Ach ja? Dann wirst du umdenken müssen.« Sie war aufgesprungen, ihre Gestalt wurde bei ihren Worten fast durchscheinend und immer größer. Sie überragte ihn jetzt um einiges, ihr blondes Haar flatterte wild. »Ich bin die Tochter des Nordens. Ich bin die unsterbliche Kraft. Knie nieder und schwöre mir Gehorsam«, hallte ihre Stimme durch den Raum.

Er verschränkte die Arme vor der Brust. »Niemals!«

»Du widersetzt dich mir?« Ein Schlag wie von einer unsichtbaren Peitsche traf seinen Rücken.

Er zuckte zusammen, spürte aber keinen Schmerz, sondern Zorn. »Sagtest du nicht, das Böse sei versiegelt? Könnte es sein, dass ihr etwas vergessen habt? Wie konntest du draußen bleiben?«

Schläge prasselten jetzt von allen Seiten auf ihn ein. Er schützte seinen Kopf mit den Armen und hörte Dala schreien: »Palema, bist du von Sinnen? Halte ein!«

Die Schläge hörten unvermittelt auf. Rhonan fuhr sich mit der Zunge über den Mund und schmeckte Blut, weil er sich auf die Lippe gebissen hatte. Jetzt reichte seine Wut nicht mehr, um den Schmerz zu verdrängen. Sein Oberkörper schien in Flammen zu stehen, und Blut tränkte sein zerfetztes Hemd. Er schwankte, fing sich schnell wieder und ging in Schrittstellung, um sicheren Stand zu haben. Nicht einmal unfreiwillig wollte er vor Palema in die Knie gehen.

Die hatte wieder ihre ursprüngliche Gestalt angenommen, sich brüsk umgedreht und gesetzt. Wütend starrte sie ihn an und riet: »Du solltest mich nicht reizen, denn ich werde Unverschämtheiten genauso wenig dulden wie eigenmächtiges Handeln.«

»Vielleicht solltest du dann schon mal für deinen nächsten Auftritt Kräfte sammeln«, empfahl ihr Sohn und war froh, dass seine Stimme halbwegs normal klang. Es kam ihm so unwirklich vor, dass weder seine Mutter noch seine Tanten sich im Geringsten daran störten, dass sein Blut auf den Boden tropfte, sondern taten, als wäre nichts geschehen. Schwäche und Übelkeit gesellten sich zum Brennen, und er hatte plötzlich den Faden verloren und wusste nicht mehr, was er gerade gesagt hatte. Geist und Körper waren damit beschäftigt, ihn auf den Füßen zu halten.

»Ich bin gekommen, um dir mitzuteilen, dass Caitlin jetzt meine Frau ist«, erklärte er und spannte die Muskeln an. Das Brennen wurde dadurch fast unerträglich, aber genau wie Dala starrte Palema ihn zunächst nur fassungslos an.

Myria schüttelte den Kopf. »Wie will sie denn noch Magierin werden? Das geht doch nicht.«

»Sag mir, dass das nicht wahr ist«, keuchte Palema.

»Es ist niedergeschrieben für alle Zeit. Wir sind nach unseren Regeln und damit mit dem Segen der Götter verbunden. Selbst Unsterbliche können uns nicht mehr trennen.«

Sein Blick wanderte zu Myria. »Ich glaube kaum, dass eine so begabte Magierin, wie Ihr es nach Euren Worten seid, außerstande ist, eine verheiratete Frau zu unterrichten. Einiges hat sie schon gelernt, und da sie nun nicht mehr in ständiger Sorge lebt, gehen zu müssen, wird sie sich umso intensiver den Zaubern widmen können.«

Er sah von einer zur anderen und fügte an: »So sind die Umstände. Ihr werdet sehen müssen, was Ihr daraus macht.«

Die Schwestern sahen einander an und begannen, in einer ihm unverständlichen Sprache durcheinanderzureden. Ihm schenkte keine mehr Beachtung.

»Dann kann ich wohl gehen«, erklärte er mehr zu sich selbst und wandte sich dankbar um.

»Bleib!«, forderte Palema, kaum dass er zwei Schritte gegangen war, und ihre Stimme klang halbwegs gefasst. »Wir sind erschüttert, dass ihr Entscheidungen trefft, die ihr nicht hättet treffen dürfen. Diese Priesterin ist eine einzige Zumutung … setz dich schon hin, bevor du umfällst!« Sie schlug ärgerlich auf den Tisch. »Wie konntest du das nur tun?«

Er ließ sich steif auf einem Stuhl an der Tür nieder und erwiderte: »Ich habe sie gefragt, sie hat Ja gesagt, und Gideon hat uns verbunden. War ganz einfach.«

Ihre Augen schleuderten Blitze, und Dala legte ihr die Hand auf den Arm. »Bleib ganz ruhig. Es lohnt sich nicht, über vergossene Milch zu jammern. Solltest du eine vernünftige Unterhaltung mit deinem Sohn führen wollen, wirst du sie verschieben müssen. Er scheint mir nicht mehr Herr seiner Sinne zu sein.«

Bei diesen Worten erhob sie sich und ging auf ihn zu.

Er versteifte sich sofort, aber sie legte ihm die Hände auf die Schultern und forderte: »Entspann dich! Du willst deiner … Frau wohl kaum in diesem Zustand gegenübertreten.«

Er konnte nicht einmal etwas erwidern, hatte das Gefühl, in Eiswasser getaucht zu werden, und bekam kaum noch Luft. Sie ließ ihn los, die Kälte verschwand und mit ihr der Schmerz.

Während er sich darüber wunderte, dass tatsächlich jede Beeinträchtigung verschwunden war, fuhr Dala fort: »Was ihr getan habt, ist bedauerlich, aber nicht mehr zu ändern. Du solltest dir nur darüber im Klaren sein, dass diese Verbindung euch mehr schaden als nutzen wird. Dich hat sie angreifbar gemacht, und Caitlin wird vielleicht einmal darunter zu leiden haben, dass sie als deine Gattin eine hervorragende Geisel abgibt. Leichter konntet ihr es euren Feinden kaum machen. Geh jetzt! Wir müssen uns beraten.«

Rhonan erhob sich, warf Palema noch einen düsteren Blick zu, verbeugte sich dankend in Dalas Richtung und verließ geführt von zwei Kellings schweigend das Zimmer.

Vor der Tür atmete er erst mal kräftig durch. Wenn das eben das Gute gewesen war, graute ihm in der Tat davor, dem Bösen zu begegnen. Er war dankbar, weder Gideon noch Caitlin zu begegnen, ließ sich zunächst in einen Baderaum bringen und verscheuchte die lästigen Kleinen. Erstaunt stellte er fest, dass tatsächlich alle Spuren der Schläge verschwunden waren, nachdem er das Blut abgewaschen hatte.

Er wollte sich gerade ein neues Hemd greifen, als er zu zittern begann. Wände verformten sich, der Boden schien auf ihn zuzukommen, und er musste sich am Waschtisch festhalten, um nicht zu fallen. In seinem Bestreben, die Wut der Unsterblichen von Caitlin auf sich zu lenken, war er zu weit gegangen. Das wusste er. Trotzdem saß der Schock über die mütterliche Bestrafung tief.

* * *

Als er wenig später zu den anderen Erben stieß, die ebenfalls an einer reichgedeckten Tafel auf ihn warteten, strahlte er wieder die übliche Ruhe aus.

»Nett, dass ihr gewartet habt.« Er setzte sich zu ihnen und ließ den Blick über Geflügel und Brot wandern.

Gideon grunzte ungeduldig. »Sagst du uns auch, wie es gelaufen ist?«, wollte er wissen.

»Sie waren nicht erfreut, aber an einen Austausch denken sie nicht mehr.« Breit grinste er seine beiden Mitstreiter an. »Damit wäre unsere Gemeinschaft dann wohl besiegelt.«

Caitlin hatte Mühe, die verkrampften Hände vom Becher zu lösen, und atmete erleichtert durch.

Gideon hob beschwingt seinen Becher. »Dann können wir uns endlich eurem Hochzeitsmahl und diesen knusprigen Vögeln widmen. Auf euch, meine Lieben!«

Rhonan warf seiner Frau einen kurzen Seitenblick zu, doch die stieß ihren Becher in die Höhe, dass der Wein schwappte. »Auf uns!«

Das Mahl verlief sehr vergnüglich, vor allem, weil die Prinzessin in Hochstimmung war und mit Gideon immer lustigere Anekdoten austauschte.

Lautes Gelächter hallte durch den Eispalast, und als man sich endlich erhob, um schlafen zu gehen, gab der Gelehrte zu, dass sein Kiefer von all dem Lachen schmerzte.

Die strahlende Caitlin gab ihm einen Gutenachtkuss auf die Wange und stellte sich vor Rhonan. »Du darfst mich jetzt in mein Zimmer tragen.«

»Warum? Du bist heute doch nicht betrunken«, gab er zu bedenken.

Sie lachte. »Nein, aber faul. Das war der erste Teil unserer Abmachung. Fällt es dir wieder ein?«

Er erinnerte sich dunkel daran, dass sie vom Tragen gesprochen hatte, aber als Teil einer Abmachung …? Um sie nicht zu ärgern, nickte er, packte sie unter Achseln und Schenkeln und hob sie auf den Arm. Sie machte diesmal keine Anstalten, sich auf dem Gang durch die Flure festzuklammern, sondern gähnte nur herzhaft.

Die Kellings öffneten die Zimmertür, und Rhonan blieb wie angewurzelt stehen. Sein Rucksack lehnte an der Wand, sein Waffengürtel lag auf einer Truhe, und ein Nachthemd, das er nie trug, das die Kellings aber hartnäckig auf sein Bett legten, lag neben einem zarten Gespinst, das wohl Caitlins Nachtgewand war.

»Geh doch weiter, dann könnten wir die Tür schließen«, flötete seine hübsche Last.

Er ging drei Schritte, stieß die Tür mit dem Fuß zu, setzte sie ab und fuhr sich durchs Haar, während sie schon ihr Haarband löste und aus den Schuhen schlüpfte.

»Gideons Geschichte von dem dicken Verianer, der beim Lauschen im Fenster stecken blieb, war zu lustig, nicht wahr?«

»Ja! … Caitlin …«

»Schau mal: Ich habe eine Druckstelle am Fuß. Erinnere mich daran, dass ich diese Schuhe nicht mehr trage. Schade eigentlich. Sie sind so hübsch, aber wohl ein bisschen eng.«

»Ja! … Caitlin …«

»Willst du dich gar nicht ausziehen?«

»Nein … ich …«

»Du willst in Kleidern und Schuhen schlafen?«

Ihre Augen funkelten übermütig, und er schluckte. »Natürlich nicht, aber auch nicht hier.«

Sie legte den Kopf schräg und fragte verwundert: »Wo sollen wir denn sonst schlafen?«

»Du hier, ich in meinem Zimmer.«

»Aber Rhonan! Das würde sich nicht schicken. Du pochst doch so auf die Einhaltung der guten Sitten, und Ehepaare schlafen nun einmal zusammen. Was sollen denn die Schwestern denken? Ein wenig Übung haben wir ja schon … wegen der Körperwärme. Kannst du mein Kleid öffnen? Die Häkchen sind leider hinten. Oder soll ich die Kellings rufen?«

»Nein.« Steifbeinig trat er hinter sie und nestelte ungeschickt an Häkchen und Ösen. »Wir sind niemandem Rechenschaft schuldig.«

»Du vielleicht nicht. Mich wird Myria zur Rede stellen. Was soll ich denn sagen, warum wir geheiratet haben? Sie wird schäumen vor Wut, wenn sie merkt, dass wir sie nur täuschen wollten. Willst du mich dem aussetzen?«

»Nein. Ich kann vor die Tür gehen, bis du im Bett bist«, schlug er vor und ärgerte sich, dass seine Stimme so kratzig klang. Der schmale Körper vor ihm bebte, als würde ein Lachen unterdrückt.

»Das ist nicht nötig. Schließlich bin ich jetzt deine Frau.«

Sie zählte stumm: zwei, drei, vier … und da war es auch schon: das Räuspern. Mit Mühe unterdrückte sie ein Kichern.

»Caitlin, wir haben eine Zweckehe geschlossen und sollten uns entsprechend verhalten. Ich werde auf dem Boden schlafen. Ich glaube, jetzt hab ich alle Haken. Einer ist abgerissen.«

Während ihr Kleid rutschte und zarte Schultern entblößte, wandte sie sich zu ihm um. »Ich hatte doch erwähnt, dass mein Zweck ein anderer ist als deiner«, gab sie zu bedenken.

»Ich verstehe nicht. Es sollte keine Verpflichtungen geben. Du bist und bleibst frei und solltest an die Zukunft und an all die netten und passenderen Männer, die du noch kennenlernen wirst, denken.«

Sie schüttelte ihr Kleid ab und stieg in einem durchscheinenden Etwas aus dem Stoffhaufen am Boden. Unwillkürlich starrte er auf ihre Brüste, die sich klein und fest darunter abzeichneten.

Sie gratulierte sich dazu, auf ein Mieder verzichtet zu haben, und stellte klar: »Du hast mich geheiratet, weil du mich schützen wolltest, aber ich habe dich geheiratet, weil ich deine Frau sein wollte. Ich habe nie zugestimmt, einen Ehebund ohne Verpflichtungen einzugehen. Du wirst nicht auf dem Boden schlafen, weil wir es da nicht so bequem hätten wie im Bett, und ich werde in meiner Hochzeitsnacht ganz sicher nicht an andere Männer denken.«

Sie gluckste und fuhr fort: »Aber keine Angst! Haben wir nicht alles überstanden? Steilwände, Wölfe, Horkas?«

Er starrte sie nur entgeistert an, und sie brach in trällerndes Lachen aus.

28. Kapitel

Rhonan erwachte, weil Caitlins Haare seine Nase kitzelten. Das hatten sie schon oft getan, aber heute genoss er es. Sein Blick glitt über ihr Gesicht, ihren weißen Körper, und ungläubig schüttelte er den Kopf. Dieses zarte Wesen passte so gar nicht in seinen braunen Arm mit all den Narben.

Er wickelte eine Strähne von ihrem Haar um einen Finger, und ein Lächeln umspielte seine Lippen, als er an die vergangene Nacht dachte. Caitlin beherrschte keinerlei Verführungskünste, aber für eine Priesterin hatte sie wenig Scheu gezeigt. Völlig unbefangen war sie mit beider Nacktheit umgegangen, hatte sich vor ihm gedreht, ihn gefragt, ob er sie hübsch fände oder ihre Brüste für zu klein hielte, hatte ihm gestanden, dass sie entgegen der Behauptung ihrer Mutter fand, dass Männer durchaus schön sein konnten, weil ihre Körper so viel Kraft ausstrahlten, hatte in diesem Zusammenhang kurz seine Narben bedauert und dann als unwichtig abgetan.

Während er sie in den Liebesakt eingeweiht hatte, hatte sie ihn allerdings fast zum Wahnsinn getrieben, weil sie einfach nicht still sein konnte. Anders als die Frauen, die er kannte, hatte sie nicht nur wohlige Laute von sich gegeben, sie hatte ständig geredet und ihm gesagt, was sie besonders schön fand und er wiederholen sollte. Er hatte sich nach dem Durchstoßen des Jungfernhäutchens und ihrem Aufstöhnen gefühlvoll zurückziehen wollen, aber Caitlin hatte ihn daran gehindert. Sie hatte die Fingernägel in seinen Rücken gekrallt und gefordert: »Nicht aufhören! Keine Sorge! Hylia hat gesagt, es tut nur beim ersten Mal weh. Also mach weiter!«

Irgendwann hatten ihr dann die Worte gefehlt. Zumindest hatte er ihr Gestammel nicht mehr verstanden. Dann waren nur noch spitze Schreie zu hören gewesen. Und nach ihrem gemeinsamen Höhepunkt hatte er die schönsten Worte seines Lebens gehört. »Jetzt gehörst du mir und nur mir. Niemand kann dich mir wieder wegnehmen, denn ich lass dich nicht mehr los.«

Doch was sollte er jetzt damit anfangen? Er durfte das auf keinen Fall überbewerten. Was Gideon für Liebe hielt, war Schwärmerei. Aber warum sollte Caitlin für einen wie ihn schwärmen? Sie war schön und makellos, und er … Sie hielt sich für wildnistauglich, weil sie ohne Besteck essen konnte, er hielt sich für gesellschaftstauglich, wenn er sein Fleisch nicht nach Maden überprüfte. Sie liebte die Künste, die er gar nicht kannte; er konnte nur kämpfen, und ihr machte jeder Kampf Angst. Sie suchte Vertrautheit, und er fürchtete sich vor Nähe.

Er hätte nicht einmal sagen können, was er für Caitlin empfand. Sie war anstrengend, nervtötend, unverschämt und durchtrieben, und deshalb hatte der Gedanke, sie zu verlieren, ihn wohl so entsetzt. Caitlin hatte recht: Er konnte nicht mit Gefühlen umgehen, er konnte nicht einmal sagen, was er fühlte. Nur eins wusste er: Bis zum letzten Atemzug würde er dafür sorgen, dass Caitlin nichts geschah, denn so warm wie jetzt gerade war ihm noch nie gewesen.

Unvermittelt kam er zurück in die Wirklichkeit, denn sie strich über seine Schulter. »Guten Morgen, Ehemann!« Sie küsste seine Schulter. »Ich habe dich da gekratzt, aber nur leicht.«

»Nicht nur da. Ich bin schon aus Kämpfen unversehrter hervorgegangen. Du hast scharfe Krallen und bist eine gefährliche Wildkatze, Priesterin.«

Erschrocken fuhr sie hoch und suchte seinen Körper nach Kratzern ab.

Rhonan genoss es, wie sie jeden Kratzer und jede winzige Bisswunde erst laut beklagte und dann zärtlich küsste. Nur mit ihrem Haar bekleidet bot sie einen unwiderstehlichen Anblick.

Irgendwann zog er sie auf sich. Ihre Blicke verloren sich ineinander, und ihre Lippen trafen sich zu einem leidenschaftlichen Kuss.

* * *

In den nächsten Tagen war Rhonan erleichtert, Caitlin nach jeder Übungseinheit munter und vergnügt zu sehen.

Die Priesterin, die ihrer Ahnfrau nicht mehr furchtsam, sondern selbstbewusst begegnete, war wild entschlossen, eine große Magierin zu werden. Genau wie ihr Mann dachte sie dabei kaum an die Quelle, die es zu verschließen galt. Sie wollte, dass er stolz auf sie war.

Myria war zunächst verwundert über den Eifer und schnell auch erstaunt über die Auffassungsgabe der Priesterin. Zwar ärgerte sie sich nach wie vor über deren Unbekümmertheit, konnte ihr aber magische Fähigkeiten bald nicht mehr absprechen.

Das Verhältnis zwischen Palema und ihrem Sohn änderte sich indes kaum. Rhonan ließ sich in seine Aufgabe einweisen, verweigerte aber jede persönliche Beziehung. Drohungen begegnete er mit dem Hinweis darauf, er wäre der letzte da'Kandar-Erbe, und sie sollte daran denken, dass er ihre Strafen zumindest überleben müsste, Freundlichkeiten begegnete er mit Ablehnung und Fragen nach den Gründen seiner Abwehrhaltung mit Schweigen.

Gideon war sehr zufrieden und seine Arbeit ging gut

voran. Doch die größte Freude bereiteten ihm seine jungen Begleiter.

Caitlin schien noch schöner geworden zu sein und strahlte vor Glück. Die größte Veränderung nahm er allerdings an seinem Begleiter wahr. Der hinkte nur noch selten, eigentlich nur noch, wenn seine Frau ihn bei ihren Schwertübungen einmal wieder mit einer ungestümen Attacke zu Boden gerissen hatte. Seine Miene wirkte nicht mehr so verschlossen, und er lachte viel häufiger. Sobald Caitlin in seiner Nähe war, schien für ihn alles andere nebensächlich.

Die junge Ehefrau selbst prahlte viel herum, erklärte, sie könne nunmehr ganze Landstriche einäschern, Blitze schleudern und Stürme entfachen. Sie versicherte Rhonan, dass er keine Angst mehr vor Verletzungen haben müsste, denn wenn sie ihn tatsächlich einmal nicht schützen könnte, könnte sie ihn jetzt selbst dann noch heilen, wenn er halb tot wäre.

Der Prinz empfand das als sehr vorteilhaft. Auf ihren Wutausbruch hin empfand er es dann darüber hinaus als ungeheure Erleichterung und erklärte, nunmehr keinerlei Angst vor der vor ihnen liegenden Aufgabe zu haben. Was immer die Zukunft bringen sollte, er hätte seine Frau zur Abwehr sämtlicher Gefahren!

* * *

Während das junge Paar sein Glück genoss, wurde Palema immer unzufriedener: Ihr Sohn hatte sich so gut entwickelt. Schon als Vierjähriger hatte er auf da'Kandar den Schwertkampf gelernt. Das Massaker an seiner Familie hatte ihn leider in die Arme eines gefühlsduseligen Paares getrieben, das sich schon ewig nach einem Kind gesehnt hatte. Umsichtig hatte sie den unbrauchbaren Pflegeeltern nach Rhonans Genesung

Angst vor dem geliebten Findelkind eingeflößt. Schließlich sollte er Krieger und kein armseliger Fischer werden. Sie hatte Erfolg gehabt: Die Fischersleute hatten ihn an die Minengilde verkauft, und Rhonan war fortan auf sich allein gestellt gewesen. Das harte, einsame Leben hatte den gewünschten Erfolg gebracht: Es hatte ihn stark, ausdauernd, gefühlskalt und abweisend gemacht. Jede Gefahr hatte er gemeistert, jede tiefere Beziehung gemieden. Aber seit er seinen Begleitern begegnet war, hatte er sich verändert. Gideon schien er bedingungslos zu vertrauen, und Caitlin, diese dusselige Ziege, vergötterte er. Ihr Sohn lernte tanzen und Zöpfe flechten und suchte Haarspangen unterm Bett. Statt den eigenen Körper zu stählen, machte er lustige Turnübungen mit dem Weisen und bestritt alberne Fechtkämpfe gegen die Priesterin. Statt sein Schwert zu schärfen, kämmte er die Haare seiner Frau. Seine harte Schale hatte Risse bekommen, und der Kern schien unerfreulich weich zu sein. Das war nicht zu dulden. Um die Aufgabe zu erfüllen, die vor ihm lag, durfte er sich nicht durch Gefühlsduselei ablenken lassen. Sie selbst konnte nicht zu ihm durchdringen. Alle Versuche, sich ihm zu nähern, erstickte er im Keim. Das Vertrauen, das er Gideon entgegenbrachte, versagte er ihr völlig. Alle tieferen Gefühle schien Caitlin für sich zu beanspruchen. Die dumme Gans hatte ihn sogar dazu gebracht, ihr von der Mordnacht auf da'Kandar zu erzählen. Das erste Mal hatte er jemandem davon erzählt, und das erste Mal seit dieser Nacht hatte er geweint. Ihr starker Sohn hatte geweint und sich wie ein Kleinkind von seiner Frau trösten lassen. So würde er versagen.

Sie hatte schon so viele Opfer gebracht. Sollte ihr Sohn ihr nächstes Opfer sein?

* * *

Keiner der drei Siegelerben hätte sagen können, wie lange sie sich schon im Eispalast aufhielten. Da es weder Nacht noch Tag gab und es immer gleich hell war, orientierten sie sich an den Mahlzeiten und ihrer Müdigkeit.

Übungen fanden nicht mehr statt, ihre Ausbildung schien beendet. Sie feierten das an einem wie üblich üppig gedeckten Tisch, und Gideon lehnte sich zufrieden zurück. »Wie werden mir gefüllte Tauben, frische Früchte und vollmundiger Wein fehlen.«

»Es freut uns, dass unsere Bewirtung euch zusagt.« Palema und ihre Schwestern waren wieder einmal aus dem Nichts erschienen, und alle drei sahen ernst, eher noch feierlich drein.

Dala nickte ihnen zu. »Wir haben euch vermittelt, was ihr zur Bewältigung eurer Aufgaben wissen oder können müsst. Alles andere liegt nun an euch. Uns bleibt nur noch eins zu tun. Folgt uns!«

Die Stimmung der Erben schlug um. Eben noch heiter und sorglos ergriff jetzt eine nahezu erhabene Spannung von ihnen Besitz. Etwas Großes erwartete sie, aber würde es vielleicht zu groß sein für einfache Menschen?

Caitlin drängte sich an Rhonan, und der ergriff ihre Hand und drückte sie beruhigend. Gideon, wieder einmal auf sich allein gestellt, faltete die Hände und ging neben ihnen her.

Sie durchquerten einen Flur und standen plötzlich in einem durch glitzernde Eiszapfen begrenzten Rund, in dessen Mitte ein hüfthoher, bläulich schimmernder Sockel aus Eis emporragte. Das Knistern und Tröpfeln der Zapfen störte hier die Stille des Eispalasts. Wasserlachen bedeckten den vereisten Boden. Die behagliche Wärme fehlte, aber die Eiszapfen waren viel zu gleichförmig, um natürlich zu sein.

Die Prinzessin hätte schwören können, dass die Unsterblichen plötzlich älter wirkten, und verspürte Furcht. Die Atmosphäre knisterte wie die Zapfen.

Als Palema forderte: »Kniet nieder!«, kamen alle der Aufforderung nach.

Die Unsterblichen schritten zum Eissockel und nahmen etwas an sich. Der Schimmer darüber erlosch.

Palema ging zu Rhonan und legte ihm ein schmales, blau schimmerndes Armband um. »Du bist mein Erbe. Trag dieses Geschenk der Götter und benutze es zum Wohl der Menschen«, erklärte sie dabei mit volltönender Stimme.

Dala legte Gideon mit denselben Worten einen Reif um, Caitlin erhielt ihren von Myria. Auf eine Geste hin erhoben sich die drei wieder.

Gideon spürte Gänsehaut am ganzen Körper und konnte seine Gefühle nicht einordnen. Sehr wichtig und furchtbar klein zugleich kam er sich vor. Das Armband war eine Ehre, aber zugleich auch eine Last, die drückte. Freude, Stolz, Angst und Beklemmung kämpften in ihm um die Vorherrschaft. Neben sich hörte er Caitlin schlucken.

Palema bedachte alle mit mahnendem Blick: »Ihr tragt nun die Göttersiegel. Nur mit ihrer Hilfe kann es euch gelingen, die Quelle wieder zu verschließen. Erweist euch als würdig.«

Offensichtlich erwartete sie keine Antwort, denn sie wandte sich bereits an ihren Sohn. »Fühlst du dich stark genug, dich deiner letzten und schwierigsten Aufgabe zu stellen?«

Er nickte nur.

»Dann komm und kämpfe um Kahandar!«

»Kämpfen?«, würgte Caitlin heraus und sah ihren Gatten entsetzt an.

Der schüttelte nur den Kopf und tätschelte beruhigend ihren Arm.

Gideon erschauerte und fragte mit ehrfürchtiger Stimme: »Kahandar?! Es ist hier?«

Palema nickte stolz. »Die einzige Waffe, die die Dämonenwächter der Quelle besiegen kann. Wenn ihr bereit seid, werde ich euch zu ihr führen. Dann wird sich zeigen, ob mein Erbe in der Lage ist, das magische Schwert zu führen.«

»Könnte es denn anders sein?«, fragte der Verianer verblüfft.

Dala mischte sich ein: »Die Klinge wurde mit reiner Magie geschmiedet, ist daher mächtig und sucht sich den aus, der sie führen darf. Jeden anderen verbrennt sie.«

»Das klingt nicht gut«, flüsterte Caitlin und klammerte sich an den Arm ihres Mannes, was ihr einen bösen Blick Palemas einbrachte.

Die Erben folgten den Schwestern erneut. Wieder veränderte sich der Raum und gab jetzt die Sicht auf eine blaue Säule frei, die vielleicht einen Durchmesser von zwei Pferdelängen hatte. Sie war durchsichtig und wirkte wie ein Lichtschein, der durch ein kreisrundes Loch fiel. In ihrer Mitte schwebte ein Schwert, dessen Klinge blau züngelnde Flammen umgaben.

»Kahandar«, erklärte die Tochter des Nordens. »Wecke und gewinne es, Sohn und Erbe des einzig wahren Königsgeschlechts, und mache dir die Reiche untertan!«

Rhonan schien keinen Sinn für feierliche Stimmung zu haben. »Das wollte ich schon immer«, murmelte er kaum hörbar und lächelte Caitlin flüchtig an. »Ich glaube, ich muss das allein tun.«

Bei diesen Worten schob er sie schon zu Gideon hin, sah seine Mutter noch einmal an und ging auf die Säule zu. Er atmete tief durch und betrat den blauen Kreis.

Umgehend knisterte es, blaugelbe Funken stoben durch den Raum. Die Säule schien von einem auf den anderen Augenblick nur noch aus blauem Feuer zu bestehen, das wild züngelnd und prasselnd emporloderte.

Caitlin schrie angsterfüllt auf. Weder Rhonan noch das Schwert waren zu sehen, nur blaue Flammen.

»War er nicht der Richtige?«, kreischte sie.

Auch Gideon starrte erschrocken auf das Feuer und die Schwestern. Doch die hatten die Augen geschlossen und bewegten die Lippen wie in einem stummen Gebet.

Sie hörten Rhonan schmerzvoll aufschreien, dann breiteten sich die Flammen rasend schnell aus, fegten durch den Raum wie ein Feuersturm.

Gideon und Caitlin klammerten sich aneinander und schrien jetzt auch. Der Sturm riss sie fast von den Beinen, und Kälte und Hitze gleichermaßen schienen ihre Körper zu versengen, aber so schnell, wie es gekommen war, so unvermittelt war es wieder vorbei.

Überrascht stellte Gideon fest, dass die Flammen keine Spuren hinterlassen hatten. Auch die blaue Säule war verschwunden. An ihrer Stelle stand Rhonan, ein Schwert in den Händen.

Caitlin löste sich von Gideon und stolperte durch den Raum auf den Prinzen zu. »Geht es dir gut?« Besorgt musterte sie ihn von oben bis unten, aber auch er wirkte unversehrt, wenn auch nicht sehr glücklich.

»Alles in Ordnung, Kleines«, erwiderte er.

Sie schmiegte sich an ihn und warf einen Blick auf das mächtige Schwert. Es hatte einen einfachen, völlig schmucklosen Griff, und die Klinge war nur mit ihr unbekannten Schriftzeichen verziert. Caitlin war ausgesprochen enttäuscht, denn selbst Rhonans altes Schwert sah eindrucksvoller aus.

Palema sah ihren Sohn an. »Knie nieder, Prinz, zeige uns die Zeichen deiner Macht und empfange unseren Segen.«

Er ließ sich auf ein Knie nieder, legte das Schwert vor sich und schob die Ärmel hoch. Beide Unterarme zierten vom Handgelenk bis zum Ellbogen Zeichnungen, die unverkennbar Flügel darstellten.

Die Schwestern legten ihre Hände auf sein Haupt, und für einen Moment umgab die ganze Gruppe wieder bläuliches Licht. Dann traten die Frauen zurück. »Erhebe dich, König des Alten Geschlechts«, forderten sie gemeinsam. »Zeige uns Kahandar!«

Er ergriff sein Schwert, stand auf und hielt es in beiden Händen vor sich. Die Zeichnungen auf seinen Armen schienen zu leuchten, und blaue Flammen schlugen aus der Klinge.

Caitlin schrie erschrocken auf und schlug die Hand vor den Mund.

Palema nickte demgegenüber zufrieden. »Es ist geschehen. Ihr seid nun verbunden. Kahandar wird dir den Weg zur Quelle ebnen. Bleibst du auf dem rechten Pfad, wird das Schwert dich schützen, weichst du von ihm ab, wird es dich vernichten. Wähle also weise, Sohn.«

Rhonan warf erst seiner Mutter einen unergründlichen Blick zu und sah dann auf das Schwert. Er hatte die ungeheure Stärke und Macht des Schwertes gespürt und verstand nicht, warum ihm das Angst machte.

Gideon sah vom Schwert zu den Armen und keuchte: »Das geflügelte Schwert. Bei allen Göttern, du selbst bist das Schwert der Alten Könige, das die Völker einen und zum Sieg führen wird.«

ZWEITER TEIL

Die Zitadelle der Träume

I. Kapitel

Meister Cato saß stirnrunzelnd am Schreibtisch. Der Raum mit der schweren Tür und nur einem schmalen Luftschacht zwischen Decke und Wand erinnerte an ein Gefängnis. Das große Bett mit dicken Daunenkissen, ein Tisch mit Wasser, Wein, Obst und Gebäck neben Krombechern und kostbaren Kerzenhaltern ließen diesen Gedanken jedoch schnell wieder verschwinden. Auch der gepolsterte Lehnstuhl und die Glocke, mit der er Martha jederzeit rufen konnte, verdrängten den Gedanken an Gefangenschaft.

Kisten mit Pergamenten stapelten sich an einer Wand, und auf dem Tisch lagen Bücher mit schweren Siegeln und Papierrollen. Seit Tagen versuchte er, die vergilbten, zum Teil beschädigten Schriften längst vergangener Tage zu entziffern, aber ihm fehlte der Schlüssel.

Die Tür öffnete sich, und Königin Ayala unterbrach seine Gedanken. Sie kam umgehend zur Sache: »Meister Cato, Martha sagt, Ihr macht keine Fortschritte. Ich sorge mich langsam.«

Er nickte und legte die Feder weg. »Ihr könnt nicht unzufriedener sein als ich. Aber seht, ich bin dabei, mich langsam von alten Schriften zu älteren und von denen zu noch älteren durchzuarbeiten, in der Hoffnung, endlich auf Anhaltspunkte oder Ähnlichkeiten mit der Alten Schrift zu stoßen. Ihr könnt Euch vorstellen, wie mühsam und zeitaufwendig das ist. Martha wird Euch wahrscheinlich auch berichtet haben, dass ich fast ohne Pause arbeite. Ich will diese Herausforderung unbedingt meistern, aber diese Schrift ist ganz anders als alles, was ich kenne. Ein Ende ist kaum in Sicht.«

Ayala unterdrückte ihren aufkeimenden Zorn und knetete die Hände. »Eilt Euch bitte! Es ist lebenswichtiger denn je. Stellt Euch vor, der Prinz ist gefunden worden.«

Sie wartete, bis Cato sein Erstaunen und seine Freude darüber, dass es wirklich noch einen Erben gab, genug zum Ausdruck gebracht hatte, und fuhr dann mit sorgenvoller Miene fort: »Ach, Meister Cato, es besteht nicht der geringste Anlass zum Jubeln, sondern es steht viel schlimmer, als Ihr es Euch denken könnt. Der Held, auf den wir unsere Hoffnung setzten, ist ein Nichtsnutz, ein ständig betrunkener Krüppel aus der Gosse, der sich zudem auch noch ganz offensichtlich weigert, seine Aufgabe zu erfüllen.« Sie lachte freudlos auf, stützte die Hände auf den Schreibtisch und sah Cato durchdringend an. »Doch selbst wenn er sich irgendwann entschlösse, seine Pflicht zu erfüllen, was sollte dieser erbärmliche Junge denn schon vollbringen können?«

In seiner Miene spiegelten sich Fassungslosigkeit und Entsetzen. Er klammerte sich am Tisch fest, als hätte er Angst, vom Stuhl zu fallen. »Das ist unmöglich. Die Prophezeiung …«

Die Königin unterbrach ihn: »Ich wünschte, es wäre anders, aber die Berichte aus dem Norden sind glaubwürdig. Ihr könnt Euch vorstellen, was das bedeutet? Wollt Ihr Euch und Sasha einem Säufer anvertrauen? Wollt Ihr die Rettung der Völker in die Hand eines Mannes legen, der anscheinend nicht einmal mit sich selbst fertigwird? Ihr müsst die Schriften übersetzen, geben sie uns doch vielleicht einen Hinweis darauf, wie wir die Quelle auch ohne die Siegelerben wieder schließen könnten. Ich bitte, nein, ich beschwöre Euch: Gebt Euer Bestes, und zwar schnell! Habt Ihr denn noch gar nichts herausgefunden, was uns in unserer Not weiterhelfen könnte?«

Ihre Stimme klang flehend, aber er schüttelte nur den Kopf.

Ayala holte tief Luft und nickte. »Camora zieht seine Kreise immer enger, steht schon vor den Toren Mar'Elchs. El'Maran wird nicht mehr lange standhalten. Ist es gefallen, werden sich auch die anderen Reiche unterwerfen. Uns bleibt kaum noch Zeit.«

»Seid versichert, ich tue, was in meiner Macht steht.«

»Ich weiß, ich weiß. Solltet Ihr Hilfe benötigen, gebt Bescheid.« Sie wandte sich ab, drehte sich aber noch einmal um. »Ach ja: Sagen Euch dunkelgrüne Augen zufällig etwas?«

Er sah gedankenverloren vor sich hin und murmelte:

»Augen wie funkelnde Edelsteine: Du bist betört und ganz von Sinnen.

Augen wie das unendlich tiefe Meer: Was du auch tust, es wird dich verschlingen.

Du willst dich retten, doch es geht nicht mehr.

Wen die Augen erblicken, geben nimmer sie her.

Und die Trauer des Königs, sie schmolz dahin

In den dunkelgrünen Augen seiner neuen Königin.«

Er zuckte die Achseln. »Ein furchtbares Gedicht. Es war nur das Erste, was mir in den Sinn kam.«

Sie starrte ihn an. »Dieses Gedicht … wen beschreibt es?«

»Palema, die erste Großkönigin da'Kandars. Sie soll so schön wie klug und stark gewesen sein.«

»Die erste Großkönigin?« Ayala schwankte leicht.

»Ja.« Meister Cato entging ihr Entsetzen. Er starrte gebannt auf das Pergament, das vor ihm lag. Sollte er wirklich, konnte … konnte dieses Wort Palema bedeuten?

Die Königin achtete genauso wenig auf die plötzliche Erregung des Gelehrten. Seit Tagen suchten die Priesterinnen nach

Hinweisen auf dunkelgrüne Augen im Stammbaum des Prinzen. So weit zurück waren sie aber nicht gegangen. Grüne Augen und Magie … hier waren in der Tat Mächte im Spiel, mit denen sie nicht gerechnet hatte. Grußlos verließ sie den Raum.

Cato starrte nach wie vor auf das Schriftstück. War das der Anfang, der Schlüssel zur Übersetzung?

* * *

Marga saß in der Nähe des Nordtors auf dem Kutschbock und belächelte das bunte Treiben ringsum. Das Leben in Ten'Shur war einfach und hart, aber die Einwohner nahmen es dankbar an. Sie waren arm, aber frei, und sie hatten Camora erneut die Stirn geboten. Allein das ließ sie singen und zufrieden sein.

Derea, der auf seinem Weg durch die Stadt aus dem Händeschütteln gar nicht mehr herausgekommen war, kam auf sie zu und erklärte: »Dankbarkeit ist wirklich schön, kann aber lästig werden, obwohl ich …«

Er stutzte, lauschte und fragte dann: »Habe ich eben ein Geräusch aus Eurem Wagen gehört?«

Sie zog die Nase kraus. »Das kann ich mir kaum denken, aber seht zur Sicherheit besser nach.«

Derea ging um den Wagen herum und schob die Plane auseinander. Knurren empfing ihn und gelbe Wolfsaugen musterten ihn.

»Blitz und Donner!«, entfuhr es ihm. Rasch ließ er die Plane fallen.

Sie lachte. »Es sind drei, und sie sind sehr brav. Eigentlich laufen sie, aber in der Nähe von Städten hält Raoul es für besser, sie im Wagen zu lassen.«

»Sehr umsichtig. Ihr seid ein Schelm. Ihr hättet es mir auch einfach sagen können.«

Sie sah ihn verschmitzt an. »Ich weiß doch, dass Ihr immer gern alles selbst überprüft.«

Er schüttelte belustigt den Kopf und drohte nur leicht mit dem Finger, denn Raoul kam gerade hoch zu Ross auf sie zu und musterte ihn ärgerlich. »Hast du dich endlich von jedem Bewohner persönlich verabschiedet? Und wo ist dein Pferd?« Seine Stimme klang gereizt.

Der Hauptmann stieß einen schrillen Pfiff aus.

Der General hatte Mühe, sein Pferd ruhig zu halten, und aus dem Wagen ertönte umgehend lautes Heulen.

Derea schnitt eine verlegene Grimasse, zuckte die Achseln und wies erklärend auf eine Häuserecke, um die gerade ein gesatteltes, aber reiterloses Pferd getrabt kam. »Ich vergesse immer, wo ich es abgestellt habe. So ist es für uns beide einfacher.«

Er tätschelte den Hals des riesigen Streitrosses. »Patras, ich hab's heute im Kreuz, habe einfach zu lang gesessen.«

Das Pferd ließ sich auf die Vorderläufe nieder, und Derea stieg in den Sattel und lächelte den verdutzten Raoul an. »Versucht nie, ihn zu reiten! Er wirft Euch ab, mag nämlich nur mich.«

»Du bringst einem Streitross Kunststückchen bei?«, fragte der General empört.

Die Pferde der Flammenreiter waren eigens für den Kampf gezüchtet, und weder Feuer noch der Gestank von Blut oder das Klirren der Waffen ließ sie unruhig werden. Es waren stolze Tiere und sicher keine Spielgefährten.

»Patras mag das«, antwortete der Hauptmann. »Er ist auch gern lustig, wenn es die Umstände zulassen, genau wie ich. Kann's losgehen?«

Raoul lenkte sein Pferd wortlos Richtung Nordtor.

Derea ließ Patras neben dem Wagen gehen. »Sagt, wenn Ihr Euch ein wenig ausruhen wollt, dann lenke ich.«

»Danke«, antwortete Marga, »aber auf dem Kutschbock habe ich keine Schwierigkeiten. Was glaubt Ihr, wie lange wir unterwegs sein werden? Der General meint vierzehn Tage.«

Er winkte einigen jubelnden Gardisten zu und erwiderte: »Wenn wir quer durch Camoras Gebiet reisen, kommt das schon hin. Kambala ist seit einiger Zeit ja Feindesland, aber so ein paar unauffällige Herumtreiber wie wir werden kaum die Aufmerksamkeit der Horden erregen.«

Sie warf ihm einen Seitenblick zu. Vielleicht fand er ja, Schwarz sei eine unauffällige Farbe, aber Herumtreiber? Sie hätte ihn jedenfalls kaum so bezeichnet. Über seiner üblichen schwarzen Lederkleidung trug er einen Umhang in derselben Farbe. Auf dem Kopf hatte er einen riesigen, ebenfalls schwarzen Schlapphut, unter dessen Krempe sich seine glänzenden Locken hervorkringelten. Einziger Farbtupfer an seiner Kleidung war ein rotes Halstuch, das ihm kurz zuvor ein kicherndes junges Mädchen umgebunden hatte. Sie war ziemlich sicher, dass er nicht nur hier, sondern überall unweigerlich die Aufmerksamkeit jedes weiblichen Wesens auf sich ziehen würde. Zum Glück gab es nicht viele Frauen bei der Horde. Aber es war schon ein Ärgernis, dass ein Mann so schönes Haar hatte … und warum hatte er so makellose Haut, während sie sich über Sommersprossen ärgern musste?

»Wart Ihr schon mal in Kairan?«, fragte sie, um auf andere Gedanken zu kommen.

Er schüttelte den Kopf. »Irgendwie gehört Kairan weder zu den Reichen noch zu Camora. In der Stadt soll sich nur Abschaum rumtreiben, seit die Tempelwächter tot sind. Ich reise nur ungern dahin. Ich bin Krieger und kein Spion. Das mit dieser Heimlichtuerei kriege ich nicht gut hin.«

Er sah so verzweifelt drein, dass sie auflachte. »Ich glaube, Ihr schafft das. Ihr traut Euch zu wenig zu.«

»Das könnt Ihr nur sagen, weil Ihr mich nicht richtig kennt«, brummte er. »Ich lasse so schnell kein Fettnäpfchen aus. Ich treff sie alle.« Er tat, als schieße er einen Pfeil ab. »Zielsicher, ohne eins auszulassen und mit atemberaubender Geschwindigkeit. Wenn ich etwas kann, dann das.«

Ihr Lachen hallte über die Ebene. »Ihr seid einmalig.«

»Den Göttern sei Dank, pflegt mein Bruder zu sagen. Zwei von meiner Sorte hält keine Armee ohne Weiteres aus. Canon sagt, ich wäre vielleicht sogar nützlicher, wenn ich auf Camoras Seite stünde – bei dem Durcheinander, das ich oft anrichte.«

»Bringt mich bitte nicht fortwährend zum Lachen«, forderte Marga und hielt sich die Seite.

Raoul sah sich ungehalten um. »Ich habe es immer gern, wenn ausgelassene Stimmung herrscht«, fluchte er.

»Ich auch. Es macht vieles leichter, nicht?«, stimmte Derea mit funkelnden Augen zu.

Der General riss sein Pferd herum und kam zurück. Drohend baute er sich vor Derea auf. »Könnte es sein, dass dir Ernst und Bedeutung unserer Reise nicht klar sind?«

»Nein.«

Raoul stutzte ob der prompten, knappen Antwort. »Warum tust du dann so?«

»Tu ich doch gar nicht.«

»Was soll dann dieses alberne Gerede und Gelächter?«

Der Hauptmann wies mit ausladender Geste um sich herum. »Wir sind allein auf weiter Ebene. Glaubt Ihr, wir kommen schneller voran, wenn wir ernste Gespräche führen oder unheilvoll um uns herumblicken? Ihr seid ernst und der Erste, der uns aufhält. Haben wir es doch nicht eilig?«

Der General riss sein Pferd herum und galoppierte wütend davon. Er stieß einen Pfiff aus, und die Wölfe sprangen vom Wagen und hetzten ihm hinterher.

»Na, der ist vielleicht schwierig«, bemerkte Derea und verdrehte die Augen.

Marga widersprach: »Er ist ein feiner Mensch. Ihr kennt ihn noch nicht richtig.«

»Das liegt wohl kaum an mir.«

»Nehmt Ihr ihm das übel?« Sie musterte ihn aufmerksam.

»Warum sollte ich? Er war nur mein erzwungener Erzeuger. Darauf besteht er ja ausdrücklich. Dabei kennt er mich noch gar nicht so lange. Aber ich kann mich wirklich nicht beklagen. Ich habe eine kleine, aber eine sehr gute Familie. Ich habe Canon, der sich immer um mich gekümmert hat, wenn Mutter auf einem ihrer Feldzüge war, und Königin Morwena ist die beste Mutter, die ich mir vorstellen kann. Ich bin mehr als dankbar, dass sie uns aufgenommen hat. Stellt Euch vor: Sie hätte seinerzeit für einen Gefallen von Ayala eine seltene Pflanze haben können, aber sie nahm uns. Mutter erzählte, Ayala hätte ihre Wahl sehr merkwürdig gefunden und war wohl versucht, ihr noch ein Blümchen dazuzugeben.«

Er überging ihr Lachen und fuhr fort: »Ich glaube, nein, ich weiß, ich hatte eine glückliche Kindheit. Manchmal habe ich ein schlechtes Gewissen Canon gegenüber. Er ist nur knapp zwei Jahre älter als ich. Aber er lacht immer nur, wenn ich das anspreche. Er sagt, es hätte ihm Spaß gemacht, mich zu erziehen, obwohl man am Ergebnis sähe, dass er nicht viel Übung darin hatte.«

Marga lächelte ihn warmherzig an. »Ich finde das Ergebnis jedenfalls sehr liebenswert.«

»Ein liebenswerter Hauptmann? Hoffentlich ist der General damit zufrieden. Aber für ihn kann ich ja mal wild gucken. Das kann ich auch, wenn ich in Stimmung bin. Ihr würdet staunen.«

Sie ging nicht darauf ein. »Ihr liebt Eure Familie sehr, nicht wahr?«, fragte sie stattdessen.

»Ja«, erwiderte er schlicht.

»Es klingt so warm, wie Ihr das sagt. Meine Mutter starb, als ich noch sehr klein war. Ich kann mich nicht mehr an sie erinnern, und mein Vater hatte nur selten Zeit für mich und selbst dann eigentlich immer etwas anderes im Kopf.«

»So war das auch bei Mutter. Canon und ich wuchsen auf wie Prinzen, aber sie war ständig mit irgendwelchen Kämpfen beschäftigt. Wenn sie dann mal da war, hat sie sich immer zuerst um uns gekümmert. Während sie aß und trank, erzählten wir ihr von unseren Erlebnissen, Fortschritten und Misserfolgen. Sie hörte zu, lobte oder gab Ratschläge. Wenn wir abends am Kamin saßen, erzählte sie uns nächtelang von Schlachten und Kriegstaktiken. Vielleicht nicht unbedingt Gutenachtgeschichten für Kinder, aber sie nahm sich für uns Zeit. Sie gab uns, was sie konnte – mehr ließ der Krieg nicht zu.«

»Ja, die Zeiten sind nicht geschaffen für Familienglück. Die meisten Menschen in unserem Haus kannte ich besser als meinen Vater. Er liebt mich, aber es fällt ihm schwer, es mir zu zeigen.«

»Manche Menschen sind schon seltsam, wenn es um Gefühle geht«, stimmte Derea sofort zu. »Euer Vater kam mir immer sehr kühl vor. Vielleicht liegt das aber auch nur daran, dass er mich nicht sonderlich leiden kann. Zumindest habe ich immer das Gefühl, er würde mich am liebsten aus dem nächsten Fenster werfen.«

»Das könnte stimmen. Er hält Euch für einen reinen Bruder Leichtfuß.«

»Mich?« Die Stimme klang so ungläubig, dass Marga erneut auflachte.

Raoul kniff die Lippen zusammen. Marga, die ihm bisher so vernünftig erschienen war, kicherte schon wieder wie ein Mädchen, das noch von der Kinderfrau betreut wurde. Sein seltsamer Sohn hatte offensichtlich großen Einfluss auf seine Umgebung. Vielleicht hatte er sich doch nicht die richtige Begleitung ausgesucht.

2. Kapitel

Wie Tage zuvor Ten'Shur bereitete sich jetzt Mar'Elch auf die Schlacht vor.

Die Städte waren allerdings kaum vergleichbar: Im Westen der Hauptstadt ragte Morwenas Burg empor. Die Stadt erstreckte sich weit in alle anderen Himmelsrichtungen. In Ten'Shur waren die Häuser meist aus Holz, hier baute man lediglich Stallungen damit. Säulen schmückten Eingänge, Ornamente Fassaden. Watete man in Regenzeiten in Ten'Shur durch Schlamm, ging man hier über Steinpflaster. Reitpferde, Kutschen und Sänften bestimmten das Stadtbild.

Mar'Elch war die Stadt der reichen Händler, Pferdezüchter und Künstler. Hier liebte man Triumphzüge und das Theater. Während in Ten'Shur jeder bereit war, sein Hab und Gut gegen jeden Feind zu verteidigen, war man hier eher geneigt, Dienstboten mit dieser Aufgabe zu betrauen.

Die Männer trafen sich in den Bädern oder in Pfeifenstuben, um Kriegstaktiken auszutauschen. Daran, am Kampf teilzunehmen, dachte keiner von ihnen. Die Frauen trafen sich, um Stickmuster, Kochrezepte oder Klatsch auszutauschen. Leinen für spätere Wundversorgung auszukochen – auf diesen abwegigen Gedanken wäre keine gekommen.

Nur die Kinder waren hier genauso emsig wie in Then'Shur und schleppten unablässig Steine zur Mauer.

* * *

Der Himmel war grau, und es regnete seit Tagen in Strömen. Überall klirrten Waffen. Canon hatte alle Einwohner Mar'Elchs, die dazu körperlich und vom Alter her in der Lage waren, dazu aufgerufen, sich im Umgang mit Schwert, Bogen, Axt oder Speer unterrichten zu lassen. Über viertausend Hordenreiter waren nach den Berichten der Späher auf dem Weg nach Mar'Elch. Den Nachrichten aus dem Westgebirge zufolge mussten sie mindestens einen, vielleicht sogar zwei oder drei Tage allein gegen den Feind bestehen, und er erwartete keine Belagerung. Die Horde würde sofort angreifen.

Sein Adjutant und einstiger Lehrmeister Arneke Partos, ein Mann wie ein alter, knorriger Baum, kam auf ihn zu. »Mit dem Bogen können die wenigsten umgehen, aber einige können eine Armbrust bedienen. Schwerter sind auch nicht sehr gefragt, Äxte und Spieße schon eher.«

»Das war zu erwarten. Meinetwegen können sie auch mit Keulen kämpfen, Hauptsache, sie treffen den Feind. Wie viele haben sich bisher gemeldet?«

»Weniger als zwölfhundert. Wir könnten die dreifache Menge ausbilden, aber die meisten Einwohner geben vor, irgendwelche Gebrechen zu haben. Du glaubst gar nicht, mit welchen Geschichten die teilweise kommen. Andere bieten großzügig Geld und meinen, damit wäre uns geholfen. Als ließe sich die Horde bestechen.«

Canon hatte nichts anderes erwartet. Ten'Shur war schon immer das Bollwerk gegen die Horde gewesen, in der Reichsstadt hatte man sich bisher völlig sicher gefühlt. Canon wusste, dass es immer noch zahlreiche Einwohner gab, die die Ankunft der feindlichen Truppen für eine erfundene Geschichte hielten. »Ich kümmere mich darum.«

»Wir haben schon alles versucht. Willst du von Haus zu Haus gehen?«, fragte Partos zweifelnd.

Sein ehemaliger Schüler lachte auf. »Nein, ich habe vor, das Theater zu besuchen.«

Arneke Partos sah ihn verwirrt an. »Das Theater?«

Canons Augen blitzten, und er klopfte seinem Adjutanten auf die Schulter. »Vertrau mir und halte morgen genügend Ausbilder bereit!«

* * *

Am Burgtor erwarteten ihn sein Pferd und seine Eskorte. Vier berittene Gardisten, die dafür sorgen sollten, dass der Ziehsohn der Königin unbehelligt durch die Straßen kam. Er schwang sich in den Sattel und setzte seinen Dreispitz auf. Trotz seiner Jugend strahlte er Würde aus. Zielsicher lenkte er sein Pferd durch die Straßen zum Theater.

Wie üblich feilschten Händler mit Kunden, und Dienerinnen mit Körben über dem Arm tauschten Klatsch aus. Einspänner waren unterwegs, um die vermögenden Händlergattinnen zu vormittäglichen Gesprächsrunden mit Gleichgesinnten zu bringen, und man belud die schweren Fuhrwerke der Kauffahrer mit Kisten. Nichts ließ darauf schließen, dass die Stadt in Kürze Angriffsziel der Horde sein würde. Wenn Canon Beschwerden aufschnappte, dann welche übers Wetter. Die Menschen, an denen er vorüberritt, grüßten ihn teils begeistert, teils ehrerbietig, doch er ließ sich davon nicht täuschen. Genauso wie die Menschen das Theater liebten, liebten sie auch ihre Helden. Helfen würden sie ihm gegen die Horde trotzdem nicht. Es schien unmöglich, die behäbigen Einwohner dazu zu bewegen, die bevorstehende Gefahr zu begreifen. Die Horde diente nach wie vor nur dazu, Kinder einzuschüchtern.

In Mar'Elch war man reich, satt und zufrieden. Schwierigkeiten regelten die Königin und ihre Söhne seit Jahren weit außerhalb der Stadtmauern. Gern unterstützte man die Armee mit Geld oder Pferden, noch lieber jubelte man ihnen nach siegreichen Schlachten zu. Im Übrigen ging man seinen Beschäftigungen oder Vergnügungen nach. Krieg war Angelegenheit der Krieger.

Ständig hörte Canon die hartnäckig vorgetragene Meinung, die große Morwena hätte Mar'Elch nie verlassen, wenn Gefahr für die Stadt bestanden hätte. Sollte die Horde aber tatsächlich so weit ins Landesinnere vordringen wie nie zuvor, würde ihr fähiger Sohn sie mit seiner Garde aufhalten, bis die Königin kam. Die Flammenreiter waren auch schon auf dem Rückweg. Die Menschen verstanden die Aufregung nicht. Sie hatten Krieger und eine Stadtmauer mit nur einem Tor. Wer also sollte ungehindert in die Stadt kommen?

Canon musste den Theatermeister nicht suchen, denn der überprüfte gerade munter vor sich hin summend die liebevoll zusammengesuchte Ausstattung der Bühne. Er stellte noch einen Stuhl um und überlegte derweil, wie die Bürger wohl darauf reagieren würden, dass erstmals eine Frau auf der Bühne stehen würde. Waren die Kunstliebhaber wirklich schon so weit, diese Neuerung zu verkraften, oder war er zu gewagt vorgegangen, als er dem Drängen seiner Tochter nachgegeben hatte?

Als er den Prinzen sah, verneigte er sich und blinzelte seinen Gast besorgt an. »Mein Prinz, welch Ehre für mein Haus. Ich bin erfreut, Euch zu sehen, aber Ihr seid hoffentlich nicht gekommen, um die Vorstellung abzusagen? Noch befinden wir uns doch nicht im Krieg.«

Canon nahm seinen Hut ab und sah ihn mit unergründlicher Miene an. »Der Gedanke ist mir gekommen. Es erscheint mir unpassend, dass einige unserer Mitbürger sich darin üben, Waffen zu führen, um unsere Stadt zu verteidigen, während andere sich im Theater vergnügen.«

Sein Gegenüber nickte, eifrigst bemüht, dem Gast seine Unterstützung zu beweisen. »Einige meiner Schauspieler haben sich zu den Waffenübungen gemeldet, eigentlich alle, die für diese Aufgabe tauglich waren. Wir nehmen die Bedrohung sehr ernst.«

»Genau das habe ich gehofft.« Canons Augen blitzten wie blankes Eis. »Ich will, dass Ihr heute eine ganz besondere Vorstellung gebt. Ein Barde wird gleich kommen. Er kommt geradewegs aus Kambala. Gestern hat er mir von der Übernahme der Stadt durch die Horde erzählt, so anschaulich, dass ich hinterher glaubte, mir Blut von den Händen waschen zu müssen. Er berichtete von solch ungeheuerlichen Gräueltaten an der Bevölkerung, dass mir der Schweiß ausbrach.«

Er machte eine kleine Pause, ehe er ergänzte: »Umso mehr, da Kambala freiwillig die Stadttore geöffnet hat. Die Stadt hat sich ergeben und wurde dennoch geschleift. Ich will, dass der Barde heute hier vorträgt und dass Eure Schauspieler seinen Vortrag unterstützen.«

Der Theatermeister erbleichte und klammerte sich an einen Stuhl in seinem Rücken. »Die Menschen wollen sich aber doch gerade ablenken von den Schrecken des Krieges.«

Canon verzog keine Miene. »Wie sollen sie sich davon ablenken wollen, wenn sie sie noch nicht mal erahnen, geschweige denn kennen, diese Schrecken? Meister Rolof, ich habe eine Stadtmauer, die fast viertausend Pferdelängen misst, und ich habe zurzeit noch nicht einmal zweitausend Mann zur Verteidigung. Das kommt Euch sicher auch dürftig vor, oder? Ich rechne damit, dass die Horde in drei, höchstens fünf Tagen hier ist. Die Königin kommt aber frühestens in sechs Tagen, hoffentlich zusammen mit den Flammenreitern. Ein bis zwei, möglicherweise sogar drei Tage werden wir die Horde also hinhalten müssen; vier- bis fünftausend Krieger, die entschlossen sind, diese Stadt einzunehmen, ehe unsere Verstärkung eintrifft, Krieger, die brandschatzen, plündern, verstümmeln, vergewaltigen und morden. Wenn wir diese Zeit nicht überstehen, werden Eure Schauspieler heute Abend ihre letzte Vorstellung gegeben haben. Camora soll dem Theater nicht sehr zugetan sein. Alle Aufrufe hatten bisher wenig Erfolg, weil die Bevölkerung die Gefahr einfach nicht begreift. Das wird sich durch den Vortrag des Barden hoffentlich ändern. Wenn er sie nicht erreichen kann, ist dieser Stadt wirklich nicht mehr zu helfen. Heute Abend sitzen die wichtigsten Einwohner Mar'Elchs hier zusammen. Wenn sie begreifen, werden ihnen die anderen folgen. Werdet Ihr mir helfen?«

Der Theatermeister war immer bleicher geworden. »Wozu braucht Ihr Euren Barden? Mich allein habt Ihr schon überzeugt. Ich melde mich morgen zu den Waffen. In meiner Jugend war ich ein gar nicht einmal so schlechter Fechter.«

Nachdem sich aber der Barde zu ihnen gesellt hatte, änderte er seine Meinung. Dieser Meister seines Faches verstand es in der Tat, einem durch bluttriefende Geschichten und düstere Lieder das Blut in den Adern gefrieren zu lassen.

Canon verabschiedete sich, um weiter seinen Aufgaben nachgehen zu können. Außerdem hoffte er, etwas von Derea zu hören. Sosehr er auch davon ausging, dass es richtig war, dass sein Bruder nach Kairan ging, so sehr ängstigte ihn der Gedanke. Sie waren schon oft auf unterschiedlichen Schlachtfeldern gewesen, aber diesmal hatte er zum ersten Mal Angst, er könnte seinen kleinen Bruder nicht wiedersehen.

3. Kapitel

Für die Siegelerben war die Zeit des Aufbruchs gekommen. Gideon hatte Caitlin gefragt, ob sie nunmehr nicht in der Lage sei, Portalsteine zu benutzen, um so den Rückweg einfacher zu gestalten.

Sie hatte mit hochgezogenen Augen geantwortet: »Selbstverständlich beherrsche ich jetzt auch die uralte Magie der Druiden. Nur gibt es hier keinen Stein, von dem aus wir reisen können. Der nächste mir bekannte Stein befindet sich in Kairan, im Kerker von Vater Ligurius. Von dort aus könnten wir zur Nebelinsel, nach Kambala oder da'Kandar. Mehr Steine der Druiden sind meines Wissens nach nicht gefunden worden und die befinden sich alle in Feindeshand. Myria sagt, es könnte sich auch einer in der Zitadelle der Träume befinden, war sich dessen aber nicht sicher. Meine Mutter hat einmal sehr lange und erfolglos nach einer Priesterin gesucht, die offensichtlich einen Stein vermutet hat, wo keiner war.«

Nach der Antwort war es nicht weiter verwunderlich, dass man beschloss, sich wieder zu Fuß auf den Weg zu machen.

Das Gepäck stand bereit und am nächsten Morgen wollten sie sich aufmachen. Gideon und Caitlin dachten mit Grauen an das Wintergebirge und wären gern noch eine Weile geblieben. Nur Rhonan drängte auf eine schnelle Abreise.

* * *

Die drei Schwestern saßen bei Eistrauben und Gebäck beisammen, während die Erben schliefen.

Dalas Blick wanderte zu Palema, die gerade ihren Becher auf

den Tisch knallte. »Bevor du beginnst, mit Gegenständen zu werfen, solltest du uns sagen, was dich so zornig macht. Ist es dein Sohn?«

Die ballte die Fäuste im Schoß. Ihre Augen schleuderten Blitze. »Er wird versagen. All mein Leiden und die Vorbereitung langer Jahre waren … für nichts. Siehst du es anders?«

Dala zuckte die Achseln. »Er ist … anders als erwartet, aber unsere einzige Hoffnung. Einen anderen haben wir nicht. Das Schwert hat ihn angenommen, es wird ihn führen.«

Ihre Schwester schnaubte ungehalten. »Du hast doch erlebt, wie verstockt er ist. Er vermeidet jede Berührung, gibt sich der Macht nicht hin, sondern versucht, sie von sich fernzuhalten.«

Myria mischte sich ein. »Das ist seltsam. Jeder Krieger würde doch ohne Überlegung eine Hand für diese einzigartige Klinge opfern, und er sieht sie an, als sei sie vergiftet.«

»Hat er Kahandars Macht erst im Kampf in ganzer Vollkommenheit erlebt, wird er anders denken«, widersprach Dala.

Myria griff sich eine Schale mit Nüssen. »Nur wenn er sie nicht vorher wegwirft.«

Palema widersprach mit unüberhörbarem Triumph in der Stimme: »Das kann er nicht. Die Tätowierungen binden ihn an Kahandar. Entfernt er sich zu weit, fangen sie an zu brennen.«

Ihre Schwestern starrten sie ungläubig an.

»Du hast einen zusätzlichen Zauber auf Kahandar gelegt?«, brachte Dala schließlich heiser hervor. »Das glaube ich nicht. Das traue ich selbst dir nicht zu.«

Ihre Schwester zeigte keinerlei Gemütsregung. »So ist es aber. Ich hatte die gleiche Sorge wie Myria, nur – wie üblich – eher. Es war schließlich nicht zu übersehen, dass Rhonan allem, was mit mir zu tun hatte, mit großem Misstrauen begegnete. Er wehrt sich dagegen, König zu sein, obwohl er der größte von allen ist. Er verdeckt fast zwanghaft die Tätowierungen, obwohl sie ihn mit Stolz erfüllen sollten, und er scheut sich davor, die mächtigste Waffe, die jemals geschmiedet wurde, auch nur anzusehen. Also hielt ich es für das Beste, dafür zu sorgen, dass mein irregeleiteter Sohn in dem Wunsch, das Schwert immer bei sich zu tragen, etwas unterstützt wird.«

»Und wenn er, ohne es zu wollen, davon getrennt wird?«, keuchte Myria entsetzt.

»Hältst du mich für eine Närrin?«, fuhr Palema sie an. »Er kann Kahandar natürlich jederzeit zu sich rufen. Der Zauber stellt lediglich sicher, dass er sich nicht freiwillig davon trennt.«

»Hast du ihm das gesagt?«, fragte Myria, die Beleidigungen ihrer Schwester stets überhörte.

Die verdrehte die Augen, nickte aber nur.

Dafür erhob Dala wieder ihre Stimme. »Und du wunderst dich, dass der Junge Vorbehalte gegen dich und dein Schwert hat«, erklärte die Gelehrte und verzog angewidert das Gesicht.

»Wichtig ist, dass die Quelle versiegelt wird, nicht, was mein Sohn von mir hält.«

Dala sah sie nachdenklich an. »Wenn du dich da mal nicht täuschst. Die Dinge entwickeln sich leider anders als gedacht.«

»Wer konnte denn auch erwarten, dass er sich in diese Eselin verguckt«, schnaubte Palema.

Ihre Schwester beugte sich leicht vor. »Das meinte ich gar nicht. Nicht die Priesterin bereitet mir Sorgen, sondern dein Sohn selbst. Du hast geglaubt, er würde unweigerlich so sein wie du, aber das ist er nicht. Wie du es erhofft hattest, hat er deinen Mut, deine Begabung, ein Schwert zu führen, und deine Willenskraft geerbt, aber nicht gleichzeitig auch noch deinen Machthunger und deine Kaltherzigkeit. Weißt du, an wen Rhonan mich erinnert? An unseren Vater. Erinnerst du dich noch an ihn? Er war unnachgiebig, gradlinig, groß und stark, und er war liebevoll, gütig und sanft. Er hätte uns gegen jeden

Feind verteidigt und jederzeit sein Leben für uns gegeben, aber er schaukelte uns auch auf den Knien, tröstete uns in unserem Kummer und hätte nie die Hand gegen uns erhoben. Er war fürwahr ein Held, aber er war gleichzeitig auch nur ein einfacher Bauer, und nie wollte er etwas anderes sein. Die Götterkette mit all ihrer Macht hat ihn nie gereizt. Rhonan ist wie er, und deshalb wirst du ihn nicht ändern können – du nicht und auch nicht Kahandar. Die Geschichte wiederholt sich, aber nicht so, wie wir es geplant hatten.«

Myrias Gesichtsausdruck war während der Rede immer gehetzter geworden. »Vielleicht wäre es besser, ihn gar nicht mehr gehen zu lassen. Wer weiß, was der Bengel treibt?«

Palema funkelte sie zornig an. »Du warst schon immer selten dämlich. Diese törichte Nebelprinzessin macht dir alle Ehre. Du spürst aber schon, wie das Schwarze Wasser uns allmählich die Kräfte raubt? Die Quelle muss zum Versiegen gebracht werden. Wir haben nichts mehr zu verlieren.«

Sie wandte sich von der eingeschüchtert wirkenden Myria an Dala: »Wie du weißt, habe ich Kahandar geschmiedet. Es ist an mich gebunden. Solange ich lebe, werde ich daher Einfluss auf Rhonan nehmen können. Er wird sich meiner Führung daher beugen … beugen müssen.«

Die schüttelte den Kopf. »Wie kannst du nur so blind sein? Du unterschätzt ihn. Ich habe ihn oft beobachtet. Er ist nie den leichteren Weg gegangen, wenn ein anderer ihm richtig erschien. Weder süße Versprechungen noch rohe Gewalt haben ihn je dazu gebracht, gegen seine innere Überzeugung zu handeln. Er wird immer tun, was er für richtig hält, und er ist stark, besitzt sowohl innere als auch äußere Stärke. Du kannst ihn nicht biegen, du kannst ihn nur brechen. Aber willst du das?«

»Wenn es sein muss, werde ich auch das tun.« Palema stand auf und verließ den Raum.

Myria sah ihr mit gerunzelter Stirn nach. »Er hat gesagt, er will die Quelle wieder versiegeln. Er wird es doch auch tun, oder?«

Dala schüttelte den Kopf. »Wie kann man nur jahrhundertealt sein und immer noch so dumm?«

* * *

Der Abschied von den Schwestern war nicht frostig, aber auch nicht eben herzlich ausgefallen. Myria war immer noch ratlos, Palema gereizt, nur Dala brachte es fertig, gutes Gelingen zu wünschen. Gideon war ziemlich erstaunt gewesen, dass Rhonan sein altes Schwert trug und Kahandar im Gepäck untergebracht hatte. Dessen Erklärung, seine alte Waffe wäre gewohnter und läge daher besser in der Hand, hatte er zwar verstanden, hatte aber angemerkt, dass sich daran kaum etwas ändern würde, wenn er das neue Schwert nie zu benutzen gedachte. Der Prinz hatte daraufhin nur die Achseln gezuckt.

Der Rückweg war nicht viel weniger beschwerlich als der Aufstieg. Diesmal ging Gideon vor, gefolgt von Caitlin, während Rhonan das Seil sicherte und als Letzter ging. Nach drei Tagen Wanderung war Caitlin wieder so weit, dass ihr Gatte sie weitgehend tragen durfte.

Gideon konnte sich nur wundern. Als Rhonan ihm begegnet war, war er erschöpft und durch die Beinverletzung und den Entzug geschwächt gewesen. Dennoch war er ihm beim Aufstieg schier unverwüstlich erschienen. Aber jetzt, nach der verdienten Erholung, schienen seine Kraft und Ausdauer unerschöpflich. Während seine Begleiter während der Rast nur noch liegen konnten, bereitete er Mahlzeiten zu und baute das Zelt auf oder grub Schneehöhlen.

Eine Nacht verbrachten sie bei einem fremden Horkastamm.

Gideons Sprachkünste und Rhonans Stammeszeichen hatten die Jäger noch rechtzeitig davon abgehalten, sie kurzerhand abzuschlachten.

Bei einer Begegnung mit Schneewölfen stellte Caitlin ihre neu erworbenen Fähigkeiten unter Beweis und vertrieb sie mit einem bemerkenswerten Feuerzauber. Dem Prinzen gelang es gerade noch, einen mit dem Bogen zu erwischen, damit sie Fleisch bekamen.

Gideon bemerkte irgendwann, dass sie diesmal einen anderen Weg einschlugen. Sie hielten sich viel weiter westlich.

»Willst du im Westen durchs Gebirge an Kairan vorbei?«, fragte er.

»Nein, zu viele Gletscherspalten. Wir müssen durch Kairan durch, gehen aber Richtung Tempelanlage. Die Tempelwächter hatten einen Geheimweg aus der Stadt, um ungesehen von Stadtwachen und Ligurius' Spionen in die Mine zu kommen. Der Wald und die Tore dürften gut bewacht sein. Ich kann nur hoffen, dass der Weg noch frei ist. Wenn nicht, wird es eng.«

»Können wir Kairan nicht irgendwie umgehen?«, fragte Caitlin unbehaglich, und Rhonan schüttelte den Kopf.

»Durch das Gebirge im Westen kommen wir nicht. Das ist zu unwegsam. Es gibt von Kairan aus einen Schmugglerpfad in den Süden, aber von hier aus ist es völlig unmöglich. Wir könnten am ehesten durch den Angus-Wald in den Süden gelangen, aber das wissen unsere Verfolger leider auch. Da werden sie uns am ehesten erwarten.«

»Aber in Kairan doch auch«, gab Gideon zu bedenken.

Rhonan grinste ihn an. »Sie werden aber nicht wissen, dass wir da sind, wenn wir durch den Tempel kommen. Euch kennt niemand. Ihr werdet euch in aller Ruhe mit Nahrung und Pferden versorgen können und dann einfach aus dem Tor herausreiten, und ich werde den Schmugglerpfad benutzen, den nur wenige kennen.«

Caitlin blieb wie angewurzelt stehen. »Wir werden uns nicht trennen«, keifte sie.

»Oh doch!«

»Oh nein!«

»Ja doch, Liebste!«

»Nicht in hundert Jahren. Wenn ich dich nicht sehen kann …«

Rhonan unterbrach sie auf die einzige Weise, auf die es möglich war, indem er ihr den Mund zuhielt. »Ich weiß, dann schreist du ganz laut, bis ich komme … Aua!«

Sie hatte ihm in die Hand gebissen und funkelte ihn wild an.

Ehe sie etwas sagen konnte, fuhr er fort: »Hör zu! Ihr habt nichts zu befürchten, weil keiner euch kennt, und ich kann mich wesentlich unauffälliger bewegen, wenn ich allein bin. Ich kenne die Stadt und auch noch ein paar Leute, die mir helfen werden. Wenn wir zusammenbleiben, geht die Wahrscheinlichkeit, aus Kairan herauszukommen, Richtung null. Ich habe mich jahrelang versteckt. Glaub mir, ich kann das.«

»Ich will das aber nicht. Wir werden alle den Schmugglerpfad nehmen.«

»Werden wir nicht, weil Gideon und du ihn nicht bewältigen könnt, und ich könnte euch wegen der Enge der Pfade oft nicht helfen. Außerdem benötigen wir Pferde, wenn wir möglichst schnell aus dem Norden herauswollen. Es geht nicht anders.«

Sie sah ihn unglücklich an. »Ich habe aber Angst um dich.«

»Ich weiß, aber das wird sich auch in Zukunft nicht ganz vermeiden lassen. Ich habe nie versprochen, dass es an meiner Seite leicht sein wird. Ich habe mich bisher durchs Leben kämpfen müssen, und ich werde vermutlich noch eine Weile weiterkämpfen müssen. Gewöhn dich besser daran.«

»Ich werde mich nie daran gewöhnen«, erklärte sie mit unglücklichem Schluchzen.

Wie ein Häufchen Elend stand sie da, und er nahm sie in den Arm und küsste sie zärtlich.

»Nicht schon wieder«, murmelte Gideon verdrossen. »Sie legt es doch nur darauf an.«

Sie schmiegte sich noch enger in die Arme ihres Gatten. »Er ist einfach zu schlau, Rhonan.«

Der lachte leise. »Hast ja recht, mein Freund. Aber warte nur, bis du wieder bei deiner Marga bist.«

Dann wandte er sich an Caitlin. »Glaub mir, Frau meines Herzens, ich werde vorsichtig sein wie nie zuvor. Niemand wird mich auf Dauer davon abhalten können, zu dir zu kommen.«

»Versprochen, Mann meines Herzens?«

»Versprochen.«

4. Kapitel

Canon stand in Lederrüstung auf der Stadtmauer und sah den ankommenden Feinden entgegen.

Es hatte aufgehört zu regnen, und dicke, grauschwarze Nebelschwaden zogen über die weite Ebene. Vereinzelt war das Jaulen eines Wolfes zu hören. So weit das Auge reichte, wogte ein schwarzes Meer auf Mar'Elch zu, mittendrin die Belagerungstürme und Katapulte. Ihre gewaltige Größe ließ sogar den kampferprobten Partos die Stirn runzeln. »Mögen die Götter uns beistehen«, murmelte er.

Hatte bis vor Kurzem noch Stille auf dem Wehrgang geherrscht, waren jetzt immer mehr furchtsame Stimmen, Klagen und Jammern zu hören. Die Angst ging um unter den zwangsverpflichteten Kämpfern, und Gardisten bewachten vorsorglich die Aufgänge.

Sie hatten sich tagelang im Übungskampf erprobt, sich gegenseitig angefeuert, gescherzt und grinsend über Muskelkater geflucht. Stolz hatten sie gegenüber den Bürgern empfunden, die Mar'Elch in Richtung Berge verlassen hatten. Sie hatten den Alten und Kranken Mut zugesprochen, die nicht fliehen konnten und sich in den Schutz der Burg zurückgezogen hatten. Ihren Kindern und auch ihren Enkeln hatten sie erzählen wollen, wie sie ihre Stadt gegen die heranstürmenden Horden verteidigt hatten, wie sie ihre Stadtmauer geschützt hatten, wie sie ihre Feinde vernichtet hatten. Mit tapferen Herzen und ungewohnten Waffen in willigen Händen hatten sie ihre Stellung auf dem Wehrgang eingenommen und ihren Nachbarn aufmunternd und siegesgewiss zugelächelt.

Aber jetzt sahen sie zum ersten Mal die Schwarze Horde …

und alles war vergessen. Furcht fraß den Stolz. Der Feind kam zahlreicher als erwartet, und zwar jetzt – keine Zeit, noch einen Brief zu schreiben, keine Zeit, noch zu fliehen, keine Zeit mehr zu leben.

»Grob geschätzt sind es weit mehr als viertausend«, stellte Canon fest. »Den äußeren Ring werden wir nicht halten können. Richtet die Katapulte auf die Leitertürme aus. Pechkugeln.«

»Mein Prinz …«, begann Partos.

Canon unterbrach ihn ungeduldig: »Schau nicht so geringschätzig. Lass die Schwerter klingen!«

Sein Adjutant gab ein Zeichen, und überall auf dem Wehrgang schlugen Gardisten im Gleichklang mit ihren Schwertern auf die Schilde.

»Dies ist unsere Stadt«, brüllte Canon.

Die Krieger in seiner Nähe nahmen den Ruf auf, gaben ihn weiter an die nächsten. Es klang wie ein unendliches Echo, als der Ruf von Krieger zu Krieger die Stadtmauer entlangeilte.

»Dies ist unsere Mauer.« … »Sie schützt unsere Frauen.« … »Sie schützt unsere Kinder.«

Die ersten Bürger fielen in die Rufe ein.

»Wir werden nicht weichen.« Erstes Waffenklirren der Bürger mischte sich in die Rufe.

»Dies ist meine Stadt.«

»Meine Stadt … meine Stadt … meine Stadt«, hallte es hundert-, tausendfach vom Wehrgang.

»Dies ist meine Mauer. … Ich stehe hier für Mar'Elch … für meine Eltern … für meine Frau … meinen Sohn … meine Tochter«, klang es wie Donnerhall von der Mauer.

»Ich stehe hier.« … »Ich werde nicht weichen.« … »Ich werde kämpfen.« … »Ich werde siegen.«

Schwerter und Äxte schlugen auf Schilde, Speerschäfte knallten auf den Boden.

Canon sank auf ein Knie und senkte das Haupt, aber seine Stimme war lauter als zuvor: »Vater, gib meiner Hand Kraft!« … »Mutter, gib meinem Herzen Mut!« … »Königin, gib mir Stolz und Ehre! … Götter, gebt mir euren Segen!«

Das letzte Echo verklang, und alle erhoben sich.

»Sieg für Mar'Elch! Tod der Horde!«, brüllte Canon. Alle nahmen den Ruf auf.

Partos empfand so etwas wie väterlichen Stolz für seinen jungen Kommandanten. Canon war ein eifriger, gelehriger und guter Schüler und immer ganz bei der Sache gewesen. Viel zu früh hatte er lernen müssen, Verantwortung zu übernehmen. Aber sehr schnell hatte er gezeigt, dass das Vertrauen der Königin in ihn gerechtfertigt war. Er zeichnete sich nicht nur im Umgang mit Waffen aus, sondern auch im Umgang mit Menschen. Er konnte sie überzeugen, begeistern und mitreißen. Ihm war es zu verdanken, dass annähernd sechstausend Männer die Horde erwarteten, und ihm war es zu verdanken, dass diese jetzt nicht vor Furcht zitterten, sondern wild schreiend und drohend ihre Waffen schwangen.

Partos warf Canon einen liebevollen Blick zu und tat einen Schwur. Er wusste, der Feldherr würde immer dort sein, wo die Gefahr am größten war, und er, sein Lehrer und Adjutant, würde immer neben ihm sein – immer bereit, den Prinzen mit seinem eigenen Leben zu schützen.

Canon schloss die Augen, legte sein Leben in die Hand der Götter, atmete tief durch und brüllte: »Tod der Horde! Katapulte und Speerschleudern los!«

Die ersten schweren Steine krachten gegen die Stadtmauer, Mauerwerk spritzte nach allen Seiten. Unter die Kommandos der Krieger mischten sich erste Schmerzensschreie. Eine schwere Ramme, durch ein Dach geschützt, rollte langsam, aber unaufhaltsam durch tiefen Morast auf das Stadttor zu. Schwere Steine trafen die Angreifer, die Leitern an die Mauer stellten. Die Bewohner Mar'Elchs kämpften verbissen. Kaum spürten sie die von ungewohnter Anstrengung schmerzenden Arme, kaum die Splitter der Leitern, die sie mit vereinten Kräften umwarfen, in ihren Händen. Sie warfen Steine und halfen den Verwundeten.

Mar'Elchs Katapulte und Speerschleudern rissen große Lücken in die Angriffsreihen der Horde, ebenso wie die Pfeile der Schützen. Der erste Leiterturm, der in Flammen aufging, ließ die Stadtbewohner jubeln.

Doch anders als in Ten'Shur war die Stadtmauer hier kein Bollwerk gegen heranstürmende Feinde. Zwar hatte man sie in den langen Jahren des Krieges verstärkt, doch die Baumeister hatten offensichtlich nie mit einer ernsthaften Bedrohung gerechnet und waren daher eher von dem Gedanken beseelt gewesen, ein schönes und erhabenes Bauwerk zu errichten denn eine Trutzwehr. Mit Sorge betrachtete Canon die ersten Risse und Löcher.

Dann ließ ihn ein mächtiges Krachen herumwirbeln. Ein Turm war der Mauer nahe genug gekommen und das Fallgatter herabgeknallt. Hordenkrieger stürmten auf den Wehrgang zu.

»Setzt den Turm in Brand! Drängt sie zurück«, brüllte er und rannte schon los. Umgeben von schreienden, ungeschickt ihre Waffen schwingenden Schmieden, Tuchhändlern und Köchen stürzte er den kampferprobten Kriegern entgegen.

* * *

Königin Morwena saß auf ihrem Pferd und starrte mit leerem Blick auf die Senke von Pan'Tho. Die ununterbrochenen Regenfälle hatten den Fluss in einen reißenden Strom verwandelt und weit über die Ufer treten lassen.

Hauptmann Delios zügelte neben ihr sein Streitross. »Königin, die Brücke ist unpassierbar, an einigen Stellen weggebrochen.«

Sie nickte. Den Tross hatten sie längst weit hinter sich gelassen, um schneller voranzukommen. Aber es schien fast, als hätte sich alles gegen sie verschworen. Einen ganzen Tag hatten sie verloren, als sie das Geröll am letzten Pass aus dem Weg räumen mussten. Sie hatten Wege gemieden, von denen sie wussten, dass die Regenzeit sie oft unpassierbar machte, und waren lieber gleich Umwege geritten. Die Senke von Pan'Tho hatte nie zu den gefährdeten Gebieten gehört. Erneut würden sie mindestens einen, eher zwei Tage verlieren.

Die Truppe schleppte sich seit Tagen nass bis auf die Knochen, müde und hungrig dahin. Selbst das bisschen Nahrung, das sie in ihren Satteltaschen mitgeführt hatten, war feucht und ungenießbar geworden. Zelte konnte man auf dem schlammigen Untergrund kaum befestigen, und sie boten sowieso wenig Schutz vor den gewaltigen Wassermassen, die der Himmel freigab.

»Ihr denkt an Mar'Elch, Königin?« Delios' Stimme war leise, aber sie hörte deutlich Trauer und Angst heraus. Schließlich lebte auch seine Familie in der Stadt: Eltern, Frau und vier Kinder.

»Die Götter strafen uns«, mutmaßte sie. »Wir haben Männer abgeschlachtet, die sich ergeben hatten, und eine ganze Armee im Moor verrotten lassen. Jetzt erleben wir die Strafe für unsere Frevel. Seit drei Tagen sind wir Mar'Elch nicht näher gekommen, obwohl wir beinahe ohne Rast unterwegs waren.

Die Horde wird längst vor den Toren, vielleicht sogar schon in der Stadt sein. Für unsere Vergehen zahlt Mar'Elch jetzt den Preis.«

Delios schluckte schwer, widersprach aber: »Prinz Canon ist ein guter Heerführer. Das Schicksal Mar'Elchs könnte kaum in fähigeren Händen liegen.«

Wenn er denn noch lebt, dachte Morwena. Sie wusste um die Fähigkeiten ihres Sohnes, aber Mattalan war auch einer der fähigsten Generäle Camoras gewesen, und seine Gebeine verblichen jetzt im Moor.

Wie grausam war es doch, dass Freud und Leid so dicht nebeneinander einhergingen. Sie hatte zwei unbeachtete, verschüchterte Jungen zu dem gemacht, was sie jetzt waren. Fast noch Kinder, waren sie schon neben ihr geritten, und aus *Morwena* war schnell *Morwena und ihre Söhne* geworden.

Schnell hatten beide gelernt, dass es zwei Welten gab: die kleine, in der man Zahnschmerzen und fehlenden Bartwuchs beklagen durfte, und die große, in der man um jeden Preis den Rücken durchdrücken musste, um Stärke zu zeigen. Sie hatte wahrhaft fähige Heerführer großgezogen, und jetzt erntete sie die Früchte ihrer Saat. Derea war auf dem Weg in den feindlichen Norden, und Canon kämpfte eine nahezu aussichtslose Schlacht.

Sie atmete tief durch und lenkte ihr Pferd auf die Truppe zu. »Wir werden zur Straße von Tho reiten. Von dort sind es noch knapp vier Tagesmärsche bis nach Mar'Elch. Wir sollten uns beeilen, wenn wir noch etwas von dem Ruhm ergattern wollen, die Stadt verteidigt zu haben.«

* * *

Der äußere Ring war gefallen, aber sie hatten fast bis zum Sonnenuntergang standgehalten. Die Stadtmauer hatte ohnehin nur der Verzögerung dienen sollen, und die Verteidiger zogen sich in den zweiten Ring zurück. Die Burgmauer, viel älter als die Stadtmauer, war einst zur Abwehr von Angriffen erbaut worden. Sie würde länger standhalten.

Auf dem Rückzug durch die Straßen Mar'Elchs schlossen sie die bereits zuvor aufgebauten Barrikaden aus Steinen, Kisten und Wagen, um die Horden und vor allem die Ramme und die Geschütze aufzuhalten. An der Burgmauer würde der Kampf Mann gegen Mann den Ausschlag geben: erfahrene, blutrünstige Krieger gegen friedliche Bürger, die zum Teil nicht einmal ihre Waffen richtig halten konnten. Aber die Krieger kämpften nur auf Befehl, die Bürger um ihr Leben und das ihrer Familien. Es würde sich zeigen, wer letztlich entschlossener kämpfte.

Partos hörte seinen Kommandanten keuchen und drehte sich um. Der Prinz lehnte leichenblass an einer Hauswand, hatte den Regenumhang zur Seite geschoben und hielt seinen rechten Unterarm umklammert, aus dem ein Bolzen ragte. Blut tropfte von den Fingern.

»Sieh zu, dass du weiterkommst«, ächzte er. »Ich komme gleich nach.«

»So sehe ich aus, was«, knurrte Partos ungehalten. »Los, komm!« Er zog seinen Befehlshaber aufs nächste Haus zu und trat kräftig gegen die Tür.

Drinnen stieß er Canon unsanft auf einen Stuhl. Dessen Ärmel war dunkel vom Blut, und Partos schüttelte ärgerlich den Kopf. »Das glaube ich ja nicht. Seit wann ist das Ding schon drin?«

»Schon länger. Hat mich erst gar nicht so gestört.« Er zog scharf die Luft ein, als sein Adjutant den Arm untersuchte und den dabei unsanft hin- und herdrehte.

»Der wäre fast durchgegangen.« Hektisch sah er sich bei seinen Worten schon nach allen Seiten um und riss dann zwei Holzbretter aus einem Regal. Becher und Schalen, einst liebevoll getöpfert und bemalt, zerschellten unbeachtet auf dem Boden.

»Nein!«, protestierte Canon, als ihm dämmerte, was Partos vorhatte. Er wollte aufspringen, aber sein Adjutant nagelte ihn mit der Hand auf der Schulter förmlich wieder auf den Stuhl.

»Oh doch! Wir brauchen dich, und du bleibst schön hier. Die Dinger haben Widerhaken. Die kriege ich auf die Schnelle nicht anders raus. Aber keine Angst: Ich konnte die Spitze ertasten.«

Er legte die Bretter mit kurzem Abstand nebeneinander auf den Tisch und platzierte den Arm darauf so, dass genau in Höhe des Bolzens die Lücke zwischen ihnen war. »So müsste es gehen.«

»Du hast so etwas schon einmal gemacht?«, fragte Canon leicht atemlos.

»Nein. Nur einmal zugesehen. Da hat's nicht geklappt. Der Arm ist gebrochen – mittendurch. Der Bolzen guckte raus, die Knochen leider auch. War 'ne elende Sauerei, aber ich glaube, da waren die Bretter zu hoch. Vielleicht steckte der Bolzen auch schon im Knochen … Keine Ahnung. Sieht man ja vorher nicht. Halt jetzt still! Wer weiß, was ich treffe, wenn du zuckst.«

Ohne weiter auf den immer gehetzteren Gesichtsausdruck seines Kommandanten zu achten, schob er dem einen Dolchgriff zwischen die Zähne und nahm seine kurze Axt. Er holte kurz aus und schlug nicht sehr heftig, aber gezielt auf den Bolzenschaft.

Canon brüllte wie am Spieß und sprang fast vom Stuhl. Der Dolch polterte zu Boden. Partos verzog kurz entschuldigend das Gesicht und drehte derweil erneut ohne besondere Rücksichtnahme den Arm herum.

»Heilige Scheiße«, fluchte Canon und klammerte sich mit der anderen Hand am Tisch fest.

»Fluch nicht! Das ziemt sich nicht für einen Prinzen.« Er lachte auf. »Sieht gut aus. Hätte ich gar nicht gedacht. Das Ding guckt nicht weit raus, aber weit genug. Kein Knochen zu sehen. Läuft alles bestens. Halt dich fest! Ich ziehe jetzt.«

Canon hielt es kaum auf dem Stuhl. In Bächen rann ihm der Schweiß übers Gesicht, Tränen traten ihm in die Augen, und er stöhnte und ächzte.

»Sitzt ziemlich fest. Will nicht recht raus. Das sind die verdammten, widerborstigen Haken ... Ein, zwei Drehungen noch ... Notfalls nehme ich halt den Dolch ... Himmel, Canon, nun zapple doch nicht so rum ... Gleich hab ich's ... Da ist der Bösewicht.« Stolz hielt Partos ihm den blutverschmierten Bolzen vors Gesicht.

Canon zitterte am ganzen Körper und sah alles nur noch wie durch einen schmierigen Schleier. »Bei allen Göttern, ich übergeb mich gleich«, brachte er mühsam hervor.

Partos klopfte ihm lachend auf die Schulter. »Ach was, Junge! Du übergibst dich doch nie.«

Er schob schon den Ärmel hoch und tastete erneut. »Ziemlich großes Loch – ein bisschen wie ausgefranst. Ich glaube aber nicht, dass etwas gebrochen ist. Spürst du was?«

»Ob ich etwas spüre?«, keuchte Canon atemlos. »Bist du irre? Oh verdammt!«

»Reiß dich zusammen! Nur weil wir hier allein sind, musst du trotzdem nicht wie ein Mädchen herumkreischen«, verlangte sein Begleiter streng und knüpfte seinen Trinkbeutel vom Gürtel. »Branntwein! Nimm einen Schluck!«

Canon griff mit unsicherer Hand zu und bediente sich

reichlich, ehe er den Beutel zurückgab. Er ahnte, was jetzt kommen würde, und biss erneut die Zähne zusammen.

Sein gefühlvoller Lehrmeister aus Jugendzeiten prostete ihm zu, nahm erst selbst einen tiefen Schluck und goss dann leise vor sich hin pfeifend reichlich Branntwein in die Wunde, überging dabei erneut das Beben und Stöhnen des Verwundeten und suchte dann nach Verbandszeug. Er riss ein Küchentuch auseinander und verband seinen Kommandanten. »Alles klar? Wir müssen weiter. Wäre von Vorteil, wenn wir die Burgmauer erreichten, ehe sie das Tor schließen.«

Canon erhob sich wackelig, schüttelte sich wie ein nasser Hund und nickte.

Partos musterte ihn. »Du kippst nicht um?«

Er schüttelte den Kopf. »Das hätte ich vorher tun müssen. Jetzt bringt mir das nicht mehr viel.«

»So kenne ich meinen besten Schüler. Alles halb so wild, was, Canon?«, lobte sein Adjutant, schlug ihm kräftig auf die Schulter und lugte dann vorsichtig aus der Tür. »Keiner da. Hab ich mir schon gedacht. Dein Geschrei hätte sie gewiss angelockt. Gut, dass es gießt wie aus Kannen. Muss ja nicht jeder dein verheultes Gesicht sehen.«

Er sah nicht, wie Canon hinter ihm die Augen verdrehte, hörte ihn nur schnauben und grinste beruhigt in sich hinein.

Sie waren unter den Letzten, die in den Burghof hasteten. Unmittelbar hinter ihnen fiel das schwere Tor zu. Canon lehnte sich an die Mauer, umklammerte seinen Unterarm und sah sich um.

Männer, sämtlich nass bis auf die Haut, hasteten über den Hof und auf den Wehrgang. In ihren Gesichtern spiegelte sich keine Angst mehr. Eine Schlacht hatte ihre eigenen Gesetze. Hatte man erst mal genug Tod und Blut gesehen, verschwand die Furcht einfach, genau wie jedes andere Gefühl. Man kämpfte nur noch ums nackte Überleben, tat, was man glaubte, tun zu müssen, und erst die Ruhe brachte Angst und Grauen zurück.

»Kommandant, der anhaltende Regen löscht die Feuer. Nicht mal die Planen können das noch verhindern.«

Die Bemerkung eines Gardisten riss ihn aus seinen Gedanken. Er stieß sich von der Mauer ab. »Das wird zum Glück nicht nur uns so gehen. Müssen wir die Geschütze eben zertrümmern und nicht verbrennen. Große Steine in die Katapulte!«

Der Gardist entfernte sich mit einem Nicken.

»Es wird schon dunkel. Glaubt Ihr, sie greifen trotzdem noch an?«

Canon sah den alten Mann neben sich an und erkannte Theatermeister Rolof. Dessen Stirn zierte ein blutiger Kratzer, die Kleidung klebte am Körper.

»Die Horde kämpft, bis ihr Befehlshaber eine Rast gestattet. Das wird so bald nicht der Fall sein. Tag oder Nacht spielt für sie keine Rolle. Aber glaubt mir, Ihr könntet jetzt ohnehin nicht schlafen.«

Auf dem Wehrgang rief man bereits laut nach ihm. Er drückte noch einmal Meister Rolofs Schulter und lächelte aufmunternd. »Denkt an den Beifall, der Euch nach diesem Stück erwartet. Ich kann Euch versichern, nichts ist erhebender als der Jubel der Menge nach einer gewonnenen Schlacht. Ich kenne ihn gut, denn ich habe noch nie eine Schlacht verloren.«

Er wandte sich ab, und der Theatermeister sah ihm nach, als er zum Wehrgang eilte. »Welche Begabung! Wir können nicht siegen, und er strahlt trotzdem solch unglaubliche Zuversicht aus. Er wäre ein begnadeter Schauspieler geworden«, seufzte er. »Was für eine Verschwendung!«

Kurze Zeit später hörte er die Stimme des Prinzen. »Schützen: jetzt!«

5. Kapitel

Rhonan betrat die Gaststube. Es stank nach Talgkerzen, Kohl und Gebrautem. Er ließ den Blick durch den Raum schweifen und ging dann zum Tresen. Keiner schenkte ihm Beachtung. Auch schien es hier niemanden zu wundern, dass ein Gast die Kapuze nicht abnahm.

Der Wirt musterte ihn kurz und kniff dann die Augen zusammen. »Rhonan?«, fragte er sehr leise und genauso erstaunt. »Na, du hast vielleicht Nerven! Sie suchen überall nach dir.«

»Ich weiß, Kord. Ich muss hier schnellstens weg. Ist der alte Schmugglerpfad noch frei?«

»Der Pfad wohl schon, aber du kommst nicht dahin. Die Weiße Braut ist Quartier der Horde geworden. Die lassen dich bestimmt nicht so ohne Weiteres in ihren Keller.« Er schob Rhonan ungefragt einen Becher Gebrautes hin.

Der nahm den Becher zwar, trank aber nicht. »Weißt du, ob Quinta noch in Kairan ist?«

»Ist er, aber versuch lieber nicht, mit ihm Verbindung aufzunehmen. Auf dich ist mittlerweile ein Kopfgeld ausgesetzt, für das man Könige auslösen könnte. Dafür würde selbst Quinta seine einzige Tochter verkaufen. Willst du was essen?«

Der schüttelte nur geistesabwesend den Kopf und der Wirt fuhr fort: »Seit einigen Tagen kommt jeden Abend ein Junge her und sieht sich um. Sucht angeblich einen blonden Mann, der einen Ring verloren hat. Der Mann soll ein Freund seiner Tante Marga sein. Roslin meint, er sucht dich. Kennst du eine Marga? … Du trinkst gar nicht. Willst lieber Branntwein, was?«

Rhonan stellte den Becher ab und vergrub die plötzlich zitternden Hände in den Taschen seines Umhangs. »Danke, aber ich bleibe besser nüchtern, wenn halb Kairan hinter mir her ist.«

Er hatte Fürst Darius' Tochter mit Sicherheit in seiner Kindheit irgendwann einmal kennengelernt, aber er wusste es nicht mehr, hatte an die Zeit vor dem Brand kaum noch Erinnerungen. Gideon hatte ihm von Marga erzählt. Nach seinen Schilderungen war die Hauptmännin tüchtig und vor allem vertrauenswürdig.

»Weißt du, wo ich diese Marga finden kann?«, fragte er.

Der Wirt schüttelte den Kopf. »Warte einfach hier. Der Junge müsste bald kommen.«

»Macht es dir wirklich nichts aus, wenn ich hier warte?«

»Ohne die Tempelwächter hätte ich dieses Gasthaus nicht und würde noch in der Gosse hausen, wenn ich überhaupt noch atmen würde. Bleib, solange du willst.«

Er rückte noch näher. »Ich weiß nicht, was die Horde von dir will, aber tu mir einen Gefallen: Wenn es sich nicht vermeiden lässt, stell dich ihr. Immer noch besser sie als Ligurius. Seine Spione sind auch auf der Jagd, und er will dich unbedingt lebend. Kinians Ende hat ihm gar nicht gefallen. Er lastet es dir an und wird dich dafür schwer bluten lassen, wenn er dich erwischt.«

Roslin, die dralle Tochter des Wirts, kam jetzt mit leeren Krügen an den Tresen. »Hab ich mich also nicht getäuscht. Schön, dich gesund wiederzusehen, Rhonan. Siehst gut aus. Ich habe dir den Ecktisch frei gemacht. Er liegt im Schatten und dicht bei der Hintertür. Ich habe sie entriegelt, für den Fall, dass wir ungebetene Gäste bekommen. Aber um diese Zeit dürfte das kaum der Fall sein: Gezwungene Jäger schlafen auch gern. Was soll ich dir bringen?« Sie reckte sich zu ihm hoch und hielt die Luft an, um ihr pralles Dekolleté besser zur Geltung zu bringen.

Er gab ihr den gewünschten Kuss. »Roslin, du bist so schön und gescheit wie eh und je. Es ist gut, Freunde zu haben, die wissen, worauf es ankommt. Ich will nur etwas Brot und Wasser.«

Sie nahm sein Gesicht in beide Hände und musterte ihn stirnrunzelnd. »Wer bist du, Fremder? Du kommst nach einer Ewigkeit aus der Einöde zurück, küsst mich, als wäre ich deine Schwester, und willst Wasser trinken? Ich habe mich wohl doch geirrt, als ich glaubte, dich zu kennen.«

»Tut mir leid, mir geht zurzeit nur viel zu viel im Kopf herum.«

Aus einer Ecke kamen laute Unmutsäußerungen. »He! Wo bleibt unser Gebrautes, Süße?«

»Steht bereit. Wenn du nicht warten kannst, schwing deinen fetten Arsch hierher und hol's dir selbst«, brüllte sie zurück. Gelächter erklang.

Sie fuhr mit dem Finger über Rhonans Lippen. »Solltest du für heute Nacht noch keine Unterkunft haben, mein Bett ist breit.« Sie zwinkerte ihm zu und schnappte sich die Krüge.

Er ging zum Ecktisch und setzte sich. Seine Gedanken schweiften zu Caitlin. Drei Tage würden sie und Gideon in Kairan bleiben, um sich von den Strapazen der Reise zu erholen. Er vermisste seine Frau jetzt schon … ihre Wärme und ihr Lachen.

Die Tür öffnete sich, und Rhonans Blick wanderte sofort zum Eingang.

Ein in Schafsfell gehüllter Junge schlüpfte herein und lief zu Kord. Wenig später stand er vorm Prinzen und musterte ihn. »Meine Tante Marga sucht einen Bekannten. Ihm gehörte ein Ring, den jetzt Tante Marga hat. Seht Ihr da den Fehler im

Stein?« Er hielt Rhonan einen Siegelring hin: Jaspis-Stein, in den schwarz eingefärbt ein Adler geritzt war, das Wappen Latohors.

Bilder seines Vaters und des Fürsten Darius tauchten vor seinem geistigen Auge auf. Er kannte diesen kostbaren Ring mit dem kleinen Makel. Er war ein Geschenk seines Vaters gewesen.

»Bring mich zu deiner Tante!« Eine bessere Möglichkeit hatte sich bisher nicht ergeben. Sein eigentlicher Plan schien undurchführbar. Warum sollte er es nicht mit Gideons Marga versuchen? Er verabschiedete sich von Kord und Roslin und folgte dem Jungen in die Nacht.

Der schien zu wissen, worauf er zu achten hatte, und schlüpfte nur durch enge Gassen. Unbemerkt führte er den Prinzen so zu einem großen Haus, das mitten im Viertel der wohlhabenden Kaufleute lag. Der Junge klopfte dreimal schnell an die Tür, die umgehend von einem älteren Mann geöffnet wurde. Rhonans Führer drückte ihm den Ring in die Hand und verschwand ohne ein weiteres Wort in einem Nebenraum, in dem den Düften nach zu urteilen die Küche untergebracht war.

Der Mann nickte dem Besucher zu. »Folgt mir bitte, Herr.«

Er ging durch die Halle in einen engen Gang und klopfte an die dritte Tür. Auf ein »Ja, bitte!« hin öffnete er sie weit und verkündete: »Hauptmann Thalissen, Besuch!«

Die Hauptmännin trug ihr Haar zu einem dicken Zopf geflochten und war in der Tat ausgesprochen schön, selbst in schlichtem Rock und schmuckloser Bluse. Sie eilte mit ausgestreckten Armen auf ihn zu. »Rhonan! Welch glücklicher Tag! Die Götter haben unsere Gebete erhört. Fast habe ich es nicht mehr zu hoffen gewagt. Ich bin mehr als erleichtert, Euch wiederzusehen. Wie lange ist es her, seit wir uns das letzte Mal sahen? Siebzehn, achtzehn Jahre?«

Er verzog entschuldigend das Gesicht und zuckte nur die Achseln, und sie lachte dunkel. »Ihr könnt Euch nicht erinnern? Das muss Euch nicht unangenehm sein. Ihr wart doch erst fünf oder sechs und ich bereits zwölf. In Euren Augen bestimmt schon eine alte Frau.«

Erneut lachte sie. »Ihr wart so niedlich. Damals war Euer Haar noch ganz hell und lockig.«

»Ich erinnere mich wirklich nicht«, erwiderte er. »Aber es freut mich trotzdem, Euch zu sehen.«

»Eure Freude kann nicht größer sein als meine. Aber … was stehe ich da und rede dummes Zeug? Legt ab und setzt Euch.« Sie drückte ihm warm die Hände und wies auf einen dick gepolsterten Stuhl, der am Kamin stand. »Was darf ich Euch anbieten? Wein oder …?«

Er stellte seinen Rucksack ab, legte seinen Umhang auf einen Stuhl an der Tür, setzte sich und machte eine abwehrende Geste, bevor er die Hände dem Feuer entgegenstreckte, um sie zu wärmen. »Danke, gar nichts.«

Um von Getränken abzulenken, erklärte er: »Die Idee mit dem Ring war gut.«

»Ich wusste, Ihr würdet ihn erkennen. Könnt Ihr Euch noch erinnern, wie unsere Väter um ihn gerungen haben? Ich dachte, sie gehen einander an die Kehle. Es war zu lustig.«

Er dachte angestrengt nach und sah tatsächlich seinen entrüsteten Vater und den Fürsten an dem Ring ziehen. »Undeutlich«, erklärte er. »Es ist wirklich lange her.«

Im Kamin brach knisternd ein Holzscheit, und sie ging und schob die Scheite zusammen.

»Warum seid Ihr damals nicht zu uns gekommen?«, fragte sie, ohne sich umzudrehen. »Ihr wisst, mein Vater hätte Euch mit Freuden aufgenommen. Wir hatten doch keine Ahnung, dass Ihr entkommen konntet.«

Was sollte er sagen? Dass er Jahre benötigt hatte, um sich erinnern zu können, wer er war, und die nächsten Jahre damit zugebracht hatte, diese Erkenntnis wieder zu vergessen?

»Es hat sich nicht ergeben«, erklärte er knapp. »Aber zurzeit ist mir die Gegenwart auch wichtiger. Seht Ihr eine Möglichkeit für mich, aus Kairan herauszukommen?«

Sie drehte sich in der Hocke zu ihm um und strahlte ihn an. »Ja. Deshalb wohne ich im Kaufmannsviertel. Jeden Tag gehen hier zahllose Fuhrwerke rein und raus. Sie werden alle gründlichst von der Horde durchsucht, aber eine Wache lässt uns durch.«

»So einfach?«, fragte er voller Unglauben.

»So einfach«, erklärte sie schmunzelnd und erhob sich. »Einfache Pläne sind stets die besten. Viele Hordenkrieger sind einem Nebenverdienst nicht abgeneigt. Die wenigsten dienen Camora schließlich aus Überzeugung. Kommt, lasst uns Wein zusammen trinken, während Ihr mir berichtet, was ich noch für Euch und Eure Begleiter tun kann.«

»Keinen Wein, danke.«

»Limora-Wein«, erklärte sie mit einem Zwinkern. »Nicht diesen sauren Kairan-Wein.«

Er schüttelte mit aufgesetztem Lächeln den Kopf. »Nein, wirklich nicht.«

Sie ging zu einem auf Hochglanz polierten, erhöhten Tisch und wies auf verschiedene Tonkrüge darauf. »Lieber Gebrautes oder Branntwein aus Tallahue? Den mussten wir tatsächlich gut vor den Horden verstecken. Ich denke, da hätte auch Bestechung nichts gebracht.«

Mit diesen Worten zog sie den Stopfen aus einem Krug, und der herb-würzige Duft der Schmugglerware wehte zu ihm herüber.

»Danke, ich bin nicht durstig.« Ihm brach der Schweiß aus.

Sie sah ihn erstaunt an, zuckte aber die Achseln und ließ sich anmutig auf ihrem Stuhl nieder. »Nun gut. Wie Ihr meint. Wo sind Eure Begleiter? Ich habe gehört, es sollen zwei sein. Ich könnte sie holen lassen. Vielleicht seid Ihr entspannter, wenn Ihr auch sie in Sicherheit wisst.«

Er überlegte kurz, schüttelte aber den Kopf. Caitlin und Gideon würden Kairan unbehelligt verlassen können. Margas einfacher Plan musste sich erst noch als durchführbar erweisen. »Wir haben uns getrennt«, erklärte er daher. »Gideon hätte sich bestimmt gefreut, Euch wiederzusehen.«

Sie nickte sofort. »Ich hätte mich auch gefreut. Ist er noch in der Nähe?«

Die Haare an seinen Armen stellten sich auf. Er spürte plötzlich Gefahr. Der Duft des Branntweins hing immer noch in der Luft. Etwas war falsch. Sein Gehirn war wie verstopft. Er konnte bestimmt besser denken, wenn er einen Schluck trank. Was war falsch? Ein kleiner Schluck konnte doch nicht schaden. Was war falsch? Was war ... Sie hätte erstaunt sein müssen, dass Gideon einer seiner Begleiter war. Sie hatte ihn bei den Kalla zurückgelassen, von den Flugechsen wusste sie nichts. Müde schloss er die Augen und fragte: »Ist er wirklich der beste Krieger Latohors?«

Sie lachte auf. »Er ist gut, aber dass er der Beste ist ... glaubt nur er allein.«

Rhonan nickte nur. Er musste hier raus. Wer auch immer ihm gegenübersaß, es war nicht Marga.

»Was ist mit Euch? Ihr wirkt so nachdenklich«, bemerkte sie.

Er rieb sich über die Augen. »Ich bin nur müde. Es war ein langer Tag.«

»Dann werde ich Euch Euer Zimmer zeigen.« Sie war sicher, dass er etwas gemerkt hatte, aber wie hätte sie auch ahnen können, dass diese blöde Marga einen seiner Begleiter gekannt hatte?

»Ich habe noch Gepäck in der Kalten Sonne. Besser, ich hole es«, erklärte er.

Sie hatte die Tür erreicht. Doch statt sie zu öffnen, drehte sie sich zu ihm um und lehnte sich dagegen. »Wir können mit dem Spiel aufhören, nicht wahr? Ihr wisst, dass ich Euch nicht mehr gehen lassen kann.«

»Wie wollt Ihr das verhindern?«

Sie fuhr sich mit der Zunge über die Lippen und antwortete mit dunkler Stimme: »Schlagt etwas vor, mein Prinz! Die Nacht ist noch jung, und ich bin zu vielem bereit.«

»Lasst mich durch!«

»Ich könnte die Wache rufen.«

Er hatte bereits sein Schwert gezückt. »Macht das lieber nicht.«

»Ihr bedroht eine unbewaffnete Frau?«

»Geht mir aus dem Weg, und Euch wird nichts geschehen.«

Blaue Blitze schossen auf ihn zu. Obwohl er überrascht war, lenkte er sie mit seinem Schwert ab. Wild zuckten sie durch den Raum. Ein Krug zersplitterte, und ein Kerzenleuchter polterte auf den Boden.

»Oh, das war wirklich beachtlich«, gab sie zu.

»Gebt die Tür frei«, forderte er ruhig und hoffte, sie würde es tun. Niemals könnte er eine Frau erschlagen. Er sah, dass sie über seine Schulter hinwegschaute und lächelte.

»Jetzt!«, befahl sie.

Wie auf dem Gletscher hatte er das Gefühl, sein Kopf würde gespalten. Doch diesmal war Caitlin nicht da. Die Waffe entglitt seinen kraftlosen Fingern, und er brach besinnungslos zusammen.

»Ihr seid gerade rechtzeitig gekommen, Hylia«, erklärte Juna ehrlich.

»In der Tat«, stimmte die Priesterin trocken zu. »Damit dürfte die Angelegenheit erledigt sein. Ich werde die Wachen holen, damit sie ihn zu Vater Ligurius bringen.«

Juna betrachtete den Prinzen mit funkelnden Augen. »Nicht so schnell. Ich hatte nach dem, was ich von ihm gehört habe, mit etwas ganz anderem gerechnet. Unser trinkender Krüppel scheint sich in der Zwischenzeit erheblich verändert zu haben. Eigentlich hat er mir sogar gefallen.«

* * *

Rhonan erwachte mit höllischen Kopfschmerzen. Das Zweite, das er wahrnahm, war, dass Arme und Beine mit schweren Schellen an einen hochlehnigen Stuhl gefesselt waren.

Das Zimmer war noch so behaglich und kostbar eingerichtet wie zuvor. Der harte Holzstuhl, auf dem er saß, war allerdings neu. Gerade war er dabei, sich heftig dafür zu verfluchen, so selten dämlich in eine Falle getappt zu sein, als die Tür sich öffnete und seine Gastgeberin wieder hereinkam. Hüftschwingend schritt sie auf ihn zu. »Ihr seid wach? Das macht es einfacher. Ich hatte befürchtet, Euch mühsam wecken zu müssen.«

»Wer seid Ihr?«

Graziös deutete sie einen Knicks an. »Juna Malewi, Tochter einer der letzten wahren Hexen, Ziehtochter Maluchs und in Kürze Großkönigin an Camoras Seite. Ich mag ihn nicht besonders. Er könnte vom Alter her mein Vater sein, ist ungebildet, langweilig und selbstherrlich. Aber ich werde Königin sein. Diesen Gedanken mag ich nun wieder sehr.«

Ihr Blick wanderte langsam über ihren Gefangenen, ehe sie fortfuhr: »Vater Ligurius verlangt, dass ich Euch ihm kurz überlasse, bevor ich Euch zu meinem zukünftigen Gatten bringe. Ich werde das tun müssen, um seinen Portalstein benutzen zu dürfen, aber zuvor will ich wissen, wer und wo Eure Begleiter sind. Sollte Euch jemand befreien wollen, wüsste ich gern, mit wem ich es zu tun bekomme. Wer ist dieser Gideon, von dem Ihr spracht?«

Beim Namen des Inquisitors hatte er unwillkürlich geschluckt, schwieg jetzt aber.

Sie kam näher und beugte sich über ihn, gewährte dabei absichtlich Einblick in ihren Ausschnitt.

»Ihr seid mein Gefangener, und ich habe noch nie einen Gefangenen verloren. Euch ist sicher klar, dass Ihr nur noch eine begrenzte, wenn auch sehr schmerzvolle Zeit vor Euch habt. Ligurius wetzt schon die Messer, und Camora will Euch brennen sehen, allerdings erst, nachdem er Euch durchs halbe Land geschleift hat. Macht es Euch nicht noch schwerer. Ich würde mich viel lieber einfach nur mit Euch unterhalten. Ich könnte sogar Wein oder Branntwein bringen lassen.«

Er starrte sie nur an.

»Seht mich nicht so feindselig an. Ich persönlich habe doch gar nichts gegen Euch. Genau wie Ihr versuche ich nur, meine Aufgaben zu erfüllen. Allerdings trachte ich immer danach, dabei auch Spaß zu haben. Wir könnten es uns richtig nett machen. Es dürfte Eure letzte Gelegenheit sein, Euch zu erholen. Überlegt es Euch.«

»Mit jemandem wie Euch eine nette Zeit verbringen – wie sollte das gehen?« Er konnte nur mit Mühe ein Keuchen unterdrücken, als er plötzlich das Gefühl hatte, jemand würde ein Schwert in seinem Leib umdrehen.

Unvermittelt brach sie ihren Zauber ab. »Warum wollt Ihr mich reizen? Wählerisch seid Ihr doch nicht. Diese Milla war schließlich weniger als Mittelmaß.«

»Milla?« Nur mit Mühe brachte er dies eine Wort über die Lippen. Die herzensgute und völlig unschuldige Milla. Nur seinetwegen hatte sie sterben müssen. Der Fluch ließ ihn oder vielmehr die Menschen in seiner Umgebung nicht los. Eine altbekannte Leere breitete sich in ihm aus.

»Tut doch nicht so scheinheilig. Ich habe nur meine Aufgabe erfüllt, genau wie Ihr. Ihr habt Kinian und seine Truppe getötet, um Euch zu verstecken. Ich habe Milla getötet, weil ich Euch finden musste. Wir spielen nach den gleichen Regeln. Also wollen wir nicht unsere Aufträge für eine Weile vergessen und lieber unsere Gemeinsamkeiten entdecken?«

Er sah sie ausdruckslos an. »Wir haben nichts gemein.«

Sie schnippte mit den Fingern, und eine Hitzewelle ließ ihn glauben, er stünde in Flammen. Er stöhnte. Seine Hände umklammerten die Armlehnen so fest, dass die Fingerknöchel weiß hervortraten.

»Wirklich nicht?«

»Nein.« Wieder bebte sein Körper.

Juna zuckte die Achseln und verschränkte die Arme vor der Brust. »Wie Ihr wollt. Dann beginnt Euer Leidensweg eben schon jetzt. Wer ist dieser Gideon?«

Er schwieg, und wieder wütete ein Feuer in ihm.

»Seid nicht so starrköpfig.«

»Ein Krieger aus Latohor.« Seine Stimme klang gepresst.

»Das sagtet Ihr schon. Woher kanntet Ihr ihn?«

Er keuchte unter der nächsten Hitzewelle auf. »Ich kannte ihn nicht. Darius hat ihn geschickt.«

»Wo ist er jetzt?« Juna schnippte nun wieder und wieder und fuhr sich genießerisch mit der Zunge über die Lippen, als er bebte oder zuckte.

»Ich weiß es nicht. Wir haben uns … getrennt.«

»Das glaube ich Euch nicht.«

Erneut konnte er ein Stöhnen nicht unterdrücken. »Es ist so.«

»Noch einmal: Wo ist er?«

»Ich weiß es nicht«, brüllte er.

Hylia schlüpfte herein und schloss die Tür. Mit unglücklicher Miene betrachtete sie den Prinzen, bevor sie sich an Juna wandte. »Vater Ligurius ist auf dem Weg hierher. Beeilt Euch.«

Die nickte und wandte sich wieder Rhonan zu. »Ihr habt es gehört. Rasch! Wo ist er?« Jedem Schnippen folgte eine Hitzewelle.

»Auf dem Weg nach Latohor. … Wir konnten … Kairan nicht zusammen verlassen … zu gefährlich.«

»Wann habt ihr euch getrennt?«

Er krümmte sich. »Vor sechs Tagen.«

»Wer ist die Frau in Eurer Begleitung?«

Rhonan bekam kaum noch Luft. »Eine Kriegerin … Gideons Begleiterin.«

»Das soll ich Euch glauben?«

Sein ganzer Körper bebte. »Es … ist so.«

»Wo wolltet ihr euch wiedertreffen?«

Hitzewellen jagten wieder durch seinen Körper. Er war kaum noch bei Besinnung. »In Sartas.«

»Wann?« Juna verstärkte den Hitzezauber.

»In zehn Tagen.«

»Warum Sartas?«

Schweiß lief ihm in die Augen, und er schmeckte Blut. Zusammenhängend denken konnte er nicht mehr. Sein Körper bog sich, presste sich gegen die eisernen Fesseln. »Ich weiß … nicht … ich …«

»Lasst ihn, Juna! Ihr bringt ihn noch um«, rief Hylia mit beschwörender Stimme. »Bei allen Göttern, lasst ihn los!«

Sie wartete, bis Maluchs Tochter endlich, wenn auch sichtbar unwillig, der Aufforderung nachkam, und fuhr dann mit tonloser Stimme fort: »Er sagt die Wahrheit.«

»Seid Ihr sicher?«, fragte Juna mit zweifelnder Miene.

Das Gesicht der Nebelpriesterin zeigte keinerlei Regung. »Natürlich.«

Juna wandte sich wieder an Rhonan. »Was wolltet Ihr im Wintergebirge?« Wieder schickte sie ihm eine Hitzewelle.

Er sah die Frauen nur noch wie durch roten Nebel und stöhnte, aber eine Antwort blieb ihm erspart, denn in diesem Augenblick öffnete sich die Tür erneut, die Hexentochter ließ ihn unvermittelt los, und er sackte im Stuhl zusammen.

Der hagere Großinquisitor, in eine schlichte, graue Kutte gehüllt, aber geschmückt mit unzähligen Ringen, betrat zusammen mit vier Männern den Raum. Hocherfreut nickte er Juna zu. »Meine Liebe, ich bin tief beeindruckt. Euch ist geglückt, woran Heere scheiterten. Ihr könnt mehr als zufrieden mit Euch sein.«

Sie überging sein Lob und sah ihn kalt an. »Hylia sagt, Ihr verwehrt uns den Zugang zum Portalstein.«

»Aber nein. Denkt nicht so etwas, Teuerste. Natürlich dürft Ihr ihn benutzen. Ich habe nur zuvor noch ein paar Fragen an den Prinzen.«

»Der Großkönig wird darüber nicht erfreut sein«, gab sie mit frostiger Stimme zu bedenken. »Er wartet nicht gern, und ich werde ihn natürlich darüber aufklären, wer für die Verzögerung verantwortlich war.«

»Gewiss.« Ligurius nickte, erwiderte aber mit Gleichmut: »Seht Ihr: Ich fürchte den Schwarzen Fürsten nicht so sehr. Der Norden gehört mir. Eure Horde darf sich zurzeit hier aufhalten, weil ich es ihr gestatte. Meine Armee ist unsichtbar, aber größer, als Ihr denkt.«

Er lachte kurz auf. »Seht mich nicht so drohend an! Ihr bekommt Euren Prinzen ja, wenn ich herausgefunden habe, was ich wissen will. Camora wird doch wohl noch ein paar Tage mit seiner … Hinrichtung warten können.«

»Er hätte aber sicher gern noch etwas zum Hinrichten«, gab sie kalt zurück. »Was wollt Ihr eigentlich vom Prinzen?«

Er lachte erneut. »Soll ich Euch etwas Lustiges erzählen?«

Er ging auf den Stuhl zu, streifte Rhonans Hemd von der linken Schulter und wies auf das Brandmal der Ketzer. »Seht Ihr das? Unser Mal! Der Prinz saß schon einmal in meinem Kerker, war bereits verurteilt und wurde unmittelbar vor dem Tod auf dem Scheiterhaufen gerettet, und wisst Ihr, von wem? Von Eurem zukünftigen Gatten. Wäre der Schwarze Fürst damals nicht so eifersüchtig auf meine Macht gewesen, wäre sein Widersacher längst Geschichte – und was hat er mit seiner herrschsüchtigen Art erreicht? Ich bin mächtiger als je zuvor, und der Prinz ist schon wieder bei mir. Jetzt wird der Fürst warten müssen.«

Er sah, wie Junas Augen blitzten, und fügte hinzu: »Kairan hat Camora als Großkönig anerkannt. Sollte ich mich öffentlich gegen ihn stellen, könnte das Auswirkungen haben. Gerade jetzt wäre es für den Schwarzen Fürsten sicher nicht wünschenswert, fiele ihm der Norden in den Rücken. Noch sehe ich mich als Untertan Camoras, aber das könnte sich schnell ändern.«

Hylia sah von Juna zu Ligurius. Beide strahlten eine solche Kälte aus, dass es sie fröstelte. Ihr Blick glitt zum Erben. Der war schweißgebadet, hatte den Kopf gesenkt, die Augen geschlossen und schien Mühe zu haben, atmen zu können, aber er hatte Caitlin nicht verraten. Wieder einmal hatte sie das Gefühl, nicht das Richtige zu tun. Sie war an die Befehle ihrer Königin gebunden, aber diese Weisungen konnten nicht richtig sein, wenn sie gleichzeitig den Zielen dieser machtbesessenen Bestien dienten. Doch jetzt war es zu spät, um noch etwas zu ändern. Das Schicksal des Prinzen war besiegelt und Caitlins Schicksal ungewiss.

Sie hörte Junas Stimme: »Ihr seht nicht nur aus wie eine Ratte, Ihr verhaltet Euch auch so. Um eine Seuche zu verhindern, sollte man Euch erschlagen. Doch das ist nicht meine Angelegenheit. Ihr habt mir immer noch nicht gesagt, was Ihr vom Prinzen wollt.«

Ligurius nahm ihre Beleidigung mit einem schiefen Lächeln zur Kenntnis und antwortete: »Gar nichts. Der Thron da'Kandars hat mich nie interessiert. Ob diese Prophezeiung erfüllt wird oder nicht, ist mir ebenfalls gleichgültig. Ich bin nur ein Ketzerjäger, dem langsam die Geldmittel ausgehen, um die göttliche Mission zu erfüllen. Da unser Gefangener einst Tempelwächter war, dürfte er wissen, wo sich der Schatz dieser Ketzer befand und noch befindet. Sobald ich das weiß, könnt Ihr unseren Gast haben.«

Sie sah ihn verächtlich an. »Unseren? Er ist mein Gefangener. Vergesst das nie!« Sie fügte hinzu: »Ich werde bei der Befragung zugegen sein, damit Ihr Euch nicht vergesst.«

Sein ausgemergeltes Gesicht verzog sich zu einem Grinsen. »Ist das Euer einziger Grund? Man hat mir zugetragen, Ihr weidet Euch an den Qualen anderer geradezu.«

»Manchmal«, gab sie zu. »Es kann eine nette Unterhaltung sein, aber lasst Euch nicht zu viel Zeit. Ich empfinde sehr schnell Überdruss.«

»Ihr könntet mich unterstützen«, schlug er vor. »Dann würde es bestimmt schneller gehen.«

Das ließ sie geringschätzig das Gesicht verziehen. »Ich bin keine Söldnerin, Ketzerjäger.«

»Dann hängt die Dauer des Verhörs in erster Linie von unserem Besucher ab. Er hat sich seinerzeit, obwohl noch jung an Jahren, schon als sehr standhaft erwiesen.«

Sie zuckte nur die Achseln, und Ligurius wandte sich wieder dem Gefangenen zu und hob dessen Kinn leicht an, sodass Rhonan ihn ansehen musste. »Du kannst dir gar nicht vorstellen, wie erstaunt ich war, als Simon mir mitteilte, die Beschreibung des Prinzen decke sich mit der, die er selbst vor Jahren an unsere Leute in Amansdier weitergegeben hatte, um einen jungen Tempelwächter zu finden. Du bist wirklich ein zäher Bursche. Ich habe dich einmal unterschätzt, aber das werde ich kein zweites Mal tun. Außerdem haben wir noch eine Rechnung offen.«

Er löste die rechte Handfessel. »Leg die Hand auf den Tisch! Einen Kampf wird es diesmal nicht geben. Du wirst bis zu deinem Tod kein Schwert mehr führen.«

Bei diesen Worten ließ er sich von einem seiner Männer ein kleines Beil reichen. »Leg die Hand freiwillig auf den Tisch, und ich nehme die stumpfe Seite. Wenn meine Männer dich zwingen müssen, nehme ich die Klinge. Wie soll es sein?«

Eiseskälte kroch in Rhonan hoch. Er hörte Hylia keuchen, legte die Hand auf den Tisch, schloss die Augen und versuchte, an Caitlin zu denken.

6. Kapitel

In Mar'Elch türmten sich die Toten vor der Burgmauer und innerhalb der Mauern. Ohne Unterlass griff die Horde an, und auf dem Wehrgang kippten die ersten Verteidiger allein vor Erschöpfung um. Das regelmäßige Geräusch der Ramme, die im Schutz eines Daches seit zwei Tagen immer wieder gegen das Burgtor krachte, verursachte jedem eine Gänsehaut. Ihr Dach hielt auch den größten Steinen stand. Die Männer, die mithilfe der Winde den gewaltigen Stamm nach jedem Treffer wieder zurückzogen, nur um ihn erneut gegen das Tor krachen zu lassen, wurden umgehend ersetzt, sobald sie verwundet zu Boden gingen. Die ersten Risse waren schon gemeldet worden, und allen war klar, dass die Schlacht verloren war, wenn die Hordenkrieger in die Burg eindringen konnten.

Arneke Partos richtete gerade zusammen mit Canon ein Katapult neu aus. »Drei Tage, Canon! Wenn jetzt kein Wunder geschieht, sind wir verloren. Die kurzen Pausen reichen längst nicht mehr. Die Männer können kaum noch die Waffen halten. Wo bleibt nur unsere Verstärkung?«

»Sie wird kommen. Lass die Ruhezeiten verlängern. Wenige ausgeruhte Kämpfer sind wirksamer als viele erschöpfte.« Er wandte sich an die Gardisten am Katapult. »Zerschmettert jetzt endlich dieses Riesenteil! Ich lasse euch vierteilen, wenn es noch lange steht.«

Er packte sein Schwert wieder, um sich den Weg zum nächsten Geschütz freizukämpfen. Neben ihm schmetterte der immer hilfsbereite Hofschmied und Vater von sechs Kindern einem Krieger gerade seinen riesigen Hammer mitten ins Gesicht. Blut spritzte nach allen Seiten, und der Schmied lachte und suchte mit irrem Blick schon sein nächstes Opfer, während sein blutjunger Gehilfe den noch zuckenden Körper des Kriegers johlend über die Mauer warf.

»Mein Arm ist weg«, hörte Canon jemanden schreien. »Wo ist er? Ich will ihn wiederhaben.«

Er hatte das Gefühl, in einem Albtraum gefangen zu sein. Seine Hände waren rot von Blut, und er hätte nicht einmal sagen können, ob es seines war oder nicht. Seit Tagen umgab ihn Kampfgetöse. Er wagte kaum noch, seinen Männern ins Gesicht zu sehen. Ihre oftmals irren Blicke aus glasigen, blutunterlaufenen Augen verursachten ihm eine Gänsehaut.

Der Anblick von Vätern, die weinend ihre sterbenden Söhne in den Armen hielten, jagte ihm Schauer über den Rücken. Doch gleichgültig, wie verbissen die Bürger Mar'Elchs kämpften, das Ende schien unausweichlich.

Seine Männer starben mittlerweile zu Hunderten unter den Äxten der Gegner, an nicht versorgten Wunden oder weil sie vor Erschöpfung von der Mauer stürzten. Jeder Blick über die Burgmauer wurde zur Tortur, denn die Zahl der Feinde schien unerschöpflich. Für jeden Hordenkrieger, der fiel, kamen zwei nach. »Sie brechen durch. Das äußere Tor fällt.«

Canon blieb stehen. Das war der Anfang vom Ende. »Arneke, besorg mir Krieger, die noch halbwegs kämpfen können. Der Durchgang zum inneren Tor ist eng, wir müssen ihn halten – um jeden Preis.«

War es zuvor ein Albtraum gewesen, war es jetzt die Hölle. Wild schreiend ihre Äxte schwingend, drangen die Hordenkrieger in das Mauergewölbe zwischen den Toren ein. Geschoben von ihren eigenen Leuten schienen sie unaufhaltsam.

Canon sah bald nur noch Blut – das seiner Feinde, das seiner Mitstreiter und schließlich sein eigenes, nachdem ein Schwert ihm das Gesicht zerschnitten hatte. Er kämpfte immer weiter.

Er stolperte über Tote und Verwundete, hörte irgendwann nur noch wie aus weiter Ferne das Klirren der Waffen und die Schreie der Männer und sah nur noch durch einen roten Nebel, Arneke Partos vor ihm unter einer Axt zu Boden gehen. Dann sah er das Ende: Plattenreiter preschten durch das Tor, pflügten ohne Rücksichtnahme auf eigene Kameraden durch die Reihen der Krieger. Etwas traf ihn am Oberschenkel, und er fiel. Überall um ihn herum starben Männer. Ein Kommando ertönte, das er nicht mehr verstand. Hände rissen ihn hoch. Kaum noch bei Bewusstsein nahm er wahr, dass man ihm ein Seil um die Brust legte. Dann umfing ihn Dunkelheit.

7. Kapitel

Caitlin und Gideon waren unbehelligt aus der Stadt gekommen, aber bei jedem Posten war ihnen schwerer ums Herz geworden. Caitlin sah sich bekümmert um. »Das schafft Rhonan nie.«

»Er will doch nicht durchs Tor hinaus, kennt doch diesen Geheimweg.« Gideon wandte ihr seinen Blick zu. »Glaub mir, allein kommt er besser zurecht als mit uns.«

Caitlin wollte gerade widersprechen, als ein lautes »Gideon?« sie herumfahren ließ.

Ein Planwagen mit zwei Reitern näherte sich, und eine Frau mit krausem, rotblondem Haar wedelte so wild mit den Armen, dass sie fast vom Kutschbock fiel.

»Marga? Wie schön, Euch gesund wiederzusehen.« Er sprang vom Pferd und eilte auf sie zu.

Sie kletterte vom Bock und umarmte ihn herzlich. »Gideon, was tut Ihr denn hier und wie kommt Ihr hierher?«

»Das ist eine lange Geschichte. Wo sind Eure Begleiter? Wo ist Meister Cato?«

Ihr Gesicht verdüsterte sich. »Cato ist auf der Nebelinsel, alle anderen sind tot. Es geschah …«

Raoul legte ihr die Hand auf die Schulter und räusperte sich, woraufhin sie errötete. »Entschuldigung! Darf ich Euch General Vernon Raoul und Prinz Derea Far'Lass vorstellen?«

Sie wandte sich zu ihren Begleitern um. »Das ist Gideon Montastyre, Gelehrter und Schüler Meister Catos. Ich habe Euch ja schon von ihm erzählt.«

Gideon drehte sich um und zog Caitlin heran, die ebenfalls

abgestiegen war. »Darf ich vorstellen? Prinzessin Caitlin von der Nebelinsel.«

»Was? Man hielt Euch für verschollen oder für tot.« Marga hielt ihr hocherfreut die Hand hin.

Caitlin ergriff sie, drückte sie fest und erwiderte: »Ich hielt mich selbst lange für verschollen. Manchmal denke ich, ich bin es immer noch.« Beide Frauen lächelten sich verstehend an.

»Was tut Ihr hier?«, wollte der General jetzt von Gideon wissen.

Der beschloss sofort, den Fremden zu vertrauen. Marga kannte er bereits, und von Prinz Derea hatte er nur Gutes gehört. Daher erwiderte er: »Wir waren zusammen mit dem da'Kandar-Prinzen im Wintergebirge. Jetzt sind wir auf dem Weg nach Malian. Dort wollten wir ihn wieder treffen. Rhonan kennt einen Schmugglerpfad, der von Kairan aus im Westen durch die Berge führt. Er meinte, es wäre sicherer, wenn wir getrennte Wege gingen. Was führt Euch hierher?«

Marga lächelte ihn an. »Wir wollten tatsächlich dem Prinzen helfen. Der General verfügt auch über Spione. Daher war uns bekannt, dass die Horde die Stadt bevölkert.«

»Wann habt Ihr Euch vom Prinzen getrennt?«, fragte Raoul.

»Vor drei Tagen. Er könnte also noch in Kairan sein oder längst in den Bergen.«

Marga zog die Stirn kraus. »Es wäre gut zu wissen, ob wir noch nach Kairan hineinmüssen. Ohne Not würde ich mich nur ungern unter die Horde mischen.«

Gideon nickte und drehte sich zu Caitlin um. »Glaubst du, du könntest ihn vielleicht erreichen?«

»Du weißt, er sperrt sich, um die Nebelfrauen abzuwehren. Aber ich kann es ja mal versuchen.« Umgehend schloss sie die Augen und schien zu erstarren. Gideon hielt sie vorsichtshalber fest.

Plötzlich keuchte sie: »Er ist in der Stadt, und es geht ihm schlecht. Er ist erschöpft und hat Schmerzen. Die Verbindung ist abgerissen.« Schluchzend klammerte sie sich an ihm fest.

Er drückte sie an sich. Auch sein Gesicht hatte alle Farbe verloren.

Derea meldete sich zu Wort: »Dann würde ich vorschlagen, wir machen uns auf den Weg in die Stadt und befreien den Prinzen aus seiner unerfreulichen Lage … welche auch immer das sein mag.«

»Ja, bitte«, keuchte Caitlin und drehte sich um, um wieder aufzusteigen.

Raouls Stimme hielt sie auf: »Seid Ihr Euch Eurer Vermutung sicher?«

»Glaubt Ihr, ich neige zu wüsten Scherzen?«, schnaubte sie zornig. Ihre Augen schleuderten Blitze, und sie stampfte auf. »Natürlich bin ich mir sicher.«

Gideon legte ihr den Arm um die Schultern. »Ruhig, Caitlin. Sie wollen doch nur helfen.«

Der General machte auch eine beschwichtigende Geste. »Ist ja gut, kleine Dame. Kein Grund zur Aufregung. Ich glaube Euch ja. Ihr solltet Euren Weg fortsetzen oder irgendwo hier Euer Lager aufschlagen. Wir werden uns in der Zwischenzeit um den Prinzen kümmern.«

Sie baute sich vor dem Hünen auf, stemmte die Hände in die Seiten und kniff die Augen zusammen. »Warum sollte ich Euch Rhonans Leben anvertrauen? Ich werde ihn retten. Den Prinzen hätte ich gern dabei, genau wie Marga, denn Kämpfer können nie schaden. Was aber ein alter Mann wie Ihr zur Rettung beitragen soll, verschließt sich noch meiner Erkenntnis. Aber Ihr seid nun mal hier. Wenn Ihr darauf besteht, dürft Ihr mich begleiten. Steht mir nur nicht im Weg!« Damit schwang sie sich in den Sattel.

Derea konnte sich ein Grinsen nicht verkneifen. »Winzig, aber Schneid bis in die Knochen.«

»Wir werden auf keinen Fall zurückbleiben. Außerdem beherrscht die Prinzessin eine Menge Zauber. Wir werden Euch nicht behindern«, erklärte Gideon und lächelte schief.

Derea nickte und lenkte sein Pferd neben das der unglücklich vor sich hin starrenden Prinzessin. »Beruhigt Euch! Wir werden einen klaren Kopf benötigen, denn einfach wird es kaum sein, den Prinzen aus Kairan herauszuschaffen. Er lebt. Das muss uns reichen. Wisst Ihr, Sorge treibt an, ist aber ein unvorsichtiger Ratgeber.«

Sie sah ihn versonnen an und nickte dann. »Das hätte von Rhonan kommen können. Ihr habt ja recht. Es fällt mir nur schwer, an etwas anderes zu denken.«

»Dann muss ich Euch eben ablenken. Was habt Ihr zum Beispiel im Wintergebirge getrieben? Ein seltsamer Ort, um sich zu verstecken, will mir scheinen.«

»Ich habe mich verbunden«, erklärte sie leise und mit Tränen in den Augen. »Mit Rhonan.«

»Blitz und Donner, und ich dachte bisher, Nebelfrauen verbinden sich nie.«

Caitlin schniefte und fuhr sich sehr undamenhaft mit dem Handrücken über die Nase. »Tun sie auch nicht. Aber ich werde ja nicht auf die Nebelinsel zurückkehren, ich bleibe bei Rhonan, wenn …«

»Wir werden ihn schon finden«, unterbrach er tröstend. »Der General ist zwar alt, aber erfahren, wenn es um Dinge geht, die im Geheimen stattfinden müssen. Unsere Kampfkraft oder Eure Magie werden gegen unsere zahlreichen Feinde kaum reichen. Wir sind auf seine Spione angewiesen. Er wirkt ziemlich grimmig, aber wenn er sich in den Kopf gesetzt hat, den Prinzen zu retten, dann wird er es auch tun. Wenn wir ihn nicht mögen, bedienen wir uns eben nur seiner Fähigkeiten und Verbindungen.«

Seine Worte zauberten ein kurzes Lächeln in ihr Gesicht. »Ihr mögt ihn auch nicht?«

»Hebt euch das Gequatsche für später auf«, unterbrach Raoul. Ob er etwas von der Unterhaltung mitbekommen hatte, war nicht zu erkennen, als er Caitlin ansah. »Was habt Ihr bei Eurer Verbindung feststellen können? Ich meine, könnte der Prinz auch nur an einer Magenverstimmung leiden?«

Ihre Augen schleuderten Blitze. »Nein! Er ist schwer verletzt«, schnaubte sie.

Er überging ihren Zorn einfach. »Seinen genauen Aufenthaltsort konntet Ihr nicht feststellen?«

»Wofür haltet Ihr mich?«, schrie sie. »Ich bin Priesterin, kein Camora-Wolf.«

Raoul blieb die Ruhe selbst. »Könntet Ihr noch einmal eine Verbindung aufnehmen, um etwas Genaueres diesbezüglich herauszufinden? Vielleicht teilt er Euch seinen Aufenthaltsort ja mit.«

»Wird er nicht. Er wird sich jetzt schon gegen eine Verbindung sperren.«

»Warum sollte er das tun?«, fragte der General verständnislos.

Caitlins Stimme zitterte, als sie Auskunft gab: »Weil er nicht will, dass ich ihn finde. Er will nicht, dass Gideon und ich auch in Gefahr geraten, wenn wir nach ihm suchen. Er würde lieber sterben, als uns zu gefährden, und ich werde nicht noch einmal versuchen, mit ihm Verbindung aufzunehmen, weil er dann auch noch Kopfschmerzen bekommt.«

»Das möchte ich natürlich auch nicht, dass jemand durch meinen Rettungsversuch Kopfschmerzen bekommt«, entgegnete er trocken. »Habt Ihr etwas, das ihm gehört?«

»Ich habe schon Feinde erlebt, die mir angenehmer waren als Ihr. Da ich dabei an Horkas denke, will das etwas heißen. Ich will Euch zugutehalten, dass Ihr uns nicht kennt. Wenn ich sage, dass Rhonan erschöpft ist und Schmerzen hat, dann meine ich damit, dass es ihm sehr, sehr schlecht geht. Mit Unpässlichkeiten oder leichteren Wunden kann er sehr wohl umgehen, und ich hätte nichts davon gespürt.«

Sie wies auf eine Satteltasche. »Da sind Sachen von ihm, die er nicht benötigte.«

»Gebt mir etwas, am besten etwas, das er auf der Haut getragen hat«, forderte er ungeduldig.

Sie sah ihn verständnislos an, kramte aber in der Satteltasche und beförderte einen Handschuh ans Tageslicht, den sie ihm hinhielt. »Was wollt Ihr damit?«

Der stieß einen Pfiff aus, und die Wölfe sprangen vom Wagen und stürmten auf ihren Herrn zu.

»Bei allen Göttern«, stöhnte Caitlin und griff so heftig in die Zügel, dass ihr Pferd sich wiehernd aufbäumte. Kaum hatte sie es wieder halbwegs beruhigt, kreischte sie auch schon: »Gideon, man hat uns verraten. Wir sind in der Hand eines Wolfsjägers.«

»Keine Angst«, beruhigte Derea schnell. »General Raoul ist ein ehemaliger Wolfsjäger. Man könnte sagen, ein geläuterter General Camoras! Jetzt ist er jedenfalls auf unserer Seite.«

Raoul ließ die Wölfe bereits am Handschuh schnüffeln. »Sie haben die Witterung aufgenommen. Derea, du wirst mit ihnen in die Stadt reiten und den Prinzen ausfindig machen. Wir treffen dich im *Wanderer.* Der wird von einem Freund geleitet und befindet sich am Markt.«

Der Hauptmann schluckte. »Warum geht Ihr nicht? Es sind doch Eure Wölfe.«

Raoul sah zum Himmel, als erhoffe er göttlichen Beistand, ehe er wieder seinen Sohn ansah. »Weil es sein könnte, dass mich jemand erkennt, wenn ich als Mitglied der Horde auftauche. Ich war seinerzeit ziemlich bekannt«, gab er mürrisch zurück. »Die Wölfe werden dir gehorchen. Ich wage zu bezweifeln, dass jemand bei Verstand dich für einen Wolfsjäger halten könnte, aber dieses Wagnis müssen wir eingehen und auf die Dummheit einfacher Krieger hoffen. Stell einfach dein dämliches Grinsen ein und nimm endlich diesen blöden Hut ab!«

Derea gehorchte unwillig. Die Wintersonne zauberte einen roten Glanz in seine seidigen Locken.

Der General schloss prompt die Augen. »Bei allen Göttern! Setz ihn bloß wieder auf.«

Sein Sohn zog den Hut tief ins Gesicht. Nach einem kurzen Blick seines Erzeugers nahm er auch noch sein rotes Halstuch ab und steckte es wortlos, aber mit funkelnden Augen in die Tasche.

Caitlin legte ihm die zitternde Hand auf den Arm. »Bitte findet Rhonan schnell.«

Er vergaß die eigene Schmach und lächelte sie mitfühlend an. »Das verspreche ich Euch.« Entschlossen fuhr er sich mit der Hand durchs Gesicht. »Dann wollen wir mal.«

Marga nickte ihm vom Kutschbock aus aufmunternd zu. »Canon hat recht: Ihr kriegt das hin.«

Er nickte. »Wohl denn!«

* * *

Als das Stadttor in Sicht kam, streifte Derea den Umhang von den Griffen seiner Schwerter und fuhr sich mit der Zunge über die Lippen. Nach Kairan hineinzukommen war leichter, als er gedacht hatte. Die Wachen warfen nur einen kurzen Blick auf Reiter und Tiere und winkten ihn durch. Nur Menschen, die hinauswollten, wurden gründlich, sehr gründlich überprüft.

Die Wölfe streiften schnuppernd durch die Straßen, und die Menschen, denen sie unterwegs begegneten, drückten sich an die Wände und warfen ihm furchtsame Blicke zu. Derea war es gewohnt, dass Gegner ihn fürchteten, aber dass friedliebende Bürger seinen Blick mieden oder sogar die Flucht ergriffen, sobald sie ihn sahen, war ihm bisher erspart geblieben.

Immer argwöhnischer folgte er den Wölfen durch ein Gewirr enger Gassen bis hin ins belebte Händlerviertel von Kairan. Vor einem der größten Steinhäuser wurden seine vierbeinigen Begleiter unruhig und liefen hin und her. Derea stieg ab und sah sich unbehaglich um.

Zwischen all den Fuhrwerken, die be- oder entladen wurden, wimmelte es hier geradezu von Hordenkriegern, die alles sorgfältig untersuchten und dabei sogar Fässer zerschlugen. Am helllichten Tage würden sie den Prinzen ganz sicher nicht aus dem Haus schaffen können.

Er überlegte gerade, bei wem er am besten Erkundigungen über die Bewohner einziehen konnte, als eine Frau in weißem Umhang, die Kapuze weit ins Gesicht gezogen, aus dem Haus trat. Im Vorübergehen raunte sie ihm zu: »Ich erwarte Euch am Kräuterstand.«

Verblüfft sah er ihr nach, beschloss aber, ihrer Aufforderung Folge zu leisten. Wenig später sah er sie wieder. Sie hatte gerade einige Kräuter erworben, sah sich nach ihm um und rief erfreut: »Welch glückliche Fügung, Hauptmann! Seid so nett und tragt mir die Kiste nach Hause.«

Kaum außer Hörweite des Standes, nahm sie das Gespräch wieder auf: »Wir haben nicht viel Zeit, also hört zu! Prinz

Rhonan wird noch heute Nacht zu Camora gebracht. Ihr müsst …«

»Verzeiht, aber wer seid Ihr?«, unterbrach er verwirrt.

Sie warf ihm einen entschuldigenden Blick zu. »Ich bin Hylia, Priesterin von der Nebelinsel. Ich war vor einigen Jahren längere Zeit in El'Maran und habe Euch trotz Eurer Verkleidung sofort erkannt, als ich Euch zufällig aus dem Fenster heraus sah. Ihr seid doch sicher hier, um den Prinzen zu befreien, oder sollte ich mich täuschen?«

»Ihr täuscht Euch nicht.« Derea beschloss, seiner Begleiterin zu vertrauen. »Ich habe gehört, der Prinz sei verletzt, und wüsste …«

Diesmal unterbrach sie ungeduldig: »Seine Hand ist gebrochen. Mehr weiß ich nicht. Hört zu: Geht am späten Nachmittag zum Weinhändler Joval. Sagt, Ihr sollt die Lieferung für Vater Ligurius abholen, und bringt sie zu uns. So kommt Ihr ins Haus. Drinnen werdet Ihr allein weitersehen müssen. Vater Ligurius wird vermutlich dort sein, Juna, die Ziehtochter des Hexenmeisters, und vielleicht auch einige Ketzerjäger. Wie viele, kann ich Euch nicht sagen, aber mehr als fünf waren es bisher nie. Sonst gibt es um die Zeit nur noch einen Diener. Kommt in der späten Dämmerung. Dann ist es ruhig in der Gasse.«

Sie packte Dereas Arm. »Nehmt Euch vor Juna in Acht! Sie verfügt über große Zauber. Und verhindert, dass der Prinz Camora in die Hände fällt. Das kann nicht zum Guten sein.«

Mit diesen Worten nahm sie ihm die Kiste ab. »Ich muss gehen, ehe Juna mich vermisst. Denkt daran: Weinhändler Joval. Mögen die Götter mit Euch sein.«

* * *

Einige Zeit später erstattete er seinen Begleitern im Hinterzimmer des *Wanderers* Bericht. Der kahle Raum beherbergte nur einen Tisch mit acht Stühlen. Wasser, Gebrautes, Brot und Schmalz standen für die Gäste bereit. Ein kleines Feuer rauchte mehr, als dass es wärmte.

Marga und Raoul ließen sich das warme Brot schmecken, Derea bediente sich, während er berichtete, am Gebrauten. Der Gelehrte und die Prinzessin hingen an seinen Lippen. Caitlin war zunächst erfreut, von Hylias Hilfe zu hören, dann begeistert von der leichten Rettungsaktion. Erleichterung erfüllte sie, als sie hörte, dass Rhonan sich die Hand gebrochen hatte. Doch bei der Erwähnung von Vater Ligurius brach sie in Tränen aus.

Auch Gideon wurde bleich und stammelte: »Oh nein.«

»Können wir nicht gleich gehen?«, fragte Caitlin mit erstickter Stimme. »Bitte.«

Derea schüttelte den Kopf. »Selbst wenn wir ins Haus kämen, würden uns Kämpfe erwarten. Da die nun einmal kaum lautlos zu führen sind, hätten wir umgehend die Hordenkrieger im Haus. Wir können uns aber nicht den Weg zum Prinzen hin und dann aus Kairan heraus freikämpfen. Wenn wir ihm helfen wollen, müssen wir überlegt vorgehen und bis zum Abend warten.«

Er legte seine Hand auf ihre und lächelte aufmunternd. »So schlimm wird es nicht sein. Ich habe mir beim Sturz vom Pferd auch einmal die Hand gebrochen. Unangenehm, aber nicht tödlich.«

Sie schüttelte nur den Kopf und schluchzte. Gideon legte den Arm um sie und zog sie an sich. Ein tröstendes Wort wollte ihm nicht einfallen. Überdeutlich sah er plötzlich die Narben seines jungen Freundes vor sich, bekam eine Gänsehaut und starrte stumpfsinnig vor sich hin.

Marga verstand das Entsetzen ihrer Begleiter nicht und erklärte: »Wir sind kaum hier und wissen schon, dass er lebt, wo er ist und wie wir zu ihm kommen. Das ist doch ein Erfolg.«

»Recht hast du, Mädel«, mischte sich der General frohgemut ein. »Läuft besser als gedacht. Kein Grund, Trübsal zu blasen. Wir sollten jetzt erst einmal gemütlich etwas essen.«

Gideon drehte sich fast der Magen um, doch er flüsterte in Caitlins Haar: »Er ist stark, er wird es überstehen.«

»Ich habe aber Angst um ihn«, hauchte sie kaum hörbar. »Oh, Gideon, ich mag gar nicht daran denken, was vielleicht gerade jetzt …« Weinend presste sie sich an ihn.

Er wiegte sie in den Armen, fühlte sich scheußlich, bemerkte aber doch, dass alle anderen Begleiter ziemlich ratlos dreinblickten. Also erzählte er mit möglichst knappen Worten von Rhonans Zeit bei den Tempelwächtern und von Ligurius' Wunsch, an deren Jaspis-Mine zu kommen. Noch knapper erzählte er vom Tod Kinians und seiner Hexe.

Marga und Derea drückten sofort ihr Mitgefühl aus, der General jedoch schien nach wie vor unbeeindruckt. »Da können wir ja von Glück sagen, dass Ligurius etwas vom Siegelerben will. Sonst wäre er vermutlich schon längst bei Camora gelandet.«

Caitlin warf ihm einen giftigen Blick zu, presste aber die Lippen zusammen.

Essen konnten die Siegelerben nichts, auch Marga und Derea hatten sich von der gedrückten Stimmung anstecken lassen und aßen nur wenig. Nur Raoul ließ es sich schmecken und schien bester Dinge zu sein. Gideon war mehr als dankbar, als er sich nach dem Mahl verabschiedete, um Erkundigungen einzuziehen, wie er erklärte.

Doch endlich war die Zeit des Wartens vorbei. Vor ihrem

Aufbruch kam es noch zu einem heftigen Wutausbruch Caitlins, als der General ihr erklärte, sich nur mit Marga und Derea auf den Weg machen zu wollen. Derea stimmte ihm insgeheim zu, denn die Siegelerben wirkten viel zu mitgenommen und für diese Aufgabe ohnehin eher ungeeignet, um seiner Meinung nach nützlich sein zu können, aber er verkniff sich klugerweise jede Bemerkung. So still, wie Caitlin zuvor gewesen war, so laut war sie nämlich jetzt. Sogar Raoul schien beeindruckt von ihrer Stimm- und Wortgewalt, und natürlich machte man sich gemeinsam auf den Weg.

Es klappte alles reibungslos. In der menschenleeren Straße konnten sie ihr Gefährt dicht an das Haus des Inquisitors heranbringen. Auch hier öffnete man ihnen sofort die Tür. Nichtsahnend ließ ein mürrischer Diener sie die Weinfässer hereinbringen.

In der Küche versetzte Derea ihm mit einem entschuldigenden Lächeln und dem Schwertgriff einen kurzen Schlag auf den Hinterkopf. Er sackte besinnungslos zu Boden.

»Wir teilen uns auf«, kommandierte der General schon und zog seine Axt. »Marga, du passt mit den beiden in der Halle auf, dass wir keinen überraschenden Besuch bekommen. Derea und ich nehmen uns die hinteren Räume vor.«

Der Hauptmann hatte unterdessen aus der Hintertür gespäht. »Nur der Wirtschaftshof. Keine Menschenseele«, erklärte er und strich den Umhang von den Schwertern.

Gemeinsam gingen sie in die Vorhalle, der sich ein längerer Flur mit mehreren Türen anschloss. Raoul wollte gerade etwas sagen, als sich eine Tür öffnete und vier Männer in den Gang traten.

Zugleich ging schräg gegenüber eine weitere Tür auf, und ein alter Mann kam heraus. »Gut, dass ihr noch da seid. Simon, bevor ihr geht …« Er bemerkte die bewaffneten Eindringlinge, stutzte kurz, brüllte: »Erledigt sie!« und verschwand sofort wieder.

Umgehend griffen seine Spione zu den Waffen.

»Ihm nach! Das ist der Inquisitor«, schrie Raoul Derea zu und stürzte bereits den Kämpfern entgegen. Auch Marga hatte ihr Schwert gezückt und warf sich in den Kampf. Caitlin und Gideon hefteten sich an Dereas Fersen.

Die Tür, durch die Ligurius verschwunden war, war verriegelt. Derea nahm kurz Anlauf, warf sich mit aller Kraft dagegen und krachte mit lautem Gepolter zusammen mit ihr in den Raum. Ein Blitz fegte über ihn hinweg und ließ Caitlin und Gideon erschrocken auseinanderfahren.

Derea wollte ihnen gerade zurufen, in Deckung zu bleiben, als Caitlin schon ungestüm ins Zimmer rannte und dabei rücksichtslos über ihn und die Tür hinwegtrampelte.

Juna lachte deswegen kehlig auf. Zu mehr kam sie nicht mehr. Wie von Geisterhand geschleudert knallte sie mit ungeheurer Wucht gegen die Wand, wo sie mit einem lauten Stöhnen wieder zu Boden rutschte. Zu Dereas Erstaunen rappelte sie sich aber sofort wieder auf und schnaubte. Caitlin war schon bei ihr, und erneut krümmte die Hexe sich unter einem Zauber.

»Wo ist Rhonan?«, fragte die zierliche Prinzessin zornig.

Derea warf ihr einen kurzen, beeindruckten Blick zu, hörte Juna keuchen und rannte auf die nächste Tür zu. Offensichtlich konnte die Priesterin ganz gut auf sich allein aufpassen. Er hastete durch vier Räume, bis er endlich Ligurius einholte, der schon an den Riegeln einer weiteren Tür nestelte.

»Na endlich! Ich dachte schon, ich müsste noch durch halb Kairan rennen«, bemerkte er. »Ketzerjäger, die Tage deiner Jagd sind vorbei.«

Der Alte drehte sich um, sah auf das Schwert und hob

abwehrend die Hände. »Haltet ein! Ihr wisst nicht, welch Frevel Ihr begehen wollt. Ich bin der Arm der Götter«, erklärte er, und seine hellblauen Augen über der gewaltigen Hakennase glänzten unnatürlich.

Derea sah in das zerfurchte und mit Altersflecken übersäte Gesicht und schüttelte angewidert den Kopf. »Arm der Götter? Nehmt Ihr berauschende Kräuter? Wenn überhaupt seid Ihr höchstens eine eitrige Geschwulst an ihrem Hintern. Wo ist der Prinz?«

»Längst bei Camora. Wer auch immer Ihr seid, Ihr kommt zu spät.«

Derea verspürte einen leichten Kälteschauer, aber seine Augen blitzten belustigt. »Falsche Antwort. Freut Euch auf ein Treffen mit Euren Hauptkörperteilen, den Göttern.«

»Seid Ihr so ehrlos, einen unbewaffneten, alten Mann anzugreifen?«

»Ich bin so ehrenvoll, die Tempelwächter und all die anderen Unschuldigen, die Ihr getötet habt, zu rächen. Los, geht!« Er wies mit dem Kopf zur Tür. Er hasste den Ketzerjäger genauso sehr wie Camora, aber er war in der Tat nicht bereit, seine Ehre mit einem Mord zu beflecken.

Ligurius schritt an ihm vorbei. Die Hände hatte er in den Ärmeln der Kutte vergraben. Ein Lächeln huschte über Dereas Gesicht. Wie durchschaubar manche Menschen doch waren.

Ligurius wirbelte auch schon herum und stieß mit einem Dolch zu. Derea parierte und rammte dem Alten sein Schwert in den Leib. Der Dolch polterte zu Boden, und der Inquisitor sackte zusammen und klammerte sich an seinen Gegner. »Wenn Ihr die Menschen vor einem Übel bewahren wollt, dann tötet den Prinzen. Er ist nicht von dieser Welt.«

Seine Stimme wurde mit jedem Wort unverständlicher. »Er ist die Wiedergeburt des Bösen.«

Derea wollte ihn von sich stoßen, aber der krallte seine Finger in seine Arme. »Glaubt einem Sterbenden, der nicht für sich spricht. Er ist mit großen … bösen Mächten im Bunde.«

Sein Körper erbebte im Todeskampf. »Camora bringt den Schatten, aber der Prinz … bringt die … unendliche … Dunkelheit.«

Er ließ Derea los und fiel zu Boden, wo er gekrümmt liegen blieb. »Haltet ihn auf … Tötet ihn …«

Das waren die letzten Worte des Inquisitors, und der Hauptmann starrte auf den Leichnam.

Gideons Stimme brachte ihn zurück in die Wirklichkeit. »Hat er gesagt, wo Rhonan ist?«

Er schüttelte den Kopf. »Er sagte, schon bei Camora, aber das war sicher gelogen wie alles andere auch, was er von sich gab.« Den letzten Satz hatte er mehr zu seiner eigenen Beruhigung angefügt. Er verscheuchte die dummen Gedanken und folgte Gideon zurück zu Caitlin.

Auch Marga und Raoul stürmten gerade ins Zimmer. Offenbar hatten sie keine Schwierigkeiten mit ihren Gegnern gehabt. Raoul zog eine durchaus willige Hylia hinter sich her, die erstaunt die Prinzessin musterte. In schlichten Gewändern, die Haare nicht sehr sorgfältig zu zwei Zöpfen geflochten und mit einem Schwert in der Hand war kaum noch die alte Caitlin zu erkennen.

»Wo ist der Prinz?«, fragte die gerade erneut.

Juna lachte geringschätzig. »Auf diese Frage kriegst du immer dieselbe Antwort: weg, Süße.«

Caitlin setzte ihr die Schwertspitze an den Hals. »Das glaube ich dir nicht, Hexe.«

»Wir haben alle Räume durchsucht«, mischte Marga sich aufgeregt ein. »Er ist nicht hier.«

»Ein schneller Tod ist zu gut für sie. Stecht ihr ein Auge aus, wenn sie nicht gleich die Wahrheit sagt«, forderte der General, und Caitlin änderte umgehend die Zielrichtung des Schwertes.

Juna schien völlig unbeeindruckt, lächelte sogar, aber Hylia rief: »Bei allen Göttern, bedenke, was du tust! Der Prinz ist im Kerker. Hinter einem Küchenregal ist ein Geheimgang.«

»Besorgt etwas, womit wir ihn in den Wagen schaffen können«, brüllte Raoul und war schon aus der Tür.

Derea hielt Caitlin fest, als die auch sofort losstürmen wollte. »Ihr passt besser auf, dass die Hexe keinen Unsinn macht. Wir holen ihn.« Damit wandte er sich um und folgte dem General.

Sie sah ihm erst unschlüssig hinterher, dann wandte sie sich an Hylia: »Wie schön, dich zu sehen. Kannst du dich um sie kümmern?«

»Wenn du mir jetzt nicht hilfst, wirst du das bereuen, Priesterin«, zischte Juna zornbebend.

Die griff in die Tasche ihres weißen Gewandes, zog etwas heraus und hockte sich neben Caitlin. Während sie der Prinzessin zunickte und die sofort aufsprang und aus dem Raum lief, legte sie Juna eine schwarz schimmernde Kette um. »Glaubt mir, das ist das Erste, das ich ganz sicher nicht bereue, seit ich mit Euch zusammen bin. Ihr bekommt jetzt Schmuck aus Alabast von mir. Er ist nicht nur kleidsam, sondern schränkt vor allem Eure Zauberkraft gewaltig ein. Auf der Nebelinsel benutzen wir ihn für Sanktionen.«

Sie erhob sich, strich ihre Tunika glatt und lächelte. »Ihr seht bezaubernd aus mit diesem Geschmeide. Nie wieder möchte ich Euch ohne sehen.«

Juna griff nach der eng am Hals liegenden Kette, ließ sie aber mit einem Keuchen so schnell wieder los, als hätte sie ins Feuer gegriffen.

Hylia lächelte. »Ich hatte Euch gewarnt. Meine Fähigkeiten kennt Ihr nicht einmal zur Hälfte.«

* * *

Das Regal in der Küche war schnell gefunden und verschoben.

Die beiden Männer machten sich auf den Weg nach unten. Nur wenige, steinerne Stufen führten in einen dunklen, modrigen Gang. Derea griff eine der Fackeln, die in Wandhalterungen steckten, und beleuchtete damit vier Holztüren. Raoul wandte sich nach rechts, er nach links.

Der Hauptmann betrat den ersten Raum, und seine Augen weiteten sich unwillkürlich, als er eine feuchtwarme und gut ausgerüstete Folterkammer vorfand. Das Feuer im kleinen Becken glühte noch. Er griff Waffen und Gewänder, von denen er annahm, sie gehörten dem Prinzen, und fuhr herum, als er ein Geräusch hörte, aber es war nur Caitlin, die von der Decke herunterhängende Ketten anstarrte und sichtbar um Fassung rang.

»Hierher!«, hörten sie in diesem Augenblick Raouls Stimme.

Ohne einen weiteren Blick auf Peitschen, Messer und Zangen zu werfen, eilten sie ins gegenüberliegende Gewölbe und sahen in der Finsternis gerade noch den Rücken des knienden Generals.

»Rhonan?«, stieß Caitlin atemlos hervor.

»Gib mir einen Umhang oder so was«, forderte der General. »Und halt bloß das Mädel fest. Wir haben keine Zeit zu verlieren. Er lebt, ist aber ziemlich zugerichtet.«

»Ich werde …«, kreischte Caitlin, aber Raoul, der nebenher von Derea einen Umhang entgegennahm, unterbrach sie rüde und laut: »Nichts werdet Ihr, außer hoffentlich Vernunft annehmen. Ihr könnt Euch im Wagen um ihn kümmern. Die Stadttore werden bald geschlossen. Wir müssen uns daher beeilen. Der Tod des Inquisitors wird nicht lange geheim bleiben.«

Er warf sich Rhonan über die Schulter, und Derea schob die Prinzessin vor sich her, die immer wieder versuchte, sich nach ihrem Gatten umzusehen.

In der Küche warteten ihre Begleiter. Marga und Gideon hatten einen großen Wandteppich auf dem Boden ausgebreitet.

»Sehr gut«, lobte Raoul. »Die Priesterinnen können den Prinzen im Wagen versorgen. Derea, du gehst mit der Hexe auf den Kutschbock. Sie wird dafür sorgen, dass wir Kairan ungehindert verlassen können. Ein falsches Wort von ihr, und du stichst sie ab. Wir anderen reiten mit den Wölfen nebenher.«

Er grinste und nickte zufrieden. »Wir geben einen guten Hordentrupp ab. Läuft alles bestens. Nur beeilen müssen wir uns. Unser Ziel ist ein kleiner Hof nicht weit von Kairan. Alles klar?«

* * *

Das Glück war ihnen weiterhin hold. Die Straße war menschenleer. Raoul legte mit Gideons und Dereas Hilfe den in den Teppich eingewickelten Prinzen auf die Ladefläche. Die Priesterinnen kletterten hinterher. Caitlin warf sich sofort auf ihren Mann und wickelte ihn aus. Hylia holte derweil ein Kügelchen aus einer Rocktasche und ließ es matt leuchten. Die Prinzessin unterdrückte mühsam ihre Tränen, als sie das bleiche Gesicht und die zerbissenen Lippen betrachtete. Das gelang ihr nicht mehr, als sie den Umhang aufschlug: Dicke Tränen kullerten über ihre Wangen, sie schluchzte laut auf und schlug dann die Hand vor den Mund.

Rhonans Körper war mit Striemen und Wunden übersät. Am schlimmsten sah allerdings die rechte Hand aus: angeschwollen, blutverkrustet und fast schwarz, die Finger der merkwürdigen Stellung nach zu urteilen sämtlich gebrochen. Sie blinzelte die Tränen weg, atmete ein paar Mal tief durch und legte ihre zitternden Hände dann auf die zerschnittene Brust ihres Gatten.

Auch Hylia ließ die Hände sanft über dessen Körper gleiten. Die meisten Wunden schlossen sich umgehend.

* * *

Auf dem Kutschbock lächelte Juna vor sich hin, als sie Caitlins Schluchzen hörte.

»Findet Ihr das lustig?«, fragte Derea mit zusammengekniffenen Augen.

»Ja, eigentlich schon. Aber das ist jetzt nicht wichtig. Ihr seht ganz verständig aus und solltet Euer Vorgehen schnellstens überdenken. Weit kommt Ihr ohnehin nicht. Wenn Ihr mich gehen ließet, könnte ich ein gutes Wort für Euch einlegen. Wenn mein Ziehvater jedoch erfährt, dass Ihr mich entführt habt, seid Ihr so gut wie tot.«

»Huch! Jetzt kriege ich aber richtig Angst«, bekannte er. Er führte mit der rechten Hand die Zügel, während er ihr den linken Arm um die Taille gelegt hatte und einen Dolch in ihre Seite presste. »Ich bin ganz überwältigt von Eurer Macht. Ihr verliert eine Riesenarmee im Westgebirge und eine andere bei Ten'Shur. Der Rest wird im Augenblick vor Mar'Elch aufgerieben. Ihr schafft es nicht, Marga oder Caitlin zu beseitigen oder den Prinzen zu behalten. Man könnte sagen, Ihr spuckt uns hin und wieder in die Suppe. Mehr nicht.«

»Wie könnt Ihr es wagen?«, schnaubte sie und ballte die

Hände zu Fäusten. »Glaubt Ihr ernsthaft, ein Dolch könnte Euch vor meinen Zaubern schützen?«

»Ihr meint, vor Euren Restzaubern? Hylia hat mir gesagt, warum Ihr diesen hübschen Schmuck tragt. Und, ja, ich denke schon, dass mein Dolch mir reicht. Aber versucht nur Euer Glück.«

Juna knetete jetzt ihre Hände, schwieg aber.

Hordenkrieger und Wölfe sammelten sich vor ihnen.

Derea zügelte die Pferde und raunte nach hinten: »Wir nähern uns einer Wachmannschaft. Verhaltet euch ruhig.«

Sein Blick wanderte zu Juna. »Ein falsches Wort, und Ihr findet Euch vor Euren Göttern wieder. Glaubt nicht, ich würde auch nur einen Wimpernschlag lang zögern. So dringend benötigen wir Euch nun auch wieder nicht.« Er verstärkte den Druck des Dolches und hörte sie aufstöhnen.

Hinter ihnen entstand Unruhe. Deutlich waren die Worte »Haltet sie auf!« zu hören. Offensichtlich hatte man ihren Besuch beim Ketzerjäger entdeckt. Wolfsjäger versperrten ihnen den Weg, und Hordenkrieger und Spione kamen von hinten.

Juna bedachte Derea mit einem wilden Blick und rief den Männern vor ihnen zu: »Eine schöne Schutztruppe seid ihr. Wir sind überfallen worden. Kümmert euch darum! Weit können die Eindringlinge noch nicht sein.« Sie winkte ungeduldig mit der Hand. »Ihr da, macht uns den Weg frei! Schafft das Gesindel von der Straße! Ich habe es eilig. Der Großkönig erwartet mich.«

Niemand wagte es, die gefürchtete Juna und ihre Begleitung aufzuhalten.

* * *

Hylia kauerte auf dem Wagenboden und murmelte müde: »Ich muss mich ein wenig erholen, aber es sieht doch schon wieder ganz gut aus, oder? Deine Heilkunst ist beeindruckend. Du scheinst viel dazugelernt zu haben.«

Das Lob erreichte Caitlin nicht. »Als hätte er nicht schon genug Narben gehabt. Das ist einfach grauenhaft. Wer tut so etwas?«

»Um eigene Ziele zu erreichen? Viele. Deine Mutter zum Beispiel.«

Rhonan stöhnte und hob mühevoll die schweren Lider. Verwirrt sah er sich um. Seine Augen weiteten sich plötzlich. »Caitlin? Oh nein.«

Sie küsste ihn zärtlich. »Ganz ruhig. Wir sind in Sicherheit. Mir wird nichts geschehen und dir auch nicht mehr. Wir sind unter Freunden und längst aus Kairan heraus. Sei unbesorgt.«

Langsam, als sei sie unendlich schwer, hob er die linke Hand und strich ihr mit dem Daumen eine Träne weg. »Nicht weinen, Kätzchen. Nicht meinetwegen. Das ist alles halb so schlimm.«

Er versuchte zu lächeln, aber es wurde nur eine schmerzverzerrte Grimasse daraus. Sein Kopf fiel wieder zur Seite. Hylia streichelte tröstend Caitlins Rücken. »Ruhig Blut. Soweit ich sehe, hat er keine schlimmeren Verletzungen als die gebrochene Hand, die allerdings wirklich übel aussieht. Alles andere waren oberflächliche Wunden. Ligurius wollte ihn zum Reden bringen, nicht töten. Er wird sich bald erholen.«

Die Prinzessin atmete tief durch und nickte dann entschlossen.

»Du hast dich sehr verändert«, bemerkte die Priesterin. »Nicht nur äußerlich. Noch vor nicht allzu langer Zeit hättest du dich nur übergeben, aber du hättest nie die Anstrengung des

Heilens auf dich genommen. Er bedeutet dir sehr viel, nicht wahr?«

»Ich liebe ihn. Er ist mein Mann. Gideon hat uns verbunden.«

Hylia keuchte auf. »Was? Caitlin, was hast du getan? Nie hättest du ohne die Billigung Ayalas einen Bund eingehen dürfen. Deine Mutter wird den Bann über dich sprechen.«

»Soll sie doch«, erwiderte die schlicht. »Ich würde es jederzeit wieder tun. Um bei Rhonan zu bleiben, würde ich es mit dem ganzen Reich aufnehmen.«

Die Priesterin überlegte eine Weile, nickte dann versonnen und ergriff Caitlins Hände. »Er scheint genauso viel für dich zu empfinden. Ich wünsche euch von ganzem Herzen alles Glück dieser Welt. Aber nicht viele werden sich meinem Wunsch anschließen. Ayala liegt offensichtlich nicht an der Erfüllung der Prophezeiung. Ihre wahren Pläne sind mir nicht bekannt, aber es könnte ihnen zuwiderlaufen, dass du dich mit dem Erben der Kraft verbunden hast, und sie wird keine Rücksicht auf dich nehmen.«

Die Prinzessin sah ihre Begleiterin nach wie vor gelassen an. »Davon bin ich auch nicht ausgegangen. Ich habe auf meiner Reise viel gelernt, nicht nur über die Anwendung von Magie. Mutters Pläne sind mir gleichgültig, genau wie die Prophezeiung. Ich vertraue nur noch auf die Weisheit Gideons und auf Rhonans Gefühl. Mutter kocht ihr eigenes Süppchen. Das weiß ich längst. Du weißt es doch auch und hast dich deshalb ihren Wünschen widersetzt, oder?«

»Widersetzt? So würde ich das nicht sehen. Ich sollte Juna helfen, den Prinzen zu finden und zu Camora zu bringen. Das Erste habe ich getan, das Zweite hätte ich getan. Es war nicht meine Aufgabe, Ligurius zu unterstützen, und es war auch nicht meine Aufgabe, Juna zu schützen.«

Sie blinzelte Caitlin an. »Als Priesterin ist es aber immer meine heilige Pflicht, den Nebelprinzessinnen beizustehen. Das habe ich getan.«

Die Prinzessin lächelte sie liebevoll an und ergriff deren Hände. »Bist du sicher, dass meine Mutter das auch so sehen wird?«

Hylia erwiderte das Lächeln. »Wie es aussieht, werde ich in nächster Zeit kaum Gelegenheit haben, sie zu fragen.«

»Bist du sehr unglücklich darüber?«

Hylia lachte leise. »Oh ja. Sehr.«

* * *

Auf dem Kutschbock entspannte sich Derea immer mehr. Der General hatte anscheinend seine Vorkehrungen getroffen, und etliche wie Jäger oder Fallensteller gekleidete Gestalten warteten auf sie, nur um hinter ihnen die Spuren zu verwischen oder andere zu legen. Verfolger mussten sie so wohl nicht fürchten, und größere Suchtrupps würden erst bei Anbruch des nächsten Tages aufbrechen.

Der Hof, der ihnen eine Nacht Unterkunft bieten sollte, lag mitten im Wald. Er bestand nur aus einer Holzhütte, deren Schornstein eine dünne Rauchfahne entwich, und einem größeren Schuppen, dessen Tor im Wind klapperte. Eine Ziege stand reglos in einem winzigen Gatter, und eine rote Katze flüchtete vor ihrer Ankunft zwischen die Bäume.

Man erwartete sie offenbar, denn eine grauhaarige Frau, in deren Gesicht das lange Leben tiefe Furchen eingegraben hatte, trat umgehend aus der Tür, sprach kurz mit dem General, nickte den Besuchern freundlich zu und verschwand wieder im Haus.

Raoul stieg ab und erklärte: »Wagen und Pferde können im

Stall untergebracht werden. Ich mache das. Derea, kümmere du dich um den Prinzen.«

Der sprang vom Bock und zerrte unsanft Juna herunter. Ihre Augen schleuderten Blitze.

»Wenn Blicke töten könnten«, murmelte er und reichte seine Gefangene an Marga weiter. »Lasst Euch nicht von ihrem Charme verzaubern«, riet er.

»Danke für die Warnung.« Marga grinste und schubste ihre Gefangene vor sich her.

Er ging um den Wagen herum und schob die Plane auseinander.

Hylia hielt ihm die Hände entgegen, um sich herunterhelfen zu lassen. »Der Prinz ist wach. Er wird mit Unterstützung gehen können.«

Caitlin half Rhonan, sich aufzusetzen und aus dem Wagen zu kommen. Der Hauptmann wollte ihn unten in Empfang nehmen, aber Gideon drängte ihn rücksichtslos zur Seite. »Bei den Göttern, gut, dich wiederzusehen, aber du siehst furchtbar aus. Kannst du gehen?«

»Wenn es nicht zu weit ist.« Er ließ sich schwer in Gideons Arme sinken.

Caitlin sprang leichtfüßig vom Wagen und forderte streng: »Schön langsam! Pass auf die rechte Hand auf, Gideon! Die Finger sind gebrochen, wir müssen sie noch richten. Derea, könnt Ihr kleine, möglichst gerade Stöckchen dafür auftreiben?«

Ihre Begleiter lächelten einander ob des Eifers der kleinen Prinzessin an und setzten sich in Bewegung.

Rhonan sah sich um und bemerkte: »Wir haben ja eine Menge neue Reisegefährten.«

»Allerdings, und ich finde das ausgesprochen beruhigend. Allein hätten wir dich kaum befreien können, und Prinz Derea hat einen guten Ruf. Falls du es noch nicht weißt, er hat Ligurius getötet.«

»Caitlin hat es mir erzählt. Ich hoffe, er starb nicht zu schnell. Allein für seine Verbrechen an den Tempelwächtern hätte er einen langsamen Tod verdient gehabt.«

Gideon antwortete: »Ich will dich nicht enttäuschen, aber es ging wohl schnell. Scheint ein tüchtiger, junger Mann zu sein. Auch der General versteht es, mit seiner Axt umzugehen. Er ist recht brummig, aber das dürfte gerade dich ja nicht stören. Du wirst unsere neue Begleitung schnell zu schätzen wissen. Nur diese Juna ist mir unheimlich.«

»Zu Recht«, stimmte der Prinz heiser zu. »Ich hab sie blöderweise für deine Marga gehalten.«

Die rotblonde Frau hielt ihnen die Tür auf und errötete bei seinen Worten. »Ich hoffe, Ihr seid nicht allzu sehr enttäuscht, denn ich bin Gideons Marga.«

Sie warf dem Gelehrten einen Blick zu und errötete noch tiefer. Eilig fuhr sie fort: »Es gibt keine abgetrennten Räume. Wir haben das Bett für Euch vor den Ofen gerückt. Da ist es am hellsten.«

Rhonan nickte. Solange er sich hinlegen konnte, war ihm alles andere gleichgültig.

Die Hütte war klein, verräuchert und vollgestellt. In Erwartung der Gäste hatte man roh zusammengezimmerte Bänke neben die drei Stühle gestellt. Das Bett erwies sich als Holzpritsche mit Strohsack. Die Alte, die sich als Hella vorstellte, stand an der Feuerstelle und rührte in einem großen, unansehnlich verrußten Kessel. Aber der Duft, der ihm entstieg, ließ Gideons Magen knurren, denn seit dem Frühstück hatte er ja nichts mehr gegessen.

Die Alte nickte ihm freundlich zu. »Haseneintopf! Nahrhaft und schmackhaft.«

»Das klingt verlockend«, murmelte der Verianer sichtlich verlegen.

Juna saß mit brav im Schoß gefalteten Händen auf einem Holzstuhl und lächelte Rhonan höhnisch an. »Oh, Ihr könnt wieder auf Euren Füßen stehen? Als ich Euch das letzte Mal sah, konnten Euch nicht mal mehr die Ketten aufrecht halten.«

Caitlin, die gerade hereinkam, warf ihr einen zornigen Blick zu. »Pass auf, was du sagst!«

Juna hob die Brauen. »Wollt Ihr mir drohen? Ihr solltet Eure Kräfte lieber für den Prinzen aufheben. Er sieht aus, als würde er doch gleich wieder umkippen, und ich weiß ja nicht, ob der hagere Kerl neben ihm ihn allein halten kann.«

Die Prinzessin schnaubte wütend, und es sah aus, als wolle sie sich auf die Hexe stürzen.

»Beachte sie einfach nicht«, bat ihr Mann müde.

Hylia hockte neben einer Bank, wühlte in einem Rucksack und sah jetzt kurz hoch. »Recht hat er. Lass dich nicht von ihr reizen.«

Rhonan ließ sich vorsichtig auf die Pritsche sinken, schloss die Augen und wollte sich hinlegen.

»Bleib wach!«, befahl Caitlin. »Du musst dich erst noch etwas stärken. Gideon, stütz ihn.«

Sie eilte um ihn herum, und der Prinz sah ihr missmutig hinterher. An Gideon gewandt murmelte er: »Es wird wohl nichts helfen, wenn ich ihr sage, dass ich nicht hungrig, sondern müde bin, oder?«

Hylia antwortete anstelle des Gelehrten: »Nein! Aber wir sind auch erschöpft. Das Heilen Eurer Wunden war anstrengend. Ihr solltet, ehe wir fortfahren, wieder halbwegs zu Kräften kommen. Ihr werdet sie benötigen, wenn wir die Finger richten. Das sollte möglichst schnell geschehen … zumindest, wenn Ihr die Hand in Zukunft noch benutzen wollt.«

Er nickte matt, und der Gelehrte drückte ihm voller Mitgefühl die Schulter. »Das überstehst du auch noch, mein Junge.«

Hylia ließ ihren Blick vom Prinzen zu Gideon gleiten. »Caitlin meinte, Ihr könntet das Richten der Knochen übernehmen. Ihr hättet viel Ahnung vom Knochenbau. Wir sind auf solche Eingriffe überhaupt nicht vorbereitet und können lediglich hinterher die Heilung beschleunigen.«

»Was?«, keuchte Gideon entsetzt. »Ich soll das machen?«

Rhonan lächelte dünn. »Keine Angst, mein Freund: Das überstehst du auch noch.«

»Ja, ich vielleicht, aber jetzt bin ich mir nicht mehr so sicher, ob du auch.«

»Ach, bestimmt«, erwiderte der Prinz, krümmte sich und stöhnte unterdrückt. »Schlimmer als jetzt kann es ohnehin kaum werden.«

Der Gelehrte, der wusste, dass sein Freund eine Menge einstecken konnte, ohne auch nur ein Wort darüber zu verlieren, sah ihn unglücklich an. »Konnte Caitlin denn gar nichts tun?«

»Doch, sehr viel sogar. Bis auf die Hand.«

»Ich habe so etwas noch nie gemacht.«

»Du schaffst das ganz sicher. Lass mich jetzt bitte nicht hängen.«

Gideon sah fast gegen seinen Willen auf die nahezu schwarze Hand mit den merkwürdig gekrümmten Fingern. Er glaubte, Knochenstücke aus der Haut ragen zu sehen. »Oje! Warum hast du Ligurius nicht einfach gesagt, was er wissen wollte? Er war doch bestimmt nur wieder hinter der Mine her.«

»Dann wäre ich umgehend bei Camora gelandet. Die Aussicht fand ich auch nicht gerade verlockend.«

Gideon nickte entschuldigend. »Das hatte ich vergessen. Wie ist das mit der Hand passiert?«

»Die stumpfe Seite eines Beils. Ligurius' Rache für Kinian.« Er lächelte verzerrt.

»Und wann?«, fragte der Gelehrte mit brüchiger Stimme.

Rhonan zuckte die Achseln. »Am Morgen nach unserer Trennung. Rechne selbst nach. Ich konnte kein Tageslicht sehen und habe irgendwann jedes Zeitgefühl verloren. Ich weiß gar nicht, wie lange ich eigentlich dort war.«

Caitlin kam mit einer Schale Eintopf zurück.

Fast hätte Derea sie umgerannt, der mit einer Sammlung kleiner Stöckchen in der Hand schwungvoll den Raum betrat.

»Entschuldigung«, stotterte er.

»Nichts passiert.« Die Prinzessin trat mit der Schale vor ihren Gatten. »Ich weiß, du magst nichts essen, aber versuch es trotzdem – mir zuliebe, zumindest ein wenig.«

Er verzog angewidert das Gesicht. »Mir ist wirklich nicht danach.«

Sie schob ihm schon einen Löffel in den Mund. »Du benötigst Nahrhaftes. Das schnelle Heilen zehrt auch an deinen Kräften, und so sehr viel Kraft hast du nicht mehr.«

Schon nach wenigen Löffeln hielt er ihre Hand fest und schüttelte den Kopf.

Sie seufzte, und er strich ihr durchs Haar. Sie schmiegte ihre Wange in seine Hand und sah ihn mit großen, feuchten Augen an. »Gideon wird es schaffen. Er kann das.«

»Aber ja. Wird schon werden. Hab keine Angst, Kleines«, stimmte er sofort zu.

»Euer Vertrauen hätte ich gern«, stöhnte der Verianer. »Ich kann meinen Zustand zurzeit am ehesten als Panik bezeichnen.«

»In diesem Zustand arbeitest du am besten«, tröstete ihn der Prinz, schloss kurz die Augen und krümmte sich erneut. »Hauptsache, bald.«

Gideon wurde noch bleicher, und Caitlin stellte sich hinter ihren Mann und legte ihm die Hände an die Schläfen. »Entspann dich! Gut, dass ich so viel gelernt habe. Heute benötigst du keinen Gürtel, du wirst schlafen.«

Gideon wirkte erleichterter als Rhonan.

Derea räusperte sich und legte die Stöckchen sorgfältig auf die Pritsche. »Kann ich noch irgendwie helfen?«

»Ich glaube nicht«, beeilte Caitlin sich zu sagen.

»Doch«, widersprach der Gelehrte. »Wir könnten ein größeres Brett für die Hand gebrauchen.« Er kratzte sich gedankenverloren am Kopf. »Ich müsste sie irgendwo ablegen können, während ich … denke ich jedenfalls.«

»Ein Brett zum Ablegen? Besorge ich.« Der Hauptmann eilte davon.

Caitlin tauschte mit Gideon den Platz und bettete den Kopf ihres Mannes in ihren Schoß. Marga betete stumm, Juna wirkte amüsiert, und Hylia sah misstrauisch vom Gelehrten zu Caitlin und Rhonan, die so frohgemut dreinsahen, als wollten sie sich gegenseitig Mut machen.

Gideon tastete zunächst sorgfältig die linke Hand des Prinzen ab, um sich die Stellung unverletzter Knochen einzuprägen. Derea brachte ihm das gewünschte Brett, und er band den rechten Unterarm daran fest.

Nachdem er alle Vorbereitungen getroffen hatte, warf er dem Prinzen einen besorgten Blick zu.

Der hatte die Augen geschlossen und die Lippen fest zusammengepresst. Schweißperlen glitzerten auf seiner Stirn, er atmete schwer, und seine linke Hand umklammerte krampfhaft eine Hand seiner Frau.

Gideon seufzte unwillkürlich laut auf.

»Du schaffst das. Denk an die Pfeilspitze«, versuchte Rhonan, ihn zu beruhigen.

»Bei den Göttern! Du weißt gar nicht, was du verlangst. Vielleicht bleiben die Finger steif oder krumm. Vielleicht kannst du die Hand nie wieder benutzen.« Die Stimme des Verianers klang ausgesprochen gehetzt, und in seinen Augen war nackte Angst zu sehen.

Der Prinz ließ seine Frau los, legte ihm die Hand auf den Arm und blickte ihn ernst an. »Gleichgültig, völlig gleichgültig. Es gibt kaum etwas, das ich nicht auch mit links kann, aber die Hand tut so höllisch weh, das stehe ich nicht mehr viel länger durch. Ob du die Finger richtest oder abhackst, tu, was immer du glaubst, tun zu müssen ... nur tu es bitte bald, mein Freund.«

Gideon schluckte schwer und nickte dann entschlossen. »Ich werde mein Bestes geben. Bereit?«

Rhonan sah ihn nur dankbar an und nickte.

Die Prinzessin blinzelte eine Träne weg, nickte auch und strich ihrem Mann über die Augen. »Er schläft. Fang an!«

Gideon schwitzte bald Blut und Wasser. Als Marga ihm mittendrin Branntwein hinhielt, griff er umgehend zu und leerte den Becher ganz gegen seine Gewohnheit in einem Zug. Seine Hände wurden wieder etwas ruhiger.

»Was mache ich hier nur?«, stöhnte er. »Mir ist schlecht. Das ist grauenhaft. Steht der Knochen jetzt richtig? Ich weiß es nicht. Wäre ich doch in meinem Turm geblieben.«

Caitlin war dankbar, dass Hylia es übernommen hatte, Gideon zur Hand zu gehen. Zwar hatte sie sich notgedrungen an den Anblick von Verletzungen und Blut gewöhnt, aber dieser Aufgabe wäre sie nicht gewachsen gewesen. Die Hand sah zu furchtbar aus, und sie mochte gar nicht daran denken, dass es tatsächlich eine Hand ihres Mannes war.

Derea warf ihr einen besorgten Blick zu. »Ihr seid sehr blass und solltet vielleicht eine Weile nach draußen gehen«, schlug er vor. »Frische Luft würde Euch guttun.«

Sie schüttelte heftig den Kopf. »Auf keinen Fall. Es ist nur ein leichter Schlaf. Ich muss dafür sorgen, dass er nicht aufwacht.«

Mehr um sie abzulenken, fragte er: »Was sind das für Tätowierungen auf seinen Armen?«

»Die gehören zu Kahandar. Deshalb mussten wir ins Wintergebirge.«

»Ich hielt das immer für eine Legende«, gab er überrascht zurück. »Das Schwert gibt es wirklich, und es war die ganze Zeit im Gebirge?«

Sie nickte abwesend. »Gideon, wie sieht es aus? Schaffst du es?«

Der stöhnte: »Ich weiß es wirklich nicht. Die anderen Finger konnte ich strecken, obwohl ich nicht weiß, ob sie so stehen, wie sie stehen sollten. Aber der Ringfinger ist … ist völlig zertrümmert. Da ist nichts mehr zu strecken oder zu richten, ich fürchte, zumindest der wird für immer steif bleiben.«

Die Blicke der beiden trafen sich, und da der Gelehrte ausgesprochen mitgenommen aussah, erklärte sie zuversichtlicher, als sie sich fühlte: »Das ist nicht weiter schlimm. Du kennst ihn doch mittlerweile gut genug. Damit wird er auch noch leben können. So, wie die Hand zugerichtet war, wird er froh sein, wenn er sie auch nur halbwegs wieder benutzen kann und wenn sie endlich nicht mehr so schmerzt.«

Der General kam in diesem Augenblick herein, und ein Schwall kalter Luft fegte durch den Raum.

»Wie sieht es aus? Werden wir morgen aufbrechen können?«, fragte er und betrachtete den niedergestreckten Prinzen und die Gruppe um ihn herum interessiert.

Caitlin warf ihm nur einen giftigen Blick zu.

Raoul sah über Gideons Schulter. »Ich hoffe, Ihr wisst, was Ihr tut. Wäre von Vorteil, wenn der König seine rechte Hand weiter benutzen könnte. Er benötigt sie bestimmt noch im Kampf.«

Der Gelehrte legte gerade Schienen an den Ringfinger, ohne zu glauben, dass sie etwas bewirken konnten, und schnaubte: »Könnt Ihr es besser? Nur zu! Ich habe mich nicht um diese Arbeit gerissen.«

»Ihr macht das sehr gut«, lobte Hylia. »Ich bin tief beeindruckt und voller Hoffnung auf schnelle Heilung.«

Während sie Gideon Leinen reichte und die Stöckchen hielt, wandte sie sich an den General: »Wenn Ihr es eilig habt, solltet Ihr uns unsere Arbeit machen lassen.«

Hella mischte sich ein und klopfte mit der Kelle gegen den Kessel. »Kommt, Raoul! Das Essen wartet.«

Marga, Juna und Derea hielten schon dampfende Schalen in den Händen, doch nur Juna wirkte entspannt und löffelte hungrig. Die Blicke der beiden anderen glitten immer wieder zur Pritsche. Der General stellte sich mit seiner Schüssel an die Tür und ließ die Heiler nicht aus den Augen.

Endlich seufzte Gideon laut auf: »Also … ich … oh Himmel!« Er sackte zusammen und fuhr sich mit beiden Händen durchs schweißnasse Gesicht.

Hylia nickte Caitlin beruhigend zu. »Es sieht wirklich gut aus. Wir können jetzt beginnen, die Heilung zu beschleunigen.«

Ihr Blick huschte durch die Hütte. »Derea, seid doch so nett und kümmert Euch um den Gelehrten, ehe er uns noch umfällt.«

Der musste der Aufforderung keine Folge leisten, denn Marga war schon hinzugetreten und drückte dem sichtbar erschöpften Verianer die Schulter. »Kommt! Ein leckerer Eintopf und ein Becher Gebrautes warten auf Euch. Ihr seht aus, als könntet Ihr beides vertragen.«

Gideon wischte sich mit seinem Ärmel übers Gesicht. »Danke … ich … also, danke.«

Der Rest des Abends verlief schweigsam. Alle waren erschöpft, und bald schon trug man die Bänke nach draußen und rollte stattdessen Decken zum Schlafen aus.

8. Kapitel

Rhonan erwachte, weil seine Hand schmerzte. Dankbar nahm er zur Kenntnis, dass die Schmerzen aber nichts mehr im Vergleich zu vorher waren, und schickte einen stummen, aber umso innigeren Dank an den Gelehrten. Nach den düsteren Tagen im Kerker verspürte er den Wunsch nach frischer Luft.

Caitlin lag neben seiner Pritsche, eine Hand auf seinem Arm. Behutsam löste er ihre Finger und setzte sich auf. Ein Lächeln glitt über sein Gesicht, als er über die Schlafenden hinwegstieg. Fremde hatten sich in Gefahr begeben, um ihn zu retten. Hatte Gideon doch recht? Musste er lernen, noch mehr Menschen zu vertrauen? Die Tür knarrte, obwohl er sie behutsam schloss.

* * *

Er lehnte noch wacklig auf den Beinen an der Hauswand, atmete tief ein und versuchte, sich ins Gedächtnis zu rufen, was Caitlin ihm alles über die neuen Gefährten erzählt hatte, als er das Knurren eines Wolfes hörte. Seine Hand suchte das Schwert. Aber seinen Schwertgürtel hatte er nicht angelegt. Er musste an einen Dolch gelangen.

Ein Pfiff ertönte, und der Wolf trabte davon. Stattdessen kam eine Gestalt in einem schwarzen Umhang aus der Dunkelheit auf ihn zu. Rhonans linke Hand wanderte weiter zum Stiefel.

»Lasst die Dolche stecken! Ich bin nicht Euer Feind.«

Er kannte diese Stimme und verband Schreckliches damit, er

wusste nur nicht, was. Der Fremde stand keine Pferdelänge weit von ihm entfernt und strich die Kapuze zurück.

Aus dem Nichts hielt der Prinz Kahandar in der Hand. »Nehmt Eure Waffe!«, forderte er.

»Ich werde nicht gegen Euch kämpfen. Ihr werdet mich schon so töten müssen«, erwiderte Raoul.

»Wie Ihr wollt.« Rhonan hob die Waffe.

Der General bewegte sich nicht.

Der Prinz schluckte schwer, zögerte, nickte schließlich und holte zum Schlag aus.

Der Widerstand erfolgte anders als erwartet: Derea warf sich mit gezückter Waffe vor Raoul und parierte. »Im Namen der Götter. Was soll das?«

Rhonan starrte unentwegt den General an. »Geht aus dem Weg!«

»Das werde ich nicht tun. Könnte mir bitte jemand erklären, was das soll?«

»Mit Euch hat das nichts zu tun. Geht aus dem Weg oder sterbt!«

Dereas Gesichtsausdruck war eine Mischung aus Verzweiflung und Unverständnis. »Himmel! Denkt an Eure Hand. Ihr könnt noch nicht wieder kämpfen. Ihr seid viel zu schwach.«

Die Augen des Prinzen funkelten. »Wenn Ihr Euch da mal nicht täuscht.«

Umgehend griff er an. Kahandar flammte blau auf. Ungeheuer kraftvoll traf es Dereas Schwert. Der sah verblüfft auf die einzigartige Klinge. So viel zur Schwäche des Prinzen, dachte er.

Rhonan griff weiter an, immer schneller kamen seine Attacken. Er drängte den Hauptmann immer weiter zurück und überquerte dabei den halben Hof. Aber der parierte ein ums andere Mal. Längst hatte er auch sein zweites Schwert gezogen.

Kahandar durchbrach die Deckung und wurde zurückgezogen. Derea nickte. Der Prinz wollte ihn also nicht verletzen, sondern entwaffnen. Durch geschickte Paraden versuchte er jetzt ebenfalls, seinem Gegner die Waffe aus der Hand zu schlagen, doch die schien mit der Hand verwachsen zu sein, die sie führte.

»Warum tut Ihr das?«, keuchte Derea. Er sah schon Sterne, wo keine waren.

»Haltet Euch raus. Legt endlich die Waffen nieder!«

»Lasst uns doch reden.« Der Hauptmann sah sofort, dass der Prinz nicht die Absicht hatte zu reden, denn beim nächsten Angriff ging er in die Knie. Er hatte seit Jahren keinen Kampf mehr verloren, aber er hatte auch noch nie jemanden so schnell und geschickt sein Schwert schwingen sehen. Nie hatte ihn ein Kampf so viel Kraft gekostet und so viel Konzentration gefordert. Sein Gegner ließ nicht nach und trieb ihn regelrecht wie einen Spielball vor sich her.

Der Kampflärm hatte auch die Schläfer drinnen geweckt. Stimmen wurden laut. Gideon keuchte, und die alte Hella beschwor Raoul lauthals, die verrückten jungen Männer zu trennen. Aber der beobachtete nur reglos den Kampf. Juna kicherte und Marga und Hylia rieben sich die Augen.

Caitlin kam mit gerafften Röcken aus der Tür gestürzt. »Rhonan, hör sofort auf!«

Derea sah aus dem Augenwinkel, wie sie auf sie zurannte. »Bleibt weg!«, schrie er warnend.

Aber sie dachte gar nicht daran. »Waffen weg!«, kreischte sie und sprang mitten zwischen die Kämpfer. Die schafften es gerade noch, ihre Schwerter wegzuziehen.

»Du hättest jetzt tot sein können. Bist du wahnsinnig?«, fluchte Rhonan.

»Das fragst gerade du?«, keifte sie zurück. »Was treibst du hier?«

»Geh wieder rein.«

»Damit du weiter auf deine Retter einhacken kannst? Hier wird nicht mehr gekämpft. Du kommst jetzt sofort rein und legst dich wieder hin. Hylia und ich sind von der Anwendung der Heilmagie immer noch ausgelaugt, Gideon hat nach der Versorgung deiner Hand noch keinen zusammenhängenden Satz herausbekommen, und du stehst mitten in der Nacht auf und kämpfst? Wir begeben uns deinetwegen in Gefahr, opfern uns auf und leisten eine Prachtarbeit an dir, und du … du schlägst zum Dank dafür ausgerechnet auf den Mann ein, der Ligurius getötet hat?«

Rhonan starrte sie an, schien sie aber gar nicht wahrzunehmen.

Der General räusperte sich vernehmlich. »Es ging nicht gegen Derea. Euer Gatte will mich töten, und ich kann diesen Wunsch nachvollziehen.«

»Ja? Warum sollte er Euch töten wollen?« Ihr Gesicht war ein einziges Fragezeichen.

Gideon hatte offenbar seine übliche Denkfähigkeit wiedererlangt, denn er würgte hervor: »Das darf nicht wahr sein. Ihr seid der General von da'Kandar?«

Derea ließ seine Schwerter in die Scheiden gleiten und stieß einen Pfiff aus. »Blitz und Donner!«

»Ich habe geschworen, Euch zu töten, sollte ich Euch je wiedersehen«, erklärte Rhonan leise. »Ich werde diesen Schwur halten.«

»Ich werde Euch auch nicht davon abhalten«, erwiderte der General ruhig. »Ich bitte Euch nur, es nicht sofort zu tun. Ich kann Euch zuvor helfen.«

»Niemals. Ich will Eure Hilfe nicht.«

Caitlin rüttelte am Arm ihres Mannes. »Ich versteh das nicht. Woher kennst du ihn?«

»Weil er meine Familie getötet hat.« Sein Gesicht war nach wie vor völlig ausdruckslos.

Ihr entsetzter Blick wanderte zu Raoul, ihr Körper erbebte. »Ihr seid …?«

Er nickte, ohne sie anzusehen. »Ich habe den Befehl erhalten, alles Leben in der da'Kandar-Festung auszulöschen, und diesen Befehl befolgt. Ich habe in einer Nacht den König, die Königin, die Prinzen, die Prinzessin, Krieger, Diener, Mägde, Männer, Frauen und Kinder ermordet oder ermorden lassen. Nicht mal Säuglinge habe ich verschont. Ich habe sie getötet und verbrannt. Ich bin danach ins Bett gegangen und habe gut geschlafen. Irgendwann hörte ich, ein Prinz hätte überlebt. Seitdem habe ich keine Nacht mehr ruhig geschlafen. Nicht aus Angst vor Rache, auch nicht, weil ich Gewissensbisse bekam, sondern weil mir klar wurde, dass es eine Bedeutung haben müsste, wenn es wahr wäre. Weder Glück noch Zufall hätten in dieser Nacht jemanden retten können. Dafür hätte es größerer Mächte bedurft. Das Gerücht erwies sich als wahr. Es sieht so aus, als hättet Ihr noch eine wichtige Aufgabe zu erfüllen. Ich gebe mich in Eure Hand. Tötet mich sofort, oder lasst mich Euch zuvor helfen.«

Rhonan wollte etwas sagen, aber Caitlin legte ihm die Finger auf den Mund. »Nicht jetzt!« Sie sah zu ihm hoch und bat: »Überdenke, was du tust. Sprich mit Gideon. Übereile nichts! Bitte.«

Raoul nickte. »Wie Ihr Euch auch entscheidet, ich stehe Euch zur Verfügung. Wenn Ihr mich sucht, ich bin auf dem Hof oder in der Scheune.« Damit ging er gemessenen Schrittes davon.

Derea starrte ihm mit zusammengekniffenen Augen nach und umklammerte seine Schwertgriffe, als wolle er sie zerquetschen. Rhonan zitterte und schien sich kaum beherrschen zu können. Caitlin krallte sich in seine Arme, und Gideon bat: »Lass uns drüber schlafen.«

Juna kicherte. »Der Möchtegern-König in Gewissensnöten. Hätte er gewusst, wer ihn rettet, wäre er bestimmt lieber im Kerker geblieben.« Hylia gab ihr eine schallende Ohrfeige und stieß sie dann wortlos ins Haus.

Rhonan wandte sich Caitlin zu. »Geh wieder hinein. Ich möchte gern eine Weile allein sein.«

Sie sah wenig begeistert aus. »Komm mit! Ich könnte dir helfen, wieder einzuschlafen.«

»Liebes, versteh doch: Ich benötige jetzt etwas Zeit für mich.«

Schweren Herzens nickte sie und ging ins Haus.

* * *

Es wehte ein leichter Wind, der neben Schneestaub von nahen Tannen auch den würzigen Duft der Angusbäume zu ihm herübertrug. In der Nähe heulte ein Wolf. Es war eine Nacht wie viele andere und doch ganz anders. Der Himmel erschien ihm dunkler als je zuvor, die bleiche Sichel des Mondes wirkte bedrohlich, und die gewohnte Kälte traf ihn heute bis ins Mark.

Immer wieder hatte er sich ausgemalt, wie es sein würde, dem Mörder seiner Familie gegenüberzustehen. Jedes Mal hatte er ihn getötet und seine Familie gerächt. Heute hatte er vor ihm gestanden und es nicht gekonnt. Er hatte versagt und sah die anklagenden Gesichter der Opfer von da'Kandar vor sich. Bis zu seinem Tod würden die Schrecken dieser Nacht ihn verfolgen. Ob es besser werden würde, wenn er den General tötete? Die Stimmen seiner Mutter und seiner Geschwister summten wie wütende Bienen in seinem Kopf. Er sah ihre Gesichter auf abgeschlagenen Köpfen, vor Wut verzerrt. Bilder von zornigen

Fratzen flimmerten vor seinen Augen, klagende Stimmen übertönten jedes Geräusch.

Er ertrug es nicht und krümmte die Finger der verletzten Hand, um mit körperlichem Schmerz den unerträglichen Schmerz in der Seele zu verdrängen. Doch die Toten gaben nicht auf. Er hörte Schreie und die Stimme seines Vaters, die ihn aufforderte, auf sein Herz zu hören, um immer den richtigen Weg zu gehen.

Dieser Satz hatte sich eingebrannt, denn zum ersten und einzigen Mal hatte er sich selbst Bedeutung beigemessen. Er hatte auf sein Herz gelauscht – und nichts gehört.

Auch heute hörte er nichts, und eine Entscheidung gab es nicht. Sein Weg war längst vorgezeichnet von den rot züngelnden Flammen da'Kandars und vom blauen Feuer Kahandars. Seine Zukunft lag nicht in Caitlins Armen, denn sein Erbe waren die Quelle, Camora und Rache.

Sein Blick suchte den Gipfel des Wintergebirges. »War das dein Werk, Palema? Hast du geglaubt, die Gegenwart sei nicht schrecklich genug für mich? Musstest du auch noch die Vergangenheit ausgraben?«

Nur für ihn hörbar erklang ihre Stimme: »Ich musste nicht, ich wollte. Wie ich dieses Treffen herbeigesehnt habe! Wie eine Fliege hättest du ihn zerquetschen können. Hätte ich damit rechnen müssen, dass du jetzt dort sitzt und Trübsal bläst? Steh auf und erschlage den Mann, der uns vor fünfzehn Jahren fast umgebracht hätte! Hast du vergessen, wie Brandwunden schmerzen? Noch vor Kurzem hättest du keinen Wimpernschlag lang gezögert. Was ist aus dir geworden? Handle gemäß deiner Bestimmung und löse dich vom Gängelband dieser Priesterin! Du wirst keine Kämpfe mehr gewinnen, wenn du dich an Röcke klammerst. Deine Kraft wird schwinden, wenn du nur noch deiner Frau gefallen willst. Sie kennt uns nicht. Sie weiß nichts von unserem Leid. Du hast ihr von der Mordnacht auf da'Kandar erzählt, aber nicht, dass du dich ein Jahr lang kaum bewegen und vier Jahre lang nicht sprechen konntest. Das wäre zu viel für deine zartbesaitete Frau gewesen. Doch du solltest nie vergessen: Die schlimmsten Wunden habe ich davongetragen beim Versuch, dich zu schützen. Ich habe ungleich mehr gelitten als du, und ich habe dir die Gelegenheit zur Rache verschafft. Nutze sie! Erlöse dich von den Träumen und deine erbärmliche Familie vom berechtigten Verlangen nach Vergeltung. Erweise dich nur einmal als würdiger Erbe. Wie kannst du zögern? Geh und töte den grausamen Schlächter! Lass ihn langsam sterben und sieh ihm dabei zu. Du hast dich jahrelang der Verantwortung entzogen und dich verkrochen. Wenn du selbst jetzt noch versagst, da dir die Rache in den Schoß gelegt wird, werden die Toten dich zu Recht auf ewig verdammen. Denk darüber nach, Rhonan da'Kandar, einziger überlebender Nachfahre des so ruhmreichen und in nur einer einzigen Nacht nahezu ausgelöschten Geschlechts der Alten Könige!«

* * *

Schritte knirschten im Schnee. Rhonan fuhr sich hastig über die Augen, aber es war gar nicht seine Frau, sondern Derea, der auf ihn zukam. »Ich muss mit Euch reden.«

»Tatsächlich?« Nur mühsam kam er in die Wirklichkeit zurück.

Der Hauptmann setzte sich und sah unschlüssig vor sich hin. »Ihr seid ein ausgezeichneter Schwertkämpfer. Fast bin ich froh, dass Ihr nur Eure linke Hand benutzen konntet.«

»Ihr wart ein ebenbürtiger Gegner. Ihr habt einen meiner Erzfeinde getötet und mir das Leben gerettet. Ich bin noch gar nicht dazu gekommen, Euch zu danken.«

Der winkte ab. »Ich wünschte, wir hätten früher kommen können. Eure Waffe … sie ist mehr als beeindruckend. Nie hätte ich geglaubt, dass es das legendäre Kahandar wirklich gibt.«

»Und Ihr führt die Zwillingsschwerter. Lassen wir das. Ihr seid bestimmt nicht mitten in der Nacht zu mir gekommen, um mit mir über Schwerter oder die Kunst, sie zu führen, zu reden.«

Der Hauptmann seufzte leicht. »Nein, natürlich nicht. Ist nur schwierig für mich. Wir sind in einer verdammt dummen Lage. Ihr wollt den General töten, und ich kann das nicht zulassen.«

Rhonan starrte weiter vor sich hin. »Ihr solltet meine Gründe doch verstehen.«

»Ich verstehe Euch nur zu gut, aber ich muss Euch dennoch davon abhalten. Der General ist nämlich mein Vater«, erklärte Derea und fügte dann hinzu: »Also nur mein erzwungener Erzeuger. Aber diese familiäre Bindung hindert mich daran zuzulassen, dass Ihr ihn tötet.«

»Euer Vater?« Der Stimme war deutlich Überraschung anzuhören.

»Na ja, eher Zuchtmaterial für Ayala. Er wollte keine Kinder und sie keine Söhne. Ich war ein missglückter Wurf und ich kenne ihn kaum länger als Ihr.«

»Ayala? Dann seid Ihr Caitlins Halbbruder? Das hat sie mir gar nicht erzählt.«

Er lächelte. »Seit ich Eure Frau kenne, ist sie in Sorge um Euch. Ich glaube, sie hat noch nicht darüber nachgedacht. Vor ihrer Geburt waren mein Bruder und ich ja auch schon bei Königin Morwena. Ich lerne plötzlich immer mehr Familienmitglieder kennen. Ist schon seltsam.«

»Das kann mir nicht passieren«, entgegnete Rhonan trocken.

»Was damals geschehen ist, ist unvorstellbar schrecklich. Aber wir sind anders als Camora und seine Schergen. Wir haben höhere Werte. Ihr versteht, dass ich nicht tatenlos zusehen kann, wie Ihr meinen Vater erschlagt? Ich kann es einfach nicht.«

»Glaubt Ihr aber auch, Ihr könntet mich daran hindern?«

Derea stieß die Luft aus. »Ich weiß nicht, aber ich muss es zumindest versuchen. Das ist ja gerade das Verzwickte: Ihr wollt ihn töten, aber mich nicht verletzen. Ich muss Euch an Eurem Vorhaben hindern, will Euch aber auch nicht verletzen. Das kann ein langer Kampf werden.«

»Vielleicht nehme ich ja doch in Kauf, Euch zu verletzen«, gab der Prinz zu bedenken, aber sein Gesprächspartner schüttelte den Kopf. »Nein, das werdet Ihr nicht.«

»Was macht Euch so sicher? Ihr kennt mich doch gar nicht.«

»Weil Ihr es vorhin nicht getan habt«, erklärte Derea. »Ich habe gesehen, wie viel Mühe es Euch gekostet hat, Euch zu beherrschen, aber Ihr habt es getan. Zwei-, dreimal hättet Ihr mich verletzen oder gar töten können, aber Ihr habt es nicht getan. Ihr wolltet Vergeltung, aber nicht um jeden Preis, und das wird sich sicher nicht so schnell ändern. Wollt Ihr mich wirklich zu einem Kampf herausfordern, der nur dadurch beendet werden kann, dass einer von uns vor Erschöpfung zusammenbricht?« Unvermittelt wechselte er das Thema. »Wart Ihr mal Krieger?«

»Ich war schon eine Menge, das aber tatsächlich noch nie.«

»Ich war nie etwas anderes. Ich kann die Schlachten nicht mehr zählen. Man sagt mir nach, nicht zimperlich zu sein, wenn es um das Töten von Feinden geht. Ich kämpfe für El'Maran und gegen all seine Feinde. Ich befolge Befehle, und um Erfolg zu haben, bin ich nicht immer wählerisch, was die Art und Weise des Kampfes betrifft. Der General hat seine

Befehle befolgt und getan, was er damals für das Richtige hielt. Versteht mich nicht falsch. Ich sage nicht, ich hätte diesen Befehl auch ausgeführt. Sicher ist nur, hätte Raoul sich geweigert, hätte es ein anderer getan. Eure Familie war schon tot, als Camora ihre Vernichtung beschloss.«

Der Prinz schüttelte den Kopf. »Ganz so einfach ist es nicht. Ich sah Euren Erzeuger in jener Nacht. Er war ein erbarmungsloser, grausamer Schlächter. Er hat meinen Vater zusehen lassen, wie er meinen Geschwistern und meiner Mutter den Kopf abschlug, und er hat dabei gelacht, er hat sich am Schmerz meines Vaters geweidet. Er hat nicht nur einen Befehl ausgeführt, er hatte Spaß daran. Ich kann das nicht vergessen und ihm vergeben, nur weil er ein Krieger war.«

Derea hatte so viele Freunde sterben sehen, dass er sich die ungleich größere Qual eines Kindes vorstellen konnte, das gezwungen war, den Tod seiner Familie mit anzusehen. Rhonan hatte seine eigene Zuschauerrolle in dieser Nacht nur beiläufig erwähnt, aber gerade das schnürte ihm jetzt fast die Kehle zu. Er konnte weder Verständnis noch Verzeihung für die Gräueltaten seines Vaters erwarten oder aufbringen und musste sich zu den nächsten Worten zwingen. »Glaubt Ihr, dass Menschen sich ändern können?«

Rhonan schwieg, und er fuhr leise fort: »Wir sind hier, weil der General es so wollte. Ohne ihn wärt Ihr immer noch in Ligurius' Folterkammer oder schon bei Camora. Er hat geschworen, Euch mit seinem Leben zu schützen.«

»Könnt Ihr Euch vorstellen, dass ich diesen Schutz nicht will?«

»Könnt Ihr wählerisch sein? Wir sind mitten im Feindesland. Was ist mit Caitlin? Glaubt Ihr, Ihr könntet sie weiterhin allein beschützen? Hier lauern weit mehr Gefahren als im Wintergebirge.«

Rhonan sah ihn das erste Mal an, und Derea schluckte heftig, als er die Qual in den Augen seines Gegenübers sah. Die Stimme des Prinzen war noch dunkler als üblich, als er fragte: »Was erwartet Ihr eigentlich von mir? Glaubt Ihr ernsthaft, ich könnte mit einem Mann zusammen reisen, dem ich dabei zusehen musste, wie er meine Familie zerhackt und verbrannt hat?«

»Ja!« Der Hauptmann glaubte selbst kaum, was er da gesagt hatte.

»Ja? Könntet Ihr das?«

»Nein«, gab er leise zu. »Aber ich bin überzeugt, dass Ihr es könnt. Ich hätte ihn vermutlich erschlagen, und wenn ich mich vorher durch zehn Menschen hätte hindurchkämpfen müssen. Ich habe aber auch keine Frau, die ich schützen muss. Ihr habt gezögert und sitzt jetzt hier und fragt Euch, was wichtiger ist: die Vergangenheit oder die Zukunft? Raoul könnte mit all seinen Verbindungen und Kenntnissen von Camoras Armee sehr hilfreich sein. Auch als Reisegefährte ist er nicht zu unterschätzen. Wollt Ihr Eure tote Familie rächen oder das Überleben Eurer Frau sichern?«

Er sah, wie Rhonan erschauerte, und fuhr mit matter Stimme fort: »Soll ich Euch etwas sagen? Ihr hättet ihn gleich zu Anfang töten müssen … aus dem Augenblick heraus, ohne jede Überlegung. Jetzt ist es zu spät, viel zu spät. Ihr habt Euch längst entschieden – gegen Eure tote Familie und für Eure Frau. Ihr wisst nur nicht, wie Ihr mit dieser Entscheidung leben sollt. Ich kann Euch keine Hilfe anbieten. Ich wüsste es auch nicht.«

Der Prinz erklärte müde: »Die Hexe hatte recht: Ich wäre lieber im Kerker geblieben.« Er stand auf, ging einige Schritte und schlug heftig mit der linken Faust gegen einen Baum. Schnee rieselte von den Ästen.

»Lasst wenigstens eine Hand ganz! Wir sind noch nicht in Sicherheit«, bemerkte Derea ohne jedes Lächeln. Unglaubliche

Trauer hatte sich in ihm ausgebreitet und ein ebenso unglaublicher Hass auf seinen Vater und letztlich sogar Hass auf sich selbst, weil er versucht hatte, den Prinzen von einer Tat abzuhalten, die er selbst sofort und mit den besten Gefühlen begangen hätte, denn nichts, rein gar nichts konnte die Taten des Generals in besserem Licht erscheinen lassen.

Er fuhr herum, weil sich jemand näherte, aber seine Hand ließ den Schwertknauf umgehend wieder los, denn es war Caitlin, die mit besorgtem Gesichtsausdruck zwischen den Bäumen hindurchkam.

Sie warf ihm einen kurzen Blick zu und ging geradewegs auf ihren Gatten zu, nahm dessen linke Hand in ihre, betrachtete die von der Rinde aufgeschürften Fingerknöchel mit leichtem Kopfschütteln und schimpfte liebevoll: »Als wenn gerade du es noch nötig hättest, dir selbst Verletzungen zuzufügen.«

Zärtlich zog sie seinen Kopf zu sich herunter.

Derea ging. Das Letzte, was er hörte, war ein tiefes Schluchzen und Caitlins tröstende Stimme. Er wusste, er hatte gewonnen, und hätte sich vor lauter Glück am liebsten hinterm nächsten Baum übergeben.

Kurz vor der Tür stieß er auf den General, der offensichtlich seinen Rundgang machte. »Geht mir aus dem Weg!«, schnaubte er bissig.

»Du bist doch auch ein Krieger«, antwortete der unwirsch. »Erzähl mir nicht, du hättest noch nie getötet.«

»Kinder, Frauen und alte Leute? Seid Ihr von Sinnen? Ich bin bestimmt nicht auf alle meine Taten stolz, aber zumindest habe ich nie zusammen mit meinen Feinden auch meine Ehre verbrannt. Hättet Ihr mir angetan, was Ihr dem Prinzen angetan habt, hätte ich Euch erschlagen wie einen tollen Hund. Nichts Besseres habt Ihr verdient. Ich verachte Euch.«

Raoul hielt ihn fest, als er sich an ihm vorbeischieben wollte.

»Ich mich auch, mein Sohn. Das war der Grund, weshalb ich deinen Bruder und dich nie aufgesucht habe. Ich habe immer wieder von euren ruhmreichen Taten gehört und habe mich meiner eigenen geschämt. Diese Nacht auf da'Kandar hat mein Leben verändert.«

Derea entfernte angewidert die Hand von seinem Arm. »Ich komme gerade von einem Gespräch mit jemandem, dem es genauso geht. Jung und wehrlos musste er Eure Gräueltaten mit ansehen. Heute hatte er eine Wahl und hat eine Entscheidung getroffen, die mich ihm auf ewig verpflichtet. Damit hat diese Nacht jetzt auch mein Leben verändert. Glückwunsch, General. Und kommt mir in Zukunft besser nicht zu nahe.« Er wandte sich schroff ab und ging ins Haus.

* * *

Schlaf fand er keinen. Er wünschte sich plötzlich nichts sehnlicher, als an einer Schlacht teilzunehmen. Zumindest hätte er dort keine Schwierigkeiten gehabt, seinen Feind zu erkennen.

Einige Zeit später kamen Rhonan und Caitlin leise in die Hütte.

»Geh du auf die Pritsche, Prinzessin.«

»Du willst nicht?«, flüsterte Caitlin.

Er schüttelte den Kopf, ließ sich auf dem Boden nieder und griff nach der Decke.

»Soll ich dir helfen einzuschlafen?«

»Ich schlafe schon fast.«

»Hast du noch große Schmerzen?«

Derea hörte Rhonan unterdrückt lachen. »Nein, es wird schon gehen.«

Sie ließ sich neben ihm nieder und schmiegte sich an ihn. »Rhonan …«

»Ja, ich sage dir, wenn es nicht mehr geht. Ich wusste doch, dass mir etwas gefehlt hat.«

»Du hast mir auch gefehlt. Ich hatte furchtbare Angst um dich. Lass mich nie wieder so lang allein.«

»In den nächsten Kerker nehme ich dich mit. Aua! Ist ja gut, ich lasse mich nicht mehr fangen. Nun schlaf endlich.«

»Rhonan?«

»Nicht hier und jetzt!«

Sie kicherte, dann fragte sie kaum hörbar: »Geht es dir wirklich gut?«

»Es geht mir immer gut, wenn du bei mir bist.«

»Ich meine es ernst.«

»Ich auch.«

»Du kannst damit leben?«

»Nur ohne dich könnte ich nicht leben.«

»Ich liebe dich.«

»Ich dich auch. Schlaf jetzt!«

Eine Weile war es still. Dann erklang ein Keuchen. »Bei den Göttern! Bist du noch gescheit? Weißt du, wie kalt deine Hände sind?«

»Natürlich, aber dir ist es offensichtlich bisher entgangen.« Trotz ihrer leisen Stimme war ein Vorwurf aus ihren Worten herauszuhören. »Ich habe deinetwegen entsetzliche Angst ausgestanden, bin von der Anwendung der Heilmagie völlig ermattet und friere jetzt auch noch ganz erbärmlich, und dich kümmert das überhaupt nicht. Du bist einmal mehr in der Vergangenheit gefangen und liegst einfach da wie ein Brett. Den Toten musst und kannst du nicht mehr helfen, aber mir ganz dringend.«

»Du hast recht. Verzeih!« Es war leises Rascheln zu hören.

»So ist es besser. Bist du jetzt endlich wieder ganz bei mir?«

»Ja, Kätzchen. Aber wenn du das nächste Mal kalte Hände hast, steck sie trotzdem bitte nur unter mein Hemd.«

»Oh nein, mein Lieber, nicht, wenn du mich einfach nicht beachtest. Ich muss dich tagsüber schon mit dem verdammten halben Reich teilen, aber nachts werde ich dich nie mit jemandem teilen, auch nicht mit deinen verfluchten Geistern. Merk dir das besser. Jetzt will ich einen Kuss. Ich habe ein Recht darauf, ich bin …« Der Rest wurde erstickt.

Derea hatte noch nie die Zeit gefunden, sich nach einer Frau umzusehen, und zum ersten Mal kam ihm der Gedanke, er könnte etwas versäumt haben.

9. Kapitel

Canon kam zu sich, weil ihm jemand Wasser ins Gesicht schüttete. Das Erste, was er dachte, war, dass er gar nicht so glücklich darüber war, noch einmal erwacht zu sein, denn zwei zopfbehangene Hordenreiter zerrten ihn aus tiefem Schlamm auf die Füße. Benommen schüttelte er den Kopf, um klarer sehen zu können. Der Nebel um ihn herum wollte sich aber nicht verziehen, und das Gefühl, in schweren Gewichten gefangen zu sein, auch nicht.

»Königin Morwenas älterer Sohn, wenn ich mich nicht irre?« Ein Kommandant der Horde baute sich vor ihm auf.

Er starrte nur schweigend zurück. Das Einzige, was langsam klarer wurde, war der Schmerz im Gesicht, dann der im Bein. Er wusste gar nicht, warum sein Bein so fürchterlich wehtat. Da er kein Blut sah, musste er wohl einen Pferdetritt abbekommen haben, aber das war nebensächlich. Mar'Elch war gefallen und das war furchtbar. Tagelang hatten sie bis zum Umfallen gekämpft, und es hatte trotzdem nicht gereicht.

»Hast du Angst, du könntest schon zum Verräter werden, wenn du uns nur deinen Namen sagst, oder hast du Angst vor dem, was wir mit dir vorhaben? Wir sind uns deiner eigentlich sicher, aber es verwundert mich doch, dass du hier offensichtlich nicht von großem Wert bist.«

Jetzt hatte der Hordenkommandant zumindest die Genugtuung, Canon verwirrt zu sehen. »Ja, da staunst du, was? Deine Männer haben unser Angebot, dich zu verschonen, abgelehnt.«

In Canon überschlugen sich die Gedanken. Seine Krieger konnten noch etwas ablehnen? Er hätte am liebsten gejubelt. Das konnte nur bedeuten, dass die Verstärkung endlich eingetroffen war. Ihr verlustreicher Kampf war doch nicht vergebens gewesen. Es war noch nichts verloren.

Der Hordenkommandant trat ganz dicht an ihn heran. »Ich muss mich bei dir entschuldigen, dass wir dich nun wie einen gemeinen Verräter behandeln werden, aber der anhaltende Regen macht einen Scheiterhaufen leider unmöglich. Wir werden dich daher hängen. Während du ein wenig zappelst, können deine Untergebenen überlegen, ob sie deinem Leiden ein Ende machen wollen. Dann werden wir dich auf ein Leitergerüst binden und dir die Gedärme herausschneiden. Wir werden mit kleinen Schnitten beginnen, um deinen Landsleuten eine letzte Gelegenheit zu geben, dich zu retten. Etwas anderes können wir dir in Anbetracht der Umstände leider nicht bieten. Glaubst du, du kannst damit leben … Leben, das ist gut.« Er lachte dröhnend über seinen eigenen Scherz, und seine Männer fielen in das Lachen ein.

»Das ist mir schon recht«, erwiderte Canon und empfand maßlose Erleichterung. Er hätte den Hordenführer natürlich darüber aufklären können, dass seine Krieger nie aufgeben würden, nur um ihren Kommandanten zu retten. Bei der zum Kriegsdienst gezwungenen Horde war es üblich, dass sie sich umgehend ergab, wenn ihre Anführer tot oder in Gefangenschaft geraten waren. Ohne ausdrücklichen Befehl waren sie nicht bereit, ihr Leben weiter aufs Spiel zu setzen, nur damit Camora seinen Traum von der Herrschaft über alle Reiche verwirklichen konnte. Aber die Bürger Mar'Elchs kämpften nicht für fremde Herren, sondern für sich und ihre Familien.

Zu seiner Erleichterung gesellten sich aber sehr schnell auch ganz andere, sehr viel unangenehmere Gefühle. In Handfesseln brachte man ihn zu einer Gruppe Reiter. Weil er stark hinkte, verzichtete man großzügig auf Fußketten. Der Kommandant ließ es sich nicht nehmen, den Sohn der Königin höchstpersönlich am Seil hinter sich herzuziehen. Langsam setzte man sich vom Lager außerhalb der Stadtmauern in Bewegung.

Fast gewaltsam löste Canon den Blick von der unendlichen Reihe von Zelten und Männern und schritt durch die Maueröffnung, die einmal ihr Tor beherbergt hatte. In ihm kamen plötzlich Erinnerungen hoch, wie oft er diesen Weg schon vor seinem siegreichen Heer geritten war, die Straßen gesäumt von jubelnden Menschen, die den Weg der heimkehrenden Krieger mit Blumen bestreuten. Fast meinte er, die Hochrufe zu hören, sah die Bilder der fröhlichen Menschen vor sich.

Jetzt ging er ein letztes Mal diesen Weg, seine blutbefleckte Kleidung klebte am Körper und war zum Teil zerrissen. Sein Blick streifte kurz den Verband um seine längst vergessene Armwunde, und seine Gedanken wanderten zu seinem Lehrmeister Arneke Partos. Er hörte dessen Worte: »Hoch mit dir. Ich weiß, das Pferd ist groß, aber du bist stark genug dafür. Tiere spüren deine Angst, also schluck sie!« Sein Lehrer und Wegbegleiter vieler Jahre lag jetzt auf irgendeinem Leichenberg.

Ein Ruck am Seil holte ihn in die Wirklichkeit zurück. Verstümmelte Leichen lagen am Straßenrand, Wölfe trabten mit bluttriefenden Mäulern zwischen ihnen herum. Die sonst mit bunten Fahnen geschmückten Häuser wirkten grau und abweisend.

Immer häufiger stolperte er, und allein der Gedanke daran, dass er unbedingt und unter allen Umständen auf seinen Füßen die Hinrichtungsstätte erreichen musste, hielt ihn noch aufrecht. Trotz des eiskalten Regens tropfte ihm Schweiß von der Stirn. Fast war er dankbar, als er endlich ihr Ziel vor sich sah.

Wie oft hatte er mit Derea darüber gescherzt, dass der aufgrund seines Übermuts sicher mal am Galgen enden würde. Jetzt traf dieses Schicksal ausgerechnet ihn, den stets besonnenen und kühlen Planer. Seine müden Augen suchten die Burgmauer ab, fanden seine Mutter aber nirgends, und er dankte den Göttern dafür, dass sie es Morwena zumindest ersparten, seine Hinrichtung mit ansehen zu müssen. Er wusste, dass sie nicht hier war. Denn dieselben Gründe, die ihn auf den Füßen hielten, hätten seine Mutter dazu bewogen, ganz vorn auf der Mauer zu stehen.

Nachdem das letzte Geklapper der Pferdehufe verklungen war, herrschte beklemmende Stille. Die Angreifer hatten sich befehlsgemäß zurückgezogen und die Verteidiger Mar'Elchs standen in endlosen Reihen schweigend auf dem Wehrgang. In Anbetracht der unzähligen Toten, die sich am Fuß der Burgmauer türmten, kam es Canon geradezu lachhaft vor, dass Camoras Heerführer ernsthaft glaubten, die Schlacht durch die Hinrichtung eines Einzelnen beenden zu können.

Gemächlich stieg der Kommandant der Horde ab und kam auf ihn zu.

Canon atmete tief durch und schickte ein stummes Gebet zu den Göttern, dass sie ihn das Kommende zumindest ehrenvoll hinter sich bringen ließen. Empfinden konnte er plötzlich nur noch Angst. Nicht Angst vor dem Tod, der ihm jetzt als gnädige Erlösung durchaus willkommen gewesen wäre, sondern Angst vor dem qualvollen Sterben. Er sah das Gerüst und die blitzenden Messer und Zangen, und seine Eingeweide zogen sich zusammen. Wie in einem bösen Traum gefangen folgte er dem Kommandanten unter den hölzernen Galgen.

Mühsam, da seine Hände noch gefesselt waren und sein Bein kaum mehr belastbar war, erklomm er die kurze Leiter, die umgestoßen werden würde, sobald die Schlinge festgezogen war.

Zwei Hordenkrieger zu Pferde grinsten ihn an, legten ihm das Seil um den Hals und zogen es so fest, dass er gerade noch ein wenig Luft bekam.

»Möchtest du deinen Männern noch etwas sagen?«, fragte der Befehlshaber mit ausdrucksloser Miene. »Wenn du laut genug schreist, hören sie dich. Deshalb haben wir diesen Ort gewählt. Vielleicht schaffst du es ja, sie umzustimmen. Ich würde es zumindest versuchen.«

Canon holte tief Luft und brüllte: »Was steht ihr da rum und gafft von der Mauer? Schon vergessen? Wir sind im Krieg. Wenn ihr nichts Besseres zu tun habt, legt euch aufs Ohr, bis das Camora-Pack wieder angreift, und dann treibt es aus unserer Stadt. Das ist ein Befehl.«

Er war genauso überrascht wie der Hordenführer, dass sich der Wehrgang wirklich leerte.

»Das war jetzt sehr dumm von dir. Das wirst du in Kürze bedauern«, erklärte der Kommandant mit funkelnden Augen und trat gegen die Leiter.

Canon fiel und schnappte unwillkürlich nach Luft. Ein Ruck ging durch seinen Körper, und seltsamerweise gab es einen ohrenbetäubenden Lärm. Sein eigenes Körpergewicht erschien ihm viel zu schwer, er konnte nicht mehr atmen, sein Blick flackerte wild und ließ keine klaren Bilder mehr zu. Etwas zischte an ihm vorbei, er bekam keine Luft mehr. Seine Glieder zuckten, wieder fiel er und landete im Matsch. Er hörte Pferdegetrappel und das Geräusch kreischender Raubvögel, rang nach Luft und wusste nicht, was um ihn herum geschah.

Das Seil um seinen Hals wurde plötzlich entfernt, seine Fesseln ebenso. Jemand zerrte ihn hoch. »Bring ihn in die Burg!«, hörte er jemanden schreien, und die Stimme kam ihm bekannt vor.

Endlich konnte er wieder etwas erkennen. »Remo?«, brachte er krächzend hervor.

»Bring ihn in Sicherheit!«, hörte er erneut die Stimme, und diesmal erkannte er Lucio.

Eine Axt sauste herab. Remo riss den Schild hoch. »Geht's wieder? Schönen Gruß von Derea.«

Ein Hordenführer brüllte in der Nähe nach Verstärkung, und ein Reiter mit Schwingen auf den Schultern schlug ihm den Kopf ab. Mit wildem Geschrei jagten weitere Adler aus dem Burgtor. Es herrschte ein unglaubliches Durcheinander. Einige Hordenkrieger lagen bereits von Pfeilen durchbohrt am Boden, und Canon fragte sich, woher die Pfeile gekommen waren. Flammenreiter, Adler und Hordenkrieger wüteten und schrien auf der Straße zur Burg. Zwischen den Häusern tauchten immer mehr Männer Camoras auf. Alle kämpften dicht an dicht. Das Klirren der Waffen übertönte beinahe das Geschrei der Menschen.

Etwas stieß gegen seine Schulter, und er fuhr herum. Sein Bein knickte weg, und er taumelte zur Seite. Neben ihm ging ein Axthieb deshalb ins Leere.

Canon stieß sein Schwert nach vorn, und sein Gegner sackte mit einem Stöhnen zusammen. Er riss dem Sterbenden den Schild aus der Hand und wehrte damit schon den nächsten Feind ab.

Remo kam ihm zu Hilfe. Seite an Seite kämpften sie sich auf einen Hordenführer zu. Canon spürte weder Schmerz noch Ermüdung. Dem sicheren Tod entronnen und den nie erhofften Sieg vor Augen, kämpfte er wie im Rausch. Er griff an und parierte, parierte und griff an.

Durch strömenden Regen sah er Lucio zu Pferd durch die Reihen drängen. Ein mächtiger Schwertstreich trennte dem Truppenführer, den auch sie sich zum Ziel erkoren hatten, den Kopf vom Rumpf. Lucios Pferd hielt genau auf sie zu. »Canon, nimm du es. In Zukunft müsst ihr allein auf Derea aufpassen. Ich …«

Lucios Gesicht verzerrte sich zu einer Maske des Schmerzes.

»Wart gute Freunde. Passt auf den Jungen auf.« Lautlos kippte er aus dem Sattel.

Canon sicherte, und Remo ließ sich neben ihm auf die Knie fallen. »Verdammt, mach keinen Unsinn«, krächzte er und untersuchte seinen Wegbegleiter langer Jahre. Zwischen den Schulterblättern klaffte eine Wunde, wo eine Axt das Kettenhemd durchdrungen hatte. Der Flammenreiter war tot.

Remo drückte ihm die Augen zu. »Gute Reise! Wir sehen uns später wieder, mein Freund.« Mit einem gequälten Schrei sprang er auf die Füße und schlug wie rasend auf die Hordenkrieger in seiner Nähe ein.

Canon schickte ein kurzes, stummes Gebet für den gefallenen Freund zu den Göttern, sah plötzlich in der Menge den Helm des Oberbefehlshabers der Feinde und schwang sich in den Sattel. Kaum nahm er noch die Krieger links und rechts von sich wahr. Sein Blick galt nur dem Heerführer, den seine Männer aus der Stadt bringen wollten. Er gab dem Pferd die Hacken, und es sprengte durch die Reihen, ritt alles nieder, was ihm in den Weg kam.

Er kümmerte sich nicht um die Männer, die brüllend um ihn herum zusammenbrachen, trieb das Schlachtross stattdessen immer härter an, ließ es unmittelbar neben dem Pferd des Hordenkommandanten steigen, und die gewaltigen Hufe senkten sich auf Ross und Reiter, brachten beide zu Fall.

Der Kampflärm schien in weite Ferne zu rücken, als er hörte, wie Knochen knackten und der Leib des Tieres platzte. Das schauerlich wiehernde Pferd hatte seinen Reiter halb unter sich begraben. Der brüllte vor Schmerz.

Canon erlöste erst das Tier von seinen Qualen und stieß dann sein Schwert mit ungeheurer Kraft in den Augenschlitz des Helms. Blut blubberte um die Klinge herum, und umgehend erstarben die Geräusche.

Mit diesem Stoß schien er all seine Kraft verloren zu haben. Er zitterte am ganzen Leib, hörte nichts mehr, und das Schwert glitt ihm aus Händen, die nicht mehr zu ihm zu gehören schienen. Alles drehte sich um ihn, verschwamm zu einer einzigen, nebligen Masse. Stöhnend sackte er im Sattel zusammen, sah aus dem Augenwinkel eine Axt aufblitzen, konnte sich aber nicht mehr bewegen.

10. Kapitel

Der Duft von gebratenem Speck mit Eiern weckte Derea. Hylia half gerade der alten Hella bei der Zubereitung des Frühstücks. Rhonan und Caitlin lagen noch eng umschlungen vor der Pritsche, und Juna saß unweit von ihm auf dem Boden und war wohl gerade erst erwacht.

Sie sah ihn belustigt an. »Sehr platzsparende Art zu schlafen. Für mich wäre diese Enge allerdings nichts.«

»Keine Angst, es käme wohl niemand auf den Gedanken, sich an Euch zu schmiegen. Ich glaube, das hat etwas mit Liebe zu tun. Wer sollte Euch die entgegenbringen? Doch wohl nicht einmal Camora, Euer zukünftiger Ehemann.«

Ihre Augen verengten sich vor Wut, und er zuckte grinsend die Schultern.

Gideons Magen knurrte. »Caitlin, Rhonan, hört auf zu schmusen! Wir wollen frühstücken.«

Er sah Marga mit aufgesetzt bekümmerter Miene an. »So geht es schon die ganze Zeit. Es ist ein Kreuz mit diesen jungen Leuten. Fast waren sie mir lieber, als sie sich nur gestritten haben.«

Sie lachte und streichelte seine Wange. »Armer, alter Mann.«

»Nicht wahr«, erwiderte er vergnügt.

Kurze Zeit später saßen alle mit Ausnahme des Generals am Frühstückstisch. Rhonan, dem erst jetzt die Ähnlichkeit zwischen Caitlin und Derea auffiel, machte seine Gattin darauf aufmerksam, dass der ihr Halbbruder war.

»Ich mochte meine Mutter und meine Schwestern nie besonders«, eröffnete sie dem Hauptmann unumwunden. »Jetzt habe ich Mann und Bruder. Das ist viel besser.« Sie sprang auf.

»Lass dich umarmen, Bruder. Oh, wir werden bestimmt eine Menge Spaß haben.«

Derea nickte erstaunt, weil er mit der Reise keinen Spaß verband, und Rhonan stimmte ihr zu.

Gideon warf dem Prinzen während des Essens immer wieder prüfende Blicke zu.

Der legte irgendwann sein Messer weg und lächelte den Gelehrten an. »Die Hand fühlt sich gut an, und davon abgesehen geht es mir auch gut. Möchtest du sonst noch etwas wissen?«

Gideon errötete, hatte er doch geglaubt, sich unauffällig verhalten zu haben. »Du bist … ich meine … glaubst du, du kannst …«

Der Prinz unterbrach: »Ja, ich kann. Ihr beide trichtert mir, seit ich euch kenne, ein, ich solle die Vergangenheit ruhen lassen und an die Zukunft denken. Ich beabsichtige, das endlich zu tun.«

»Wollt Ihr damit etwa sagen, Ihr lasst diesen General am Leben?«, fragte Juna ungläubig.

»Denkt Ihr, ich hätte keinen Grund, auch Euch zu töten? Vielleicht solltet Ihr dankbar dafür sein, dass Rachegelüste nur selten mein Handeln bestimmen.«

»Ihr seid in der Tat bemerkenswert friedfertig«, entgegnete sie mit einem Blick, der ihre Verachtung deutlich machte. »Ich habe nie verstanden, warum Maluch einen Mann fürchtete, der vor seinen Feinden davonlief, sich lieber in dunklen Ecken verkroch und sich in den Armen billiger Talermädchen sinnlos betrank. Jetzt weiß ich, dass seine Furcht völlig unbegründet ist. Ihr seid vielleicht ein brauchbarer Schwertkämpfer, aber Ihr seid nicht Manns genug, um Camora die Stirn bieten zu können. Habt Ihr schon in Erwägung gezogen, Euch mit ihm zu treffen, um ihm zu sagen, dass Ihr es ihm nicht weiter übel nehmt, dass er Eure Familie abgeschlachtet hat? Vielleicht zeigt er Erbarmen und verschont Euch.«

»Ihr meint, das würde er tun? Habt Dank für den Hinweis. Ich werde ihn überdenken.«

Derea grinste breit, als er Junas verdutztes Gesicht sah. Eins musste man dem Prinzen lassen: Leicht reizbar war er nicht.

Der flüsterte seiner Frau gerade zu: »Hör auf, mich zu kneifen. Was erwartest du von mir? Soll ich sie fordern oder niederschlagen? Von dir bin ich ganz andere Beleidigungen gewöhnt.«

Sie wollte etwas erwidern, aber in diesem Augenblick flog die Tür auf, und der General kam mit einem Schwall kalter Luft herein, als wäre nichts geschehen.

Mit einem »Guten Morgen!« setzte er sich und erklärte: »Ich habe gerade neue Nachrichten erhalten. In Kairan ist bereits ein erbitterter Kampf um die Nachfolge des Inquisitors ausgebrochen. Offenbar hat man ihm in seinen eigenen Kreisen übel genommen, dass er mit Camora gemeinsame Sache machen wollte. Sein Ende sehen viele als verdiente Strafe für den Verrat an der göttlichen Aufgabe. Die Spione müssen wir nicht mehr fürchten, die Hordenkrieger dafür umso mehr. Die haben die Tempelstadt verlassen und schwärmen aus.«

Er nahm einen kleinen Schluck und fuhr fort: »Es wird wieder Schnee geben. Wie es aussieht, sogar reichlich. Können wir heute noch weiter, ehe wir hier einschneien? Wir sollten den Norden möglichst schnell hinter uns lassen und zusehen, dass wir nach Latohor kommen.«

»Ist das nicht zu früh?«, fragte Marga mit einem zweifelnden Blick auf den Prinzen.

»Nein, das wird schon gehen«, erwiderte der. »Aber wir werden nicht nach Latohor gehen, sondern ins Wolkengebirge.«

»Aber der Weise …«, wollte Marga widersprechen, wurde

aber von Rhonan unterbrochen: »Gideon ist der Weise. Die Siegelgemeinschaft ist längst beisammen.«

Seine Worte riefen Sprachlosigkeit und Freude bei den neuen Begleitern hervor. Vor allem Marga hätte am liebsten gejubelt, hatte sie doch geglaubt, allein ihr Versagen hätte das Versiegeln der Quelle unmöglich gemacht.

»Die Quellenhöhle ist sicher bewacht«, dämpfte Derea die gute Laune. »Dürfte schwierig werden, überhaupt bis zu ihr vorzudringen, da wir die ganze Zeit durch Camoras Reich müssen.«

»Bis dahin ist noch ein weiter Weg. Uns fällt unterwegs sicher etwas ein«, erklärte Rhonan unbekümmert, aber Caitlin seufzte mürrisch auf. »Ich hatte gehofft, wir hätten den verdammten Schnee hinter uns. Ich will endlich aus dieser Kälte raus.«

»Mir bereitet die Horde mehr Sorgen als der Schnee«, bemerkte Gideon. »Sie sind uns bestimmt schon auf den Fersen.«

»Ganz sicher sogar. Ihr müsst euch eigentlich über gar nichts mehr den Kopf zerbrechen«, stimmte Juna mit höhnischem Lächeln zu. »Weit kommt ihr nämlich nicht.«

Ausgerechnet die ausgeglichene Marga packte Maluchs Ziehtochter am Kragen. »Halt's Maul, du dämliche Ziege, sonst stopf ich's dir.«

Kurze Zeit später waren alle startbereit.

* * *

Die alte Hella brachte Rhonan beim Abschied noch in arge Verlegenheit. Er entschuldigte sich bei ihr für die Unannehmlichkeiten und bedankte sich höflich für ihre Gastfreundschaft, und sie fiel auf die Knie und küsste seine Hand. »Mögen die

Götter Euren Weg ebnen, mein König. Die Zukunft der Reiche liegt in Euren Händen, und darüber bin ich glücklich, denn Ihr besitzt Stärke, Weisheit und Güte in gleich großem Maße. Ihr seid ein wahrer König, wie ich nun weiß, und Ihr werdet die Schatten vertreiben. Die Götter haben unsere Gebete erhört.« Erneut küsste sie inbrünstig seine Hand.

Rhonan hatte sich noch nicht von seinem Schrecken erholt, als Marga neben der Alten auf ein Knie sank.

»Ihr seid mein König. Mein Arm und mein Schwert gehören Euch.«

Bis auf Caitlin, die ihrem Mann zunickte, und Juna, die den geschockten Großkönig belustigt musterte, folgten alle ihrem Beispiel.

Rhonan schluckte erst einmal kräftig und räusperte sich unbehaglich. »Ich danke euch und ich werde versuchen, mich eures Vertrauens als würdig zu erweisen«, brachte er schließlich mühsam hervor.

Derea musste sich auf die Lippen beißen, als er kurze Zeit später Caitlins Stimme hörte. »Das hast du sehr schön gesagt, Liebster. Das nächste Mal musst du noch darauf achten, dass du nicht klingst wie ein gehetztes Wild. Die Wirkung deiner Worte wird dann ungleich größer sein.«

11. Kapitel

Morwena konnte ihn riechen: den Krieg … den Tod. Und sie konnte ihn sehen. Raben umkreisten in großen Scharen Mar'Elch.

Sie hörte einen ihrer Vorreiter schon von Weitem brüllen: »Wir haben gesiegt, meine Königin. Wir haben gesiegt. Das Banner El'Marans weht über der Stadt.«

Tränen der Erleichterung stiegen in ihr auf. Ihre erschöpften Männer jubelten und trieben ihre Pferde ein letztes Mal an. Drückende Furcht hatte sie alle befallen, je näher sie Mar'Elch gekommen waren. Jetzt stürmten sie ihrer Heimat entgegen, glücklich, dass sie noch eine hatten. Morwena stieß ebenfalls einen Jubelschrei aus und drückte ihrem Pferd die Hacken in die Flanken.

Kurz vor der Stadtmauer verhielt der Zug wie auf ein geheimes Kommando. Unzählige Tote waren hier Wind, Wetter und Aasfressern ausgesetzt. Süßlich-fauliger Gestank lag über dem Leichenfeld. Raben, Krähen und vereinzelt auch Wölfe labten sich am überreichen Nahrungsangebot. Große Löcher klafften in der Mauer, der Wehrgang war an mehreren Stellen eingestürzt. Fast wie ein schlechter Scherz wirkte die Fahne mit dem Wappen El'Marans – einer Krone, die im Feuer schwebte –, die anzeigen sollte, wer Herr dieser Stadt war.

Die Truppe bildete Spalier und ließ die Königin die Spitze übernehmen.

Morwena ritt durch das ehemalige Stadttor und durch die Straßen ihrer schwer beschädigten Reichsstadt. Von den Häusern nahe der Stadtmauer waren nur Ruinen übrig geblieben. Doch viel bedrohlicher als die Skelette einst stolzer Häuser, bedrohlicher als der Gestank nach Fäulnis und Verwesung, der über der Stadt wehte, war die unheimliche, alles erdrückende Stille.

Sie hatten in einem schweigenden Zug fast die Burg erreicht, als immer deutlicher Gesang zu hören war. Mar'Elchs Bürger sangen das Totenlied.

Unwillkürlich umkrampften Morwenas Hände die Zügel. Sie spürte, wie sie kaum noch Luft bekam, und hatte keinen Blick mehr für die beschädigte Burgmauer. Wie im Traum stieg sie ab und betrat den Burghof.

Ein Scheiterhaufen brannte in der Mitte. Die lodernden Flammen hatten den aufgebahrten Leichnam, der mit einer Fahne El'Marans bedeckt war, schon erreicht. Krieger und Bürger schritten in einer schier endlosen Reihe am Feuer vorbei. Sie erwiesen dem Toten die letzte Ehre, indem sie frische Blütenblätter ins Feuer warfen, während alle anderen dicht an dicht beieinander knieten und Strophe für Strophe des uralten Liedes sangen, das die Toten auf ihrer Reise zu den Göttern begleiten sollte, sie davor bewahren sollte, Einsamkeit oder Furcht vor dem Unbekannten zu verspüren. Nur die größten, ruhmreichsten Helden bestattete man so ehrenvoll, weil nur sie eine so lange Reise vor sich hatten, bis hoch hinauf in die Vorhalle der Götter.

Morwenas Krieger gesellten sich dazu, knieten nieder und fielen mit ein. Sie spürte die Tränen nicht, die ihr übers Gesicht liefen. Sie war wie gelähmt, starrte unverwandt auf den Scheiterhaufen und sah im Geiste Canons eisblaue Augen vor sich, hörte seine ruhige Stimme und sein Lachen.

Bilder der Vergangenheit drängten sich auf: Ayalas Schloss, ihre erste Begegnung, der vierjährige Canon, wie er seinen zweijährigen Bruder hinter sich herzog und ihn mild tadelte, weil er sich nicht angemessen verbeugt hatte.

Sie sah ihn vor sich, wie er Derea hinter seinen Rücken schob und mit noch kindlich hoher Stimme erklärte: »Es war meine Schuld, Mutter. Ich habe nicht aufgepasst. Er kann nichts dafür.« Sie sah ihn stolz in seiner ersten Rüstung in ihr Zimmer stürzen, sah seine von Entsetzen geweiteten Augen nach seiner ersten Schlacht.

Mit einem heiseren Aufschrei sank sie auf die Knie. Nie hätte sie gedacht, solch einen Schmerz empfinden zu können, solch eisige Leere zu spüren. Wie aus weiter Ferne hörte sie den Gesang, und tonlos formten ihre Lippen immer wieder den Namen ihres älteren Sohnes.

Sie fühlte eine Hand auf der Schulter, aber sie wollte keinen Trost, wollte die Hand wegstoßen. Durch den Schleier aus Tränen sah sie die Finger, lang und kräftig, die Knöchel aufgeschlagen.

»Mutter!«

Mit einem Seufzen schloss sie die Augen, wollte den Moment festhalten, nie wieder in die Wirklichkeit zurückkehren.

»Mutter, nicht weinen. Ich bin doch hier.« Der Druck der Finger verstärkte sich.

Nur unwillig öffnete sie die Augen aus Angst, dann nie wieder seine geliebte Stimme zu hören. Canon kniete vor ihr. Er war blass und hohlwangig, und dunkle Ringe lagen unter seinen blutunterlaufenen Augen. Er hatte eine frisch genähte Wunde vom linken Auge bis zum Kinn und sah erschöpft und elend aus – ihr Blick wanderte unwillkürlich zum Scheiterhaufen –, aber er lebte und lächelte sie voller Liebe an.

Sie tastete ihn ab, um sicherzugehen, dass er nicht nur ein Trugbild war, das sie grausam verspottete, und riss ihn in die Arme. »Den Göttern sei Dank! Ich glaubte dich verloren.«

Er spürte ihr Zittern und zog sie eng an sich. »Es tut mir leid. Wir hatten euch heute nicht erwartet, sonst hätte ich dir einen Boten entgegengeschickt. Verzeih mir bitte!«

Ihr Sohn hatte eine furchtbare Schlacht hinter sich, in den letzten Tagen und Nächten sicher kein Auge zugetan, hatte einen großen Sieg errungen und war verwundet, aber er entschuldigte sich, weil er es versäumt hatte, einen Boten auszuschicken. Er hatte sich immer verantwortlich gefühlt, für alles und für jeden. Das würde sich nie ändern, und auch deshalb liebte sie ihn so.

Sie strich ihm übers Haar und küsste ihn auf die Stirn. »Solange du es schaffst, am Leben zu bleiben, muss dir nie etwas leidtun. Wann habe ich dir das letzte Mal gesagt, dass ich dich liebe?«

»Es waren deine Abschiedsworte. Aber ich hätte es auch so gewusst. Du siehst müde aus. Darf ich dir aufhelfen? Es ziemt sich nicht für eine Königin, im Schlamm zu knien.«

Die Krieger und Bürger Mar'Elchs sangen voller Inbrunst das Totenlied, aber über die Lippen eines jeden glitt ein Lächeln, als er sah, wie die stolze Königin und der große Feldherr lange in inniger Umarmung verharrten.

Wie es der Brauch verlangte, sangen Morwena und Canon das alte Lied mit. Die Königin tat es allerdings mit schlechtem Gewissen, da sie nur Erleichterung empfand, dass es der ihr gut bekannte und von ihr hoch geschätzte General Darkoba war, der so ehrenvoll bestattet wurde.

* * *

Später saßen sie zusammen auf einer gepolsterten Bank in Morwenas Gemächern, und Canon berichtete über die Schlacht. Sie hatten fast dreitausend Tote zu beklagen. In Mar'Elch würde es kaum ein Haus geben, über dem nicht in Kürze die Trauerfahne wehen würde.

Canons Stimme wurde immer rauer, während er berichtete: »Das war die grauenvollste Schlacht meines Lebens. Die Bürger haben ihr Letztes gegeben. Wenn es nicht ständig gegossen hätte, hätten wir irgendwann knöcheltief im Blut gestanden. Als uns die Steine ausgingen, haben wir den Feinden die Toten entgegengeworfen – ihre und unsere. Niemand erhob Einwände gegen diesen Befehl, weil längst alles irgendwie unwirklich geworden war. Die Männer kämpften mit Schwertern, Äxten, Hämmern, Keulen oder bloßen Händen. Wir mussten Leute abstellen, die die Bewusstlosen oder Schlafenden in Sicherheit brachten, bevor Bürger, die kaum noch klar denken konnten, sie über die Zinnen warfen. Blutbefleckte Barden und Händler feuerten sich gegenseitig an und brüllten sich die Zahl ihrer getöteten Gegner zu. Andere wurden wahnsinnig und griffen die eigenen Leute an. Es war … es war …«

Er schluckte, atmete tief durch und fuhr dann einigermaßen gefasst fort: »Jedenfalls, als die Horde in die Burg einfiel, hab ich gewusst, dass Mar'Elch ohne Verstärkung verloren sein würde. Ich weiß nicht, wie lange wir das Tor hielten. Im Burghof stapelten sich Leichen, und die, die noch kämpfen konnten, trampelten über Tote oder Verwundete hinweg. Unter unseren Füßen waren die Schreie grauenhafter als um uns herum. Ich dachte, ich hätte noch nie etwas Schändlicheres erlebt, aber dann kamen die Plattenreiter. Du kannst es dir nicht vorstellen, sie ritten alles nieder. Wir hatten keine Möglichkeit, ihnen zu entkommen. Dann weiß ich nicht mehr viel, denn mich schleppten sie aus der Burg und …«

Morwena schluchzte auf, und er ergriff beruhigend ihre Hände. »Du musst dir keine Gedanken machen. Ich war bewusstlos, und die Hordenreiter haben mich nicht angerührt, wollten mich nur gut sichtbar auf der Burgstraße hängen, damit die Kampfhandlungen eingestellt werden. Sie hatten zuvor vergeblich mein Leben für die Kapitulation angeboten. Aber da hatte General Darkoba ja – den Göttern sei Dank – längst das

Kommando übernommen. Lucio hatte die Truppen über den alten Bergpfad bis an die Burg gebracht. Unbemerkt von der Horde tauchten sie plötzlich in Mar'Elch auf. Die Adler und die Flammenreiter, unterstützt von den Krakern, schlugen, während ich besinnungslos im Lager der Horden lag, wohl ihre größte Schlacht, aber nicht einmal ein Drittel von ihnen ist noch am Leben. Darkoba und eine gemischte Reitertruppe haben mich dann auch vor dem Galgen gerettet. Er kannte die Gewohnheiten der Horde ja aus vielen Schlachten. Die Hordenkrieger hatten die Kampfhandlungen eingestellt, damit die Kämpfer El'Marans Muße hatten, ihre ablehnende Haltung zu überdenken. Ich hatte schon die Schlinge um den Hals, und alle Befehlshaber waren versammelt, um der erhofften Unterwerfung Mar'Elchs beizuwohnen, da schossen die Kraker ihre Pfeile von der Mauer und auch aus einigen Häusern. Einer von ihnen war so freundlich, das Seil durchzuschießen. Das war vielleicht ein Chaos! Kaum hatten sich die Hordenkrieger von ihrem ersten Schrecken erholt, da kamen die Reiter. Remo schnitt mir die Fesseln durch. Auf der Straße zur Burg fand dann die Entscheidungsschlacht statt. Es wird mir vielleicht später noch einiges dazu einfallen, aber zurzeit sehe ich nur Bruchstücke. Ich sehe die Truppenführer der Horde fallen, und ich sehe Lucio sterben, ich sehe eine Axt auf mich zukommen und den General, der sich dazwischen wirft.«

Erneut machte er eine Pause, ehe er fortfuhr: »Ohne ihn gäbe es Mar'Elch nicht mehr und mich auch nicht mehr. Nachdem ihre Führer tot waren, zog die Horde umgehend ab, obwohl sie immer noch in der Überzahl war, und die Bürger konnten nicht mehr jubeln, obwohl sie gewonnen hatten. Die meisten legten sich einfach hin und schliefen ein. Ich konnte es kaum glauben, aber viele betteten ihre Köpfe auf Tote. Diesen Anblick werde ich nie vergessen.«

Erneut musste er durchatmen, ehe er seinen Bericht vollenden konnte. »Ich wollte General Darkoba danken, aber er lächelte nur und sagte: Es war mir ein Vergnügen. Der Einfall mit der Verwirrung durch die Kraker stammt von Eurem Bruder, einem wahrhaft großen Heerführer. Sagt ihm Dank dafür, dass er es mir ermöglicht hat, ehrenvoll zu sterben. Dann starb er. Ich habe schon viele Kämpfe erlebt, aber die Götter mögen geben, dass ich nie wieder so eine Schlacht führen muss. Ich habe friedliche Händler und furchtsame Diener zu blutrünstigen Bestien gemacht, ich habe ihre Verzweiflung und Todesangst gesehen und irgendwann nur noch ihren ungezügelten Willen zu töten.«

Er kämpfte mit den Tränen, und sie zog ihn in die Arme, strich ihm übers Haar und wiegte ihn sanft. »Weine, Kind. Weine, sonst fallen die Tränen auf die Seele.«

Sie wusste, dass er noch viel zu jung war, um einige Befehle, die er als guter Heerführer gegeben hatte, auch verkraften zu können, und sie wusste aus eigener leidvoller Erfahrung, dass es Wunden gab, die nur die Zeit heilen konnte. Nach einem Sieg mit solchen Verlusten war selbst der Sieg ein fader Trost.

Noch weinte und bebte ihr Sohn in ihren Armen, aber sie wusste jetzt schon, wie es weitergehen würde. Er würde schon sehr bald die Schultern straffen, sie küssen und dankbar anlächeln und dann nach draußen gehen, um wieder seine Befehle zu erteilen, und sie würde zurücklächeln und ihn gehen lassen, obwohl er hinkte und ins Bett gehörte. Sie war seine Mutter, aber leider auch Königin, und er war ihr Sohn, aber leider auch Feldherr.

Und sie beide wussten, dass es noch längst nicht zu Ende war. Beschädigt, wie Mar'Elch war, würde Camora so schnell wie möglich erneut angreifen, und wenn kein Wunder geschah, würde die Reichsstadt in naher Zukunft fallen.

12. Kapitel

Gegen Mittag hatten sie eine Holzhütte erreicht, in der sie Rast machen wollten. Derea, der zuvor nie im Norden gewesen war, fiel der Länge nach in den Schnee, als er abstieg. Seine Hände waren klamm, seine Beine nahezu taub, und er warf einen ehrfürchtigen Blick auf Rhonan, der schon zum Wagen stapfte, um den Frauen herunterzuhelfen. Es erschien ihm unmöglich, dass ein Mensch sich so schnell von Verletzungen erholen konnte. Waren hier vielleicht doch höhere … böse Mächte im Spiel?

Die Worte des sterbenden Ketzerjägers gingen ihm einfach nicht aus dem Kopf.

* * *

Einige Zeit später saßen sie von den Resten des Haseneintopfes gestärkt um einen wackligen Tisch herum, und der General nahm das Gespräch auf. »Wir können uns jetzt östlich halten oder den westlichen Pfad durch die Ausläufer des Gebirges nehmen.«

»Das wäre doch aber ein großer Umweg«, gab Gideon zu bedenken.

»Ein Umweg führt manchmal schneller und sicherer zum Ziel«, erklärte Rhonan, während Caitlin seine Verbände an der Hand erneuerte.

Raoul nickte beifällig. »Ich meine auch, dass die Berge besser wären. Mein Vorschlag wäre, zunächst die Wege der Umgebung zu erkunden. Ich würde nur ungern in ein Lager der Horde stolpern. Je zwei Mann sollten die nähere Umgebung auskundschaften können.« Er sah den Prinzen fragend an. »Könnt Ihr schon wieder einen Bogen spannen?«

Der schüttelte den Kopf, und der General nickte und schlug vor: »Dann nehmt Ihr mit Derea den Wald im Westen in Augenschein. Ich nehme an, Ihr würdet ungern mit mir reiten. Marga, du begleitest mich.«

Caitlin zog ihrem Gatten den Handschuh über und nickte. »Ich werde dich auch begleiten.«

»Wirst du nicht«, widersprach er. »Weißt du, auskundschaften heißt, wir wollen uns möglichst unauffällig bewegen, und das kannst du nicht. Hör auf, mich zu schlagen. Du weißt selbst, dass du nicht gerade mit den Gaben eines Waldläufers ausgestattet bist.«

»Aber du, nicht wahr? Selbst mit nur einer belastbaren Hand nimmst du es noch mit jedem Waldläufer auf«, schnaubte sie.

Er sah sie nur schweigend an, und schließlich nickte sie. »Pass bitte auf dich auf«, bat sie leise. Er nickte zurück, während er seinen Waffengürtel anlegte und das Schwert ergriff.

»Du nimmst Kahandar?«, fragte der Verianer überrascht.

»Ich weiß ja nicht, wie weit …« Er brach ab, nur um gleich fortzufahren: »Ich denke, es könnte besser sein, mich langsam an das blöde Ding zu gewöhnen.«

* * *

Rhonan und Derea hatten Hütte und Ebene längst hinter sich gelassen und ritten jetzt auf einem schmalen Pfad durch den Wald, der fast die gesamten Westhügel überzog. Es hatte aufgehört zu schneien, und die Wintersonne hatte die graurote Wolkendecke durchbrochen.

Sie waren schon eine ganze Weile unterwegs und hatten keinerlei Spuren gefunden.

»Der Schnee verschluckt jedes Geräusch, aber ich habe das Gefühl, nicht allein zu sein«, raunte der Hauptmann plötzlich. »Wir sollten zwischen den Bäumen Deckung suchen.«

»Warum?«, widersprach Rhonan, ohne auch nur die Stimme zu senken, schob die Kapuze vom Kopf und pfiff fröhlich vor sich hin.

Derea sah sich wild um und wollte leise wissen: »Kannst du mir verraten, was du da treibst?«

»Ich bin dabei, uns einen Weg in den Süden zu ebnen. Sie suchen einen blonden Mann. Gleich haben sie einen. Du bist doch schnell mit deinen Waffen. Sollte also zu machen sein.«

»Das ist verrückt. Hast du eine leise Ahnung, wie viele es sind?«

Der Prinz zuckte die Schultern. »Woher denn? Aber hier wird kaum eine ganze Armee durch den Wald streifen. Wir legen da vorn eine Rast ein. Dann kriegst du deine Antwort.«

»Und mich bezeichnet man als übermütig«, stöhnte Derea und schüttelte den Kopf.

Sie erreichten eine Lichtung, die eigentlich nur eine Verbreiterung des Weges war, und stiegen ab. Während sie sich an den Sätteln zu schaffen machten, sahen sie sich um. Äste knackten.

»Sie wollen uns einkreisen. Rücken an Rücken?«, flüsterte Derea.

Rhonan nickte. »Gutes Gelingen!«

Elf Krieger brachen mit gezückten Waffen zwischen den Bäumen hervor.

»Tretet von den Pferden weg und hebt die Hände«, forderte einer. Die Männer zogen den Kreis enger.

Ein Rundumblick überzeugte Derea davon, dass keine Schützen dabei waren. Wie der Prinz gab er seinem Pferd einen Klaps, um die Tiere vom Kampfplatz zu schaffen.

»Denkt nicht einmal daran, Eure Waffen zu ziehen. Hände hoch!«

Der Hauptmann hob die Hände zwar nicht hoch, hielt sie aber vor sich. »Ihr werdet's nicht wissen, daher sag ich's euch: Vor euch stehen zwei der größten Kämpfer der Reiche mit ihren legendären Waffen. Verzieht euch also besser ganz schnell wieder.«

Rhonan warf ihm einen irritierten Blick zu und die Hordenkrieger grinsten und stürmten los.

»Den Blonden möglichst lebend«, brüllte einer und kippte kurz nach seinen Worten von einem Dolch getroffen in den Schnee.

Derea ließ seine Klingen kreisen und wehrte die ersten Angriffe ab. Dabei war er froh, dass die Krieger wegen ihrer Überzahl zu siegesgewiss und daher ungestüm und unüberlegt vorgingen.

In seinem Rücken flammte Kahandar auf. Blaue Blitze zuckten den Feinden entgegen, und alle brüllten auf und wichen unwillkürlich zurück. Zwei von ihnen stürzten tot zu Boden. Einer versuchte zu fliehen, doch ein Blitz riss auch ihn von den Füßen.

Ehe seine geschockten Kameraden sich dem Zauberer ergeben konnten, griff Rhonan schon auf herkömmliche Art an. Die legendäre Eisklinge ließ sich auch mit einer Hand mühelos schwingen und verlieh ihrem Träger außerordentliche Kraft und Schnelligkeit. Der Prinz war sich manchmal nicht sicher, ob er die Waffe führte oder sie ihn.

Die Hordenkrieger hatten nicht den Hauch einer Chance. Der Letzte hatte die Ehre, gleichzeitig von der Eisklinge und einem Zwillingsschwert durchbohrt zu werden.

Derea wischte sich den Schweiß von der Stirn und erklärte immer noch ziemlich atemlos: »Zumindest ist mir jetzt nicht mehr kalt.«

»Was tut man nicht alles für ein bisschen Wärme.« Rhonan grinste seinen Begleiter an und rieb sich dabei versonnen sein rechtes Handgelenk.

»Schmerzt die Hand jetzt sehr?«, fragte der Hauptmann sofort.

»Was?« Rhonans Stimme klang abwesend. Er sah erst Derea und dann seine Hand an. »Ach so. Nein. Ich überlege nur. Sie waren zu Fuß unterwegs, werden also in der Nähe ihr Lager haben.«

»Anzunehmen. Deute ich deinen Blick jetzt richtig? Du willst das auch noch angreifen.«

»Was meinst du, wie viele es noch sein werden?«

»Zehn, höchstens fünfzehn.«

»Sollte zu machen sein. Schließlich rechnen sie nicht mit uns.«

Derea blinzelte ihn ungläubig an. »Nicht einmal, wenn sie uns kommen sehen, werden sie damit rechnen, dass wir beide sie angreifen wollen. Für so dumm werden sie uns kaum halten. Wir suchen jetzt ernsthaft das Lager, ja?«

»Es wird keine Möglichkeit geben, kampflos in den Süden zu gelangen. Hier könnten wir uns den Weg frei machen. Ungefähr die Hälfte haben wir schon erledigt. Ich will ihnen nicht die Gelegenheit geben, Verstärkung zu holen.«

Der Hauptmann sah ihn nachdenklich an. »Rhonan, sag mir ganz ehrlich: Hängst du am Leben?«

Der überlegte und legte dabei die Stirn in Falten, was Derea grinsen ließ. Dann gab er zu: »Ja! Das ist …« Er stutzte, sah das Grinsen, räusperte sich und fragte: »Räumen wir jetzt den Weg?«

»Räumen wir den Weg«, stimmte der kopfschüttelnd zu und pfiff.

Patras kam sofort angetrabt. Rhonans Pferd folgte ihm.

»Was machen wir mit den Leichen?«, fragte der Hauptmann. »Wir können sie nicht einfach so liegen lassen.«

Rhonan sah ihn überrascht an. »Warum nicht?« Dann schüttelte er den Kopf. »Hast recht. Wir wollen hier ja noch mit den Frauen durch. Legen wir sie zwischen die Bäume.«

Derea machte gar nicht erst den Versuch, seinem Begleiter zu sagen, dass er gar nicht an die Frauen gedacht hatte. »Mehr können wir nicht für sie tun.«

Als er einen Toten zwischen den Tannen auf seine Kameraden legte, fiel ihm auf, wie jung er noch war. Was war es nur für eine Welt, in der Menschen, die sich gar nicht kannten, blindwütig aufeinander einschlugen? Als alle Leichen beieinanderlagen, murmelte er ein kurzes Gebet, in dem er die Götter bat, auch diese Seelen aufzunehmen, wenn ihre unverbrannten Körper sie endlich freigaben. Er war froh, dass Rhonan das nicht mitbekommen hatte, sondern sich bereits in den Sattel schwang.

Um auf andere Gedanken zu kommen, bemerkte er, während er aufstieg: »Ich gebe dir einen guten Rat: Erzähl deiner Frau nicht, was wir hier getrieben haben.«

»Sie wird mir den Kopf abreißen oder Schlimmeres, wenn sie davon hört. Aber du bist doch keine Plaudertasche, oder?«

Rhonans Stimme hatte so kläglich geklungen, dass er unwillkürlich auflachte.

»Ich fasse das jetzt mal als Nein auf«, erklärte der Prinz daraufhin säuerlich.

* * *

Wenig später spähten sie von einer kleinen Anhöhe auf eine Lichtung. Ein größeres und mehrere kleinere Zelte standen um ein Feuer herum. Derea hob sechs Finger und hob zweifelnd die Schultern. »Ich glaube kaum, dass das alle sind«, raunte er kaum hörbar. »Zu viele Zelte.«

»Die anderen schlafen vielleicht darin. Ich schleiche mich an die drei dort hinten bei den Pferden an. Zähl bis vierzig und schieß auf die am Feuer.«

Der Hauptmann nickte, legte den Bogen an und zählte.

Bald sah er, wie der erste Hordenkrieger zwischen den Pferden lautlos in den Schnee kippte. Einen Wimpernschlag später verließ der erste Pfeil den Bogen, direkt danach der zweite. Der verfehlte jedoch knapp das schon aufspringende Opfer.

Er hörte Waffenklirren und einen dumpfen Schrei. Die beiden Überlebenden vom Lagerfeuer stürmten bereits auf ihn zu und schlugen dabei Haken wie Kaninchen.

Er warf also den Bogen weg und zog die Schwerter.

Einer der Angreifer kippte mit einem Schrei vornüber, noch ehe er ihn erreichte. Ein Dolch ragte zwischen den Schulterblättern hervor. Der andere überlebte den ersten Angriff Dereas nicht. Erstaunt sah er noch auf das Schwert in seinem Leib, dann sackte er zusammen.

Der Prinz kam auf ihn zu und grinste. »Das war fast zu einfach. Haben die keine Ausbilder?«

Derea grinste zurück. Dann änderte sich sein Gesichtsausdruck plötzlich. »Pass auf! Hinter dir.«

Rhonan wirbelte herum und erstarrte.

Sechs Hünen in schweren, schwarzen Plattenrüstungen kamen aus zwei Zelten und schwangen riesengroße, doppelschneidige Streitäxte. Ihre Hände steckten in stachelbewehrten Handschuhen. Schwarze Helme mit gedrehten Hörnern ließen nur die Augen frei.

Der Prinz wich unwillkürlich einige Schritte zurück. »Was ist das denn?«

Die Krieger überragten selbst ihn noch um mehr als Haupteslänge.

»Grundgütiger«, stöhnte Derea und kam sich lächerlich klein und schmächtig vor.

»Wenn du gern noch länger mein Schwager sein willst, besorg dir einen Schild«, riet Rhonan und deutete mit dem Kopf nach links.

»Legt die Waffen nieder und ergebt euch«, forderte der erste Hordenkrieger. Seine Stimme klang seltsam hohl.

»Das hättest du wohl gern«, gab Rhonan zurück.

»Ich eigentlich auch, aber das zählt wohl nicht«, murmelte Derea, während er den Schild ergriff.

Neben ihm flammte Kahandar auf. Der Prinz hielt es in beiden Händen, ließ es hin und her schwingen und stieß es dann vor sich in die Luft.

Blitze zuckten knisternd auf die Hünen zu. Ihre Rüstungen schienen Funken zu sprühen, kleinere Plattenteile sprangen ab. Die Hünen wanden sich zwischen den Blitzen, kamen aber trotzdem näher. Kein Laut kam über ihre Lippen, nur ihre Rüstungen knarrten bei jedem Schritt.

Rhonan ließ der ersten sofort die zweite Attacke folgen. Ein Helm wurde gespalten, und der glücklose Träger kippte ohne jeden Schrei nach hinten um. Einem anderen Angreifer wurde der linke Arm abgerissen, und Blut spritzte aus der Wunde.

Derea wollte sich gerade ein wenig entspannen, als er hinter sich ein Knarren hörte. Er wirbelte herum und konnte gerade noch den Schild der heruntersausenden Axt entgegenhalten. Die Wucht des Schlages verbeulte ihn stark und ließ den Hauptmann stöhnend in die Knie gehen.

Den nächsten Axthieb fing Kahandar ab. Klirrend klebten die Waffen aneinander. Rhonan drückte mit einem Geräusch, das einem Grunzen ähnlich war, dann brüllte er auf. Der Krieger taumelte wie von einer unsichtbaren Faust getroffen zurück und stürzte rücklings zu Boden.

»Kümmere dich um ihn«, keuchte Rhonan und wirbelte schon wieder herum.

Derea stellte fest, dass die »Nahtstellen« der Rüstungen aus nächster Nähe mit ungeheurem Kraftaufwand zu durchbohren waren. Diese Erkenntnis half ihm allerdings nicht wirklich weiter, denn die Riesen kämpften auch gut, schnell und kraftvoll. Es war das erste Mal in seinem Leben, dass er sich eine längere Waffe wünschte. Gegen die langen Arme und die großen Äxte fühlte er sich deutlich im Nachteil. Nur seiner Schnelligkeit verdankte er es wenig später, nicht enthauptet zu werden, aber der Handschuh des Angreifers erwischte ihn noch an der Schulter, was ihn stöhnend gegen Rhonan taumeln ließ.

Der warf ihm einen gehetzten Blick zu. »Alles noch dran?«

»Weiß nicht«, brachte Derea atemlos hervor und stieß schon wieder zu. »Blitze!«, forderte er.

»Kann ich nicht immer«, gab der Prinz keuchend zurück und taumelte unter einem Schlag gegen sein Schwert einige Schritte zurück. Sein Gegner setzte schon nach. Erneut klirrten die Klingen.

Der Hauptmann verlor jedes Zeitgefühl. Er parierte und parierte, ging in Deckung, taumelte rückwärts, griff nur selten an und glaubte fast bei jedem Schritt, es würde sein letzter sein. Einmal bewahrten Kahandars Blitze ihn knapp noch davor, gespalten zu werden.

Blitz um Blitz, Wunde um Wunde steckten die Hordenreiter ein und kämpften immer weiter. Weder Schmerzenslaute noch Keuchen kamen über ihre Lippen. Derea fragte sich ernsthaft, ob es überhaupt Lebewesen waren, gegen die sie kämpften, bis der Letzte irgendwann zusammenbrach.

Der Hauptmann sackte auf die Knie. Es brauste in seinen Ohren und alles drehte sich um ihn.

Nach einer Zeit, die ihm wie eine Ewigkeit vorkam, verfestigte sich seine Umwelt wieder, und er sah sich nach Rhonan um. Der kauerte unweit von ihm ebenfalls auf den Fersen und umklammerte sein rechtes Handgelenk.

»Geht's dir gut?«, fragte Derea mit heiserer Stimme.

»Hervorragend, und dir?«

»Oh, auch ganz wunderbar«, stöhnte er, kämpfte sich auf die Füße und machte Bestandsaufnahme. Die linke Schulter, die den Faustschlag abbekommen hatte, schmerzte höllisch, das Hemd war blutig. Am rechten Oberschenkel hatte er eine lange Wunde, die allerdings nicht so tief war, dass sie ernsthaft behinderte. Er konnte die Arme kaum noch bewegen, und seine Beine waren fast zu schwer zum Anheben, aber erstaunlicherweise lebte er noch.

»Die anderen haben mir besser gefallen«, krächzte er und wankte auf Rhonan zu. »Sollen wir noch schnell jemanden angreifen, oder können wir uns auf den Heimweg machen?«

»Wenn jetzt noch etwas Größeres als ein Hase kommt, ergebe ich mich«, erklärte der.

Derea lachte. Es klang allerdings mehr wie ein Krähen. »Du würdest dich tatsächlich einem kleinen Waldrind ergeben?«

»Du glaubst gar nicht, wie schnell. Ich würde schon bei zwei Hasen ins Grübeln kommen.«

Der Hauptmann grinste und sah dann mit gerunzelter Stirn auf die rechte Hand, die sein Begleiter immer noch umklammert hielt. »Sie blutet wieder. Willst du nicht lieber mal den Handschuh ausziehen und nachsehen, wie sie aussieht?«

»Ganz sicher nicht«, erwiderte der Prinz sofort. »Ich wäre gern halbwegs in Sicherheit, wenn ich vielleicht in Ohnmacht falle.«

Sein Begleiter nickte verständnisvoll. »Da ist was dran.«

Er reichte Rhonan einen Lederbeutel. »Wasser«, erklärte er, als er das Zögern seines Begleiters bemerkte.

Der Prinz nahm einen tiefen Zug, sah auf ihre Gegner herab und fragte: »Sag mal, du ewiger Krieger, hast du schon einmal solche Kämpfer gesehen?«

»Nur in Albträumen. Es kursieren Gerüchte, Maluch züchte mit dem schwarzen Wasser eine Schattenarmee. Wenn das Erzeugnisse dieser Zucht waren, mögen die Götter uns beistehen.«

»Eine solche Armee wäre nicht aufzuhalten. Hast du gesehen, dass der eine weitergekämpft hat, obwohl ihm ein Arm fehlte und das Blut nur so herausschoss?«

»Sie scheinen Schmerzen nicht oder nur wenig zu spüren«, stimmte Derea zu und verknotete ächzend einen notdürftigen Verband am Oberschenkel. »Beneidenswert.«

Rhonan kramte in seinen Taschen, zog ein Leinensäckchen heraus und hielt ihm ein Blatt Marsis-Kraut hin. »Hat Gideon mir mitgegeben. Leg es unter die Zunge. Meist hilft es ein wenig.«

Derea betrachtete das welke Blättchen misstrauisch und brummte: »Welch himmelschreiende Ungerechtigkeit! Die spüren nichts, und wir rennen mit trocknen Blättern unter der Zunge rum.«

Er stellte fest, dass sein Begleiter genauso müde aussah, wie er sich fühlte, und bemerkte nachdenklich: »Ohne dein Schwert hätte es eben düster ausgesehen. Es kann nicht nur diese Zaubersachen, es verleiht dir auch Kraft und Ausdauer, nicht wahr? Vielleicht solltest du es in der Hand behalten, bis wir wieder in der Hütte sind.«

»Ganz sicher nicht«, widersprach Rhonan sofort.

Angewiesen auf die Macht des Schwertes hatte er sie erneut

angerufen, und Kahandar hatte sofort versucht, ihn zu beherrschen. Hass auf die unbekannten Gegner, eine unglaubliche Kälte und der ungezügelte Wille zu töten hatten sich in ihm aufgebaut. Er hörte wie aus weiter Ferne die Stimme Dereas: »Rhonan? Ich will nicht drängen, aber könnten wir bitte zurückreiten? Mir ist so sehr wohl nicht.«

Müde schleppten sie sich zu den Pferden.

»Du hinkst«, stellte der Hauptmann fest. »Bist du ernsthaft verletzt?«

»Nein, ich hinke nur manchmal«, gab der zurück. »Du hinkst auch.«

Derea nickte seufzend. »Kein schöner Ausflug.«

* * *

Der Rückweg wurde zur Tortur. Kurz vorm Ziel, im letzten Licht des Tages, hätte Derea dem Prinzen gern gesagt, dass er sich nunmehr auch einem Hasen ergeben würde, er brachte nur keinen Ton mehr über die Lippen. Wie schon so oft dankte er Patras dafür, dass es ihn sicher und ohne Führung wieder zum Ausgangspunkt zurückbrachte.

Raoul sah den längst überfälligen Kundschaftern entgegen. Beide lagen mehr oder weniger auf den Pferdehälsen.

Sofort eilte er zum Hauptmann. »Gütiger Himmel! Was ist geschehen? Komm, ich helfe dir.«

Derea warf ihm einen müden Blick zu und spannte sich wieder an. »Ich benötige keine Hilfe.«

Der General sah kurz zum Prinzen.

»Wagt es nicht, mich anzurühren.«

Er musste nichts erwidern, denn in diesem Augenblick kamen Caitlin, Gideon, Marga und Hylia aus der Hütte gestürzt und halfen den beiden Heimkehrern hinein.

Caitlin schimpfte dabei: »Ich habe es gewusst, aber auf mich hört ja keiner. Du brauchst keine Frau, du brauchst ein Kindermädchen. Sieh dir das an, Gideon! Kann sich kaum auf den Beinen halten. Aber er musste unbedingt ohne mich reiten. Es ist zum Auswachsen mit diesem Mann.«

Gideon, der sich schon lange Zeit Sorgen um die Männer gemacht hatte und währenddessen auch noch Caitlin hatte beruhigen müssen, stimmte zu: »Das ist es. Ich gebe dir völlig recht.«

Rhonan warf Derea über den Kopf seiner Gattin hinweg einen so unglücklichen Blick zu, dass der unwillkürlich auflachte.

Hylia bedachte ihn daraufhin mit einem Blinzeln. »Ihr seht auch nicht sehr gesund aus und solltet Euch lieber setzen, bevor Ihr umfallt. Aber zuvor zieht Hemd und Hose aus.«

Der Hauptmann stutzte und sah sie gehetzt an. »Ihr meint doch nicht hier und jetzt?«

»Draußen macht der Schnee es recht ungemütlich. Ich würde die Verletzungen auch gleich behandeln lassen, überlasse die Entscheidung aber natürlich Euch.« Ihre Augen blitzten.

»Blitz und Donner«, entfuhr es ihm. Er hörte Juna auflachen und schaffte es nicht, die Umhangschnalle zu öffnen.

Hylia wollte ihm gerade helfen, als dankenswerterweise Gideon eingriff und ihm beim Entkleiden zur Hand ging. »Denkt einfach nicht weiter drüber nach«, empfahl er leise. »Man gewöhnt sich an alles. Das könnt Ihr mir glauben. Ich weiß, wovon ich rede.«

Während Caitlin sich um ihren Gatten kümmerte, versorgte Hylia den Hauptmann mit sanften Händen. Dabei warf sie ihm immer wieder belustigte Blicke zu. Er versuchte, nicht zu zucken oder gar zu stöhnen und einen möglichst unbeteiligten Eindruck zu machen.

Die Priesterin schüttelte schmunzelnd den Kopf. »Seid doch nicht so verkrampft. Ich spüre Eure Schmerzen ohnehin. Entspannt Euch und bewahrt Euch Euren Heldenmut fürs Schlachtfeld.«

Ihm gelang nur ein halbherziges Lächeln. Sagen konnte er nichts, weil er beim Sprechen nicht gleichzeitig die Zähne zusammenbeißen konnte.

Kurze Zeit später empfand er es nur noch als Erleichterung, dass Hylia auch die Beinwunde ohne Nadel und Faden schließen konnte. Allerdings war er nahe dran, zur Ablenkung vor sich hin zu pfeifen, als ihre Hände immer wieder über seinen Oberschenkel glitten. Es wäre erträglicher gewesen, wäre die Priesterin zumindest zwanzig Jahre älter gewesen.

Die Blicke der Verletzten trafen sich immer wieder. Die Behandlung bewirkte, dass sich nach einiger Zeit bei beiden ein Grinsen dazugesellte.

»Was gibt es da zu grinsen?«, zeterte Caitlin sofort. »Erzähl lieber, was du getrieben hast.«

Rhonan und Derea berichteten in der nächsten Zeit abwechselnd von ihrer Begegnung mit den Hordenkriegern. Keiner von beiden erwähnte allerdings, dass der Prinz diese Begegnung geradezu gesucht hatte. Der bedachte Derea daraufhin mit einem dankbaren Blick.

»Marga und der General haben auch zwei Lager entdeckt«, erzählte Gideon. »Es ist zum Verzweifeln. Alle Wege in den Süden scheinen blockiert.«

»Sie blieben allerdings unbemerkt«, merkte Caitlin an. »Waren wohl bessere Waldläufer.«

Der Prinz warf ihr einen düsteren Blick zu und wandte sich dann ausnehmend freundlich an den Gelehrten: »Wir können durch die Berge gehen. Der Weg ist jetzt frei … Aua!« Er schnappte hörbar nach Luft. »Himmel, Caitlin!«

Die hielt seine Hand fest. »Wen willst du hier eigentlich für dumm verkaufen? Du bist von Anfang an davon ausgegangen, dass ihr auf Feinde trefft, nicht wahr?«, wollte sie mit strenger Stimme wissen. »Den Weg frei machen – genau das hattest du vor. Stimmt's?«

Rhonan sah auf seine Hand und schluckte, ehe er sie ansah. »Was du dir immer ausdenkst.«

»Ich muss mir nichts ausdenken, dafür kenne ich dich zu gut. Oh, wie ich das hasse«, schimpfte sie wild. »Mal sind es die Spione, dann Wölfe, dann wieder Krieger. Mit allen musst du dich anlegen.«

»Ich lege mich mit niemandem an«, widersprach er. »Schon gar nicht mit Wölfen. Wir sind nun einmal unter Feinden, da begegnet man ihnen hin und wieder zwangsläufig.«

»Ja, genau! Deshalb muss man sie nicht auch noch suchen.«

Derea kam ihm zu Hilfe. »Wir haben sie doch nicht gesucht, Caitlin. Wir haben nach ihnen Ausschau gehalten.« Er räusperte sich und runzelte die Stirn. »Ich will damit sagen, dass wir nachsehen wollten, ob welche da sind. Treffen wollten wir sie nicht. Dann ist genau das passiert. Es war wirklich ein dummer Zufall.«

Sie bedachte ihn mit einem verächtlichen Blick, ehe sie sich wieder der Hand widmete und widersprach: »Unsinn! Ausgerechnet ihr beide stolpert also aus Versehen zunächst in eine Erkundungstruppe und dann in ein Lager der Feinde?«

Rhonan zuckte zusammen, als sie einen seiner Finger kräftig bog und wieder geradezog.

»Ja, zuck du nur. Irgendwann helfen dir auch meine Fähigkeiten nicht mehr«, schnaubte sie. »Ich bin eine gute Heilerin, aber bei dir stoße ich langsam an meine Grenzen. Wenn ich sterbe, dann bestimmt an Erschöpfung, weil ich dich zu oft versorgen musste.« Rücksichtslos zog sie erneut an der Hand.

Ihr Gatte setzte sich mit einem Ruck kerzengerade auf und presste die Lippen zusammen, was ihm ein zufriedenes Lächeln seiner liebenden Gattin einbrachte.

Der Hauptmann machte demgegenüber einen eher unglücklichen Eindruck. »Jetzt wäre vielleicht der richtige Zeitpunkt für deine Ohnmacht«, erklärte er mit dünner Stimme. »Ein guter Zeitpunkt. Ich würd's machen. Fällt nun allerdings auf. Warte noch ein bisschen. Was rede ich da? Besser, du tust es einfach irgendwann, wenn es nicht auffallen soll. Dann nützt es aber möglicherweise nichts mehr. Ich glaube, ich bin durcheinander. Anstrengender Ritt!«

Der General starrte seinen Sohn mit einem Ausdruck der Verzweiflung an und gewann immer mehr den Eindruck, einen Irren gezeugt zu haben. Hylia versteckte ihr Lachen hinter ihrer Hand, und Marga klammerte sich an den grinsenden Gideon. Rhonan wagte nicht, seinen Schwager anzusehen, aber ihm war anzumerken, dass auch er Mühe hatte, ernst zu bleiben.

Caitlin sah mit blitzenden Augen von einem zum anderen. »Ihr passt wirklich gut zusammen. So etwas nenne ich gesucht und gefunden.«

Derea senkte eingeschüchtert den Blick.

Ausgerechnet Juna sorgte erneut für Heiterkeit, als sie erklärte: »Welch nettes Schauspiel. Die zwei größten Helden der Freien Reiche winden sich unter dem Blick einer winzigen Priesterin.«

Raoul wurde es nun zu viel. »Helden«, spuckte er aus. »Wer will hier ein Held sein?«

»Keiner«, antwortete sein Sohn. »Das hat sie gesagt.« Anklagend wies er mit dem Finger auf Juna. »Und ich mag sie auch gar nicht. Hören wir einfach nicht auf sie.«

Der General schüttelte unwillig den Kopf, weil sich immer

mehr – seiner Meinung nach völlig unangebrachte – Heiterkeit unter seinen Begleitern breitmachte. »Götter, gebt mir Geduld. Du bist vielleicht ein Esel. Könnten wir uns jetzt wieder unserer Aufgabe widmen?«

»Der Aufgabe für heute Nacht? Aber ja. Was war das doch gleich … außer Schlafen und Erholen?«, fragte Derea mit hübschem Augenaufschlag.

Die ohnehin heitere Stimmung wurde erneut befeuert. Sogar Caitlins Gesichtszüge entspannten sich, und ihre Lippen zitterten.

Raoul ballte die Fäuste, wartete aber gottergeben, bis das letzte Gelächter verebbt war. Da er sich nicht die Augen wischen musste, war er der Einzige, dem auffiel, wie Derea Rhonan zublinzelte.

Seine Stimme bebte immer noch leicht vor Zorn, als er schließlich feststellte: »Ihr seid also Maluchs Züchtung begegnet. Das heißt, die Truppe ist bereits einsatzfähig. Das ist übel.«

»Die sind mehr als übel«, entgegnete sein Sohn und wurde schlagartig ernst. »Ihnen ist kaum beizukommen. Ohne Kahandar hätten wir nicht überlebt. Das sind keine Menschen, das sind kraftstrotzende, kampfstarke und schmerzunempfindliche Ungeheuer.«

In den Gesichtern, die eben noch von Heiterkeit gezeichnet gewesen waren, zeigte sich nunmehr Besorgnis.

Raoul wandte sich an Juna. »Wie groß ist die Armee?«

Die griff sich einen Apfel und polierte ihn an ihrem Rock, während sie nebenher antwortete: »Um die zehntausend Mann. Genau weiß ich es nicht. Es hat etwas gedauert, das erforderliche Menschenmaterial zu beschaffen, aber mein Ziehvater ist nicht für halbe Sachen. Wenige Schattenkrieger in Camoras Heer wären durch Überzahl besiegbar gewesen. Jetzt bilden sie ihr eigenes Heer, das Eure armseligen Truppen vernichten wird. Nach dieser Schlacht werden Maluch und Camora Herrscher der Reiche sein. Ihr tätet besser daran, Euer Vorgehen daran auszurichten.«

»Das sagst du doch nur, damit wir dich gehen lassen«, fauchte Marga.

Ihr war anzusehen, dass sie selbst an ihren Worten zweifelte, und Juna zog nur die Brauen hoch und aß ihren Apfel mit Genuss. Die knackigen Bissgeräusche waren längere Zeit die einzigen Laute, die zu hören waren.

»Zehntausend?«, würgte Gideon irgendwann hervor. »Das also ist mit den Jungen des Ostvolkes geschehen. Maluch hat ganze Landstriche entvölkert, um aus Kindern Bestien zu machen.«

Derea fuhr sich immer wieder mit der Hand über den Mund. »Die hält nichts und niemand auf.«

»Und wenn dieses Heer jetzt einsatzfähig ist, wird Camora zum endgültigen Schlag gegen die Freien Reiche ausholen«, fügte Rhonan nachdenklich an. »Worauf sollte er jetzt noch warten?«

Raoul nickte. »Nach den Berichten, die ich erhalten habe, lag Mar'Elch in Trümmern und hätte einen weiteren Angriff nicht überstanden. Statt aber erneut anzugreifen, hat Camora seine Truppen abgezogen. Auch an den Grenzen gibt es keine Scharmützel mehr. Jetzt weiß ich, warum. Mit dem Schattenheer im Rücken kann es für ihn nur noch ein Ziel geben: die Zitadelle der Träume! Camora wird so schnell wie möglich alle Truppen zum größten Heiligtum der Reiche marschieren lassen.«

»Warum?«, fragte Caitlin verständnislos.

Statt des Generals antwortete Gideon, der die Unkenntnis seiner Begleiterin besser kannte: »Der erste Großkönig von da'Kandar hat diese Zitadelle errichten lassen, als seine Frau Palema … eh … starb. Dort verbrachte er in völliger Einsamkeit seine letzten Lebensjahre. Da'Kandar und die Zitadelle gehören seit dieser Zeit untrennbar zusammen. Camora hat schon das Zepter der Festung. Wenn er erst den Schlüssel zur Zitadelle in den Händen hält, kann ihm kein Fürst mehr die Gefolgschaft verweigern. Immer wieder hat er versucht, sie zu erobern, aber bislang konnten Königin Morwena und Fürst Darius ihn regelmäßig davon abhalten, in das Reich der Mitte vorzudringen. Doch das Schattenheer …«

Raoul fuhr fort, als dem Gelehrten die Stimme versagte. »… werden sie nicht aufhalten können. Camora wird unverzüglich angreifen. Nun muss er nicht mehr fürchten, dass El'Maran und Latohor ihre Heere verbinden und sich ihm in den Weg stellen, nun wird er es sogar hoffen, damit er sie in nur einer einzigen Schlacht gemeinsam vernichten kann. Das Ende des Krieges steht kurz bevor.«

»Genau wie das Ende der Freien Reiche«, fügte Marga mit belegter Stimme hinzu. »Alles, wofür wir ein Leben lang kämpften, wird verloren sein.«

Das knisternde Feuer warf nach wie vor Schattenbilder an die Wände, aber es wärmte nicht mehr. Caitlin kuschelte sich an ihren Mann, der ihr sanft, aber geistesabwesend über den Rücken strich.

»Die Echsenmenschen«, murmelte er plötzlich. »Die könnten ihnen vielleicht gewachsen sein.«

Alle starrten ihn verblüfft an, und Derea gab zu bedenken: »Nach allem, was ich gehört habe, könnte das vielleicht sogar sein, aber die sehen uns als Mahlzeit an und werden daher kaum mit uns kämpfen. Außerdem verlassen sie ihren Sumpf nie.«

»Gideon hat gesagt, auch sie fühlen sich durch den Krieg bedroht. Wir müssen sie nur davon überzeugen, dass sie an unserer Seite kämpfen müssen, um ihre Geister nicht zu erzürnen.«

»Wenn du überhaupt dazu kommst, dein Anliegen vorzutragen«, beharrte der Hauptmann. »Möglicherweise landest du auch gleich in ihrem Kessel.«

Raoul schnaubte: »Wir sollten durchführbare Pläne schmieden und die Echsen nicht in Betracht ziehen. Das sind wilde Tiere. Nichts wird die je dazu bringen, ihren Sumpf zu verlassen. Das wäre im besten Fall verschwendete Zeit.«

»Vielleicht auch nicht«, widersprach der Gelehrte. »Ich würde sie nicht dem Tierreich zuordnen. Sie haben mir auch schon geholfen. Ich kenne diese Schattenkrieger nicht, aber ich kenne die Kalla. Ihr Panzer ist mit einer Rüstung zu vergleichen. Ihre Kraft ist atemberaubend und ihre Schnelligkeit unübertrefflich. Ich denke, es könnte einen Versuch wert sein.«

»Unsinn! Gleichgültig, über welche Vorzüge sie verfügen, es sind Tiere. Da könnten wir auch anfangen, Wölfe einzusammeln, die für uns kämpfen. Wir gehen nicht in die Sümpfe«, erklärte der General unmissverständlich und vermittelte ganz den Eindruck, als hielte er die Angelegenheit damit für abgeschlossen.

Caitlin spürte, wie ihr Mann sich versteifte.

Der sah Raoul an und fragte mit frostiger Stimme: »Was veranlasst Euch eigentlich zu glauben, dass Ihr das bestimmen könntet? Ihr dürft jederzeit gehen, wohin Ihr wollt, aber weder Gideon noch Caitlin noch mir werdet Ihr jemals sagen, was wir zu tun oder zu lassen haben. Wie es unsere übrigen Begleiter halten wollen, können sie selbst entscheiden.«

Er wartete nicht einmal auf eine Reaktion. Sein Blick wanderte zu Gideon, und seine Miene entspannte sich im Gegensatz zu seinem Körper. »Es hieß doch in der Prophezeiung, das Schwert der Alten Könige werde die Völker einen und zum Sieg führen, wenn ich mich richtig erinnere. Gerade ist mir klar geworden, was das bedeutet: Die Echsenmenschen gehören dazu. Ich meine, die Freien Reiche muss doch keiner einen, die kämpfen seit eh und je Seite an Seite.«

Der Verianer sah ihn eine Weile gedankenverloren an und nickte schließlich. »Du könntest recht haben. Das macht Sinn.«

Marga räusperte sich. »Sie sind wirklich beeindruckend, aber wisst Ihr, wie viele von ihnen es gibt?«, fragte sie und hatte das erste Mal das Gefühl, dem Großkönig gegenüberzusitzen.

Gideon schüttelte den Kopf. »Die Kalla kennen keine Zahlen. Sie kennen nur einen, ein Paar, mehrere und viele. Aber aus der Luft konnte ich sehen, dass es noch sehr viel mehr Dörfer gab.«

Rhonan sah in die Runde. »Ich weiß nicht, ob wir mit ihnen siegen werden, ich weiß aber bestimmt, dass wir ohne sie nicht gewinnen können. Ist das einen Versuch wert?«

Marga, Hylia, Gideon und Derea nickten.

»Wir gehen also in die Sümpfe«, fasste Letzterer zusammen. »Und was ist mit der Quelle?«

»Die wird auch nach der Schlacht noch da sein. Bei den Freien Reichen wäre ich mir da nicht so sicher«, erwiderte der Prinz trocken. »Du hast die Krieger doch gesehen. Die halten die Menschen allein nicht auf.«

Derea nickte, aber Caitlin schüttelte sich angewidert und sah ihren Mann ausgesprochen unwillig an. »Das wird ja immer besser. Worauf habe ich mich nur eingelassen? Erst Eis und Schnee, jetzt ein Sumpf. Das klingt nach Moder und Gestank. Wenn ich nicht wüsste, dass du ohne mich verloren wärst, würde ich mich sofort zurückziehen.«

»Erinnerst du dich? Ich hatte dich gewarnt«, erklärte er mit einem schiefen Lächeln.

Im weiteren Verlauf des Gesprächs schlief sie in seinem Arm ein, denn den Erörterungen über unterschiedliche Wege konnte sie nichts abgewinnen, schien ein Weg doch genauso beschwerlich zu sein wie der andere.

13. Kapitel

Juna konnte nicht einschlafen. Bisher hatte sich keine Gelegenheit zur Flucht ergeben. Aber auf dem Weg in die Sümpfe würden sie das Grenzland nach El'Maran durchqueren. Dort war ihre Heimat, dort kannte sie sich aus.

In ihrer Nähe sah und hörte sie Derea, der leise zu Hylia sprach: »Es muss ein furchtbarer Kampf gewesen sein, und im Nachhinein erscheint er so überflüssig. Warum will man unbedingt ein Königreich besiegen, wenn man kurze Zeit später alle besiegen kann? Nur wegen der persönlichen Genugtuung?« Er brach seufzend ab.

Die Priesterin schien mit ihren Gedanken nicht bei Camoras Unarten zu sein, denn sie fragte: »Wenn ich recht verstanden habe, hattet Ihr große Verluste, aber Euer Bruder hat überlebt?«

»Ja, er ist verwundet, aber er lebt.«

»Schwer?« Ihre Sorge war nicht zu überhören.

»Er sagte nicht schwer, nur unübersehbar. Jemand hat versucht, sein Gesicht zu halbieren. Warum wollt Ihr das wissen? Kennt Ihr ihn?«

»Ja. Ich war Heilerin in der Schlacht um Labandor. Er war ein wunderbarer Kommandant, so kühl und sicher und doch so mitreißend.«

Sie lachte verlegen auf. »Das ist lange her. Milena Morabe hat seinerzeit die Schützen befehligt. Ihr Pfeil hat den Hordengeneral vom Pferd geholt und die Schlacht entschieden.«

»Sie war besser als wir alle, hat jeden Wettkampf gewonnen. Es war schrecklich, gegen ein Mädchen mit Zahnlücken und Zöpfen zu verlieren, aber Milena konnte schon mit zehn

Jahren einem Vogel im Flug ein Auge ausschießen. Sie starb am Gothenhügel, von Pfeilen durchbohrt.«

»Sie ist tot? Das tut mir leid. Das wird Euren Bruder sehr getroffen haben.«

Derea räusperte sich. »Ihr wart die Priesterin, derentwegen Canon und Milena sich beinahe getrennt hätten?«

»Sie hätten …«

Sie brach ab, und er ergriff ihre Hand und sagte mit sanfter Stimme: »Das muss Euch nicht unangenehm sein. Soweit ich weiß, habt Ihr nichts Unrechtes getan. Milena war nur krankhaft eifersüchtig. Canon hat unter ihrem Tod gelitten, weil sie einander schon ewig kannten und immer davon ausgegangen waren, einmal verbunden zu werden, aber ich denke, er wäre mit ihr nicht glücklich geworden. Sie hatte zu viel von ihrem Vater, fühlte sich so erhaben, war zänkisch und rechthaberisch und schon wenn er nur einmal mit einer anderen Frau sprach, hätte sie ihm am liebsten die Augen ausgekratzt.«

Sie senkte den Blick und erklärte mit leiser Stimme: »Ich bin Priesterin und damit der Keuschheit verpflichtet und habe mich auf den ersten Blick in Euren Bruder verliebt. Er half mir vom Pferd, wir sahen einander an, und … Was rede ich da eigentlich?« Sie schluckte und sah hoch. »Es ist nur … diese furchtbare Zeit … und … Ihr werdet es keinem verraten, nicht wahr? Schließlich sind mir nicht einmal solche Gedanken erlaubt.«

Er bedachte sie mit einem sanftmütigen Lächeln. »In einer Zeit, in der wir nie wissen, was uns erwartet, sollten wir jede Gelegenheit nutzen, um ein Zipfelchen vom Glück zu erwischen. Ihr wisst doch gar nicht, ob Ihr die Nebelinsel jemals wiederseht. Ihr wisst noch nicht mal, ob Ihr den morgigen Tag überlebt. Warum wollt Ihr Euch da an unsinnige Verbote halten? Liebe kann nicht schlecht sein. Versucht, mit Canon Verbindung aufzunehmen. Er wird sich riesig freuen, von Euch zu hören, und eine Unterhaltung quer durch die Reiche sollte selbst für eine Priesterin nicht unschicklich sein.«

»Glaubt Ihr, er würde sich nach all der Zeit überhaupt noch an mich erinnern?«

Sie sah ihn schwankend zwischen Unglauben und Hoffnung an, und er grinste breit. »Wenn Euch zufällig das weiße Halstuch mit der hübschen Stickerei gehören sollte, das er seit Jahren immer bei sich trägt, obwohl es überhaupt nicht zu ihm passt, dann ganz sicher. Könnte sein, dass Ihr damals nicht die Einzige gewesen seid, die sich auf den ersten Blick verliebt hat.«

Ihr entschlüpfte ein Seufzen, dann beugte sie sich vor und küsste ihn auf die Wange. »Ich danke Euch. Ich wollte Euch eigentlich trösten, weil Ihr so viele Freunde verloren habt, und jetzt habt Ihr stattdessen mich getröstet.«

»Das war nett von Euch gemeint, aber nicht nötig. Gerade weil wir so viele Freunde verlieren, werden uns die Freunde, die wir noch haben, umso teurer.« Er griff in die Tasche und beförderte einen kleinen Jaspis-Stein zutage. »Unsere Glückssteine. Canon hat sie am Tag, an dem wir Ayalas Schloss verließen, um mit Morwena nach Mar'Elch zu gehen, von einer Zinne abgebrochen. Wir hatten Angst vor der ungewissen Zukunft. Doch von da an hatten wir ein Heim mit einer liebevollen Mutter. Liebe, ganz gleich welcher Art, kann nicht schlecht sein. Versucht, sie zu finden. Nehmt den Stein, um eine Verbindung aufzubauen. Mir gelingt es längst auch ohne ihn.«

Sie nahm den Stein, presste ihn mit einem Seufzen an ihr Herz und ließ ihn im Ausschnitt verschwinden, dann ergriff sie seine Hände, drückte sie fest und nickte ihm strahlend zu.

* * *

Juna erwachte und ließ ihre Blicke schweifen. Dereas Lager war leer. Offensichtlich war er jetzt mit der Wache dran. Alle anderen schliefen. Hylia hatte ein seliges Lächeln im Gesicht, Marga und Gideon schliefen Rücken an Rücken, und Caitlin hatte ihren Kopf auf Rhonans Brust gebettet. Merkwürdigerweise versetzte ihr dieses Bild friedlich schlafender Menschen einen Stich. Sie brauchte dringend frische Luft und floh nach draußen.

Derea saß auf einem Baumstumpf, knetete einen Schneeball und sah erstaunt hoch. »Ihr seid doch nicht meine Ablösung, oder?«

Sie lachte auf. »Nein! Ich weiß nicht, warum, aber man scheint mir dafür nicht genug zu trauen. Wenn Ihr wollt, dürft Ihr aber gern schlafen gehen.«

»Wärt Ihr morgen noch hier?«

»Vermutlich nicht.« Sie betrachtete ihn genauer. »Ihr wirkt niedergeschlagen.«

»Ich habe gerade an Mar'Elch gedacht.«

»Ihr habt doch gesiegt, wie Ihr beim Essen berichtet habt. Weshalb wirkt Ihr dann traurig?«

Freudlos lachte er auf. »Weil fast dreitausend Menschen aus meiner Heimatstadt tot sind, weil viel zu viele meiner Männer gefallen sind und weil mein bester Freund gestorben ist.«

»Und allein das macht Euch traurig?«

Er blinzelte sie ungläubig an. »Allerdings! Was würde denn jemanden wie Euch traurig machen? Was würdet Ihr empfinden, wenn Euer Ziehvater stürbe?«

Sie zuckte die Achseln. »Keine Ahnung! Er sagt mir, was ich tun soll, aber er bedeutet mir nichts. Wenn er stirbt, werde ich ihn vergessen.«

»Bei allen Göttern, Ihr tut mir fast leid.«

»Weshalb?«, fragte sie ärgerlich. »Ist es schön, traurig zu

sein? Ich an Eurer Stelle würde jetzt den Sieg feiern, und Ihr blast Trübsal. Wenn überhaupt, seid doch wohl Ihr zu bedauern.«

Er schleuderte den Schneeball weg. »Wohl kaum. Zumindest habe ich Menschen, um die ich trauern kann, weil ich sie sehr gemocht habe. Kennt Ihr das Glück bedingungsloser Freundschaft – das Gefühl, trotz bitterer Kälte Wärme zu empfinden? Habt Ihr noch nie Freude und Leid mit anderen geteilt? Kennt Ihr niemanden, dem Ihr Euer Leben, Euren Kummer oder Euren Jubel anvertrauen wolltet? Habt Ihr noch nie mit jemandem zusammen gelacht und geweint? Ihr lebt doch gar nicht, Juna, Ihr seid irgendwie nur da. Jetzt, da Ihr Eure Macht und Stärke nicht mehr habt, seid Ihr nicht mehr als eine zwar sehr ansehnliche, aber leere Hülle.«

»Wie könnt Ihr es wagen? Ihr …«

Er unterbrach ihren Wutausbruch müde: »Spart Euch Eure Drohungen! Ist Euch noch nicht aufgefallen, dass die hier niemanden mehr beeindrucken?«

Juna warf ihm einen giftigen Blick zu und schritt in die Scheune.

* * *

Dala betrat Palemas Gemach und stutzte.

Ihre Schwester wirkte entspannt und viel heiterer als in den vergangenen Tagen. Lächelnd sah sie ihr entgegen und erklärte: »Du kommst gerade recht für einen Becher Eistraube.«

Dala setzte sich, lupfte ihren Rock und massierte ihre schmerzenden Waden. »So gute Laune? Hast du endlich verkraftet, dass dein Sohn ein wenig anders ist als erhofft?«

Palema lachte auf. »War, Dala, war. Und dafür müsste ich Camora fast ein Dankesschreiben schicken. Glaubst du, er kann lesen?«

»Ich verstehe nicht …«, begann die, wurde aber sofort unterbrochen.

»Unsere Erben treffen seit Tagen immer wieder auf Gruppen der Schwarzen Horde, und Rhonan kämpft mit Kahandar, und es gewinnt immer mehr an Einfluss. Er genießt die Macht. Ich spüre, wie er sich verändert.«

»Bist du sicher? Meines Erachtens passt es gar nicht zu deinem Sohn, die Macht des Schwertes zu genießen. Ich wundere mich eher, dass er Kahandar überhaupt benutzt.«

Die Tochter des Nordens schenkte mit großer Sorgfalt Wein in die Becher aus funkelndem Jaspis-Stein und gab einen davon Dala. »Vielleicht kenne ich mein eigen Fleisch und Blut besser als du. Auf unser Leben!«

Sie trank, lachte auf und fuhr fort: »Unsinn! Du hast natürlich recht. Er hasst Kahandar. Doch die Strapazen der Reise gehen selbst an ihm nicht spurlos vorüber. Dass er seine Begleiter erneut durchs Wintergebirge schleppen musste, hat ihn an den Rand seiner körperlichen Möglichkeiten gebracht, doch statt der verdienten Erholung wartete Ligurius auf ihn. Seitdem kämpft er sich durch die Wildnis, und wenn er gerade einmal nicht kämpft, trägt er seine Frau. Seine Hand bereitet ihm immer noch Schwierigkeiten, und die Gegenwart des Generals, den er all meinen Erwartungen zum Trotz immer noch nicht getötet hat, zehrt an seinen Nerven. Seinen Anblick kann er kaum noch ertragen. Außerdem spürt er die Last der Verantwortung. Gideon hat es vorzüglich verstanden, ihn davon zu überzeugen, dass Wohl und Wehe der Freien Reiche einzig von ihm abhängen. Außerdem gibt es da noch die Quelle, die er versiegeln muss, und die liebreizende Caitlin, die er beschützen muss. Rhonan will allen Ansprüchen gerecht werden, aber das kann er nicht. Da er nicht dumm ist, weiß er das auch. Nur wenn er die Eisklinge in der Hand hält, verschwinden Schmerzen, Erschöpfung und Sorgen augenblicklich. Früher war der Branntwein seine Zuflucht, bald wird es ganz und gar Kahandar sein. Wir werden gewinnen.«

Dala rieb immer noch ihre Wade und fragte: »Ist es nicht seltsam, dass ich in den letzten Tagen das Alter spüre? Meine Glieder schmerzen, und meine Erinnerung lässt mich oft im Stich.«

Sie hielt mit ihrer Beschäftigung inne, sah hoch und ihr Blick wurde traurig. »Deshalb wolltest du Rhonan bei Ligurius also nicht helfen. Du wolltest ihn an den Rand des Zusammenbruchs treiben, damit er sich notgedrungen an Kahandar klammert. Du bist grausam. Und ich sage dir noch einmal: Du unterschätzt ihn. Außerdem hat er Caitlin und Gideon. Glaubst du, die werden tatenlos zusehen, wie er sich verändert?«

Palema ließ den Becher zwischen ihren Händen kreisen und lachte geringschätzig auf. »Da sie nichts vom Zauber des Schwertes wissen, werden sie kaum etwas dagegen unternehmen.«

»Er hat es ihnen nicht gesagt? Nicht mal Gideon?« Dalas Stimme klang mehr als ungläubig.

»Soweit ich das beurteilen kann, nicht.«

»Warum nicht? Er vertraut Gideon doch sonst alles an.«

Palema zuckte nur gelangweilt die Achseln, und Dala runzelte die Stirn, bis sie leise erklärte: »Weil er sich dadurch noch minderwertiger fühlt. Seine Familie hat ihn abgelehnt und seine wahre Mutter legt ihn in Fesseln, weil sie ihm nicht traut.«

Ihre Schwester wischte den Einwand mit einer Handbewegung weg und erwiderte unbeeindruckt: »Gefühlsduselei! Es ist doch gleichgültig, ob sie es wissen oder nicht. Was sollten diese beiden Schwächlinge schon gegen die Eisklinge ausrichten können?«

»Du solltest Caitlin nicht unterschätzen. Sie liebt Rhonan

und wird ihn mit allen Mitteln schützen. Ich frage mich in letzter Zeit immer häufiger, ob ich überhaupt noch will, dass die Erben die Quelle erneut versiegeln. Hast du das Glück gesehen, das die beiden umgab? Bei allen Göttern, ich würde hundert Jahre meines Lebens dafür geben, einmal eine solche Liebesnacht erleben zu können wie sie. Diese Sinnlichkeit, diese natürliche und vertraute Hemmungslosigkeit, dieses völlige Sichverlieren im anderen … Sag nicht, dass dich das unberührt gelassen hat. Dann tagsüber die liebevollen Blicke, die zärtlichen Berührungen, die leidenschaftlichen Küsse … ich beneide die beiden maßlos, und seit ich das tue, frage ich mich immer häufiger, ob ich wirklich weiterleben will und ob ich überhaupt noch lebe und ob ich überhaupt jemals gelebt habe. Über all meinen Schriften habe ich das Leben aus den Augen verloren. Du hattest einen Mann, aber du weißt selbst, dass er dich nie geliebt hat. Zunächst hat er versucht, Salia in dir zu sehen, dann hat er begriffen, dass er sie in dir nicht wiederfinden konnte, und zog sich zurück. Sieh mich nicht so an! Du hast dich selbst oft genug beklagt, dass zunächst Salias Geist mit in eurem Ehebett schlief und dann nicht einmal mehr dein Gatte. Mir ist erst jetzt richtig klar geworden, dass Unsterblichkeit nicht etwa heißt, dass du ewig lebst, sondern eben nur, dass du nicht sterben kannst, und das ist verdammt etwas anderes.«

Palema knallte ihren Becher so heftig auf den Tisch, dass der Wein spritzte. »Blicke … Küsse … sich verlieren … ich höre wohl nicht recht? Deine Beschwerden werden aufhören, wenn die Quelle endlich wieder versiegelt ist. Widme dich wieder deinen Schriften und sei glücklich. Liebe ist etwas für Narren. Rhonan bringt sich fast um für seine Frau, und was bringt es ihm ein? Gliederschmerzen! Er wird die Siegel erneuern, und dann können wir wieder Kraft schöpfen. Wenn du willst, holen wir uns dann zum Vergnügen ein paar ansehnliche Schattenkrieger. Zumindest die dürften unseren gestiegenen Ansprüchen genügen.«

Dala nickte versonnen. Nie würde Palema begreifen, wovon sie überhaupt sprach. Tiefe Gefühle schienen ihr längst fremd zu sein. Starke Arme bedeuteten für sie nie Geborgensein und Halt, sondern nur die Aussicht auf Muskeln, die ein Schwert halten konnten.

14. Kapitel

Die Siegelerben und ihre Begleiter hatten den Wagen wegen der engen Wege zurücklassen müssen, waren seit nunmehr zwanzig Tagen unterwegs, hatten Schnee und Eis längst hinter sich gelassen und folgten seit dem Morgen dem Verlauf des riesigen Weststroms. Reißend und schäumend ergoss er sich aus dem Gebirge in die Ebene. Gideon genoss das Naturschauspiel, wenn die tosenden Fluten sich an Felsen mitten im Strom brachen und die Gischt unendlich hoch spritzte, wenn Stromschnellen Baumstämme wie Stöckchen durch die Luft wirbelten oder wenn der Fluss mit ohrenbetäubendem Lärm in die nächste Ebene stürzte und dabei in seinen glitzernden Wasserwolken wunderschöne Regenbogen entstehen ließ.

Dem Gelehrten war klar, dass er versuchte, sich mit dem Betrachten der wilden Natur von den Strapazen der Reise abzulenken. Kleinere Gefechte mit versprengten Hordenkriegern hatten ihnen kaum Schwierigkeiten bereitet. Vor allem Rhonan schien mit der Eisklinge nahezu unbesiegbar zu sein. Allerdings wirkte der Prinz oftmals völlig abwesend oder sogar unwirsch. Alle Fragen diesbezüglich hatte er regelmäßig als Unsinn abgetan. In den letzten Tagen hatte er jedoch kaum noch Zeit für seine seltsamen Gefühlsschwankungen, da Caitlin ihn fast pausenlos beanspruchte. Konnten sie reiten, saß sie zusammengesunken vor ihm auf dem Pferd, mussten sie gehen, durfte ihr Mann sie meist tragen.

Gideon selbst konnte nicht helfen, da er froh war, sich noch allein auf den Füßen zu halten, Derea kümmerte sich weitgehend um die gleichfalls sehr mitgenommene Hylia. Marga und

Juna klagten nie, wären einer zusätzlichen Belastung aber auch kaum gewachsen gewesen, und der General war so einsichtig, seine Hilfe erst gar nicht anzubieten.

Grund zur Eile bestand nicht, denn von Derea wussten sie, wann mit der Entscheidungsschlacht zu rechnen war. Der Schwarze Fürst war so zuvorkommend gewesen, seinen Feinden mitzuteilen, dass er sie am Göttertag vor der Zitadelle der Träume erwartete. Camora war schon immer überheblich gewesen, aber dass er jetzt seinen Gegnern die Möglichkeit gab, sich zu sammeln, konnte nur noch als Hohn und Spott bezeichnet werden. Mit dem Schattenheer im Rücken konnte er sich diese Geringschätzung allerdings auch leisten. Gideon bekam regelmäßig Schweißausbrüche, wenn er nur an diese Armee dachte. Seine Gedanken wurden unterbrochen.

»Weiß jemand, was das ist?«, fragte Rhonan nämlich gerade und wies auf ein Anwesen, das nicht weit vor ihnen auftauchte.

»Borka, das Landgut des Fürsten Marcos, ehemaliger Regent von Kambala«, erklärte Derea.

Da er herausgefunden hatte, dass sein Schwager nicht viel über die Fürstenhäuser wusste, fügte er hinzu: »Er ist ein Feigling, aber kein Anhänger Camoras. Hat ihm Kambala kampflos übergeben und durfte sich zum Dank dafür hierher zurückziehen. Hängt sein Fähnchen gern in den Wind. Ich vertraue ihm nicht unbedingt, aber unsere Pferde brauchen nach dem schwierigen Gelände Ruhe und wir auch. Wäre eine gute Gelegenheit für eine Rast.«

»Oh ja, bitte«, erklärte Caitlin sofort mit leuchtenden Augen.

»Ich weiß nicht so recht.« Rhonan rieb sich gedankenverloren übers Kinn.

»Margas Pferd lahmt, und Gideons macht auch keinen guten Eindruck«, gab der General zu bedenken. »Zumindest sollte man einen Pferdewechsel in Erwägung ziehen.«

»Ich kenne den Fürsten«, mischte sich jetzt auch Marga ein. »Im Kampf hätte ich ihn ungern als Rückendeckung, und der Blick, mit dem er Frauen ansieht, verursacht mir Übelkeit, aber zumindest war er stets ein guter Gastgeber.«

Caitlin zupfte wild am Arm des Prinzen. »Bitte! Ich benötige dringend Ruhe und ein Bad.«

Der sah von einem müden Gesicht ins andere. »Also gut«, stimmte er schließlich widerwillig zu. »Aber morgen machen wir uns wieder auf den Weg.«

* * *

Borka lag von Wäldern umgeben auf einem Hügel am Fluss. Ein großes Steinhaus wurde flankiert von mehreren Schuppen und Scheunen. Es herrschte munteres Treiben im Hof zwischen den Häusern. Ein Dutzend Krieger übte sich im Schwertkampf, und Kinder trieben mit Stöcken ein prallgefülltes Ledersäckchen vor sich her und versuchten, es in einen Steinkreis zu bugsieren.

Als sie sich näherten, endete das Spiel augenblicklich. Wäscherinnen tuschelten, Stallburschen hielten mit ihrer Arbeit inne. Auch die Krieger musterten die Gäste neugierig.

Raoul hatte sich vor dem Gehöft von ihnen getrennt, da er angeblich in der Nähe einen seiner Verbündeten aufsuchen wollte, um Neuigkeiten zu erfahren. Nur Marga hatte Bedauern empfunden, als sie ihn hatte davonreiten sehen, da sie nicht davon ausging, dass er sich wieder zu ihnen gesellen würde. Zu abweisend waren alle Gefährten zu ihm. Sie hatte versucht, mit Raoul darüber zu sprechen, doch der hatte lachend erklärt: »Wie man sich bettet, so liegt man, Mädel. Nichts kann ungeschehen machen, was ich getan habe, und es gibt auch keine Entschuldigung dafür. Ich war lange Zeit noch stolz darauf, da'Kandar restlos entvölkert zu haben. Verrenn dich also nicht! Wenn du Mitgefühl loswerden willst, schenke es dem Großkönig. Der wäre ein würdiger Empfänger.«

Der Hofmeister, der offensichtlich mitbekommen hatte, dass Gäste gekommen waren, trat aus der Schmiede. Er erkannte Derea und Marga sofort.

Stallburschen eilten herbei, empfingen ihre Befehle, und der Hofmeister geleitete die Gäste ins Haupthaus.

Eine edel eingerichtete Halle erwartete sie. Die Wände waren von Wandteppichen verdeckt, die langen Tafeln und die hochlehnigen Stühle aus Blutbuche auf Hochglanz poliert. Der Hofmeister bat sie, Platz zu nehmen, und ging, um dem Fürsten Bescheid zu geben.

Wenig später kam der Hausherr schnellen Schritts mit ausgebreiteten Armen in die Halle geeilt. »Marga, Derea, welch Freude, euch zu sehen. Ich hoffe, ihr bringt gute Nachrichten. Seit ich nicht mehr Reichsfürst von Kambala bin, erreichen mich keine Botenvögel mehr. Man hat mich aus dem Verbund der Freien Reiche ausgestoßen, wofür ich selbstverständlich niemandem jemals einen Vorwurf machen würde, aber umso größer ist natürlich meine Freude, euch willkommen heißen zu dürfen.« Bei seinen Worten hatte er beiden warm die Hände gedrückt.

Während eifrige Diener Wein, Selbstgebrautes, Brot, Käse und Obst sowie Schüsseln mit Wasser und Tücher hereintrugen, konnte Caitlin den Fürsten ausgiebig mustern. Groß und schlank, mit grauen Augen, kunstvoll gelocktem dunklem Haar und einem sorgfältig gestutzten Bart war er trotz seiner Jahre noch als gut aussehender Mann zu bezeichnen. Die grauen Schläfen ließen ihn eher vornehm als alt erscheinen.

»Wir sind auf der Durchreise und würden hier gern die Nacht verbringen, wenn es geht«, erklärte Derea, während er den Waffengurt abschnallte. Er tat es ungern, aber es wäre eine unverzeihliche Beleidigung des Gastgebers gewesen, ihn nicht abzugeben.

Der Fürst nickte sofort. »Natürlich könnt ihr euch hier erholen. Es wäre mir eine Ehre.«

Marga hatte Umhang und Waffe abgegeben, wusch sich die Hände und stellte ihm ihre Begleiter vor. Rhonan gab sie als einen ihrer Heerführer aus, Gideon als Heiler, und Caitlin stellte sie genau wie Hylia und Juna zwar als Priesterin, aber nicht als Prinzessin vor.

Marcos nickte allen freundlich zu, wobei sein Blick lange und beifällig auf Caitlin und Juna ruhte. »Ihr seht reisemüde aus. Ich will daher meine sicherlich verständliche Neugier bis zum Abendmahl zügeln. Wahrscheinlich werde ich der Letzte sein, der vom Ende des Krieges erfährt, aber ich habe es nicht besser verdient. Ich habe Anweisungen gegeben, die Bäder vorzubereiten. Bis es so weit ist, nehmt bitte einen kleinen Imbiss zu euch.«

* * *

Während emsige Bedienstete sich kurze Zeit später um die Kleidung der Besucher kümmerten, nahmen die ihr wohlverdientes Bad. Die Damen ließen sich dabei von Dienstmädchen verwöhnen und schwatzten lustig und vergnügt. Bei den Männern herrschte eher gedrückte Stimmung. Es gelang den Kriegern nicht, sich in dieser Umgebung zu entspannen.

* * *

Beim anschließenden Essen erfuhren die Gäste, dass Gemahlin und Söhne des Fürsten sich nach der Übergabe Kambalas von ihm zurückgezogen hatten, da sie mit der Schmach, von den übrigen großen Häusern geschnitten zu werden, nicht leben konnten. Der Fürst bat dann um einen kurzen Lagebericht. Es war auffällig, wie seine Blicke, während Derea von der Entwicklung des Krieges erzählte, immer wieder zwischen Caitlin und Juna hin- und herwanderten.

Seinem untergeordneten Rang entsprechend hatte man Rhonan am unteren Ende des Tisches untergebracht, wo er während des Essens weitgehend vor sich hin zu dämmern schien. Marcos schien ihn kaum zu bemerken. Selbst Dereas Erzählung vom Krieg hörte er nur mit halbem Ohr zu. Als er im Laufe des Abends durch zum Teil recht plumpe Bemerkungen über die Schönheit anwesender Damen versuchte, Caitlin und Juna immer mehr ins Gespräch zu ziehen, wurde Rhonan zusehends unruhiger. Gideon war mehr als froh, als man sich nach dem Essen zurückzog, um endlich die wohlverdiente Ruhe zu genießen.

* * *

»Schläfst du schon?« Caitlin huschte im Nachtgewand in Rhonans Zimmer. »Mir ist so kalt.«

»Aber Priesterin, denk an deinen Ruf«, gab er zu bedenken und hob lachend die Decke.

Er rieb ihren Rücken, und sie schnurrte wie eine Katze. »Ich bin wirklich gern deine Frau, du bist nämlich viel besser als jeder heiße Stein.« Sie gähnte, rekelte sich und schlief zu seiner Enttäuschung umgehend ein.

Mitten in der Nacht wurde sie unsanft geweckt. Jemand hatte sie an den Armen gepackt und in den engen Spalt zwischen Bett und Wand geschubst. »Bleib, wo du bist!«, hörte sie Rhonan brüllen.

Kahandar verbreitete ein trübes, fast geisterhaftes blaues

Licht, in dem ihr Mann gegen fünf Krieger kämpfte. Zwei davon lagen schon auf der Erde. Einer von ihnen stöhnte grauenerregend, während die verbliebenen Kämpfer immer wieder über ihn stolperten. Hocker wurden umgestoßen, die Waschschüssel klirrte zu Boden.

»Versuch, hinter ihn zu kommen!«, schrie einer der Fremden. Ein Krieger tauchte vor ihr auf und langte übers Bett. Caitlin kreischte den Namen ihres Mannes und versuchte fieberhaft, sich auf irgendeinen Zauber zu konzentrieren, aber da brach der Fremde auch schon mit einem heiseren Aufschrei über dem Bett zusammen. Rhonan holte erneut aus, der Kopf des Eindringlings kullerte ihr entgegen, und Blut spritzte ihr ins Gesicht, floss übers Bett und über ihre Decke. Entsetzt starrte sie in die gebrochenen Augen. Übelkeit stieg in ihr hoch, und sie atmete immer schneller.

»Bleib schön unten!«, hörte sie die Stimme ihres Mannes. Ein weiterer Krieger knallte gegen die Wand und glitt daran herunter. Unmittelbar danach brach der Letzte mit einem Röcheln zusammen. Laute Geräusche erklangen vom Flur aus, und der Prinz rannte zur Tür.

»Rhonan, zieh dir was an und hol mich hier raus!«, brüllte Caitlin ihm hinterher.

Er wirbelte herum, sprang fast in seine Hose und ergriff sein Hemd.

»Hol mich hier raus!«, kreischte sie erneut.

Doch er riss nur den Toten vom Bett, rammte dem noch stöhnenden Feind auf dem Boden das Schwert in den Leib und warf ihr einen wilden Blick zu. »Bleib schön in Deckung, mein Herz!«

Ohne auf ihr Geschrei und ihre Flüche zu achten, hetzte er hinaus.

Im Raum neben seinem waren zwei Krieger gerade damit

beschäftigt, Gideon zu fesseln. Der lag noch im Bett und hatte offensichtlich schon Mühe, überhaupt wach zu werden.

Blaue Blitze fegten über ihn hinweg, und brüllend gingen die Krieger zu Boden. Rhonan riss einem Sterbenden das Schwert aus der Hand, durchtrennte die Fesseln und drückte es dem immer noch verstörten Gelehrten in die Hand. »Falls noch jemand kommt.«

Schon war er wieder auf dem Flur. Vier Krieger, die eine weitere Tür geöffnet hatten, zückten bei seinem Anblick die Schwerter.

Aus dem Zimmer neben ihnen kam Derea gerannt. Seinen Kittel hatte er verkehrt herum an, seine Haare standen wirr ab, und in seinen Händen trug er einen hohen Kerzenhalter, der ihm wohl zweckentfremdet als Waffe dienen sollte.

Rhonan brüllte: »Runter!«, und Derea warf sich sofort platt in die Binsen.

Blitze fegten durch den Raum. Krieger schrien, taumelten und brachen zusammen. Es stank nach verbranntem Fleisch.

Der Hauptmann sprang wieder auf, griff sich zwei Schwerter, erlöste einen noch stöhnenden Krieger von seinem Leiden und stürzte ins Zimmer, in dem Marga und Juna gerade unter Keuchen und Ächzen versuchten, ihre ungebetenen Besucher von sich fernzuhalten. »Wir wollen euch nicht wehtun. Kommt schon«, forderte einer gerade lachend.

Derea verschwendete keinen Gedanken an Ehrbarkeit und rammte dem ersten Feind sein Schwert in den Rücken. Er sah Marga aus dem Bett springen, rief: »Fang!« und warf ihr ein Schwert zu. Geschickt fing sie es auf.

Es wurde ein kurzer Kampf. Juna knallte einem Krieger von hinten mit lautem Schrei und großem Schwung einen Stuhl über den Kopf, Marga rammte ihr Schwert einem zweiten in den Leib, und Derea benötigte nur zwei Angriffe für die beiden letzten.

»Ich bin noch ganz benommen. Im Wein muss Schlafkraut gewesen sein. Was hat das zu bedeuten?«, fragte Marga, während sie sich eine Stola griff und hinter Derea aus der Tür rannte.

»Frag mich was Leichteres! Aber so wie ich mich fühle, hast du mit dem Schlafkraut recht.« Er fiel fast über eine Leiche, fing sich gerade noch und sah Rhonan mit Hylia aus dem letzten Raum kommen.

Die Tür zum Hof ging auf, aber die beiden Neuankömmlinge kamen nicht weit. Sie konnten noch nicht einmal ihre Waffen ziehen. Der Prinz benötigte nur zwei Schritte und zwei Hiebe. Wortlos stieg er über die Leichname hinweg und ging nach draußen.

* * *

Derea glaubte, schlecht zu träumen. Er war Rhonan über den Hof gefolgt, ohne dass der sich um seine Rufe gekümmert hatte. Einer sich öffnenden Tür hatte der sofort Blitze entgegengeschickt, ohne zu wissen, wer gerade aus dem Haus hatte treten wollen.

In der von Kerzen hell erleuchteten Halle hatten sie Marcos mit sieben anderen Männern laut scherzend an einer üppig gedeckten Tafel sitzend vorgefunden, an der die flüssigen Genüsse allerdings in weit größerem Maße vorhanden gewesen waren als die Speisen.

Ohne ein Wort hatte der Prinz seine Blitze durch den Raum fegen lassen. Die geschockten Männer, die ihrer vornehmen Kleidung nach zu urteilen keine Krieger waren, hatten umgehend versucht, sich zu ergeben, aber mit ausdrucksloser Miene hatte Rhonan sie regelrecht abgeschlachtet.

Erfolglos hatte Derea versucht, ihn davon abzuhalten.

Rufe hatten nichts bewirkt, und als er versucht hatte, seinen Schwager am Arm festzuhalten, hatte der ihn abgeschüttelt wie ein lästiges Insekt. Der Blick, mit dem er ihn dabei bedacht hatte, war so wild gewesen, dass der Hauptmann den Eindruck gewonnen hatte, der Prinz sei gar nicht richtig bei sich.

Jetzt sah er mit versteinertem Blick zu, wie Rhonan zielsicher auf Marcos zuschritt, der in der äußersten Ecke der Halle hinter einem Sessel in Deckung gegangen war und seine Hände zum Zeichen dafür, dass er unbewaffnet war, vor sich hielt.

»Tötet mich nicht. Nehmt Euch, was Ihr wollt, aber verschont mich.«

Hilfesuchend sah er von Rhonan zu Derea und kreischte in höchsten Tönen: »Haltet Euren Heerführer auf! Bitte, so tut doch was!«

In diesem Augenblick stürmten die Frauen und Gideon in die Halle.

»Bei allen Göttern«, stieß der Gelehrte hervor, als sein Blick auf die Leichen fiel.

Marcos sank unterdessen auf die Knie und bettelte schluchzend: »Bitte, lasst mich am Leben!« Er schlotterte am ganzen Körper, Schnodder lief ihm aus der Nase, und Tränen liefen ihm übers vor Angst verzerrte Gesicht.

Der Prinz beförderte den Sessel vor ihm mit einem Tritt in eine Ecke.

»Rhonan!« Caitlins Schrei hallte durch den Raum, als ihr Gatte Marcos den Kopf abschlug.

»Blitz und Donner«, entfuhr es Derea.

»Grundgütiger«, stieß Gideon aus.

Erneut flog die Tür auf, und der Hofmeister eilte begleitet von einer älteren Frau und mehreren Männern herein.

Derea und Marga wirbelten kampfbereit herum, während Caitlin auf ihren Gatten zustürzte und ihre Arme um ihn schlang.

Wie angewurzelt blieben die Neuankömmlinge stehen. Obwohl alle Männer Waffen trugen, hatte offensichtlich keiner die Absicht, sie auch zu ziehen.

»Wir kommen zu spät«, erklärte die ältere Frau und seufzte auf. Dabei machte sie ein ausgesprochen zufriedenes Gesicht.

Derea war froh, dass Caitlin bereits bei ihrem Gatten war und ihn festhielt, denn der Prinz sah nach wie vor ausgesprochen angriffslustig aus, und der Hauptmann hatte für diese Nacht genug Tote gesehen.

Der Hofmeister schluckte, während er sich in der Halle umsah, starrte die Gäste an und dann die ältere Dame neben sich. Auf ihren auffordernden Blick hin erklärte er heiser: »Darf ich vorstellen, für die, die sie nicht kennen: Fürstin Sarina, die …« Er warf einen Blick auf den Torso zu Rhonans Füßen und vollendete noch heiserer: »Die Witwe des Fürsten.«

Der Hauptmann erkannte sie jetzt wieder und fand, dass die frischgebackene Witwe durchaus keinen traurigen Eindruck machte, dachte kurz daran, dass sie nach der Erzählung ihres Gatten eigentlich gar nicht hier sein durfte, und wurde immer verwirrter.

Während Caitlin leise auf ihren Mann einredete, fragte er: »Könnte uns vielleicht jemand erklären, was das alles zu bedeuten hatte?«

Die Fürstin nickte ihm mit einem freundlichen Lächeln zu. »Prinz Derea, nicht wahr? Ich durfte Euch vor einigen Jahren kennenlernen, und Euch vergisst man nicht so schnell.« Auch Marga schenkte sie ein Lächeln. »Meine Liebe, Ihr seid Eurer Mutter wie aus dem Gesicht geschnitten. Ich habe Euch ewig nicht gesehen, aber ich hätte Euch überall wiedererkannt. Wir sollten uns in einen anderen Raum zurückziehen. Hier ist es recht ungemütlich. Joran, entfache ein Feuer im Frauengemach, sorge für Getränke und lass das Gästehaus säubern.«

Der Hofmeister gab den Männern Anweisungen und eilte dann voraus in einen Nebenraum.

Fürstin Sarina ging zu dem geteilten Leichnam ihres Gatten und sah auf ihn hinab. »Er hat sich eingenässt«, bemerkte sie, spuckte auf den Körper und führte die Gruppe in einen kleinen, aber durch viele bunte Wandteppiche hübschen Raum.

Anders als in der Haupthalle waren auf diesen keine Schlachten dargestellt, sondern Erntemotive und Blumen. Der Hofmeister machte sich bereits am Kamin zu schaffen, und eine Dienerin huschte mit Felldecken herein und verteilte sie an die nur leichtbekleideten Damen.

Kaum hatten es sich alle halbwegs bequem gemacht, eröffnete die Fürstin das Gespräch: »Ich kann nicht sagen, wie froh ich bin, dass ihr alle wohlauf seid. Als Joran mir die Nachricht von eurem Besuch bringen ließ, wusste ich, dass Marcos sich diese Gelegenheit nicht entgehen lassen würde. Aber meine Männer und ich wären zu spät gekommen.«

Die erstaunten Gäste erfuhren jetzt, dass der Fürst sein Landgut in ein Lustschlösschen verwandelt hatte. Da ihm nach seiner Kapitulation weder Camora noch die Führer der Freien Reiche Aufmerksamkeit geschenkt hatten, hatte er beschlossen, endlich sein Laster auszuleben. Sehr junge Frauen und Mädchen waren seine Leidenschaft, und hier hatte er nicht einmal darauf achten müssen, seine abartigen Neigungen geheim zu halten. Mit gleichgesinnten Freunden hatte er auf Borka wahre Orgien gefeiert. Die Söhne des Fürsten hatten sich voller Entsetzen abgewandt und sich Fürst Menides angeschlossen, sie selbst war mit einigen Dienern in das leerstehende Kriegerhaus ihres Mannes gezogen.

»Als ich hörte, dass junge, schöne Priesterinnen unter den Gästen waren, wusste ich sofort, dass Marcos nicht würde widerstehen können. Jungfrauen gibt es hier kaum noch, und er hoffte schon immer, einmal eine Priesterin in die Geheimnisse der körperlichen Vereinigung einweihen zu können. Ich habe mich sofort aufgemacht, um diesen Frevel zu verhindern.«

Sie machte eine Pause, da Dienstboten heißen, gewürzten Wein und dampfenden Rotbeerensaft brachten, wartete, bis alle ihren Wünschen entsprechend versorgt waren, und fuhr dann fort: »Im Nachhinein bin ich tatsächlich froh, dass ich zu spät gekommen bin, denn ich habe mir nichts sehnlicher gewünscht als den Tod dieses Ungeheuers, und es wird weit und breit niemanden geben, der nicht so denkt. Weder Frauen noch Töchter der Höfler waren vor ihm und seinen Kumpanen sicher, und seine Opfer wurden immer jünger. Wie ihr erleben musstet, schreckte er für sein Vergnügen nicht einmal vor Mord zurück. Marcos wurde reich geboren und war charmant. Nur so etwas wie ein Gewissen besaß er nie. Ich habe das nur viel zu spät erkannt. Auch in Kambala dürfte die Kunde von seinem Tod nur zu Jubelschreien führen. Ich bedaure, was euch widerfahren ist, aber ich danke euch von ganzem Herzen. Lasst mich versuchen, die Schandtat meines Mannes so weit wie möglich wiedergutzumachen. Was auch immer ihr begehrt und ich beschaffen kann, sollt ihr bekommen.«

Derea hätte beinahe gelacht. Sie kämpften sich seit vielen Tagen durch die Reihen der Horde, waren auf dem Weg in eine Schlacht, die über das endgültige Schicksal der Freien Reiche entscheiden würde, und wären um ein Haar einem gemeinen Wüstling zum Opfer gefallen. Nicht Verrat war im Spiel gewesen, sondern Lust, und trotzdem hätte es übel für sie ausgehen können. Gottlob hatte Rhonan, der nur Wasser zu sich genommen hatte, nicht so tief geschlafen und war darüber hinaus in der Lage gewesen, sein Schwert zu sich zu rufen.

Während sie weiter mit der Fürstin plauderten und Wein und Beerensaft tranken, kam ein Diener, um zu verkünden, das Gästehaus sei gereinigt.

Müde machten sich alle wieder auf den Weg ins Bett.

* * *

Caitlin ging diesmal gleich zusammen mit ihrem Mann aufs Zimmer.

»Wie konntest du so etwas tun?«, wetterte sie, kaum dass er die Tür geschlossen hatte. »Ich habe dich nicht wiedererkannt.«

»Was habe ich denn getan? Soll es mir leidtun, diesen Widerling und seine Kumpane getötet zu haben?«

»Ja!«

Er lachte heiser und verdrehte die Augen. »Ja? Tut es aber nicht.«

»Sie waren unbewaffnet.«

»Wie unverzeihlich.« Erneut lachte er, aber es klang seltsam fremd. »Das wären wir auch gewesen. Schon mal daran gedacht? Sie wollten euch schänden und uns töten. Das wollte ich verhindern. Hätte ich Schwerter verteilen sollen, ehe ich sie töte?«

»Ich bitte dich.«

»Worum denn? Worum denn nur, Caitlin? Was erwartest du eigentlich von mir? Erst schreist du, damit ich dir helfe, jetzt schreist du, weil ich dir geholfen habe.«

»Eine schöne Hilfe. Sieh mich doch mal an! Ich habe fast in Blut gebadet.«

»Entschuldige!« Seine Stimme klang höhnisch. »Ich habe

nicht darauf geachtet, dir beim Kämpfen nicht zu nahe zu kommen. Wie konnte ich nur vergessen, wie empfindsam du bist?«

Ohne Überlegung holte sie aus und schlug ihm mit der flachen Hand ins Gesicht.

Seine Augen flackerten, seine rechte Hand zuckte, aber er sah an ihr vorbei.

»Komm endlich wieder zu dir! Du bist nicht du selbst.«

Sie sah ihn verzweifelt an und schüttelte ihn. »Rede mit mir! Was ist los?«

Er schwieg, und sie nahm sein Gesicht in beide Hände. »Ich fühle und sehe es: Du verbirgst etwas, und das schon seit Tagen. Ich bin deine Frau. Ich liebe dich, aber ich ertrage nicht, dass du dich vor mir verschließt.« Ihr Griff wurde fester, ihre Stimme weicher. »Ich würde mein Leben für dich geben, aber wenn du mir nicht einmal mehr Vertrauen entgegenbringst, frag ich mich, warum. Was hat dich verändert?«

Er starrte durch sie hindurch. »Das Schwert.«

»Das Schwert?«

Seine Hände umklammerten plötzlich so fest ihre Oberarme, dass sie aufstöhnte. »Ich fühle eine solche Kälte, dass ich nicht glauben kann, dass du nicht frierst in meiner Nähe.«

Sie glaubte ihm sofort. Zorn und Kälte umgaben ihn wie ein Käfig, aus dem er sich nicht mehr allein befreien konnte. Sie musste ihm helfen, die Tür zu finden, und sie wusste auch, wie. »Ich friere doch, ich friere sogar ganz schrecklich. Aber du wirst mich jetzt wärmen.«

Bei ihren Worten knüpfte sie schon sein Hemd auf.

»Caitlin, nicht … ich … mir …«

Er versuchte, sie aufzuhalten, aber sie schlug seine Hand zur Seite. »Wir reden später. Jetzt will ich mit dir schlafen. Genau jetzt ist mir danach, und wir sind endlich mal allein und haben ein richtiges weiches Bett. Du darfst mich jetzt dorthin tragen.«

Sein Blick war so wild, dass sie Mühe hatte, ihren Entschluss nicht kurzfristig zu überdenken.

»Was ist, mein kühner Gatte?«, fragte sie, bevor sie es sich anders überlegen konnte, schmiegte sich an ihn, ließ ihre Hände über seinen Rücken wandern und rieb ihren Oberschenkel herausfordernd an seinem.

»Du hast es so gewollt.« Er riss sie hoch und warf sie aufs Bett.

Fast war sie versucht, ein Stoßgebet zu den Göttern zu schicken, als er wie von Sinnen an ihrem Nachthemd zerrte, aber sie vertraute darauf, dass sie ihren Mann mittlerweile gut genug kannte. Gleichgültig, unter welchem Zauber er stand, er würde ihr nie ein Leid zufügen.

Es wurde nicht nur eine leidenschaftliche Vereinigung, es wurde ein Kampf. Rhonan war immer gefühlvoll und sanft, aber diesmal war er grob und rücksichtslos. Sie sah den Glanz in seinen Augen und nahm den Kampf auf. Sie gab sich ihm hin, nur um sich kurz darauf wild zu wehren, zog ihn an sich und stieß ihn weg, und er schwankte ständig zwischen den Gefühlen, verführt zu werden, oder seine eigene Frau zu vergewaltigen. Er vergaß irgendwann alles um sich herum und verlor sich in der ungezügelten Leidenschaft seiner Priesterin.

Die lachte mittendrin laut und glücklich auf, als sie endlich wieder Liebe in seinen Augen sah und Zärtlichkeit spürte.

Völlig ermattet lagen sie später eng umschlungen beieinander.

Sie streichelte seine Brust. »Mir ist jetzt warm. Dir auch?«

»Warm? Ich glühe.«

»Gut. Dann reden wir. Was ist mit dem Schwert?«

Sie rechnete damit, dass er sich zunächst noch in Ausflüchten ergehen würde, um sie nicht zu beunruhigen, aber er schlang fest die Arme um sie, atmete einmal tief durch und erwiderte umgehend: »Es ist böse. Das klingt schrecklich albern, aber ich weiß nicht, wie ich es anders ausdrücken soll. Wenn ich kämpfe, will ich natürlich immer siegen, aber mit Kahandar habe ich Spaß am Töten. Es ist wie ein Rausch. Ich verliere mich, bin nicht mehr ich selbst. Ich empfinde Hass und unbändige Lust am Töten. Nur noch der Sieg zählt, nichts anderes mehr. Und ich kann nichts dagegen tun. Jedes Mal, wenn ich mit Kahandar gekämpft habe, benötige ich länger, um wieder ich selbst zu werden. Es beherrscht mich immer mehr.«

Er schluckte schwer und ergänzte leise: »Ich habe Angst, dass ich mich irgendwann gar nicht mehr wiederfinde.«

Sie küsste ihn und vergrub ihre Hände in seinem Haar. »Dann finde ich dich eben. Keine Angst, Liebster, ich werde dich ganz sicher immer wiederfinden. Bist du sicher, dass du das Schwert noch benötigst? Kannst du es nicht einfach hierlassen oder wegwerfen?«

»Nein. Die Zeichnungen binden mich daran, verbrennen mich, wenn ich mich zu weit entferne. Palema hat mit einem Zauber dafür gesorgt, dass dieses Schwert mich mein Leben lang begleiten wird … oder ich das Schwert.«

Sie musste das erst einmal verdauen und fragte schließlich: »Warum sagst du mir das erst jetzt?«

Er zog sie so eng an sich, dass sie kaum Luft bekam. »Ich wollte es wirklich, weil … aber ich konnte nicht. Ich … ich kann es dir nicht erklären, ich kann es nicht einmal mir selbst erklären, aber ich bin froh, dass du es endlich weißt. Was soll ich nur tun? Das Schwert verändert mich.«

»Wird es nicht«, erklärte sie mit Bestimmtheit. »Wenn Palema glaubt, sie könnte dich zu einer kaltherzigen Bestie machen, dann hat sie sich geirrt. Dafür liebe ich dich viel zu sehr, so wie du bist.«

Sie löste sich aus seiner Umarmung, setzte sich rittlings auf seinen Bauch und sah zur Decke. »Hörst du mich, Palema? Wenn ja, dann hör gut zu! Du hast deine Gelegenheit gehabt und sie verpasst. Rhonan gehört jetzt mir. Ich, die nach deinen Worten schusselige und nichtsnutzige Priesterin, werde gegen dich kämpfen, und ich bin stärker als du. Hast du eben zugesehen? Ich benötige nicht mehr Zeit, als Rhonan braucht, die Waffe zu ziehen, um ihn sie vergessen zu lassen. Die blauen Flammen sind nichts gegen mein rotes Haar. Die Härte der Waffe ist nichts gegen meinen weichen Körper. Ihre Stärke ist nichts gegen meine Liebe. Was immer du auch versuchst, du dämliche Ziege, meinen Mann kriegst du nicht. Deinem Willen wird er sich nie beugen. Er ist zu stark für dich, und den Kampf gegen dein Schwert gewinne ich. Friere du ruhig weiter, allein in deinem ewigen Eis, ich wärme mich unterdessen in den Armen deines Sohnes.«

Unglaubliche Wärme und innere Heiterkeit durchströmte ihn bei ihren Worten, und leise, aber glücklich lachend zog er sie an sich. »Caitlin, du bist wunderbar! Du bist so zart und zerbrechlich, und doch bist du mein größter Schutz. Ohne dich könnte ich nicht mehr leben.«

»Ich weiß, aber das musst du ja auch nicht mehr«, erwiderte sie schlicht.

Sie hielt ihn davon ab, sie zu küssen, und stemmte sich auf seiner Brust hoch. »Du darfst mir nur nichts mehr verheimlichen. Nie mehr! Ich werde immer bei dir sein, neben dir, hinter dir oder vor dir, aber schließ mich nie wieder aus.«

»Das werde ich nie mehr, mein Herz.«

»Versprochen?«

»Versprochen!«

15. Kapitel

Caitlin erwachte und sah erleichtert, dass Rhonans Brust sich gleichmäßig hob und senkte. Gedankenverloren betrachtete sie den so unglaublich gut gebauten und so vernarbten Körper und das Gesicht, in dem das entbehrungsreiche und schmerzvolle Leben schon herbe Linien hinterlassen hatte. Bilder des Traums drängten sich wieder auf. Sichtbar schwanger hatte sie in Gideons Armen am Scheiterhaufen gestanden, auf dem der aufgebahrte Leichnam ihres Mannes verbrannt wurde. Tausende hatten das Totenlied gesungen und Blütenblätter gestreut, während die züngelnden Flammen den Körper und die Fahne mit dem geflügelten Schwert verzehrt hatten.

Was sie bisher geträumt hatte, war immer eingetreten, aber die Erfüllung dieses Traums musste sie verhindern. Sie wollte Kinder, viele Kinder, aber sie wollte sie auch mit Rhonan zusammen großziehen. Sie würde nicht zulassen, dass er starb. Das wollte sie einfach nicht.

»Was willst du nicht?«, fragte er gähnend.

Offensichtlich hatte sie ihren letzten Gedanken laut ausgesprochen.

»Ich will unser Kind nicht allein zur Welt bringen.«

Er war schlagartig hellwach. »Was?... Was meinst du damit?«

»Dass du mich bei der Geburt halten musst. Allein habe ich Angst. Du weißt, dass ich nicht mutig bin. Das wird sich auch nicht so schnell ändern. In deinen Armen wird es aber gehen.«

»Himmel, Caitlin! Du weißt, dass ich das nicht gemeint habe. Wie kommst du ausgerechnet jetzt darauf?«

Ihr Blick suchte seinen. »Wie wohl, Dummkopf? Ich bin schwanger. Wir bekommen ein Kind.«

»Jetzt?« Freude, Angst, Dankbarkeit, Unglauben und Stolz kämpften in ihm um Vorherrschaft.

Sie erwiderte ungehalten: »Jetzt bin ich schwanger. Das Kind bekommen wir heute nicht mehr. Mach doch nicht so ein entsetztes Gesicht. Freust du dich denn gar nicht?«

»Natürlich freue ich mich, riesig sogar, ich … aber was mache ich jetzt mit dir? Wohin bringe ich dich? Wo gibt es Sicherheit?«

Er zog fahrig die Decke über seine Frau. »Wie fühlst du dich? Hätte ich doch nur geahnt … Und wir haben gerade noch … Geht es dir gut, mein Herz? Was mache ich nur?«

Sie lachte auf und zog an seinen Haaren. »Warst du zu lange mit meinem Bruder zusammen? Du redest vielleicht ein wirres Zeug. Mir geht es gut, ich bin nicht krank, ich bin schwanger. Das tut nicht weh, das ist ein schönes Gefühl. Du musst auch nichts mit mir machen und wirst mich auch nirgendwo hinbringen. Nur in deiner Nähe bin ich in Sicherheit. Und hör endlich auf, mich immer wieder in diese blöde Decke zu wickeln. Mir ist nicht kalt.«

»Ich mache mir doch nur Sorgen, um dich … um euch. Wie soll es nur weitergehen?«

»Du hast mich bisher beschützt, da wird es dir sicher auch weiterhin gelingen, selbst wenn ich mit der Zeit etwas runder werde. Du bist kräftig und wirst mich auch dann noch tragen können. Ich weiß, dass mir an deiner Seite nichts geschehen wird, und deswegen will ich, dass du mir jetzt versprichst, mich nie allein zu lassen.«

Er sah sie nahezu verzweifelt an. »Ich liebe dich mehr als mein Leben. Du weißt, dass ich alles dafür tun oder geben würde, dich zu beschützen, aber das kann ich dir nicht versprechen.«

»Unser Sohn …«

»Oder unsere Tochter«, unterbrach er. »Ich hätte gern eine Tochter, weil …«

»Unser Sohn«, wiederholte sie mit deutlicher Betonung, »soll mit all der Liebe aufwachsen, die uns verwehrt wurde. Wir bekommen dann auch noch eine Tochter, wenn du willst – meinetwegen auch zwei oder drei. Aber wenn du stirbst, werde ich vor Trauer vergehen, und dann kann ich mich nicht mehr um unsere Kinder kümmern. Die werden dann aufwachsen müssen wie wir: ohne jede Liebe. Wage es nicht, uns das anzutun!«

»Caitlin …«

»Möchtest du Kinder, Mann meines Herzens?«, unterbrach sie ihn leise.

»Ich habe noch nie darüber nachgedacht. Aber mit dir zusammen Kinder zu haben, sie aufwachsen zu sehen … ich kann mir kaum etwas Schöneres vorstellen. Aber ich kenne mich mit Familien nicht aus und weiß gar nicht, ob ich das kann.« Jetzt klang seine Stimme verzweifelt.

»Das hättest du dir vorher überlegen müssen, mein Lieber. Außerdem weiß ich, dass du ein wunderbarer Vater sein wirst, genau wie du ein wunderbarer Gatte bist. Du wirst aber in Zukunft nicht mehr so leichtsinnig sein. Versprich uns wenigstens das! Wir brauchen dich.«

Er nickte und zog sie an sich. »Ich verspreche es. Ich werde alles für euch tun.«

* * *

Während Caitlin in den Armen ihres Mannes wieder friedlich einschlief und Rhonan nur an die zusätzliche Verantwortung, die sein Kind mit sich brachte, denken konnte, stellte Derea einen Wasserkrug wieder zurück und gähnte herzhaft. Er wollte sich gerade auf den Weg ins Bett machen und nestelte an seinem Hemd, als die Tür aufflog und Marga ihm entgegentaumelte.

Sie hielt sich mit der einen Hand den Kopf und stöhnte: »Juna … sie ist …«

Er war mit drei Schritten bei ihr. »Marga, bist du in Ordnung?«

»Ja, ja! Schnell! Du kannst sie noch einholen.«

»Geht es dir …«

»Mir ist nur schwindelig. Beeil dich!«, unterbrach sie ungeduldig und schob ihn von sich.

Er nickte und rannte los. Auf dem Hof sah er die Hexentochter mit gerafften Röcken zwischen den Bäumen verschwinden, lief zum Stall, wuchtete den Riegel hoch und pfiff. Seinen Anweisungen gemäß war Patras nicht angebunden und kam augenblicklich angetrabt.

»Braver Junge«, lobte er, griff in die Mähne, schwang sich auf den Rücken und nahm die Verfolgung auf. Bald sah er sie vor sich.

Juna warf einen Blick über die Schulter, stieß einen derben Fluch aus und stürzte sich rechts ins Unterholz.

Kurze Zeit später fluchte auch Derea. Das Gestrüpp konnte er nur zu Fuß durchqueren. Mit Wut im Bauch quälte er sich weiter voran. Ihr auf den Fersen zu bleiben war nicht schwierig, denn immer wieder hörte er sie fluchen oder aufschreien. Der Gedanke, dass sie dieses unwegsame Gelände im langen Kleid bewältigen musste, zauberte ein gehässiges Lächeln in sein Gesicht. Das verflüchtigte sich allerdings, als er sich selbst in wildem Dornengestrüpp verhedderte.

Den Geräuschen nach zu urteilen kam er ihr näher, aber er nahm noch etwas anderes wahr: ein anschwellendes Rauschen. Er schloss daraus, dass er sich auch dem Weststrom näherte. Ein spitzer Schrei vor ihm entlockte ihm erneut ein Grinsen.

Er rannte, kämpfte sich weiter und unvermittelt stand er an einem Steilhang über dem Fluss, der tief unter ihm gurgelnd und schäumend durch sein Felsenbett strömte. Schwer atmend sah er sich um.

Aber Juna rannte gar nicht mehr durchs Gestrüpp, sie stand direkt unter ihm auf einem kleinen Vorsprung und presste sich eng an den Felsen. Sie hatte die Augen zusammengekniffen, weil allein der Anblick der tosenden Fluten ihr eine Gänsehaut am ganzen Körper bescherte, und betete inständig, er möge sich endlich entfernen. Unter ihren Füßen bröckelte es, und Gesteinsbrocken purzelten in die Tiefe. Sie riss entsetzt die Augen auf und sah sein Gesicht über sich auftauchen.

Ein breites Grinsen überzog es. »Juna, wie schön, Euch …«

Immer mehr Gestein löste sich unter ihr, und sie rutschte mit einem Aufschrei weg. Derea warf sich auf den Bauch und konnte gerade noch ihren Arm erwischen.

»Kommt schon! Lasst den Felsen los und gebt mir Eure andere Hand!«

Sie streckte ihm den Arm entgegen und hing in der Luft.

Derea zog und keuchte, während sie versuchte, mit den Füßen irgendwo Halt zu finden.

Unter ihm knirschte es.

Sie erwischte eine Steinstufe und schob sich etwas nach oben.

»Gleich …« Sein Versuch, sie zu beruhigen, blieb unvollendet.

Mit lautem Krachen brach die Kante weg, riss Steine, Büsche und Menschen gnadenlos mit in die brodelnde Tiefe.

* * *

Erneut schreckten Caitlin und Rhonan aus dem Schlaf hoch. Marga hämmerte an die Tür. »Rhonan! Derea ist verschwunden.«

Sie hörte unterdrücktes Seufzen und seine verschlafene Stimme. »Wo ist er denn hin?«

»Wenn ich das wüsste, würde ich kaum sagen, er ist verschwunden«, ereiferte sie sich.

»Ich komme. Nein, Kätzchen, schlaf weiter. Du findest ohnehin niemanden ... Aua!«

Kurze Zeit später stand er gähnend neben ihr. Während er das Hemd zuknöpfte, berichtete sie, was geschehen war. »Sein Pferd ist schon seit Längerem zurück. Gideon und Hylia sind bereits mit Höflern unterwegs, um die beiden zu suchen, aber ich mache mir große Sorgen. Ich wusste nicht ... ich hielt es für besser ...«

»Du musst dich nicht entschuldigen. Es war richtig, mich zu wecken. Warum habt ihr mich nicht schon längst geholt?«

Sie senkte den Blick und erwiderte: »Gideon sagte, du könntest auch nicht mehr ausrichten als er, und ich solle euch schlafen lassen, es sei sehr spät bei euch geworden.« Sie sah ihn an und lächelte, als sie die Röte bemerkte, die seine Wangen überzog. »Er hat euch wohl lange reden hören.«

So, wie sie ihre Betonung auf Reden legte, errötete er noch mehr, dachte kurz an Caitlins Angewohnheit, ihr Liebesspiel stets mit lauten Geräuschen aller Art zu begleiten, und beeilte sich, an die Luft zu kommen.

Auf dem Hof kam ihnen schon ein Stallbursche entgegen, der berichtete, dass man Stofffetzen gefunden hätte und einen Weg durchs Unterholz, der geradewegs auf ein Stück frisch abgebrochenen Steilhangs zugeführt hätte. Traurig sah der junge Mann sie an. »Es geht dort tief runter, und es ist unwahrscheinlich, dass jemand diesen Sturz überlebt haben könnte.«

»Oh nein«, stöhnte Marga. »Bitte, lass das nicht wahr sein.«

Rhonan fuhr sich mit der Hand durchs Gesicht, als wolle er die letzte Müdigkeit wegwischen. »Ich benötige ein Pferd und einen Führer, der mich stromabwärts bringt. Vielleicht konnten sie sich irgendwo an Land retten.«

»Aber …«

»Ich will ein Pferd und jemanden, der sich hier auskennt. Rasch!«, unterbrach der Prinz den Burschen ungeduldig.

Der warf ihm noch einen Blick zu, der ganz deutlich zeigte, dass er das angestrebte Unterfangen für sinnlos hielt, machte sich aber umgehend auf den Weg.

»Und ausgerechnet ich habe ihn geschickt«, schluchzte Marga. Sie war bleich, und ihr Körper bebte.

Rhonan nahm sie tröstend in den Arm. »Du hast ihn in den Fluss geschickt?«, fragte er mit warmem Lächeln.

»Was? … Natürlich nicht. Ich habe ihn hinter Juna hergeschickt.«

»Eben! Mach dir also keine blödsinnigen Vorwürfe! Derea ist nicht der Mensch, der stirbt, weil er ins Wasser fällt. Wir finden ihn schon, oder er findet uns.«

Marga stellte fest, dass eine breite Brust etwas ausgesprochen Tröstliches an sich hatte, und schniefte schon etwas hoffnungsvoller in sein Hemd.

* * *

Am Abend wurde dieser Platz wieder von Caitlin eingenommen, und Marga gab sich gern mit Gideon zufrieden.

Trotz aller Bemühungen hatten sie Derea nicht finden können, obwohl sie bis zur einsetzenden Dunkelheit gesucht hatten.

Ihre Stimmung war gedrückt, und Fürstin Sarina trug wenig

zur Aufmunterung bei, als sie erklärte, dass der Fluss nie wieder etwas preisgab, was er sich einmal genommen hatte. Ihre Berichte über Menschen, die ihm bereits zum Opfer gefallen waren, führten dazu, dass Caitlin und Marga immer mehr schluchzten.

»Canon konnte ihn bisher auch nicht erreichen, aber er sagte, sein Bruder sei ein ausgesprochen guter Schwimmer«, versuchte Hylia zu trösten.

»Im Weststrom kann man nicht schwimmen«, dämpfte die Hausherrin sofort den Trost. »Die Strömung ist viel zu stark.«

Die Speisen blieben fast unberührt, und gedankenverloren starrten alle in den Kamin, in dem rot glühende Holzscheite die Kühle der Nacht vertreiben sollten.

»Wir werden es morgen weiter stromabwärts versuchen«, erklärte Rhonan irgendwann müde. »Er könnte sonst wo gelandet sein. Hoffen wir, dass er Verbindung mit Canon aufnimmt.«

16. Kapitel

Juna erwachte, sah Sterne funkeln, fühlte sich scheußlich und fror erbärmlich.

Wie Nebelfetzen zogen Erinnerungen an ihr vorbei. Der Sturz in die Tiefe, Wasser, das über ihr zusammenschlug, eine Hand, die sie an die Oberfläche zerrte, Felsen, gegen die das Wasser sie warf, ein Stück Treibholz, an das sie sich klammerten, ein Arm, der sie hielt, während der Strom sie unbarmherzig weiterriss.

Mühsam setzte sie sich auf und sah sich um. Sie befand sich auf einer kleinen, steinigen Insel mitten im Fluss. Unweit von ihr lag Derea auf dem Bauch, ob tot oder lebendig, konnte sie nicht erkennen. Ihren Versuch, auf die Füße zu kommen, brach sie umgehend ab, da ihr linker Fuß dabei wilde Schmerzwellen durch ihren Körper jagte. Stöhnend sackte sie zusammen, wartete, bis der stechende Schmerz etwas abgeebbt war, kroch dann mit zusammengebissenen Zähnen auf allen vieren zu ihrem Begleiter hin.

Erst schüttelte sie ihn, dann rollte sie ihn unsanft auf den Rücken. Seine Kleidung war genauso zerrissen wie ihre, seine Haut genauso zerschrammt, aber er atmete. Sie seufzte erleichtert auf.

Sie rüttelte ihn, und mit tiefem Stöhnen schlug er die Augen auf, sah sie an und schloss die Augen umgehend wieder. »Ich habe gerade mit lauter netten Leuten Geburtstag gefeiert und träume lieber weiter.«

Juna raunte ärgerlich zurück: »Ich kann mir auch Schöneres vorstellen, als mit Euch zusammen hier festzusitzen.«

Unter Ächzen setzte er sich auf, verzog dabei schmerzlich

das Gesicht, ließ seinen Blick schweifen und seufzte tief. Sein nächster Blick galt Juna. »Seid Ihr in Ordnung … ich meine, von den offensichtlichen Kratzern und Prellungen abgesehen?«

»Nein, bin ich nicht. Ich kann meinen linken Fuß nicht aufsetzen. Falls Ihr es noch nicht bemerkt haben solltet, Euch tropft Blut vom Arm.«

Derea schob die Reste seines rechten Ärmels hoch. Eine nicht tiefe, aber erbärmlich ausgefranste Risswunde verlief vom Handgelenk bis zum Ellbogen.

»Ich könnte sie schließen, wenn Ihr mir das Halsband abnähmt«, erklärte sie mit ausdrucksloser Stimme.

»Etwas sagt mir, das sollte ich besser nicht tun.«

Sie hatte mit nichts anderem gerechnet und riss ein Stück Stoff aus ihrem zerfetzten Rock. »Verbindet sie zumindest, ehe Ihr hier noch verblutet. Ich könnte es natürlich auch tun, wenn Ihr keine Angst habt, dass ich Euch absichtlich Dreck in die Wunde reibe.«

»Wo wolltet Ihr hier denn Dreck auftreiben?« Er hielt ihr den Arm hin, und sie legte mit geschickten, allerdings leicht bebenden Händen einen festen Verband an. Kaum war sie fertig, als er auch schon forderte: »Lasst mich den Fuß sehen!«

Sie streckte ihr Bein aus. Umgehend machte er sich daran, ihr den Stiefel auszuziehen, was ihr zunächst lautes Stöhnen, schließlich sogar einen spitzen Schrei entlockte.

»Tut mir leid, ich bin so vorsichtig wie möglich. Beißt die Zähne zusammen!«

»Schwachkopf! Das tue ich schon die ganze Zeit.«

Sie keuchte noch einmal auf, und er hielt ihren Stiefel in der Hand. »Oje! Der Knöchel ist in der Tat übel angeschwollen.« Er tastete den Fuß ab, um vielleicht einen Bruch zu erkennen.

»Hört auf damit! Es tut schon weh genug.« Ihre Stimme war nur ein heiseres Krächzen.

»Ich glaube, es ist nichts gebrochen. Haltet den Fuß ins Wasser. Durch die Kälte müsste die Schwellung zurückgehen. Außerdem betäubt sie. Ich werde Euch hintragen.«

Bei diesen Worten erhob er sich, ächzte laut, kniff die Augen zusammen und erklärte gepresst: »Oder doch nicht. Ich glaube, ich hab mir ein, zwei Rippen angeknackst.«

»Das wird ja immer besser.« Sie schob sich auf Händen und Hintern aufs Wasser zu. »Ihr müsst einen festen Verband drum machen. Bedient Euch an meinem Rock. Ich wollte ihn schon immer einmal kürzer tragen ... Bei den Göttern, ist das kalt!«

Derea stand unschlüssig herum, und sie grinste ihn höhnisch an. »Kommt schon! Ich trage noch ein Unterkleid. Ehe ich Euer Schamgefühl durch den Anblick meiner Beine verletze, gebe ich Euch davon mit Freuden etwas ab. Erst am Ufer müsst Ihr mich wieder fürchten. Bis dahin benötige ich Euch, ich kann nämlich nicht schwimmen.«

»Vielleicht sollte ich Euch bei Eurer Einstellung besser hier zurücklassen.«

»Ja, das solltet Ihr, aber das werdet Ihr nicht. Warum hättet Ihr mich im Strom sonst die ganze Zeit festgehalten? Ich an Eurer Stelle hätte das nicht getan.«

Sie hatte bereits ihre Röcke gerafft und riss jetzt großzügig Stoff aus ihrem Unterkleid, während er versonnen ihr zerschrammtes Gesicht betrachtete. »Zumindest seid Ihr ehrlich.«

»Und Ihr seid dämlich. Ich bin Eure Feindin, und Ihr wolltet mich dennoch nicht loslassen und habt auf dem Fluss sogar versucht, die schlimmsten Stöße abzufangen. Glaubt mir, hättet Ihr mich als Schild benutzt, hätte ich das eher verstanden. Ihr seid genauso weich wie Euer Möchtegern-Großkönig ... Was seht Ihr mich so an? Zieht Euer Hemd aus und kommt näher! Allein könnt Ihr den Verband nicht fest genug ziehen, und ich werde mich Euretwegen nicht verrenken.«

Er schüttelte den Kopf, bevor er ihrer Aufforderung nachkam. »Ihr seid wirklich einmalig. Eure Dankbarkeit hält sich tatsächlich in engen Grenzen, Eure Furcht allerdings auch.«

»Ich fürchte mich nicht so schnell, und dankbar bin ich Euch vielleicht, wenn Ihr mich in Sicherheit gebracht habt. Zurzeit sitzen wir ohne Feuer und Nahrung auf einem kahlen Felsen mitten im reißenden Strom, und ich frage mich, wie Ihr uns ans Ufer bringen wollt. Könnt Ihr den Arm überhaupt richtig bewegen?«

»Nicht so ganz.«

»Mist, verfluchter!«

Er lachte unwillkürlich auf. »Habt Dank für Euer Mitgefühl.«

»Ihr wollt Mitgefühl? Kommt ein anderes Mal wieder. Das benötige ich zurzeit für mich selbst.«

Den Eindruck hatte er allerdings auch. Die Hände, die den Verband knüpften, waren eiskalt, und er spürte deutlich ihr Zittern. Er war erstaunt, wie gelassen sie zumindest nach außen hin ihre Lage hinnahm.

Er wurde abrupt aus seinen Überlegungen gerissen. »Nicht so fest! Ich kriege kaum noch Luft.«

»Dann ist es richtig. Atmet einfach flach!« Ihre Miene zeigte Belustigung. »Fertig.«

Er reichte ihr sein Hemd. »Mehr an Wärme kann ich Euch im Augenblick leider nicht bieten.«

Auf ihren erstaunten Ausdruck hin ergänzte er: »Ich trage doch Euer halbes Unterkleid. Das ist nur recht und billig. Was macht der Fuß?«

Sie zog sich ohne weitere Umstände das Hemd über und

zuckte die Achseln. »Der ist so kalt, dass ich die Schmerzen kaum spüre. Ich spüre noch nicht mal mehr den Fuß. Vielleicht solltet Ihr für eine Weile ganz ins Wasser tauchen, so wie Ihr ausseht.«

»Ihr seid die Liebenswürdigkeit in Person.«

»Ich versuche nur, Euch am Leben zu erhalten, damit Ihr mich ans Ufer bringen könnt. Glaubt Ihr, wir schaffen das?«

»Ich hoffe es.«

»Habt Ihr eine Ahnung, wo wir sind?«

»Nein. Die Strömung ist so gewaltig, wir könnten schon die Grenze von Kambala überquert haben.«

»Ich muss jetzt den Fuß aus dem Wasser nehmen, diese Kälte ertrage ich nicht mehr länger.«

»Habt Ihr noch ein Stück Unterkleid übrig? Ich könnte Euch damit nasse Umschläge machen.«

»Ihr seid wirklich unübertrefflich. Das würdet Ihr tun? Ihr mögt mich doch gar nicht, Hauptmann.«

»Das ist hier und jetzt doch unerheblich, oder? Gebt Ihr mir etwas Stoff?«

Sie zupfte, ohne sich im Mindesten daran zu stören, dass sie dabei ihre langen, wohlgeformten Beine entblößte, die Reste ihres Unterkleides heraus und drückte sie ihm in die Hand.

»Als Nächstes müsst Ihr nun allerdings Eure Hose opfern. Mehr werde ich nicht hergeben.« Noch während sie sprach, legte sie sich auf die Seite, bettete ihren Kopf auf die Hände und schloss die Augen.

»Schlaft gut, Hexentochter!« Er wässerte den Stoff, umwickelte den geschwollenen Fuß und dachte trübsinnig über ihre Lage nach. Am Morgen würden sie ans Festland müssen, wenn sie überleben wollten. Doch was dann? Sie konnte nicht laufen, er konnte sie nicht tragen. Die einzige Waffe, die er hatte, war ein Dolch. Unwillkürlich sah er Juna an. Sie war nicht dumm und wusste genau wie er, dass ihre Überlebenschancen gering waren, aber sie hatte kein Sterbenswörtchen davon erwähnt. Weder über ihren schmerzenden Fuß noch über Prellungen, Schürfwunden, Kälte und Hunger hatte sie sich beschwert. Sie war zwar eine Hexe, darüber hinaus aber auch ganz sicher eine bemerkenswerte Frau.

* * *

Als Juna erneut erwachte, war es heller Tag. Sie drehte sich um und beobachtete belustigt den Hauptmann, der gerade ächzend und mit wilden Verrenkungen versuchte, vorbeischwimmendes Treibholz zu erreichen.

Bei Tageslicht besehen hielt sie es für unmöglich, ans Ufer zu gelangen. Als Nichtschwimmerin erfüllte allein das Tosen des Stroms sie schon mit Furcht. Schäumend brach er sich an ihrer kleinen Insel, und Gischt benetzte sie wie kleine Regenschauer.

Mit leisem Stöhnen setzte sie sich auf und streckte sich versuchsweise. Es gab kein Körperteil, das sie nicht schmerzte, und jede noch so kleine Bewegung tat weh.

Derea sprang plötzlich wie wild herum und stieß dabei seltsame Geräusche aus. Sie wollte gerade fragen, was los sei, als sie sah, dass er einen ansehnlichen Fisch zu halten versuchte, der ihm immer wieder aus den Händen flutschte.

Sie lachte laut auf. »Hört auf, wie blöd herumzuspringen, kommt lieber weiter auf die Insel.«

»Leichter gesagt als getan«, keuchte er und schleuderte ihr den Fisch unabsichtlich vor die Füße. »Das ist der erste Fisch, den ich gefangen habe, und dann auch noch mit bloßen Händen. War allerdings Zufall, ich wollte einen Ast greifen.«

»Ein schönes Tier«, lobte sie gönnerhaft. »Soll er unser

Frühstück sein, oder wollt Ihr ihn großziehen und dazu abrichten, uns an Land zu ziehen?«

Er warf ihr nur einen bösen Blick zu, trug ein paar Äste zusammen und forderte: »Entzündet das Holz!«

»Kann ich mit dem Halsband nicht.«

»Ich denke doch.« Sein Blick wurde herausfordernd. »Ich esse ihn notfalls auch roh. Ihr auch?«

»Nehmt mir endlich die Kette ab! Was ist, wenn Ihr sterbt? Wollt Ihr mich mit diesem Ding um den Hals in der Wildnis allein lassen?«

»Was mit Euch geschieht, wenn ich tot bin, ist mir ehrlich gesagt gleichgültig, aber nicht, was mit mir geschieht, solange ich am Leben bin. Entzündet das Holz und frühstückt gebratenen Fisch, oder lasst es und esst ihn roh! Der Geschmack ist bestimmt … einzigartig.«

Die Äste fingen kurz darauf an zu brennen und zu qualmen.

Derea nahm seinen Dolch, enthauptete den Fisch und sah ihn sich genauer an, um vielleicht erkennen zu können, was er vor dem Braten noch mit ihm anstellen sollte.

»Ihr müsst ihn ausnehmen«, belehrte Juna.

»Hatte ich gerade vor«, log er. »Was macht der Fuß?«

»Was wohl? Tut weh. Was macht die Schulter?«

»Was …« Er ließ den Fisch fallen, sprang auf und stolperte zum Wasser. Ein Baumstamm trieb geradewegs auf die Insel zu.

Derea lag schon halb im Wasser und versuchte unter lautem Stöhnen, ihn den Fluten abzutrotzen, ohne selbst in den Strom gezogen zu werden. »Jetzt helft mir schon«, keuchte er.

Umgehend kroch sie, so schnell sie konnte, zu ihm hin. Gemeinsam gelang es ihnen, den Baum an Land zu ziehen. Beide ließen sich ermattet auf den Rücken fallen, als es geschafft war, und starrten in den Himmel.

»Das soll jetzt unser Lebensretter sein?«, fragte sie schließlich mit hörbarem Zweifel.

Er grinste. »Seht ihn Euch an! Er ist alt und stark, und im Gegensatz zu Euch kann er schwimmen. Glaubt mir, Ihr werdet schnell Gefallen an unserem neuen Begleiter finden.«

»Wenn er so großartig ist, was tut er dann hier im Wasser, genau wie wir? Aber zumindest schwätzt er nicht dumm wie manch anderer. Wisst Ihr jetzt so ungefähr, wo wir sind?«, wollte sie wissen, und er nickte und wies auf einen Gebirgszug.

»Das müssten die Ausläufer des Westgebirges El'Marans sein. Wenn ich mich nicht irre, ist der platte Berg dort der Tafelgipfel.«

Juna nickte. Zumindest die Richtung stimmte also. Jetzt musste sie nur noch den Fluss überleben und irgendwie ihren Begleiter loswerden.

Einige Zeit später hatten sie den Fisch vertilgt, und Derea schnitt am Baum herum und brach störende Äste ab. Juna hatte sein Hemd ausgezogen und schwitzte vor sich hin.

Endlich war er fertig. »So müsste es gehen. Ich werde Euch daran festbinden. Sollten wir uns verlieren, müsst Ihr hoffen, an Land getrieben zu werden. Ich will Euch keine Angst machen, aber der Weststrom ergießt sich in den Sommersee … mit ergießen meine ich als Wasserfall. Ich werde versuchen, uns vorher an Land zu bringen, aber die Strömung ist stark und der Fluss breit. Tut auf dem Wasser, was ich sage, und verhaltet Euch möglichst ruhig!«

Sie nickte tapferer, als sie sich fühlte. »Nehmt mir bitte die Kette ab.«

»Könnte Euch das im Wasser helfen?«

»Nein, aber …«

»Kommt, Juna, wir sollten uns aufmachen.« Er half ihr

hoch, und sie stöhnte auf, als sie ihren Fuß belastete, und stützte sich fester auf ihn, was ihn wiederum aufstöhnen ließ.

Sie musterte ihn genauer. Die Haut, die nicht von Verbänden verdeckt war, war völlig zerschrammt und schimmerte in allen Regenbogenfarben. Sie nahm an, dass sie unter ihrem Kleid nicht viel anders aussah, und lachte unwillkürlich auf. »Sind wir nicht ein richtiges Traumpaar, Hauptmann?«

Er grinste zurück. »Das sind wir, Hexentochter. Lasst Euch ins Wasser gleiten und haltet Euch fest!«

»Womit wollt Ihr mich festbinden?«

»Mit meinem Hemd. Oder habt Ihr noch etwas Brauchbares unterm Kleid versteckt?«

Sie sah ihn an. »Das habe ich ganz sicher. Aber sollten wir uns darüber nicht erst auf dem Festland unterhalten? Hier ist es doch sehr ungemütlich.«

»Ihr seid in der Tat einmalig«, erklärte er kopfschüttelnd. »Dann los!«

Er schob den Stamm halb ins Wasser und half ihr in den Strom. Sie erschauerte, verlor aber kein Wort über die Kälte. Er band sie fest, schob weiter und glitt dann selbst ins Wasser. Rasend schnell ging es voran.

Derea versuchte, den Stamm näher ans Ufer zu bringen, aber so kraftvoll er auch schwamm, der Fluss war stärker. Juna half, so gut sie konnte, kam regelmäßig seinen Aufforderungen, Wasser zu treten, umgehend nach, aber es brachte kaum etwas.

Sie bettete irgendwann den Kopf auf den Stamm und regte sich nur noch, wenn dieser gegen etwas krachte, und auch Derea musste sich bald zwingen, die Umgebung zu beobachten.

Die Sonne hatte längst ihren Zenit überschritten, als er eine kleine Landzunge sah, die in den Fluss hineinragte. Die weit ins Wasser hängenden Zweige einiger Trauerweiden schienen erreichbar zu sein.

»Juna, wacht auf!«

»Warum? Gibt's was zu essen?«

»Quatscht nicht, seht hoch! Wir müssen an die Äste da kommen. Ich schneide Euch los.«

»Äste? Ich sehe nur dünne Zweige«, murmelte sie, während er schon das Hemd durchtrennte.

»Tretet Wasser und drückt gegen den Stamm!«

Sie tat wie befohlen, aber es brachte kaum etwas. Die Weiden blieben rechts neben ihnen. »Wir kommen nicht ran«, kreischte sie.

»Doch. Lasst den Stamm los und haltet Euch an mir fest!«, brüllte er zurück.

Es trennte sie keine Pferdelänge mehr von den Zweigen.

Sie klammerte sich an ihm fest. Angst erfasste sie, als der Stamm davontrieb und Derea sich durch die Fluten kämpfte. Wasser, das über sie hinwegspülte, ließ sie husten und würgen.

Etwas peitschte in ihr Gesicht, und sie hörte Derea keuchen: »Könnt Ihr einen Ast greifen?«

Sie sah unmittelbar vor sich lange, dünne Zweige, aber sie hatte keinen Grund unter den Füßen und konnte sich nicht dazu überwinden, ihn loszulassen. »Nein«, krächzte sie.

»Götterhimmel!«, hörte sie ihn fluchen, dann verschwanden sie tiefer in den Ästen.

Der Strom wollte seine Beute aber nicht so schnell hergeben und zog und zerrte, riss sie immer wieder vom Land weg.

Derea schwamm nicht mehr, er strampelte nur noch mit den Beinen, während er sich von Ast zu Ast hangelte. Immer wieder rissen Äste, sodass er umgreifen musste. Das Ufer war zum Greifen nah, aber er kam nicht heran. Endlich stieß sein Fuß gegen Stein.

»Land!« Auch Juna fühlte festen Untergrund. Sie ließ los, ergriff einen Zweig und zog sich selbst weiter. Auf der Landzunge krallte sie dankbar und erleichtert ihre zitternden Finger in festen Boden und schmiegte ihre Wange daran.

Ihr Begleiter kam unmittelbar hinter ihr an Land gekrochen und blieb um Luft ringend neben ihr liegen. Seiner gekrümmten Haltung nach hatte er Schmerzen.

»Tut mir leid«, erklärte sie leise. »Ich hatte zu große Angst, um Euch früher loszulassen.«

»Schon gut.«

»Kann ich etwas für Euch tun?«

»Geht gleich wieder.«

»Nehmt mir endlich die verdammte Kette ab!«

Er schwieg. Also setzte sie sich auf und sah sich um. Bis auf Weiden, Birken und Tannen gab es nicht viel zu sehen, aber zumindest waren sie aus dem Wasser heraus. Wäre sie nicht zu erschöpft gewesen, hätte sie gejubelt.

Endlich setzte sich auch Derea mit unterdrücktem Stöhnen wieder auf. Auf ihren fragenden Blick hin bemerkte er: »Ihr hättet Euch nicht so viel Mühe geben müssen, meine Rippen waren doch schon angeknackst.«

»Ich habe mich bereits entschuldigt, und Ihr solltet lieber dafür dankbar sein, dass ich recht kräftig bin.«

»Ja! Jetzt hab ich keine angeknacksten, sondern gebrochene Rippen. Ich bin ja so was von dankbar«, murmelte er und erhob sich steif. »Ich versuche, eine Stütze für Euch aufzutreiben. Wenn Ihr Euch auch weiterhin nur an mich klammern könnt, ist mir das einfach zu gefährlich.«

Er kam nach kurzer Zeit mit einem längeren und mehreren kurzen Ästen wieder, hockte sich vor sie und strahlte sie an. »Es ist wieder so weit. Ich benötige etwas Stoff.«

»Nehmt Eure Hose!«

»Um Euch eine Stütze für den Fuß anzulegen? Das glaubt Ihr doch selbst nicht, oder? Es ist warm, Ihr könnt mir also einen Ärmel geben. Die hängen eh nur noch an einigen Fäden. Ich habe ja leider keine mehr, sonst wäre ich Euch natürlich gern zu Diensten.«

Ihre Augen blitzten, aber ohne ein weiteres Wort riss sie beide Ärmel aus ihrem Kleid und reichte sie ihm. »In spätestens zwei Tagen trage ich vermutlich keinen Fetzen mehr am Leib.«

»Welch unwiderstehlicher Gedanke«, gab er grinsend zurück und machte sich an die Arbeit.

Nachdem er eine Weile an den Stöckchen herumgeschnitzt hatte, bis sie seiner Meinung nach einen guten Halt für den Fuß abgaben, wickelte er den Stoff fest darum und nickte. Er half ihr auf, drückte ihr den dicken Ast in die Hand, legte sich ihren anderen Arm um die Schulter und sagte wesentlich munterer, als er sich fühlte: »Na, dann los!«

Es wurde eine für beide sehr anstrengende und schmerzvolle Wanderung. Doch obwohl es immer anstrengender wurde, schlug keiner von beiden eine Rast vor. Die Blöße, vor dem anderen Schwäche zu zeigen, wollte sich keiner geben.

Die Sonne war schon fast untergegangen, als sie einen kleinen Bach erreichten und wie aus einem Munde erklärten: »Wir sollten …« Sie brachen ab und sahen einander verlegen an.

Derea sah Schweiß auf Junas bleichem Gesicht und bemerkte mit ehrlicher Bewunderung: »Ihr seid wirklich stark.«

»Ihr auch, Hauptmann«, gab sie zurück. »Dämlich, aber stärker, als ich gedacht habe.«

»Nur nett geht bei Euch nicht, oder? Ein kleiner Hieb muss immer dabei sein.«

Er löste die Stützen und legte ihr einen nassen Umschlag um den Fuß, während sie ihn versonnen beobachtete. »Hat Euch schon einmal jemand dazu gebracht, Eure verfluchte Liebenswürdigkeit abzulegen?«

»Gelegentlich.«

Sie seufzte auf. »Den würde ich gern mal kennenlernen.«

»Warum?«

»Weil ich mit denen sicher mehr anfangen könnte als mit Euch. Ihr solltet ein Zelt für die Nacht bauen. So ungeschützt wird es zu kalt.«

»Ein Zelt?« Er sah sie verständnislos an. »Wie stellt Ihr Euch das vor?«

»Wart Ihr schon einmal längere Zeit ohne Diener oder Untergebene im Wald?«

Ihre Stimme hatte derart höhnisch geklungen, dass er errötete.

»Hab ich mir gedacht. Dann passt jetzt gut auf: Die einfachen Jäger oder Kräutersammler brechen Äste der Tannen ab, verflechten sie und stellen sie zum Zelt auf. Wenn Ihr es schafft, ein paar größere Zweige zu beschaffen, weise ich Euch gern in die Bauweise ein. Glaubt Ihr, das könnte Euch gelingen?«

»Ich denke, das könnte es. Wenn Ihr große Äste wollt, sollt Ihr sie bekommen.«

»Wenn ich alles kriege, was ich will, bringt mir einen Braten, warmes Brot und Wein mit«, rief sie ihm nach.

17. Kapitel

Auf Borka war die Stimmung wieder deutlich besser, seit Hylia von Canon erfahren hatte, dass Derea lebte. Morgen wollten sie sich wieder auf den Weg machen. Fürstin Sarina bewirtete sie ein letztes Mal königlich und stockte ihren begrenzten Kleidervorrat aus den eigenen Kammern auf.

Gideon gefiel sich und den Damen in der Jagdkleidung des Fürsten. Lederhosen und ein grünes Jackett überm weißen Leinenhemd sahen allemal besser aus als die alte zerschlissene Verianerkluft. Hylia fand es zwar seltsam, ihr Priesterinnengewand gegen ein blaues »Reisekleid«, wie es die Fürstin nannte, zu tauschen, fühlte sich jedoch sichtlich wohl darin.

Die Diener füllten für die Reise Trockenfrüchte, Bohnen, Linsen und Maismehl in Säckchen und Wein in Schläuche. Als die Fürstin Gideon ein Säckchen mit Talern in die Hand drückte, machte er gar nicht erst den Versuch, das Geld abzulehnen.

Die Sonne schien vom Himmel und alle waren geschäftig und gut gelaunt. Einzig Rhonan schien gedankenverloren und musterte immer wieder seine Frau, die auch wirklich erschöpft wirkte.

* * *

Am Nachmittag fand er Caitlin schlafend vor und blieb unschlüssig stehen.

Sie öffnete die Augen, blinzelte und fragte gähnend: »Du siehst so schuldbewusst aus. Hast du wieder etwas angestellt? Vielleicht irgendwo jemanden in schlechter Stimmung erschlagen?«

»Natürlich nicht! Ich wollte dir einen Vorschlag machen. Ich habe gut überlegt, und glaub ja nicht, dass ich es nicht lieber anders machen würde, aber es geht nicht. Wir müssen an unser Kind denken. Gideon und ich, wir werden allein in die Sümpfe gehen. Es wird auch nicht gefährlich, weil die Kalla ihn ja schon kennen. Ich nehme Kahandar mit, aber im Gepäck. Nur für Frauen ist der Sumpf nichts und für Schwangere erst recht nicht. Dort wird es viel zu warm sein und schwül und voller Ungeziefer.«

Sie nickte bedächtig.

Mit beiden Händen fuhr er sich durchs Gesicht. »Du musst doch einsehen, dass das das Beste ist, und …«

»Tu ich doch.«

Er redete schon weiter: »Gideon meint auch, es ist am besten so. Wie soll ich es nur erklären?«

Sie schrie plötzlich so gellend auf, dass er erschrocken zusammenfuhr, blickte ihn an und erklärte mit ruhiger Stimme: »So, jetzt hab ich nur für dich auch einmal geschrien, weil du ja offensichtlich die ganze Zeit darauf wartest. Ich sage dir jetzt, wie wir es machen: Du gehst mit Gideon in die ekligen Sümpfe, und ich gehe mit den anderen Frauen nach Mar'Elch.«

»Geht es dir nicht gut?« Besorgt sah er sie an.

»Warum fragst du mich das?«

»Du tobst nicht, schimpfst nicht und schlägst mich nicht mal. Da mach ich mir natürlich Sorgen.«

Sie stellte sich direkt vor ihn und sah ihn an. Ihre Augen funkelten. »Na, das ist ja ein nettes Bild, das du von mir zeichnest. Wie hältst du es eigentlich mit mir aus?«

Er räusperte sich mehrfach. »Was soll ich dazu sagen? Ich meine …«

»Oh, das glaube ich ja nicht«, unterbrach sie wutschnaubend. »Du stellst mich hin wie ein zänkisches, grobes Waschweib. Du bist doch wirklich das undankbarste und unhöflichste Geschöpf unter der Sonne.«

»Entschuldige ...«

»Entschuldige? Weißt du eigentlich, dass dieses Wort eines deiner am häufigsten verwendeten ist?«, keifte sie. Sie schimpfte und fluchte noch eine Weile, ließ sich dann von ihm in den Arm nehmen und unterdrückte ein Lachen, als er ging.

Rhonan war sehr mit sich zufrieden und konnte Gideon mitteilen, dass er es geschafft hatte, seine Frau zur Einsicht zu bewegen. Der hatte das kaum zu hoffen gewagt, war angemessen beeindruckt und klopfte dem Prinzen anerkennend auf die Schulter.

Marga fand die Neuigkeit weniger unerfreulich. Statt im Tross nach Mar'Elch zu reisen, wollte sie die Männer begleiten.

Rhonan lehnte ihr Angebot ab. »Mir ist es lieber, du bleibst für alle Fälle bei Caitlin und Hylia, obwohl ich eigentlich nicht mehr mit einer Gefahr rechne.«

»Wie du meinst. Du bist nett, Rhonan da'Kandar. Du hättest mir auch einfach sagen können, dass du auf meine Begleitung und meinen Schutz nun wirklich nicht angewiesen bist.«

Er grinste. »Ja, das hätte ich, aber Caitlins Bemühungen, mir ein bisschen Benehmen beizubringen, waren eben doch nicht ganz vergebens.«

Sie lachten beide und umarmten sich herzlich. Die Reise hatte alle einander nähergebracht. Derea wurde von allen vermisst, und als auch noch Rhonan und Gideon den Hof verließen, kamen sich die Frauen seltsam verloren vor.

* * *

Marga sah ihre neue Aufgabe darin, die Reise nach Mar'Elch zu planen und gemeinsam mit Fürstin Sarina den Tross zusammenzustellen, der sie begleiten sollte. Hylia hatte es sich mit einem Becher Wein am Kamin des Frauengemachs gemütlich gemacht und dachte darüber nach, welch seltsame Wendungen das Schicksal manchmal nahm, als Caitlin eintrat und sorgfältig die Tür hinter sich schloss. Sie zog einen Stuhl heran und flüsterte, kaum dass sie saß: »Ich habe eine große Bitte an dich. Ich muss auf die Nebelinsel und bitte dich, mich zu begleiten. Ich weiß, das ist viel verlangt, aber allein schaffe ich es nicht. Ich dachte erst, ich könnte es, aber dann fiel mir ein, dass ich nicht mal weiß, wie ich von hier nach Kambala kommen soll, und ich weiß auch nicht, wo dort der Portalstein ist, um schnell zur Nebelinsel zu gelangen.«

Hylia hatte Mühe, ihren Becher festzuhalten. »Auf die Nebelinsel? Hast du Fieber? Was glaubst du, was dich dort erwartet?«

»Nicht ›was‹, sondern ›wer‹. Meister Cato ist dort, um die alten Schriften zu übersetzen, die Mutter stets wie ihren Augapfel gehütet hat. Sie haben sicher etwas mit der Quelle zu tun, und ich muss wissen, was drinsteht. Ich träume schon seit Tagen, dass Rhonan in der Quelle stirbt. Das muss ich verhindern.«

»Hast du das mit deinem Mann besprochen?«

»Bist du von Sinnen? Er würde mich nie gehen lassen. Den ganzen Tag musste ich leidend gucken, bis er endlich auf den Gedanken kam, allein in die Sümpfe zu gehen.«

»Caitlin«, brachte Hylia lachend hervor und schüttelte den Kopf. »Du bist unmöglich.«

Die winkte ab. »Ich weiß. Wirst du mir helfen?«

»Du glaubst doch nicht, dass deine Mutter uns mit offenen Armen empfängt und zulässt, dass wir Meister Cato befragen. Sie wird uns eher in den Kerker werfen lassen oder …«

»Ach was«, widersprach die Prinzessin sofort. »Du kannst wunderbar lügen und ich auch. Wir denken uns schon etwas aus.«

»Also bitte.« Hylia trank betont langsam Wein und stellte den Becher ab.

»Ach komm, zieh nicht so ein beleidigtes Gesicht! Es gibt keine Priesterin, die das nicht kann. Du hast gesagt, du glaubst auch nicht daran, dass Mutter an der Erfüllung der Prophezeiung gelegen ist. Sie führt etwas im Schilde, und das muss mit der Quelle zusammenhängen. Du bist meine beste Freundin, du musst mir helfen. Es könnte auch für dich und Canon lebenswichtig sein, weil …«

»Komm mir ja nicht so«, unterbrach die unwirsch. »Außerdem bin ich neben Marga deine einzige Freundin.«

»Na gut!« Die Prinzessin seufzte tief, bevor sie fortfuhr: »Ich kenne die Schriften nicht. Vielleicht sind sie für alle Menschen wichtig, vielleicht nur für Rhonan und mich. Aber als treue Freundin würdest …«

Hylia unterbrach sie erneut. »Deinen Trauerblick und deine Umgarnerei kannst du dir bei mir sparen. Ich bin nicht dein in dich vernarrter Mann. Wenn ich dich begleite, dann nur, weil ich es für richtig halte. Überzeuge mich, aber verschone mich mit deinem Gesülze!«

»Du bist einfach zu klug.« Caitlin blinzelte, fuhr aber auf einen eisigen Blick der Priesterin hin nüchtern fort: »Ich werde dir jetzt ein Geheimnis anvertrauen, das nur Gideon, Rhonan und ich kennen, weil ich weiß, dass du niemandem davon erzählen wirst, gleichgültig, wie du dich letztlich entscheidest.«

Ausführlich berichtete sie über ihren Besuch bei den Unsterblichen und von deren Geschichte zur Versiegelung der Quelle. Mit Genugtuung sah sie, dass Hylias Miene immer verwirrter und ungläubiger wurde.

»Ehrlich, Hylia: Dala, die Gelehrte, ist noch ganz nett, Palema und Myria sind kaltherzige Hexen. Juna würde sich zwischen ihnen bestimmt wohlfühlen, und ausgerechnet die wollen die Menschen vor einem bösen Dämon gerettet haben? Palema hätte sich eher mit ihm verbunden, so machtbesessen, wie sie ist, und Rhonan läuft jetzt mit einem verfluchten Schwert herum, von dem er sich nicht trennen kann und das ihm jedes Gefühl und jede Denkfähigkeit raubt. Die Schwestern wollen ihn zu ihrem willenlosen Werkzeug machen. Aber warum? Wenn er doch angeblich der guten Sache dienen soll, warum muss er dann kalt und böse sein? Hylia, glaub mir, hier stimmt etwas nicht, aber was hier nicht stimmt, werden wir nur auf der Nebelinsel erfahren können«, beendete sie schließlich ihren Bericht. »Also, wie …«

Hylia gebot ihr mit einer Geste Einhalt. »Schweig! Ich muss nachdenken.«

Sie erhob sich und ging mit gerunzelter Stirn durch den Raum, nahm sich hier einen Keks und knabberte, strich dort versonnen über einen Wandteppich.

Caitlin setzte eine Leidensmiene auf und faltete die Hände über ihrem Bauch für den Fall, dass Hylias Blick zufällig auf sie fiel. Das Bild einer werdenden Mutter, die darüber hinaus auch noch unter schrecklicher Angst um ihren Gatten litt, musste doch selbst ihre ausgesprochen nüchtern denkende Begleiterin rühren.

»Du solltest zum Theater gehen«, erklärte die plötzlich. »Für wie blöd hältst du mich eigentlich? Allein wegen deiner Versuche, mich zu überlisten, sollte ich dir jede Hilfe verweigern, aber dein Bericht von diesen seltsamen Schwestern hat mich … Caitlin, wenn du dir das jetzt nur ausgedacht hast …«

»Nein«, widersprach die voller Entrüstung. »So eine verrückte Geschichte hätte selbst ich nicht erfinden können. Was glaubst du denn, woher wir unsere Armbänder haben und warum Rhonan in letzter Zeit oft so seltsam war? Es war so, wie ich es dir erzählt habe, und du findest es genauso merkwürdig wie ich, nicht wahr?«

»Ja! Aber hör auf, deinen flachen Bauch zu streicheln. Es beeindruckt mich nicht, und du verhätschelst Klein Rhonan nur, noch bevor er auf die Welt kommt. Er wird unerträglich ichbezogen sein, wenn er endlich da ist.«

Die Prinzessin blinzelte. »Das wird er bestimmt. Er wird groß, stark und liebevoll sein wie sein Vater, aber irgendetwas muss er doch auch von mir haben.«

Die beiden sahen einander an und brachen in schallendes Gelächter aus.

»Caitlin, du bist unnachahmlich«, brachte die Priesterin immer noch lachend hervor.

Die erhob sich und umarmte ihre Freundin. »Ich mag dich sehr, Hylia, und ich wusste, dass du mir helfen würdest.«

Die erwiderte die herzliche Umarmung und nickte. »Ich mag dich auch, Kleines. Wir sollten uns überlegen, wie wir zwei uns davonstehlen können und was wir dann deiner Mutter auftischen, damit wir lange genug leben, um Antworten zu erhalten und um sie auch noch verwenden zu können. Fast wäre es mir lieber, wir müssten nur in Camoras Festung.«

»Das wäre mit Sicherheit leichter. Schließlich ist er nur ein Mann.«

Erneut lachten beide, bevor sie wieder ihre Köpfe zusammensteckten.

18. Kapitel

Junas Fuß war abgeschwollen, und sie konnte ihn wieder halbwegs belasten. Seit drei Tagen streiften sie durch den Wald, ohne auf eine Behausung gestoßen zu sein. Sie folgten dem Weststrom, dessen Rauschen ihnen den Weg wies.

Das Laub färbte sich und kündigte den Sonnenuntergang an. Sie waren den ganzen Tag gewandert und hatten nur ein paar Beeren gefunden. Junas Magen knurrte unüberhörbar.

Derea warf ihr einen entschuldigenden Blick zu. »Wenn es hier außer Eulen noch andere Tiere gibt, halten die sich gut versteckt, und Eulen treffe ich mit dem Dolch nicht. Vielleicht finden wir ja wieder ein paar Pilze.«

»Oh ja, das wäre die reinste Völlerei. Sucht mir lieber ein paar Steine.«

»Steine? Wofür?«

Sie ließ sich auf die Erde nieder und stöhnte ungehalten. »Ja, wofür wohl? Damit ich sie Euch an den Kopf werfen kann, natürlich. Ich bin schließlich nicht in einem Schloss mit all den edlen Waffen aufgewachsen, konnte dafür als Kind aber gut mit der Schleuder umgehen. Damit treffe ich vielleicht sogar eine Eule.«

Er sah sich um und kratzte sich am Kopf. »Nicht gerade gebirgig hier.«

»Bei den Göttern, stellt Euch nicht so an! Kleine Steine, Nüsse, harte Zapfen … Ihr werdet doch irgendetwas Brauchbares finden können, wenn Ihr den einen Schritt nach links oder rechts geht.« Sie sah ihn ungeduldig an und rieb ihren Fuß. »Jetzt bewegt endlich Euren Hintern!«

Umgehend machte er sich auf die Suche, während Ärger und

Scham an ihm nagten. Er war genügsam und aß, was man ihm vorsetzte, aber er hatte noch nie selbst für sein Essen sorgen müssen. Juna hatte ihn am Vortag gerade noch davon abgehalten, giftige Waldbeeren zu essen, und sie war es auch gewesen, die die essbaren Pilze gefunden hatte. Sie hatte aus Stofffetzen und dicken Blättern einen Beutel für Wasser gebastelt. Ohne ihre Kenntnisse hätte es düster ausgesehen. Es war ihm unangenehm, dass sie jetzt auch noch für Fleisch sorgen wollte. Das war nun wirklich seine Aufgabe. Schließlich war er der Mann und sie die Frau. Ein stummes Lachen ließ seinen Körper beben. Juna war in keiner Hinsicht wie die Frauen, die er kannte. Sie klagte nicht, sie fluchte eher. Sie zierte sich nie, machte sich höchstens über seine Rücksichtnahme lustig. Nie machte sie Umstände, kämpfte sich mit zusammengebissenen Zähnen weiter und ließ sich nur helfen, wenn es nötig war.

Gedankenverloren stieß er gegen einen Ast und stöhnte auf. Sein verletzter Arm brannte wie Feuer. Dass so ein kleiner Kratzer ihm so viele Schwierigkeiten machte, konnte er kaum glauben, aber ändern konnte man zurzeit ohnehin nichts daran. Er hörte fast ihr spöttisches Lachen, wenn er jetzt Aufhebens um diese alberne Wunde machte.

Neben ihm raschelte es im Unterholz. Er verhielt sich ruhig, zückte den Dolch, ließ seine Blicke schweifen und glaubte, seinen Augen nicht zu trauen. Eine junge Wildziege zog und zerrte am frischen Grün eines Baums. Derea zielte, warf und traf.

Juna glaubte zu träumen, als er freudestrahlend mit seiner Beute auf sie zukam.

»Steine hab ich nicht gefunden«, erklärte er mit breitem Grinsen. »Geht das auch?«

Sie leckte sich voller Vorfreude die Lippen. »Wunderbar! Zerlegt sie! Ich mache Feuer.«

Er hielt das Tier vor sich und sah es sich von allen Seiten an. »Also mit Ziegen … Wie fange ich an? Ziehe ich sie erst aus oder was?«

Sie stieß einen unwilligen Laut aus. »Das darf nicht wahr sein! Gebt schon her und holt Holz.«

Der Stolz über seinen Erfolg zerbröselte vor seinen Augen, als er Juna beobachtete, die schnell und geschickt die Ziege häutete und ausweidete, während er Äste aufschichtete und schließlich mit viel Hingabe und Fantasie auch ein kleines Bratgestell darüber baute. Astgabeln boten guten Halt für einen darübergelegten Stock, nachdem er sie ins Erdreich eingegraben hatte.

Sie zerteilte unterdessen die Ziege, sah hin und wieder zu ihm rüber, sagte aber nichts.

»Ihr könnt jetzt Feuer machen«, erklärte Derea. »Holz zum Nachlegen ist genug da.«

Sie sah auf sein Bauwerk und fragte: »Und wozu soll das Ding gut sein?«

»Meine Erfindung. Wir stecken das Fleisch auf diesen Ast und legen ihn hier in die Astgabeln. So müssen wir das Fleisch nicht die ganze Zeit an Spießen halten. Kennt Ihr solche Gestelle nicht?«

»Nein, das ist in der Tat das erste in dieser Art, das ich sehe. Wir stecken unser kostbares Fleisch also auf ein Bratgestell aus Holz … mitten im Feuer. Sehr geschickt.«

Selten war er sich so dämlich vorgekommen. Doch gleichgültig, wie ungeschickt er sich hin und wieder anstellte – diese Nacht schliefen sie seinetwegen nicht hungrig ein.

* * *

Nach einem ausgiebigen Frühstück aus den Resten der Ziege machten sie sich wieder auf den Weg. Juna freute sich unterwegs über ein paar leckere Waldbeeren und wunderte sich, dass Derea keine wollte. Gegen Mittag stolperte er immer häufiger.

»Was ist mit Euch?«, fragte sie.

»Wir sollten eine Rast … wir …« Er schwankte, taumelte plötzlich ins Unterholz und blieb einfach gegen einen Baum gelehnt stehen.

Juna war mit zwei Schritten bei ihm und drehte ihn zu sich um. »Was ist los?«

»Mir ist … ist … nur leicht … leicht …« Er sackte zusammen, und sie zog ihn aus dem Gestrüpp.

»Ihr glüht ja. Warum habt Ihr nichts gesagt? Ihr habt hohes Fieber.«

Ein heiseres Lachen erschütterte seinen Körper. »Keine … keine Angst! Ich hab … nie … hab nie … Fieber.«

»Wie ausgesprochen beruhigend«, entgegnete sie trocken und hockte sich hinter ihn. Sie hob seinen Oberkörper an, legte ihm die Arme um die Brust und zerrte ihn rückwärts mit sich.

»Was macht Ihr? … Falsche Richtung! Oh, meine Rippen!« Er stöhnte laut auf.

Sie schleppte ihn auf eine kleine Lichtung, die sie kurz zuvor passiert hatten. Ohne jede Rücksicht ließ sie ihn dort fallen und riss erneut Streifen aus ihrem Rock. Der bedeckte nicht einmal mehr ihre Knie, und in jeder Stadt hätte man sie in diesem Aufzug umgehend in Haft genommen. Sie wässerte den Stoff und legte ihn ihm auf Stirn, Brust und Arme.

Er glühte, schwitzte aber nicht, sondern war völlig trocken, was ihr größte Sorge bereitete.

»Was soll das? Ich habe nie … habe nie …«

»Hört auf, dummes Zeug zu reden«, unterbrach sie grob. Mit fahrigen Fingern löste sie den Verband am Arm und kippte fast um. Fauliger Gestank entstieg der entzündeten Wunde.

Unwillkürlich würgte sie so heftig, dass er besorgt fragte: »Geht's Euch nicht … gut? Ich glaub, wir kommen gleich … weiß nicht, wohin. Sind aber bald … da. Bestimmt!«

Sie rappelte sich auf und machte sich auf die Suche nach brauchbaren Kräutern.

Als sie mit ihrer mageren Ausbeute zurückkehrte, taumelte er zwischen den Bäumen herum, hängte die Stofffetzen über Äste und unterhielt sich dabei offensichtlich sehr angeregt mit einer Tanne.

»Warum musste ich nur ausgerechnet an diesen Irren geraten?«, fluchte sie, fing ihn wieder ein und stieß ihn unsanft zu Boden.

Er lachte krächzend. »Ich bin … bin gestolpert … glaub ich … Ihr seid sehr schön«, stellte er dann sachlich fest.

»Ach was«, murmelte sie mürrisch und klatschte ihm den frisch getränkten Stoff ins Gesicht.

Sie zog seinen Dolch aus dem Gürtel, sog die Unterlippe ein, atmete kurz durch und öffnete die Armwunde. Eiter und Blut traten aus und mischten sich zu einer ekligen, stinkenden Brühe. Sie steckte sich einige Kräuter in den Mund und kaute sie in Ermangelung anderer Möglichkeiten durch.

»Esst nur, so viel Ihr wollt. Ist genug da«, erklärte er freundlich.

Sie brummte missmutig, spuckte die bitteren Kräuter in ein Sumpfblatt und nahm die nächsten.

»Wir suchen besser einen anderen Gasthof«, schlug er daraufhin aufmerksam vor. »Das Essen hier … schmeckt Euch nicht.«

Juna rollte die Augen, kaute und mischte und legte endlich ihren Kräuterverband an, während er weiter irgendwelchen Unsinn von sich gab.

»So, mehr kann ich im Augenblick nicht tun. Hättet Ihr Eure Schwerter dabei, hättet Ihr jetzt einen Arm weniger, dafür aber größere Aussichten zu überleben. Wir müssen weiter. Kommt!«

Sie beugte sich über ihn und schlang die Arme um seinen Oberkörper. Mit unvermuteter Kraft legte er den Arm um sie, zog sie an sich und küsste sie wild und voller Leidenschaft.

Ohne zu überlegen, erwiderte sie den Kuss, und Hitze durchströmte sie und ließ sie beben. Ungestüm riss sie sich plötzlich los und rief: »Du blöder Hundesohn! Du verdammter Irrer!« Unsanft zerrte sie ihn hoch, legte seinen Arm um ihre Schulter und stolperte los.

Nach einiger Zeit hätte sie nicht mehr sagen können, worunter sie am meisten litt: unter ihren schmerzenden Muskeln, unter seinem Gewicht oder unter seinen Ausführungen zu Gegend und Leuten, die er scheinbar gerade sah.

Als er hartnäckig dabei blieb, es sei jetzt Nacht und sie müssten schlafen, vergrößerten sich ihre Sorgen, und bald wusste sie, dass ihre Ahnung sie nicht getrogen hatte. Er brach zusammen, wobei er sie mit zu Boden riss.

Juna machte sich los, streckte ihre völlig verspannten Glieder, und Tränen der Erschöpfung liefen über ihr Gesicht. Nie im Leben war sie der Verzweiflung so nahe gewesen. Allein der Gedanke, ihn weiterschleppen zu müssen, erfüllte sie mit kaltem Grauen. Eigentlich konnte sie ihn auch liegen lassen. Er war ohnehin so gut wie tot. Doch dann musste sie an den Kuss denken.

»Das passt jetzt richtig gut zu uns beiden«, fluchte sie. »Ich kann dich und deine ewige Liebenswürdigkeit nicht leiden, hätte aber gern noch einen Kuss, aber du küsst mich natürlich nur im Fieberwahn. Es gibt so viele Männer, die sich gern mit mir vergnügen würden, aber ich muss ausgerechnet mit dir in der Einöde landen.«

Sie wusste nicht mehr, wie lange sie völlig mutlos am Boden gekauert hatte, doch plötzlich straffte sie sich.

»Ich habe dich schon zu lange geschleppt, um jetzt aufzugeben. Ich werde dich nach Hallurd bringen, ob tot oder lebendig.«

Sie wischte sich übers Gesicht, rappelte sich auf und zerrte an ihm. Er rührte sich nicht, und sie trat ihn wild fluchend und schluchzend zugleich ein paar Mal kräftig in die Seite, bevor sie ihn unter Stöhnen und Ächzen auf ihren Rücken wuchtete. Sein Kopf fiel auf ihre Schulter, und sie hielt seine Arme vor der Brust fest und schleifte ihn mit.

Die Sonne neigte sich und ging schließlich unter. Juna kämpfte sich weiter und immer weiter.

Irgendwann funkelten die ersten Sterne. Hin und wieder glaubte sie, seinen Atem zu spüren, aber sie war sich nicht sicher. Wie ein Kornsack hing er auf ihrem Rücken und strahlte eine solche Hitze aus, dass es schon fast schmerzte. Doch zurzeit beruhigte sie sein Fieber eher, denn Tote fieberten schließlich nicht mehr. Vielleicht kühlten sie aber auch nur nicht so schnell ab.

Sie wischte die trüben Gedanken beiseite und schleppte sich und ihn keuchend weiter. Sie ging mittlerweile so gebeugt, dass sie meist nur noch ihre Füße sah, aber anders konnte sie das drückende Gewicht einfach nicht mehr tragen. Sie glaubte einen Lichtschein zu sehen und stolperte auf ihn zu. Doch sie kam nicht mehr weit.

Der Hauptmann glitt ihr vom Rücken, und sie brach mit einem heiseren Schrei neben ihm zusammen.

19. Kapitel

Rhonan und Gideon waren genau wie am Vortag den ganzen Tag fast ohne Pause geritten und saßen jetzt an einem Lagerfeuer im Wald. Obwohl die ersten Sterne strahlten, war die Luft immer noch lau. Rhonan starrte seit einiger Zeit gedankenverloren in die Flammen.

»Was ist los mit dir? Du bist schon die ganze Zeit so schweigsam, und jetzt isst du nicht einmal mehr etwas?«, fragte der Gelehrte.

Rhonan sah ihn durchdringend an. »Ich muss zurück. Caitlin hätte nie so schnell klein beigegeben. Das hätte mir gleich zu denken geben müssen. Sie hat etwas vor.«

»Du machst dir unnötige Gedanken. Was sollte sie denn vorhaben?«

»Ich weiß es doch auch nicht. Ich bin einfach zu dämlich. Immer wieder falle ich auf sie rein. Sie macht mit mir, was sie will, und ich merke es gar nicht oder erst, wenn es schon zu spät ist. Sie wollte mich aus dem Weg haben. Genau das wollte sie. Gideon, ich muss zurück.«

Der Verianer stellte seine Schale ab, rutschte etwas näher, legte ihm die Hand auf die Schulter und sagte bedächtig: »Du kannst nicht zurück. Wir müssen zu den Kalla. Du bist der, der nach der Prophezeiung die Völker einen wird, du hast eine Verantwortung den Reichen gegenüber und kannst jetzt nicht kehrtmachen. Ich weiß, die Verantwortung lastet schwer auf deinen Schultern. Ich würde dir gern helfen, aber ich kann dir nur meinen Rat und meine Freundschaft anbieten. Ich kann mir nicht denken, was Caitlin vorhaben sollte, aber was immer es auch sein mag, sie wird es schon meistern.«

Er lächelte sein Gegenüber aufmunternd an. »Du weißt doch am besten, dass Caitlin ihre eigenen und durchaus scharfen Waffen hat. Ihre magischen Fähigkeiten sind nicht zu unterschätzen, ihr Schwert führt sie recht beachtlich, aber ihre List und Tücke sind ganz sicher am meisten zu fürchten. Sie ist viel zu sehr Ayalas Tochter, um hilflos zu sein. Sie sieht dich schmachtend an und streckt dich im nächsten Augenblick mit einem Blitz nieder. Gerade weil sie schwanger ist, ist sie unberechenbarer und gefährlicher als je zuvor. Genau wie du wird sie um euer Glück und die Zukunft eures Kindes kämpfen, und glaub mir, eine Mutter, die um ihr Kind kämpft, ist nicht zu unterschätzen, gleichgültig, wie zierlich sie gebaut ist.«

Beide schwiegen eine Weile, bevor Rhonan leise fragte: »Was kann sie nur vorhaben?«

»Sollte ich es jemals fertigbringen, ihre Gedankengänge nachzuvollziehen, wirst du der Erste sein, der davon erfährt.«

* * *

Auch am nächsten Tag sprach der Prinz kaum ein Wort, und Gideon konnte nur hoffen, dass sie zumindest auf dem richtigen Weg blieben. Gegen Abend erhellte der Schein vieler Lagerfeuer den Himmel vor ihnen. Etwas langsamer näherten sie sich und sahen in einer Senke das Lager eines riesigen Heeres vor sich.

Rhonan zuckte bei dem Anblick regelrecht zusammen. Unwillkürlich zügelte er sein Pferd und zog sich die Kapuze über. Gideon schüttelte leicht den Kopf und deutete auf die Banner.

»Siehst du das Wappen? Das ist eine Armee Königin Morwenas, die wohl auf dem Weg zur Zitadelle ist. Du kannst deine Kapuze also wieder abnehmen. Wir sollten in Erwägung ziehen, die Nacht in ihrem Lager zu verbringen.«

»Ich weiß nicht so recht. Lass sie uns lieber umgehen.«

»Du kannst nicht ewig vor deinem eigenen Volk davonrennen, mein Junge. Außerdem: Siehst du da das große Zelt mit dem Banner? Das ist Königin Morwenas Zelt. Ich könnte mir denken, dass auch Prinz Canon hier ist. Vielleicht weiß er ja von Hylia etwas über Caitlin.«

»Das könnte sogar sein. Wir sollten es zumindest versuchen«, erwiderte Rhonan sofort, atmete tief durch, presste die Lippen zusammen und ließ sein Pferd wieder antraben.

Gideon war ziemlich sicher, dass sein Begleiter Canon lieber in einem Rudel Wölfe gesucht hätte. Wenn überhaupt etwas seinem Freund Angst machen konnte, dann waren es Menschenansammlungen, und hier lagerten wohl annähernd dreitausend Mann.

Es gab nur wenige Zelte, denn die meisten Soldaten schliefen unter freiem Himmel. Überall brannten Feuer, und es herrschte ein munteres Treiben. Gideon fragte sich zum Zelt des Heerführers durch.

Dort versperrten ihnen zwei Gardisten den Weg. »Kein Zutritt! Wenn ihr essen wollt, geht zum großen Lagerfeuer dahinten«, erklärte einer mit freundlichem Lächeln. »Wenn ihr euch uns anschließen wollt, geht zum Zelt mit den gekreuzten Fahnen davor.«

»Wollen wir beides nicht, wir wollen nur Canon Far'Lass sprechen«, entgegnete Rhonan.

»Ist nicht zu sprechen.«

»Geh und melde, dass Rhonan da'Kandar den Heerführer zu sprechen wünscht«, forderte Gideon mit strenger Miene.

Die Gardisten musterten die staubigen, schlicht gekleideten Männer, grinsten sich an, und einer von ihnen sagte mit immer noch freundlicher Stimme: »Ihr müsst euch nichts ausdenken, um Essen zu bekommen. Mit der Verpflegung sieht es bei uns gut aus.«

»Hol mir sofort diesen Canon«, zischte Rhonan ungeduldig und legte die Hand auf sein Schwert.

Jede Freundlichkeit wich aus den Gesichtern der Gardisten. Sie waren jetzt bereit, die Eindringlinge zu verscheuchen, stellten sich kampfbereit auf und zückten schon ihre Waffen, als die Königin El'Marans persönlich auf das Zelt zukam. »Was ist denn hier los?«

Die Krieger nahmen sofort Haltung an, und einer erklärte: »Verzeiht, meine Königin, aber diese seltsamen Vögel hier wollen unbedingt zum Heerführer. Behaupten, er wäre ein da'Kandar.« Dabei zeigte er grinsend auf Rhonan.

Morwena sah den jungen, blonden Mann an, sah die blitzenden, grünen Augen, sog überrascht und erfreut zugleich die Luft ein und sank auf ein Knie. »Mein König!«

Die Gardisten starrten noch einmal auf die heruntergekommen wirkenden Besucher und sanken dann ebenfalls auf die Knie.

Der Prinz räusperte sich, bevor er auf ein Nicken Gideons hervorbrachte: »Erhebt Euch schon!«

Die Königin strahlte ihn an und seufzte glücklich auf. »Den Göttern sei Dank. Unsere Gebete sind erhört worden. Endlich seid Ihr an unserer Seite. Kommt, mein König!«

Bei diesen Worten schob sie ihn schon in Canons Zelt und stellte die Männer einander vor. Rhonan konnte den Heerführer gerade noch davon abhalten, ebenfalls auf ein Knie zu sinken, indem er ihm hastig die Hand entgegenhielt.

Er hätte ihn gern sofort nach Caitlin gefragt, konnte aber in der nächsten Zeit keinen Satz mehr zu Ende sprechen, geschweige denn, ein eigenes Anliegen vorbringen. Ihm wurde fast schwindelig, als Morwena von der bevorstehenden Schlacht, ihren Hoffnungen und Wünschen, ihren Ängsten und schließlich sogar von ihrer familiären Bindung zum da'Kandar-Geschlecht erzählte. Rhonan, der meist keine Ahnung von dem hatte, worüber sie sprach, sah ratlos vor sich hin und hörte schließlich kaum noch zu.

Unvermittelt schwieg die Königin, und die einsetzende Stille wirkte schnell erdrückend. Der Prinz fühlte aller Blicke auf sich ruhen und räusperte sich unbehaglich.

Gideon stieß ihn an. »Die Königin möchte wissen, ob du sie in die große Schlacht führen wirst.«

»Wozu sollte das gut sein? Das kann ich doch gar nicht.«

Auf den fassungslosen Blick der Königin hin ergänzte er einlenkend: »Wir wollen ja schon dabei sein und waren deshalb gerade auf dem Weg in die Sümpfe, aber ich hatte gehofft, dass Prinz Canon Nachricht von Hylia hat. Ich weiß nämlich nicht, wo meine Frau gerade ist.«

Der schon mehr als vergnügte Canon nutzte Morwenas kurzfristige Sprachlosigkeit. »Ich hatte vor Kurzem eine Verbindung. Die Frauen sind auf dem Weg nach Mar'Elch. Es geht ihnen gut.«

Rhonan atmete erst einmal erleichtert durch. »Seid Ihr sicher?«, fragte er dann.

»Sie konnten bisher völlig unbelästigt reisen. Von Mar'Elch aus werden sie mit einer Gruppe Gardisten, die Nachschub bringt, zum Feld der Träume gelangen. Ich hatte ihnen geraten, in der Stadt zu bleiben, aber die Frauen sind wild entschlossen, ihre Zauber, zumindest aber ihre Heilfähigkeiten in die Schlacht mit einzubringen.«

Rhonan nickte. Er hatte nie damit gerechnet, Caitlin ganz von einem Schlachtfeld fernhalten zu können, auf dem er kämpfte. »Was ist mit Derea?«, wollte er wissen. »Geht es ihm auch gut?«

»Er schweigt zurzeit, aber das tut er hin und wieder, wenn er für eine Verbindung zu erschöpft ist. Diese Juna setzt ihm ziemlich zu, aber damit wird er ja hoffentlich zurechtkommen. Hylia und Derea haben mir von Eurem Vorhaben erzählt. Glaubt Ihr wirklich, die Kalla werden uns helfen?«

»Ich weiß es nicht, aber ich hoffe es.«

Canon nickte. »Derea hat wahrhaft Grauenerregendes von den Schattenkriegern berichtet.«

»Er hat nicht übertrieben«, erwiderte Rhonan sofort. »Wenn das Heer auch nur annähernd so groß ist, wie die Hexe sagte – und davon ist nach Camoras ›Einladung‹ auszugehen –, sehe ich ohne die Echsen keine Möglichkeit für einen Sieg der Reiche.«

»Die Stimmung unter den Kriegern ist nicht gut, da bereits wilde Gerüchte über das Schattenheer die Runde machen, aber es hat bisher tatsächlich nicht einen einzigen Versuch gegeben, Fersengeld zu geben. Allen ist klar, dass der Ausgang dieser Schlacht über die Zukunft aller entscheiden wird.«

Die Königin hatte sich endlich wieder von ihrem Schrecken erholt und erklärte freudestrahlend: »Ich weiß gar nicht, warum ich erst jetzt daran denke, aber ich werde die Männer sofort antreten lassen. Allein das Wissen darum, dass ihr Großkönig bei ihnen ist, wird ihnen Mut machen.«

»Bitte nicht!« Ihm brach der Schweiß aus. »Das … geht jetzt nicht, wir müssen nämlich weiter.«

»Ihr wollt des Nachts reiten?«

Gideon kam seinem Freund zu Hilfe. »Königin, wir würden sehr gern eine Nacht in Eurem Lager verbringen, aber wenn irgend möglich in aller Stille. Der Großkönig war ständig auf der Flucht und ist weder mit Menschenmassen noch mit höfischen Gebräuchen vertraut. Gebt ihm Zeit, sich an diese Dinge zu gewöhnen.«

Sie sah den verschreckten jungen Mann an, und ihre mütterlichen Gefühle erwachten sofort. »Das hättest du mir doch einfach sagen können. Wir werden dich alles lehren, was du wissen musst. Wende dich vertrauensvoll an mich, an Canon oder Derea. Betrachte uns als deine Familie. Schließlich wäre ich deine Tante geworden, wäre dein Onkel Mathew nicht kurz vor der Hochzeit gestorben.«

Offensichtlich von dem Gedanken beseelt, dass der junge Großkönig nichts anderes im Sinn haben könnte, als sofort in seine neue Aufgabe eingewiesen zu werden, erzählte sie von den Führern der Freien Reiche und wie er am besten mit dem jeweiligen Fürsten zurechtkommen würde. Sie redete und redete, bis Canon sie ruhig unterbrach: »Mutter, das hat doch Zeit. Unsere Gäste haben einen weiten Weg hinter sich und noch einen weiten vor sich.«

Morwena sah ihn wegen der Unterbrechung erst ungehalten an, dann lachte sie auf. »Wenn ich dich nicht hätte. Du hast natürlich recht.« Sie erhob sich und verabschiedete sich herzlich, aber umgehend.

Canon wandte sich an Rhonan. »Wenn Ihr Eure Ruhe wollt, bleibt einfach hier. Es dürfte sich herumgesprochen haben, dass Ihr im Lager seid. Draußen könntet Ihr daher kaum der Begeisterung und Neugier unserer Krieger entgehen, aber hier wird Euch niemand belästigen. Ich werde mir ein anderes Quartier suchen.«

»Ich will Euch nicht aus Eurem Zelt vertreiben.«

Gideon klopfte ihm auf die Schulter. »Hier sind zwei Lager. Bleib du mit Heerführer Far'Lass hier. Ich suche mir eine andere Bleibe. Ich würde mich wirklich gern noch etwas umsehen. Ich sammle mit großer Leidenschaft Erfahrungen, wie du weißt. Prinz Canon wird sich gewiss um dich kümmern.« Mit einem aufmunternden Lächeln schlüpfte er aus dem Zelt.

Rhonan sah ihm unbehaglich nach, und Canon nickte ihm zu. »Es ist zwar schon eine Weile her, aber ich kann mich noch gut daran erinnern, wie schwer es mir zunächst fiel, die Würde eines Amtes zu verkörpern, das mir viel zu groß erschien. Dabei bin ich nur Prinz El'Marans. Großkönig möchte ich nicht sein müssen. Derea hat mir so viel von Euch berichtet, dass ich glaube, Euch schon länger zu kennen. Nur vor unserem Zelt müssen wir Führer sein, in unserem Zelt dürfen wir Menschen sein.«

Der Prinz machte einen verlegenen Eindruck und zuckte die Schultern. »Also … es würde schon viel zu meiner Entspannung beitragen, wenn Ihr mich nicht König nennen würdet.«

»Setz dich, Schwager«, erwiderte Canon. »Derea nennt dich nur noch so. Ich werde das mit deinem Einverständnis auch tun. Ich lasse uns jetzt erst einmal etwas zu essen kommen.«

In der nächsten Zeit aßen und tranken sie und unterhielten sich über die bevorstehende Schlacht. Morwenas Sohn merkte schnell, dass die Unsicherheit seines Gegenübers sich lediglich auf königliche Umgangsformen bezog. Dankbar und erleichtert nahm er zur Kenntnis, dass er im Gegensatz dazu alles andere anscheinend besonnen und wohldurchdacht in Angriff nahm. Der Großkönig schien kühl und sicher, wenn es um die Einschätzung von Kämpfen oder Gegnern ging, und zurückhaltend und zögerlich lediglich, wenn es um zwischenmenschliche Beziehungen ging.

In bestem Einvernehmen legten sie sich schließlich schlafen.

* * *

Gideon genoss unterdessen die allgemeine Aufmerksamkeit. Als Weggefährte des Großkönigs war er gesuchter Mittelpunkt sämtlicher Gesprächsrunden. Gern bestätigte er immer wieder, dass niemand Rhonan je würde besiegen können. Gern pries er dessen Heldentaten, und gern erzählte er von Kahandar, der einzigartigen Eisklinge.

Mitternacht war schon vorbei, als der Gelehrte sich endlich erhob, um sich seiner selbst gestellten Aufgabe zu widmen. Auf dem Weg zum Schmied und zum Zeugmeister hörte er die Krieger immer noch voller Begeisterung von der Eisklinge und deren Führer reden und lächelte vor sich hin.

Er spürte eine Hand auf der Schulter, fuhr herum und sah überrascht in das Gesicht der Königin.

»Danke, Meister Gideon. Ihr habt unseren Kriegern Hoffnung gegeben. Die allein lässt ihren Mut wachsen, stärkt ihre Muskeln und schärft ihre Waffen. Ich habe Euch eine Weile zugehört, und wenn auch nur einige Berichte über die Heldentaten des Erben wahr sind, werde auch ich mit neuer Hoffnung im Herzen in den Schlaf gehen.«

Er lächelte sie an. »Ich hatte es nicht nötig, etwas zu erfinden. Unser König mag in jeder Burg und vor jedem Heer denkbar verloren wirken, aber auf dem Schlachtfeld dürfte es kaum seinesgleichen geben. Vertraut auf ihn!«

Die Königin nickte verhalten. »Derea schwärmte auch von seinen Fähigkeiten, und so leicht ist mein Sohn nicht zu beeindrucken.«

Ihre Miene wurde nachdenklich. »Aber er ist noch so jung, so unerfahren. Kann er der gewaltigen Verantwortung überhaupt gerecht werden? Ich bitte Euch, sprecht mir jetzt keinen Mut zu, sondern sagt mir, was Ihr wirklich denkt.«

»Er ist jung an Jahren, aber nicht an Erfahrung«, widersprach Gideon sofort. »Mich plagten zu Beginn unserer gemeinsamen Reise dieselben Bedenken wie Euch, aber längst weiß ich es besser. Nicht Rhonans Kampfkraft, sondern seine innere Stärke gibt mir Zuversicht. Mit einem angeborenen

Selbstverständnis stellt er sich jeder neuen Herausforderung und meistert sie genauso mutig wie besonnen. Bei Hofe wäre er zu einem selbstsichereren Prinzen geworden, der jetzt gelassen und würdevoll zu seinen Kriegern sprechen könnte, aber in Minen, dunklen Gassen und Kerkern wurde er zum Erben der Kraft. Ich bin wirklich über das Alter hinaus, in dem ich noch leicht zu beeindrucken wäre, aber der Prinz hat sich mein tiefes Vertrauen und meine volle Bewunderung verdient.«

Er lächelte, und seine Züge wurden weich. »Rhonan war zeitlebens ein Einzelgänger und hält sich daher für unfähig, Führer der Reiche zu sein. Er glaubt, er könne keine Reden halten, die überzeugen oder mitreißen, dabei findet er oft die richtigen Worte. Er glaubt, er könne kein Anführer sein, und bemerkt nicht einmal, wie ihm alle, die ihn kennengelernt haben, bedingungslos folgen. Er ist kein strahlender Held in glänzender Rüstung, aber in seinem Herzen ist er der Großkönig, auf den wir alle gehofft haben. Er ist stark, tapfer und edelmütig und geht immer besonnen und überlegt vor. Glaubt mir, Königin, in seinen noch so jungen und doch schon so vernarbten Händen ist das Schicksal der Reiche bestens aufgehoben.«

Sie ergriff zum zweiten Mal an diesem Abend seine Hände und drückte sie warm. »Meister Gideon, Eure Worte haben mir neue Zuversicht gegeben, und Eure unüberhörbare Liebe zu Eurem Begleiter macht auch mir Mut. Ihr seid der Weise der Berge. Wenn der Prinz Euer Herz gewonnen hat, werde ich ihm auch das meine öffnen. Wenn er Euer Vertrauen hat, werde auch ich auf ihn bauen. Ich wünsche Euch eine gute Nacht. Mögen die Götter Euren Weg ebnen.«

Der Gelehrte verneigte sich dankend, ging zu Canons Zelt und spähte hinein. Erleichtert sah er, dass sein junger Freund endlich einmal wieder ruhig und tief schlief. Ob es die Nachricht gewesen war, dass sich Caitlin absprachegemäß auf dem Weg nach Mar'Elch befand, oder die erschöpfende Gegenwart Morwenas, die letztlich dazu geführt hatte, dass er eingeschlafen war, war ihm dabei herzlich gleichgültig. Lächelnd verließ er das Zelt, um endlich den Schmied aufzusuchen.

20. Kapitel

Derea erwachte und sah über sich das schrumpelige Gesicht einer sehr alten Frau.

Die Alte lächelte ihn an und entblößte dabei braune Zahnstumpen. »Na, wieder bei uns?«

»Wo bin ich?« Seine Stimme war ein heiseres Krächzen, und sie hielt ihm unverzüglich einen Becher an die Lippen. Er hatte wahnsinnigen Durst, aber es schmeckte grässlich, und er drehte angewidert den Kopf weg.

»Nicht lecker, aber gut für dich: Ziegenblut mit Honig! Ochsenblut wäre besser gewesen, aber einen Ochsen hatten wir nicht. Du hast viel Blut verloren, Jungchen.«

Derea konnte mit Müh und Not seinen Brechreiz unterdrücken, bemerkte erst jetzt, dass er mit Seilen ans Bett gefesselt war, und fragte erneut, diesmal ziemlich unbehaglich: »Wo bin ich?«

»Du bist im Grenzland nach El'Maran. Ich bin Marlena, Junas Großmutter.«

Sein trüber Blick glitt durch die Lehmhütte, die kaum etwas beherbergte als das Bett, auf dem er lag, einen Tisch mit vier Stühlen, eine Feuerstelle und Unmengen von getrockneten Kräutern und Tontöpfen. »Junas Großmutter? Wo ist sie?«, wollte er schließlich wissen.

»Jagen. Wie fühlst du dich?«

Er musste erst einmal darüber nachdenken. »Schwer und heiß.«

Sie nickte. »Deine Armwunde war böse entzündet. Hattest hohes Fieber. Jetzt bist du aber übern Berg und kannst Juna dafür danken. Das Mädel hat dich hergebracht, was ihr leichter gefallen wäre, wenn du ihr die verfluchte Kette abgenommen hättest. Zwei Tage und Nächte hast du mit dem Tod gerungen. Dein Starrsinn hätte dich leicht das Leben kosten können. Deine Rippen und die Prellungen konnten wir heilen. Beim Arm wird es noch dauern. Wir mussten die Wunde offen halten, damit die Schädlinge ausfließen konnten. Schmerzt er noch arg?«

Er schüttelte nur müde den Kopf.

»Das ist gut. Sei froh, dass du ihn noch hast! Die Axt lag schon bereit, und wäre es nach mir gegangen, hätte ich sie auch benutzt.«

Juna kam in diesem Augenblick mit einem Hasen und einem Korb voller Kräuter herein. »Nachtblüte hab ich nur zwei gefunden, Großmutter. Reichen die?«

»Müssen sie wohl. Wir haben ja noch Ziegenblut, und das Jungchen ist schon wieder ganz gut beisammen.«

Juna legte ihre Errungenschaften auf dem Tisch ab und sah zum Bett. Mit einem Lächeln trat sie ans Lager. Er sah ihr mit gemischten Gefühlen, von denen Argwohn allerdings das stärkste war, entgegen.

Offensichtlich spiegelten sich seine Gefühle in seinem Gesicht wider, denn sie lachte laut auf. »Ihr fragt Euch jetzt, was zwei Hexen wie wir mit Euch anstellen werden, stimmt's? Durch Fieber geschwächt, gefesselt – völlig hilflos seid Ihr uns ausgeliefert. Ein erschreckender Gedanke, nicht wahr? Hylia hat gewiss auch nicht übertrieben, als sie Euch von meiner Vorliebe dafür, andere Menschen zu quälen, erzählte. Sie ist sehr gewissenhaft. Der gute Prinz hätte Euch auch davon berichten können, sein einstiges Liebchen nicht mehr, denn das ist tot – starb mir unter der Folter weg, obwohl ich noch nicht einmal meine wahren Künste angewendet hatte. Euch, mein Prinz, habe ich gleich am ersten Tag ins Herz geschlossen, und ich habe mir seitdem unzählige Todesarten für Euch überlegt, eine langsamer und schmerzvoller als die andere. Ein Gemisch aus Zaubern und einfachen Foltermethoden dürfte nach meinen Erfahrungen am wirkungsvollsten sein.«

»Dafür habt Ihr mich hierhergeschleppt?« Angst nistete sich neben der Schwäche ein.

»Ich konnte doch nicht zusehen, wie Ihr einfach in den Tod hineinschlaft. Etwas Besonderes muss es für den von allen geliebten Prinzen von El'Maran, für den großen Heerführer der Flammenreiter, doch sein, oder?« Sie wandte sich von ihm ab und ging ihrer Großmutter beim Zubereiten des Hasen zur Hand.

Derea bewegte sich, um die Fesseln zu überprüfen. Er war so schwach, dass es ihm noch nicht einmal gelang, seine Muskeln anzuspannen. Es kostete ihn schon Mühe, den Kopf von links nach rechts zu drehen. Außerdem wurde ihm dabei regelmäßig schwindelig. Was auch immer Juna geplant hatte, er würde nichts dagegen unternehmen können. In trüben Gedanken gefangen glitt er in einen Dämmerzustand.

Irgendwann schlug ihm jemand leicht ins Gesicht. »Aufwachen! Ihr müsst essen, um wieder zu Kräften zu kommen.«

Träge öffnete er die Augen. »Ach wirklich?«

Juna lachte dunkel und schob ihm schon einen Löffel in den Mund. »Aber ja! Ich hoffe, Ihr mögt Minze. Großmutter nimmt immer reichlich davon zum Würzen. Für mich ist das wie in Erinnerungen schwelgen. Meine ersten Lebensjahre habe ich bei ihr verbracht, bis Mutter mich mitnahm und ihre Kräfte in die Dienste Maluchs stellte. Wenn mir etwas gefehlt hat, dann waren es dieser wunderbare Geschmack nach frischer Minze und Großmutters hervorragende Haferplätzchen. Davon bekommt Ihr auch eins, wenn Ihr zunächst den Eintopf brav aufesst.«

Der Hauptmann kaute und schluckte, weil ihm gar nichts anderes übrig blieb.

»Ihr habt alles aufgegessen. Möchtet Ihr ein Plätzchen zur Belohnung?« Ihre Stimme klang ausgesprochen fröhlich.

»Nein!«

»Wirklich nicht? Ihr wisst gar nicht, was Euch entgeht. Sie sind ganz frisch. Diesen Genuss werdet Ihr vielleicht nie wieder erleben können.«

Sie sah seine versteinerte Miene, lachte erneut und drehte sich zu ihrer Großmutter um. »Was meinst du? Ist er schon wieder so weit hergestellt, dass ich mich ans Werk machen kann?«

»Ich denke, doch, mein Kind. Er ist zäher, als er aussieht.«

Juna brachte die Schale zum Tisch und kam mit einem Dolch zurück. »Ja, das ist er.«

Sie schenkte ihm ein strahlendes Lächeln und ließ den Dolch geschickt zwischen ihren Fingern hin- und herwandern. »Man unterschätzt Euch schnell. Seid Ihr aber auch so widerstandsfähig, wie ich denke?« Sie fuhr spielerisch mit der Klinge über seine Wangen. »Habt Ihr etwa Angst, mein Prinz? Sehe ich da Schweiß auf Eurer Stirn?«

Da er keine Antwort gab, seufzte sie auf, zuckte die Achseln und fuhr fort: »Irgendwelche Wünsche, wo ich anfangen soll?«

Derea starrte sie weiterhin nur schweigend an, was sie lächeln ließ. »Dann beginne ich bei den Beinen und arbeite mich nach oben durch.«

Er schloss die Augen und biss die Zähne zusammen. Zunächst hörte er nur ihr Lachen, dann spürte er, wie sie die Fesseln durchtrennte. Verwirrt öffnete er die Augen und sah sie fragend an.

»Oh, Hauptmann, wofür haltet Ihr mich eigentlich? Ich bin eine Hexe und benötige weder Messer noch Fesseln. Ich könnte

Euch die größten Schmerzen zufügen, ohne auch nur in Eure Nähe zu kommen, und Ihr könntet nicht das Geringste dagegen tun.«

»Wozu dann die Fesseln?«, fragte er mit belegter Stimme.

»Ihr habt Euch im Fieber hin und her geworfen. Das hätte der Wunde geschadet, und wir konnten Euch nicht die ganze Zeit über festhalten. Die Fesseln waren zu Eurem Schutz, nicht zu unserem.«

Irgendwie ergab nichts von dem, was sie sagte oder tat, Sinn. »Was treibt Ihr für ein seltsames Spiel? Erst bringt Ihr mich hierher, kümmert Euch um meine Wunden und dann … Warum?«

»Sagt mal, Hauptmann, habt Ihr ernsthaft angenommen, ich hätte Euch fast einen Tag lang und mehr als die Hälfte der Nacht durch den Wald geschleppt, nur um Euch hinterher zu Tode foltern zu können? Ich konnte danach kaum noch einen Becher anheben, und in den letzten zwei Tagen und Nächten habe ich Euretwegen kaum ein Auge zugetan.«

»Ihr habt gar nicht die Absicht, mich zu töten?«

Sie schüttelte lächelnd über seinen ungläubigen Tonfall den Kopf. »Im Augenblick jedenfalls nicht, aber Ihr solltet mich in Zukunft besser nicht mehr so sehr reizen.«

»Ihr habt mich ganz bewusst die ganze Zeit in dem Glauben gelassen, dass Ihr genau das wolltet. Hattet Ihr viel Spaß, Hexentochter?«

»Ja, sehr viel sogar!« Sie kicherte fröhlich und blinzelte ihn vergnügt an. »Außerdem hattet Ihr das verdient, nachdem Ihr Euch so hartnäckig geweigert habt, mir die Kette abzunehmen. Wie Ihr seht, trage ich sie nicht mehr, und Ihr seid trotzdem, eher gerade deshalb noch am Leben. Wollt Ihr jetzt nicht vielleicht doch ein Plätzchen? Sie sind frisch besonders lecker.«

Fast gegen seinen Willen lachte er auf. »Ja, gebt schon her!«

Er war ziemlich erschüttert, dass er es einfach nicht schaffte, die Hand zu heben.

»Was glaubt Ihr eigentlich, warum ich Euch vorhin schon gefüttert habe?« Juna schob ihm das Gebäck in den Mund. »Ihr musstet ja unbedingt die ganze Zeit tapfer so tun, als wenn nichts wäre, und wart dadurch so gut wie tot, als wir endlich hier ankamen.«

Er sah sie ernst an. »Warum habt Ihr das getan? Warum habt Ihr mir das Leben gerettet, Juna?«

Sie zog gelangweilt die Schultern hoch. »Weil Ihr im Fluss meins gerettet habt. Ich bin nicht gern etwas schuldig. Gebt Euch nicht der Hoffnung hin, aus mir wäre ein guter Mensch geworden. Der Tag, an dem das geschieht, wird mein letzter auf Erden sein. Ich kann Euch nach wie vor nicht leiden, aber unsere Kräfte werden wir unter gerechten Bedingungen messen.«

Bei ihren Worten legte sie ihm die Hand auf die Stirn. »Nur noch leichtes Fieber. Wenn Ihr tut, was wir Euch sagen, und trinkt, was wir Euch geben, werdet Ihr schnell wieder auf die Beine kommen.« Fast brüsk wandte sie sich ab, und er sah ihr gedankenverloren nach.

* * *

Er erwachte von lautem Klappern. Juna trug eine Waschschüssel zum Bett und legte Tücher bereit. »Ihr habt immer noch leichtes Fieber. Zeit für eine Wäsche«, erklärte sie munter.

»Es tut mir leid, aber ich fürchte, das schaffe ich noch nicht.«

»Das hatte ich auch nicht angenommen. Aber Ihr habt ja uns.«

Helles Lachen perlte in ihr hoch, als sie seinen entgeisterten

Gesichtsausdruck sah. »Ihr seid doch wirklich zu niedlich. Als Ihr glaubtet, ich würde Euch zu Tode foltern, habt Ihr keine Miene verzogen, aber jetzt seht Ihr aus, als würdet Ihr am liebsten flüchten, wenn nötig auf allen vieren.«

Die Alte kam in die Hütte geschlurft und legte Kleidungsstücke auf den Tisch. »Ich konnte Fischer Merte Hemd und Hose seines ertrunkenen Sohnes abschwatzen. Juna, besorg uns einen saftigen Braten und sieh, ob du vielleicht doch noch Nachtblüte finden kannst!«

»Mach ich. Unser tüchtiger Hauptmann möchte im Übrigen lieber von dir gewaschen werden, er ist nämlich ausgesprochen empfindlich in Bezug auf die Einhaltung der guten Sitten.«

Sie warf ihm im Gehen einen kurzen, sehr mutwilligen Blick zu, bevor sie fortfuhr: »Er weiß ja nicht, wer ihn ausgezogen hat und wie oft ich ihn in den letzten Tagen schon gewaschen habe.«

Er stöhnte entnervt, und Marlena schüttelte lächelnd den Kopf. »Sie war schon immer schalkhaft.«

»Schalkhaft?«, brummte er ungehalten. »Eure Enkelin ist ein gemeingefährliches Biest.«

Diese Einschätzung bestätigte sich im Laufe des Tages immer wieder.

Juna ließ nicht die kleinste Gelegenheit aus, ihn zu ärgern oder zu reizen. Während sie ihn fütterte, musste er sich sehr anstrengen, um nicht dauernd in ihren tiefen Ausschnitt zu sehen, ebenso, als sie voller Hingabe und mit blitzenden Augen den Verband wechselte und eine Kräutersalbe in seinen Arm knetete. Ihm fiel auf, dass sie ihre Hingabe nicht etwa darauf verwandte, möglichst gefühlvoll zu sein, sondern vielmehr darauf, ihm endlich einen Schmerzenslaut zu entlocken. Doch den Gefallen tat er ihr nicht, und nach ihrer zärtlichen

Behandlung hatte er Schwierigkeiten, seine verkrampfte Kiefermuskulatur wieder zu entspannen. Sie tröstete sich offensichtlich zumindest damit, dass er sich bei ihren eigenartigen Getränken regelmäßig fast übergab.

Ihr eigenes Bad am Abend brachte ihn dann nahezu um den Verstand. Zwar hatte sie als Sichtschutz eine Decke gespannt, während sie sich mehr als ausgiebig und mit sehr sinnlichen Bewegungen im kleinen Zuber wusch, aber durch den Feuerschein war ihr Schattenriss sehr deutlich zu sehen. Er nahm an, dass sie genau aus diesem Grund die Ecke des Raums gewählt hatte. Sooft er auch die Augen schloss, so oft öffneten sie sich von ganz allein wieder. Irgendwann hätte er am liebsten wie ein Kind losgeheult, denn im Gegensatz zu seinen Armen versagten andere Körperteile durchaus nicht ihren Dienst. Außerdem drang ihm der Schweiß aus allen Poren.

Das wiederum veranlasste sie wenig später trotz seines heftigen Widerspruchs, ihm Gesicht, Arme und Oberkörper abzuwaschen.

Ihr rabenschwarzes Haar war noch feucht, ihr Duft nach Blüten unwiderstehlich und ihre Berührungen diesmal sanft, fast zärtlich. Ihre Hände verharrten auf seiner Brust.

»Soll ich Eure Beine auch noch schnell abreiben?«, fragte sie mit dunkler Stimme.

Ihm brach fast erneut der Schweiß aus. »Wagt es ja nicht.«

Sein heiseres Krächzen ließ sie kichern. »Warum stellt Ihr Euch eigentlich so an? Sie sind doch sehr ansehnlich. Nicht einmal die Narbe am Oberschenkel stört das Bild. Schüchtern, wie ich nun einmal bin, würde ich Eure Körpermitte natürlich auslassen.«

»Schüchtern, wie Ihr seid … Oh Mann! Sobald ich wieder in der Lage dazu bin, erwürge ich Euch, Hexentochter«, gab er genauso grimmig wie heiser zurück.

Sie lachte auf und wiederholte dann Worte, die er vor nicht allzu langer Zeit gesagt hatte: »Eure Dankbarkeit hält sich in engen Grenzen, Eure Furcht allerdings auch.«

Sie rechnete mit einer lustigen Erwiderung und strahlte ihn erwartungsvoll an, doch er blieb völlig ernst, als er erklärte: »Ich verstell mich nur. Ich bin Euch unendlich dankbar und ich fürchte mich zu Tode.«

Ihre Stimme wurde noch dunkler: »Nur weil ich eine Hexe bin?«

Er schüttelte den Kopf. »Nein, vor Hexen habe ich keine Angst. Ich habe nur vor Euch Angst, Juna.«

Sie riss die Hände von seinem Oberkörper, als hätte sie sich verbrannt, und erwiderte kaum hörbar: »Das solltet Ihr auch. Vergesst es nie: Wenn ich jemals etwas für Euch sein könnte, dann nur Euer Untergang.«

Sie erhob sich so schnell, dass sie die Waschschüssel umstieß, und eilte aus der Hütte.

* * *

Caitlin und Hylia huschten tief in ihre Umhänge gehüllt durch die Straßen Kambalas. Es war ihnen ein Leichtes gewesen, sich von Borka davonzustehlen. Obwohl es helllichter Tag war, begegneten ihnen kaum Menschen. Alle Fenster waren dicht mit Leder verschlossen, einige sogar mit Brettern vernagelt. Stände waren verlassen. Kein Kind spielte in den Straßen. Nicht einmal streunende Hunde oder Katzen waren zu sehen.

Auch auf dem Marktplatz zeugten zum Teil eingeknickte Zeltstangen und zerbrochene Auslagentische davon, dass schon lange keine Händler mehr herkamen, um ihren Geschäften nachzugehen. Auf einer hölzernen Empore, auf der sonst die Tierversteigerungen stattfanden, stand jetzt ein Richtblock, und vielleicht zwanzig halb verweste Köpfe steckten auf Spießen gleich daneben. An einem Galgen baumelten sechs ebenfalls schon übel zugerichtete Körper, deren Beine entweder bis auf die Knochen abgenagt waren oder ganz abgerissen unter dem Baum verfaulten. Krähen schwirrten krächzend in großer Zahl um die Hinrichtungsstätte herum.

»So lebt es sich also unter Camora«, raunte Hylia heiser, kaum dass sie den Markt hinter sich gelassen hatten. »Bis heute hielt ich die Berichte aus dem Osten immer für übertrieben. Jetzt weiß ich es besser. Mögen die Götter geben, dass wir den Sieg davontragen.«

Unmittelbar nach ihren Worten zuckten beide vor Schreck zusammen, denn Hornstöße hallten durch die Straße und die Einwohner Kambalas stürzten aus ihren Häusern. Türen flogen auf, Männer zwängten sich in ihre Jacken oder schlüpften noch auf einem Bein hüpfend in ihre Stiefel, Frauen hatten oft noch Mehl an den Händen und ihre Schürzen um. Caitlin und Hylia fanden sich unversehens in einem stetig anschwellenden Menschenstrom wieder, der jetzt von Hordenreitern gnadenlos angepeitscht durch die Gassen wogte.

Die Frauen klammerten sich aneinander und eilten in der Masse mit. Jede Flucht aus der Menge wäre sofort aufgefallen.

»Was geschieht hier?«, raunte Caitlin unbehaglich ihrer Freundin zu.

Die zuckte nur die Achseln. Keine von beiden wagte es, einen Nachbarn zu fragen. Um sie herum war es totenstill. In den Mienen der Männer und Frauen spiegelten sich Angst und Trostlosigkeit.

Jemand brüllte etwas, das die Priesterinnen nicht verstanden, aber die Menschen setzten sich erneut in Bewegung, drängten sich jetzt links und rechts an die Häuser und bildeten so eine Gasse in ihrer Mitte. Hordenreiter bauten sich vor den Menschen auf.

Die ersten »Es lebe Camora!«-Rufe hallten vom Fürstenhof herüber, laut, aber ohne jede Begeisterung.

Caitlin spürte, wie ein Zittern ihren Körper durchlief. Sie stand in der Menge und sollte offensichtlich gleich ihrem Erzfeind zujubeln. Gleich würde sie den Mann sehen, der ihren Gatten jagte und der aller Voraussicht nach schon sehr bald auf dem Feld der Träume im Kampf auf ihn treffen würde. Sie schlang die Arme fest um ihren Körper, um ihr Beben zu unterdrücken, und versuchte, ihr immer heftiger klopfendes Herz zu beruhigen, indem sie langsam und tief atmete.

Hylia legte ihr schützend den Arm um die Schulter und flüsterte ihr zu: »Ganz ruhig, Kleines. Sieh am besten gar nicht hin.«

Doch genau wie Caitlin, die sich einfach nicht an den Rat der Freundin halten konnte, erlitt auch sie einen kleinen Schock, denn der Mann, der jetzt langsam und begleitet von seiner Garde hoch zu Ross durch die Gasse kam und seinen Blick aus kalten schwarzen Augen über die nur sehr mäßig jubelnde Menge gleiten ließ, war in der Tat ein Hüne.

Die Prinzessin konnte nicht wegsehen, denn zum ersten Mal sah sie ihren größten Feind vor sich. Seine buschigen Brauen waren über der großen, schmalen Hakennase zusammengewachsen, und die Augen strahlten eine solche Kälte aus, dass es sie unwillkürlich fröstelte. Die schmalen Lippen waren zornig zusammengepresst. Obwohl er um die fünfzig sein musste, war sein Bart noch genauso schwarz wie sein Haar und bedeckte fast die gesamte untere Hälfte des wettergegerbten Gesichts. Kein einziges graues Haar war zu sehen. Er war mindestens so groß wie Rhonan, aber viel breiter und kräftiger gebaut. Doch nichts an ihm wirkte weich oder dick, er strahlte tatsächlich nur geballte Kraft und Kälte aus.

Fast unmittelbar vor den Frauen zügelte er sein Pferd und erhob die Stimme: »Ich werde heute diese Stadt verlassen. Wenn ich wiederkehre, trage ich neben dem Zepter da'Kandars den Schlüssel zur Zitadelle der Träume bei mir. Die letzten Könige und Fürsten, die sich mir in den Weg gestellt haben, werden tot sein oder sich mir unterworfen haben. Ihr Führer ...«

Erneut glitt sein Blick über die Menge. Caitlin und Hylia senkten unwillkürlich den Blick, und der Fürst fuhr mit herablassender Stimme fort: »Ja, es gibt ihn wirklich, diesen Prinzen, der einen anderen an seiner Stelle sterben ließ, der sich feige versteckte, nur um selbst zu überleben.«

Seine Augen wurden jetzt ganz schmal, und er wandte sich an einen seiner Begleiter: »Hamil, sag uns, was du über den großen Führer der Freien Reiche in Erfahrung bringen konntest!«

Der Heerführer nickte. »Er soll ein guter Kämpfer gewesen sein, als er noch nicht hinkte. Doch leider tut er das jetzt sehr stark. Jeder kleine Hosenscheißer könnte ihn umstoßen. Unser Großkönig könnte ihn wohl umpusten, könnte er den feigen Drückeberger nur erwischen.«

Er wartete auf Gelächter und fuhr fort, als es ausblieb: »Er soll auch recht verständig sein, wenn er nüchtern ist. Leider ist er das nie. Jeder Tag beginnt bei ihm mit Branntwein und endet in der Gosse. Nachts kuschelt er sich volltrunken an Talermädchen, und tagsüber kriecht er durch dunkle Gassen. Er soll schon Angst vor seinem eigenen Schatten haben. Hört er den Namen Camora, scheißt er sich voll.«

Es blieb totenstill, also forderte er jetzt die Stimme des Volkes direkter: »Soll diese verkrüppelte, versoffene, von Feigheit zerfressene Gestalt Großkönig werden?«

Ein vielfaches, lautes »Nein!« erklang.

»Wer ist unser Großkönig?«

»Camora!«

»Wem wollen wir dienen?«

»Camora!« Auch jetzt waren die Rufe laut, aber ohne Jubel.

Irgendwo aus der Menge kam ein: »Alles Lüge! Es lebe unser wahrer Großkönig, der Thronerbe von da'Kandar. Er wird siegen. Wir werden siegen.«

Es war, als wäre plötzlich ein Damm gebrochen. »Sieg! Sieg! Sieg!«

Jubelschreie gingen durch die Menge, und Caitlin verspürte eine Gänsehaut am ganzen Körper. Camora konnte den Menschen offensichtlich alles nehmen, aber nicht ihren Glauben und nicht ihre Hoffnung. Bisher hatte sie immer nur von der Rettung der Freien Reiche gehört und geredet, doch plötzlich hatten die Reiche auch ein Gesicht – viele Gesichter. Der Mann neben ihr, der so erbärmlich nach Fisch stank, gehörte dazu, die kleine Frau in Lumpen, die ihr Baby im Arm hielt, der gepflegte Händler im edlen Tuch, das kleine Mädchen, das seine Puppe ängstlich an sich drückte, und der hagere Junge, der gerade im Stimmbruch war.

Caitlin war es, als begreife sie mit einem Mal die ganze Bedeutung ihrer Aufgabe. Es ging nicht um die Quelle, es ging nicht um den Thron, es ging nicht einmal um Camora oder Rhonan, es ging um Menschen, um viele Menschen, um geplagte, geschundene und verratene Menschen, Menschen, denen man alles genommen hatte, nur eben ihre Hoffnung nicht.

Zu Beginn ihrer Reise hätte sie all die Leute um sich herum lediglich als unwichtig, als dreckig, ungebildet und arm abgetan, doch jetzt fühlte sie plötzlich eine geradezu schmerzvolle Verbundenheit mit ihnen. Sie beugten unter Zwang ihr Haupt, aber nicht ihren Glauben. Sie ließen Camora der Not gehorchend in ihr Haus, aber sie ließen ihn nicht in ihr Herz.

Plötzlich verstand sie Rhonans sorgenvolle Blicke, wann immer er sich unbeobachtet fühlte. Im Gegensatz zu ihr hatte er längst begriffen, wie wichtig ihre Aufgabe war und um wen es eigentlich ging. Er würde nie um Macht oder die Krone, nie um da'Kandar oder Latohor oder El'Maran kämpfen, aber er würde immer für diese Menschen kämpfen, weil er unter ihnen gelebt hatte und sie kannte. Ihr Blick schweifte wieder zum Schwarzen Fürsten.

Der war vor Zorn fast erstarrt. »Ich habe euch unter meinen Schutz genommen, und wo war euer Prinz die ganze Zeit? Hat er sich um euch gekümmert, für euch gekämpft? Nein, er hat sich verkrochen, hat euch im Stich gelassen – und wo ist er jetzt? Ich hätte ihm eine Forderung geschickt, aber ich weiß nicht, unter welchem Stein er sich zurzeit versteckt hält. Er läuft mir ja ewig davon. Euer armseliger Prinz wird euch vor gar nichts retten. Er denkt nicht einmal an euch. Er will nur um jeden Preis seine eigene, erbärmliche Haut retten. Doch das werdet ihr erst begreifen, wenn es zu spät ist. Was Hamil sagt, ist wahr. Er ist ein verkrüppelter, vor Angst schlotternder Säufer. Sollte er irgendwann seine Angst überwinden und sich mir tatsächlich stellen, werde ich mich seiner nicht einmal annehmen. Ich messe mich nicht mit seinesgleichen. Meine Männer werden ihn für mich fangen, und dann wird er brennen zusammen mit eurer Prophezeiung. Soll ich euch sagen, was euer blindes Vertrauen in diesen jämmerlichen Knaben euch einbringt? Ich werde diese Stadt dem Erdboden gleichmachen. Schon kurz nach meinem endgültigen Sieg wird es kein Kambala mehr geben.«

Er wandte sich ohne jede sichtbare Gemütsregung an die Gardisten. »Zählt durch! Jeder Zwanzigste wird gehängt, gleichgültig, ob Mann, Frau oder Kind.« Er galoppierte davon.

Es entstand sofort eine wahnsinnige Unruhe. Hordenkrieger stürzten sich mit gezückten Äxten in die Menge, zerrten Menschen grob und rücksichtslos heraus.

Der Fischhändler drängte sich zwischen Hylia und Caitlin, erklärte kurz »Ich bin schon alt«, und nur einen Augenblick später riss ihn ein Hordenkrieger mit.

Eingefangene Männer, Frauen und Kinder schleiften die Krieger erbarmungslos zum Marktplatz.

Die Nebelfrauen waren vor Schreck wie erstarrt und folgten wie im Traum der wimmernden und schluchzenden Menge. Fassungslos stolperte Caitlin immer weiter. Endlich schüttelte sie sich, um sich wieder aus ihrer dumpfen Befangenheit zu befreien. Sie war Rhonans Frau, und auch sie konnte daher nicht tatenlos zusehen, wie Menschen allein wegen ihrer Treue zum Haus da'Kandar abgeschlachtet wurden. Ihr Schritt wurde fester, ihr Atem allmählich ruhiger. Ein Lächeln glitt über ihr Gesicht. Rhonan hatte keine Angst vor seinem Schatten, aber sein Schatten war lang ... wo immer er selbst auch gerade war, der reichte bis hierher. Sie schickte ein stummes »Ich liebe dich« in die Weiten und ein »Haidar, steh mir bei« in den Himmel und straffte die Schultern.

»Was ist?«, fragte Hylia, der die veränderte Körperhaltung ihrer Freundin nicht entgangen war.

»Ich bin die Großkönigin und habe endlich begriffen, was meine Aufgabe ist«, gab die leise, aber mit funkelnden Augen zurück. »Hier wird heute niemand gehängt.«

»Du wirst das verhindern?«
»Nein, wir.«
»Oh!«

* * *

Fünfzig Hordenreiter hatten um die hundertfünfzig Einwohner im Viehgatter des Marktplatzes zusammengetrieben. Kinder weinten und schrien voller Furcht nach ihren Eltern. Männer und Frauen flehten um Gnade. Jenseits des Gatters kreischten Mütter und Ehefrauen. Väter und Gatten versuchten lautstark zu verhandeln, boten Taler, Vieh, hier und da sogar ihr eigenes Leben an.

Doch nichts von alledem beeindruckte die Hordenreiter auch nur im Geringsten, es schien sie eher noch zu erheitern. »Beeilung! Wir müssen das Heer noch einholen«, brüllte ihr Anführer. »Wir hängen und enthaupten.«

Er stutzte. Zwei junge Frauen hatten sich durch die Menge gedrängt. Eine von ihnen schob ihre Kapuze zurück, und was er sah, raubte ihm fast den Atem. Riesengroße, veilchenblaue Augen blickten zu ihm hoch. »Verzeiht, Herr, aber heute ist der Namenstag des Gottes Jamasar, Gott des Wassers und Schutzheiliger der Fischer. Ihr setzt Euch und Eure Männer ewiger Verdammnis aus, wenn Ihr heute einen Fischer tötet.«

Der Hordenhauptmann leckte sich begehrlich die Lippen, und seine Augen saugten sich fast an Caitlins Gesicht und den flammenden Haaren fest. »Wir werden Jamasar später ein Opfer darbringen, um ihn wieder zu versöhnen. Doch dich, Schöne, schickt der Himmel. Während meine Männer ihre Arbeit tun, wirst du mir etwas Gesellschaft leisten.«

Caitlins Augen wurden etwas dunkler. »Gottloser, kniet nieder und bittet um Vergebung für Eure unbedachten Worte!«

Der Hordenführer lachte kehlig. »Das wüsste ich aber. Komm, Schätzchen, ich ...«

Er griff sich an die Kehle und taumelte noch zwei unsichere Schritte, bevor er auf die Knie sank.

Sein gleichsam verstörter wie furchtsamer Blick ruhte auf der Prinzessin, die dem ungerührt standhielt. »Götter lassen nicht mit sich handeln, du Wicht. Deine Entscheidung war falsch.«

Während ihr Führer röchelnd zusammenbrach, zuckten schon Blitze, von Hylia geschleudert, zwischen seine völlig verwirrten Krieger. Ihre Schmerzensschreie waren das Signal für die Bevölkerung Kambalas. Wild schreiend stürzten sich Männer und Frauen, die endlich die Verwundbarkeit der Peiniger und ihre eigene Überzahl begriffen, auf ihre Unterdrücker.

Die Hordenreiter waren innerhalb kürzester Zeit in der Menschenmasse nicht mehr zu sehen. Einige wurden erschlagen oder zu Tode getreten, andere zum Richtblock geschleift und geköpft. Auch der Galgen bog sich bald unter der Last der Erhängten.

Während Caitlin schreckensbleich und mit weit aufgerissenen Augen der unerwarteten Wendung des Geschehens zusah, packte Hylia sie am Arm. »Komm, lass uns gehen!«

Unbemerkt von der aufgebrachten und immer lauter johlenden Menge huschten sie durch die Gassen. Hylia öffnete die Tür eines Gebetshauses und zerrte ihre Begleiterin hinein. Sie schloss die Tür, lehnte sich dagegen und atmete tief durch. »Welch grauenhaftes Schauspiel! Doch sie haben es nicht besser verdient. Sie hätten sogar Kinder aufgehängt oder enthauptet.«

Caitlin rieb sich heftig die kalten Arme, nickte aber. »Ich empfinde auch kein Mitleid mit ihnen. Sollen sie der Verdammnis anheimfallen. Mir ist nur klar geworden, dass ich gar nichts gewusst habe. Ich habe friedlich auf der Nebelinsel gelebt, wollte weder vom Krieg noch von anderen Dingen außerhalb etwas wissen. Ich habe Augen und Ohren verschlossen. Selbst auf unserer Reise ging es mir nur um mich und Rhonan. An das Leid, das um mich herum geschah, habe ich nie gedacht, nur weil ich es gar nicht kannte oder auch nur nicht kennen wollte. Wenn Gideon von unserer Verantwortung sprach, habe ich das auf die Quelle bezogen. Ich war so dumm und eigennützig, Hylia, und ich schäme mich entsetzlich deswegen. Ich hätte Rhonan helfen müssen, stattdessen wollte ich ihn ganz für mich allein.«

Hylia zog sie in die Arme. »Du bist erst siebzehn. Du hättest bisher kaum etwas am Schicksal der Menschen ändern können. Jetzt kannst du es und willst es ja auch tun, und Rhonan hilfst du schon die ganze Zeit. Ich habe damals auch gehört, was das Talermädchen über ihn gesagt hat, und es war ihm wirklich sehr zugetan. Aber nach seinen Worten war er so gut wie nie nüchtern, rastlos, verschlossen, in Albträumen gefangen und unglücklich. Wenn er jetzt anders ist, dann ist das auch dein Verdienst. Du musst dir also nichts vorwerfen.«

»Doch! Ich wollte nicht, dass er sich Camora stellt, und habe ihm von unserem Kind erzählt, damit er nur noch an seine Familie denkt, aber das kann er doch nicht, das darf er nicht. Hylia, ich muss sofort zu ihm, muss ihm sagen, wie töricht ich war. Ich muss ihm sagen, dass er sich nicht um uns sorgen muss, weil es Wichtigeres gibt. Ich muss …«

»Ganz ruhig«, unterbrach ihre Freundin. »Wir sollten nicht kehrtmachen. Rhonan weiß, was er zu tun hat, und bereitet sich und die Reiche bestmöglich auf die Schlacht vor. Er wird Camora vernichten. Je länger ich darüber nachgedacht habe, was du mir erzählst hast, desto mehr glaube ich, dass es ein

Geheimnis um die Quelle gibt, das wir lüften müssen. Ich würde nichts lieber tun, als auf der Stelle umzukehren, aber das dürfte nicht das Richtige sein, wenn wir alle eine gute Zukunft haben wollen.«

Caitlin nickte. »Das mag sein, aber ich bereite ihm immer mehr Kummer.«

»Nein, du gibst ihm immer mehr Gründe zu siegen. Er wird für diese Menschen kämpfen, aber vor allem deinetwegen und zum Schutz eures ungeborenen Kindes wird er den Schwarzen Fürsten vernichten.«

21. Kapitel

Wer wünscht mich zu sprechen?« Königin Ayala brach ungewollt eine kostbare Janusblüte ab und starrte die junge Priesterin verblüfft an.

Lexa hüstelte, bevor sie antwortete: »Prinzessin Caitlin und die Hohepriesterin Hylia.«

»Was stehst du da noch rum? Herein mit ihnen!« Laut lachte sie auf.

Kurze Zeit später kamen die beiden Frauen herein und knicksten formvollendet.

Ayala eilte auf sie zu und strahlte übers ganze Gesicht. »Caitlin, Hylia, welch glücklicher Tag! Lasst euch umarmen. Also hatte ich doch recht, als ich verbot, den Trauergesang für euch anzustimmen. Nie habe ich die Hoffnung aufgegeben. Warum habt ihr nur keinen Kontakt zu mir aufgenommen?«

»Ich hab's versucht«, brachte Caitlin schniefend hervor, »aber es gelang mir nicht.«

Hylia küsste die Hand der Königin und erklärte: »Nach meinem letzten Bericht aus Kairan kam ich nicht mehr dazu. Ihr wisst sicher, dass Ligurius bei der Befreiung des Prinzen getötet wurde. Juna und mich nahm man gefangen und schleppte uns auf der Flucht vor den Horden durchs halbe Land. Gewaltmärsche bin ich nicht gewöhnt. Mir fehlte einfach die Kraft für Magie. Juna gelang die Flucht. Die Suche nach ihr haben wir genutzt, uns nach Kambala durchzuschlagen.«

Ayala strich beiden über die Wange. »Meine armen Mädchen. Setzt euch erst einmal.«

Während die beiden sich in einer Nische mit Weinreben niederließen, läutete sie mit ihrem Glöckchen, und Lexa trat ein. »Bring uns Erfrischungen und lass Bäder vorbereiten.«

»Ihr seht vollkommen erschöpft aus«, gab sie im Ton höchsten Bedauerns von sich. »Gerade du, Caitlin, bist kaum wiederzuerkennen. Wo warst du nur die ganze Zeit?«

Ihre Tochter behielt ihre Leidensmiene bei. »Unsere Kutsche wurde kurz vor Latohor überfallen. Ich erhielt einen Schlag auf den Kopf, und man verschleppte mich bis nach Kairan, wo ich dann gefangen gehalten wurde. Da war ein grässlicher, alter General, der überall Spione hatte. Später war er zusammen mit Marga Thalissen und Derea Far'Lass.«

Sie sah ihre Mutter beim letzten Namen erwartungsvoll an.

Die runzelte auch prompt die Stirn, fragte aber nur: »Was hatten die denn in Kairan verloren?«

»Sie wollten zusammen mit dem General den da'Kandar-Prinzen befreien.«

»Was ihnen auch geglückt ist«, ergänzte Hylia. »Ich war froh, dass sie mich nicht auch töteten wie all die Ketzerjäger in Vater Ligurius' Haus.«

Priesterinnen brachten Wein, Braten, Käse, Brot und Früchte, stellten alles hin und huschten wieder hinaus. Während die Priesterinnen aßen und tranken, erzählten sie von ihrer Reise bis nach Borka, wo ihnen endlich die Flucht gelungen war.

Ayala hörte zu, stellte keine Fragen und schüttelte immer wieder den Kopf.

Erst am Ende des Berichts fragte sie: »Warum im Namen der Göttin haben sie euch gefangen gehalten?«

Caitlin warf Hylia einen Blick zu, der sagen sollte *Siehst du, ich wusste, dass sie das fragt,* und die zuckte die Achseln. »Richtig gefangen waren wir ja gar nicht. Während der Befreiung des Prinzen und der überstürzten Flucht blieb wenig Zeit zur Unterhaltung. Danach blieb ihnen gar nichts weiter übrig, als uns mitzunehmen. Was hätten wir auch ohne sie anfangen können, inmitten von Hordenkriegern? Sie waren sehr höflich, nur Caitlin war natürlich mit nichts zufrieden, jammerte permanent und behauptete, sie sei Opfer einer Entführung. Fast jeden Tag drohte sie irgendeinem damit, ihn vierteilen lassen zu wollen. Sie ...«

Die Prinzessin sprang auf, strich ihr grünes Kleid glatt und bat: »Seht mich nur an, Mutter! In diesem Fetzen stecke ich seit vier Tagen, und das ist noch eins der besten Kleider, die mir zur Verfügung standen. Ich konnte nicht baden, musste auf dem Boden schlafen und sogar mit den Fingern essen. Es war ... es war ... grauenhaft. Diesen Prinzen gibt es ja nun, aber die Quelle muss er ohne mich verschließen. Ich musste in letzter Zeit mehr durchmachen als die meisten Menschen in ihrem ganzen Leben. Ich will mich nicht dem Rat der Hohepriesterinnen widersetzen, aber ehe Ihr mich erneut in die Wildnis schickt, könnt Ihr mich auch gleich erschlagen. Noch einmal überlebe ich das nicht.«

Hylia war stolz auf ihre Freundin, denn Ayala schüttelte sofort den Kopf. »Sei versichert, dass ich dich nicht erneut schicken werde. Auch deine Schwestern werde ich keiner Gefahr aussetzen. Nur noch eine Frage, bevor Ihr entspannende Bäder nehmen könnt: Wie ist dieser Prinz so?«

»Er ist ein Barbar mit den Manieren eines Ziegenhirten.« Caitlin rümpfte die Nase und gähnte.

Ayala nickte und sah von einer zur anderen. »Ihr seht so müde aus. Nehmt ein Bad und ruht euch aus. Leistet mir morgen zum Frühstück Gesellschaft. Dann könnt ihr mir mehr erzählen.«

Die Priesterinnen erhoben sich umgehend, knicksten und

verließen den Raum. Ayala starrte lange gedankenverloren die Tür an. Dann lächelte sie und lachte schließlich laut auf.

* * *

Hylia schrak aus tiefem Schlaf, als Caitlin ihre Schulter drückte. »Willst du mich umbringen?«

Caitlin verzog entschuldigend das Gesicht. »Zieh dich an! Sasha hat mir erzählt, dass Meister Cato in der Schatzkammer ist.«

»In der Schatzkammer? Du meine Güte!« Hylia schlüpfte in ihr Kleid, hielt dann aber inne. »Die Tür dazu hat Ayala magisch versiegelt. Wie sollen wir da reinkommen?«

»Hast du vergessen, wer mich unterrichtet hat? Beeil dich. Ich will möglichst schnell weg von hier.«

Die Priesterin nickte. »Ich fand, wir waren sehr geschickt, aber mich beunruhigt, dass deine Mutter so wenige Zwischenfragen stellte.«

»Das sehe ich auch so«, gab Caitlin zu. »Wenn das Schloss erwacht, sollten wir weg sein.«

Auf Zehenspitzen schlichen sie durch die Flure und atmeten an der Tür zum Keller erst einmal durch. Die Prinzessin öffnete sie. Ihr Quietschen ließ die Frauen sich ängstlich umschauen. Eine Steintreppe führte in die Tiefe. Sie mündete in einen Gang, an dem zu beiden Seiten unverschlossene Vorratsräume lagen. Die einzige Tür befand sich am Ende des Ganges.

Ein Schlüssel steckte. Caitlin versuchte erst gar nicht, ihn zu drehen. Ihre Hände formten einen Ball und der Schlüssel drehte sich von selbst, das Schloss sprang auf.

»Respekt«, flüsterte Hylia. »Deine Mutter wäre stolz auf dich.«

Die ersten beiden Räume waren mit Truhen vollgestellt.

Doch die letzte Tür, die von außen verriegelt war, führte sie ins »Gefängnis« Meister Catos.

Der saß beim Schein mehrerer Kerzen am Schreibtisch. »Wer seid ihr? Schickt Martha euch?«

Caitlin ließ ihre Blicke durch den Raum schweifen, wie sie es sich von Rhonan abgeschaut hatte, und eilte zum Tisch. »Mit Martha und den anderen Nebelfrauen haben wir nichts zu tun. Das ist Priesterin Hylia, und ich bin Prinzessin Caitlin. Wir sind hier, um das Geheimnis der Quelle zu ergründen.«

Er warf seine Feder auf den Tisch, und seine Miene wurde abweisend. »Ich kann euch nicht mehr sagen als der Königin. Es gelingt mir nicht, die Schriften zu übersetzen.«

Die Frauen sahen sich an. Damit hatten sie nicht gerechnet.

»Was jetzt? Sind wir …«

Caitlin unterbrach ihre Freundin: »Dann nehmen wir die Schriften eben mit. Gideon kann sie übersetzen.«

Meister Cato sah verwirrt von einer zur anderen. »Gideon? Ihr kennt Gideon?«

Die Prinzessin nickte. »Er ist …«

Die Tür knarrte, und die Frauen drehten sich erschrocken um.

»Ja, wen haben wir denn hier?«, fragte Martha. Sie lachte meckernd auf. »Sieh mich nicht so zornig an, Caitlin, und versuche nur nicht, mich mit Zaubern zu beeindrucken. Ich kenne mich aus und habe mich schon gegen ganz andere Dinge gewehrt.«

»Wie du meinst«, erwiderte die, machte zwei lange Schritte und streckte die alte Priesterin mit einem gezielten Kinnhaken nieder. »Ich hatte Rhonan als Lehrer und habe sogar ihn schon einmal fast umgehauen, da werde ich mit so einem alten Knochensack wie dir spielend fertig.«

Sie wandte sich wieder an Meister Cato. »Gebt Ihr uns die

Schriften? Wir können nicht alles mitnehmen, was hier so rumliegt. Dafür bräuchten wir einen Karren.«

Der starrte Caitlin immer noch verblüfft an, warf dann einen kurzen Blick auf Hylia, die schon ein Laken zerriss und damit ihre alte Kameradin fesselte und knebelte, und nickte. »Wie geht es Gideon und wie steht es um die Prophezeiung? Diese Schriften dürfen nicht in falsche Hände fallen.«

Caitlin unterdrückte ihre Ungeduld und erzählte dem Gelehrten, dass die Siegelgemeinschaft komplett war, zeigte ihm ihr Armband, erzählte von ihrer Schwangerschaft und ihren Ängsten. Sie beendete ihren Kurzbericht mit ihrer Befürchtung, ihr Mann könne in der Quelle sterben, und sah ihn beschwörend an. »Wenn Ihr das Geheimnis der Quelle nicht lüften konntet, gebt mir die Schriften. Gideon wird sie übersetzen.«

Der Gelehrte rieb sich die Nase und nickte. »Selbst für die wichtigsten Schriften bräuchtet ihr eine Truhe. Aber ihr benötigt sie nicht. Ich habe die Übersetzungen und bin froh, sie an die Richtigen weitergeben zu können.«

Bei seinen Worten erhob er sich, griff einen Löffel, wieselte durch den Raum und hebelte mit dem Löffelstiel einen Stein aus der Mauer. Er zog ein paar Blätter heraus und gab sie Caitlin. »Tagebuchseiten Myrias, Eurer Ahnfrau. Das sind die wichtigsten. Lest sie!«

* * *

Das Treffen war wie jedes andere auch. Dala mit ihrer Leidenschaft für das geschriebene Wort wird immer verrückter. Sie kann doch nicht von Palema verlangen, vor jedem Feldzug erst die Pergamente ihrer Opfer in Sicherheit zu bringen. Und Salia, die dumme Gans, hat schon wieder eines ihrer Armenhäuser gegründet und freut sich wie ein kleines Kind, weil die Krüppel und

Aussätzigen jetzt endlich immer etwas zu essen bekämen. Mit ihrem Getue um diese wertlosen Taugenichtse geht sie mir auf die Nerven. Palema hat recht, wenn sie vorschlägt, sich in Zukunft besser ohne diese ewig strahlende Ziege zu treffen. Mir schlägt ihre tugendhafte Gesellschaft jedenfalls immer mehr auf den Magen.

Heute war Palema völlig verändert und wollte nicht einmal mit Dala streiten. Sie hat bei ihrem letzten Feldzug einen König getroffen, der ihr nahezu ebenbürtig war. Wenn man ihr Glauben schenken darf, ist dieser Mann kaum zu überbieten, was Stärke, Aussehen und Geist betrifft. Außerdem liegt er ihr nach ihren Aussagen bereits zu Füßen. Ich glaube das nicht, denn dann wären sie bestimmt schon verbunden. Ihre Schönheit ist zwar nach wie vor kaum zu übertreffen, ihre schroffe, selbstherrliche Art allerdings ebenso wenig. Ich frage mich, ob es tatsächlich einen Sterblichen geben könnte, der sich zu ihr hingezogen fühlen könnte. Dala hat es dann doch noch geschafft, sie zu verärgern, als sie fragte, ob der auserwählte Gatte wohl wüsste, dass seine zukünftige Frau stolze hundertvierundzwanzig Jahre alt wäre. Palema war wütend, und Salia musste sie beruhigen. Mit ihrer ach so empfindsamen und verständigen Art ist ihr das natürlich auch gelungen. Es war das erste Mal, dass Palema sich gut mit unserer Jüngsten verstand. Sie waren ein Herz und eine Seele.

* * *

Dieses Treffen war richtig gelungen. Ausgerechnet Salia habe ich diese seltene Freude zu verdanken. Sie hat sich nämlich verbunden, strahlte vor Glück und Liebe und streichelte immerzu ihren Bauch. Der Anblick hätte mich mit Ekel erfüllt, wenn es nicht ausgerechnet der da'Kandar-König gewesen wäre, der ihren Bauch gefüllt hatte; ausgerechnet dieser starke, geistreiche und gut aussehende König, den Palema sich zuvor zum Gatten auserkoren hatte. Palema spuckte Gift und Galle, und Salia brach in Tränen aus, weil sie doch nicht geahnt hatte, dass sie ihrer eigenen Schwester den Mann ausgespannt hatte, und Dala lachte sich krumm, weil der gute Mann offensichtlich gar nicht gewusst hatte, dass er doch schon unsterblich in Palema verliebt war. Selten habe ich mich so gut unterhalten. Palema ging sehr schnell. Als ich Salia vorschlug, Palema doch zum Trost die Patenschaft für ihr erstes Kind anzubieten, ist sie auch gegangen, aber Dala und ich, wir haben noch lange gelacht.

* * *

Salia kam nicht zu unserem Jahrestreffen, weil ihr Sohn erkrankt war. So gut wie diesmal habe ich mich lange nicht mehr mit Dala und Palema verstanden. Wir haben gelacht und gescherzt und uns gefragt, warum wir eigentlich so überaus gut gelaunt waren. »Weil Salia nicht da ist, um uns die Laune zu verderben«, sagte Palema irgendwann, und sie hatte recht. Was wir auch taten, nach Salias Dafürhalten war es nie richtig. Nie werde ich ihren umflorten Blick vergessen, als ich ihr erklärte, die Götter hätten bestimmt keine Krüppel erschaffen, nur damit ich sie dann heile. Heute hatten wir jedenfalls richtig Spaß. Dann aber offenbarte Palema uns, dass ihr Herz immer noch an Rhonan da'Kandar hing und dass sie nie über diesen Verlust hinwegkommen würde. Eine ganze Zeit lang war es still, bis Dala erklärte: »Dann hol ihn dir doch!«

Ich kann es immer noch nicht richtig fassen, aber wir haben heute beschlossen, unsere jüngste Schwester zu beseitigen. Nach all der Zeit haben wir beschlossen, Salia zu töten, und ich finde es großartig, diesen Stachel in meinem Fleisch endlich loszuwerden.

* * *

Wir haben es getan. Obwohl Dala Bedenken hatte, weil Salia Aaron dabeihatte. Aber warum musste die dumme Kuh auch ihren Sohn mitbringen? Ob ich wohl je ihren Blick vergessen werde, mit dem sie uns ansah, als sie begriff, dass die wunderschöne Tropfsteinhöhle mit der sprudelnden Quelle ihr Grab werden sollte? Es war gut, dass Palema entschlossen zur Eile drängte, weil Dala sonst vielleicht doch noch weich geworden wäre. Ich hatte es mir auch netter vorgestellt, aber Salia jammerte und zeterte gar nicht. Sie war nur besorgt um ihr Kind und kämpfte schließlich sogar gegen uns. Natürlich waren wir stärker, aber ich fühlte mich trotzdem nicht gut, als wir sie blutüberströmt, ihr weinendes Kind im Arm, in der Höhle einschlossen. Nicht einmal Palema sagte etwas, als wir unsere Siegel anbrachten. Dala übergab sich sogar, als es endlich vorbei war. Eigentlich war es richtig, was wir getan haben, eigentlich bin ich zufrieden, aber ihren Blick …

✲ ✲ ✲

Heute haben wir eine Geburt gefeiert. Vier Jahre musste Palema warten, bis der da'Kandar-König seine Suche nach und seine Trauer um Salia und seinen Sohn ablegte und sich mit ihr verband. Dala sagte, er habe es nur getan, weil er jetzt dringend einen Erben brauchte, und sie hatte wohl wie meistens recht.

Seltsam ist, dass unsere Jahrestreffen immer bedrückender werden. Ich träume immer häufiger von unserem Vater, und jedes Mal sieht er mich so unglücklich, ungläubig und vorwurfsvoll an, und jedes Mal sehe ich dann Salias letzten Blick.

✲ ✲ ✲

Ich spüre, wie meine Kraft schwindet. Wir haben etwas vergessen. Wir hätten ihr das Armband abnehmen müssen. Die Glieder der Götterkette haben nur gemeinsam Bestand. Palema wollte die Höhle im Wolkengebirge aufsuchen, um das vierte Siegel zu holen, aber Dala hat sich geweigert, ihr Siegel zu brechen. Palema und ich haben versucht, die Höhle allein zu betreten, aber Dalas Siegelsprüche können wir einfach nicht entziffern. Etwas muss mit Salias Siegel geschehen sein. Wir wissen nur nicht, was. Morgen werden wir uns auf den Weg zu diesem magischen Ort machen, von dem Dala gelesen hat. Wenn es noch eine Hoffnung für uns gibt, dann nur dort, im ewigen Eis.

✲ ✲ ✲

Caitlin liefen Tränen über das Gesicht, und Hylia hauchte: »Das ist ja grauenvoll.«

Der Gelehrte nickte mit bedrückter Miene. »Es gibt noch viel mehr Aufzeichnungen, auch Schriftstücke von anderen Menschen aus dieser Zeit, aber die enthalten meist Unwesentliches. Ich erzähle euch, was ich noch gelesen oder geschlossen habe. Die Armbänder oder auch Siegel waren einst verbunden zu einer ›Götterkette‹. Die war ein Erbstück und bestand aus vier Gliedern, die für die Göttergaben standen: Magie, Stärke, Weisheit und Liebe! Ich muss nicht erwähnen, welches Siegel sich demnach in der Höhle befindet?«

»Wir sollen ausgerechnet die Liebe erneut versiegeln?«, fragte Caitlin mit brüchiger Stimme.

»Die Liebe ist wohl längst zu Hass geworden«, widersprach Meister Cato leise. »Nur Finsternis entspringt schließlich noch der Quelle. Lasst mich euch erzählen, was ich den übrigen Schriften entnommen habe: Der da'Kandar-König sah sich nach Palemas Verschwinden zum zweiten Mal seiner Ehefrau beraubt und gab sein Reich in die Hände seiner Söhne. Er zog sich zurück und erbaute im Reich der Mitte die Zitadelle der Träume. Sie heißt so, weil nach den Angaben seines alten Dieners der König im Schlaf Verbindung mit seinen verschollenen Ehefrauen aufnehmen konnte. Der Großkönig verbot jeden Besuch, lebte nur mit ebendiesem Dienstboten bis zu seinem Tod einsam in der Zitadelle. In seinem Zimmer fand vor wenigen Monden ein müder Pilger die Prophezeiung und brachte sie Meister Fergus, dem Seher Latohors. Woher sie stammt, weiß niemand.«

»Von Palema«, stieß Caitlin sofort aus. »Ich gehe jede Wette ein, dass sie selbst im Körper des müden Pilgers steckte, um die Erben auf den Weg zu schicken. Sie will die Liebe neu versiegeln. Deshalb war sie auch so entsetzt, als Rhonan sich in mich verliebte, und deshalb versucht sie jetzt alles, um ihn böse zu machen. Oh, diese Hexe!«

Dem Gelehrten fiel die Feder aus der Hand, mit der er die ganze Zeit gespielt hatte. »Was sagt Ihr da? Ihr meint doch nicht die Palema?«

»Doch, genau die meine ich. Rhonans liebreizende Mutter, die alles daransetzt, ihre Ziele doch noch zu erreichen. Aber das wird sie nicht, weil ich das verhindern werde.«

Sie wandte sich an Hylia. »Wir müssen sofort zurück. Rhonan und Gideon müssen das wissen.«

»Ich fürchte, das kann ich nicht zulassen.« Die Königin betrat zusammen mit vier ihrer Priesterinnen den kleinen Raum. Sie warf den beiden jungen Frauen einen kalten Blick zu und winkte mit der Hand. Zwei Priesterinnen legten Caitlin und Hylia Ketten aus Alabast um.

Sie selbst wandte sich an den Gelehrten: »Wir haben Euch vor Camora und seinem Hexenmeister gerettet, und zum Dank dafür müssen wir zu Lauschern in der Nacht werden, um die Wahrheit zu erfahren. Ihr habt uns nicht nur glauben lassen, Ihr wärt der Weise der Berge, Ihr habt darüber hinaus auch unsere Gastfreundschaft auf das Schamloseste und Niederträchtigste ausgenutzt und uns die ganze Zeit belogen. Meine Enttäuschung ist so groß, dass ich mich nicht weiter mit Euch abgeben werde. Martha hat sich etwas Besonderes verdient, vor allem, da sie Euch gerade nur aufsuchte, um Euch von der Redlichkeit Eurer Besucher zu überzeugen. Sie hätte sich jedem kleinen Zauber ergeben und wurde rüde niedergeschlagen. Ihr Schmerz verlangt Wiedergutmachung. Sie wird sich Eurer annehmen. Wir werden uns nicht wiedersehen, also sage ich Euch Lebewohl.«

Die Königin ging gemessenen Schritts auf ihre bewegungsunfähige Tochter zu, nahm ihr das Armband ab, versetzte ihr eine schallende Ohrfeige und erklärte mit frostiger Stimme: »Jetzt zu dir. Du hast dich nicht nur ohne meine Billigung verbunden, du trägst nicht nur den Nachkommen dieser widernatürlichen Kreatur unter deinem Herzen, du hast es sogar gewagt, mich zu belügen und zu betrügen. Euer Plan hätte vielleicht sogar aufgehen können, wenn ich nicht tags zuvor einiges über euch und eure Flucht erfahren hätte. Ich würde dich auf den Scheiterhaufen schicken, wenn ich dich nicht noch als Druckmittel benötigte. Du musst zumindest am Leben bleiben, bis dein Gatte mir die anderen Siegel bringt und mir die Quelle und damit den Weg zum letzten Siegel öffnet.«

»Das wird er nie tun«, schnappte Caitlin bissig zurück und erhielt dafür eine weitere Ohrfeige, bevor Ayala fortfuhr: »Ich habe eine Menge erfahren. Auch dass dieser Prinz sein Leben für dich geben würde. Genau das wird er letztlich auch tun müssen. Aber du wirst ihm in den Tod folgen. Eure Trennung wird daher nur von kurzer Dauer sein. Ich verstoße dich. Du bist von nun an weder meine Tochter noch eine Nebelpriesterin. Über deine Schamlosigkeit kannst du jetzt gemeinsam mit der Verräterin im Wasserverlies nachdenken.« Sie warf Hylia einen angewiderten Blick zu und rauschte hinaus.

22. Kapitel

Nach zwei Tagen Bettruhe konnte sich Derea endlich wieder auf den Beinen halten. Am Abend saß er mit den Frauen am Tisch und trank Beerenwein, den Marlena selbst hergestellt hatte. Ein Sturm fegte um die Hütte und ließ Holz und Leder klappern und knirschen. Derea warf oft besorgte Blicke auf das Dach aus Stroh. Es hätte ihn nicht gewundert, wenn sie plötzlich im Freien gesessen hätten, denn sehr vertrauenerweckend sah es nicht gerade aus.

Marlena erzählte gerade, dass sie die Fischer gewarnt hatte, auf den See, der vom Weststrom gespeist wurde, zu fahren, weil es in der Nacht Unwetter geben würde. Sie aß ein Stück Brot und vollendete ihren Bericht: »Sie werden zu Hause bleiben, obwohl es nachts und bei schlechtem Wetter die größten Fänge gibt. Nur Jobst wird fahren, weil er mir nicht glaubt, und den Tod finden.«

»Woher wollt Ihr das wissen?«, fragte Derea verblüfft und angelte sich ein Haferplätzchen.

»Ich habe es gesehen.«

Seine Hand verharrte in der Luft. »Wollt Ihr damit sagen, Ihr könnt in die Zukunft sehen?«

Sie nickte. »Das ist nicht weiter schwer. Willst du auch einen Blick in die Zukunft werfen?«

»Ihr meint, ich könnte hier und jetzt meine Zukunft sehen?« Er unterdrückte ein Grinsen und schüttelte den Kopf. »Ich will nach allem, was Ihr für mich getan habt, nicht unhöflich sein, aber ich glaube nicht an solche Dinge.«

Die Alte schien nicht beleidigt, sondern nickte erneut. »Kein Wunder. Es gibt zu viele Scharlatane, die sich mit Zukunftsdeutung ihr Brot verdienen, keinerlei magische Begabung besitzen und gern das prophezeien, was ihr Geldgeber sich erhofft. Ich bin eine Hexe, also eine Zauberin der alten Art. Meine Zauberkraft ist groß, aber ich kann dir nicht die Zukunft zeigen. Ich weiß um meine Zukunft und um die zeitnahe Zukunft meiner Umgebung, nicht um die deine. Du bist nur ein Reisender für mich. Deine Zukunft kannst nur du selbst sehen. Du bist Sohn der Nebelkönigin und hast magische Kräfte: nicht sehr ausgeprägt, aber sie werden reichen. Die Frage ist nicht, ob du es kannst, sondern ob du es willst. Nicht immer macht uns dieses Wissen glücklich.«

Sein Blick huschte zu Juna, die den Kopf schüttelte, und wieder zurück zur Alten. »Ihr treibt Scherze mit mir, richtig?«

»Nein. Dafür ist Juna zuständig. Ich biete meine Hilfe an.«

»Könnte ich sehen, ob Camora fällt?« Ein nervöses Kribbeln befiel ihn.

Marlena zuckte die Achseln. »Jeder sieht die Dinge, die ihm am wichtigsten sind. Kann sein, du siehst Camoras Ende, kann sein, du siehst deinen eigenen Tod.«

»Tut es nicht«, bat Juna leise. »Meine Mutter ist diesen Weg gegangen und wählte wenig später den Freitod. Ich spüre, dass auch Eure Zukunft mehr Kummer als Glück birgt.«

Ihr ungewohnter Ernst berührte ihn, doch er erwiderte, ohne zu zögern: »Wir befinden uns im Krieg, Unglück ist unser Begleiter.«

»Ich kann Euch nur warnen. Ihr ahnt nicht, worauf Ihr Euch einlasst.«

Marlena hatte inzwischen ein eisernes Becken geholt, stellte es auf den Tisch und füllte jetzt verschiedene Kräuter und Pulver hinein.

Die Verlockung war groß, aber was war, wenn Juna recht hatte und auch er mit dem, was er sah, nicht leben konnte?

Ohne Gelegenheit dazu war ihm die Aussicht, in die Zukunft sehen zu können, unwiderstehlich erschienen. Aber jetzt hatte er auch Angst vor diesem Wissen.

Marlena legte einen Dolch vor ihn. »Wenn du dich entschieden hast, opfere Blut. Ein paar Tropfen reichen. Überlege jedoch gut! Die Zukunft zu kennen verlangt oft mehr Kraft, als die Gegenwart zu meistern.«

»Ist das, was ich sehe, endgültig?«

Sie zuckte die Achseln. »In mancher Hinsicht ja, in mancher auch nicht. Dein Schicksal ist wie ein Rinnsal und das der Menschen wie ein gewaltiger Strom. Er reißt dich mit, aber manchmal gelingt es dir, dich ans Ufer zu krallen und zu verweilen, bevor das Wasser dich wieder erfasst. Nur sollte dir klar sein, ein kleines Rinnsal kannst du vielleicht mit deiner Hand eine Zeit lang aufhalten oder sogar umleiten, einen reißenden Fluss nicht.«

Derea sah zu Juna, die erneut den Kopf schüttelte, und nahm den Dolch. Kurz zögerte er, bevor er sich entschlossen in den Daumen ritzte und Blut auf die Kräuter tropfen ließ.

Die Alte goss eine milchige Flüssigkeit darüber, und sofort stieg feiner Rauch auf und verbreitete einen herben Geruch.

»Schließ die Augen«, forderte sie.

Derea spürte ihre Hände an den Schläfen. Sie drückte seinen Kopf über den Kessel. »Atme den Duft des Schicksals! Öffne deine Gedanken für die Bilder der Zukunft!«

Er glaubte, im Nebel zu versinken, und sackte auf dem Stuhl zusammen.

Marlena sah ihre Enkeltochter an. »Warum hast du versucht, ihn davon abzubringen? Das war töricht, meine Liebe.«

Die zwinkerte ihr zu. »Ich wusste, dass er zustimmen wird, wenn ich ihm abrate. Er ist doch viel zu sehr Mann, um den Empfehlungen einer Hexe wie mir zu folgen.«

Die Alte lachte kehlig auf. »Du bist wahrhaft die Tochter deiner Mutter.«

Juna betrachtete den Hauptmann und fragte leise: »Kannst du sehen, was er sieht?«

Marlena schenkte sich Wein ein. »Nein, aber ich weiß, was er sieht.«

Dereas Geist trieb über ein Schlachtfeld, aber es war keine Schlacht gegen Hordenkrieger, sondern Flammenreiter kämpften gegen Adler. Verwundete schrien laut nach Heilern, aber keiner kümmerte sich um sie. Er trieb durch verödete Städte und Siedlungen. Zwischen halb zerfallenen Häusern verprügelten Mütter ihre weinenden Kinder, und zwei Männer schlugen aufeinander ein, weil einer den anderen angerempelt hatte. Kinder warfen mit Steinen auf einen auf der Erde liegenden, blutenden Krüppel, und ein Mann bedrängte auf offener Straße ein Mädchen. Es bettelte um Hilfe, aber die vorbeigehenden Menschen sahen nicht einmal hin. Er schwebte in den Thronsaal und sah Morwena. Ihr Haar war ergraut, ihre Haut faltig, und ihre Augen waren traurig. Canon kam in den Raum und donnerte mit lauter Stimme: »Hast du erlaubt, dass die Krieger ihre Familien besuchen, bevor sie abmarschieren? Ich habe gesagt, du sollst dich aus meinen Geschäften heraushalten. Hast du immer noch nicht verstanden, dass du zu alt und mittlerweile auch zu schwachsinnig bist, um noch Befehle zu erteilen? Unsere Krieger an Latohors Grenzen warten auf Verstärkung. Ich gebe hier die Befehle. Misch dich noch einmal ein, und du findest dich im Kerker wieder. Verstanden?« Sie nickte, und Tränen liefen über ihr Gesicht. Er wandte sich zur Tür. »Hör auf zu heulen! Ich bringe dir Darius mit, ich weiß nur noch nicht, wie, am Stück oder in Scheiben.« Er lachte und verließ den Raum. Morwena fiel auf die Knie und klagte: »Oh Götter, vergebt! Was haben wir getan?«

Er erwachte schweißgebadet und benötigte einige Zeit, um in die Wirklichkeit zurückzukommen und zu begreifen, dass er gerade die Zukunft gesehen hatte.

»Was habt Ihr gesehen?«, fragte Juna.

Er beachtete sie nicht, sondern setzte sich auf und starrte Marlena an. »Werden wir unseren Kampf gegen Camora also verlieren?«

Die Alte sah ihn prüfend an und zog die Brauen hoch. »Hast du das gesehen?«

Zu aufgewühlt, um etwas zu sagen, fuhr er sich mit beiden Händen übers Gesicht und schüttelte den Kopf.

»Du hast gesehen, was geschieht, wenn euer lang erwarteter König sein Erbe antritt.«

Er schüttelte erneut den Kopf und brachte mühsam hervor: »Aber wie kann das sein? Die Prophezeiung ... Camora ist doch das Böse ... die Quelle ...«

»Camora ist ein machtbesessener, blutrünstiger Thronräuber, nicht mehr und nicht weniger. Maluch ist ein gieriger, böser und sehr starker Zauberer, nicht mehr und nicht weniger. Zumindest aber sind es beide sterbliche Menschen, doch wer oder was der da'Kandar-Erbe ist, das wissen wir nicht. Ich versuche, dir zu erklären, was ich meine. Als der Prinz geboren wurde, war seine Mutter längst über das Alter hinaus, um noch Kinder bekommen zu können. Ich weiß das, weil ich damals noch Kräuterfrau bei Königin Nemedala war. Ich habe ihre Kinder mit zur Welt gebracht und war dann auch bei der völlig unerwarteten Geburt des Jüngsten zugegen. Keinen einzigen Schrei gab der Knabe von sich, und die Königin weigerte sich, auch nur einen Blick auf das Kind zu werfen. Auch der König wollte seinen Sohn nicht sehen, wollte ihn nicht einmal wie üblich seinem Hofstaat zeigen, dabei war es ein Sohn, noch dazu am Tag der Schicksalsgöttin geboren. So gute Vorzeichen, und der König weinte und bat die Götter um Vergebung. Ich habe selten so liebevolle Eltern kennengelernt wie diese beiden, aber ihren Jüngsten sperrten sie im entfernten Ostturm weg und suchten ihn dort nie auf.«

Sie seufzte tief. »Er war so hübsch mit seinen hellblonden Locken und den großen, strahlenden Augen und so brav, aber man holte ihn nur zu öffentlichen Anlässen zur Familie. So herzlich Nemedala zu ihren größeren Kindern war, so abweisend war sie zu Rhonan. Zufällig wurde ich eines Abends Zeugin, wie der König Nemedala vorschlug, eine Götterfeier abzuhalten, um den Jungen, wie es Brauch war, dem Segen und dem Schutz der Götter zu empfehlen. Nemedala war entsetzt und erklärte, dass die Götter allein dieses Ansinnen nur als Frevel ansehen könnten, der König solle nicht vergessen, wer der Knabe wirklich war. Ich wurde neugierig und unterzog den Kleinen einigen Prüfungen. Was ich sah, veranlasste mich, dem da'Kandar-Reich den Rücken zu kehren. Er ist nicht von dieser Welt, und er wird Tod und Schrecken verbreiten. Seine Lebenslinie war rot von Blut. Er wird die Menschen vernichten, weil das seine Bestimmung ist. Lasst ihn gewähren, und die Reiche werden in ewiger Finsternis versinken.«

Der Hauptmann hatte mit wachsendem Unglauben und Entsetzen zugehört. Eine Weile schwieg er, bevor er mit fester Stimme hervorbrachte: »Ich kenne Rhonan. Er ist nicht böse. Niemals!«

»Wir sind, was wir sind, mein Junge«, entgegnete Marlena ruhig. »Juna wäre vielleicht lieber eine andere, aber sie ist eine Hexe, weil sie meine Enkelin ist. Euer Großkönig wäre vielleicht gern ein anderer, aber er ist der Erbe des Bösen.«

Immer noch fegte Sturm um die Hütte, aber Derea bemerkte ihn gar nicht mehr. Er schüttelte nochmals den Kopf. »Das glaube ich nicht.«

»Du bist Ayalas Sohn. Du willst es nicht sein, weil Morwena deinem Herzen nähersteht, aber du bist deiner Mutter wie aus dem Gesicht geschnitten, und du hast ihre magischen Fähigkeiten geerbt. Glaubst du, du könntest dagegen etwas unternehmen, wenn du es wolltest? Rhonan hat nicht darum gebeten, aber er ist, was er ist. Das ist keine Frage von Schuld oder Willen, das ist Schicksal. Er ist kein normaler Sterblicher, und du weißt längst, dass ich die Wahrheit spreche.«

Er dachte an Ligurius' Worte und an Gideons Berichte von Rhonans unglaublichen Fähigkeiten, und er sah ihn vor sich, wie er gegen jede Überzahl von Feinden bestand und wie er Fürst Marcos den Kopf abschlug. Aber er dachte auch an seinen Kampf gegen ihn und das Gespräch im Anschluss daran, er dachte an die Sorge und Opferbereitschaft, die sein Schwager und Freund an den Tag legte, wenn es um seine Begleiter ging. Er sah auf und begegnete Junas Blick.

»Ich weiß, was Ihr denkt. Außer Euch habe ich noch niemanden kennengelernt, der einen solchen Edelmut an den Tag legt, aber ohne die kleine Priesterin hätte er nach Marcos auch noch dessen Frau erbarmungslos abgeschlachtet. Euer Freund befindet sich im Wandel. Und wer sollte ihn und sein Schwert aufhalten, wenn Caitlin einmal nicht zur Stelle ist?«

»Euch ist nur daran gelegen, dass Camora den Sieg davonträgt«, entgegnete er mürrisch.

Sie lachte höhnisch auf. »Wie gut Ihr mich zu kennen glaubt. Aber ich werde nicht zur Horde zurückkehren. Hier war mein Zuhause, hier werde ich bleiben. Zu ungewiss ist Camoras Sieg, als dass ich weiter auf ihn setzen würde, und Eure Sache ist genauso verloren. Ich hänge zu sehr am Leben und an meiner Freiheit, als dass ich mich in diesen Kampf einmischen würde. Ihr wolltet wissen, wie es mit Euch weitergeht. Ihr sollt es erfahren. Großmutter hat ein Pferd für Euch aufgetrieben. Sobald Ihr in der Lage dazu seid, könnt Ihr nach Mar'Elch reiten. Führt Euren sinnlosen Krieg und sterbt oder lebt, bis Ihr in einem anderen noch sinnloseren Krieg sterbt. Frieden werdet Ihr nämlich weder unter Camora noch unter dem Erben da'Kandars je finden.«

* * *

Derea fand in dieser Nacht keinen Schlaf. Viel zu lange war er neben Rhonan geritten, um zu glauben, was die Hexen ihm hatten vermitteln wollen. Wer oder was der Prinz auch immer war, böse war er nicht. Weder der General noch Juna wären in diesem Fall noch am Leben. Er schlug wütend mit der Hand auf die Decke und knurrte: »Lüge! Hexenzauber! Ich stehe nicht nur meinetwegen und wegen meines Vaters in deiner Schuld, ich bin und bleibe dein Freund.«

* * *

Es versprach, ein schöner Tag zu werden. Derea konnte die Wolken am Himmel an einer Hand abzählen, und da es in der Nacht geregnet hatte, war die Luft frisch und klar. Missmutig betrachtete er das kräftige, gescheckte Pferd. Zu Patras war es wahrlich kein Vergleich, aber es war immer noch besser, als laufen zu müssen. Er verstaute einige Nahrungsmittel in den Satteltaschen und kam sich plötzlich seltsam leer vor. Langsam drehte er sich um und sah die Hexentochter an, deren schwarzes Haar gegen die Sonne betrachtet einen bläulichen Schimmer hatte und deren kristallblaue Augen glänzten. »Kommt mit mir!«

Sie blickte ihn überrascht an, warf dann ihr Haar zurück und lachte auf. »Warum sollte ich das tun?«

»Weil Ihr nicht dafür geschaffen seid, in einer einsamen Waldhütte zu leben.«

»Ach nein? Wofür bin ich denn Eurer Meinung nach geschaffen? Für den Scheiterhaufen? Oder wollt Ihr mir etwa Euren starken Arm als Schutz anbieten?«

»Das würde ich, wenn ich der Ansicht wäre, dass Ihr ihn braucht. Die Freien Reiche werden siegen. In Mar'Elch wärt Ihr willkommen. Ihr könntet ein neues Leben beginnen.«

Erneut perlte ihr Lachen auf. »Warum sollte ich das wollen? Gebt Euch nicht dem Irrglauben hin, ein paar Tage in Eurer Gesellschaft hätten mich zu einem Wesen gemacht, das sich nach Liebe und Frieden sehnt. Ehrbarkeit und Tugend öden mich an. Ich …«

»Was, wenn ich Euch bitten würde, mit mir zu kommen? Wenn ich Euch bitten würde, meine Frau zu werden?« Die Worte waren ohne jede Überlegung über seine Lippen gekommen, aber er war froh, sie ausgesprochen zu haben, denn sie entsprachen der Wahrheit.

Einen Augenblick glaubte er, Überraschung in ihrem Blick zu sehen, doch dann wurde ihr Blick wieder spöttisch. »Ihr treibt Eure Dankbarkeit etwas weit. Hier bei uns einfachen Menschen hätte ein schlichtes Dankeschön gereicht.«

»Dankeschön!« Er trat auf sie zu. Sie wich nicht zurück, aber ihr Körper versteifte sich. »Kommt mit mir. Ich liebe Euch, und ich weiß, dass ich Euch auch nicht gleichgültig bin.«

Sie hob die Brauen. »Nein, gleichgültig seid Ihr mir nicht. Wenn Ihr mich küssen wollt, sage ich nicht Nein, wenn Ihr mehr wollt, bin ich gern zu Diensten, aber mich mit Euch verbinden …« Wild lachte sie auf. »Nie im Leben. Eure Liebenswürdigkeit und Ehrenhaftigkeit langweilen mich zu Tode, verursachen mir Brechreiz. Außerdem würde mir ein Mann auf Dauer nicht genügen. Stellt Euch vor, Ihr würdet mich als Eure

Frau mit nach Mar'Elch nehmen: Nicht nur, dass die edle Königin Morwena und Euer Bruder sich mit Schaudern von Euch abwenden würden, Ihr müsstet auch noch damit leben, dass Ihr immer wieder fremde Männer in meinem Bett fändet. Ihr müsstet Euch damit abfinden, dass ich Ehen zerstöre, lüge, betrüge, stehle und Unruhe stifte. Ich mag das nämlich, und ich benötige sehr viel Unterhaltung und Abwechslung. Könntet Ihr damit leben, Hauptmann Derea?«

Sein Blick blieb ernst. »Meine Mutter und mein Bruder würden Euch willkommen heißen, und ich glaube Euch nicht. Ihr seid nicht die herzlose Hexe, die Ihr immer vorgebt zu sein. Ich habe in den letzten Tagen eine andere Juna kennengelernt. Warum verstellt Ihr Euch? Warum gebt Ihr vor, kein Herz zu haben, wenn es doch so groß ist? Habt Ihr Angst, Ihr könntet Euch wirklich einmal verlieben?«

Jetzt klang ihr Lachen geringschätzig. »Ich war schon unzählige Male verliebt. Es war jedes Mal so unglaublich schön, so prickelnd, aber eine längere Beziehung … Ich fürchte kaum etwas mehr als die Langeweile, die dies unweigerlich mit sich brächte. Gerade ein Tugendwächter wie Ihr würde versuchen, einen guten Menschen aus mir zu machen, und allein der Gedanke daran verursacht mir Übelkeit. Wenn Ihr reisefertig seid, solltet Ihr Euch aufmachen. Dann müsstet Ihr nicht noch einmal in der Wildnis übernachten. Außerdem habe ich noch eine Verabredung mit einem großen, starken Fischer. Nachdem ich Euch immer nur anschauen durfte, wird das eine angenehme Abwechslung sein, auch wenn er außer Muskeln wenig zu bieten hat. Aber zumindest will er nicht mit mir reden, und er will auch keinen guten Menschen aus mir machen. Nach diesen langen, öden Tagen mit Euch sehne ich mich nach Spaß, wie ihn wohl nur schlechte Menschen empfinden können. Oder wollt Ihr vielleicht noch kurz mit mir in den Stall kommen? Ich könnte Euch sogar etwas von Eurer sterbenslangweiligen Liebe vorgaukeln, wenn Euch das anregen sollte. Ich beherrsche alle Gangarten – von der tugendhaften Jungfrau bis hin zum verlotterten Talermädchen. Sagt mir einfach, was Ihr gern hättet!«

Sie warf ihm einen herausfordernden Blick zu, und er schüttelte den Kopf. »Warum tut Ihr alles, um mich wegzustoßen? Ich liebe Euch. Ich will Euch nicht ändern, ich liebe Euch so, wie Ihr seid, aber nicht so, wie Ihr gern vorgebt, zu sein. Doch das ist Euch offensichtlich nicht genug.«

Er schwang sich in den Sattel und sah noch einmal auf sie herunter. »Habt Dank für alles, Hexentochter. Mögen die Götter Euch behüten! Wenn Ihr einmal glaubt, dass Ihr ohne Eure Lebenslüge leben könnt … Ihr wisst, wo Ihr mich finden könnt. Mein Herz und mein Heim werden Euch immer offenstehen. Lebt wohl!«

Ihre Augen waren feucht, ihre Hände hatte sie in den Falten ihres Rockes zu Fäusten geballt, ihre Stimme war jedoch trotzig. »Wir werden uns wohl kaum wiedersehen. Lebt wohl!«

Das Pferd trabte an, und sie rief ihm nach: »Versucht, den Krieg zu überleben, und wechselt das Wasser in Eurem Beutel möglichst rasch. Es war schon recht abgestanden.«

Er hob den Arm, sah sich aber nicht mehr um, und das erste Mal in ihrem Leben weinte sie. Dieser dämliche Hauptmann hatte ihr tatsächlich beigebracht, was Trauer war, und allein dafür hasste sie ihn.

Marlena trat zu ihr und legte ihr die Hand auf die Schulter. »Lass dich nicht von vorübergehenden Gefühlen verwirren. Am Ende des Weges erwartet uns unvorstellbare Macht. Nichts von dem, was du wirklich willst, könnte der Junge dir bieten.«

Juna nickte bedächtig. »So wird es wohl sein.«

Gewaltsam riss sie den Blick von der kleiner werdenden Gestalt am Horizont los und ging ins Haus.

Ihre Großmutter folgte ihr mit besorgter Miene.

Juna raffte sofort wild entschlossen das Bettzeug von Dereas Lager zusammen und starrte auf den Strohsack. Eine kleine blaue Waldblume lag darauf, und der Ring des Hauptmanns mit dem Siegel von El'Maran steckte am Stängel.

Sie ließ die Wäsche fallen und griff mit bebenden Fingern nach dem kleinen Geschenk. Ohne nachzudenken, legte sie den Ring an. Erneut traten ihr Tränen in die Augen, während sie noch einmal Dereas Liebeserklärung hörte und seine Augen vor sich sah.

Marlenas Stimme holte sie in die Wirklichkeit zurück, und hastig ließ sie Ring und Blüte in ihrem Ausschnitt verschwinden und antwortete: »Ja, es wird eine angenehme Abwechslung sein, heute Nacht nicht im Stall zu schlafen. Wann kommt unser Besuch?«

»Ist schon da.« Die Tür flog auf, Ayala fegte herein und zupfte letzte Strohhalme aus ihrem Haar. »Marlena, kannst du mir sagen, warum auf dem Portalstein ein Heuhaufen liegt?«

Die Alte ging ihr entgegen. »Wir können ihn nicht benutzen, und außer dir weiß keiner von ihm.« Ihre Stimme wurde vorwurfsvoll. »Deine Besuche sind in letzter Zeit so selten geworden, dass ich den Stein fast vergessen hätte. Außerdem haben Juna und ich im Stall geschlafen.«

Die Nebelkönigin umarmte Marlena herzlich. »Liebste Freundin, schelte mich nicht deswegen. Es gibt so viele Neuigkeiten und daher so viel zu bedenken und zu tun. Wir haben diese Hütte einst hier errichtet, damit ich dich möglichst oft besuchen kann, und bald wird es wieder wie früher sein. Ich freue mich, dich zu sehen, aber du hättest deine Zähne besser pflegen sollen. Ich habe dir doch Reiskraut dafür gegeben.«

Die zuckte die Achseln. »In meinem Alter mag man nicht

mehr gern auf Gräsern herumkauen. Ich hatte dich erst morgen erwartet.«

»Es war gerade Zeit, und ich dachte, ich könnte den Besuch etwas ausdehnen. Es gibt viel zu besprechen. Lief alles gut mit dem Besuch?«

Bei ihren Worten umarmte sie schon Juna.

Die Alte nickte. »Wärst du etwas früher gekommen, wärst du allerdings noch über ihn gestolpert. Er konnte sich nicht von Juna losreißen, steht völlig in ihrem Bann.«

Die beiden Frauen lachten.

»Wer könnte ihr auch auf Dauer widerstehen?«, fragte Ayala. »Das Talent, Herzen zu brechen, hat sie von ihrer Mutter. Es läuft alles wie geplant und zum Teil noch sehr viel besser, als ich je zu hoffen gewagt hätte. Stellt euch vor, meine geliebte Tochter ist zu mir zurückgekehrt.«

Sie erzählte den Frauen von der letzten Entwicklung der Dinge. »Ist das nicht erfreulich?«, schloss sie strahlend. »Jetzt wissen wir endlich, dass das vierte Siegel in der Quelle ist. Caitlins habe ich bereits, und der Prinz wird sich sicher beeilen, mir die zwei fehlenden zu bringen, wenn ich ihm mit dem Tod seiner Frau drohe. Die Götterkette wird wieder in altem Glanz erstrahlen und uns die Unsterblichkeit bringen.«

Sie ergriff je eine Hand der Frauen und strahlte sie an. »Bald ist es so weit. Wir drei werden die unumstrittenen Herrscherinnen der Welt sein. Du, meine kleine Zauberin der Nacht, wirst dich möglichst bald auf den Weg machen, um den verliebten Hauptmann wiederzutreffen. Wir benötigen jetzt jemanden, der sich ungehindert in der Nähe des Prinzen bewegen kann, damit wir immer auf dem Laufenden sind, was die Pläne des Erben betrifft. Selbst wenn der dir kein Vertrauen entgegenbringt, wird es dir ein Leichtes sein, diesem trotteligen Derea alles Wissenswerte zu entlocken.«

Juna sah sie zunächst ärgerlich an, dann lachte sie glucksend. »Das kann sein. Dein Sohn, Patin, ist nicht unbedingt trottelig, aber tatsächlich so liebenswert, dass ich kaum glauben kann, wer seine Eltern sind.«

Ayala seufzte, bevor sie erwiderte: »Ja, mit einigen Nachkommen bin ich wirklich gestraft.«

Sie ergriff jeweils eine Hand der Frauen und erklärte feierlich: »Wir sind die nächsten Unsterblichen, und wir werden eine neue Ordnung schaffen. Es wird wunderbar.«

»Das müssen wir feiern«, rief Juna und erhob sich, um Wein und Becher zu holen.

23. Kapitel

Rhonan lief wie ein gefangenes Tier auf der kleinen Insel herum, die man ihnen zum Schlafen zugewiesen hatte. Seit Tagen waren sie in der gewaltigen Schilfkuppel der Kalla zur Untätigkeit verdammt. Der Häuptling hatte darauf bestanden, in einer so wichtigen Frage zunächst sämtliche Führer zusammenzurufen. Ob die Kalla ihren Sumpf zum ersten Mal verlassen und in einen Krieg ziehen wollten, das waren Entscheidungen, die nur von allen gemeinsam getroffen werden konnten. Rhonan und Gideon hatten unzählige Male versucht, sie von der Wichtigkeit ihrer Aufgabe zu überzeugen, aber die hünenhaften Krieger hatten ihnen nur stets versichert, sie wüssten um die große Bedeutung und müssten sich gerade deshalb gut beraten. Gideon gelang es kaum noch, seinen Freund bei Laune zu halten.

Der trat gerade ein Bratgestell um. »Es war ein blöder Einfall herzukommen. Sie sind nicht nur äußerlich anders, sind nicht nur stärker, schneller zu Fuß als wir zu Pferde, sie denken und fühlen auch anders. Sie nehmen alles viel persönlicher, denken mehr an ihre Familien als an ihr Volk, und Begriffe wie Ehre oder Verpflichtung kennen sie offensichtlich gar nicht.«

»Du denkst doch auch nicht nur an dein Volk. Du läufst ihm eher davon. Du willst in erster Linie auch Sicherheit und Frieden für Caitlin und dein Kind. So unähnlich, wie du denkst, bist du ihnen nicht. Sei einfach du selbst und überzeuge sie mit deiner Ehrlichkeit. Wenn ich etwas weiß, dann, dass die Kalla ein Gespür dafür haben, ob du ehrlich zu ihnen bist oder nicht.«

»Woher willst du das denn wissen?« Rhonan runzelte die Stirn

Gideon zuckte die Achseln. »Es ist ein Gefühl! Das Schicksal der Reiche ist für sie nicht von Belang, aber deines scheinen sie eng mit dem Schatten zu verbinden, der auch ihren Sumpf bedroht. Seit ich ihnen von der Eisklinge erzählt habe und du ihnen die blauen Blitze gezeigt hast, halten sie dich für einen Gesandten der Götter, der die Macht des Blitzgeistes anrufen kann.«

»Warum bewegen sie dann nicht ihre Hintern, wenn ich so wichtig bin?«

»Gib ihnen Zeit! Es ist eine sehr wichtige Entscheidung für sie. Denk daran: Sie haben ihren Sumpf noch nie verlassen. Bisher haben sie unsere Bitte aber auch nicht abgeschlagen.«

»Nein! Bisher haben sie gar nichts getan, außer auf ihrem gepanzerten Arsch zu sitzen. Morgen mache ich mich wieder auf den Weg, um zum Göttertag auf dem Feld der Träume zu sein. Camora wird nämlich pünktlich sein und bestimmt nicht warten wollen, bis sich in diesen Eierschädeln ein Gedanke oder gar ein Entschluss festgesetzt hat. Jetzt sieh mich nicht so vorwurfsvoll an! Du hast doch gerade noch gefordert, ich soll ehrlich sein.«

Noch vor dem Abend rief man sie zum Rat der Häuptlinge. Wohl an die zwanzig Kalla saßen auf großen Stühlen im Kreis um den eiförmigen Stein und sahen den Menschen entgegen.

»Frag sie schon, wie sie sich entschieden haben«, forderte Rhonan ungeduldig.

»Sie wollen erst noch mit dir reden.«

»Was wollen sie denn jetzt noch wissen? Wie ich mir die Stiefel schnüre?«

Gideon seufzte und suchte mit den Augen unwillkürlich nach Brandeisen. »Sie wollen wissen, ob du zur Aufnahme in den Verbund der Stammesführer bereit wärst. Es bedürfte dazu einer Mutprobe.«

»Nein, bin ich nicht«, erklärte sein Begleiter zur größten Überraschung Gideons zornig. »Das bin ich ganz und gar nicht. Sag ihnen, ich hätte nicht vor, einer der ihren zu werden.«

»Sie wollen wissen, warum sie dich dann begleiten sollen.«

»Weil der Schatten irgendwann auch den Sumpf erreichen wird. Ihre ganzen Naturgeister sind doch schon erzürnt. Das habe ich schon oft genug erklärt. Ich werde hier noch wahnsinnig.«

Er fuhr sich mit dem Handrücken über den Mund, atmete tief durch und fuhr ruhiger fort: »Sag ihnen, dass wir nur gemeinsam das Schwarze Heer besiegen können. Sag ihnen …«

»Tritt vor und sag es mir selbst!«

Gideon fuhr zusammen, und der Prinz sah völlig überrascht in die Runde. »Was ist?«

Ein geflügelter Kalla winkte ihn heran. »Sprich mit mir!«

»Du sprichst unsere Sprache?«, fragte Rhonan verblüfft.

Es klang zwar kehlig, und die Betonung war seltsam, aber es war gut zu verstehen.

»Es gab eine Zeit, da glaubte ich, ihr Menschen wärt nicht unsere Feinde. Ich verließ die Sümpfe, um Heiler für meinen todkranken Vater zu holen. Ich war noch so jung, dass meine Flügel nicht mehr als kleine, knöcherne Auswüchse am Rücken waren. Ich flehte meine erwachsenen Artgenossen an, die Nebelpriesterinnen um Hilfe zu bitten. Sie weigerten sich. Hilfe von Menschen wollten sie nicht. Sie warnten mich vor deren Überheblichkeit und Missachtung uns gegenüber. Ich wollte ihnen nicht glauben und machte mich zu Fuß auf zu dieser Nebelinsel, kam aber nie an. Man hat mich eingefangen und durch die Städte geschleift, wo deinesgleichen dafür bezahlte, Steine auf mich werfen zu dürfen, und glaube mir, viele Kromtaler wechselten den Besitzer. Ohne meine Panzerung hätte ich nicht lange überlebt.«

Er hielt seine klauenartigen Hände vor sich. »Man schnitt mir sogar die Krallen ab. Ich bekam nur Abfälle zu essen. Ich habe in dieser Zeit eure Sprache gelernt und erfahren, dass ihr bösartig und gefühllos seid. Ich war in friedlicher Absicht gekommen, aber ihr habt mich gedemütigt und gequält. Auch du siehst uns doch nur als Tiere an und willst deshalb keiner von uns werden. Du wärst nie einer von uns geworden, und du hättest auch keine Mutprobe bestehen müssen. Es war nur eine Prüfung, um zu sehen, wie du uns siehst. Du hast versagt. Warum sollten wir dir also helfen? Auch unsere Kinder werfen gern mit Steinen auf Feinde. Warum solltest du ein besseres Schicksal haben als ich?«

Gideon war immer blasser geworden. Er sah beklommen zu Rhonan, der ohne jede sichtbare Regung zugehört hatte und jetzt frostig erwiderte: »Eure Kinder werfen doch nicht nur mit Steinen. Ich hörte, sie essen ausgesprochen gern Menschenfleisch. Verstehst du das unter Gastfreundschaft? Erwartest du Mitgefühl oder eine Entschuldigung von mir? Lass dir gesagt sein, darauf kannst du warten, bis dir deine Klauen auch noch abfaulen. Aber ich wäre nicht hier, wenn ich euch für Tiere hielte. Ich rede nicht mit Tieren, und Verträge will ich mit denen schon gar nicht schließen. Nun zu eurer blöden Prüfung. Ich gebe dir gern eine Erklärung für meine Ablehnung, einer von euch zu werden. Ich könnte und wollte nicht in den Sümpfen leben, genauso wenig wie ihr in unseren Städten. Ich will nicht euer Stammesmitglied werden, ich will nicht mal euer Freund werden, ich will mit euch zusammen den Schatten besiegen, nicht mehr und nicht weniger. Dann geht ihr wieder in die Sümpfe und wir in unsere Städte.«

»Ist das die Art, wie du Kampfgenossen gewinnen willst? Du gehst nicht gerade freundlich vor.«

Rhonan lachte freudlos auf. »Richtig erkannt. Ich hoffe auf eure Einsicht und baue deshalb nicht auf Überredungskünste. Ich muss mich nämlich an den Zeitplan unseres Feindes halten. Ich will mit euch gegen ihn kämpfen und bin nicht auf Brautschau.«

Gideon räusperte sich, versuchte aber vergeblich, dadurch die Aufmerksamkeit seines unwirschen Partners zu erhalten. Er konnte nicht glauben, dass den ausgerechnet in einer so lebenswichtigen Angelegenheit die Ruhe verließ. War dessen Sorge um Caitlin schon so groß, dass er alles andere vergaß? Er spürte, wie seine Handflächen feucht wurden. So würden sie kaum Verbündete gewinnen können. Alles lief schief.

»Erwartest du ernsthaft, dass ich mein Leben für Wesen einsetze, die mir so viel Leid angetan haben?«, fragte der Echsenmann auch gerade unterkühlt.

Der Prinz ließ den Blick umherschweifen. »Ich sehe hier viele Führer, aber du redest immer nur von dir und deinen schlechten Erfahrungen. Heißt das, wenn du uns nicht helfen willst, wird es keiner tun?«

»Das heißt es. Unsere Entscheidung muss einstimmig getroffen werden. Ich spreche nicht für die anderen, aber wenn ich nicht in die Schlacht gehen will, wird keiner von uns dich begleiten. Verfügte ich nicht über meine Panzerung, wäre ich nicht mehr am Leben. Du kannst sicher verstehen, dass ich nicht geneigt bin, dir und den anderen Menschen zu helfen.«

Rhonan nickte und hielt ihm dann seine rechte Hand hin mit dem verbrannten und mit Narben bedeckten Handrücken, dem steifen Ringfinger und den vernarbten Verdickungen an allen anderen Fingern.

»Dürfte selbst in deinen Augen seltsam aussehen, oder? Ich

habe keine Krallen. Ich bin auf Waffen angewiesen. Damit ich keine mehr tragen kann, hat man mir die Knochen zertrümmert. Wir können auch gern einmal unsere Erfahrungen darüber austauschen, welche Abfälle noch halbwegs genießbar sind und wann man doch besser Hunger einer drohenden Vergiftung vorziehen sollte.«

Ohne Hast, aber auch ohne jedes Zögern zog er sein Hemd aus. »Ich habe leider keine Panzerung so wie du. Wenn du darauf bestehst, kann ich dir auch noch die Narben von den Ketten an meinen Fußgelenken zeigen.«

»Willst du jetzt Mitgefühl von mir?«, wollte der Kalla wissen, und Gideon bedauerte nicht zum ersten Mal, dass auf den Gesichtern der fremden Krieger keinerlei Regung zu erkennen war.

Allerdings war es totenstill geworden. Sogar das Gemurmel der jungen Kalla, die das Ganze neugierig von den kleinen Nebeninseln beobachteten, war verstummt.

Der Prinz lachte erneut, diesmal hörbar geringschätzig. »Vielen Dank, aber darauf kann ich gut verzichten. Ich wollte dir nur zeigen, dass es ohne Belang ist, was irgendwer dir einmal angetan hat. Ich mag viele Menschen auch nicht, wie du jetzt vielleicht verstehst, aber ich werde trotzdem mit ihnen gegen den Schatten kämpfen, weil es unverzichtbar ist, wenn wir alle eine Zukunft haben wollen. Wir, und damit meine ich jeden Einzelnen von uns und nicht nach Kalla oder Menschen getrennt, haben oft keine großen Gemeinsamkeiten, wir haben andere Vorstellungen von unserem Leben, andere Wünsche und andere Ziele, aber was wir alle gemeinsam haben: Wir haben einen gemeinsamen Feind. Weder ihr noch wir werden ihn allein besiegen können. Ich will nicht für dich kämpfen, weil ich dich kaum kenne, und du nicht für mich, weil ich dir nichts bedeute. Doch für uns selbst, unsere Frauen und unsere Kinder sollten wir uns zusammentun, ihn gemeinsam besiegen und dann wieder unserer Wege gehen.«

»Du willst keine Freundschaft unter uns?«

»Ich? Nein! Selbst unter den Menschen habe ich kaum Freunde. Ich kann sie an einer Hand abzählen. Freundschaft, so wie ich sie verstehe, entsteht langsam und nur im Kleinen. Freundschaft unter so unterschiedlichen Völkern dürfte schwierig sein. Ein friedliches Nebeneinander erscheint mir viel erstrebenswerter und doch auch ausreichend.«

Gideon konnte nur den Kopf schütteln. Genauso unergründlich wie die Mienen der Kalla war der Ausdruck seines Begleiters. Das Hemd in der Hand stand er reglos vor dem Echsenmann.

»Du bist der, der die Eisklinge trägt, nicht wahr?«, fragte der.

Rhonan nickte knapp. »Ich bin nach einer Prophezeiung der Führer der Völker, die sich dem Schatten entgegenstellen. Entscheidet schnell, ob ihr dazugehören wollt, denn ich werde mich morgen auf den Weg machen, um noch am Göttertag das Feld der Träume zu erreichen.«

Der Kalla nickte ebenfalls. »Geht jetzt. Wir werden uns beraten.«

Der Prinz ging, drehte sich aber noch einmal um. »War dein Vater tot, als du wiederkamst?«

»Das war er.«

»Auf mich wartet meine schwangere Frau. Ich würde sie gern wiedersehen, und ich würde auch gern mein Kind in Frieden aufwachsen sehen. Also entscheidet euch schnell.«

* * *

»Bist du wach, Hylia? Wir müssen aufstehen, das Wasser steigt wieder.«

»Ich erhebe mich erst, wenn es mir bis zum Hals steht. Ist doch gleichgültig, ob wir zunächst im Sitzen oder gleich im Stehen nass werden. Wo ist der Unterschied? In den letzten Tagen habe ich mir sogar immer häufiger überlegt, ob ich nicht einfach liegen bleibe. Warum quäle ich mich eigentlich hoch? Muss ich unbedingt erst auf dem Scheiterhaufen sterben?«

»Zumindest werden unsere Kleider dort bestimmt endlich einmal trocken.«

Caitlin blinzelte sie mutlos an, und Hylia lachte heiser. »Da ist was dran. Du bist heute dran mit Erzählen.«

Während sie in einer natürlichen Felsenkammer in den Klippen der Nebelinsel aneinandergeklammert darauf warteten, dass das Wasser des Südmeeres unendlich langsam anstieg und irgendwann ihre Schultern erreichte, um dann genauso langsam wieder abzufließen, hielten sie sich regelmäßig damit wach, dass sie einander von ihren Erlebnissen berichteten. Sie waren erschöpft, halb erfroren, verdreckt und hungrig. Selbst wenn das Wasser fort war, war es eiskalt, da nicht ein einziger Sonnenstrahl ihr Verlies erreichte.

In unregelmäßigen Abständen, die ihnen immer länger vorkamen, ließ man ihnen einen Krug Wasser und einen Kanten Brot herunter. Da sie irgendwann mit dem Zählen der Gezeitenströme durcheinandergekommen waren, hatten sie nicht einmal mehr eine Ahnung davon, wie lange sie eigentlich schon hier waren, aber es kam ihnen vor, als wären sie schon Jahre von der Außenwelt abgeschlossen.

Immer wieder zwangen sie sich, durch ihr kleines Verlies zu wandern, das einen Durchmesser von drei Pferdelängen hatte. Aber beiden fiel es immer schwerer, sich nicht in ihr Schicksal zu ergeben. Hylia machte eigentlich nur noch mit, um nicht dauernd von Caitlin zu hören, dass Rhonan immer sagte, es gebe immer eine Lösung, man dürfe nur nie aufgeben. Sie mochte den Prinzen eigentlich sehr gern, aber immer wieder zu hören, was er alles überstanden hatte, nur weil er sich wohl an seine Sinnsprüche hielt, zehrte immer mehr an ihren Nerven. Also lief sie auf der Stelle und wärmte sich an dem Gedanken, so zumindest nicht völlig steifbeinig den Scheiterhaufen erklimmen zu müssen.

»Hast du wieder mit Canon Verbindung aufnehmen können?«, fragte die Prinzessin.

Ihre Freundin nickte. »In vier, fünf Tagen erreichen sie das Feld der Träume. Canon sagt, so etwas hätte er noch nicht gesehen. Immer mehr schließen sich ihnen an. Sogar Bauern und fahrende Händler. Die Menschen geben den Truppen, die durch ihre Dörfer ziehen, ihr letztes Brot, als gäbe es ohne Sieg kein Morgen mehr.«

Auf einen fragenden Blick Caitlins hin schüttelte sie den Kopf. »Sie haben immer noch keine Nachricht von Rhonan. In den Sümpfen scheint sich nichts zu regen. Selbst wenn er die Echsen noch zum Kämpfen bewegen könnte, kämen sie vermutlich zu spät. Nicht nur uns steht das Wasser bis zum Hals. Camora steht kurz vor seinem endgültigen Sieg.«

»Das glaube ich nie im Leben«, widersprach die Prinzessin mit großer Bestimmtheit. »Rhonan wird das verhindern. Er wird ihn besiegen.«

Wenn er überhaupt noch lebt, ging es Hylia durch den Kopf. Aber sie schwieg.

Das Wasser war stetig gestiegen, und ächzend zogen sie sich an der kalten, glitschigen Felswand hoch.

Hylia zog ihre frierende Freundin an sich. »Mir graut vor der nächsten Zeit. Diese Kälte und der Gestank machen mich wahnsinnig. Jetzt wäre es wohl mal an der Zeit, dass du uns mit einer Geschichte über den unüberbietbaren Heldenmut und die unglaubliche Ruhe deines Gatten aufrichtest. Es gab doch sicher noch mehr ausweglose Situationen, die er kühn und unerschrocken gemeistert hat.«

»Ich wünschte so, er wäre jetzt bei mir«, erwiderte Caitlin kleinlaut. »Wenn er mich nur einmal in den Arm nehmen würde und sagen würde: Wir schaffen das schon, dann hätte ich nicht mehr halb so viel Angst. Weißt du, du bist ja auch lieb, aber deine Arme sind eben nicht stark, und ich spüre allzu deutlich dein Zittern, als dass ich wirklich beruhigt sein könnte.«

»Das ist nur die Kälte. Du glaubst gar nicht, wie kühn ich sein kann, wenn ich nur will«, gab sie zurück, und beide lachten halbherzig.

»Wirst du dich mit Canon verbinden, wenn alles vorbei ist?«

»Du meinst, wenn Camora und sein Schattenheer besiegt sind, wenn Canon die Schlacht lebend überstanden hat und wir dieses Verlies überleben und auf wundersame Weise auch noch vor dem Scheiterhaufen gerettet werden, auch wenn ich mir beim besten Willen nicht vorstellen kann, wer uns je von der Nebelinsel sollte befreien können? Wenn all das geschieht, woran ich nicht glauben kann, dann werde ich mich stehenden Fußes mit Canon verbinden … und wenn ich ihn zuvor betäuben müsste.«

»Wenn du dich vorher nicht umziehst, fällt er schon vom Gestank um. Du hättest leichtes Spiel.«

»Ja, da ist was dran.«

»Dann werden wir fast so etwas wie Schwestern sein. Ich freue mich schon darauf. Ist er so wie Derea?«

Die Priesterin lachte auf. »Nein! Er hat mehr vom General, allerdings nur äußerlich. Er ist groß, fast so groß wie dein Rhonan, blond und hat blaue Augen, aber nicht so dunkle wie

Derea und du, sondern mehr so wie das klare Wasser im Sommersee. Er ist gelassen und stets besonnen. Er hat viel Humor, aber nie würde er solchen Unsinn von sich geben wie sein Bruder hin und wieder. Ich denke, er würde sehr gut zu mir passen, und wenn ich ehrlich bin, hätte ich jetzt auch lieber ihn im Arm und nicht dich. Aber so ist das mit den Männern: Kaum braucht man sie, sind sie nicht da.«

Unwillkürlich pressten sie sich enger aneinander und schluchzten unglücklich.

Das Wasser mit Seetang und bräunlichem Schaum schwappte um sie herum, und ihre Beine waren bereits nahezu taub vor Kälte.

Caitlin sagte sich zum hundertsten oder tausendsten Mal, dass Rhonan eine Möglichkeit finden würde, sie zu retten, weil er immer eine Lösung fand, aber sie wusste auch, dass es zumindest noch Tage dauern würde, bis er überhaupt die Zeit dazu hätte, wenn er die Kalla überlebte … und die Schlacht … und die Schattenkrieger … und Camora. Ihr Mut sank ins Bodenlose, und sie schloss die Augen und dachte an ihn, bis sie ihn vor sich sah. Er kniff die Augen leicht zusammen, atmete tief durch und erklärte mit fester Stimme: »Hab keine Angst, Kleines! Wir schaffen das schon.«

Sie schniefte laut, putzte sich die Nase im nassen Ärmel und fragte mit Tränen in den Augen: »Habe ich dir eigentlich schon von den Horkas erzählt?«

»Nein! Ist euch da etwas Grässliches widerfahren?«

»Etwas ganz Grässliches!«

»Wunderbar! Ich spüre schon, wie mir wärmer wird. Erzähl!« Hylia zog die Prinzessin enger an sich und schluckte. Das Wasser war eiskalt, aber Caitlin war unnatürlich heiß.

24. Kapitel

Von Westen wogte ein täglich größer werdendes Heer auf das Feld der Träume zu, und immer neue Verbände stießen dazu. Fahnen und Banner der unterschiedlichsten Fürstentümer flatterten im Sommerwind. Segenswünsche, dankbarer und trostspendender Jubel begleiteten die Männer, wann immer sie an Siedlungen vorbeizogen.

Darius lenkte sein Pferd neben das der Königin. »Ein so gewaltiges Heer habe ich noch nie zuvor gesehen. Man möchte glauben, dass nichts sich dieser geballten Kraft entgegenstellen könnte, und doch suchen meine Augen ständig nach Verstärkung. Mir ist, als zöge ich unerfahren und ohne jedes Können in meinen ersten Kampf, als müsste ich noch schnell alles regeln, weil mir sonst keine Zeit mehr dafür bliebe. Ich habe gestern lange mit Marga gesprochen, um ihr zu sagen, wie stolz ich immer auf sie war und bin und dass ich sie liebe. Sie hat geweint und gesagt, ich solle nicht so tun, als läge ein Abschied vor uns. Erst da habe ich richtig begriffen, dass ich mich genauso fühle … als läge ein Abschied vor mir.«

Sie nickte beklommen. »Ich verstehe dich so gut, mein Lieber, denn mir geht es nicht viel anders, und wenn ich mich abends im Lager umsehe, dann erkenne ich, dass es fast allen so geht. Es herrscht eine schon fast beunruhigende Stille für so viele Menschen. Die Männer haben unglaubliche Angst. Altgediente Krieger spüren plötzlich ihre Verwundbarkeit, denn unzählige Gerüchte über die Schattenarmee machen die Runde. Ich fürchte mich nicht vor Camora und seinen Horden, aber Maluchs Züchtungen flößen auch mir ein bisher unbekanntes Grauen ein.«

Darius wollte etwas erwidern, schwieg aber, weil Fürst Menides gerade auf sie zukam und fragte, ob das Signal zum Aufschlagen des Lagers gegeben werden sollte, da die Sonne schon recht tief stünde. Darius nickte. Da es angenehm warm war, wurden nur Zelte für die Führer der Reiche errichtet. Die Soldaten schliefen unter freiem Himmel.

Derea betrat Morwenas Zelt und schüttelte den Kopf, als er die Frage in ihrem und in Darius' Gesicht sah. »Immer noch keine Nachricht aus den Sümpfen. Wenn tatsächlich keiner unserer Posten bisher etwas gesehen hat, dann werden wir ohne die Kalla kämpfen müssen.«

Weiter kam er nicht, denn Canon kam mit schnellen Schritten ins Zelt, griff sich wortlos einen Becher Wein und kippte ihn in einem Zug hinunter, füllte einen zweiten mit Branntwein und kippte den hinterher.

Der Heerführer, der stets durch Besonnenheit und gutes Benehmen glänzte, knallte den Becher auf den Tisch, wischte sich mit dem Handrücken über den Mund, atmete tief durch und erklärte: »'tschuldigung! Das musste sein. Wir haben Berichte von unseren Spähern. Camora ist dicht vorm Feld der Träume. Sein Heer ist … noch nicht vollzählig, aber es ist jetzt schon gewaltig … fast dreißigtausend Mann, zuvorderst die Schattenkrieger. Es hinterlässt nur Verwüstung. Dörfer und Städte, die längst zu seinem Reich gehören, überfällt er, als wären sie Feindesland. Die Schattenkrieger gehen voran, und die kennen keine Verbündeten. Ob die Menschen sich wehren oder Fahnen schwenken, sie machen sie nieder. Sogar unter der Horde soll die Angst vor ihren hünenhaften Begleitern mittlerweile umgehen. Wie Tiere trinken sie aus Seen oder Pfützen. Sie zerreißen das Vieh auf der Weide und verzehren es roh, nachdem sie ihm das Blut ausgesaugt haben. Dann schlagen sie sich darum, wer die Augen und das noch warme Herz bekommt.

Angeblich sind schon Hordenkrieger beim Anblick ihrer grunzenden und sich bluttriefend um eine frische Leber prügelnden Begleiter ohnmächtig geworden. Sie essen alles. Doch ein einziges Wort von Maluch, und sie lassen alles fallen und setzen sich in Bewegung, um seinem Befehl Folge zu leisten. Sie reißen Weidezäune heraus, ohne sich um die Stacheln zu kümmern, trampeln alles nieder, was ihnen in den Weg kommt. Sie schlafen kaum, können ohne Rast tagelang laufen, trinken und essen nur, wenn gerade etwas da ist, reden kaum, kennen keinen Schmerz und tun, was immer ihnen der Hexenmeister sagt. Was auch immer sie einmal waren … Menschen sind sie nicht mehr.«

»Dann sind wir verloren«, brachte Morwena mit brüchiger Stimme hervor.

Canon nahm sofort ihre Hände. »Nein! So etwas darfst du nicht sagen, so etwas darfst du nicht einmal denken. Camora hat einen großen Fehler begangen, als er seinen Sieg ausgerechnet am Göttertag feiern wollte. Niemals werden die Götter einen solch abscheulichen Frevel an ihrer Schöpfung hinnehmen, und niemals wird Camora daher den Sieg erringen können. Vertraue auf die Weisheit und die Gerechtigkeit der Götter, die Stärke der freien Menschen und das Erscheinen unseres Großkönigs. Zusammen mit Kahandar wird er uns in den Sieg führen.«

Die Königin sah in die eisblauen Augen, die so viel Zuversicht ausstrahlten. »Du hast ja so recht, mein Lieber. Es steht mir nicht zu, an der Weisheit der Götter zu zweifeln.«

Derea, der genau wusste, dass Mutter und Bruder sich trotz ihrer Worte die größten Sorgen machten, passte sich der aufbauenden Stimmung an. »Der Sieg muss unser sein. Das sehe ich auch so. Aber wir sollten den wohlmeinenden Göttern vielleicht etwas zu helfen versuchen«, erklärte er, »und die Reiterei diesmal allen Regeln der Kampfkunst zuwider in der Mitte angreifen lassen. Zumindest können wir so die Schattenkrieger auseinandertreiben.«

Darius rutschte im Stuhl nach vorn. »Das ist ein ungewöhnlicher, aber guter Gedanke. Wenn …«

Während er gemeinsam mit Derea und Canon die möglichen Aufstellungen der Kampfreihen erörterte, betrachtete Morwena ihre Söhne voller Liebe und voller Furcht und betete zu den Göttern, dass die sie zumindest vor den beiden sterben ließen.

* * *

Es würde ein wunderschöner Sommertag werden. Sie standen in schier endlosen Reihen dicht an dicht auf dem Westhügel. Vor ihnen lag das Feld der Träume, eine große Senke, umgeben von sanften Erhebungen, in deren Mitte das Heiligtum der Reiche stand: die Zitadelle der Träume.

Es war nur ein schlanker Turm, aus dem schwarzen Stein des Kimmgebirges erbaut, aber in seinem Inneren befanden sich Schätze der Reiche: der Altar der ersten von allen Reichen gewählten Großkönigin und zahlreiche schwarze Tongefäße, die die Asche sämtlicher Großkönige aufbewahrten. Nur dem letzten König von da'Kandar war diese Ehre nicht zuteilgeworden. Seine Urne beherbergte eine schwarze Rose.

Darius warf Morwena einen Seitenblick zu. »Ich frage dich jetzt zum letzten Mal: Wirst du dich mit mir verbinden, wenn es noch ein Morgen gibt?«

Über ihr Gesicht glitt ein kleines Lächeln. »Ich sage es dir jetzt zum ersten Mal. Mit Freuden!«

Alle Krieger, die die Freien Reiche aufzubieten hatten, waren versammelt. Fürsten und Heerführer standen vor ihren Verbänden. Es mussten mehr als zwanzigtausend Mann sein, die hier der Schlacht entgegensahen, aber kaum ein Laut war zu hören, nur hin und wieder das Wiehern oder Schnauben eines Pferdes. Die Anspannung der Krieger war deutlich zu spüren, und wie Vorboten ihrer Niederlage hingen die bunten Banner ohne jeden Wind schlaff an ihren Stangen herunter. Die Königin sah in den Gesichtern der Krieger nur Furcht, Hoffnungslosigkeit und Grauen.

Der Schwarze Fürst hatte seinen Auftritt gut geplant. Aus dem Morgenrot heraus erschien seine gewaltige Armee, und der Osthügel färbte sich schwarz. Ein Raunen ging durch die Reihen.

Camora ließ sein Heer anhalten und ritt begleitet von zwei Fahnenträgern in die Senke. Auf einer Fahne war das rote Wolfsgesicht abgebildet, die andere trug das Wappen der da'Kandar.

Morwena und Darius sahen einander kurz an, nickten und ritten ihm dann gemächlich entgegen.

Camora, in schwarzer Rüstung, aber ohne Helm, trug wie immer sein überhebliches Lächeln zur Schau, und die Königin erlitt einen Schock. Wohl mit Bedacht hatte der Fürst zwei Krieger seines Schattenheeres als Fahnenträger ausgewählt. Auch sie trugen keine Helme, zum Zeichen dafür, dass der Kampf noch nicht begonnen hatte. Ihre leeren Augen bescherten ihr eine Gänsehaut. Derea hatte zwar von ihnen berichtet, aber keine Erzählung konnte der furchtbaren Wirklichkeit gerecht werden. Maluch hatte aus kleinen Jungen hünenhafte, lebende Leichname gemacht.

Camora ergriff das Wort: »Geschätzte Königin, meine liebe Morwena, ich könnte schwören, Ihr seid keinen Tag älter geworden, seit wir uns das letzte Mal begegnet sind, obwohl es schon eine ganze Weile her sein muss.«

Sie sah ihn mit frostiger Miene an. »Das habe ich in erster

Linie Euch zu verdanken. Feldzüge und die damit verbundene Bewegung und frische Luft halten mich jung, und Erfolge wie unsere letzten in Ten'Shur, im Westgebirge und in Mar'Elch sind ein wahrer Jungbrunnen für mich.« Mit Genugtuung nahm sie zur Kenntnis, dass seine Miene sich kurz verdüsterte.

»Auch Eure spitze Zunge habe ich immer bewundert«, erwiderte er mit einer angedeuteten Verbeugung. »Ein letztes Mal will ich Euch daher anbieten, auf meine Seite zu wechseln. Tut es, auch um meinetwillen. Euch im Staub knien zu sehen, würde mich über die Maßen betrüben.«

»Dieser Anblick wird Euch ganz sicher erspart bleiben, und Euer Angebot beleidigt mich. Ich bin Königin von El'Maran. Selbst wenn ich Euch ein freundliches Gefühl entgegenbringen würde, könnte ich mich nie dazu herablassen, mich auf die Seite eines kleinen, machthungrigen und mordenden Nebenfürsten zu stellen. Euer ererbtes Fürstentum würde fast in den Thronsaal von Mar'Elch passen. Hättet Ihr nicht Euren Hexenmeister an Eurer Seite und das blutige Zepter von da'Kandar in Händen, würden noch nicht einmal meine Heerführer mit Euch verhandeln. Ich müsste einen gewöhnlichen Kundschafter schicken.«

Seine Augen verengten sich. »Wenn aus dem Morgenrot das Abendrot geworden ist, werdet Ihr vermutlich weder Heerführer noch Kundschafter mehr befehligen, und ich werde mich von der Wahrheit Eurer Worte überzeugen, wenn ich in Eurem Thronsaal mein Wappen anbringe.«

Bei diesen Worten wandte er sich schon Darius zu. »Ich sehe, Ihr mustert meine Bannerträger. Stattliche Krieger, nicht wahr?«

»Welch Frevel habt Ihr begangen?«, stieß der angewidert aus. »Ihr habt aus Kindern willenlose Muskelmasse geformt. Sie zu töten, wäre gnädiger gewesen.«

Camora fuhr mit ausdrucksloser Stimme fort: »Nun gut! Wir sind ja selten einer Meinung. Wie es der Brauch verlangt, will ich aber auch Euch Gelegenheit bieten, das Leben Eurer Männer zu retten. Kniet nieder, erkennt mich als Großkönig an, und auf dem Feld der Träume wird heute kein Blut vergossen werden.«

»Das können sie nicht.«

Morwena und Darius fuhren in ihren Sätteln herum.

Hoch zu Ross kam Rhonan auf die Gruppe zu.

So dunkel, wie der Fürst war, so hell war der Thronerbe. Seine blonden Haare wehten. Er trug einen schimmernden Brustharnisch und darüber einen Umhang mit einem blauen, geflügelten Schwert. Genauso weiß wie sein Umhang war sein Pferd.

Er verneigte sich kurz vor seinen Mitstreitern und sah dann Camora mit ausdrucksloser Miene an. »Ich, Rhonan da'Kandar, fordere hier und jetzt mein rechtmäßiges Eigentum zurück. Wie es der Brauch verlangt, biete ich dir an, dich mir bedingungslos zu unterwerfen. Dein eigenes Leben wäre in jedem Fall verwirkt, aber du könntest das deiner Männer retten.«

Camora musterte seinen Widersacher. »Soso! Der Thronerbe! Weißt du, mein kühner Jüngling, das kann wirklich jeder von sich behaupten. Ich erinnere mich noch deutlich an einen großen und vor allem sehr heißen Scheiterhaufen, auf dem die zerhackten Körper aller da'Kandar verbrannten. Meinst du, allein ein Umhang mit einem Wappen macht aus dir den da'Kandar-Erben?« Er wusste längst, dass sein Gegenüber die Wahrheit sprach, aber er wollte den Prinzen allein dadurch demütigen, dass der jetzt nach Beweisen und Erklärungen suchen musste.

Rhonans Mund verzerrte sich zum Abbild eines Lächelns. »Nein, das glaube ich nicht. Aber ich benötige auch weder

Umhang noch Banner.« Bei diesen Worten schob er seine Ärmel hoch, ergriff Kahandar mit beiden Händen und hielt es hoch. Sofort schlugen blaue Flammen aus der Klinge, und die Zeichnungen auf den Unterarmen schienen aufzuglühen.

Aus dem Lager der Freien Reiche erschollen Hochrufe und Jubelschreie in ungeahnter Lautstärke. Jetzt wussten sie es: Ihr wahrer König war hier und unter ihm würden sie siegen.

»Bei allen Göttern! Das geflügelte Schwert«, entfuhr es Darius, während Morwena nur strahlte.

Der Prinz ließ ohne jede sichtbare Regung das Schwert wieder sinken und wiederholte: »Ich bin der Erbe da'Kandars, und ich fordere das Zepter zurück.«

Camora hatte sich schnell wieder gefasst. »Du bist wohl tatsächlich einer der Prinzen. Dann warst du in dieser Nacht vor fünfzehn Jahren auch dabei. Hat es dich auch so gewundert, dass Könige, die in Rauch aufgehen, genauso stinken wie gewöhnliche Ziegen?«

»Kleinfürsten tun das sicher auch«, gab Rhonan zumindest äußerlich ungerührt zurück. »Du hast nicht ehrenvoll gelebt, aber solltest du ehrenvoll sterben wollen, biete ich dir den Zweikampf an. Wenn du mich besiegst, werden die Führer der Freien Reiche deinen Anspruch anerkennen. Hier, vor der Zitadelle der Träume, können wir das Schicksal da'Kandars entscheiden.«

Camora musterte sein schlankes Gegenüber und war sich ganz sicher, einen Zweikampf zu gewinnen. Fast war er versucht, das Angebot anzunehmen, aber er wollte nicht nur siegen, er wollte seine Feinde heute demütigen, er wollte sie im blutigen Schlamm knien sehen, und genau das würde sein Schattenheer ihm ermöglichen. Er wollte auch diesen Erben nicht nur besiegen, er wollte ihn brennen sehen.

Geringschätzig lachte er daher auf. »Das lange Verstecken

war vergebens. Jetzt wirst du doch noch dort landen, von wo du vor fünfzehn Jahren entwischen konntest. Doch dir werde ich nicht den Gefallen tun und dich vorher erschlagen lassen. Dich will ich als lebende Fackel sehen.«

»Ich werte das als Ablehnung«, entgegnete der Prinz immer noch ruhig. »Schließe deinen Frieden mit den Göttern, wenn dir das noch möglich ist, denn heute wirst du sterben, Fürst.«

Dessen lautes Gelächter hallte über die Ebene. »Du bist ja wirklich unübertrefflich, aber du hast auch keine Ahnung von Schlachten, nicht wahr? Wie kämpft man unter deinesgleichen, inmitten des Gesindels? Mit Fäusten oder Keulen? Hast du dich einmal umgesehen? Heute sterben ganz sicher sehr viele, aber nicht auf meiner Seite.«

»Ob du dich da nicht irrst?« Der Prinz streckte erneut sein Schwert in die Höhe. Aber diesmal zuckten blaue Blitze knisternd in den Himmel, und die Krieger der Freien Reiche jubelten erneut.

Camora wollte gerade etwas erwidern, als ein dumpfes Geräusch ihn sich umsehen ließ.

Auch Morwena sah sich um und wusste, dass sie diesen Anblick nie mehr vergessen würde. Eine gelb schimmernde, nicht enden wollende Masse wogte von Norden und Süden über die Hügel in die Senke. Nie zuvor hatte sie die Kalla gesehen, und jetzt sah sie Tausende von ihnen. Erneut überlief Gänsehaut ihren Körper, und obwohl es ein nahezu Furcht einflößender Anblick war, glaubte sie, noch nie etwas Schöneres gesehen zu haben.

Sie fuhr zusammen, als sich der Himmel verdunkelte und fast lautlos ein Heer von Flugechsen über sie hinwegschwebte.

Wie gebannt verfolgten Darius, Morwena und Camora ihre Bahn.

Erst die Stimme des Prinzen riss sie aus ihrer Starre. »Ich habe es nicht nötig, mir willenlose Krieger zu züchten, denn ich bin Nachfahre der Alten Könige, und mir folgen alle Krieger der Reiche willig.« Jetzt gestattete auch er sich ein Grinsen. »Und du hast recht: Meine Krieger benötigen keine Waffen, nicht einmal Keulen. Wählst du jetzt den Zweikampf?«

Camora schüttelte den Kopf. »Deine Tiere werden meinen Schattenkriegern nicht gewachsen sein. Meinen Sieg werden sie nicht verhindern und deinen Tod auch nicht.«

»Dann soll es so sein.«

Damit riss Rhonan sein Pferd herum und ritt auf die jetzt noch begeisterter jubelnden Truppen zu. Hörte jedoch nichts davon und kämpfte gegen seine Übelkeit an. Gideon hatte ihm eingeschärft, unter allen Umständen ruhig zu bleiben, aber nie war es ihm schwerer gefallen, sich nicht blindlings auf seinen Widersacher zu stürzen.

Morwena sah ihn liebevoll von der Seite an. »Das hast du sehr, sehr gut gemacht, mein Junge. Deine Vorfahren wären so stolz auf dich.«

Darius blickte um sich herum auf die Echsenkrieger. »Ein atemberaubender Anblick. Etwas Schöneres werde ich wohl nie wieder sehen. Bei allen Göttern, wie viele sind es?«

Rhonan sah ihn an, ohne ihn wirklich zu sehen. »Tausende! Sie kennen keine Zahlen, und ich bin nicht zum Zählen gekommen, aber ich denke, es sind genug.«

Er zwang sich, Camoras Bild vor seinen Augen und das höhnische Lachen zu verdrängen, und ritt geradewegs auf Gideon zu. »Du gehst jetzt, mein Freund. Das Schlachtfeld ist kein Ort für einen Gelehrten. Marga, du kümmerst dich um ihn. Bring ihn fort!«

»Aber …«, begann sie, doch er unterbrach sie sofort: »Das

war jetzt keine Bitte, sondern ein Befehl, Hauptmann. Du bist mir für seine Sicherheit verantwortlich.«

Sie nickte, und Gideon drückte Rhonan die Hand und bemühte sich um einen gelassenen Tonfall. »Pass auf dich auf, mein Junge! Du weißt, auf dich wartet noch eine wichtige Aufgabe.«

Der Prinz erwiderte den Druck seiner Finger. »Keine Sorge! Ich habe …«

»… bisher überlebt, dann wird dir das vermutlich auch noch einen Tag länger gelingen«, vollendete Gideon. »Ich weiß. Sieh zu, dass es heute keine leere Versprechung bleibt.«

Er löste sich unwillig, schwang sich hinter einer immer noch ziemlich missmutig dreinblickenden Marga aufs Pferd, und mit den Worten: »Mögen die Götter mit euch sein« ritten sie durch die Reihen nach hinten.

Rhonan drückte derweil schon Derea warm die Hand. »Die Umstände sind nicht die besten, aber trotzdem schön, dich wiederzusehen. Wo ist Caitlin?«

Der lächelte seinen Freund an. »Gut, dass du gekommen bist, noch dazu in solch sehenswerter Begleitung. War selten froher, jemanden zu sehen. Caitlin ist nicht hier.«

»Nicht hier? Wo ist sie denn?«

»Wir besprechen das später. Das war das Kriegshorn der Horde. Die Schlacht beginnt.«

»Was heißt das? Was gibt es zu besprechen? Sag mir sofort …«

»Sie ist auf der Nebelinsel«, unterbrach Canon ungeduldig. »Mit Hylia. Es geht ihnen gut.«

»Was? Aber …«

Derea legte ihm die Hand auf den Arm und bat beschwörend: »Du musst uns jetzt anführen. Alle warten auf dein Zeichen.«

»Auf der Nebelinsel?«

»Bei allen Göttern! Sie wird auch nach der Schlacht noch dort sein. Gib endlich das Zeichen!«

Im Prinzen drehte sich alles. Camora war vergessen. Caitlin war in Gefahr, und er war nicht bei ihr, um sie zu beschützen. Wie im Traum ritt er an die Spitze und hob das Schwert.

Das Kriegshorn der Reiche erklang, und die Schlacht begann. Es war keine Schlacht der Taktik oder schlauer Kriegspläne. Zwei gewaltige Heere stürmten einfach wild schreiend und ihre Waffen schwingend mit ungezügelter Gewalt aufeinander los.

Morwenas Hände verkrampften sich um die Zügel, als sie Canon und Derea vor den Flammenreitern und Adlern zusammen mit Rhonan an vorderster Front in die Senke reiten sah. Im Galopp flogen sie der wogenden, schwarzen Masse entgegen und sprengten die Reihen der gefürchteten Schattenkrieger auseinander. Mit unglaublicher Schnelligkeit stürzten sich auch die Echsen ins Menschenmeer. Sie und die Schattenkrieger sorgten dafür, dass diese Schlacht später als eine der grausamsten in den Schriften der Gelehrten geführt werden würde.

Getrieben vom Befehl zu töten marschierten Maluchs willenlose Züchtungen durch die Reihen und fuhren mit ihren riesigen Waffen blutige Ernte ein. Beseelt durch den göttlichen Gedanken, den Schatten zu besiegen, zogen die Kalla ihre genauso blutigen Kreise. Waren die Krieger noch auf ihre Waffen angewiesen, so reichten den Echsen die starken, messerscharfen Krallen, um Rüstungen zu spalten und Körper zu zerfetzen. Ihre Gefährten der Lüfte unterstützten sie nach besten Kräften. Sie hoben Krieger hoch und ließen sie an geeigneter Stelle fallen, wo sie wie zerbrochene Gliederpuppen liegen blieben.

Hatte bei Tagesbeginn noch wunderschön glitzernder Tau

das Gras benetzt, färbte jetzt das Blut Hunderter die Gräser rot.

Morwena und Darius waren am Morgen im festen Glauben daran, hier ihren Tod zu finden, in diese Schlacht gezogen, doch innerhalb kürzester Zeit fanden sie sich inmitten von Echsenkriegern wieder, die offensichtlich nur die Aufgabe hatten, sie vor Angriffen zu schützen. Zu Hunderten fielen um sie herum Menschen den Äxten der Schattenkrieger oder den Krallen der Echsen zum Opfer. Was der Königin Hoffnung gab, war, dass die Kalla den Schattenkriegern überlegen schienen. Zwar waren die Körperkräfte beider vergleichbar, aber Maluchs Züchtungen waren durch die schweren Rüstungen wesentlich unbeweglicher als die schnellen, natürlich gepanzerten Echsen.

Rhonans Augen suchten Camora, aber der hatte offensichtlich anderes im Sinn, als sich auf dem Schlachtfeld mit seinem Gegner zu messen. Ständig sah sich der Prinz von Schattenkriegern oder Hordenreitern eingekreist und war ausgesprochen dankbar, als Canon und Derea irgendwann an seiner Seite waren.

»Wir mussten nur das größte Gewimmel suchen«, erklärte der Hauptmann. »War klar, dass du mittendrin sein würdest.«

»Nicht meine Schuld«, ächzte Rhonan. »Ich wollte keine Aufmerksamkeit.« Er ließ eine Blitzattacke los, um sich etwas Luft zu verschaffen, und brüllte: »Geht es ihr wirklich gut, Canon?«

Der wehrte gerade mit Müh und Not eine Axt ab und schrie zurück: »Was?«

»Geht es Caitlin wirklich gut?«

»Bist du irre?« Er parierte erneut einen Axthieb und schlug mit dem Schwert zu, konnte aber die Rüstung des Schattenkriegers nicht durchdringen.

Kahandar glühte plötzlich vor ihm auf, und sein Gegner verlor im wahrsten Sinne des Wortes den Kopf.

»Heißt das: nein? Bitte, ich muss es wissen.«

»Ayala hält sie gefangen«, keuchte Canon und schlug schon einem Hordenreiter seinen Schild unters Kinn. »Sie leben, aber sie warten dringend auf Hilfe.«

Rhonan stöhnte auf, als eine Axt seine Rüstung im Rücken verbeulte, und riss sein Pferd herum. Sein Schwert traf fast Derea, der den Angreifer bereits aus dem Sattel gehoben hatte. Er blinzelte nur entschuldigend. »Und was ist mit dem Kind?«, wollte er wissen.

»Wartet vermutlich auch«, brüllte Canon entnervt. »Aber es wird vergeblich warten, wenn du hier ganz in Gedanken meinen Bruder erschlägst.«

»Welches … welches Kind eigentlich?«, fragte Derea und erschlug einen Hordenreiter.

»Unser Kind! Es ist noch … Aua … es ist noch nicht da. Das dauert noch.«

»Bist du verletzt?« Derea wich einer Axt aus und schlug mit dem Schwert zu.

»Nein, die … die Rüstung drückt nur so. Ich komm mir vor, wie … Götterhimmel … wie eingegraben. Ich hatte nie eine. Bin ich nicht gewöhnt.«

»Kenne ich. Sieht gut aus, ist aber scheiße. Mann, wedle hier nicht schon wieder mit der Axt rum … Scheiße … Rhonan … Verschick Blitze … schnell. Das hält sie uns zumindest vom Leib.« Er stöhnte auf. »Ich hasse diese Schattenkrieger. Blitze … schnell … bitte!«

Der Prinz kam der Aufforderung nach, schwankte dabei aber schon leicht im Sattel und ächzte erschöpft. Er wirbelte herum, und weitere Blitze zuckten durch die Reihen der Schattenkrieger. Mittlerweile lief ihm der Schweiß in Bächen übers Gesicht.

Sie bekamen endlich Hilfe. Einige Kalla hatten sich zu ihnen durchgekämpft. Ihre gelbgrünen Panzer waren bereits rot, ihre klauenartigen Finger blutverschmiert. Ihre Art zu kämpfen war wirksam, ließ aber die Magensäfte der menschlichen Krieger sofort ansteigen. Im Gegensatz zu den Bergjägern begnügten sich die Echsen nämlich nicht mit Händen, sie fetzten ihren Gegnern die Arme mitsamt den Waffen aus den Gelenken. So kampfunfähig gemacht beachteten die Sumpfbewohner sie schlicht nicht weiter. Das schmerzvolle Brüllen der Hordenkrieger nahm schnell ungeahnte Ausmaße an, und Derea sah gehetzt um sich herum.

* * *

Camora und Maluch standen auf einer Anhöhe und blickten über das Schlachtfeld.

»Sieh dir diese verdammten Echsen an, Hexenmeister! Sie vernichten meine Armee.«

Maluch war den Tränen nahe, denn wilde Tiere metzelten seine wunderbare Züchtung vieler Jahre nieder. Vor seinen Augen versank sein Traum auf dem Feld der Träume im Blut.

»Wir müssen dem ein Ende machen. Lass das Horn blasen, damit wir die Verwundeten versorgen können. Dann wirst du diesem Erben einen Zweikampf anbieten.«

»Es läuft gut für ihn. Warum sollte er jetzt noch darauf eingehen?«, fragte Camora verstört.

Maluch lachte hämisch auf. »Er wird. Verlass dich drauf!«

Der Blick des Schwarzen Fürsten ruhte auf dem Prinzen. »Ein hervorragender Schwertkämpfer, und sieh dir nur dieses Schwert an!«

»Hast du plötzlich Angst, du könntest verlieren?« Maluchs Stimme klang spöttisch. »Fordere ihn noch heute. Nach dieser

Schlacht dürfte er schon Mühe haben, noch seine Arme zu heben.«

»Er wird daher kaum so dumm sein, die Forderung anzunehmen«, entgegnete der.

Maluch konnte die Angst seines Gegenübers sogar riechen. »Ich bin mir sicher, er wird. Aber bleib ruhig, mein tapferer Krieger. Wenn du schon nicht mehr genug Vertrauen in deine eigenen Fähigkeiten hast, solltest du zumindest auf mich vertrauen. Habe ich je versagt? Habe ich je ein Versprechen nicht gehalten? Meine Pläne führten bisher immer zum Ziel. So wird es auch heute sein. Fordere ihn! Du wirst siegen, denn ich werde dafür sorgen, dass er glaubt, er sei in schwere Ketten gelegt. Er wird kaum noch die Füße heben, geschweige denn ein Schwert führen können, aber nicht einmal er selbst wird wissen, dass er einem Zauber erlegen ist. Siehst du dich vielleicht imstande, ihn unter diesen Umständen zu besiegen?«

Camora fuhr sich mit der Hand über den Mund. »Meinem Sieg darf kein Makel anhaften.«

»Niemand wird etwas bemerken. Keine Priesterin, die den Zauber spüren könnte, ist anwesend. Ayala war ja so klug, sich herauszuhalten. Schließlich konnte sie nicht sicher sein, welche Seite gewinnt.«

Camoras Augen wurden schmal. »Mein Triumph wäre tatsächlich noch größer, wenn ich den Erben im Zweikampf besiege. Niemand wird mir dann das Recht auf den Thron streitig machen können. Diese Lösung ist ungleich besser als eine gewonnene Schlacht, die letztlich wohl durch Schattenkrieger und Kalla entschieden werden würde. Ich allein werde kämpfen, Mann gegen Mann ... und mir allein gehört der Sieg. So machen wir es. Ich werde ihn vernichten, demütigen, zerhacken. Er wird um Gnade flehen und vor mir winseln, er wird im Dreck liegen ...«

Der Hexenmeister unterbrach den plötzlichen Glückstaumel ungerührt: »Zumindest ist diese Lösung besser als eine verlorene Schlacht. Lass das Signal geben, bevor keiner meiner Schattenkrieger mehr lebt.«

* * *

Morwena und Darius eilten den jungen Männern entgegen, die erschöpft von den Pferden glitten.

»Es ist alles in Ordnung. Nur Kratzer«, beruhigte Derea, dem der besorgte Blick seiner Mutter nicht entgangen war.

»Ich muss sofort aus dieser Rüstung raus«, erklärte Rhonan gepresst, streckte sich versuchsweise und brach den Versuch sofort wieder ab. »Ich kriege kaum noch Luft.«

Darius wies auf einen Hordenreiter, der mit einer weißen Fahne direkt auf sie zukam. »Ihr solltet sie noch nicht ablegen, mein König. Wenn ich mich nicht irre, ist das jetzt die Forderung zum Zweikampf. Er sieht seine Felle davonschwimmen. Nehmt auf keinen Fall an!«

Tatsächlich überbrachte der Reiter eine Botschaft Camoras: Wenn die Sonne genau über der Zitadelle stand, wollte er gegen den Mann kämpfen, der seinen Thron für sich beanspruchte.

Morwena wollte ihn wegschicken, damit sie gemeinsam das Anerbieten überlegen konnten, aber der Prinz kam ihr zuvor. »Sag deinem Fürsten, ich werde kommen – ohne Rüstung.«

Der Reiter hatte sich kaum entfernt, als die Königin sich Rhonan zuwandte. »War das klug? Die Schlacht entwickelt sich zu unseren Gunsten. Die Kalla können uns den Sieg bringen.«

»Seht Euch um. Das Feld der Träume ist bereits zum Leichenfeld geworden. Wenn ich weiteres Sterben verhindern kann, werde ich das tun.«

Sie nahm seine Hände. »Ich weiß, dass du das möchtest, aber kannst du es auch? Du bist erschöpft. Unterschätze Camora nicht! Gestärkt durch das Wasser der Quelle hat er noch keinen Kampf verloren, und er ist im Gegensatz zu dir ausgeruht.«

Der war mit seinen Gedanken plötzlich ganz woanders. Er war erschöpft, aber das war er auch während des Kampfes gewesen. Kahandars Macht hatte sich nicht voll entfaltet.

»Ich werde heute kämpfen. Caitlin …« Er stutzte. Seine Gedanken waren bei seiner Frau gewesen. Das Schwert konnte ihn nicht erreichen und verweigerte ihm deshalb seine Macht. Was hatte Palema gesagt? Bleib auf dem rechten Pfad, und das Schwert wird dich beschützen, weiche ab, und es wird dich vernichten. Hatte er den Pfad verlassen, als er an Caitlin dachte?

Er spürte eine Hand auf der Schulter und sah in Gideons besorgtes Gesicht. »Was ist mit dir? Träumst du?«

»Verzeiht, ich war etwas abwesend. Ich kriege einfach nicht genug Luft in dieser Rüstung. Ich weiß, wie viel Mühe du dir mit ihrer Beschaffung gegeben hast, und sie ist wirklich wunderschön, aber ich kann sie einfach nicht tragen. Hilf mir bitte, sie abzulegen.«

Darius schüttelte den Kopf und bat beschwörend: »Bedenkt, was Ihr tut! Ihr scheint mir sowohl körperlich als auch geistig kaum in der Verfassung zu sein, diesen Zweikampf zu bestreiten. Ohne Rüstung wäre das nicht nur Selbstmord, Ihr würdet alles, wofür wir jahrelang kämpften, leichtfertig aufs Spiel setzen.«

»Glaubt mir, Fürst, ich war schon sehr vieles, und das war sicher nicht immer rühmenswert, aber leichtfertig mit dem

Leben anderer war ich noch nie. Ich werde diesen Zweikampf bestreiten, und ich werde gewinnen. Aber ganz sicher nicht in dieser Rüstung.«

Gideon versuchte, seine Angst vor dem bevorstehenden Kampf zu verdrängen, und machte sich seufzend daran, die Schulterschnallen zu lösen. »Das erste Mal, seit ich dich kenne, siehst du königlich aus, und schon gefällt es dir nicht. Aber das hätte ich mir ja denken können. Du bist und bleibst eben ein Herumtreiber.«

Darius betrachtete den Prinzen unterdessen mit großer Sorge und noch größeren Zweifeln. »Ihr wisst, dass Ihr nicht mit Kahandar kämpfen werdet?«

»Nicht?«

Der Fürst rang die Hände über so viel Unwissenheit. »Nein, bei einem Zweikampf werden die Waffen selbstverständlich gestellt.«

»Das wusste ich tatsächlich nicht«, erklärte Rhonan mit einem Achselzucken. »Aber unter diesen Umständen ist es auch gleichgültig.«

Derea nickte Darius aufmunternd zu. »Er ist in jedem Fall besser als Camora. Ich habe beide schon kämpfen sehen und werde mich bereits auf eine Siegesfeier einstimmen.«

Sein Blick glitt zum Prinzen. »Sieh dich nachher vor! Camora ist tückisch und hält nicht viel von ehrenhaften Kämpfen.«

»Das bin ich gewöhnt. Ein Vorteil, wenn man in der Gosse gelebt hat.«

Er dehnte sich erst einmal, als er den Brustpanzer endlich los war. »Wie haltet ihr das nur aus?«

Derea grinste breit. »Ich gar nicht. Da musst du schon Canon fragen. Der ist sehr tüchtig.«

»Kein Wunder, dass du kaum Luft gekriegt hast«, schimpfte Gideon und hielt ihm das arg eingedellte Rückenstück hin.

»Ohne sie würde ich aber kaum noch mit dir sprechen können.«

»Meine Güte, das könnte sogar sein«, gab Rhonan beeindruckt zurück.

Er drückte dem Gelehrten die Schulter. »Wenn Camora mich von hinten angreifen will, werde ich das sicher bemerken. Gegen einen kämpft es sich leichter. Mach dir keine Gedanken.«

»Aber ohne Kahandar …«

»Habe ich auch schon gewonnen«, unterbrach der Prinz. »Hab Vertrauen!«

Er ließ den Blick über das Schlachtfeld schweifen. Zu Tode erschöpfte Krieger saßen mitten zwischen ihren blutüberströmten, zerfetzten und oft kaum noch zu erkennenden Kameraden auf der Erde und ließen die Köpfe hängen. Man trieb verirrte Pferde zusammen und trug Verwundete zu Hunderten vom Feld, und überall waren Schmerzensschreie und Stöhnen zu hören. Heiler waren mit Äxten unterwegs, um zertrümmerte Gliedmaßen an Ort und Stelle zu entfernen. Männer mit Pechfackeln folgten ihnen, um die Stümpfe sofort wieder zu verschließen. Es war ein Bild des Grauens.

»Rhonan!«

Morwenas Stimme ließ ihn herumfahren. »Ich möchte, dass du ihn beim Kampf trägst.«

Sie hielt ihm auf der flachen Hand einen Ring mit dem da'Kandar-Wappen hin. »Ich habe dir doch erzählt, dass dein Vater und mein Mathew Brüder waren. Das ist alles, was ich noch von ihm habe, aber dir blieb gar nichts. Ich bin sicher, Mathew hätte gewollt, dass du ihn trägst, wenn du gegen den Mörder deiner und seiner Familie antrittst.«

Er nahm den Ring, sah auf seine verkrüppelte rechte Hand und steckte ihn an den Ringfinger der linken. Er passte wie für ihn gemacht, und er strich versonnen über das geschnitzte Wappen.

Seine Geschwister hatten solche Ringe getragen. Er hatte seinerzeit gedacht, dass er noch zu jung dafür war. Seit Palema ihn über seine wahre Herkunft aufgeklärt hatte, wusste er es besser. Seine Aufgabe hatte immer nur die Versiegelung der Quelle sein sollen. Auf den Thron hatte er nicht viel mehr Ansprüche als Camora, er war allenfalls das kleinere Übel. Der Ring bedeutete ihm gar nichts, aber irgendetwas sagte ihm, dass es nicht der rechte Zeitpunkt war, das kundzutun.

»Danke«, erklärte er daher mit tonloser Stimme. »Ich werde ihn Euch nach dem Kampf zurückgeben.«

Sie lachte auf. »Dummer Junge, ich will ihn nicht zurück. Und hör endlich auf, mich wie eine Fremde zu behandeln. Mathew starb zwar, ehe wir uns verbinden konnten, aber ich sehe mich trotzdem als deine Tante an. Wenn du mich nicht so nennen willst, sag Morwena zu mir, aber lege deine Förmlichkeit endlich ab. Betrachte unser Heim als das deine. Mögen die Götter dir im Kampf beistehen.« Sie zog sein Gesicht zu sich herunter und küsste ihn auf die Stirn.

Die ungewohnte Zärtlichkeit ließ ihn erröten. »Danke … Tante Morwena«, murmelte er.

Sie strahlte, und Derea bewahrte ihn davor, dass sie ihn erneut an sich zog, indem er ihn mit sich zerrte und erklärte: »Komm jetzt ins Zelt! Wir sollten die Kratzer vor dem Kampf doch besser verbinden.«

Kaum außer Hörweite flüsterte er grinsend: »So ist sie nun einmal. Du stehst als Heerführer vor deiner Truppe, und sie herzt dich vor deinen Männern und nennt dich Junge oder Kind. Aber du hast sie eben sehr glücklich gemacht. Ihr geliebter Mathew starb nur drei Tage, bevor sie sich verbinden wollten, und deine Eltern taten so, als ginge sie sein Tod nichts an. Nicht mal zur Totenfeier der Familie war sie eingeladen. So, wie sie immer darüber sprach, hat sie sehr darunter gelitten. Sie sagte immer, Mathew sei nicht nur gestorben, man hätte ihr auch noch das Andenken an ihn gestohlen.«

Der Prinz sah ihn verständnislos an, und er lachte auf. »Hast recht. Dummer Zeitpunkt für solche Gespräche! Diese Gefühlssachen sind bei euch ohnehin mehr Sache deiner Frau, nicht wahr? Na, ein bisschen Zeit ist ja noch. Die solltest du nutzen, um dich etwas zu entspannen.«

Rhonan drehte sich zu Canon um, aber der Hauptmann zog ihn unbarmherzig mit. »Nicht jetzt! Siege meinetwegen für Caitlin, aber denk nicht an sie. Ich erzähle dir besser, was ich über Camora und seine Art zu kämpfen weiß. Du solltest ihn nicht unterschätzen.«

»Das tut er doch nie«, erklärte Gideon, der sich mit seinem Medizinbeutel zu ihnen gesellt hatte, mit freudlosem Lachen. »Genauso wenig, wie er auf jemanden hört, wenn er sich etwas in den Kopf gesetzt hat. Man hätte auf eine Verlegung des Kampfes bestehen müssen, aber er muss es ja hinter sich bringen, um möglichst schnell zu Caitlin zu kommen. Sie wird ihm die Ohren abreißen, wenn sie davon hört … zumindest, wenn er noch so lange lebt.«

Er ergriff Dereas Oberarm und bat: »Dreh eine Runde oder mach etwas anderes Sinnvolles! Ich muss kurz allein mit unserem großen König reden.«

Der nickte verstört, und Gideon drängte Rhonan ins Zelt und schubste ihn auf einen Schemel.

»Zieh rasch Hemd und Hose aus, damit ich in aller Eile noch ein paar Kräuterverbände anlegen kann, ehe du dich ungestüm in einen Kampf wirfst, der, wie immer er auch ausgehen mag, einen fünfundzwanzig Jahre währenden Krieg beenden wird.« Er wühlte wild in seinem Beutel, und Kräuter und Salben flogen durch die Gegend.

Verwirrt ging der Prinz vor einem Ledersäckchen in Deckung. »Was ist in dich gefahren? Habe ich etwas falsch gemacht?«

Die Augen des Gelehrten blitzten vor Zorn. »Ja, verdammt noch mal! Du hast den Kampf zu Camoras Bedingungen angenommen.«

»Hast du dir mal das Schlachtfeld angesehen? Hätte ich zusehen sollen, wie das große Töten weitergeht? Du weißt, dass ich ihn schlagen kann.«

Gideon brüllte zurück: »Ja, du kannst jeden schlagen, aber sicher nicht so nebenher. Du bist doch nur furchtbar in Eile, und das wird bei Camora nicht zum Sieg führen. Erzähl mir nicht, dass die Toten da draußen dir so viel bedeuten. Tote hast du doch schon reichlich gesehen. Aber hast du dir auch mal die Zeit genommen, dir die überlebenden Krieger anzusehen? Du hast ihr Leben, ihre Zukunft und die Zukunft ihrer Familien in der Hand. Was glaubst du, wie sie sich fühlen würden, wenn sie wüssten, dass du hier nur möglichst schnell fertig werden willst?«

»Das ist nicht wahr«, widersprach Rhonan leise, aber mit blitzenden Augen. »Wenn es mir nur um Caitlin ginge, wäre ich längst unterwegs zu ihr.«

»Wie schön du dich selbst belügen kannst«, höhnte der Gelehrte. »Ich habe es vorhin in deinem Blick gesehen: Der Ring von da'Kandar bedeutet dir gar nichts, nicht wahr?«

Rhonans Miene wurde trotzig. »Nein.«

»Du willst den Thron nicht?«

»Nein, das habe ich dir schon immer gesagt.«

»Mit den Freien Reichen verbindet dich auch nichts, oder?«

vas sollte mich denn auch mit ihnen verbinden?«

willst du denn dann gegen Camora kämpfen?«

s glaubst oder nicht, mein weiser Freund, ich habe Tausende von Gründen, und die sind alle draußen vor dem Zelt. Sie schreien und stöhnen vor Schmerz oder, wenn sie bisher Glück hatten, fürchten sich zu Recht vor der Fortsetzung der grausamen Schlacht. Ich habe die Gesichter der Überlebenden gesehen. Nur nackte Angst und Grauen waren in ihnen zu sehen. Das sind meine Gründe. Seit ich denken kann, sterben Unschuldige um mich herum, und ich konnte nie etwas daran ändern. Heute ist es anders, heute kann und werde ich das verhindern.«

Rhonans Stimme war immer noch völlig ruhig, und Gideons Blick entspannte sich etwas. »Kühl und beherrscht wie immer. Hast du Angst vor dem Kampf?«

Der Prinz zuckte die Achseln. »Vielleicht nicht unbedingt Angst, aber schon ein seltsames Gefühl. Es steht so viel auf dem Spiel. Aber ich werde den Schwarzen Fürsten besiegen, für die Menschen da draußen, für meine tote Familie, für meine lebende Familie und für mich.«

»Es wäre mir wohler, wenn du auf eine Verlegung des Kampfes bestanden hättest.«

»Wozu hätte das gut sein sollen?«, fragte Rhonan entwaffnend ehrlich. »Es hätte für mich nichts gebracht, den Kampf zu verschieben, weil meine Gedanken von ganz allein immer wieder bei Caitlin sind. Daran kann ich nichts ändern, sosehr ich es auch versuche. Eine schlaflose Nacht mehr hätte mir kaum Erholung gebracht. Du hast doch diese Kräutersalbe, die so schön wärmt. Könntest du mir davon etwas auf den Rücken schmieren? Der schmerzt nämlich. Vielleicht könntest du vorher noch Derea holen, damit der mir etwas über Camoras Kampfkunst erzählt.«

Bevor Gideon das Zelt verließ, erreichte ihn noch einmal die leise Stimme seines Freundes: »Ich war bei der Schlacht wirklich abgelenkt, und allein deine Rüstung hat mir heute das Leben gerettet. Ich danke dir dafür. Aber das ist längst vorbei. Für Caitlin würde ich mein Leben und meine Zukunft jederzeit, ohne zu zögern, opfern, aber nie das Leben und die Zukunft anderer.«

Der Gelehrte drehte sich um und erklärte mit heiserer Stimme: »Ich weiß, mein Freund. Verzeih meinen Auftritt eben! Mir allein muss ich Vorwürfe machen, denn mir ging es eben nur um dich und mich. Ich … ich … Weißt du, schon seit Langem betrachte ich dich immer mehr als eine Art Sohn. Du bist mir so unendlich lieb und teuer geworden … ich will dich einfach nicht verlieren, und mir ist fast schwindelig vor Angst.«

»Ich danke dir auch für deine Liebe.« Er schluckte und fuhr leise fort: »Ich wünschte manchmal, ich könnte meine Gedanken besser in Worte fassen, aber du wirst auch so verstehen, was ich meine. Weißt du, zu wissen, dass es Menschen gibt, die sich um mich sorgen, ist ein unglaublich schönes Gefühl. Ich habe es erst vor Kurzem kennengelernt, daher bin ich vielleicht besonders dankbar dafür. Du warst mein erster Freund, und ich weiß, du wirst immer mein teuerster bleiben. Ich habe schon Kämpfe gewonnen, bei denen es mir gleich war, ob ich sie überlebte oder nicht, weil niemand auf mich wartete, aber heute werde ich auch siegen, weil es Menschen wie Caitlin und dich gibt. Aber ich bin auch immer noch Palemas Sohn und wurde schließlich nur für den Kampf in die Welt gesetzt. Das muss einfach reichen. Hab Vertrauen, mein Freund.«

»Du kannst deine Gedanken wunderbar in Worte fassen, und ich weiß jetzt, du wirst siegen.«

Er ging zu Rhonan und umarmte ihn herzlich, und der erwiderte die Umarmung genauso herzlich.

* * *

Der Platz vor der Zitadelle füllte sich. Für die Könige, Fürsten und Heerführer hatte man rund um den Kampfplatz schlichte Holzbänke aufgebaut. Die Krieger, die noch stehen konnten, sammelten sich dahinter. Diesen Kampf wollte sich niemand entgehen lassen, auch wenn die meisten kaum etwas davon sehen würden. Dabei sein wollten sie alle.

Rechts von der Zitadelle sammelten sich die Krieger der Freien Reiche, links davon die der Horde. Nur eine schmale Gasse trennte die erbitterten Feinde voneinander. Keiner trug eine Waffe.

»Er ist zu jung. Außerdem scheint er die Bedeutung des Kampfes gar nicht zu begreifen. Ich habe ein ganz schlechtes Gefühl«, murmelte Darius.

»Er ist vielleicht kein Heerführer und mit unseren Kriegsbräuchen nicht vertraut, aber unerfahren im Kampf ist er nicht«, entgegnete Morwena mit Bestimmtheit. »Das wird dir doch heute auch aufgefallen sein. Was willst du eigentlich? Erst predigst du mir ununterbrochen, ich solle auf die Prophezeiung vertrauen, jetzt ist der Erbe endlich bei uns, um sie zu erfüllen, und dir kommen plötzlich Zweifel. Ich habe aber keine Lust auf wirre Launen. Entweder du bist still, oder du suchst dir einen anderen Platz.«

Marga ergriff Darius' Hand. »Ich habe schon neben Rhonan gekämpft und vertraue auf ihn.«

Er sah die Angst in ihren Augen, die im krassen Gegensatz zu ihrer kühnen Behauptung stand, und erwiderte den Druck ihrer Finger. »So wollen wir denn alle auf ihn vertrauen, Tochter.«

Unruhe entstand unter den Hordenkriegern, denn Camora betrat gemessenen Schrittes den Kampfplatz. Zwei seiner Heerführer begleiteten ihn. Vereinbarungsgemäß trug er weder Rüstung noch Helm. Marga presste bei seinem Anblick die Lippen zusammen. Er war fast so eindrucksvoll wie seine Schattenkrieger, und gegen ihn wirkte sogar Rhonan schmal. Sie spürte, wie jede Wärme ihren Körper verließ, und unterdrückte nur mühsam ein Frösteln.

Morwena schmunzelte irgendwann und raunte Darius zu: »Nett anzusehen, wie er da so allein herumsteht, oder? Man spürt richtig seine wachsende Wut. Gut, dass Canon bei Rhonan ist. Er versteht sich auf große Auftritte und wird Camora so lange wie möglich im eigenen Saft schmoren lassen. Ich liebe meine Söhne. Sie sind auf so vielen Gebieten so unglaublich begabt.«

Die Zeit verstrich, und selbst Darius konnte sich ein kleines Lächeln abringen, weil Camora offensichtlich immer mehr Mühe hatte, seine äußere Ruhe zu bewahren. Dass der Schwarze Fürst innerlich kochte, war für ihn klar. Denn dass ein Gegner sich so viel Zeit ließ, überschritt die Grenze zur Beleidigung. Doch endlich erschien der Prinz, begleitet von Canon und Derea.

Er schritt langsam, wie Canon es ihm eingeschärft hatte, erhobenen Hauptes durch die Reihen seiner Krieger, und alle sanken auf ein Knie und beugten das Haupt.

»Nur nach vorn sehen«, wies Canon an. »Du bist ihr König.«

Kaum hatte Rhonan den Kampfplatz betreten, als Morwena sich erhob, um mit den Worten »Mein König« auch auf die Knie zu sinken. Alle Fürsten und Heerführer der Freien Reiche folgten umgehend ihrem Beispiel.

Deren Krieger, die bisher stumm verharrt hatten, nahmen

den Ruf auf. Wie Donnerhall erfüllte ihr »Sieg unserem König!« das Tal.

Derea überkam gleichzeitig Trauer und Freude, als er sah, dass jetzt auch in den Reihen der Horden viele Männer auf ein Knie sanken und lautlos ihre Lippen bewegten. Männer, die jahrelang Camora gedient hatten, zeigten offen, dass sie dies nur gezwungenermaßen getan hatten. Sollte Camora siegen, würden sie seinen Zorn zu spüren bekommen, so sicher, wie die Nacht dem Tag folgte.

»Ruhig«, gab Canon leise Anweisung, als er Rhonans Unruhe spürte. »Du musst nichts sagen, du musst nur siegen.«

Der Prinz tat also das, was er inmitten vieler Menschen am besten konnte, nämlich nichts. Durch seinen Kopf jagten plötzlich die wildesten Gedanken: Allein ein Stolpern könnte gleich über die Zukunft von Tausenden entscheiden. Eine kleine Unachtsamkeit, und sein Tod würde Hunderte nach sich ziehen. Er hatte noch nie einen Kampf verloren, aber er hatte auch noch nie für ganze Reiche gekämpft. Während er nach außen hin ruhig wirkte, versuchte er, diese beklemmenden Gedanken schnellstens wieder zu verdrängen, um locker zu bleiben und nicht zu verkrampfen.

Gideon sollte für alle Rassen und Völker erklären, was jetzt geschehen würde. In verschiedenen Sprachen erläuterte er, dass der Kampf unweigerlich bis zum Tod eines der beiden Kämpfer geführt werden würde und den Krieg genauso unweigerlich beenden würde. Den Sieger müssten alle als rechtmäßigen Großkönig anerkennen.

Er verbeugte sich knapp vor Camora und dann vor Rhonan. »Mögen die Götter dir beistehen, mein Sohn«, bat er leise und setzte sich auf einen freien Platz.

Unter den prüfenden Augen der Begleiter griff Camora sich Schwert und Schild, Rhonan wählte Schwert und eine kurze

Axt. Alle begutachteten die Waffen, und die Begleiter der Kämpfer setzten sich ins Rund.

»Das hast du gut gemacht«, raunte Morwena Canon zu.

»Danke für das Lob, auch wenn es mir nur zur Hälfte gebührt. Dein Fastneffe scharrte gewaltig mit den Hufen und hat mich für verrückt erklärt, weil ich ihn aufgehalten habe. Aber dass die Krieger auf die Knie fallen, habe ich nicht angeordnet. Das war wohl ihr Dank dafür, dass Rhonan jetzt an ihrer Stelle kämpft.« Sein Blick wanderte zum Kampfplatz.

Camora und der Prinz standen sich jetzt gegenüber. Sie waren fast gleich groß, aber Camora brachte deutlich mehr Gewicht auf die Waage. Langsam und vorsichtig umkreisten die Gegner einander, schätzten sich gegenseitig erst einmal ab.

Um sie herum herrschte eine fast atemlose Stille. Zu wichtig war dieser Kampf, zu angespannt jeder Einzelne. Es gab kaum einen Krieger, der nicht die Hände knetete oder stumme Gebete zu den Göttern schickte, denn zwei Männer, die, von ihrer Größe einmal abgesehen, kaum unterschiedlicher hätten sein können, entschieden jetzt über ihrer aller Zukunft.

Die Schwerter prallten aufeinander und verharrten wie aneinandergeklebt in der Luft.

»Bei deiner Geburt hatte ich bereits viele Siege gefeiert«, prahlte Camora herablassend.

Rhonans Augen blitzten. »Erwartest du deshalb Mitleid von mir? Du führst doch noch recht gut die Klingen. Du hättest dich nur etwas warm kämpfen sollen. Aber in deinem Alter zieht man wohl die Ruhe einer Schlacht vor.«

Sein Gegner nahm die Beleidigung mit einem Lächeln hin. »Warum kämpfst du eigentlich gegen mich? Erzähl mir nicht, dass der Scheiterhaufen dich nicht in deinen Träumen verfolgt. Hast du nicht nur deshalb Trost im Branntwein gesucht? Du könntest doch ohnehin nie nach da'Kandar zurückkehren. Für dich kann dort alles nur nach verbranntem Fleisch und Blut stinken.«

»Immer noch besser als der Gestank nach Verderbnis, den du verbreitest. Hast du eben nicht hingesehen? Nicht mal die Hälfte deiner Krieger steht auf deiner Seite. Selbst sie wollen aus deinem widerlichen Dunstkreis heraus.« Rhonan ging jetzt schneller zum Angriff über, konnte aber keine Schwachstelle bei seinem Gegner ausmachen.

Gideon knetete seine eiskalten Hände und schloss immer wieder kurz die Augen. Mit unglaublicher Kraft und Geschwindigkeit trafen sich die Klingen. Es schien ein ausgeglichener Kampf zu sein. Wenn ein Kämpfer im Vorteil war, konnte er es zumindest nicht erkennen. Der Prinz parierte gerade einen Schlag Camoras mit der Axt, erwischte den Fürsten mit dem Schwert an der linken Schulter und schlug das erste Blut.

Der Schwarze Fürst keuchte, taumelte kurz, fing sich aber sofort wieder und wehrte den nächsten Angriff mit dem Schild ab. Die Wucht des Schlages verbeulte ihn, aber fast unmittelbar danach sah Rhonan sich schon wieder in die Verteidigung gedrängt.

Eine unglaubliche Erschöpfung überkam ihn plötzlich, die seine Arme und Beine immer schwerer werden ließ. Es tat schon fast weh, das Schwert zu heben.

Camora lächelte siegessicher und reihte Attacke an Attacke, trieb seinen Gegner jetzt regelrecht vor sich her. Der strauchelte, und ein Schwertstreich traf ihn am rechten Unterarm. Mühsam parierte er den nächsten Schlag mit der Axt. Seine Umgebung verschwamm vor seinen Augen.

»Schon müde, Blondschopf? Zu emsig aufgewärmt?«, fragte der Fürst und zwinkerte boshaft. Endlich griff der Hexenmeister ein. Sein Sieg war zum Greifen nah.

Rhonan sah das Zwinkern und begriff. Er kämpfte nicht nur gegen Camora, hier war ein Zauber im Spiel, und den kannte er nicht einmal aus der Gosse. Er versuchte vergebens, sich dagegen zu sperren, wie er es auch bei den Nebelfrauen getan hatte, aber er schaffte es nicht.

»So viel zu einem Zweikampf«, knurrte er.

»Hast dich wohl etwas überschätzt«, höhnte sein Gegner leise, während ihre Klingen erneut aneinanderklebten. »Du bist vielleicht schnell und geschickt, aber vieles lernt man eben erst mit den Jahren.«

Rhonan schwieg. Was hätte er auch tun sollen? Den Kampf abbrechen und eine Anklage erheben, die nicht zu beweisen war? Er hatte eine Schlacht hinter sich, seine Müdigkeit war damit leicht zu erklären. Ein Blick in Camoras Augen sagte ihm genug. Entweder er gewann gegen ihn und den Hexer, oder er starb zusammen mit der Hoffnung der Freien Reiche und vor unzählig vielen, die jetzt auf ihn bauten. Nein, er würde nicht sterben, nicht er. Entschlossen kniff er die Augen zusammen und kämpfte weiter. Es würde sich eine Gelegenheit ergeben … es ergab sich immer eine Gelegenheit. Er musste nur wachsam sein und durchhalten, bis sie endlich kam. Er atmete schneller, hatte immer mehr das Gefühl, schwere Gewichte an Armen und Beinen zu haben. Kahandar hätte ihm helfen können, stand aber nicht zur Verfügung. Jetzt musste es Caitlin richten. Bei jeder Parade dachte er an seine Frau oder sein Kind. Auch sie musste er vor Camoras Hass schützen, seinen grinsenden Widersacher daher unbedingt töten.

Ein Schwertstreich erwischte ihn am rechten Arm. Er schwankte, fing sich aber gleich wieder. Verzweifelt versuchte er, die immer stärker werdende Ermüdung zu überwinden. Sein Kind sollte in Frieden aufwachsen, aber seine Beine sackten weg. Er musste Caitlin schützen, aber die Axt war ihm zu schwer. Die Freien Reiche durften nicht verlieren, aber wie sollte er gewinnen?

Das Lächeln Camoras wurde immer breiter und Rhonans Keuchen immer lauter.

* * *

»Das ist, glaube ich, nicht den Regeln entsprechend.«

Maluch fuhr erschrocken herum und atmete dann erleichtert auf. »Juna, meine Liebe, ich bin entzückt, dich zu sehen. Aber wo hast du nur die ganze Zeit gesteckt?«

»Das ist eine lange Geschichte.« Sie blickte von ihrem Ziehvater auf den Kampfplatz. »Der Prinz wirkt müde.«

»Die Schlacht war hart.«

Er blinzelte vergnügt, und sie entgegnete trocken: »Der tapfere Camora hat sich ja wieder einmal vornehm zurückgehalten und seine Männer für sich sterben lassen. Ein großer und heldenhafter Heerführer. Kein Wunder, dass seine Untergebenen ihn so unglaublich verehren.«

»So solltest du aber nicht über deinen zukünftigen Gatten reden«, tadelte er gut gelaunt. »Sieh mal, er hat den Erben gerade erneut erwischt … und gleich noch einmal. Das war jetzt endlich einmal eine tiefere Wunde … der Anfang vom Ende. Es läuft alles bestens.«

Ihr unbeteiligter Blick wanderte von den Kämpfern zu Maluch. »Benötigt Camora nun schon deine Hilfe, um in einem Zweikampf zu siegen?«

»Wie kommst du denn darauf?«

»Ich bin nicht dumm.«

Er lachte heiser auf. »Dir kann ich ohnehin nichts vormachen. Ich helfe natürlich ein bisschen nach. Wir wollten in dieser nicht ganz unwichtigen Angelegenheit ganz sichergehen. Wo auch immer dieser Erbe sich herumgetrieben hat, das

Kämpfen hat er dort nämlich gelernt. Aber das wird ihm nichts nützen. Selbst ohne meinen Zauber dürfte er durch die Wunden schon zu geschwächt sein, um noch viel länger standzuhalten. Sieh dir Camora an! Stärke und Geschick spielt er gut aus. Er wird siegen. Freue dich, meine Schöne, bald wirst du Großkönigin sein.«

»Meine Pläne haben sich ein klein wenig geändert«, erklärte sie mit ausdrucksloser Miene. »Was ich will, kannst du mir nicht bieten. Tut mir leid, aber diesen Kampf solltet ihr besser verlieren. Wir brauchen den Erben vielleicht noch.«

Er starrte sie erst fassungslos an, dann lachte er belustigt auf. »Juna, Juna, du hast schon immer gern deine Scherze gemacht. Fast wäre ich wieder darauf hereingefallen.«

Sie lächelte zurück. »Aber auch nur fast, nicht wahr? Gute Reise, alter Mann!« Bei diesen Worten rammte sie ihm einen Dolch mitten ins Herz.

Er hatte gerade noch Zeit, sie ungläubig anzusehen, ehe er in ihren Armen zusammensackte.

Sie sah über seine Schulter hinweg einige Hordenkrieger an, die sich umgedreht hatten, und erklärte: »Ihm ist vor Aufregung schwindelig geworden.«

Gut gelaunt zwinkerte sie ihnen zu. »Selbst an Hexenmeistern geht das Alter wohl nicht spurlos vorüber.«

Die Krieger lachten und wandten sich wieder dem Kampf zu.

Sie setzte den Leichnam auf einen Stuhl, verdeckte die blutende Wunde mit seinem Umhang und sah noch einmal auf den Kampfplatz. »Enttäusche mich jetzt besser nicht«, murmelte sie und entfernte sich mit schnellen Schritten.

* * *

»Bei allen Göttern, Rhonan, pass doch auf!« Gideon war mittlerweile schlecht vor Angst. Sein Magen schien zu brodeln, und Schweiß tropfte ihm in die Augen.

Immer größere Unruhe entstand unter den Kriegern, und das erste nicht mehr zu unterdrückende Stöhnen ging auch durch die Reihen der Reichsfürsten, während sich die Führer der Horde die Hände rieben und ihren Feinden abschätzige Blicke zuwarfen. Morwena atmete stoßweise und drückte Canons Hand so fest, dass es schmerzte. Er leckte sich die trockenen Lippen.

Jede Schnelligkeit und Geschmeidigkeit hatten den Prinzen längst verlassen, er schien am Ende seiner Kräfte, hielt sich nur noch mühsam auf den Beinen und ächzte und keuchte bei jeder Bewegung. Sein Hemd war schweißnass und rot von Blut, die Axt hatte er verloren. Krampfhaft umklammerten seine Hände das Schwert und wehrten immer schwächer und oft im letzten Augenblick die ständigen Angriffe ab. Es war nur noch eine Frage der Zeit, bis er zusammenbrechen würde.

Derea glaubte, seinen Augen nicht zu trauen. Er kannte Rhonan viel zu gut, um anzunehmen, er sei schlicht erschöpft. Das konnte nicht mit rechten Dingen zugehen. Er hätte sich ohrfeigen mögen. In plötzlichem Verstehen suchten seine Augen die Zuschauerreihen ab, aber er konnte Maluch nirgends entdecken.

Er wollte aufspringen, aber Canon hielt ihn zurück. »Ich muss …«

»Nichts«, unterbrach Canon. »Jede Kampfhandlung außerhalb des Zweikampfs wird gegen uns gewertet.«

»Aber …«

»Bleib gefälligst ruhig.«

Der Hauptmann starrte auf den Kampfplatz, und Verzweiflung und Wut kochten in ihm hoch.

»Bald wirst du deine Familie wiedersehen«, spottete Camora gerade. »Freust du dich?«

Knapp schaffte Rhonan es, den nächsten Schwertstreich zu parieren. Er blinzelte sich den Schweiß aus den Augen und taumelte rückwärts. Camora setzte sofort nach, warf jetzt sogar seinen Schild weg und schlug beidhändig in geradezu wilden Attacken auf die Waffe seines nahezu kampfunfähigen Gegners. Der schwankte wie ein Betrunkener, ging in die Knie, hielt sein Schwert jetzt nur noch in der rechten Hand, und es sah aus, als entglitte es ihm gleich ganz. Schwer atmend sackte er in sich zusammen.

Ein Lächeln überzog Camoras Gesicht. »Das war's. Ich bin am Ziel. Da wollte ich dich immer schon gern sehen: im Dreck zu meinen Füßen.«

Noch während er ausholte, sah er das Funkeln in Rhonans Augen, konnte aber nicht mehr reagieren. Blitzschnell war der wieder auf den Füßen, griff das Schwert mit beiden Händen und rammte es seinem Gegner in den ungeschützten Leib. Fassungslos taumelte Camora zurück. Das Schwert entglitt seinen Händen.

Rhonan setzte jetzt seinerseits nach und schlug ihm die Klinge quer über die Brust. »Der erste war für meine ermordete Familie, der zweite war für meine neue Familie, und der letzte wird für mich sein. Deinen Kopf kriegen die Freien Reiche. Du hast ehrlos gelebt, du hast ehrlos gekämpft, du wirst ehrlos sterben. Du wirst nicht verbrannt, Thronräuber, dich kriegen die Aasfresser.«

In Camoras Augen war neben Schmerz immer noch Unglauben, als er auf die Knie sackte. Sein schon trüber Blick glitt über die Zuschauer.

»Suchst du deinen Helfer, den Hexenmeister?«, höhnte Rhonan. »Der hat schon vor einiger Zeit aufgegeben. Das musstest du nur nicht wissen, denn zu siegessichere Kämpfer werden leichtsinnig und sind daher viel leichter zu schlagen. Deine Herrschaft ist beendet.« Er holte kurz aus und trennte ihm mit einem gewaltigen Hieb den Kopf vom Rumpf.

Camoras Kopf rollte über den Kampfplatz, und ein erleichterter und wahrhaft ohrenbetäubender Jubel setzte ein.

Die Führer der Freien Reiche stürmten auf den Platz, aber Gideon erreichte den Prinzen zuerst. Der lächelte dünn und bemerkte heiser: »Du musst mich schon wieder einmal stützen, mein Freund. Ich glaube …« Er brach besinnungslos in den Armen des Gelehrten zusammen.

25. Kapitel

Rhonan öffnete die Augen und sah noch leicht verschwommen Gideon, Derea, Canon, Morwena, Marga und Darius um sich herumstehen.

»Oh, mein Junge, du bist endlich wach?«, fragte Gideon mit feuchten Augen. »Es ist alles halb so schlimm. Ich musste nur zwei Wunden nähen. War das ein Kampf! Ich glaubte schon nicht mehr an unseren Sieg. Was war nur los? Derea sagt, es müsse ein Zauber im Spiel gewesen sein. Aber das ist jetzt ja auch gleichgültig, denn es ist doch noch geschehen, worum wir alle gebetet hatten. Der Krieg ist beendet. Die Schreckensherrschaft ist vorüber. Hörst du die Menschen? Sie feiern ihre Freiheit, ihre Zukunft und vor allem ihren König, der ihnen den Sieg gebracht hat, und unglaublich viele Hordenkrieger feiern mit. Du hast ihre Hoffnungen erfüllt, ihren Schmerz beendet und ihnen neues Leben geschenkt. Ihre Dankbarkeit kennt keine Grenzen. Oh, hör doch nur ihren Jubel. So geht es schon die ganze Zeit. Es gibt bereits Lieder über dich. Ehemalige Feinde liegen einander in den Armen. Überall brennen Freudenfeuer. Es ist so … so … ich finde gar keine Worte. Mein Freund, mein König, was sagst du?«

Doch dessen Augen suchten schon Canon. »Sag mir jetzt endlich, was du über Caitlin weißt.«

»Das kann doch wohl bis morgen warten, mein König«, erklärte Darius mit Inbrunst. »Wir …«

Rhonan fuhr hoch, verzog schmerzlich das Gesicht, fiel wieder in die Kissen, atmete kurz durch und presste seine Hand in die Seite. Mit zornbebender Stimme stieß er aus: »Jetzt reicht's mir. Ich habe getan, was ihr von mir erwartet habt. Camora ist tot, die Schlacht vorbei. Feiert, was immer ihr wollt, aber ich will jetzt endlich wissen, was mit Caitlin und mit unserem Kind ist. Ich will keine Lieder, ich will den verdammten Thron nicht, ich will nur meine Familie zurück.«

Gideon nickte, Derea und Marga fanden die Aussage ihres Freundes nicht weiter überraschend, aber Darius widersprach sichtlich entsetzt: »Ihr wollt den Thron nicht? Ihr könnt nicht meinen, was Ihr sagt. Wir haben unendlich lange für Euch gekämpft …«

»Ihr habt für mich gekämpft?«, brüllte der dazwischen. »Das wüsste ich aber. Meine Kämpfe habe ich stets allein ausgetragen. Eure Ziele waren nie meine. Ihr habt diesen Krieg geführt, ich nicht. Euch ging es die ganze Zeit um die Krone des Großkönigs, mir nicht. Als dieser Krieg begann, war ich noch nicht einmal geboren. Es reicht doch, dass mir dauernd alle sagen, welche großen Verpflichtungen ich allein wegen meines Namens habe und was ich deshalb alles zu tun habe. Ich tue ja, was ich tun muss, aber was ich denke, bestimme immer noch ich. Ich …«

Canon legte ihm beschwichtigend die Hand auf den Arm. »Es ist gut, Rhonan. Beruhige dich! Ich verstehe dich ja und erzähle dir alles, was ich von Hylia weiß.«

Er wartete dessen Nicken ab und berichtete alles, was er erfahren hatte, über die Schwestern, die Siegel und die Quelle und über Ayala und das Wasserverlies. Schließlich erklärte er: »Es geht ihnen sehr schlecht, aber sie geben nicht auf. Jemand lässt ihnen seit Tagen heimlich Obst und Fleisch hinunter. Caitlin trägt immer noch euer Kind und ist in ständiger Sorge um dich.«

Rhonan war ohnehin bleich wie die Wand, aber seine Miene war während des Berichtes immer gequälter geworden. »Wie komme ich zur Nebelinsel?«, fragte er, sobald Canon schwieg.

»Gar nicht ohne Ayalas Billigung.« Erneut legte Canon ihm die Hand auf den Arm. »Seit Jahren ist Hylia in meinem Herzen. Ich würde alles dafür geben, sie endlich auch in meinen Armen halten zu können, aber mit Schwertern, selbst mit Kahandar, können wir die Priesterinnen nicht besiegen. Wenn wir den Frauen helfen wollen, müssen wir überlegt vorgehen. Caitlin und Hylia sind stark. Wenn sie erst wissen, dass wir gesiegt haben, werden sie durchhalten. Du wirst dich im Übrigen mit einem Sohn abfinden müssen. Hylia ist davon überzeugt, dass nur ein Junge mit deiner Zähigkeit diese Zeit überstehen könnte.«

Der Prinz nickte. »Danke! Tu mir den Gefallen und teile Hylia mit, dass wir sie so schnell wie möglich holen werden. Sie soll Caitlin sagen, dass es mir gut geht und dass sie stärker ist als Kahandar.« Auf Canons verständnislosen Blick hin fügte er an: »Sie wird wissen, was ich meine. Lass sie wissen, dass ich nichts ohne Gideons Zustimmung tun werde. Das wird sie beruhigen.«

»Ich werde die Nachrichten sofort überbringen, und du solltest ein wenig schlafen.«

Gideon wartete, bis alle gegangen waren. »Hast du große Schmerzen? Soll ich dir etwas dagegen mischen? Ich habe meinen Vorrat an Kräutern gut aufstocken können.«

Rhonan erwiderte nichts, legte nur den Arm über die Augen und atmete tief und schwer.

»Ich versteh schon. Dann misch ich dir jetzt nach eigenem Gutdünken einen Schlaftrunk.« Nur wenig später trat er wieder an das Lager. »Wir haben doch immer für alles eine Lösung gefunden. Du wirst Caitlin aber ganz sicher nicht helfen können, wenn du vor Erschöpfung zusammenbrichst. Komm, mein Junge, trink jetzt und schlaf! Du könntest heute Nacht nun wirklich nichts Sinnvolleres mehr tun. Morgen werden wir uns etwas überlegen.«

Widerstandslos und mit leerem Blick trank sein Begleiter die Brühe, die er ihm einflößte, und schloss die feuchten Augen.

Der Gelehrte blieb neben ihm sitzen, bis Rhonan endlich in einen unruhigen Schlaf fiel.

Immer noch drangen fröhliche und laute Gesänge in das Zelt, und die um Freudenfeuer tanzenden Männer warfen muntere Schattenspiele an seine Wände. Ausgelassen, glücklich und dankbar feierten die Menschen ihren Großkönig, und der König selbst zeigte noch im Schlaf ein von tiefem Kummer gezeichnetes Gesicht.

Gideon starrte mit Tränen in den Augen nach oben. »Wie weit wollt Ihr es noch gehen lassen? Bei allem, was mir heilig ist, Dala, Schwesternmörderin und Schutzheilige der Verianer, wenn du jetzt tatenlos zusiehst, wie auch noch Rhonan und Caitlin zugrunde gehen, werde ich den Turm der Winde und jedes Schriftstück, das ich in die Finger bekomme, verbrennen. Nichts wird von dir bleiben. Selbst deinen Namen werde ich auslöschen. Ich kann nicht kämpfen, aber du wirst erleben dürfen, dass ich gut zerstören kann.«

Rhonan warf sich unruhig hin und her und stöhnte tief, und der Gelehrte strich ihm sanft über die Stirn und begann mit leiser Stimme, eine Geschichte zu erzählen. Er erzählte immer weiter, auch als sein junger Freund endlich entspannt schien.

Marga gesellte sich irgendwann zu ihm und lauschte andächtig der Geschichte.

* * *

Canon und Derea saßen auf einem Baumstamm und um sie herum wurde gefeiert. Um große Lagerfeuer herum sangen und tanzten Krieger beider Lager und Kalla in laut grölender, friedlicher Eintracht. Gebrautes, Wein und Branntwein flossen in Strömen.

Canon schien mit den Gedanken woanders zu sein, knetete die Hände und starrte vor sich hin.

»Denkst du an Hylia?«, fragte Derea.

Sein Bruder nickte. »Ich habe gerade mit ihr gesprochen. Caitlin geht es sehr schlecht, ihr Fieber steigt. Hylia befürchtet, dass sie ihr Kind verlieren wird oder gar stirbt, wenn sie nicht sehr bald Hilfe bekommen. Du kennst Rhonan besser als ich. Glaubst du, ich muss es ihm sagen? Es würde doch keinem weiterhelfen. Nur weil es ihr schlechter geht, kommen wir trotzdem nicht schneller auf die Insel.«

Der Hauptmann überlegte eine Weile, dann schüttelte er den Kopf. »Ich denke, das solltest du nicht. Ruhm, Ehre, der Thron, die Reiche – nichts scheint ihm etwas zu bedeuten. Mit da'Kandar kann er eigentlich nur Schmerz verbinden, aber Caitlin bedeutet ihm alles. Hast du seinen Blick eben gesehen? So hat er nur einmal geschaut, nämlich als er darüber nachgedacht hat, ob er unseren feinen Vater, den General, am Leben lassen kann. Er dreht durch, wenn du ihm das jetzt auch noch erzählst. Sag ihm besser nichts! Geht es denn wenigstens Hylia halbwegs gut?«

Canon fuhr sich fahrig mit beiden Händen über die Oberschenkel. »Ich weiß es nicht. Sie spricht nur von Caitlin und behauptet immer, ihr ginge es gut. Ich glaube ihr aber nicht mehr, denn ihre Gespräche werden immer kürzer. Ihr fehlt sogar dafür die Kraft, und das zerreißt mich fast.«

Derea legte ihm den Arm um die Schulter. »Frauen sind stärker, als wir denken, nicht unbedingt in Bezug auf ihre Körperkraft, aber in Bezug auf Willen und Zähigkeit. Hylia ist eine mutige und starke Frau, die nie aufgeben würde. Sie wird es schaffen.«

Canon wollte etwas erwidern, als ein Tumult ihn stutzen ließ. »Was ist denn da los?«

Beide rannten auf eine Gruppe Gardisten zu, die sich mit Hordenkriegern prügelte.

»Sofort aufhören!«, brüllte Canon schon von Weitem. »Oder ich lasse euch alle in Ketten legen.«

Die Männer ließen umgehend voneinander ab.

»Was ist hier los?«, fragte er und baute sich vor einem Gardisten auf.

»Ehemalige Truppenführer Camoras«, erklärte der und wischte sich Blut von der Lippe. »Wollten eine Hinrichtung vornehmen.«

Derea sah verständnislos zu den Hordenkriegern. »Eine Hinrichtung?«

»So verfahren wir mit Kriegsverbrechern und Mördern«, erklärte einer von ihnen. »Das dürfte doch auch bei Euch üblich sein.«

»Nur nicht ohne Verfahren«, erwiderte Canon streng. »Liefert uns den Schuldigen aus, und wir werden die Angelegenheit morgen prüfen. Ihr werdet eure Beschuldigungen vorbringen können und der Beschuldigte seine Verteidigung. Dann werden wir ein Urteil fällen.«

»Wer wird es fällen?« Das Misstrauen der Hordenführer war mehr als deutlich zu erkennen.

»Ein Richterrat aus unseren und euren Führern vermutlich. Ihr wisst selbst, dass es diesbezüglich noch keine Regelung gibt. Jedenfalls sollte unser Frieden nicht mit einem Akt der Willkür beginnen.«

Die einstigen Gefolgsleute Camoras sahen einander an und nickten. Dann wandte sich einer um und befahl: »Bringt sie her!«

Im Griff zweier Krieger näherte sich eine Gestalt im

schwarzen Umhang. Der Hordenführer nahm ihr die Kapuze ab. »Sie hat während des Zweikampfs die Waffenruhe gebrochen und den Hexenmeister niedergestochen. Wir verlangen ihren Tod.«

»Juna?« Derea glaubte, seinen Augen nicht zu trauen.

Canon sah kurz verwirrt zu seinem Bruder, dann nickte er. »Die Vorwürfe wiegen schwer. Nehmt sie fest, und morgen entscheiden wir, was mit ihr zu geschehen hat.«

»Wir werden sie bewachen«, forderte ein Hordenkrieger.

Canon nickte abermals. »Ich erwarte aber, dass sie morgen noch lebt. Sonst wird der Richterrat sich mit den Wachen beschäftigen.«

Damit schienen alle einverstanden. Innerhalb kürzester Zeit löste sich die kleine Versammlung auf.

Canon packte seinen augenscheinlich zur Bewegungslosigkeit erstarrten Bruder an der Schulter. »Was ist mit dir?«

»Sie … wir … ich … also sie, oder besser gesagt, wir … Juna …«

»Ja wer denn nun? Hol tief Luft, sammle dich und rede keinen Unsinn.«

Sein Bruder atmete befehlsgemäß durch und begann erneut: »Ich habe dir doch erzählt, dass sie mir das Leben gerettet hat. Eine Hinrichtung kann ich daher nicht zulassen.«

»Wenn sie tatsächlich die Waffenruhe gebrochen hat, wirst du sie kaum verhindern können.«

»Sie hat Maluch getötet. Er war es doch, der Rhonan geschwächt hat«, empörte sich Derea.

»Hast du dafür Beweise? Siehst du! Verdreh also nicht die Augen, vergiss deine höchstwahrscheinlich richtigen Vermutungen und hör mir zu. Mord bleibt Mord, auch wenn uns das Opfer nicht sehr liebenswert erscheint, und Kriegsverbrechen bleibt Kriegsverbrechen, gleichgültig, auf welcher Seite es verübt wurde. Wir können gerade jetzt nicht mit zweierlei Maß messen.«

Der Hauptmann wühlte wild in seinem Haar. »Gleichgültig, ob wir seine Einmischung beim Zweikampf beweisen können oder nicht, er wäre doch ohnehin hingerichtet worden.«

»Nach einem Prozess. Dann wäre es eine gerechte Hinrichtung gewesen und kein Mord.«

»Ich bin … ich habe … das ist … du musst …«

»Geht das schon wieder los?«, stöhnte Canon. »Du weißt doch gar nicht, ob die Vorwürfe überhaupt stimmen.«

Derea blieb stehen, schien zu überlegen und nickte dann. »Die stimmen bestimmt.«

»Ja, dann …«

»Sie lügt, betrügt, bricht Ehen, quält gern und bringt Leute um …«

Canon sah ihn jetzt schon mehr als erheitert an. »Also, in diesem Fall …«, setzte er erneut an.

»Sie ist durch und durch eine Hexe und richtig gefährlich. Du glaubst gar nicht, wie gemein sie sein kann. Ich rette sie, und sie verspottet mich dafür. Überall macht sie nur Ärger, und ich liebe sie.«

Canons Erheiterung war wie weggeblasen. »Was? Sag das doch noch mal!«

»Ich liebe sie.«

Jetzt raufte Canon sich zur Abwechslung einmal die Haare. »Du liebst eine Hexe, die lügt, betrügt, Leute umbringt und so weiter. Bist du von Sinnen?«

Sein Bruder senkte den Kopf. »Ich hätte mich auch lieber in eine Frau wie Mutter oder Hylia verliebt. Meine Traumfrau war Juna nicht. Es ist einfach geschehen, und ich weiß noch nicht mal, wie und warum. Ich mochte sie anfangs überhaupt nicht, aber sie ist ganz anders, als sie ist. Du musst mir helfen. Ich kann nicht ...«

»Hör auf mit diesem Mist! Weißt du, was du da sagst? Die Frau wäre dein Untergang.«

»Das hat sie mir auch gesagt«, gab der Hauptmann kleinlaut zu.

Canon glaubte immer mehr zu träumen. »Jetzt hör mir mal gut zu ...«

»Du wolltest Hylia doch auch nicht lieben, weil du dachtest, Milena zu lieben, aber es ist trotzdem geschehen. Du weißt, man kann das nicht beeinflussen, und hast mir doch immer geholfen.«

»Es ist doch zum Auswachsen mit dir. Gibt es eigentlich auch eine Klemme, in die du nicht gerätst? Die halbe Damenwelt liegt dir zu Füßen, und du suchst dir eine Hexe.«

»Ich habe sie nicht gesucht, ich habe sie nur gefunden. Wenn ich mir jetzt etwas ausdenke, landen wir alle am Galgen. Du hast dir doch immer etwas Kluges einfallen lassen. Bitte, es ist wirklich wichtig. Ich will sie zu meiner Frau machen. Hilf mir!«

Die Brüder sahen sich eine Weile an, dann nickte der ältere. »Ich denke mir was aus. Als hätten wir nicht schon genug Sorgen. Wehe, du sagst Mutter auch nur ein Wort.«

»Hatte ich nicht vor. Danke!«

»Danke mir lieber erst, wenn ich etwas erreichen konnte.«

»Dir fällt doch immer etwas ein.«

Er strahlte Canon an, und der knurrte ungehalten: »Geschichtenerzähler hätte ich werden sollen, so oft, wie ich für dich etwas erfinden musste. Oh, fast hätte ich es vergessen: Wenn du dich dieser Hexentochter auch nur näherst, ehe alles geregelt ist, erwürge ich dich eigenhändig. Nichts darf mit uns in Verbindung gebracht werden. Noch gibt es zwei feindliche Lager, und wir bewegen uns auf dünnem Eis. Ist das klar?«

Er nickte eifrig. »Aber ja, ich bin doch nicht verrückt. Aber in ihrem Zelt heute Nacht, da könnte ich sie doch kurz …«

»Derea«, brüllte Canon, mit den Nerven jetzt völlig am Ende. »Ich glaube es nicht. Was habe ich nur verbrochen, um mit dir gestraft zu sein? Du schläfst bei mir.«

»Aber du schnarchst so furchtbar.«

Der versetzte ihm einen Schlag auf den Hinterkopf. »Treib es nicht zu weit, kleiner Bruder!« Trübsinnig murmelte er vor sich hin: »Ich fasse es nicht. Sucht der sich eine Hexe aus.«

* * *

Canon betrat schon in aller Frühe wieder das Zelt des Großkönigs und blieb verdutzt stehen. Rhonan hatte sich offensichtlich gerade gewaschen und zog sich ein Hemd über, und Gideon und Marga schliefen tief und fest auf einer Decke vor dem Lager.

»Waren das deine Wachen?«, fragte er. »Lass mich erst die Verbände wechseln, ehe du dich anziehst.«

»Gideon hat die ganze Nacht gewacht. Er ist gerade erst eingeschlafen. Hast du Nachricht von Caitlin und Hylia?« Rhonan zog das Hemd wieder aus, setzte sich steif aufs Bett und löste die blutigen Verbände.

»Nichts Wesentliches! Sagst du mir, was du jetzt so Eiliges vorhast?«

»Ich lasse mich von einer Flugechse auf die Nebelinsel bringen. Wenn Ayala die Siegel will, dann soll sie sie bekommen, aber erst, nachdem die Frauen in Sicherheit sind. Gideon wird sie so lange verwahren.«

Canon tränkte ein Stück Stoff in einer Kräutermischung, presste es auf die frisch genähte Wunde kurz über der rechten Hüfte und sah ihn durchdringend an, während Rhonan die Augen zusammenkniff und die Luft anhielt.

»Gideon sagte, es brennt heftig, aber nur für kurze Zeit. Halt es fest, während ich Leinen drumwickle! Du bietest dich in der Zwischenzeit als Pfand an, richtig?«

»Ohne Sicherheit wird sie kaum darauf eingehen.« Die Stimme klang gepresst.

»Der Gedanke mit den Flugechsen ist mir auch schon gekommen. Selbst ohne Rast wärst du bis tief in die Nacht unterwegs, und, weißt du, du bist zurzeit kaum in der körperlichen Verfassung, um überhaupt irgendwohin zu reisen. Das wäre Wahnsinn. Das kann ich auf keinen Fall zulassen.«

»Doch, ich kann, und du kannst mich nicht hindern.«

Der hielt mit seiner Arbeit inne und sah den Prinzen an. »Was ist, wenn sie dich tötet, sobald sie die Siegel hat?«, fragte er leise. »Was wird dann aus der Quelle?«

»Das wird sie nicht. Ich muss ihr noch den Weg zur Quelle ebnen, damit sie das vierte Siegel bekommt.« Er sah Canon beschwörend an. »Caitlin ist in ihren Augen wertlos, ich nicht. Daher ist Caitlin in Gefahr, ich aber nicht. Ich habe mir alles genau überlegt. Sobald Ayala die Siegel hat, wird sie sich zum Wolkengebirge aufmachen. Ihr macht euch auch schnellstmöglich auf den Weg, um sie zu erwarten. Denkt daran, dass die Quelle vielleicht bewacht … Himmel!«

Er gab ein atemloses Geräusch von sich, als Canon einen verklebten Verband vom Oberarm löste, umklammerte die Bettkante und fuhr heiser fort: »Da Ayala wahrscheinlich mittels der Portalsteine reist, lasst euch mit den Siegeln so viel Zeit wie nötig, denn ihr müsst unbedingt vor den Nebelhexen am Wolkenberg sein, und auf gar keinen Fall werdet ihr Gideon oder Caitlin mitbringen. Die Nebelkönigin darf nicht in diese Quelle. Wir müssen sie aufhalten, koste es, was es wolle. Es ist mir gleichgültig, ob du mit den Echsen oder den Flammenreitern oder wem auch immer kommst, aber wir müssen die Priesterinnen um jeden Preis besiegen. Ich bin kein Heerführer und vertraue hinsichtlich der Planung auf euch.«

Canon legte auf eine ziemlich lange Wunde einen Kräuterwickel, wartete, bis Rhonan sich wieder gefangen hatte, und erklärte nachdenklich: »Nebelpriesterinnen sind ziemlich schwer aufzuhalten.«

»Ich weiß. Aber Ayala wird nie aufgeben, bis sie hat, was sie will. Irgendwann müssten wir uns ihr ohnehin stellen, aber wer weiß, was dann noch von den Frauen übrig ist?«

Canon überlegte eine Weile und nickte dann. »Es gefällt mir nicht, aber so könnte es gehen.«

»Mir gefällt es auch nicht besonders, aber anders geht es ganz sicher nicht.« Mit zittriger Hand wischte er sich den Schweiß aus den Augen, und Canon schüttelte verzagt den Kopf.

»So, wie du aussiehst, sollte ich dich festbinden, damit du zumindest noch einen Tag wartest, aber dann könnte es für deine Frau vielleicht zu spät sein. Ich wollte es dir eigentlich nicht sagen, aber sie hat hohes Fieber.«

Er brachte es nicht fertig, mehr zu sagen, denn Rhonan schloss jetzt schon gequält die Augen.

»Beeil dich«, forderte er nur heiser.

»Ich würde anbieten, dich zu begleiten, aber das dürfte kaum etwas bringen, oder?«

»Dich in Gefahr! Mehr nicht, oder baust du auf mütterliche Gefühle bei Ayala?«

Canon lachte rau auf. »Ob du's glaubst oder nicht, ich habe sie höchstens zwei-, dreimal gesehen. Derea und ich waren für sie persönliche Niederlagen, an die sie sich wohl nicht durch unseren Anblick erinnern lassen wollte, und so, wie sie sich jetzt Caitlin gegenüber verhält, würde es mich schon wundern, überhaupt irgendein mütterliches Gefühl bei der Nebelhexe zu entdecken.« Er griff hinter sich und reichte seinem Schwager das Hemd. »Sollen Derea oder ich dich nicht zumindest bis zum Argonsee begleiten? Du siehst verdammt schlecht aus.«

»Ihr helft mir mehr, wenn ihr am Wolkenberg auf mich wartet. Das wird eine harte Nuss, aber wir müssen sie knacken, wenn letztlich nicht doch alles vergebens gewesen sein soll.«

»Verlass dich auf uns! Wir haben nicht so lange gegen Camora gekämpft, um jetzt Ayala das Feld zu überlassen. Wir werden es schaffen.«

Rhonan ging zu Gideon und rüttelte ihn sanft. Der rappelte sich verschlafen auf, rieb sich die Augen, reckte und streckte sich und sah ihn verblüfft an. »Du bist schon wieder auf den Beinen? Wie geht es dir?«

»Gut genug. Ich brauche dringend deine Hilfe als Übersetzer. Wir müssen zu den Kalla.«

Während der Gelehrte sich vollends erhob, seine Kleider ordnete und sich Wasser ins Gesicht spritzte, erklärte Rhonan erneut sein Vorhaben. Gideon wurde immer blasser, nickte aber im Anschluss an den Bericht. »Ich fürchte, das ist die einzige Lösung, auch wenn sie mir überhaupt nicht gefallen will. Aber willst du nicht zumindest noch einen Tag warten? Deine Wunden ...«

»Sind bestens versorgt und werden hier oder dort heilen. Du hast doch gehört, es geht Caitlin sehr schlecht. Wir können nicht warten.«

Er wandte sich noch einmal Canon zu. »Ich verlasse mich darauf, dass ihr Caitlin und Gideon in Sicherheit bringt. Steckt Caitlin meinetwegen mit einer Dienerin zusammen in einen bequemen Kerker, aber lasst sie auf keinen Fall zum Wolkenberg kommen, hörst du?«

Canon nahm die hingestreckte Hand und drückte sie fest. »Versprochen. Meine Mutter wird sich gut um sie kümmern. Viel Glück.«

* * *

Canon sah ihnen nach und seufzte.

»Guten Morgen!« Margas Stimme klang noch verschlafen. »Wo ist denn unser König hin?«

Er wandte sich um. »Morgen, Marga. Er ist unterwegs, um seine Frau zu holen.«

Sie nickte und dehnte sich. »Neben ihm komme ich mir immer richtig erbärmlich vor. Habe nur zu wenig geschlafen und bin noch müde, und er hat Kämpfe hinter sich, ist verwundet und reist schon wieder durch die Gegend. Ich gehe mich jetzt erst einmal frisch machen.«

Sie wollte sich an Canon vorbeischieben, aber der hielt sie am Arm fest. »Ich muss mit dir reden. Sogar mehr. Ich muss dich um einen Gefallen bitten.«

»Klar! Was gibt's?«

»Setz dich lieber!« Er setzte sich aufs Bett und knetete seine Oberschenkel.

Marga grinste ihn an. »Jetzt bin ich aber gespannt. Du wirkst ja richtig aufgeregt.«

Er holte tief Luft und erzählte ihr dann von der Gefangennahme Junas und dem anstehenden Verfahren. Margas Miene wurde von Satz zu Satz zufriedener.

»Geschieht der Hexe recht. Endlich bekommt sie, was sie verdient hat«, erklärte sie.

»Sie hat Derea das Leben gerettet«, gab er zu bedenken, aber sie wischte den Einwand mit einem abfälligen Winken und einem Auflachen weg.

»Ohne sie wäre er gar nicht erst in die Lage gekommen, gerettet werden zu müssen.«

Er versuchte es anders. »Ich nehme ihr nicht übel, dass sie Maluch getötet hat.«

»Ich auch nicht. Noch schöner wäre es nur gewesen, wenn sie sich gegenseitig umgebracht hätten. Aber wenn sie jetzt auch noch stirbt, sind wir diese üble Brut endlich los.«

Canon seufzte. »Ich baue darauf, dass das jetzt unter uns bleibt. Derea hat sich – unsterblich, wie er sagt – in die Hexentochter verliebt. Er will sich mit ihr verbinden. Du kennst ihn gut genug, um zu wissen, dass er eine Hinrichtung deshalb verhindern wird. Notfalls wird er sie mit Waffengewalt zu retten versuchen. Ich kann nicht zulassen, dass er sich zum Gesetzlosen macht. Wir müssen einen Freispruch erwirken. Nicht um Junas Willen, sondern seinetwegen.«

Sie sah ihn ungläubig an. »Verliebt? In diese Hexe? Das kann nicht wahr sein.«

»Wir sprechen hier nicht von unseresgleichen, wir sprechen von Derea«, erklärte er trocken und baute darauf, dass sie seinen Bruder gut genug kannte, um zu verstehen, was er meinte.

Marga nickte auch nach kurzer Bedenkzeit. »Ich kann es nicht fassen, aber es wird wohl so sein. Was wollt ihr unternehmen? Ihr zur Flucht verhelfen? Soll ich dabei helfen?«

»Nein«, beschwichtigte er, weil ihr Unbehagen deutlich zu sehen war. »Ich bin ja nicht lebensmüde. Der Prozess muss stattfinden. Du müsstest dich als ihr Beistand anbieten.«

Entsetzt riss sie die Augen auf. »Ich? Ich habe so etwas noch nie gemacht. Da kann sie auch gleich auf einen Beistand verzichten.«

»Ich werde dir erklären, was ihr vorbringen müsst«, beruhigte er. »Machst du es?«

Längere Zeit starrte sie ihn an, dann nickte sie. »Hätte mir jemand prophezeit, ich würde mich einmal für dieses grässliche Weib einsetzen, ich hätte ihn ausgelacht.«

Die beiden saßen noch zusammen, als Darius und Morwena mit dem tiefblauen Umhang der Großkönige über dem Arm das Zelt betraten.

Darius nickte grüßend, und die Königin strahlte Canon an. »Als ich heute erwachte und wusste, dass Frieden herrscht, musste ich mich kneifen, um sicherzugehen, dass ich nicht noch träume, und beim Gang durchs Lager habe ich mich erneut gekniffen. Ich kann mich nicht erinnern, jemals so viele strahlende Menschen gesehen zu haben. Wie schön, dass Camora auf alles vorbereitet war und sogar Mantel und Zepter mit sich geführt hat. So können wir unverzüglich die längst überfällige Einthronung vornehmen. Dass ich das noch erleben darf. Oh, ich bin so glücklich. Wo ist Rhonan denn?«

Canon räusperte sich unbehaglich. »Auf dem Weg zur Nebelinsel, um Caitlin und Hylia zu befreien.«

»Er ist weg?« Morwena ließ sich enttäuscht aufs Bett fallen. »Aber es warten doch alle auf ihn.« Dann starrte sie ihn plötzlich entsetzt an. »Zur Nebelinsel? Ist er etwa allein auf dem Weg?«

»Flugechsen bringen ihn hin, aber das Schloss wird er allein betreten. Da Ayala ihn ja noch benötigt, dürfte er dort nicht in unmittelbarer Gefahr sein.«

»Du hast es gewusst und zugelassen?«, schnaubte Darius und stolzierte durchs Zelt. »Nie hättet ihr diese Entscheidung ohne uns treffen dürfen. Niemals darf er diese Insel betreten. Das war völlig verantwortungslos von euch. Ausgerechnet dir hätte ich diese Dummheit nie zugetraut.«

»Dummheit, Fürst?« Canons Augen blitzten frostig. »Seine Frau hat hohes Fieber und steht kurz davor, ihr Kind, vielleicht sogar ihr Leben zu verlieren. Was hättet Ihr an seiner Stelle getan? Solltet Ihr meinen, Ihr hättet Euch anders entschieden, müsste ich meiner Mutter dringend von einer Verbindung mit Euch abraten.«

»Man hätte es zumindest gemeinsam beraten müssen.«

»Während Eure Frau im Sterben liegt, hättet Ihr Euch beraten?« Sarkasmus war nicht zu überhören. Morwena und Marga sahen den Fürsten abwartend an.

»Nein, das hätte ich wohl nicht getan«, gab Darius zerknirscht zu. »Jetzt bleibt nur zu hoffen, dass wir unser neues Königspaar lebend wiedersehen.«

»Deshalb werden Derea und ich uns sofort mit den Flammenreitern zum Wolkenberg aufmachen. Dort werden wir uns unseren König zurückholen. Für uns alle wird es eine ganz neue Erfahrung, mit Flugechsen zu reisen, aber so benötigen wir nur sieben oder acht Tage.«

»Wo steuert die Welt nur hin? Wenn das die neue Art der Fortbewegung wird, ziehe ich mich aus dem Kriegsgeschäft zurück«, seufzte Morwena.

Canon nahm sie liebevoll in den Arm. »Das wirst du ohnehin bald können. Gestern ist ein neues Zeitalter angebrochen. Wir müssen nur noch den Nebelpriesterinnen Einhalt gebieten, und das wird uns auch gelingen. Caitlin und Hylia werden irgendwann hier eintreffen. Kümmere dich um sie und lass sie auf keinen Fall zum Wolkenberg kommen. Wenn überhaupt etwas Rhonan dazu bringen könnte, der Nebelfrau den Weg zur Quelle und zu ihrer erhofften Macht zu öffnen, dann könnte das nur die Sorge um seine Frau sein. Sie darf Ayala also auf keinen Fall erneut in die Hände fallen. Das ist wirklich wichtig.«

Sie nickte. »Ich werde die Frauen wie meinen Augapfel hüten. Trage du dafür Sorge, dass ihr wohlbehalten zurückkehrt. Priesterinnen sind keine normalen Gegner. Außerdem ist Ayala eure Mutter.«

»Solange sie nicht unsterblich sind, werden wir mit ihnen fertig. Ich habe mit Derea auch über Ayala gesprochen. Er ist der gleichen Ansicht wie ich, hat es nur besser auf den Punkt gebracht. Er sagt, sie sei für uns lediglich wie eine Gebärmutter – nach der Geburt zumindest für die Kinder schlichtweg unwichtig. Sie ist für uns nur Anführerin der Nebelhexen. Leb wohl, Mutter! Ich muss jetzt zu den Flugechsen, um sie um Hilfe zu bitten, und dann die Truppe zusammenstellen.«

Sie zog ihn an sich und küsste ihn. »Ich liebe dich, mein Sohn. Mögen die Götter dir beistehen.«

Darius legte ihm die Hand auf die Schulter. »Ich würde anbieten, euch zu begleiten, aber ich bin sicher, dass Derea und du meine Hilfe nicht benötigt. Meine Zeit ist vorüber. Jungen, einfallsreichen Heerführern wie euch bin ich nicht mehr gewachsen.« Ein verlegenes Lächeln huschte über sein Gesicht, ehe er zerknirscht fortfuhr: »Außerdem graut mir beim Gedanken, feste Erde verlassen zu müssen. Viel Glück, mein Junge!«

Canon nickte dankend. »Mutter und Ihr dürftet hier genug zu regeln haben. Die Hordenkrieger sind verständlicherweise verunsichert, was ihre Zukunft betrifft. Rhonan bat mich, Euch zu sagen, dass Ihr freie Hand bei Euren Entscheidungen habt.«

Er war sich sicher, dass der neue König dies oder etwas Ähnliches gesagt hätte, wenn der auch nur einen einzigen Gedanken an die Neuordnung der Reiche verschwendet hätte, und lächelte Darius an. »Junge Heerführer können vielleicht Schlachten gewinnen, aber die Ordnung der neuen Reiche sollte in fähigeren Händen liegen. Hier sind nicht Mut und Witz gefragt, sondern Erfahrung und Weisheit. Ihr werdet viel zu tun haben. Lebt wohl!«

Kaum war er aus dem Zelt, erklärte Darius: »Schlachten

gewinnen jetzt andere für uns, aber wir sind dadurch nicht überflüssig geworden. Wir haben noch wichtige Aufgaben.«

Morwena lächelte ihn an. »Canon war schon immer ein Schmeichler. Nett, nicht wahr? Ich muss jetzt Derea suchen.«

* * *

Kurze Zeit später betrat Marga Junas Zelt.

Die war gerade mit dem Frühstück fertig und schob ihre Schale von sich. »Die tapfere Kriegerin stattet der bösen Hexe einen Besuch ab? Welche Ehre! Muss ich mich erheben?«

Marga drehte sich noch einmal zu den Wachen um. »Tretet ein wenig vom Zelt weg! Ich bin der Beistand und wünsche, ohne Lauscher reden zu können.«

Sie wartete, bis die Wachen sich entfernt hatten, und wandte sich der Hexentochter zu. »Ich kann Euch nicht leiden, und ich würde Euch gern hängen sehen, aber dafür mag ich Derea umso lieber, und deswegen muss ich leider versuchen, Euch vor dem Strang zu bewahren.«

Junas Augen blitzten auf. »Derea schickt Euch?«

»Nein, Canon, aber auf Dereas Wunsch. Wundert Euch das etwa?«, brauste sie auf. »Habt Ihr ihm Gifte eingeflößt, oder reichte schon Euer Körper aus, um ihn Euch zu krallen?«

»Höre ich da vielleicht Neid? Es gibt bestimmt auch jemanden, der eckige Körper und putzige Sommersprossen bevorzugt. Der klapprige Gelehrte schien doch ganz angetan von Euch zu sein.«

Ihre Stimme klang so höhnisch und ihr Blick war derart spöttisch, dass Marga sich nur mit Mühe beherrschen konnte. Sie vergrub ihre geballten Fäuste in den Falten ihres Rocks. »Bei allen Göttern, ich verabscheue, was ich jetzt tun muss, aber ich gab mein Versprechen. Wenn Ihr überleben wollt, müsst Ihr tun, was ich Euch jetzt sage. Es würde mich freuen, wenn Ihr es nicht tätet. Sollte Derea Euch etwas bedeuten, dann lasst Euch besser hängen.«

»Ich muss Euch enttäuschen, ich bevorzuge richtige Männer. Mit bartlosen Bübchen kann ich nicht viel anfangen. Euer König würde mir gefallen, aber der sieht mich ja nicht einmal mehr an. Unser Anfang war ja auch nicht sehr erfolgversprechend. Nur, während all der langen Tage und der noch längeren Nächte unserer Wanderung war kein anderer zur Hand als Derea. Seinen Körper fand ich auch ansehnlich. Es steckte so viel Kraft in ihm – Ihr wisst, was ich meine.«

Sie lachte über Margas Wut und fuhr fort: »Vielleicht auch nicht. Also, meine Liebe, ich höre.«

Die konnte nicht glauben, dass ausgerechnet Derea sich in dieses kalte, berechnende Miststück verliebt haben sollte. Doch von Kindesbeinen an zur Ehrbarkeit erzogen, konnte sie ein gegebenes Versprechen nicht brechen. Also erläuterte sie mit heiserer Stimme Canons Idee.

* * *

Der Gerichtshof trat am Mittag zusammen. Das Gras der Senke war braun vom getrockneten Blut, und der Gestank verbrannten Fleischs wehte über das Feld der Träume, aber trotzdem wurde überall gelacht, gescherzt und gesungen, denn die Toten hatten ihren Frieden gefunden, und nach den langen Jahren des Krieges durften ihn endlich auch die Überlebenden genießen.

Vor der Zitadelle der Träume, auf dem Platz, auf dem am Vortag noch der Zweikampf ausgetragen worden war, trat zum ersten Mal ein aus Führern der Freien Reiche und Hordenkriegern bestehender Richterrat zusammen, um gemeinsam über die Verbrechen der Hexentochter zu richten.

Viele Krieger hatten sich versammelt, um mitzuerleben, wie ehemalige Todfeinde miteinander umgehen würden. Hinter einem schlichten Holztisch, auf dem ein Dolch lag, saßen zwei frühere Heerführer der Horde zusammen mit Fürst Darius und Fürst Menides, um ihr Urteil zu sprechen.

Juna, die ihr Haar zu einem Zopf geflochten hatte und mit einem schlichten und – ganz gegen ihre Gewohnheit – hochgeschlossenen Gewand bekleidet war, hielt den Kopf schüchtern gesenkt, während sie neben Marga vor ihre Richter trat.

Zunächst brachten die Hordenreiter ihre Vorwürfe vor. Es gab Augenzeugen, die beschwören konnten, dass nur die Angeklagte die Mörderin des Hexenmeisters gewesen sein konnte.

Fürst Darius, der den Vorsitz führte, hob irgendwann die Hand und sah seine Beisitzer an. »Ich denke, wir haben genug gehört, um sicher zu sein, dass die Beschuldigungen stimmen.«

Die übrigen Mitglieder des Richterrates nickten, und er rief Juna näher an den Tisch. »Nun, Juna Malewi, du hast gehört, was gegen dich vorgebracht wurde. Es ist ein Vorwurf, der unweigerlich den Tod nach sich zöge, wenn wir ihn bestätigen. Was hast du zu deiner Verteidigung vorzubringen? Hast du die Waffenruhe gebrochen?«

Sie schaute nicht einmal hoch, sondern schluckte offensichtlich tapfer ein Schluchzen hinunter und nickte nur stumm.

»Du hast also deinen Ziehvater erdolcht?«, fragte er weiter, und sie nickte erneut, diesmal mit bebenden Schultern.

»Aus welchem Grund denn nur?«

Auch jetzt erhielt er nur Schweigen und zuckte die Achseln.

»Keinerlei Verteidigung? Nun denn …«, hob er an, aber seine Tochter unterbrach ihn.

»Wartet! Sie tat es aus höherem Zwang.«

Marga wandte sich Juna zu. »Erkläre dem Gericht die Umstände der Tat. Erzähle auch hier, was du mir erzählt hast.«

Die Hexentochter sah auch jetzt nicht hoch, sondern schüttelte nur stumm den Kopf und schluchzte hörbar.

Marga sah ihren Vater an, hüstelte, schickte ein Gebet zu den Göttern, dass die ihr diese Lügen verzeihen mögen, und erklärte: »Als der von Juna gewählte Beistand werde ich für sie sprechen und berichten, was sie zuvor mir mitgeteilt hat.«

Erneut holte sie Luft, dachte an Derea und Canon und ihr Versprechen und sprach weiter: »Der Hexenmeister hatte die eigene Niederlage vorhergesehen, und er hatte im Traum sich selbst am Galgen gesehen. Der Gedanke daran, bar jeder Würde und qualvoll zu enden, war ihm unerträglich. Er vertraute sich dem einzigen Menschen an, der ihn wegen seiner Feigheit nicht verhöhnen würde, seiner Ziehtochter Juna, und bat sie darum, ihn schnell und schmerzlos zu töten. Juna, die zu diesem Zeitpunkt noch an einen Sieg Camoras glaubte, lehnte dies entsetzt ab. Ohnehin hätte sie es nie übers Herz gebracht, den einzigen Menschen zu töten, der ihr immer mit Liebe begegnet war. Aber der Hexenmeister war entschlossen, sein Ende in den Armen seiner Tochter zu finden. Er belegte sie mit einem Zauber, drückte ihr seinen Dolch in die Hand und führte ihre Hand. Erst mit seinem Tod verschwand der Zauber, und Juna war zu fassungslos und viel zu sehr in ihrer Trauer gefangen, um einen klaren Gedanken fassen zu können, und versuchte nur noch den Ort des Schreckens zu verlassen. Sie sagte mir, sie werde das Todesurteil annehmen, ohne zu zögern, da sie mit dem Gedanken daran, ihren geliebten Ziehvater erstochen zu haben, ohnehin nicht weiterleben könne. Deshalb schweigt sie jetzt. Doch ich bin der Meinung, dass der Hexenmeister sie nur als willenlose Waffe für seinen Freitod wählte und eine Verurteilung daher nicht gerechtfertigt wäre.«

Darius musterte seine Tochter, die jetzt seinen Blick mied, mit unergründlicher Miene und blickte dann zu Juna. »Stimmt es, was dein Beistand gerade berichtete?«

Zum ersten Mal sah Juna hoch, und ihre schönen Augen waren tränenverhangen. »So war es. Ich habe meinen Ziehvater getötet, den ich über alles geliebt habe. Sein Blut klebt jetzt an meinen Händen. Ich habe den Tod verdient und nehme das Urteil an.«

Schluchzend senkte sie wieder den Kopf, und durch ihren Körper lief ein Beben.

Marga wurde übel, weil sie deutlich spürte, dass das Beben echt war, aber lediglich ein inneres Lachen zum Ausdruck brachte. Sie wusste auch, dass ihr Vater kein Wort glaubte. Viel zu ausdruckslos war dafür seine Miene.

»Wer sagt uns, dass das alles stimmt?«, fragte einer der Hordenführer und sah die Hexentochter an. »Der Hexenmeister kann schließlich nicht mehr widersprechen.«

Fürst Menides betrachtete die kleine Waffe auf dem Tisch genauer. »Könnte das der Dolch des Hexenmeisters gewesen sein?«

Ein Hordenführer nickte. »Das war sein Dolch. Ich erkenne die Schriftzeichen. Sie stellen wohl irgendeinen Zauberspruch dar. Aber er hat ihn vor dem Zweikampf abgelegt.«

»Wisst Ihr das genau?«

»Nein, natürlich nicht! Aber selbst wenn er ihn bei sich getragen hätte, wäre das kein Beweis dafür, dass das, was sie sonst noch sagt, auch der Wahrheit entspricht.«

»Nun, aber zumindest könnte es ein Hinweis darauf sein, dass der Hexenmeister selbst und nicht sie gegen das Verbot, eine Waffe zu tragen, verstoßen hat«, warf Darius nüchtern ein.

Eine Weile lang sahen die vier Herren nachdenklich vor sich hin.

»Wenn das mit dem Dolch stimmt, stimmt vielleicht alles andere auch«, erklärte Fürst Menides schließlich. »Ich werde einem Schuldspruch unter solchen Umständen nicht zustimmen. Ich kann mir keinen Grund vorstellen, der die Beschuldigte zu ihrer Tat getrieben haben sollte. Selbst die Belastungszeugen sprachen alle vom guten Verhältnis zwischen dem Hexenmeister und seiner Ziehtochter. Keiner hat auch nur die kleinste Vermutung, warum sie es getan haben könnte. Vieles spricht daher dafür, dass es sich genau so zugetragen hat, wie es hier vorgetragen wurde. Nichts anderes ergibt Sinn. Ich habe in meinem Leben schon genug Tod gesehen, und ich sage: Das muss ein Ende haben. Ich habe zu starke Zweifel an der Schuld Juna Malewis, und bevor ich eine Unschuldige hängen lasse, lasse ich lieber eine Schuldige laufen.«

Die ehemaligen Heerführer der Horde schienen zunächst noch unentschlossen und tuschelten miteinander, aber endlich stimmten sie dem Fürsten zu.

»Auch unsere Zweifel sind zu groß. Wir wollen unseren jungen Frieden nicht durch den Tod einer Unschuldigen stören. Selbst wenn dieses Urteil nicht gerecht ist, sollten wir unseren ersten gemeinsamen Gerichtshof mit einem Akt der Gnade beenden. Wir stimmen einer Verurteilung daher auch nicht zu.«

Darius nickte. »Dann will ich mich den weisen Entscheidungen meiner Vorredner anschließen. Wenn dieser erste gemeinsame Schiedsspruch einst feindlicher Lager wegweisend für die Zukunft unserer Völker sein soll, dann bin ich voller Hoffnung, denn nicht mehr Feindschaft und Rache bestimmen unser Handeln, sondern gegenseitige Achtung und Gnade.«

Er sah Juna an und räusperte sich, ehe er sie ansprach: »Du bist freigesprochen und kannst daher gehen, wohin du willst.

Schuld wirst du nur noch deinen Göttern gegenüber vertreten müssen. Geh, mein Kind!«

Bei diesen Worten warf er aber bereits Marga einen längeren, unergründlichen Blick zu. Die verstand die Botschaft sofort und nickte unglücklich. Auch sie hatte einiges mit den Göttern zu regeln.

Juna drückte sich noch eine Träne ab, knickste und ging mit Marga davon. Kaum außer Hörweite erklärte sie mit einem Seufzen, in dem ein Kichern mitschwang: »Die Tränen sind echt. Das war wirklich eine herzergreifende Vorstellung. Ich bin immer noch ganz in meiner Trauer und Demut gefangen.«

Marga beschleunigte ihre Schritte, weil sie sich jetzt tatsächlich übergeben musste. Dafür waren Canon und Derea ihr etwas schuldig.

26. Kapitel

Königin Ayala rieb sich die Augen. »Sag das noch einmal! Wer steht vor dem Schloss?«

»Ein Mann. Er sagte, er wäre Rhonan da'Kandar«, wiederholte Lexa leise.

Ayalas Augen funkelten. »Der Großkönig in Person. Ich werde ihn im Thronsaal erwarten. Aber lass dir viel Zeit. Ich muss mich erst ankleiden.«

Während sie dann durch die von Hunderten von Kerzen erhellten Flure und Hallen eilte, lächelte sie vor sich hin. Der Erbe kam. Das konnte nur bedeuten, dass das kleine Ungeheuer Camora besiegt war. Damit war der Weg zur Schwarzen Quelle frei, der endgültige Triumph greifbar nahe.

Ihr Thronsaal war ein riesengroßer, weiß glitzernder Raum mit unzähligen Säulen und Leuchtern. Ein kostbarer Thron, vor Urzeiten aus einem gewaltigen Brocken Jaspis geschnitzt, stand auf einer Empore.

Ayala liebte den Anblick ihres Throns, hatte aber an diesem Tag keinen Blick für das wunderschöne Funkeln, das der Schein der Kerzen auf ihm hervorrief. Zufrieden, aber auch ein wenig angespannt drapierte sie sorgsam ihr Kleid auf ihren Schenkeln.

Um sich vor unliebsamen Überraschungen zu schützen, hatte sie sechs Hohepriesterinnen kommen lassen, die jetzt zu ihren Seiten saßen. Sie spürte, wie ihre Spannung wuchs, doch schon nach kurzer Wartezeit betrat ihr Gast, begleitet von zwei jungen Priesterinnen, den Saal.

Der junge Mann, in schlichte, dunkle Kleidung gewandet, schritt selbstbewusst auf sie zu und verbeugte sich denkbar knapp. »Königin Ayala, ich bin hier, um meine Frau zu holen.«

Sie musterte ihn gründlich und lächelte dann kühl. »Unser geschätzter Großkönig, nehme ich an? Wird es jetzt als neue Sitte eingeführt, jegliche Höflichkeit zu unterlassen?«

Seine Miene blieb ausdruckslos. »Meine Frau und Priesterin Hylia befinden sich seit geraumer Zeit in Eurem Wasserverlies. Ich habe weder Grund noch Zeit, Höflichkeiten auszutauschen. Ich bin hier, um Euch ein Angebot zu machen. Ihr wollt die Siegel, und ich will die Frauen. Ihr lasst die Frauen frei, und sobald sie gesund beim Weisen angekommen sind, wird er Euch die Siegel bringen lassen. Bis dahin dürft Ihr mich als Euren Gast betrachten.«

Nur mit Mühe konnte sie ihre Überraschung darüber, dass er so gut über ihre Wünsche und die Geschehnisse unterrichtet war, verbergen. Außerdem ärgerte sie sein selbstbewusstes Auftreten maßlos.

»Und was, wenn ich es vorzöge, Euch in diesem Fall als meinen Gefangenen zu betrachten?«, fragte sie mit hochgezogenen Brauen. Eine deutliche Drohung schwang in ihrer Stimme mit.

»Wortspiele. Betrachtet mich, als was Ihr wollt, lasst nur die Frauen gehen.«

»Und wenn ich es vorzöge, dem Weisen die Nachricht zu überbringen, dass ich euch alle langsam und qualvoll töten werde, wenn ich nicht umgehend die Siegel bekomme?«

»Er wird nicht Weiser genannt, weil er dumm ist. Er weiß, dass Ihr das erst recht tun würdet, wenn Ihr die Siegel hättet. Solange die Frauen nicht in Sicherheit sind, wird er die Siegel nicht herausgeben. Notfalls wird er sie zerstören. Jetzt, da Camora und Maluch tot sind, ist die Quelle für uns nur noch von geringer Bedeutung. Wir müssen sie nicht mehr versiegeln,

Wachen dürften ausreichen. Wenn ich mich nicht irre, wäre Euch damit nicht gedient.«

Ayala musterte ihn, fand ihn blass und müde, konnte darüber hinaus jedoch keinerlei Gemütsregung erkennen. Seine Kaltschnäuzigkeit und Sicherheit ärgerten sie zwar immer mehr, aber wenn sie die Siegel wollte, blieb ihr nichts anderes übrig, als sein Angebot anzunehmen.

»Dora, bring die Frauen her!« Sie warf ihrem Gast einen herausfordernden Blick zu, bevor sie gehässig anfügte: »Lasst sie zuvor aber reinigen. Ich bin empfindlich, was Dreck und Gestank angeht.«

Sie bekam nicht die Genugtuung, ihn wütend oder auch nur ärgerlich zu sehen, denn lediglich ein Gefühl der Erleichterung überschwemmte ihn. Dreck und Gestank kannte er zur Genüge. Wichtig war nur, dass sie lebten.

»Während wir warten, stillt doch bitte meine Neugier. Wie seid Ihr auf die Insel gekommen?«

Er war mit den Gedanken nur noch bei seiner Frau und antwortete so nebenher: »Flugechsen waren so nett, mich herzubringen.«

»Flugechsen? Bei der Göttin, Ihr seid wahrhaft ein findiger, junger Mann. Kein Wunder, dass Camora Euch unterlegen war. Aber noch eins: Woher wisst Ihr eigentlich von meinen Wünschen und vom Wasserverlies?«

»Nicht nur Euren Töchtern habt Ihr die Gabe, sich geistig zu verständigen, vererbt. Canon stand in ständiger Verbindung mit Euren Gefangenen. Daher weiß ich auch, dass es ihnen nicht gut geht.«

Sie überging seinen Vorwurf. »Canon war der ältere dieser nutzlosen Jungen, wenn ich mich nicht irre. Ich bin mit meinen Nachkommen wirklich gestraft, zumindest mit den drei ältesten. Aber was man so alles an die Kinder weitergibt, ohne es zu wollen, erstaunt mich doch. Ihr zum Beispiel seht Eurer Mutter ähnlich, zumindest ihre Haarfarbe und die Farbe ihrer Augen habt Ihr geerbt. Aber darüber war sie vielleicht ja sogar glücklich. Ich betrachte es als Ehre, hier und heute dem Sohn der großen Palema gegenüberzusitzen. Kleingeister würden Euch vielleicht als widernatürlich ansehen, aber das sind wir beide ja nicht, oder? Ich könnte mir allerdings vorstellen, dass die schlichte Morwena oder der völlig einfallslose Darius durchaus ihre Schwierigkeiten damit hätten, dass Eure wahre Mutter etliche hundert Jahre alt ist. Wissen sie, dass Ihr – wie soll ich es jetzt nennen – kein Mensch im eigentlichen Sinne seid? Es würde mich wundern, wenn sie etwas so Seltsames, wie Ihr es seid, zum Großkönig ernennen würden.«

Rhonan verstand nicht, warum alle, die er kennenlernte, meinten, es käme ihm darauf an, Großkönig zu werden. Er verband mit diesem Amt gar nichts, aber Ayala sah ihn an, als hätte sie gerade einen Trumpf ausgespielt. Vielleicht dachte sie allerdings auch an etwas anderes.

Nüchtern fragte er: »Was wollt Ihr eigentlich? Wollt Ihr die Siegel, oder wollt Ihr mir mit dem Scheiterhaufen drohen? Mit dieser Bedrohung lebe ich seit fünfzehn Jahren und sie beeindruckt mich nicht mehr im Mindesten.«

Ayala spürte, dass er die Wahrheit sagte, und war gegen ihren Willen beeindruckt. Camoras Stärke, gepaart mit Selbstüberschätzung, hatte sie schon hin und wieder geängstigt, aber die kühle Gelassenheit des Erben beunruhigte sie viel mehr.

Ein Blick zu ihren Priesterinnen zeigte ihr, dass keine eine geistige Verbindung zum Großkönig hatte herstellen können. Sie spürte Gänsehaut auf ihren Armen. Der junge Mann stellte vielleicht doch eine größere Gefahr dar, als sie bisher angenommen hatte.

Die Zeit strich endlos so dahin, und Rhonan hoffte, dass die

Frauen bald kämen, bevor er sich einfach nicht mehr auf den Beinen würde halten können. Ayala hatte ihm keinen Sitzplatz angeboten, und natürlich hatte er nicht darum gebeten, aber jetzt, da die alles andere überlagernde Angst um Caitlin etwas abgenommen hatte, spürte er umso deutlicher die Erschöpfung und seine Wunden.

Endlich öffnete sich die Tür.

Er wandte sich um und erlitt einen Schock. Er hatte nach Canons Bericht mit Schlimmem gerechnet, aber Caitlin sah furchtbarer aus, als er sich es je hätte vorstellen können. Ihr Haar war stumpf und verfilzt, das Gesicht unnatürlich gerötet und eingefallen. Sie hatte Ringe unter den fiebrig glänzenden Augen und hing als dürrer Schatten ihrer selbst in Hylias Armen.

Mit wenigen, schnellen Schritten war er bei seiner Frau und riss sie in die Arme. Sie schluchzte herzzerreißend und presste sich an ihn, und er bedeckte ihr Haar und ihr heißes Gesicht mit Küssen.

»Caitlin, mein Herz. Oh, Liebes, es tut mir leid, dass du hier so lange leiden musstest. Ich bin so schnell gekommen, wie ich konnte. Du bist bald in Sicherheit. Es wird alles wieder gut. Hylia und Gideon werden sich um dich kümmern, dann geht es dir schnell wieder besser.«

Der Schatten eines Lächelns huschte über ihr Gesicht. »Oh, Liebster, es war doch nicht deine Schuld. Ich weiß, dass du so schnell wie möglich gekommen bist. Aber jetzt wird alles gut. Halt mich nur fest und bring mich schnell weg von hier.«

Er schluckte schwer. »Das kann ich nicht. Draußen warten zwei Flugechsen auf dich und Hylia. Sie haben Kräuter von Gideon dabei und werden euch zu ihm bringen. Wir sehen uns dann in ein paar Tagen wieder.«

Sie sah ihn an und langsam schien sie zu begreifen. »Du

bleibst an meiner Stelle? Oh, Göttin, nein! Dann gehe ich auch nicht. Lass mich nicht allein! Das ertrage ich nicht noch einmal. Ohne dich sterbe ich vor Angst.« Weinend klammerte sie sich an ihn.

Erneut überfiel ihn unglaubliche Angst um sie, und nur mit Mühe gelang es ihm, halbwegs gefasst zu erklären: »Niemand stirbt vor Angst, Kätzchen, schon gar nicht du, die tapfere Tochter der Wildnis. Außerdem wirst du nicht allein sein. Gideon und Hylia werden dir helfen. Wir sind kurz vor unserem Ziel und dürfen jetzt nicht aufgeben. Du hast mir nach unserem Sohn auch noch eine Tochter versprochen. Um dein Versprechen zu halten, musst du aber erst einmal wieder gesund werden, und niemals würde ich dich zu diesem Zweck in der Obhut dieser Nebelhexen lassen. Ich verspreche dir, wir sehen uns bald wieder. Hör bitte auf zu weinen. Wir schaffen das. Denk an unser Kind!«

»Das tue ich doch. Ich habe nur so schreckliche Angst, es zu verlieren«, hauchte sie mit erstickter Stimme. »Mir geht es furchtbar schlecht. Ich brauche dich ganz dringend. Du musst mir beistehen, du musst mich halten und kannst mich nicht ausgerechnet jetzt wieder allein lassen. Das darfst du mir nicht antun. Das darfst du uns nicht antun.«

In seinem Gesicht spiegelte sich nur noch Verzweiflung. »Caitlin, bitte nicht!«

Hylia wischte sich die Tränen ab, atmete tief durch, straffte ihre Schultern und griff ein. Grob zog sie die Prinzessin aus Rhonans Armen und schüttelte sie leicht. »Das ist jetzt nicht nett, meine Liebe. Ich hoffe für dich, du sprichst im Fieber. Dein Mann eilt vom Schlachtfeld hierher, um dich und das Kind zu retten, und du redest ihm dafür auch noch ein schlechtes Gewissen ein. Pfui, schäm dich! Du wirst dich jetzt zusammennehmen, ihm danken und alles Gute wünschen, und dann werde ich dich zu Gideon bringen, damit Rhonan hier nicht länger als nötig warten muss und Klein Rhonan noch die Möglichkeit hat zu wachsen. Hast du mich verstanden?«

Caitlin zitterte immer noch, und ihre glänzenden Augen waren riesengroß, aber sie nickte und drehte sich zu Rhonan um. »Verzeih mir! Ich danke dir und liebe dich über alles.«

Er küsste sie leidenschaftlich. »Ich liebe dich auch. Versprich mir, gesund zu werden!«

»Ich verspreche es, Mann meines Herzens.« Sie versuchte zu lächeln, aber es sah nur furchtbar verzerrt aus.

Er lächelte genauso verzerrt zurück und sah dann Hylia unglücklich an. »Du bist eine wahre Freundin. Ich danke dir. Ihr werdet die ganze Nacht und den halben Tag unterwegs sein. Steht ihr das durch?«

»Wenn wir nicht unbedingt wach bleiben müssen.«

»Nein. Ihr werdet nicht auf ihrem Rücken sitzen, sondern in Tücher gebettet und getragen.«

Sie lächelte und drückte so fest, wie es ihr möglich war, seine zitternde Hand. »Mach dir keine Sorgen, mein Freund! Caitlin fiebert und ist zurzeit durcheinander, aber sie ist nach wie vor viel zu eigensinnig, um etwas so unglaublich Schönes wie euer Kind zu verlieren, und da ich Patin werden soll, bin ich wild entschlossen, dieses Kind auch irgendwann gesund auf die Welt zu holen. Auf bald!«

Die Frauen machten sich auf den Weg. Caitlin sah sich noch einmal zu ihrem Mann um, der mit hängenden Schultern mitten im Thronsaal stand.

»Sieh nach vorn und halt dich gerade«, forderte Hylia streng. »Mehr Kummer musst du ihm wirklich nicht bereiten.«

Caitlin drückte den Rücken durch, selbst als sie die frostige Stimme Ayalas hörte. »Nun denn! Das war eine herzergreifende Vorstellung, aber jetzt bringt ihn in den Kerker! Martha wollte sich noch mit ihm über Ligurius' Tod unterhalten. Sie war sehr ungehalten darüber.«

* * *

Die Tür schloss sich, und Caitlin sackte in Hylias Armen zusammen. »Das ist so furchtbar, das ist noch viel schlimmer als seinerzeit bei Ligurius, das ertrage ich einfach nicht noch einmal.«

Die Priesterin zog sie mit sich und widersprach: »Doch, das wirst du.«

Caitlin sah sich immer wieder sehnsuchtsvoll um, und es hatte ganz den Anschein, als wolle sie kehrtmachen.

Hylia brach der Schweiß aus und sie versuchte, ihren Schritt zu beschleunigen, was ihr nicht gelang, weil auch sie mit ihren Kräften am Ende war. »Liebes, du wirst bald in einem warmen Bett liegen, eine leckere Fleischbrühe trinken, und alles wird wieder gut.«

»Ich habe Blut an den Händen und an meiner Kleidung. Das Kind …«

»Das ist nicht dein Blut.« Sie sah auf ihre torkelnde Begleiterin, spürte die unglaubliche Hitze und änderte den Tonfall. Jedes Mitgefühl verschwand daraus. »Du solltest nicht immer nur an dich denken. Dein Mann kam geradewegs vom Schlachtfeld und vom anschließenden Zweikampf gegen Camora, der als ausgesprochen fähiger Kämpfer galt. Er hat Wunden davongetragen, die offensichtlich noch nicht verheilt sind, da keine Priesterinnen dort waren. Das ist dir natürlich entgangen, denn du warst ja nur mit dir und deinem eigenen Leid beschäftigt. Soll er sich doch noch schuldig fühlen, weil er sich nicht zerreißen kann. Lass dich richtig gehen, Kleine! Was glaubst du, wie es seine Schuldgefühle noch vergrößern würde, wenn du jetzt auch noch euer Kind verlierst. Du kannst mich ausgerechnet jetzt nicht allein lassen … genau das wären auch meine Worte gewesen, um jemandem zu danken, der gerade sein Leben für meins angeboten hat.«

»Hab ich das gesagt? Das wollte ich nicht.« Erneut liefen Tränen über Caitlins Gesicht.

»Dein Bedauern nützt ihm jetzt nichts mehr«, erwiderte die Priesterin rücksichtslos. »Gesagt ist gesagt, aber vielleicht lenkt ihn der Gedanke daran, dich in deiner schweren Zeit allein gelassen zu haben, ja von seiner eigenen Lage als Gefangener ab.«

Ihre Freundin schluchzte auf. »Ich wollte das wirklich nicht und wusste gar nicht mehr, was ich sage, und jetzt kann ich nichts mehr ändern.«

Hylia blieb stehen, packte Caitlin bei den Schultern, sah sie beschwörend an und erklärte: »Es steht nicht gut um dich, Kleines. Es steht sogar sehr schlecht. Du hast hohes Fieber und kaum noch die Kraft, es zu überwinden. Wenn du verhindern willst, dass Rhonan sich ein Leben lang mit Schuldgefühlen plagt, dann wirst du jetzt kämpfen müssen. Du wirst ruhig und tief atmen, dich entspannen und dich voll und ganz den Aufgaben widmen, am Leben zu bleiben und dein Kind zu behalten. Denke nicht an heute oder morgen, denke nicht an Kerker, den gefangenen Rhonan oder die Nebelinsel, denke nur an eure schöne gemeinsame Zukunft mit vielen Kindern. Denke an Schaukelpferde mit lustig klingelnden Glöckchen und an heiße Nächte, in denen ihr immer wieder für weiteren Nachwuchs sorgt. Denke an starke Arme, die dich dein Leben lang halten und schützen werden, und an kleine Hände, die du eine Weile führen und leiten musst. Du hast einen Traum … Ihr habt einen wunderbaren Traum. Dein Mann tut alles, um ihn zu verwirklichen. Hilf ihm dabei!«

Caitlins glasiger Blick flackerte, aber sie straffte sich spürbar. »Das werde ich. Weißt du, ich liebe ihn so sehr, und ich darf ihn nicht allein lassen, weil er ohne mich nicht zurechtkommt.«

»Ich weiß. Er rasiert sich dann nicht und verwahrlost.«

Ein kleines, geisterhaftes Lächeln huschte über ihr eingefallenes Gesicht. »Ja, das auch. Ich liebe dich, Hylia. Hilf mir bitte!«

»Ich muss wahnsinnig sein, aber ich liebe dich auch, und du weißt genau, dass ich dir immer helfen werde. Habe ich dir nicht gesagt, wie kühn ich sein kann, wenn man mich nur lässt? Wir schaffen es.«

»Aber ich habe Angst vorm Fliegen. Gideon sagte, es sei schön, aber vielleicht muss ich mich dann doch übergeben.«

Hylia antwortete: »Dann kotz bloß nicht gegen den Wind. Das wird eine fürchterliche Sauerei.«

Jetzt lachten beide verhalten, und die Priesterin schickte ein stummes Gebet zu den Göttern, die Prinzessin, die so lange tapfer durchgehalten hatte, jetzt nicht noch im Stich zu lassen.

27. Kapitel

Seit drei Tagen waren die Frauen jetzt im Lager der Freien Reiche.

Dort herrschte Aufbruchsstimmung. In Gruppen oder allein machten sich die Krieger auf, um zu ihren Familien zurückzukehren. Nur hin und wieder kam es zu Reibereien zwischen den langjährigen Feinden, die Gardisten aber in der Regel schnell unterbanden. Während die Krieger die Aussicht auf dauerhaften Frieden genossen und in meist sehr schlichten, weil friedlichen Zukunftsträumen schwelgten, zogen sich die Verhandlungen zwischen ihren Führern zäh dahin.

Es galt, Camoras Reich aufzuteilen und Gebietsansprüche entmachteter Fürsten und neu ernannter Statthalter zu überprüfen. Immer wieder stand Darius vor der Frage, ob bloßes Erbrecht dem Recht des Eroberers vorzuziehen war. Da die Sitze im neu gegründeten Rat der Reiche zahlenmäßig gleich mit Führern der Freien Reiche und den ehemaligen Hordenführern besetzt waren, kam es zu ewig andauernden Gesprächen und Auseinandersetzungen darüber.

Morwena, die natürlich an diesen Sitzungen teilnahm, fand zwischendurch immer noch die Zeit, nach der neuen Großkönigin zu sehen. Sie betrat gerade zusammen mit Marga erneut das Zelt und fragte mit besorgter Miene: »Wie geht es ihr heute? Gibt es endlich eine Besserung?«

Gideon, der seit der Ankunft der Frauen so gut wie nicht geschlafen hatte, erhob sich mühsam von seinem Stuhl und fuhr sich erschöpft durchs Gesicht. »Das Fieber konnten wir bekämpfen, Krämpfe hat sie auch keine mehr, aber sie wacht nicht auf. Wenn sie nicht bald zumindest so weit zu sich kommt, um etwas zu trinken, werden wir sie verlieren. Sie … sie vergeht einfach. Wir haben versucht, ihr Brühe einzuflößen, aber sie schluckt nicht. Sie atmet nur noch.«

»Vielleicht hätte man sie besser bei Ayala lassen sollen«, überlegte die Königin laut.

Hylia lachte auf. »Ich habe Ayala aus dem Wasserverlies heraus bestellen lassen, ihre Tochter sei todkrank, und sie ließ antworten, ihre Töchter wären wohlauf, und der Zustand einer Verräterin kümmere sie nicht. Wahrscheinlich hatte sie sogar ihre Freude am schlechten Zustand ihrer ungehorsamen Tochter.«

Mit Tränen in den Augen sah sie zum Bett. »Während das Fieber stieg, hat sie nur noch von Rhonan gesprochen und davon, dass er endlich eine richtige Familie haben müsste, damit er sich nicht so ungeliebt fühlte. Sie wanderte in unserem Verlies herum und redete pausenlos von ihm. Jetzt ist sie restlos erschöpft. Die Echsen haben uns unterwegs etwas zu essen gegeben, aber sie konnte es nicht bei sich behalten. Sie hat es immer wieder versucht, hat langsam und wenig gegessen, aber es ging einfach nicht mehr. Sie … Bei allen Göttern, wenn ich wüsste, es könnte ihr helfen, würde ich freiwillig zurück ins Verlies gehen, aber ich kann nichts mehr für sie tun. Sie wird sterben, und ich denke, sie wird noch in dieser Nacht sterben.«

»Das geht nicht, das darf ich nicht zulassen«, erklärte Morwena bestimmt.

Der Gelehrte sah sie traurig an. »Ihr seid die Herrscherin über El'Maran, aber der Tod wohnt offensichtlich woanders. Ihr könnt nichts mehr tun.«

Marga stand an Caitlins Lager und betrachtete ihre bleiche Freundin mit schwerem Herzen und nassen Augen. »Wie können die Götter das zulassen? Warum muss sie sterben, obwohl sie nichts Böses getan hat, und die Hexe mit all ihren Lügen und Morden darf weiterleben?«

Morwena stutzte, griff sich die verwirrte Marga und umarmte sie wild. »Du hast ja so recht. Warum habe ich nicht früher daran gedacht? Die Hexentochter wird ihr helfen können.«

»Das ist nicht Euer Ernst«, würgte Hylia hervor. »Die wird Caitlin nur den Tod bringen.«

»Unsinn! Toter als tot geht ja wohl nicht. Ihr könnt doch nicht mehr helfen. Sie hat Derea das Leben und den Arm gerettet, sie wird vielleicht auch Caitlin helfen können. Marga, hol sie her!«

»Aber …«, begann die, wurde jedoch sofort unterbrochen.

»Keine Widerrede. Sie kann nicht von Grund auf schlecht sein, wenn sie meinen Sohn gerettet hat, was ihr nach seinen Worten sehr schwergefallen sein dürfte. Rasch, bitte sie her!«

Marga eilte aus dem Zelt, und Hylia ergriff das Wort. »Ihr irrt Euch. Sie hat Meister Fergus getötet und ein Talermädchen nur so zum Spaß zu Tode gefoltert. Fast hätte sie Rhonan getötet, und dann hat sie mit Lust zugesehen, wie Ligurius ihn gefoltert hat. Ihr hättet ihre Augen sehen müssen. Es war ekelhaft. Sie ist völlig widernatürlich. Wenn sie Derea geholfen hat, hatte das seinen Grund. Glaubt nicht, sie hätte es aus Menschlichkeit getan. Sie weiß doch gar nicht, was das ist, und tut nur, was ihren eigenen Plänen dienlich ist. Ich kenne ihre Ziele nicht, aber sie dürften kaum mit den unseren übereinstimmen.«

»Menschen können sich ändern«, gab die Königin zumindest äußerlich unbeeindruckt zurück. »Das Erste, was ich von Rhonan gehört habe, war, er sei ein nichtsnutziger, hinkender Säufer.«

»Das war nun wirklich etwas ganz anderes«, gab Gideon zu bedenken, und sie nickte ihm freundlich lächelnd zu.

»Ja, etwas anders ist es immer. Schließlich hinkt diese Juna nicht, und ob sie dem Trunk ergeben ist, weiß ich nicht. Wir können sie ja fragen.«

Es war offensichtlich, dass Morwena entschlossen war, ihre Wünsche durchzusetzen, und nicht bereit dazu, Einwänden auch nur zuzuhören. Allerdings sagte Gideon sich auch, dass sie mittlerweile an einem Punkt angekommen waren, an dem man durchaus auch gefährliche Wege gehen konnte. Toter als tot ging wirklich nicht. Insofern zumindest hatte die Königin recht.

Eine verbissen dreinblickende Marga brachte kurze Zeit später die strahlende Juna herein. Die knickste vor Morwena. »Es ist mir eine Ehre, dass die Herrscherin El'Marans ausgerechnet mich ans Krankenbett der neuen Großkönigin ruft.«

»Erhebe dich!« Die Königin lächelte huldvoll. »Ich habe dir noch gar nicht dafür gedankt, dass du Derea das Leben gerettet hast. Er hat mir viel von dir berichtet, und es war alles nur Gutes.«

»Euer Sohn spricht meist mehr mit dem Herzen als mit der Vernunft. Ohne ihn hätte ich weder Fluss noch Wald überlebt. Außerdem war er stets freundlich, fast könnte man sagen gütig zu mir. Ihr könnt Euch nicht vorstellen, wie mich das überrascht hat. Dafür musste ich mich erkenntlich zeigen, und er hat bestimmt übertrieben, als er sich lobend über mich äußerte. Ich bin kein guter Mensch, doch neben Eurem Sohn gelingt es niemandem, richtig schlecht zu sein.«

Morwena nickte. »Das hast du gut erkannt. Er verfügt über ein ansteckendes Wesen. Wir werden uns später ausführlich darüber unterhalten, aber jetzt wäre es nett, wenn du versuchen könntest, etwas für Caitlin zu tun. Trotz aller Anstrengungen erwacht sie nicht.«

»Wenn ich zu Diensten sein kann? Herzlich gern«, erwiderte Juna, zwinkerte Marga im Vorbeigehen zu und beugte sich über die Prinzessin.

Unter den argwöhnischen Augen Gideons und der Frauen ließ sie die Hände immer wieder über den ausgemergelten Körper gleiten, dann wandte sie sich wieder Morwena zu. »Ich müsste meine Kräuter holen, und ich kann Euch in Anbetracht der Umstände nur versprechen, dass ich mein Möglichstes tun werde.«

»Das genügt, meine Liebe. Eile dich!«

Mit einem erneuten Knicks verließ sie das Zelt.

»Ich könnte mich übergeben«, schimpfte Marga und tobte durchs Zelt. »Dieses widerliche, verlogene Miststück! Sie kennt wirklich gar kein Schamgefühl.«

»Sie wird Caitlin nichts einflößen«, erklärte Hylia mit Bestimmtheit. Sie warf Marga und Gideon fassungslose Blicke zu. »Habt ihr das gehört? Spricht die von Güte. Ich dachte, ich werde verrückt. Sie weiß doch nicht mal ansatzweise, was das ist.«

»Ihr werdet dieser Hexentochter jede Unterstützung gewähren, die sie benötigt, und ihr werdet sie tun lassen, was immer sie will«, erklärte Morwena in einem Tonfall, der keinen Widerspruch duldete. »Ihr könnt Caitlin nicht helfen, wenn ich euch richtig verstanden habe. Wir haben also nichts mehr zu verlieren. Selbst wenn Camora oder Maluch jetzt meine einzige Hoffnung wären, würde ich auf sie bauen. Ich will, dass diese Frau lebt. Derea vertraut ihr und ...«

»Ja!«, schrie Marga. »Weil er sich verliebt hat. Sie muss ihn verhext haben, sonst ...«

Sie brach ab, weil alle sie entsetzt ansahen und ihr wieder einfiel, dass sie darüber Stillschweigen hatte bewahren sollen.

»Was sagst du da?«, wollte die Königin auch schon mit versteinerter Miene wissen.

Darius' Tochter brachte mühsam hervor: »Entschuldigung! Vergesst, was ich gesagt habe! Das war nur eine Vermutung, weil ich mir nicht vorstellen konnte, warum Derea ihr sonst vertraut haben sollte. Aber das ist Unsinn. Nie hätte er …«

Sie war dankbar, dass Juna in diesem Augenblick zurückkam und damit jedes weitere Gespräch im Keim erstickte. Allein Morwenas bohrende Blicke waren schon schlimm genug.

»Ich benötige ein Feuer, einen kleinen Kessel und Wasser – und zwar hier im Zelt«, erklärte die Hexentochter und breitete auf einem Tischchen ihre Kräuter und Pulver aus.

Hylia trat zu ihr an den Tisch. »Ich traue Euch nicht und will haargenau wissen, was Ihr vorhabt.«

»Aber gern«, gab die mit freundlichem Lächeln zurück. »Die Prinzessin ist zu schwach, um auch nur diese Nacht zu überleben. Aber das wisst Ihr sicher selbst. Ich werde sie in einen Rausch versetzen. Der wird sie nicht heilen, sie wird auch nicht erwachen, aber sie wird hoffentlich tun, was ich ihr sage – trinken zum Beispiel. Betet, dass es mir gelingt! Wenn ich denke, es sei an der Zeit, werde ich sie wecken. Wenn Ihr ihr helfen wollt, bringt mir kräftigende Brühe oder einen stärkenden Kräutertrank. Bereitet zu, was ihr am besten hilft zu überleben, wenn Ihr meint, dass Ihr zumindest dazu in der Lage seid.«

»Wenn Ihr ihr ein Leid antut, werdet Ihr das bereuen. Verlasst Euch darauf!«

»Ihr wisst, dass sie mehr tot als lebendig ist. Wenn Ihr mir nicht traut, gehe ich gern wieder. An ihrem Überleben liegt mir persönlich nicht sehr viel.«

Die beiden Frauen maßen einander mit unterkühlten Blicken, und Hylia wünschte sich nicht zum ersten Mal, auch nur erahnen zu können, was in der Hexentochter vorging.

Nachdem ein kleines Feuer brannte und das Wasser im Kessel kochte, wandte sich Juna an die übrigen Anwesenden: »Es könnte sein, dass nicht nur die Prinzessin der berauschenden Wirkung der Kräuter zum Opfer fällt. Wer sich dieser Gefahr nicht aussetzen möchte, sollte jetzt gehen.«

»Hilfreich wird unsere Gegenwart kaum sein«, erklärte Morwena und zerrte Marga mit sich.

Hylia und Gideon blieben sitzen, auch wenn sie sich verunsicherte Blicke zuwarfen.

In der nächsten Zeit wurden sie Zeugen, wie die Hexentochter Blätter und Pulver in den Kessel streute und sich daraufhin ein geradezu betörender, süßlicher Qualm ausbreitete. Hylia hielt sich ein Tuch vor Mund und Nase, und Gideon folgte sehr schnell ihrem Beispiel. Juna warf ihnen amüsierte Blicke zu und lenkte mit einfachen Handbewegungen den Qualm zum Bett. Bald war Caitlin kaum noch zu sehen.

Juna beugte sich über sie, öffnete leicht die Lippen der Königin, blies ihr Rauch in Nase und Mund. Allmählich verflüchtigte sich der Rauch, und verblüfft, aber auch mit aufkeimender Hoffnung durften die Priesterin und der Gelehrte erleben, wie Caitlin auf Junas Befehl hin den Kräutertrank, der ihr an die Lippen gehalten wurde, schluckte.

Die Hexentochter strich über den Leib der Prinzessin und flößte ihr wenig später auch noch Brühe ein. Hylia konnte es kaum glauben, aber ihre Freundin erbrach die Speisen nicht wieder.

Juna drehte sich zu ihr um und warf ihr einen höhnischen Blick zu. »Meine Fähigkeiten kennt Ihr auch nur zur Hälfte, Nebelfrau. Eure Königin ist zwar etwas gestärkt, steht aber immer noch auf der Schwelle des Todes. Es ist ungewiss, wohin ihr nächster Schritt sie führen wird. Ich fühle mich etwas erschöpft und mache jetzt einen kleinen Spaziergang. Seht zu, dass das Feuer nicht ausgeht und dass Eure geliebte Caitlin nicht den falschen Weg geht.«

Mit diesen Worten und einem heiseren Lachen verließ sie das Zelt.

»Sie hat getrunken«, murmelte Gideon tief beeindruckt und strich liebevoll über die Stirn der Prinzessin. »Es besteht noch Hoffnung.«

»Sollte sie je wieder erwachen, kann ich nur hoffen, dass es auch noch Caitlin ist, die erwacht«, entgegnete Hylia düster. »Ich trau dieser Hexe nicht.«

Vor dem Zelt schwankte Juna und hielt sich schließlich sogar an einem Fahnenmast fest, während sie versuchte, zusammen mit der kühlen Nachtluft auch neue Kraft einzusaugen. Viel zu viel von ihrer eigenen Lebenskraft hatte sie Caitlin zukommen lassen, aber um das einzige Ziel zu erreichen, das sie unbedingt und mit jeder Faser ihres Herzens erreichen wollte, musste sie weitermachen.

* * *

Zwei Priesterinnen führten Rhonan ins Sommerzimmer.

Er war nass und schwankte, Ersteres, weil er gerade seine allabendliche Dusche am Wasserfall hinter sich hatte, Letzteres, weil seine Beinmuskeln wie alle anderen auch völlig verkrampft waren.

Weder Martha noch einen Kerker hatte er bisher gesehen. Ihm wäre zumindest der Kerker lieber gewesen. Denn sein Verlies war ein Erdloch im Garten, das mit einer Chromplatte verschlossen war und in dem er weder stehen noch sitzen oder gar liegen konnte. So kauerte er mit angezogenen Beinen in seinem modrigen Gefängnis und dachte an seine sterbenskranke Ehefrau. Ständig sah er ihre fiebrig glänzenden Augen vor sich und hörte ihre brüchige Stimme. Aus kurzem Schlaf schreckte er immer wieder hoch, geweckt von der Furcht, sie könne schon nicht mehr leben. Er gab sich auch jetzt nicht der Hoffnung hin, dass ein Gespräch mit Ayala ihm etwas Erfreuliches bringen könnte.

Die topfte gerade eine Pflanze um und sah jetzt auf. »Ich fühle mich ja geehrt durch die Anwesenheit des Großkönigs, aber ich frage mich langsam, wie lange ich mich noch an ihr erfreuen soll. Könnt Ihr mir behilflich sein?«

»Ihr seid die Hausherrin. Wenn Ihr mich fortschickt, werde ich mich Euren Wünschen gern fügen. Eure Gastfreundschaft lässt doch sehr zu wünschen übrig.«

Sie lächelte ihn an. »Wir haben nicht gern Männer im Haus. Ich gebe zu, dass unsere Grube für Winterknollen nicht für jemanden von Eurer Größe gedacht ist, aber Ihr wolltet ja unbedingt bleiben.«

»Die Räumlichkeiten sind in der Tat beengt, und ich hatte erwartet, dass man mir hin und wieder etwas zu essen anbieten würde.«

Sie bedachte ihn mit einem kurzen Blick, ehe sie mit ihrer Arbeit fortfuhr. »Ich hatte Euch doch gesagt, ich werde Euch nicht als Gast betrachten. Ihr glaubtet, damit leben zu können. Eure Freunde verlassen sich ein bisschen zu sehr darauf, dass ich Euch noch benötige. Die Quelle ist doch schon offen. Ich will sie ja gar nicht wieder versiegeln, ich will nur hinein.«

»Auch dazu müsstet Ihr an den Dämonenwächtern vorbei. Nur mit Kahandar kann man sie besiegen, und nur ich kann Kahandar führen.«

»Eure Überlegung, dass Ihr als Einziger bei mir zumindest nicht in unmittelbarer Lebensgefahr schweben würdet, war vom Ansatz her richtig, die Einzelheiten waren aber nicht gut durchdacht. Euch fehlten Zeit und Muße, nicht wahr? Eure Sorge um Caitlin war zu groß«, erwiderte sie und griff sich einen anderen Topf.

Während sie abwechselnd Sand und Erde hineinschaufelte, erklärte sie im Plauderton: »Wisst Ihr, Rhonan da'Kandar, ich bin nicht so dumm, wie Ihr vielleicht denkt. Sollten die Siegel hier eintreffen, werde ich wissen, dass Euer Heer am Wolkenberg bereitsteht. Ausgerechnet meine eigenen Söhne werden dort auf mich warten, um mir Einhalt zu gebieten.«

Sie sah kurz hoch, lachte über seine finstere Miene und fuhr fort: »Dass Ihr etwas vorhabt, hätte ich von allein gewusst. Was Ihr vorhabt und wie weit Eure Pläne fortgeschritten sind, erfahre ich täglich von Juna, meiner geliebten Patentochter. Falls Ihr es wissen wollt, Hylia hat von Canon erfahren, dass das Heer bereits bei da'Salanka ist. Juna wird dafür sorgen, dass die abtrünnige Priesterin am Fieber erkrankt, sodass sie nicht mehr berichten kann, dass Eure Armee in die Falle läuft, die ich für sie vorbereiten werde.«

Rhonan hatte plötzlich Mühe, die Beherrschung nicht zu verlieren. Allein die Tatsache, dass Ayala sich mit so viel Hingabe ihrer Aufgabe widmete, während sie die grässlichsten Neuigkeiten preisgab, trieb ihn zur Weißglut.

Sie griff sich einen Schössling und fragte: »Habt Ihr schon einmal miterlebt, was geschieht, wenn Priesterinnen ihre Kräfte bündeln? Körper zerplatzen, Menschen verglühen oder erstarren zu Eis. Juna hat Euch ansatzweise gezeigt, über welche Kräfte wir verfügen, und sie hat sich zurückgehalten, weil Ihr damals noch nicht sterben solltet. Stellt Euch nun das Ganze zwanzigfach stärker vor, und Ihr müsstet erahnen, dass keine Armee uns standhalten kann. Es wird daher eine sehr einseitige Schlacht werden. Will sagen, auf der einen Seite wird gezaubert, auf der anderen gestorben, und wenn endlich alle tot sind, denen ich dieses Schicksal zugedacht habe, werden wir zwei zur Quelle gehen.«

»Was macht Euch glauben, dass ich Euch in diesem Fall

noch den Weg zur Quelle öffnen würde?«, fragte er mit heiserer Stimme. »Sobald das getan ist, werdet Ihr mich doch auch töten.«

Ayala betrachtete ihr eingetopftes Bäumchen. »Schön, nicht wahr? Es ist eine eigene Züchtung, eine Kreuzung aus Blutbuche und Schwarzweide, und ich hoffe, sie wird nächstes Jahr um diese Zeit blühen. Ich muss mir noch einen Namen ausdenken. Soll ich sie nach Euch benennen?«

Er schwieg, und sie warf ihm einen versonnenen Blick zu. »Das ist Euch gleichgültig? Ihr habt nie darüber nachgedacht, wie wunderbar es ist, der Nachwelt etwas Bleibendes zu hinterlassen und dadurch nie in Vergessenheit zu geraten? Schade, aber nun gut! Wovon sprachen wir gerade? Ach, von Eurem Tod. Ja, ich werde Euch töten, aber davon seid Ihr auch ausgegangen, als Ihr auf die Insel kamt, nicht wahr? Wir waren beide unehrlich zueinander. Ihr hattet schließlich auch nie vor, mir den Weg zur Quelle zu öffnen.«

Sie stellte die Pflanze auf einen Tisch am Fenster, rückte sie hin und her, bis sie ihrer Ansicht nach im rechten Licht stand, und kam dann mit einem kalten Lächeln auf ihn zu. »Aber ich denke, diesbezüglich werdet Ihr noch anderen Sinnes. Caitlin lag im Sterben, und weder Gideon noch Hylia konnten ihr helfen. Was glaubt Ihr, wen man letztlich zu ihrer Heilung holte? Juna!«

Sie lachte schallend auf. »Schaut doch nicht so entsetzt. Meine Patentochter ist auf vielen Gebieten begabt. Sie gibt sich Mühe, und Caitlin wird erwachen. Dann wird sie neben ihrem Kind allerdings auch noch einen Zauber in sich tragen. Juna wird sie mit seiner Hilfe quälen, verletzen oder töten können, ohne in ihre Nähe kommen zu müssen. Wenn Ihr Eure Frau schützen wollt, werdet Ihr tun müssen, was immer ich Euch befehle. Ich sehe es Euch an. Ihr überlegt, ob Ihr Kahandar rufen sollt, um mich zu töten? Es würde Euch nicht gelingen. Ich wäre nur sehr ungehalten. Liefert mir den kleinsten Grund zur Beschwerde, und Juna wird Caitlin einen kleinen Gruß von Euch schicken: einen Krampf vielleicht oder eine Schmerzwelle. Eure Frau ist schwanger, da geschieht das hin und wieder. Caitlin ist ganz in der Hand meiner lieben Juna, und das heißt wiederum, Ihr seid ganz in meiner Hand.«

Rhonan ballte in hilflosem Zorn die Fäuste. »Ihr werdet doch auch Caitlin niemals am Leben lassen.«

Ayala ging zu ihrer neuen Züchtung und verschob den Topf ein wenig. »Ich glaube, zu viel Sonnenlicht ist nicht gut. Halbschatten dürfte besser sein. Der und viel Feuchtigkeit.«

Sie sah ihn wieder an. »Wir sind an einem Punkt, da wir ehrlich zueinander sein sollten. Ihr habt recht. Ich werde auch Caitlin töten, denn ein rächender Erbe ist tunlichst zu vermeiden, wie man allein an Euch sieht. Aber Euer Verhalten wird bestimmen, wie sie stirbt. Ihr kennt Juna gut genug, um zu wissen, wie sehr sie Grausamkeiten schätzt. Ihr könnt das verhindern. Ich schwöre hier und heute, dass Eure Frau, ohne es überhaupt zu bemerken, im Schlaf sterben wird, wenn Ihr bis zu Eurem Ende tut, was ich von Euch verlange.«

Sie schien ihre Macht über ihn zu genießen und dehnte den Augenblick aus. »Caitlin bedeutet Euch viel, nicht wahr? Wenn ich Euch jetzt befehlen würde, Eure linke Hand auf den Tisch zu legen, damit ich sie auch noch zertrümmern kann, dann würdet Ihr das ihr zuliebe tun, oder?«

Er schluckte. Unwillkürlich öffnete sich seine Hand und schloss sich wieder.

Sie sah das und lachte kehlig. »Keine Angst, das verlange ich gar nicht. Ihr hattet recht. Ihr müsst mir noch die Dämonenwächter bezwingen. Erst danach werde ich Euch töten. Vielleicht überlasse ich Euch zu diesem Zweck auch meiner

Patentochter. Unsere Hexentochter hat sich für ihre Mühen schließlich eine Belohnung verdient.«

Sie strahlte ihn mit großer Genugtuung an. »Jetzt dürft Ihr Euch wieder entfernen. Versucht zu schlafen! Schlaf kann sehr erholsam sein.« Vor sich hin summend wandte sie sich wieder ihren Pflanzen zu.

28. Kapitel

Caitlin aß fast pausenlos und fühlte sich lediglich noch etwas schlapp. Gideon war endlich einmal schlafen gegangen, und sie saß an viele Kissen gelehnt im Bett und erörterte im Schein der Kerzen zusammen mit Hylia, Marga und Morwena die Pläne der Männer.

»In drei Tagen wird auch für uns endlich die Zeit des Feierns beginnen«, erklärte Marga gerade und schnäuzte eine Kerze.

Caitlin schüttelte den Kopf. »Meine Mutter ist nicht dumm. Da die Siegel immer noch nicht bei ihr eingetroffen sind, wird sie davon ausgehen, dass sie am Wolkenberg erwartet wird. Sie wird ihre fähigsten Priesterinnen mitbringen, und denen ist selbst eine Hundertschaft nicht gewachsen. Nicht mal die Echsenkrieger könnten ihnen standhalten.«

»Du siehst zu schwarz. Canon und Derea werden sich etwas einfallen lassen«, widersprach Morwena und tätschelte der Prinzessin beruhigend den Arm.

Aber auch Hylia schüttelte jetzt den Kopf. »Caitlin hat recht. Gegen verbundene Zauber werden sie nicht standhalten können. Sie würden die Priesterinnen ja nicht einmal sehen, wenn die angreifen, und gegen Sturm, Eis und Feuer helfen keine Schilde. Ayala steht kurz davor, alle Siegel und damit die Unsterblichkeit in den Händen zu halten. Wie ich sie kenne, wird sie mit äußerster Entschlossenheit und Härte vorgehen, um an ihr Ziel zu kommen. Sie wird das Heer vernichten … bis auf den letzten Mann.«

»Aber du kannst deine Bedenken doch Canon mitteilen, und dann können sich die Krieger darauf einrichten«, schlug Marga vor, die genauso blass wie Morwena geworden war.

»Wie denn?«, fragte Hylia. »Wie sollen sie gegen Feinde kämpfen, die sie nicht einmal sehen? Ich habe es Canon in den letzten Tagen immer und immer wieder gesagt: Was sie vorhaben, kann nicht gelingen. Ihr kennt die Macht Ayalas und der Hohepriesterinnen nicht. Wir schon und wir hätten euch sagen können, dass dies ein sinnloses Unterfangen ist und alle nichts außer ihren Tod finden werden.«

Leise fügte sie hinzu: »Aber es hätte keiner auf uns gehört. Ayala hat sich lange Jahre zurückgehalten, aber vielleicht könnt ihr euch noch aus Erzählungen oder Schriften daran erinnern, dass früher oft die Nebelpriesterinnen Schlachten entschieden. Notfalls ist Ayala allein imstande, eine Hundertschaft zu vernichten.«

Eine Weile war es still, dann brachte Morwena mühsam heraus: »Der Krieg ist vorüber. Es darf einfach nicht sein, dass meine Söhne doch noch sterben.«

»Rhonan wird auch dort sein, und Ayala wird auch ihn töten, sobald sie hat, was sie will«, mischte sich Caitlin wieder ein. »Aber ich bin auch stark und werde das nicht zulassen.«

»Du willst allein gegen alle Priesterinnen antreten?«, wollte Hylia mit aufgerissenen Augen wissen.

Ihre Freundin lächelte sie verschmitzt an. »Aber nein, du wirst mich natürlich begleiten.«

Die Priesterin lachte freudlos. »Ich will die Männer ja gern unterstützen, aber wie sollen wir ihnen helfen? Wir könnten doch nicht einmal einen wirksamen Schutzzauber für sie wirken.«

»Warum nicht?«, fragte Marga sofort verständnislos.

»Diese Zauber müssen sich verbinden wie Seile, die man sich zuwirft«, erklärte Hylia. »Wir könnten unsere Zauber zu einer Linie verbinden und damit eine Schutzwand errichten. Da die Nebelfrauen von mehreren Seiten angreifen werden, bräuchten wir schon einen Flächenzauber, also vier, mindestens aber drei Priesterinnen.«

Sie sah, dass Marga verwirrt die Stirn runzelte, und fügte hinzu: »Zwei für eine Linie, vier für ein Viereck, drei für ein Dreieck.«

Morwenas Blick wanderte zwischen Caitlin und Hylia hin und her. »So ein Flächenzauber wäre nicht schlecht, zumindest wären die Krieger dann nicht schutzlos ihren Angriffen ausgeliefert und könnten ihre eigenen planen.«

»Da wir uns mit Canon und Derea verständigen können, könnten wir sie vielleicht leiten«, spann Hylia den Faden weiter. »Aber wir sind nur zu zweit.«

Marga ersetzte seufzend eine niedergebrannte Kerze durch eine andere.

»Oder auch zu dritt«, murmelte die Königin plötzlich.

»Wie meint Ihr das? Wir haben keine weitere Priesterin hier«, gab Hylia zu bedenken.

»Eine Priesterin nicht, aber immer noch eine Hexe.«

»Oh nein«, empörte sich Hylia und sprang auf. »Niemals würde ich mich in einer solchen Lage auf Juna verlassen wollen. Lieber ziehe ich allein in die Schlacht.«

»Sie hat Derea und Caitlin das Leben gerettet«, beharrte Morwena.

»Ihr kennt sie nicht, aber wir haben …«, begann Marga, wurde aber sofort unterbrochen.

»Schweig! Ich habe euch schon einmal gesagt, Menschen können sich ändern. Meine Söhne verfügen über gute Menschenkenntnis, und wenn Derea ihr vertraut hat, kann sie nicht von Grund auf schlecht sein. Ihr wolltet schon nicht, dass sie Caitlin hilft, und ohne sie wäre die Königin jetzt tot. Also verschont mich mit euren Bedenken. Maluch hat Juna großgezogen. Was hättet ihr denn erwartet, was aus ihr wird?

Ihr seid ihr nur mit Ablehnung entgegengetreten. Bringen wir ihr jetzt Vertrauen entgegen, wird sie sich erkenntlich zeigen.«

Sie sah von einem ablehnenden Gesicht ins andere und fügte trocken hinzu: »Ich bin ja selbst nicht überzeugt. Gehen wir's anders an. Sie ist jetzt auf sich allein gestellt und völlig mittellos. Wir könnten ihr Camoras Landgut und ein entsprechendes Einkommen als Belohnung anbieten, für den Fall, dass sie uns hilft.«

»Das könnten wir versuchen«, stimmte Caitlin nachdenklich zu. »Von der armen Hexentochter zur reichen Fürstin – das könnte sie reizen.«

»Ich gehe sie ja schon holen«, murmelte Marga auf einen Blick Morwenas hin und erhob sich. »Bestimmt lacht sie sich wieder krumm. Oh, wie ich diese Frau hasse!«

* * *

Wenig später unterbreitete Morwena Juna das Angebot. Danach war die Hexentochter eine Weile still und fragte schließlich: »Seit Tagen feilschen Eure Führer um jeden kleinen Landstrich, streiten um einzelne Höfe. Könnt Ihr mir dieses Fürstentum überhaupt so einfach schenken?«

Ehe die Königin etwas erwidern konnte, antwortete Caitlin ihr: »Dieses Fürstentum war sicher nie Gegenstand der Gespräche. Durch den Sieg über Camora gehört es jetzt nämlich Rhonan. Ihr glaubt doch sicher, dass er es Euch schenken wird, wenn ich ihn darum bitte.«

Juna nickte. »Gewiss. Ich wäre dann Fürstin, hätte Bedienstete und ausreichende Mittel, um sie mir auch halten zu können, und ich würde in allen Fürstenhäusern ein und aus gehen?«

»In meinem ganz sicher nicht«, konnte Marga sich nicht verkneifen zu sagen.

Morwena bedachte sie mit einem wütenden Blick. »So ist es«, erwiderte sie. »Es ist sicher keine leichte Entscheidung, weil dich die Sache weniger betrifft als uns. Benötigst du Bedenkzeit?«

»Nein. Wenn der Preis stimmt, bin ich gewillt, ein Wagnis einzugehen. Die Aussicht, eine reiche Fürstin zu werden, finde ich reizvoll. Ihr habt meine Unterstützung.«

»Wenn du uns im Stich lässt …«, begann Hylia, aber Juna unterbrach: »bekomme ich keine Belohnung. Ich bin nicht dämlich, und ängstlich bin ich auch nicht. Ich werde Euch nicht helfen, weil ich Euch plötzlich ins Herz geschlossen habe, sondern weil für mich etwas dabei herausspringt. Nur wie sollen wir das Heer jetzt noch einholen können?«

»Sie werden morgen Nachmittag die da'Kandar-Festung passieren. Genau wie in der Zitadelle gibt es dort einen Portalstein. Wir können vor ihnen dort sein und uns mit ihnen treffen«, erklärte die Priesterin.

Dann warf sie Morwena einen zweifelnden Blick zu. »Canon wird das aber nicht wollen.«

Die Königin lächelte. »Ganz sicher nicht! Deshalb fragst du ihn besser gar nicht erst. Teile ihm nur mit, dass wir sie erwarten oder allein weitergehen. Sie werden kommen. Schließlich können sie uns arme Frauen nicht schutzlos im Wolkengebirge umherirren lassen. Kein Wort zu irgendwem sonst. Wir wollen niemanden unnötig mit unseren Plänen belasten. Wir brechen kurz vor der Morgendämmerung auf, dann wird unsere Reise nicht weiter auffallen. Wenn das Lager erwacht, sind wir fort. Damit sich keiner um uns sorgt, werde ich für Darius eine Nachricht zurücklassen.«

Über die Gesichter aller Frauen glitt ein Lächeln, bevor sie zunächst kicherten und dann in schallendes Gelächter ausbrachen. Liebevoll umarmte Morwena die jungen Frauen und wünschte eine gute Nacht.

Auch Juna zog sich zurück, und Marga knurrte: »Können wir uns auf ihr Wort verlassen?«

Caitlin schüttelte den Kopf. »Auf ihr Wort nicht, aber auf ihre Gier – und eins kann ich dir sagen: Sie ist unglaublich stark und nicht leicht einzuschüchtern. Vertrauen würde ich ihr nie, aber ich werde ihre Hilfe dankbar annehmen, führt sie uns doch vielleicht zum Sieg.«

»So sei es«, erwiderte die Hauptmännin und umarmte ihre Freundinnen kurz zum Abschied.

Hylia blieb noch bei Caitlin sitzen. »Versuche zu schlafen. Es wird ihm schon gut gehen.«

Die Prinzessin schüttelte den Kopf. »Wie ich Mutter kenne, wird es das nicht. Er wird es aber überstehen wie alles andere auch, und wie du gesagt hast, Hylia, versuche ich, nur noch an die Zukunft zu denken, und die können und werden wir mitgestalten. Ich sehne mich nach Rhonans Armen, aber ich spüre sie auch fast schon wieder. Ich weiß, dass alles gut wird.« Sie schluckte und lächelte verzerrt. »Morgen wirst du Canon wiedersehen. Freust du dich?«

»Ich weiß nicht recht«, entgegnete ihre sonst so unerschütterliche Freundin kläglich. »Ich habe ihn in der letzten Zeit so oft belügen müssen, und jetzt tue ich wieder etwas, was er bestimmt nicht will. Hoffentlich reißt er mir nicht den Kopf ab, sobald er mich sieht.«

»Doch nicht, wenn seine Mutter dabei ist! Schließlich war es ihre Idee.«

Beide schenkten sich ein halbes Lächeln, küssten sich herzlich und wünschten eine gute Nacht.

29. Kapitel

Die Festung da'Kandar war aus grauem Stein erbaut und einfach nur gewaltig. Acht Türme ragten in den Himmel. Zahllose Nebengebäude schmiegten sich an die Burgmauern. Doch im Gegensatz zum Nebelschloss wirkte diese Burg düster und abweisend. Lediglich zwei Küchenmädchen mit weißen Hauben huschten über den Hof und knicksten kurz in ihre Richtung.

Sie hatten wohl dem Hofmeister Bescheid gegeben, denn der kam ihnen entgegengeeilt, als sie das Burgtor erreichten, und nestelte noch an den Knöpfen seiner Jacke. Marga stellte die Damen vor, wobei sie darauf verzichtete, Caitlin als seine neue Herrin vorzustellen. Die Prinzessin hatte darauf bestanden, sich erst an Rhonans Seite als Königin auszugeben.

Der Hofmeister erbleichte trotzdem vor Ehrfurcht. »Verzeiht«, fragte er, »sind die hohen Herrschaften auch nur auf der Durchreise oder wird eine Bedienung gewünscht?«

»Auch?«, fragte Marga verblüfft. »Waren denn schon Besucher vor uns hier?«

Er nickte voller Stolz. »Königin Ayala und einige Priesterinnen kamen gestern aus dem Turm, gingen aber sofort wieder zum Tor hinaus.«

»Was? Berichte Genaueres!«, rief Morwena. »Wie viele waren es?«

Erneut nickte er, jetzt schon fast erschrocken. »Vielleicht zwanzig Frauen und ein Mann.«

»Wie sah der Mann aus?«, fragte Caitlin sofort mit ängstlicher Miene.

»Wie ein Nordmann, groß und blond.«

»Nein, ich meine, ging es ihm gut?«

Der Hofmeister sah sie überfordert an. »Das kann ich wirklich nicht sagen.«

»Nun gut«, erklärte Morwena. »Wir warten in der Empfangshalle. Bereite dich darauf vor, dass wir noch Besuch erwarten … viel Besuch … und lass uns Erfrischungen bringen!«

»Sehr wohl, Hoheit!« Er griff sich eine Fackel und eilte von Wandkerze zu Wandkerze, um den Damen den Weg auszuleuchten. »Verzeiht. Da Euer Besuch überraschend kommt, brennt kein Feuer im Kamin. Darf ich vorschlagen, dass Ihr mit dem Damenzimmer vorliebnehmt? Dort brennt auch noch kein Feuer, es dauert aber nicht einen ganzen Tag, bis der Raum durchgewärmt ist.«

Morwena nickte sofort. »Ein guter Vorschlag. Hier ist es kalt wie in einer Höhle.«

Das Damenzimmer erwies sich als kleinerer Saal, in dem verschiedene Sitzgruppen standen. Der Hofmeister entzündete zunächst alle Kerzen. Die mit Edelsteinen besetzten Kerzenleuchter aus Chrom funkelten mit den Goldfäden in seidenen Wandteppichen und goldenen Bilderrahmen um die Wette. Die Frauen nahmen auf geschnitzten Stühlen in der Nähe des Kamins Platz.

»Sie hat die Siegel doch noch gar nicht«, bemerkte Marga mit gerunzelter Stirn, kaum dass sie saßen. »Warum ist sie jetzt schon am Wolkenberg?«

»Um das Heer zu erwarten. Sie hat unsere Pläne durchschaut«, antwortete Hylia und seufzte tief. »Jetzt hat sie Zeit genug, um ihre Stellung zu beziehen.«

»Das macht die Sache nicht leichter«, orakelte Morwena düster. »Umso froher bin ich, dass wir hier sind. Vermutlich wären die Männer den Nebelfrauen direkt in die Falle gelaufen.«

»Dass man die Falle kennt, entschärft sie nicht zwangsläufig«, gab Juna zu bedenken.

»Willst du einen Rückzieher machen?«, wollte Marga in schneidendem Tonfall wissen.

Die lächelte freundlich zurück. »Warum sollte ich? Ich kann mich gut gegen Magie schützen. Gerade um mich mache ich mir die wenigsten Sorgen.«

Diener brachten nun Brot, Käse, Obst und Wein. Auf ein kleines Gestell, in dem eine Kerze brannte, stellten sie eine Kupferkanne mit heißem Apfelmost, einer Spezialität des Ostens, wie eine Dienerin erklärte. Sie schürten das Feuer im Kamin und öffneten die Fensterläden. Erstes Tageslicht beschien die kostbaren Buntglasfenster.

»Gefällt dir dein zukünftiges Zuhause«, fragte die Königin an Caitlin gewandt.

»Ich weiß nicht so recht. Es ist … so gewaltig«, erwiderte die eher unbehaglich.

Morwena lachte auf. »Das ist es. Ich habe mich früher oft gefragt, wie es den Köchen gelang, ihre Speisen auch nur halbwegs warm auf den Tisch zu bringen.«

Der bemühte Hofmeister ließ auch noch Braten und Geflügel auftischen. Die Frauen aßen und redeten von ihren Zukunftsplänen nach ihrem Sieg. Morwena nahm an, dass sie sich schlicht ablenken wollten von dem, was vor ihnen lag.

In der Eingangshalle polterte es irgendwann, und unterdrücktes Fluchen drang bis zu den Damen, die sofort verstummten. »Meine Söhne kommen«, erklärte Morwena munter. »Offensichtlich hat Derea wieder einmal eine Rüstung übersehen oder so. Gleichgültig, wohin man etwas stellt, es steht meinem Jüngsten unweigerlich irgendwann im Weg.«

Die Damen lachten immer noch, als die Tür aufflog und Canon und Derea den Raum betraten.

»Juna?« Dereas Gesicht zeigte freudige Überraschung.

Caitlin hätte fast gelacht, als die Heerführer auf Morwena zugingen, ehrerbietig auf ein Knie fielen, deren Hand küssten, sich wieder erhoben und gleichzeitig und vorwurfsvoll ausstießen: »Mutter, das war völlig unverantwortlich. Was hast du dir dabei gedacht? Warum bist du hier?«

»Weil ich eure Mutter bin und auf euch aufpassen muss«, erwiderte die mit strenger Stimme. »Und eine Belehrung über Verantwortung benötige ich von euch nicht. Soweit ich weiß, habe ich euch erst beigebracht, was dieses Wort bedeutet. Benehmt euch also angemessen.«

Derea wirkte prompt eingeschüchtert, aber Canons Augen funkelten, als er erklärte: »Du müsstest doch wissen, wie wichtig es ist, dass Caitlin nicht in der Schlucht ist. Es …«

Morwena unterbrach ihn. »Sie ist doch auch nicht dort. Wir sind hier meines Wissens nach in der da'Kandar-Festung. Setz dich einfach hin und hör zu, bevor du weiter Blitze schleuderst.«

Sie erklärte dann unterstützt von Caitlin und Hylia den Grund ihres Kommens. Im Anschluss an den Bericht rieb Canon sein Kinn. »Sie sind also schon hier. Wir haben uns das gedacht, weil wir es auch so gemacht hätten.«

Er sah die Frauen mit gerunzelter Stirn an. »Hylia hätte es mir aber auch mitteilen können. Es war nicht nötig, dass ihr deswegen gleich herkommt.«

»Wir sind auch nicht zu deinem persönlichen Wohlbefinden gekommen«, gab seine Mutter zurück. »Ohne den Schutz der Priesterinnen werdet ihr abgeschlachtet. Behagt dir das eher?«

Canon erwiderte nichts. Den Blicken der Männer war allerdings zu entnehmen, dass sie an ihrer ablehnenden Haltung festhielten.

Caitlin sah sich im Raum um. »Das gehört jetzt alles mir, oder?«, wollte sie wissen.

Auf ein Nicken Morwenas hin wählte sie einen großen, aber unansehnlichen Kerzenhalter aus Chrom, und vor den Augen der Anwesenden legte sich eine dicke Eisschicht darüber. Ein Fingerschnippen, und er zersprang in abertausend Teile.

»Menschliche Körper sind nicht so massiv«, erklärte sie freundlich. »Da ist es noch leichter.«

»Blitz und Donner«, entfuhr es Derea. »Canon, was ist … stell dir vor … also das ist … Es ist …«

»Beeindruckend«, ergänzte sein Bruder trocken.

Remo betrat den Raum, salutierte, rutschte auf einem Eisbröckchen aus und erklärte darüber sichtbar verblüfft: »Der Hofmeister fragt, ob Zeit für ein gebratenes Rind wäre. Die Echsen und auch die Reiter … Flieger sind ziemlich erschöpft und würden gern eine Stärkung zu sich nehmen, und wir sind doch gut im Zeitplan.«

Die Brüder sahen einander kurz an, dann erwiderte Derea: »Wir bleiben über Nacht hier. Morgen geht's zum Wolkenberg. Sieh also zu, dass alle halbwegs nüchtern bleiben.«

Remo nickte, salutierte erneut, warf noch einen letzten verwunderten Blick auf die Eisstückchen und verschwand. Kurze Zeit später hörten sie von draußen den Jubel der Krieger und ein hohes, schrilles Pfeifen der Echsen.

Caitlin und Hylia hielten sich sofort mit schmerzverzerrten Gesichtern die Ohren zu.

»Was ist mit euch?«, fragte die Königin sofort besorgt.

Die Gesichter der Frauen entspannten sich, als Stille einkehrte.

»Magie schärft unsere Sinne. Dafür sind wir sehr empfindlich gegen grelles Licht oder hohe Töne. Eine Schwäche aller Priesterinnen«, erklärte Caitlin mit einem entschuldigenden

Lächeln und sah dann Canon an. »Hat Euch mein kleiner Beweis unserer Fähigkeiten genügt, um Eure Vorbehalte gegen unsere Begleitung zu zerstreuen?«

»Könnte man sagen«, gab er zu. »Und ungefähr zwanzig werden es also sein.«

»Kennt denn überhaupt jemand das Gebiet um den Wolkenberg herum?«, wollte Hylia wissen.

Canon sah sie ein wenig herablassend an. »Nein, aber ehe wir losgezogen sind, haben wir uns selbstverständlich über die Örtlichkeiten erkundigt. Eine Schlucht von etwa fünf Pferdelängen in der Breite und fünfzehn in der Länge führt bis zum Wolkenpfad. Die Berge sind zerklüftet und voller Nischen und Höhlen, bieten den Nebelfrauen also beste Voraussetzungen, um sich zu verstecken.«

»Nur mit Schutzzaubern werden wir da kaum weiterkommen«, gab Marga zu bedenken.

»Wartet!« Derea sah angestrengt vor sich hin. Endlich strahlte er und erklärte: »Ganz einfach!« Er beugte sich nach vorn und erklärte, was er damit meinte.

Ihnen rauchten bald die Köpfe, aber schließlich entwickelte sich ein gefährlicher, aber durchführbarer Schlachtplan, der weniger auf Verteidigung als vielmehr auf Angriff beruhte.

Mittendrin hob Canon die Hand. »Halt, halt! Wir schießen jetzt weit übers Ziel hinaus. Das ist ja alles schön und gut … nur nicht durchführbar.«

»Warum nicht? Wir … «, begann Marga, wurde aber gleich wieder von ihm unterbrochen.

»Weil die Echsen uns nur zum Gebirge bringen wollen. Ihr Führer hat deutlich gemacht, dass sie sich nicht an der Schlacht beteiligen werden.«

»Sie können doch nicht auf halber Strecke umkehren«, empörte sich Morwena. »Warum kämpfen sie erst gegen

Camora, wenn sie die Reiche jetzt den Nebelfrauen überlassen wollen?«

»Weil ihnen die Reiche gleichgültig sind. Sie wollten nur den Schatten aufhalten«, antwortete Derea. »Sie gehen einfach wieder in ihre Sümpfe zurück. Denen wird Ayala genauso wenig Beachtung schenken wie Camora.«

Mitten in das trostlose Schweigen, das dieser Erläuterung folgte, platzte Remo. Ehe er auch nur ein Wort herausbringen konnte, schickte ihn Morwena wieder fort, mit der Anweisung, ihr auf der Stelle diesen Führer der Flugechsen zu holen.

Wild entschlossen und kampfbereit sah sie in die Runde. »Er wird seine Ansicht ändern.«

Es dauerte nicht lange, bis Pthameni erschien und sich grüßend verneigte.

Morwena lächelte ihm huldvoll entgegen, bot ihm einen Platz an und bedankte sich zunächst bei ihm für die geleisteten Dienste. Der Kalla nickte, schwieg aber.

Morwena erklärte ihm ausführlich, wie unglaublich wichtig es jetzt sei, auch noch den Nebelfrauen Einhalt zu gebieten, um endlich einen dauerhaften Frieden zu sichern.

»Es ist an uns, gemeinsam gegen die Priesterinnen ins Feld zu ziehen«, schloss sie. »Seite an Seite werden wir die Zukunft unserer Kinder sichern. Was sagt Ihr dazu, mein Freund?«

Pthameni verbeugte sich. »Wir werden die Krieger zum Wolkengebirge bringen und die Götter um Beistand für die Schlacht bitten.«

Die Königin rutschte im Stuhl nach vorn. »Der Beistand der Götter wäre sicher von Vorteil, aber er wird unseren Kriegern keine Flügel verleihen. Ihr könntet das.«

Ausdruckslos wie immer erklärte der Echsenmann: »Wir sind Jäger, keine Krieger. Wir nahmen auf Beschluss der großen Versammlung hin an der Schlacht teil, um die Ausbreitung des

Schattens zu verhindern. Das ist geschehen. Die Nebelfrauen sind nicht unsere Feindinnen.«

Canon und Derea hatten mit nichts anderem gerechnet, aber Morwena gab nicht auf. »Das wahre Übel ist die Quelle. Camora bediente sich ihrer, um die abscheulichsten Verbrechen zu begehen. Denkt nur an die Schattenkrieger. Jetzt wollen es die Nebelpriesterinnen ihm gleichtun. Auch ihnen geht es nur um Macht. Eure Schlacht wird vergebens gewesen sein, Eure Stammesbrüder werden für nichts gestorben sein, wenn Ihr uns jetzt den Rücken kehrt.«

»Es ist nicht schon verwerflich, nach Macht zu streben. Verwerflich kann nur sein, was man mit ihr anfängt. Wir werden sehen, wozu die große Ayala die Quelle nutzen wird. Dann werden wir neu beschließen.«

Morwena fuhr ihr letztes Geschütz auf. »Ihr seid dem gefolgt, der die Eisklinge führt. Wollt Ihr ihn jetzt dem sicheren Tod überantworten?«, fragte sie leise und sah ihn beschwörend an.

»Er hat den Schatten vernichtet und gab sich freiwillig in die Hand der Priesterinnen. Jetzt wird geschehen, was seine Bestimmung ist. Es ist nicht an uns, darüber zu entscheiden.«

»Ist das Euer letztes Wort?«

»In dieser Angelegenheit schon.«

Die Königin nickte. »Dann werden morgen erneut viele tapfere Krieger sterben, und Ihr werdet damit leben müssen. Ich wünsche Euch eine gute Nacht.«

* * *

Menschen und Echsen saßen um ein riesiges Lagerfeuer herum und prosteten sich zu, und wie selbstverständlich saßen Morwena, ihre Söhne und Marga mitten zwischen den Kriegern und redeten, offensichtlich gut gelaunt, mit ihren Nachbarn. Obwohl alle wussten, dass der morgige Tag vielen oder sogar allen von ihnen den Tod bringen konnte, schienen alle gut gelaunt und vergnügt zu sein.

Caitlin schüttelte den Kopf, als sie begriff. Es war andersherum: Gerade weil sie um die Bedrohung wussten, genossen sie den vielleicht letzten Abend ihres Lebens. Ihre Gedanken wanderten unwillkürlich zu Rhonan. Tief versunken nahm sie ihre Umgebung kaum noch wahr, bis sie plötzlich eine Stimme hinter sich hörte: »Du bist die Frau des Mannes, der die Eisklinge führt, nicht wahr?«

Sie drehte sich um, sah in das ausdruckslose Gesicht Pthamenis und nickte.

»Du trägst sein Kind?«

Sie nickte erneut und wunderte sich, dass der Echsenmann das wusste.

»Wirst du die Krieger morgen begleiten?«

»Ja, natürlich!«

»Warum? Strebst auch du nach der Macht der Quelle?«

Sie schüttelte den Kopf. »Macht bedeutet mir nichts. Ich will nur meinen Mann zurück.«

»Warum?«

Sie wollte ihn unwirsch darauf hinweisen, dass ihn das nichts anginge, entschied sich aber um und erwiderte leise: »Weil ich ihn liebe. Ich will mit ihm unser Kind großziehen. Sind Euch Gefühle wie Liebe und Freundschaft fremd?«

Der Kalla schüttelte den Kopf. »Nein, sind sie nicht. Ich kenne deinen Mann. Er wollte nicht mein Freund sein. Weißt du, warum?«

»Nein, ich kann es nur vermuten. Rhonan schließt nicht schnell Freundschaft. Freundschaft bedeutet für ihn, immer für den anderen einzustehen. Er ist zur Nebelinsel gekommen, um mich und Hylia zu retten. Er hätte es auch für Gideon, Derea oder Marga getan. Jederzeit würde er sein Leben aufs Spiel setzen, um einem Freund zu helfen. Daher ist er bei der Auswahl seiner Freunde wählerisch.«

Sie sah ihn direkt an. »Ich bin froh, dass Ihr nicht sein Freund seid. Ihr verschanzt Euch hinter Beschlüssen. Der Gedanke, etwas Gutes zu tun oder auch nur anderen zu helfen, zählt bei Euch nicht. Weder Canon noch Derea, Marga, Hylia oder Morwena dürstet es nach Macht. Sie wollen nur meiner Mutter Einhalt gebieten, die die Macht nur um ihrer selbst willen anstrebt, und sie wollen Rhonan befreien, der die Macht auch nicht will, der sein Leben für das meine und für Hylias angeboten hat, nur weil wir ihm wichtig sind. Er benötigte keine Beschlüsse, er handelte. Ihr hättet es nicht verdient, sein Freund zu sein. Wenn morgen viele tapfere Menschen bei dem Versuch, eine weitere Schreckensherrschaft zu verhindern, sterben, dann nicht nur durch die Zauberkraft der Nebelfrauen, sondern auch, weil Ihr ihnen Eure Hilfe versagt habt. Wisst Ihr was, Führer der Flugechsen: Ich will auch nicht Eure Freundin sein. Freundschaft entsteht nicht im Kopf, sondern im Herzen, und ich frage mich, ob Ihr eins habt.« Kaum hatte sie ausgesprochen, neigte sie kurz grüßend den Kopf und wandte sich wieder ab.

* * *

Bald darauf zogen sich alle zum Schlafen zurück.

Hylia stand am Fenster der Vorhalle und sah in den wolkenverhangenen Nachthimmel. Sie hörte feste Schritte hinter sich und verharrte reglos mit klopfendem Herzen.

Hände legten sich auf ihre Schultern und drehten sie herum. Sie fand sich in Canons fester Umarmung wieder und spürte seine Lippen auf ihren. Viel zu lange hatten sie auf diesen

Moment gewartet, um jetzt noch zurückhaltend zu sein. Wie Ertrinkende klammerten sie sich aneinander und tauschten leidenschaftliche Küsse. Erst als beide schon ziemlich zerzaust und atemlos waren, ließen sie voneinander ab, und Hylia schmiegte sich mit einem tiefen Seufzer an seine Schulter. »Du ahnst nicht, wie ich mich danach gesehnt habe.«

Canon hob mit einem Finger ihr Kinn an, sodass sie ihn ansehen musste. »Es gab kaum einen Tag, an dem ich nicht an dich dachte, und es gab keinen Traum, in dem du nicht vorkamst. Hättest du auch nur angedeutet, dass du ähnlich fühltest wie ich, ich hätte dich längst geholt.«

Seine Worte wärmten mehr als seine Umarmung. »Was hätte ich sagen sollen? Ich war Priesterin, und du warst an Milena gebunden«, gab sie zu bedenken.

»Ich bin zur Aufrichtigkeit erzogen worden und versuche, mich, so weit es geht, daran zu halten. Daher habe ich ihr damals sofort gesagt, dass ich mich in dich verliebt hatte. Sie hat erwidert, du seiest Priesterin und daher für mich unerreichbar. Mit einer anderen Frau in meinen Träumen glaubte sie leben zu können, wenn sie dafür hätte alles andere mit mir teilen können. Hätten wir uns je verbunden, wäre es zumindest für mich nur noch eine reine Vernunftehe gewesen. Als du damals ohne jeden Abschied gingst, schmerzte das mehr als Milenas Tod.«

Diese Aussage verlangte geradezu nach einem weiteren Kuss, dem sich beide auch sofort mit großer Hingabe widmeten. Hylias sanfte Augen leuchteten im Anschluss daran, und Canon lächelte sie liebevoll an. »Da ich dich nicht für schamlos halte, beantwortet dein Verhalten meine Frage eigentlich schon, ob du meine Frau werden willst. Doch bevor du dich entscheidest, solltest du wissen, dass ich in diesem Fall darauf bestehen würde, dass du mich nie mehr anlügst oder meinen

Wünschen zuwiderhandelst. Ich bin nicht wie Rhonan. Als meine Frau würdest du mir unbedingten Gehorsam schulden. Ist das klar?«

»Ja, Canon«, hauchte sie glücklich und fuhr zärtlich mit den Fingern durch seine Haare.

»Du wirst nie mehr etwas tun, was dich in Gefahr bringen könnte?«

»Nein!«

»Du wirst dich meinen Anweisungen beugen, gleichgültig, wie du darüber denkst?«

»Ja!«

»Nie wieder wirst du auf eigene Faust handeln?«

»Nein!«

Ein Lachen entfuhr ihm. »Du lügst mich ja schon wieder an, Priesterin.«

»Ja, aber noch sind wir ja auch nicht verbunden.«

Jetzt war ihre Miene nur noch als schelmisch zu bezeichnen, und er schüttelte belustigt den Kopf, bevor er mit ernster Stimme bat: »Bleib morgen bitte hier! Mir zuliebe. Ich will dich nicht in die Schlacht mitnehmen.«

»Wenn du bleibst, bleibe ich auch.«

»Du weißt, dass du jetzt Unsinn redest. Ich kann nicht bleiben.«

Sanft strich sie über die Narbe auf seiner Wange und den immer noch sichtbaren Abdruck des Seils an seinem Hals. »Was macht euch Männer eigentlich glauben, nur ihr dürftet immer für uns kämpfen? Du hast es sicher als selbstverständlich hingenommen, dass Rhonan zu Caitlins Rettung eilte, aber wenn sie jetzt dasselbe für ihren Mann tun will, versuchst du, es ihr auszureden, und sprichst von Unvernunft und Dummheit. Ich soll morgen bleiben, weil du Angst um mich hast, aber du wirst gehen, gleichgültig, welche Angst ich deinetwegen ausstehen müsste. So geht es nicht, Canon. Du wirst es bei der Schlacht erleben: Nicht wir benötigen euren Schutz, sondern ihr den unseren. Wir können uns gegen Magie wehren, ihr nicht. Nur gemeinsam werden wir siegen können. Du bist Heerführer, und ich bin eine Nebelfrau. Mir wäre es auch lieber, du wärst Bauer und ich deine Bäuerin, aber so ist es nun einmal nicht. Ich habe sehr lange auf dich gewartet. Wenn ich morgen eine Schlacht gewinnen muss, um dich endlich für mich zu haben, dann werde ich auch das noch tun. Küss mich noch einmal! Ich will an dich denken, wenn ich einschlafe.« Erwartungsvoll sah sie in sein Gesicht.

Er sah den Widerschein des Kaminfeuers in ihren Augen und zog die Spangen aus ihrem Knoten. Ihr braunes Haar fiel weit über die Schultern. Seine Finger spielten damit, und er blickte sie mit unübersehbarem Verlangen an. »Ich hätte da einen Vorschlag, wie du ganz sicher an mich denkst, während du in den Schlaf hinübergleitest. Dazu müsstest du mich nur mit auf dein Zimmer nehmen. Meine …«

»Canon? Ich habe doch eben deine Stimme gehört. Weißt du, wo Derea ist?« Morwenas Stimme schallte durch die Halle.

»Irgendwann erwürge ich ihn«, stöhnte er.

Hylia presste sich lachend an ihn. »Ich wollte ohnehin bei Caitlin schlafen. Die Arme leidet mehr, als sie es sich ansehen lässt. Schließlich muss sie morgen gegen ihre Mutter kämpfen, um ihren Mann zu retten. Schnell, küss mich, ehe …«

* * *

Derea hatte Juna in einer dunklen Ecke des Burghofs entdeckt, wo sie versonnen Wasser einer Pferdetränke durch ihre Hände rinnen ließ und mit den Tropfen das Spiegelbild des Mondes auf der Wasseroberfläche kräuselte.

»Findet Ihr auch keinen Schlaf?«

Sie seufzte. »Nach so viel netter Unterhaltung benötigte ich noch etwas Ruhe.«

»Hat Euch das Werben zahlreicher Flammenreiter etwa nicht gefallen? Ich hatte eher den Eindruck, Ihr habt die Aufmerksamkeit sehr genossen.«

»Es war nett, aber irgendwann auch langweilig. Sie sagen alle nur immer wieder, wie schön ich bin, aber das weiß ich selbst.« Sie legte die Hand auf den Mund und unterdrückte mühsam ein Gähnen.

Er schüttelte lächelnd den Kopf. »Ihr empfindet wirklich schnell Überdruss.«

»Ja, leider sehr schnell.«

»Dann wäre das unendliche Leben, das Ayala anstrebt, wohl nichts für Euch«, vermutete er.

»Warum nicht? Mit ausreichend Abwechslung«, gab sie ernst zurück. »Eigentlich finde ich die Vorstellung, ewig zu leben, unwiderstehlich. Stellt Euch vor, was man alles entdecken könnte, wenn man mehr als ein Menschenalter zur Verfügung hätte. Reizt der Gedanke Euch nicht?«

Seine Antwort kam sehr schnell. »Nein! Allein der Gedanke, dass alle, die ich liebe, dann vor mir stürben, verursacht mir Gänsehaut. Ich würde mich gar nicht verlieben wollen, wenn ich sicher wüsste, ich müsste meine Liebe unweigerlich irgendwann den Göttern überlassen. Unendliches Leben kann doch nur in Einsamkeit enden, und diesen Gedanken finde ich erschreckend.«

»Ihr seid ein unbelehrbarer Träumer, was die Liebe betrifft, nicht wahr, Hauptmann?« Ihre Augen funkelten, ihre Stimme klang rauchig.

Erst jetzt bemerkte er die Wassertropfen, die auf ihrem Hals und in ihrem Ausschnitt glitzerten, schluckte unwillkürlich und fragte unvermittelt: »Was macht Ihr eigentlich hier, so weit weg von Eurem geliebten Zuhause?«

»Mich um meine eigenen Angelegenheiten kümmern.«

»Liebenswert wie eh und je. Warum wollt Ihr mir nicht sagen, was Euch doch noch dazu bewogen hat, am Krieg teilzunehmen und zu uns zu kommen?«

Seine dunkle Stimme und sein ernster Blick verursachten ihr eine Gänsehaut. Sie schlug die Augen nieder und hauchte mit samtweicher Stimme: »Könnt Ihr Euch das nicht denken? Wie recht Ihr doch hattet. Ihr habt mir so gefehlt. Ohne Euch waren meine Tage und Nächte unendlich lang.«

Sie wartete darauf, dass er sie in den Arm nahm, aber er regte sich nicht. Sie lachte hell auf, und ihre Augen sprühten Funken. »Schade! Ihr seid nicht darauf hereingefallen, dabei war ich so geschickt. Wollt Ihr mich wirklich nicht küssen? Ihr habt es schon getan – damals im Fieberwahn. Es war heiß und hat mir gut gefallen. Kein Mann, den ich kenne, konnte auch nur annähernd so gut küssen wie Ihr. Sollen wir nicht mal sehen, ob es auch so schön ist, wenn Ihr bei klarem Verstand seid? Es könnte schließlich unser letzter Tag auf Erden sein.«

Sein Blick bescherte ihr erneut eine Gänsehaut. »Ich würde gern Juna küssen, aber ich kann sie nicht finden – wie so oft. Wisst Ihr, wo sie sein könnte?«

»Sie ist auf dem Wege, Fürstin zu werden. Wenn sie morgen den dämlichen Priesterinnen hilft, wird sie übermorgen Herrin über Camoras Fürstentum sein, reich und unabhängig. Ihr dürft sie dann gern besuchen.«

»Ist es das, was Ihr wollt, Hexentochter? Reichtum und Unabhängigkeit?«

»Fragt mich ausgerechnet ein verwöhnter Prinz mit herablassender Stimme«, erwiderte sie höhnisch. »Ich bescheide mich doch. Ich wäre fast Großkönigin geworden, jetzt reicht mir schon der Fürstentitel.«

Jetzt lächelte er sie versonnen an. »Ihr könntet immer noch Prinzessin werden. Das ist mehr als Fürstin. Mein Landgut ist auch größer als das Camoras. Ich war zwar noch nie dort, aber es soll sehr schön sein, und ich würde es gern mit Euch zusammen aufsuchen.«

»Ihr würdet Euch auch dann mit mir verbinden wollen, wenn Ihr wüsstet, dass es mir nur um Euren Titel ginge?«

»Ich würde mich mit Euch verbinden wollen, weil ich weiß, dass es Euch nicht um Besitz, Titel oder Macht geht. Ich liebe Euch und frage Euch erneut, ob Ihr mich heiraten wollt.«

Sie schluckte und senkte wieder den Blick. »Morgen! Lasst uns die Schlacht abwarten. Wenn Ihr morgen Abend noch gleichen Sinnes seid, fragt mich noch einmal. Dann werde ich Euch meine Antwort geben.«

»Welche Juna wird mir dann antworten?«

In ihren Augen schwammen Tränen. »Die wahre Juna.«

Mit diesen Worten raffte sie die Röcke und eilte blind vor Tränen über den Hof in die Burg. Fast wäre sie in Canon hineingerannt, der ihr auf der Suche nach seinem Bruder entgegenkam. Er entschuldigte sich, aber sie hastete weiter, ohne ihn überhaupt zu beachten.

»Warum sagt sie nicht einfach, was sie meint?«, fragte Derea und sah ihr versonnen nach.

Canon seufzte auf. »Pass mal auf: Wer sich in eine Hexe verliebt, darf sich nicht wundern, wenn sich die Auserwählte auch wie eine aufführt. Ich kenne dich viel zu gut, um auch nur den Versuch zu machen, dir die Hexentochter auszureden, aber du solltest dir im Klaren darüber sein, dass es bedeutend schwieriger sein dürfte, sie zu führen als deine Flammenreiter. Ich habe mir immer Sorgen um dich gemacht, wenn du in eine

Schlacht gingst, aber glaube mir, ich werde mir viel größere Sorgen um dich machen, wenn du dich tatsächlich mit Juna verbindest.«

Er packte Derea bei den Schultern und blickte ihn ernst, fast beschwörend an. »Du bist warmherzig, gefühlvoll und grundehrlich. Kannst du mir mal verraten, wie ausgerechnet du es an der Seite dieser Frau aushalten willst? Nimm sie in die Arme, und du hältst dein Unglück umschlungen. Vergiss nicht, dass sie ihren Ziehvater ermordet hat. Gleichgültig, wer er für uns auch war, er hat sie großgezogen. Juna ist eine schöne Frau, aber sie ist nur äußerlich schön. Nie könntest du auf Dauer damit leben.«

»Du kennst sie nicht«, erklärte Derea ungeduldig und ärgerlich zugleich.

»Du vielleicht?«, kam es unverzüglich von Canon. »Komm! Du weißt, dass Mutters Gebete immer ziemlich lang sind. Fast könnte man meinen, sie will nicht beten, sondern die Götter überreden, sich um uns zu kümmern. Ich denke manchmal, die Götter schützen uns nur aus Angst, ihre Gebete für den Überlebenden könnten sonst gar kein Ende mehr nehmen. Außerdem will ich vor morgen noch etwas Schlaf kriegen.«

Derea sah ihn an. »Konntest du Mutter davon abbringen mitzukommen?«

»Ja!« Canon grinste. »Ich habe ihr lediglich erzählt, wie du kotzend von der Echse gefallen bist und wie wir dich dann wiederbeleben mussten, da wollte sie auf einmal doch nicht mehr.«

Sein Bruder blieb stehen und fragte voller Empörung: »Wie ich … Ich bin doch nicht … Also wirklich! Mir hat die Fliegerei gut gefallen.«

»Aber das weiß sie nicht. Belassen wir es dabei. Du hast gesagt, ich müsste es ihr ausreden. Das habe ich getan. Nächstes Mal kannst du dein Glück versuchen.«

Derea kniff die Augen zusammen und nickte. »Ich habe verstanden. Du hast Juna vor dem Galgen gerettet, und das war jetzt die Rechnung.«

»So ist es. Mutter ist voller Mitgefühl für dich und wird dich gleich sicher trösten wollen.«

»Manchmal würde ich dir gern den Hals umdrehen«, erklärte Derea mürrisch, aber Canon lachte.

»Lass gut sein! Ich habe ihr gesagt, wie peinlich dir die ganze Sache ist und dass sie dich besser nicht darauf ansprechen soll. Also wird sie dich nur an sich drücken und kräftig herzen. Aber da wir morgen in die Schlacht ziehen, hätte sie das ohnehin getan.«

Derea nickte. »Ganz sicher.«

In bestem Einvernehmen machten sie sich auf den Weg zum Gebetssaal.

30. Kapitel

Königin Ayala stand auf einem Plateau vor einer Höhle und sah sich zu Rhonan um, der in schwere Hand- und Fußketten gelegt ein Stück hinter ihr stand. Auf die Ketten hatte sie nur bestanden, weil er damit auch nach außen hin sichtbar ihr Gefangener war. Sie wusste, dass er sie nicht angreifen konnte. Auf dem Weg von der Festung zum Gebirge war er ein paar Mal fast gestürzt. Das enge Gefängnis und die fehlende Ernährung hatten Spuren hinterlassen. Sein Gesicht wirkte ausgezehrt, und immer wieder zuckte sein Körper unter Muskelkrämpfen.

Sie lächelte ihren Gefangenen an. »Wir haben eine schöne Aussicht hier, nicht wahr? Wenn wir Junas Angaben trauen dürfen, ist das tapfere Befreiungsheer bald hier. Habe ich Euch eigentlich schon gesagt, dass die Siegel endlich auf der Nebelinsel eingetroffen sind? Martha macht sich noch heute mit ihnen auf den Weg.«

Rhonan hatte bereits einer Demonstration der Macht Ayalas beiwohnen dürfen. Um die Schwarze Quelle zu schützen, hatte Maluch Schattenkrieger am Eingang zum Wolkengebirge zurückgelassen. Die schwarzen Hünen waren einfach lautlos zusammengebrochen. Rhonan hätte noch nicht einmal sagen können, warum. Erst als sie die Leichen passiert hatten, war ihm aufgefallen, dass aus allen Rüstungsspalten Blut geflossen war.

»Sie sind zerplatzt«, hatte Ayala ihm kalt lächelnd erklärt. »Trügen sie nicht ihre schweren Rüstungen, wären ihre Körperteile jetzt überall verstreut. So ist es angenehmer, nicht wahr?«

Mit Grauen dachte er an Derea, der üblicherweise nicht einmal eine Lederrüstung trug.

Die Königin seufzte entzückt. »Ihr wirkt angespannt. Soll ich Euch Wein bringen lassen?«

»Wollt Ihr Eure Unsterblichkeit wirklich mit so viel Blut an den Händen erkaufen?«, begann er. »Ihr habt drei Siegel, und ich werde Euch den Weg zur Quelle öffnen. Lasst mich mit Canon sprechen. Sie werden wieder abziehen. Warum sollen Unschuldige sterben?«

»Unschuldige Krieger? Kann es die überhaupt geben? Und ausgerechnet Ihr sprecht zu mir von Blut an den Händen? Die Blutspur, die Ihr hinterlasst, dürfte wohl kaum zu überbieten sein.«

Nebel drang in die Schlucht. Das war hier nicht ungewöhnlich, denn das Wolkengebirge hatte seinen Namen daher, dass es sehr oft in tiefhängende Wolken oder in Nebel getaucht war. Aber Ayala empfand es als Ärgernis, dass sie so dem großen Sterben nicht zusehen konnte.

Eine Priesterin kam mit gerafften Röcken den Weg hochgeeilt und unterbrach ihre Gedanken. »Es zieht ein Unwetter auf, Königin«, erklärte sie, »und wir haben das Heer gesichtet. Es sind etwa achtzig Mann, und sie kommen zu Fuß und haben gerade den Fluss überquert.«

»In der Luft ist nichts zu sehen?«

»Nur Wolken, aber die kommen dafür schnell näher.« Ein dumpfes Grollen erfüllte die Luft. Ein erster Blitz zuckte am Horizont.

Ayala sah erneut den Prinzen an. »Ist es nicht seltsam, dass ich Schwierigkeiten habe, geistige Verbindungen länger aufrechtzuerhalten? Aber jeder hat wohl einen kleinen Makel, nicht? Eure Trunksucht habt Ihr in der Zwischenzeit abgelegt, aber wie mir gestern auffiel, hinkt Ihr wieder.« Sie genoss ihre

Überlegenheit und strahlte übers ganze Gesicht. »Habe ich Euch schon mitgeteilt, dass Eure Echsenfreunde den Kampf abgelehnt haben? Sie wollen nicht gegen uns kämpfen, weil sie uns vertrauen. Sie werden in ihre Sümpfe zurückkehren, während Eure Begleiter hier ihr heißes Grab finden werden. Kommt es mir eigentlich nur so vor, oder sterben tatsächlich alle Menschen, die Euren Weg kreuzen, unweigerlich früher oder später?«

Er antwortete nicht, aber sein gequälter Blick entging ihr nicht.

Langsam verging die Zeit, während die Priesterin weiter berichtete.

Das Heer war im Nebel verschwunden, aber die Schritte waren für das feine Gehör der Priesterinnen nach wie vor zu hören. Jeden Augenblick würden die Krieger die Schlucht betreten, und die Nebelfrauen waren bereit.

Die Gewitterwolken hatten die Berge erreicht, und schweres, dunkles Blau vermischte sich mit fedrigem Weiß. Donner grollte von den Bergen, Blitze jagten durch die Schlucht.

»Sie sind da«, flüsterte die Berichterstatterin.

Rhonan flüsterte: »Vergib mir, Caitlin!« Dann brüllte er: »Es ist eine Falle, Canon! Flieht!«

Seine Worte, vielfach zurückgeworfen von den steilen Wänden, schienen Signal für vieles zu sein.

Die Nebelkönigin gab zornig das Zeichen zum Angriff, und die Schlucht verwandelte sich augenblicklich in ein gewaltiges Feuermeer. Flammen rasten durch den Nebel, fraßen ihn auf oder färbten ihn rot.

Ein Kreischen schien über ihnen aus den Wolken zu kommen, Priesterinnen schrien schmerzerfüllt, Blitze zuckten und trafen zusammen mit Pfeilen die Berghänge. Der Himmel schien zum Leben zu erwachen, aber aus der Senke drang kein Laut bis auf das Knistern des Feuers.

Die Frau neben Rhonan fiel schreiend auf die Knie und hielt sich die Ohren zu. Blut lief in einem dünnen Rinnsal über ihren Hals. Auch Ayala schwankte.

Der Prinz nutzte die Gelegenheit, hatte bereits Kahandar in den Händen und ließ knisternde, blaue Blitze aus der Klinge zucken. Die Priesterin brach mit einem Schrei tot zusammen, aber die Nebelfrau lenkte den Zauber mit lautem Ächzen ab.

Rhonan machte zwei wegen der Ketten recht kleine Schritte und holte aus, aber eine Druckwelle schleuderte ihn gegen die Felswand, nagelte ihn förmlich daran fest.

»Du Missgeburt wagst es, mich anzugreifen?«, zischte Ayala mit zornblitzenden Augen.

Das Schwert entglitt seinen gefühllosen Händen. Während er bewegungsunfähig an der rauen Felswand herunterrutschte, hörte er immer noch das hohe Kreischen und das Schreien der Nebelfrauen.

* * *

Die Echse ging in der dichten Wolkendecke in den Sturzflug über, Hylia schrie auf, und Canon, der hinter ihr saß, schlang die Arme um sie. Funken sprühten ihnen entgegen, prallten aber an Hylias Schutzzauber ab.

Unmittelbar vor einer Höhle breitete die Echse die Flügel aus. Canon sprang auf einen Vorsprung und reichte Hylia die Hand. »Los schnell, komm!«

Sie ließ sich sofort in seine Arme fallen.

»Gutes Mädchen! Wie viele?«, keuchte er.

Auf ihren verständnislosen Blick hin zog er sie in die Höhle und entfernte die Wachsstöpsel aus ihren Ohren. »Wie viele?«, wiederholte er.

»Wenn wir in der richtigen Höhle sind, zwei«, antwortete sie kurzatmig.

»Es ist die richtige. Geht es, Liebling?«

Sie lächelte dünn, nickte aber: »Lass mich vorgehen! Ich webe einen Schutz, du schießt.«

Sie eilten in den dunklen, feuchtkalten Gang. Eine Feuerkugel von der Größe eines Weinfasses raste ihnen entgegen.

Canon schickte auf gut Glück einen Pfeil in die Richtung, aus der das Feuer kam, und hörte erfreut einen heiseren Aufschrei.

Die Kugel prallte auf eine unsichtbare Wand, Hylia ächzte, und das Feuer erlosch.

Sie hasteten an einer Priesterin vorbei, aus deren Brust ein Pfeil ragte, und sahen vor sich gerade noch einen Schatten. Wieder verließ ein Pfeil den Bogen. Der Schatten verschwand. Sie erreichten eine kleine Höhle und damit das Ende des Ganges.

Die Priesterin ließ eine Lichtkugel schweben, und Canon sah sich um. »Wo ist sie hin? Sie kann sich doch nicht in Luft aufgelöst haben.«

Hylia zuckte nur die Achseln.

Er sah an der Wand vor sich einen dunklen Fleck auf dem Boden, glaubte, einen Tropfen zu sehen, der den Fleck vergrößerte, verzog das Gesicht und schoss auf den Felsen. Eine Druckwelle ließ ihn und Hylia ungeheuer kraftvoll gegen die Höhlenwand krachen.

Sie schrie auf, und Canon rappelte sich hoch, sah sich erneut um und versuchte dabei gleichzeitig, sie mit seinem Körper zu decken.

Aber niemand griff sie mehr an. Ein Röcheln erklang, die Wand ihnen gegenüber schien sich zu bewegen, Stein löste sich in nichts auf, und langsam erschienen die Umrisse einer Priesterin. Die taumelte in die Höhle, starrte die beiden aus brechenden Augen an, hauchte: »Verräterin!« und sackte tot zusammen.

»Beringare«, flüsterte Hylia fast tonlos. »Oh, Canon, mit den Frauen, die ich töte, habe ich fast mein gesamtes Leben verbracht. Beringare hat uns so oft mit ihrem Beerenkuchen und ihren lustigen Geschichten beglückt … und jetzt habe ich sie getötet.« Sie kämpfte mit den Tränen.

»Ich habe sie getötet. Aber selbst wenn es anders gewesen wäre, müsstest du dir keine Vorwürfe machen. Du hast dich von den Priesterinnen abgewandt, als dir klar wurde, dass ihre Ziele die falschen sind. Beringare hätte das auch tun können, hat es aber nicht. Hätte heute auch nur ein Krieger die Schlucht zu Fuß betreten, wäre er jetzt zu Asche verbrannt. Das hätten die Nebelhexen dann vielleicht auch mit Beerenkuchen gefeiert. Diesen Frauen bist du nichts schuldig. Alles, was euch einmal heilig war, haben sie verraten. Komm, die Schlacht ist noch nicht vorbei.«

* * *

Derea und Juna rannten durch einen Wasserfall in einen Gang ins Berginnere. Wasser spritzte bei jedem ihrer Schritte. Vor ihnen bröckelte die Decke. Juna blieb wie angewurzelt stehen und brüllte in den Gang: »Ist es das, was du willst, du dämliche Kuh? Soll ich dich unter Geröll begraben? Kannst du haben. Nichts leichter als das.«

Sie warf ihre Hände nach vorn, und der Berg schien zu beben. Felsen krachten in den Gang, Staub wirbelte auf. Sie hörten einen Schrei, der unvermittelt abbrach, und Juna lachte.

»Hört auf! Ihr bringt noch den ganzen Berg zum Einsturz«, brüllte Derea.

Sie lachte. »Angst? Ich kann noch ganz andere Sachen. So lebt es sich an der Seite von Hexen.«

Derea beruhigte sich, als das Poltern erstarb. Den Gang vor ihnen gab es nicht mehr.

»Zerstören und töten konnte ich schon immer gut«, erklärte sie mit funkelnden Augen.

Ihr Blick wanderte über seine Schulter, und ihre Augen wurden groß. Er wirbelte herum und schleuderte sein Schwert. Aus dem Wasserfall kippte ihnen mit einem Ächzen eine weitere Priesterin entgegen.

»Habt Dank für den Hinweis, Hexentochter! Habt Ihr das gesehen? Wir ergänzen uns geradezu traumhaft. Wir verstehen uns auch ohne Worte.«

»Merkt euch das! Ich hätte doch mit Marga gehen sollen. Die hätte zumindest nicht so viel geredet.«

»Die will sich auch nicht mit Euch verbinden«, gab er zu bedenken.

Sie nickte. »Ich hatte schon immer den Eindruck, dass sie die Klügere von euch beiden ist.«

* * *

Draußen tobte die Schlacht. Blitze zuckten, Feuer regnete vom Himmel. Die Flammenreiter deckten die Hänge in rasanten Flügen mit Pfeilen ein. Die Flugechsen waren so schnell, dass die Zauber der Priesterinnen meist ins Leere gingen. Doch die Nebelfrauen waren nicht bereit, das Feld den Kriegern kampflos zu überlassen.

* * *

Pthameni setzte Caitlin und Marga auf einem Plateau ab, und sie betraten die dahinterliegende Höhle. Modrige Luft schlug ihnen entgegen. Die Geräusche der Schlucht waren nicht mehr zu hören, und als wäre ein Vorhang gefallen, umgab sie von einem Augenblick zum nächsten völlige Dunkelheit. Marga erschauerte unwillkürlich. Waffen waren eins, Magie etwas ganz anderes, etwas Unsichtbares, etwas Unfassbares, etwas Furchteinflößendes.

Ein riesiges Spinnennetz versperrte ihnen den Weg. Marga hob ihr Schwert, um es zu zerteilen, spürte jedoch die Hand der Prinzessin auf ihrer Schulter und verharrte mitten in der Bewegung. Sie sah sich um, und Caitlin schüttelte den Kopf. Dann machte sie eine Geste, und ein kleines Feuer traf das Spinnennetz, das aufzischte, grün glitzerte und schließlich in grünroten Flammen verglühte.

Die Prinzessin flüsterte: »Gift! Pass auf, dass du nicht damit in Berührung kommst. Es dringt durch die Haut.«

Marga fuhr sich mit der Hand über den Mund und nickte.

Noch langsamer gingen sie weiter, Caitlin wirkte bis zum Äußersten angespannt. Nicht weit vor ihnen war der Widerschein eines Feuers an den Wänden zu sehen.

»Caitlin, meine Liebe, bist du das?«, hörten sie Ayalas Stimme.

Ein tiefer, furchtbarer Schrei und schreckliches, schmerzerfülltes Stöhnen folgten. Marga blieb wie angewurzelt stehen und warf Caitlin einen gehetzten Blick zu.

»Das war nicht Rhonan«, erklärte die leise, aber bestimmt. »Nie würde er so schreien und stöhnen, wenn er mich in der Nähe wüsste. Eher würde er sich die Zunge abbeißen.«

Sie deutete auf einen Felsvorsprung. »Bleib in Deckung. Sie wird Rhonan vermutlich in einem Zauberbann haben. Wenn ich ihn schützen muss, kann ich sie nicht gleichzeitig angreifen.

Auf mein Zeichen komm und schieß sie ab, aber sei vorsichtig.«

Marga nickte, und Caitlin ging weiter und betrat eine große, von mehreren Feuern erhellte Höhle. Ayala stand mitten im Raum und sah ihr in freudiger Erwartung entgegen. Der Prinz lag neben ihr auf einer Art steinernem Altar angekettet. Unzählige glitzernde Klingen schwebten über ihm.

Leise fragte sie: »Geht es dir gut, Liebster?«

»Ja! Geh wieder! Du kannst hier nichts tun. Bitte, bring dich in Sicherheit«, bat er heiser.

Sie schenkte ihm ein verzerrtes Lächeln. »Ich bin in Sicherheit.«

Dann wanderte ihr Blick zu Ayala und verdüsterte sich. »Noch ist Zeit aufzugeben, Nebelfrau. Die Priesterinnen sterben zuhauf. Du solltest ein Ende machen, ehe es endgültig zu spät ist.«

Ayala lachte laut auf. »Ist das nicht etwas kühn gesprochen? Willst du mich vielleicht angreifen? Es ist nicht so leicht, die vielen Klingen zu halten. Selbst mir fällt es sehr schwer. Du solltest mich also besser nicht ablenken, sonst könnte mir die eine oder andere entgleiten.«

Wie zur Bestärkung ihrer Worte sauste eine Schneide nach unten und klirrte direkt neben Rhonans Gesicht auf den Stein.

»Da hat er ja noch einmal Glück gehabt«, erklärte die Nebelkönigin und musterte ihre bleiche Tochter. »Wenn du mich angreifst, ist er unweigerlich verloren. Du könntest natürlich versuchen, die Klingen zu entfernen, aber während du dich damit beschäftigst, würde ich dich töten. Einer von euch beiden wird hier sein Leben lassen müssen. Was wirst du tun? Eine schwierige Entscheidung. Wenn du euch beiden einen Gefallen tun willst, gehst du jetzt, wie dein Mann es dir geraten hat. Gewinnen kannst du nämlich nicht.«

Erneut sauste eine Schneide nach unten, streifte diesmal Rhonans Arm. Blut tropfte auf den Stein.

Er zuckte nicht einmal mit der Wimper, sondern bat lediglich: »Geh! Bitte geh endlich!«

Caitlin schüttelte den Kopf und warf ihrer Mutter einen hasserfüllten Blick zu. »Macht dir das Spaß? Dann genieße jetzt, denn bald wirst du nichts mehr haben, woran du dich freuen kannst.«

Während sie berichtete, wie elend die Priesterinnen in der Schlucht starben und was die Königin noch von ihrer kurzen Zukunft erwarten konnte, versuchte sie, die Messer zu fassen, aber der Zauber ihrer Mutter war schwer zu durchbrechen. Sie spürte die Klingen, konnte sie aber nicht beherrschen.

Ayala bot ein gutes Ziel, und Caitlin betete, dass Marga nicht ohne ihr Zeichen schießen würde. Denn das würde unweigerlich auch Rhonans Ende sein.

Im Gang hatte Marga den Bogen gespannt und zielte. Die Nebelkönigin bewegte sich nicht: ein perfektes Ziel. Nur noch ein Wimpernschlag trennte sie vom endgültigen Frieden. Sie hörte Caitlin reden und Ayala lachen. Der Pfeil zielte direkt auf Ayalas Herz.

Ihre Hände verkrampften sich. Sollte sie auf das Stichwort warten? Die Gelegenheit war da.

Plötzlich wurde ihr Bogen heiß und ging in Flammen auf. Mit einem Schrei ließ sie ihn fallen, und im nächsten Augenblick riss eine unsichtbare Hand sie zu Boden. Verzweifelt versuchte sie, an ihr Schwert zu kommen, aber mitten in der Bewegung versagten ihr ihre Hände den Dienst und blieben wie zu Eis erstarrt in der Luft hängen.

Eine Priesterin, die aus dem Nichts gekommen zu sein schien, lächelte auf sie herunter und rief: »Ich habe einen Eindringling erwischt, meine Königin. Soll ich ihn töten oder zu Euch bringen?«

»Ich empfange heute keinen weiteren Besuch. Schaff ihn uns vom Hals und komm dann her. Dieses Gerede geht mir allmählich auf die Nerven«, kam es aus der Höhle.

Das Lächeln der Nebelfrau wurde noch breiter, als sie Marga wieder ansah. »Ja, meine Liebe, ich bedaure, aber …«

Sie brach ab und griff sich mit einem Ächzen an den Hals.

Marga sah erleichtert und ungläubig zugleich in Junas Gesicht.

Die flüsterte ihrem sich windenden und schnell rot und blau anlaufenden Opfer zu: »Ihr seht sehr ungesund aus, aber im Alter hat man hin und wieder Schwierigkeiten mit der Luft, nicht wahr?«

Die Priesterin brach zusammen, und die Hexentochter erklärte: »Das ging unerwartet schnell. Ziemlich empfindlich, diese Nebelfrauen!«

»Redet nicht, helft endlich Marga«, forderte Derea, der mit gezücktem Schwert hinter ihr auftauchte, im Flüsterton.

Juna strich kurz über Margas Gesicht, und deren Starre verschwand.

»Hallo, Hauptmann«, flötete Juna leise und zwinkerte ihr zu.

»Hallo«, würgte die benommen heraus und rappelte sich mühsam auf.

Derea packte die Hexentochter am Arm und wollte etwas sagen, aber die nickte ihm schon ungeduldig zu. »Ist ja gut. Ich geh ja schon. Ihr beiden bleibt besser hier. Lasst euch nicht von Nebelfrauen umbringen.« Ein Glucksen, und sie schritt schnell, aber würdevoll in die Höhle.

Caitlin hatte trotz angestrengten Lauschens nicht ergründen können, was im Gang vor sich gegangen war, aber sie ahnte

Fürchterliches, sah jetzt Ayalas Strahlen, und ihr Herz wurde schwer.

»Dieser Tag bringt allerlei Überraschungen, meine Tochter der Nacht«, bemerkte die gerade hocherfreut.

Dann wurde ihre Stimme vorwurfsvoll: »Ich bin ein bisschen enttäuscht von dir. Die Schlacht verlief ein wenig anders als von dir geschildert, aber du wirst sicher gute Gründe für dein Versagen haben. So hatte ich es zwar nicht geplant, aber du darfst jetzt deinen Zauber gegen Caitlin anwenden. Ich bin das Warten leid.«

Während die Prinzessin fassungslos von der einen zur anderen sah und nur noch an Verrat denken konnte, zuckte Juna die Achseln und erklärte mit einem Lächeln: »Also, das ist mir jetzt tatsächlich unangenehm, aber ich habe gar keinen Zauber über sie gelegt. Habe ich wohl vergessen.«

»Dann töte sie eben so«, forderte Ayala ungehalten.

Caitlin warf ihrem Mann einen entsetzten Blick zu, weil ihr sofort klar wurde, dass sie nicht gegen beide kämpfen und ihn schützen konnte, und er schüttelte nur den Kopf und bat tonlos: »Bitte, Caitlin! Flieh, ehe es zu spät ist!«

Die Nebelkönigin lachte auf. »Dummkopf! Es ist längst zu spät. Juna, jetzt mach doch! Ich kann dieses Gewinsel nicht mehr hören.«

»Ich betrübe dich so ungern, Patentante, aber du kennst mich ja. Ich ändere dauernd meine Meinung, und ich habe es schon wieder getan. Ich fürchte, ich kann dir nicht zu Diensten sein.«

Sie sah die wie erstarrt wirkende Caitlin an. »Vertraut mir und handelt! Ich habe die Klingen.«

Alle drei starrten die Hexentochter ungläubig und verblüfft an.

Die zuckte nur erneut mit einem halb verlegenen, halb belustigten Lächeln die Achseln. »So bin ich nun einmal.«

»Du willst mich verraten?«, keuchte Ayala. »Du willst die Seiten wechseln?«

Juna lachte kehlig. »Nein. Ich habe nie die Seiten gewechselt, ich stand immer nur auf meiner.«

»Solltest du etwas gefunden haben, das kostbarer als Unsterblichkeit ist?«, wollte Ayala wissen.

»Ich glaube, ja.« Sie wandte sich zu Caitlin um. »Nun macht schon! Die Dinger sind schwer.«

Die warf ihrem Mann einen hektischen Blick zu und leckte sich die Lippen. Konnte sie sein Leben wirklich in Junas Hände legen?

Rhonan glaubte der Hexentochter kein Wort, aber er nickte entschlossen. »Vertrau ihr!«

Ihr blieb gar keine Wahl, denn in die Enge getrieben handelte Ayala. Blitze zuckten aus ihren Fingern. Mit einer Handbewegung lenkte Caitlin sie ab. Knisternd schlugen sie in die Höhlenwände ein, und Steinsplitter lösten sich und stoben nach allen Seiten. Fast gleichzeitig stöhnte die Nebelkönigin auf, weil ein Eispanzer sich um sie legte. Ihr Gesicht fror ein, eine dünne Eisschicht umhüllte sie. Sie stöhnte, und der Panzer zersprang in abertausend Kristalle, die jetzt auch durch die Höhle spritzten.

»Ich bin beeindruckt«, erklärte sie leicht atemlos. »Für deine Jugend sind deine Zauber sehr stark, aber, wie du weißt, reift wahre Magie erst mit den Jahren.«

»Bis sie fault«, gab die gepresst zurück.

Während Mutter und Tochter weiter mit Feuer- und Eiszaubern aufeinander losgingen, versuchte Juna, die Klingen zu vereisen, und wirkte wie erstarrt.

Rhonan drückte sich immer wieder gegen die Ketten, verfluchte seine Unfähigkeit, auch nur irgendwie helfen zu können, und sah vor Angst fast gelähmt Caitlin plötzlich in einem

Feuerkreis stehen. Während die Schneiden über ihm wie Eis zu glitzern begannen, brach ihm der kalte Schweiß aus allen Poren. Sein Blick suchte Juna, seine Stimme klang flehend: »Bei den Göttern! Lasst die Klingen los! Helft ihr!«

Sie beachtete ihn gar nicht.

Die Flammen erstarben. Caitlin atmete schwer, und Schweiß stand auf ihrer Stirn. Rhonans Augen suchten ihren Körper ab. Keine Wunde und kein Brandloch waren zu sehen, nur ihre Kleider rauchten leicht.

Ayala wirbelte in diesem Augenblick mit unglaublicher Geschwindigkeit durch die Luft. Sie kreischte, aber aus dem Boden um Caitlin herum wuchsen schon rasend schnell Steinranken, die sich um die Beine der jungen Priesterin wickelten.

Juna wurde fast zeitgleich von einer unsichtbaren Faust getroffen und taumelte rückwärts. Die Schneiden sausten auf Rhonan zu und blieben eine Handbreit über ihm in der Luft hängen.

Er stieß unwillkürlich die Luft aus, und Juna brüllte: »Jetzt macht endlich, Caitlin!«

»Ihr Zauberschild ist zu stark«, gab die zurück.

Ayala lachte und knallte im selben Augenblick gegen die Felswand. Kleine Silberdolche surrten zu Hunderten auf sie zu. Ihr Lachen klang irre, aber sie lenkte die Dolche mit einer Handbewegung ab.

Die ganze Höhle erzitterte. Es klang wie Donnergrollen, und Gesteinsbrocken fielen von der Decke. Juna schrie auf, als ein großer Stein ihre Schulter traf.

Die Nebelkönigin griff sich an den Hals und stöhnte grauenerregend.

Caitlin war in Schweiß gebadet, atmete immer schwerer, achtete aber nicht auf die umherfliegenden Steine und löste ihre Umklammerung nicht.

Über Rhonan zerbarsten die Klingen und fielen wie ein sanfter Sprühregen auf ihn herunter.

Juna atmete tief durch und wollte gerade Caitlins Zauber verstärken, als ein Schwert an ihr vorüberzischte und zitternd in Ayalas Bauch stecken blieb. Dereas zweites folgte fast unmittelbar und traf die Brust der Nebelkönigin.

Ungläubig starrte die von Caitlin zu Derea. »Und ausgerechnet ihr wart mir am ähnlichsten«, erklärte sie, schrie noch einmal wie wahnsinnig auf und sackte zu Boden.

Der Hauptmann war mit wenigen Schritten bei ihr und zog seine Waffen aus den Wunden.

»Sie ist tot«, erklärte er und war selbst ein wenig überrascht, dass er tatsächlich nur maßlose Erleichterung empfand.

Caitlin tropfte der Schweiß von der Stirn. Sie stützte sich keuchend auf den Knien ab, warf kurz einen dankbaren Blick auf die auf ihren Fersen hockende Juna, auf Derea und Marga und eilte dann mit unsicheren Schritten zum Prinzen.

Sie löste mit bebenden Händen die Ketten, und er setzte sich auf und zog sie in die Arme. »Bei allen Göttern, Caitlin! Geht es dir gut, mein Herz?«

Schluchzend presste sie sich an ihn und ließ ihren Tränen freien Lauf.

Er hielt sie im Arm, strich zärtlich über ihre Haare, sah über ihren Kopf hinweg auf den Leichnam Ayalas und wiegte sie sanft.

* * *

Juna schüttelte sich wie ein nasser Hund.

»Kann ich Euch helfen?«, fragte der Hauptmann und reichte ihr seine Hand. Sie strahlte ihn an und ergriff sie.

Sie standen einander gegenüber und sahen einander an. Er

wischte eine kleine Blutspur aus ihrem Gesicht. »Alles in Ordnung?«

»Ihr hättet gern etwas früher kommen können.«

»Wir hatten noch Besuch von einer bitterbösen Priesterin. Aber wir haben sie besiegt.«

Ihre Augen blitzten vergnügt. »Selbstverständlich! Ihr seid so unglaublich tüchtig, Hauptmann.«

»Das gefällt Euch, nicht? Habe ich Euch eigentlich schon von meinem Landgut erzählt, Fürstin?«

»Nur ganz beiläufig. Habt Ihr auch einen See? Ich würde furchtbar gern schwimmen lernen.«

»Ja, hab ich. Auch einen Wald mit Beeren, Pilzen, Ziegen und Tannen. Wir könnten nur zum Spaß tagelang darin herumirren.«

»Das klingt verlockend, zumindest, wenn ich Euch nicht noch einmal tragen muss.«

»Ich bin verwöhnt, wie Ihr wisst. Uns werden also selbstverständlich Diener begleiten, die ich nur zu rufen brauche, wenn wir etwas benötigen.«

Jetzt wurden ihre Augen dunkler. Mit samtweicher Stimme fragte sie: »Auf ein Wort von Euch entfernen sie sich aber auch wieder weit genug, ja?«

Seine Augen blitzten. »Vielleicht lasse ich sie doch besser zu Hause und vertraue ganz auf Eure Führung.« Er zog sie an sich. »Juna …«

»Trefft mich heute Abend an der Pferdetränke.« Sie schenkte ihm noch ein Strahlen, sah sich dann vielsagend um und erwiderte den Druck seiner Finger.

* * *

Ayala war tot und mit ihr fünfzehn Priesterinnen. Nur fünf hatten sich Hylia ergeben. Die Verluste der Flammenreiter und der Kalla hielten sich in Grenzen, auch wenn die meisten Reiter nach den rasanten Flugeinlagen ihrer Begleiter über leichte bis mittelschwere Übelkeit klagten.

Remo erörterte schon begeistert die Vorzüge einer fliegenden Truppeneinheit.

Rhonan und Pthameni tauschten einen freundschaftlichen Händedruck.

»Solltest du mich einladen, besuche ich dich vielleicht doch mal in deiner Burg«, erklärte der Echsenmann.

»Sei mir immer willkommen! Solltest du mich einladen, überwinde ich vielleicht meine Abneigung gegen die Sümpfe auch einmal. Ich werde dir Nachricht schicken, wenn ich Vater geworden bin. Solltest du kommen, um dir das Kind anzusehen, werde ich wissen, dass dir etwas an Freundschaft liegt. Dann werden wir sehen.«

Pthameni nickte. »Ich werde kommen. Dann werden wir sehen.«

Die Männer tauschten erneut einen Händedruck, und Caitlin strahlte den Kalla an. »Ich werde mich jederzeit über deinen Besuch freuen. Solltest du irgendwann meine Hilfe benötigen, gib uns Bescheid.«

»Du würdest auch als Heilerin zu uns kommen?«

»Nein, ich würde als heilende Freundin kommen.«

Rhonan konnte kaum sein Lachen zurückhalten, als der Kalla die kleine Priesterin in die Arme schloss und die in der festen Umklammerung unwillkürlich nach Luft schnappte.

Schnell rüstete man zum Aufbruch.

Ein Blick in die Schlucht, in der nach dem Feuerangriff der Nebelfrauen kein Grashalm mehr wuchs, hatte alle Krieger schlucken lassen. Drei junge Frauen hatten ihr aller Leben gerettet. Niemand wusste genau, warum sich die Kalla doch noch entschlossen hatten, in die Schlacht zu ziehen, aber in zweiter Linie war ihnen der Erfolg zu verdanken.

Derea sah sich noch einmal um. »Das hätte dem Begriff Flammenreiter heute eine ganz andere Bedeutung geben können. Gut, dass einige Krieger so tüchtige Frauen haben.«

»Das hat er sehr schön gesagt«, erklärte Canon und zog eine willige Hylia eng an sich.

31. Kapitel

In der da'Kandar-Festung wimmelte es nur so von Frauen und Männern, die überall putzten und fegten. Im königlichen Schlafzimmer traten sich die Leute fast auf die Füße, weil der junge König nicht durch das winzigste Härchen oder Staubkorn an Camora erinnert werden sollte.

Königin Morwena genoss es, nach all ihren Schlachten einmal wieder ihre hausfraulichen Künste unter Beweis stellen zu können, und kommandierte und überprüfte und erklärte pausenlos, was ihr hochwohlgeborener, geliebter Neffe unbedingt wollte und was ganz sicher nicht. Die Diener überschlugen sich vor Eifer, da sie zwar wenig über den neuen König wussten, er aber endlich den Frieden gebracht hatte, den sie alle seit unendlich vielen Jahren herbeigesehnt hatten.

* * *

Als die müde Truppe im letzten Licht der untergehenden Sonne zurückkam, erwarteten sie ein Lichtermeer und jubelnde Menschen. Canon und Derea grinsten, und Caitlin genoss sowohl den Anblick als auch die Aufmerksamkeit aller. Ihren Mann an ihrer Seite und bar aller Sorgen erfreute sie sich plötzlich sehr an dem Gedanken, Großkönigin zu sein. Lange hatte sie nicht mehr an solche Dinge gedacht, aber Seidenkleider und reich gedeckte Tafeln zogen jetzt an ihrem geistigen Auge vorbei.

Morwena erwartete alle am Eingang zur Burg und versank in einen tiefen Knicks. »Mein König! Fünfzehn Jahre lang wartete Euer Heim auf die Rückkehr des Königs. Fünfzehn Jahre, in denen Krieg und Armut, Schrecken und Tod die Welt an den Rand des Abgrunds brachten. Fünfzehn Jahre, in denen die Menschen kämpften – getrieben von der Hoffnung, dass der Tag kommen würde, an dem der rechtmäßige Thronerbe hierher zurückkehrt. Seht Euch um! All diese Menschen kamen aus ihren Dörfern und von ihren Höfen, um Eure Rückkehr zu erleben und zu feiern. Sie haben an Speisen und Getränken mitgebracht, was immer sie hatten.«

Rhonan lief das Wasser im Mund zusammen, als sie aufzählte, welche unglaublichen Köstlichkeiten seine Bauern herangeschleppt hatten, aber sie redete und redete immer weiter, von den Entbehrungen unter Camora, von der neuen Hoffnung und der neuen Freude, die sein Erscheinen mit sich brachte. Sein Magen ballte sich schmerzhaft zusammen, in seinem Kopf breitete sich dumpfe Leere aus, und seine Knie wurden immer weicher.

Endlich strahlte sie ihn an und bat mit seelenvollem Lächeln: »Sprecht zu Eurem Volk, mein König!«

Ihm fiel nur eines ein: »Könnte ich bitte etwas zu essen bekommen?«

Derea und Juna lachten, Canon, Hylia und Marga verbargen ihr breites Grinsen hinter ihren Händen, Caitlin stützte kichernd ihren jetzt schon leicht schwankenden Gatten, und aus irgendeinem Grund jubelten plötzlich alle los und ließen ihren König hochleben. Morwena erwachte aus ihrer Starre, sah ihren bleichen, hohlwangigen Neffen an, verzieh ihm umgehend, dass er offensichtlich nie die richtigen Worte fand, und handelte.

Dann ging alles sehr schnell. Er wurde gezogen und geschoben, und in Windeseile fand er sich an einer reich gedeckten Tafel wieder. Da er aus Erfahrung wusste, dass er jetzt weder zu schnell noch zu viel essen durfte, nahmen ihm eifrige

Diener, die annahmen, das jeweilige Gericht fände schlichtweg nicht sein Gefallen, dauernd die Teller weg. Ahnend, dass er sich mit denen nicht wie mit der Bedienung in Wirtshäusern anlegen durfte, aber überfordert mit der Aufgabe, sie auf königliche Weise von sich fernzuhalten, aß er schließlich nur noch Brot, bis Canon ihm einen Teller mit Fleisch reichte und die emsigen Bediensteten mit einem Wink aufforderte, sich zu entfernen.

Gebrautes und Wein flossen in Strömen, und die Stimmung unter den Kriegern stieg mit jedem Becher, den sie leerten. Die Echsenkrieger fanden an dem ihnen bisher unbekannten Gebrauten immer mehr Gefallen und torkelten bald nur noch.

Für den König selbst wurde der erste Abend in seiner Burg zu einem einzigen Albtraum. Ständig fiel jemand vor ihm auf die Knie oder küsste seine Hand, oder er wurde gebeten, hier und da etwas zu sagen oder zumindest zu erscheinen. Canon und Derea unterstützten ihn zwar nach Kräften, aber er schwitzte trotzdem bald Blut und Wasser. Er konnte es nicht ertragen, von Menschen umringt zu werden, sein Blick suchte ständig nach Feinden oder Fluchtmöglichkeiten, und seine Hand wanderte unwillkürlich immer zum Dolch, wenn ihn jemand von hinten ansprach. Immer mehr mischten sich in seinem Kopf auch Gegenwart und Vergangenheit. Er sprach im Burghof mit Flammenreitern und sah plötzlich, wie Hordenkrieger an gleicher Stelle einen Schmied erschlugen. Er lachte mit Derea über einen Kalla, der trunken über seine eigenen Füße stolperte und fast ins Lagerfeuer fiel, und sah die Flammen des Scheiterhaufens in den Himmel lodern. Der Duft der gebratenen Rinder vermischte sich mit dem Gestank verbrannten Menschenfleischs, die Freudenfeuer wirkten immer bedrohlicher, und die heiteren Flammenreiter verschmolzen vor seinen Augen mit mordenden Hordenkriegern.

Als er nur noch schreien wollte, weil er es nicht mehr ertrug, ergriff jemand seinen Arm, und er brauchte einige Zeit, um zu erkennen, dass es Caitlin war, die lachend an ihm herumzupfte.

»Komm, Liebster, ich habe dir ein Bad vorbereiten lassen. Danach geht es ins Bett. Wir müssen nicht bis zum Ende bleiben. Ich habe Morwena gebeten, uns zu entschuldigen.«

Er war nur dankbar über ihre Nähe, riss sie in die Arme und küsste sie leidenschaftlich. Sie war zwar überrascht, dass ausgerechnet ihr Mann sich in aller Öffentlichkeit so ungestüm zeigte, erwiderte den Kuss aber unter dem Jubel der Gäste. Lachend zog sie ihn dann mit sich.

Er folgte ihr wie im Traum. Auf dem Weg durch die Hallen wurde er langsamer.

»Wohin gehen wir?«, fragte er.

Sie schmiegte sich an ihn und hauchte: »Ich war zu lang allein und sehne mich nach dir. Wohin wir gehen? Was glaubst du wohl? In unser Schlafgemach. Wohin wohl sonst?«

Er schluckte schwer. »In die königlichen Gemächer?« Jetzt klang er schon gehetzt.

»Morwena hat sie wunderbar herrichten lassen. Sie …«

»Können wir nicht woanders schlafen, Caitlin? Bitte!«

Sie warf ihm einen fast mütterlichen Blick zu. »Du bist der König. Dir gehört die Burg. Du kannst doch nicht in den Gästezimmern schlafen. Es sind nur Zimmer. Sie werden dir nichts tun.«

Sie schob einen Vorhang zur Seite und zog ihn in die Räumlichkeiten, die nur der königlichen Familie vorbehalten waren. Während er durch die Zimmer ging, drängten sich ihm längst vergessen geglaubte Kindheitserinnerungen auf. Lange Jahre hatte sich die Decke des Vergessens über seine trostlosen Kinderjahre gelegt, aber zusammen mit dem Vorhang hatte Caitlin sie fortgerissen. Er sah einen Stuhl und sah seine Mutter vor sich, die darauf saß, die Falten ihres Kleides glättete und ihre Kinder unterdessen daraufhin musterte, ob sie auch dem Anlass entsprechend gekleidet waren. Er hörte ihre Stimme, die Brandon aufforderte, darauf zu achten, dass das Kind nichts anstellte. Für Nemedala war er nie der Sohn oder der Bruder gewesen, sondern immer nur *dieses Kind.* Nie hatte er verstanden, warum sie seine Geschwister umarmt und geküsst hatte und zurückgezuckt war, wenn er ihr nur die Hand hatte geben wollen.

Er hörte wieder die Worte seines Vaters: *Gib einfach dein Bestes! Es ist alles schwierig. Du musst dein Bestes geben!* Er hatte sich größte Mühe gegeben, weil er irgendwann geglaubt hatte, dass Zuneigung nur durch Leistung erworben werden konnte, aber es hatte nie gereicht.

Schließlich hatte er angenommen, sein Bestes sei einfach nicht gut genug, und nur noch gesprochen, wenn er etwas gefragt worden war, hatte alle Aufgaben seiner zahlreichen Lehrer sofort und bestmöglich erledigt, hatte sich nie beschwert, weder darüber, dass in seinen Räumen nie ein Feuer entfacht worden war, gleichgültig, wie kalt es gewesen war, noch über die Prügel, die er ständig von Mathew oder Brandon bezogen hatte. Aber während man seine Geschwister mit lieben Worten und Lob überschüttet hatte, hatte er nie Beachtung gefunden, sondern stets abseits gesessen und sich gefragt, was er falsch machte.

Von seiner Frau schon fast gewaltsam gezogen betrat er das Schlafgemach seines Vaters, sah zum Bett mit dem da'Kandar-Wappen und spürte Schweiß auf der Stirn. Hier hatten über Generationen Könige geruht, und er selbst war nur eine widernatürliche Züchtung. Er gehörte nicht hierher.

Caitlin zerrte ihn in den sich anschließenden Baderaum, und

wie durch einen Nebel sah er schwatzende junge Frauen Trockentücher ausbreiten, Öle zurechtstellen und heißes Wasser in die große Wanne gießen.

Bei ihrem Eintritt verstummten sie, sanken in tiefe Knickse und eilten dann auf ihren neuen Herrn zu, um ihm beim Entkleiden zu helfen.

Er starrte sie entgeistert an und hob in einer abwehrenden Geste die Hände.

»Ihr könnt jetzt zur Feier gehen. Ich werde den König heute bedienen«, erklärte Caitlin lächelnd.

Die Mädchen knicksten erneut und zogen sich zurück, offenbar erfreut, noch etwas von dem Fest mitzubekommen. Ihr munteres Lachen und Geplauder war noch eine Zeit lang zu hören.

Caitlin nahm ihrem Mann den Schwertgürtel ab und begann, sein Hemd aufzuknöpfen. Erstaunt betrachtete sie die von getrocknetem Blut verfärbten Verbände, und es wurde ihr erst jetzt bewusst, dass die Schlacht gegen Camora noch gar nicht so lange her war, obwohl ihr die letzten Tage wie eine Ewigkeit erschienen waren.

»So wie die aussehen, löse ich sie besser erst, wenn sie etwas eingeweicht sind«, bemerkte sie. »Komm, zieh dich aus! So wörtlich war das mit dem Bedienen nicht gemeint.«

Er machte keine Anstalten, sich zu entkleiden, sondern stand wie erstarrt da. »Ich will nicht hier sein, ich kann nicht hier sein. Können wir nicht doch irgendwo anders hingehen?«

»Wir könnten schon, aber wir tun es nicht. Wir haben unsere lebenden Feinde besiegt, und genau hier werden wir gemeinsam auch deine verfluchten Geister besiegen. Du wirst ihnen nicht länger davonlaufen. Wir gehören hierher, und wir werden diesen Steinhaufen mit Liebe und Glück füllen. Nun zieh dich endlich aus und steig in die Wanne, bevor das Wasser kalt wird! Du bist doch völlig verkrampft. Siehst du dort die Wanne mit dem warmen Wasser und die Liege mit den bereitstehenden Ölen? Alles für dein Wohlbefinden. Ich habe sogar Juna um ihre Kräutermischung zur Entspannung der Muskeln gebeten. Du wirst sehen: Die wirkt Wunder. Wir haben uns alle solche Mühe gegeben, und du stehst jetzt hier und sagst: Ich will nicht.«

Befriedigt nahm sie zur Kenntnis, dass er sich auf einen Schemel setzte und die Stiefel auszog.

»Während ich dich gleich verwöhne, wirst du mir erzählen, was dich hier so bedrückt.«

»Was mich bedrückt?«, stieß er aus. »Ich kriege kaum Luft, ich kann nicht atmen in dieser Burg. Nicht mal in Ligurius' Kerker habe ich mich so unwohl gefühlt. Diese Festung ist schlimmer als jedes Gefängnis. Wohin ich auch schaue, ich sehe nur Ablehnung und Schmerz und Tod. Ich sehe …«

Caitlin packte seine Schultern und schüttelte ihn. »Du weißt, warum deine Familie dich ablehnte. Sie hätte es nicht tun dürfen, weil du nur ein kleiner Junge warst, der für seine Herkunft nun wirklich nichts konnte, aber sie hat es getan. Lass diese gefühllose Bande endlich ruhen! Jetzt ist die Zeit deiner neuen Familie angebrochen. Und ich meine nicht nur unser Kind und mich damit. Gideon liebt dich wie einen Sohn, und da draußen warten Morwena, die sich als deine Tante sieht, Derea und Canon, die deine Schwager sind, und Hylia, die bald deine Schwägerin wird. Marga wird über Darius auch bald mit uns verwandt sein und Juna über Derea auch, wenn ich mich nicht sehr irre. Sie sind deine neue Familie, und da draußen sind noch viele, viele Menschen, die dich ebenfalls lieben, weil du ihnen etwas gebracht hast, das weder dein Vater noch deine Geschwister ihnen jemals hätten bringen können, nämlich Frieden. Wenn jemand das Recht hat, hier zu leben, dann du.«

»Bitte nicht. Vielleicht später, wenn …«

»Nichts da! Jetzt zieh dich aus.« Ihr brach fast das Herz, als sie seine bebenden Hände sah. Wie konnte es nur sein, dass ihr Mann mehr Angst vor den Toten hatte als vor seinen gefährlichen Feinden? Fast war sie versucht, ihm nachzugeben und einen anderen Schlafplatz zu suchen, aber so würde er seine Vergangenheit nie hinter sich lassen.

So viel Zeit hatte er noch nie benötigt, um sich zu entkleiden. Es schien fast, als hätte er eine Vielzahl von Knoten in Armen und Beinen. Doch schließlich ließ er sich ins heiße Wasser gleiten und schloss befehlsgemäß die Augen.

Sie löste eine Bandage von der Taille, starrte traurig auf die genähte und gut verheilte Wunde, dachte daran, dass sie jetzt auf seinem Oberkörper wirklich nirgendwo mehr ihre Hand ablegen konnte, ohne eine Narbe zu berühren, und forderte streng: »Sei nicht so verstockt! Rede, bevor ich die Geduld verliere!«

Er hätte es nie für möglich gehalten, aber während er zunächst im warmen Wasser und dann auf der Liege lag und Caitlin Öle in seine verspannten Muskeln knetete, erzählte er ihr von seiner Kindheit. Er redete, und sie kämpfte oft mit den Tränen, obwohl er es strikt vermied, Gefühle oder Empfindungen jedweder Art in seine Erzählungen einzubringen, und kühl und sachlich berichtete, als ginge ihn die ganze Sache nur ganz am Rande etwas an.

Irgendwann prustete sie bei einer Geschichte los. »Ich kann mir vorstellen, wie dein Vater geguckt hat. Du hast dir Steine ins Haar gebunden? Oh, Rhonan, warum denn nur?«

»Brandon und Mathew spotteten immer über meine Locken, und ich dachte, ich könnte sie gerade ziehen, wenn ich sie beschwere. In der Nähstube hingen immer Steine an den Garnen.«

Er musste nun auch lachen. »Es hat wohl wirklich seltsam ausgesehen, aber lach jetzt nicht auch noch über mich. Ich war doch erst vier oder fünf. Außerdem war es, wenn ich mich recht erinnere, ziemlich schmerzhaft, als eine Dienerin die völlig verknoteten Haare wieder zu lösen versuchte«, erklärte er grinsend.

Sie hätte ihn am liebsten in den Arm genommen, weil ihr Herz vor Mitleid mit einem kleinen Jungen, der wirklich alles versucht hatte, um von seiner Familie angenommen zu werden, fast überquoll, aber sie wusste längst, dass er nichts mehr hasste als Mitleid. Also fragte sie nur: »Hat es etwas gebracht? Ich meine, jetzt hast du ja keine Locken mehr.«

»Nein. Es war ein fürchterlicher Fehlschlag. Weil man Haare abschneiden musste, kringelten sie sich noch viel mehr. Die Locken sind auf dem Scheiterhaufen verbrannt. Danach hatte ich längere Zeit gar keine Haare, dann wuchsen wieder welche: dunkler und glatter.«

Unwillkürlich musste sie schlucken, erklärte aber so munter, wie es ihr möglich war: »Da hast du ja Glück gehabt, wenn sie dich doch so sehr störten.«

Er war überrascht, dass es ihm nichts ausmachte, mit ihr darüber zu reden. »Allerdings! Kannst du dir vorstellen, wie ich mit hellblonden Locken aussähe?«

»Nein!« Sie wollte es nicht, musste jetzt aber doch die Augen schließen, um ihre Tränen zu unterdrücken, beugte sich hinunter und küsste ihn.

»Nicht weinen«, bat er leise. »Das ist doch alles ewig her.«

Sie nickte. »So ist es, Mann meines Herzens. Sag es noch einmal!«

Er zog sie an sich und lachte. »Es ist alles lange her.«

»Wir werden die bösen Geister besiegen?«

»Ich werde es versuchen.«

Sie stemmte sich hoch, und Miene und Stimme wurden streng. »O nein, nicht so, mein Lieber! Werden wir die Geister besiegen?«

»Ja, mein Herz.«

»Sag es noch einmal!«

»Wir werden die Geister besiegen … Ich liebe dich. Bei allen Göttern, ich liebe dich so.«

Der von Morwena neuernannte Kammerdiener war kurze Zeit später nahe dran, Krieger zu rufen, weil spitze Schreie und Hilferufe aus den Gemächern seines neuen Herrn drangen, sah aber davon ab, als er dessen lachende Stimme hörte. »Es war doch dein Einfall mit dem Öl. Wirf mir jetzt nicht vor, dass ich dich nicht halten kann, weil alles glitschig ist.«

* * *

Derea hätte Remo und seine übrigen Flammenreiter am liebsten erschlagen, denn während die Kalla bereits alle sinnlos betrunken ihren Rausch ausschliefen, wollten die trinkfesteren Krieger ihre Siegesfeier einfach nicht enden lassen und tranken und sangen, grölten und tranken.

Immer wieder suchten seine Augen Juna, die sich offensichtlich bestens unterhielt und ständig von einer Männerschar umringt war. Hin und wieder warf sie ihm Blicke zu, die ihm deutlich zeigten, dass sie ihn durch ihr freizügiges Verhalten reizen wollte. Allerdings entging ihm auch nicht, dass sie allzu aufdringliche Bewunderer sehr schnell abblitzen ließ. Gottergeben versuchte er, sich seine wachsende Ungeduld nicht anmerken zu lassen, und prostete seinen Freunden zu, ohne zu trinken.

Der Morgen war schon nah, als endlich Ruhe einkehrte und nur noch Wachen ihre Runden auf der Mauer drehten.

Gemessenen Schritts schlenderte Derea über den Hof in Richtung Pferdetränke.

Juna sah ihm nicht entgegen und hob erst ihr Gesicht, als er vor ihr stand.

Ihr schwarzes Haar schimmerte im Mondlicht, ihre Augen leuchteten im Glanz der Sterne.

»Juna?«

»Zu Euren Diensten!«

»Wollt Ihr meine Frau werden?«

Sie wandte sich ab, ließ Wasser durch ihre Hände rinnen und beobachtete die so entstehenden Strudel. »Ihr fragt mich das, obwohl Ihr nun wisst, dass ich Ayala unterstützt habe?« Ihrer Stimme war der Unglaube deutlich anzuhören.

»Unterstützung sieht anders aus. Ich kenne Euch auch viel zu gut, um zu glauben, dass Ihr schlicht vergessen hattet, Caitlin mit einem Zauber zu belegen, oder Ayala davon zu berichten, dass die Echsen doch noch mit in den Kampf ziehen wollten. Ihr habt die Gelegenheit, Unsterblichkeit und ungeheure Macht zu erlangen, nicht nur verstreichen lassen, Ihr habt Euch ihr mit aller Kraft entgegengestellt. Das hätten nicht viele getan. Ich liebte Euch schon vorher und liebe Euch noch. Sagt: Wollt Ihr mich heiraten?«

Fast schüchtern sah sie zu ihm hoch. »Was wird Eure Mutter dazu sagen?«

»Herzlichen Glückwunsch oder etwas Ähnliches, denke ich.« Er lächelte liebevoll zurück. »Sie wird Euch lieben, allein, weil ich Euch liebe.«

»Und Canon?«

»Auch! Die beiden vertrauen mir nämlich. Müssen wir jetzt alle Leute durchgehen, die wir kennen? Glaubt Ihr, es bedeutet mir auch nur das Geringste, was andere über uns sagen? Ich war sehr geduldig, aber jetzt will ich Eure Antwort.«

Er reichte ihr die Hände, und sie legte ihre hinein und ließ sich von ihm hochziehen. »Ich habe Euch gesagt, was Euch erwartet. Seid Ihr sicher, dass Ihr das wollt?«

»Ich war mir nie so sicher.«

Ein glückliches Seufzen entschlüpfte ihr, aber ihre Augen blitzten übermütig. »Dürfte ich weiterhin lügen und betrügen?«

»Nein!«

»Nicht mal ein kleines bisschen, so aus alter Gewohnheit?«

»Nein!«

»Was wollt Ihr dagegen tun?«

»Ich lege Euch übers Knie.«

»Das könnte mir gefallen, nein … das würde mir gefallen.«

Ihr lachender Blick traf seinen, und er schüttelte den Kopf. »Mein ungezogenes Biest! Ich weiß, du wirst mich zeitlebens ärgern und bis zum Äußersten reizen, und ich freue mich darauf, aber sollte ich jemals einen anderen Mann in deinem Bett finden, werfe ich dich in den nächsten See. Verstanden, Hexentochter?«

»Das würdest du tun?«

Er nickte. »Vermutlich würde ich aber sofort hinterherspringen, um dich zu retten. Ich will nicht mehr ohne dich sein. Sagst du jetzt endlich Ja?«

Ihre Augen schimmerten warm. »Was glaubst du, für wen ich auf ewiges Leben mit unvergleichlicher Macht verzichtet habe? Ich will verdammt sein, aber ich liebe dich. Ja!«

Er riss sie in die Arme. Sie vergrub ihre Hände in seinem Haar, sah erwartungsvoll zu ihm hoch und nahm aus dem Augenwinkel ein Aufblitzen hinter ihm wahr. Ohne zu wissen, was es war, und ohne nachzudenken, riss sie ihn herum, und eine Klinge bohrte sich in ihren Rücken. Aufstöhnend klammerte sie sich an ihm fest und krallte ihre Hände in seine Schulterblätter. »Küss mich endlich!«

Sein entsetzter Blick saugte sich an ihr fest. »Juna, nein!«

Laute Stimmen und polternde Schritte waren zu hören. »Ich habe sie!«, hallte es über den Hof. Eine Frauenstimme lachte wie irre und erstarb unvermittelt.

Derea fühlte sich wie erstarrt.

Junas Stimme war kaum zu hören. »Ich habe dir gesagt, der Tag, an dem ich ein guter Mensch werden will, wird mein letzter sein. Ich wusste es immer, aber ich dachte … ich könnte mein Rinnsal eine Weile lang aufhalten. Ich wollte so gern deine Prinzessin werden.«

»Nein! Gib nicht auf! Nicht jetzt! Caitlin und Hylia werden dir helfen. Ich bring dich zu ihnen.«

»Das können sie nicht mehr … Küss mich, Hauptmann! Küss mich nur ein einziges Mal bei klarem Verstand.«

»Du bist meine Prinzessin bis in alle Ewigkeit.«

Ihre Lippen trafen sich zu einem unendlichen Kuss, und ihre Tränen vermischten sich. Sie erschlaffte, aber Derea hielt sie fest umschlungen und bekam nur noch wie im Traum mit, dass Canon das Schwert aus der Wunde riss, ihm Juna aus den Armen nahm und Hylia sie sofort untersuchte. Die Waffe war glatt durchgegangen, hatte sogar den Hauptmann noch geritzt.

Canon sagte etwas, aber er verstand es nicht, sah nur Hylia an, die mit tränenverschleierten Augen zu ihm aufsah und den Kopf schüttelte.

Er sah nicht mehr die Wachen, die die tote Priesterin Martha hinter sich herschleiften, hörte nicht mehr, wie sie erklärten, sie hätte ihren geliebten Ligurius rächen wollen, er hob Juna auf, presste sie an sich und trug sie in die Burg.

Hylia wollte ihm nachlaufen, aber Canon hielt sie fest. »Lass ihn! Im Augenblick kann ihm niemand helfen.«

Weinend warf sie sich in seine Arme.

* * *

Sie übergaben Juna am nächsten Tag mit allen Ehren den Göttern. Bedeckt mit den Fahnen da'Kandars und El'Marans verbrannte ihr Leichnam, während die Krieger und Bürger das Totenlied sangen und Blütenblätter streuten. Es hätte sie sicher gewundert, eher noch erheitert zu sehen, wie viele Menschen ihr die letzte Ehre erwiesen und wie viele von ihnen Tränen vergossen. Sogar Marga konnte ein Schluchzen nicht unterdrücken. Weder Canon noch Morwena konnten Derea dazu bringen, auch nur ein Wort zu sagen. Mit versteinerter Miene starrte er auf den Scheiterhaufen, bis die letzte Glut erloschen war, und verließ wenig später die Burg, ohne sich von jemandem zu verabschieden.

* * *

Als Gideon auf der Festung eintraf, musste er wieder einmal feststellen, dass sie Sieg um Sieg errangen, ohne ihn je richtig genießen zu können.

Caitlin und Hylia schämten sich ihres eigenen Glückes, Rhonan machte sich Vorwürfe, weil er gewusst hatte, dass Martha auf dem Weg gewesen war, um die Siegel zu bringen, und es schlicht vergessen hatte. Canon hielt sich selbst fast für den Mörder, weil er im Stillen immer gehofft hatte, dass Juna starb, und Marga kam nicht darüber hinweg, dass sie der Hexentochter nicht einmal für ihre Rettung gedankt hatte.

Morwena tat alles, um die jungen Leute aufzumuntern, gab

aber irgendwann auf, als ihr immer klarer wurde, dass Derea nicht nur seine große Liebe verloren hatte, sondern sich aller Wahrscheinlichkeit nach auch noch für deren Tod verantwortlich fühlen würde. Diese Gedanken ließen auch sie in Trauer versinken.

32. Kapitel

Während die Tage ins Land gingen und überall Aufbruchstimmung herrschte, gingen die Siegelerben gemeinsam ins Wolkengebirge, um sich ihrer letzten Aufgabe zu widmen: der Quelle. Auf Gideons Vorschlag hin ritten sie zunächst zu dem Gebirgsbach, aus dem Maluch sein Schwarzes Wasser gewonnen hatte. Caitlin sprengte Steine aus den Felswänden und verschüttete ihn.

Der Gelehrte schüttelte den Kopf. »So einfach wäre es also gewesen, Camora sehr viel früher Einhalt zu gebieten. Ayalas Schuld an diesem Krieg wird immer größer. Ich mag gar nicht daran denken, wie vielen Menschen dieses Rinnsal Leid gebracht hat. Dabei denke ich nicht einmal an all die Opfer des Krieges. Allein die überlebenden Schattenkrieger fristen für immer ihr trostloses Dasein. Sie essen, trinken und schlafen, bar jeder Hoffnung auf Erlösung. Darius beschäftigt sie mit Aufbauarbeiten, aber allein ein Blick in ihre leeren Augen verursacht wohl jedem Menschen Magenschmerzen.«

Caitlin nickte beklommen. »Sie wirkten so Furcht einflößend, dabei waren es bedauernswerte Geschöpfe, die aus eigenem Antrieb niemandem etwas zuleide getan hätten. Darius hat erzählt, dass schon Eltern gekommen sind in der Hoffnung, ihren Sohn wiederzuerkennen. Aber in diesen leeren Gesichtern kann niemand mehr irgendwelche Züge ausmachen.« Bedrückt sah sie ihren Mann an und wartete darauf, dass er sie tröstend in den Arm nehmen würde. Aber er sah nur zum Wolkenpfad. Allmählich begann sie, sich wieder Sorgen um ihn zu machen. Er gab sich heiter und gut gelaunt, tat, was man von ihm erwartete, aber immer wenn er sich unbeobachtet fühlte, starrte er mit gerunzelter Stirn vor sich hin. Häufig ritt er allein aus, und wenn sie nachts erwachte, fand sie ihn meist wach und gedankenverloren vor. Fragte sie nach dem Grund, erwiderte er stets, dass er sich in der Burg nach wie vor unwohl fühle. Aber sie glaubte nicht, dass das der einzige Grund war.

Sie hörte Gideon tief seufzen. »Es nützt nichts mehr. Was geschehen ist, ist geschehen. Unsere Aufgabe kann lediglich sein zu verhindern, dass Ähnliches noch einmal geschieht. Lasst uns zur Quelle gehen.«

»Aber was machen wir, wenn wir dort sind?«, fragte sie.

Rhonan erwiderte umgehend: »Wir versiegeln sie.«

Caitlin schüttelte fassungslos den Kopf. »Du willst sie verschließen? Du willst das Siegel der Liebe erneut begraben? Das kann nicht dein Ernst sein.«

»Das ist mein voller Ernst. Was immer auch in dieser Höhle ist, mit Liebe hat es nichts zu tun.«

»Bedenke ...«, begann Gideon, aber Rhonan unterbrach ihn rüde: »Ich habe gründlich darüber nachgedacht, und du hast es selbst gesagt. Das Wasser hat Tausende von Menschenleben gekostet. Salia mag unschuldig in diese Höhle gekommen sein, aber sie hat sich mittlerweile selbst mit viel zu viel Schuld beladen, um jetzt noch Verständnis erwarten zu können.«

Gideon schüttelte den Kopf. »Damit unterstützt du aber die Machenschaften der Schwestern. Sollen sie erneut den Sieg davontragen, obwohl sie so schändlich gehandelt haben? Ich kann nicht glauben, dass du das willst.« In hilfloser Geste hob er die Arme.

Sein Freund sah ihn mit funkelnden Augen an. »Weißt du, was ich wirklich will? Ich will endlich meine Ruhe. Ich bin müde und habe genug vom Kämpfen, und ich will endlich auch einmal mit dem Gefühl aufwachen, dass der Tag mir nichts

Schlimmeres als eine Erkältung bringen kann. Ich werde jetzt ein Ende machen und diese dämliche Quelle versiegeln.«

»Ich, ich, ich«, schnaubte Caitlin. »Ist es dir völlig gleichgültig, wie wir darüber denken?«

»Was willst du denn tun?«, blaffte er. »Salia einen Altar bauen? Oder glaubst du, es reicht, wenn wir deine ach so heiß geliebten Kräutersträuße in der Höhle schwenken, um das Böse zusammen mit üblen Gerüchen zu vertreiben? Was glaubst du, wer in dieser Quelle jetzt haust? Die liebenswerte Salia, die Armenhäuser baute? Sieh dir das trübe Wasser an, denk an die Toten des Krieges und die Schattenkrieger! Nicht einmal Palema kann sich so vieler Opfer rühmen. Was also gedenkst du zu tun, Priesterin?«

Sein Ausdruck und seine Haltung waren derart feindselig, dass sie unwillkürlich zurückwich.

Er senkte die Stimme, aber sie klang frostiger als zuvor: »Oh, habe ich deine Empfindsamkeit wieder einmal nicht beachtet? Tut mir leid. Soll nicht wieder vorkommen. Aber ich will dir mal etwas sagen, Prinzessin: Gleichgültig, was auch immer diese bitterbösen Schwestern einmal getan haben, auch in dieser Quelle wohnt seit Jahrhunderten nur noch Hass, und deshalb werden wir sie wieder verschließen. Seit ich denken kann, werde ich vom Hass verfolgt. Wenn du gerade bei mir Mitleid oder Verständnis für Salia suchst, dann suchst du vergeblich. Ich habe bisher nie etwas von dir verlangt, aber jetzt verlange ich, dass du mir hilfst, diese Quelle wieder zu versiegeln. Ich kann dich zu nichts zwingen, aber du hast die Wahl zwischen Salia und mir.« Er wandte sich ab und ging in Richtung Wolkenpfad davon.

Mit einer Mischung aus Ungläubigkeit und Traurigkeit sah sie hilfesuchend Gideon an. »Das kann nicht sein Ernst sein. Was ist nur mit ihm? Ich erkenne ihn kaum wieder.«

Gideon nickte bekümmert. »So schrecklich es auch ist, aber er hat nicht ganz unrecht. Wenn ich die Liebe suchte, würde auch ich sicher nicht an diese Quelle denken. Die Kraft ihres Wassers wird immer wieder dazu führen, dass Menschen sich ihrer bedienen wollen. Um das zu verhindern, müssen wir sie verschließen.«

* * *

Ein enger, von steilen Felswänden begrenzter, steiler Pfad führte von der Schlucht in die Berge.

Kaum hatten sie den Wolkenpfad betreten, als eine beklemmende Stille und eine alles durchdringende Kälte Caitlin erschauern ließen.

»Mir ist furchtbar kalt, und ich könnte weinen, so traurig bin ich plötzlich. Es ist, als ob das Elend und der Schmerz der Welt hier lagern würden«, hauchte sie mit erstickter Stimme.

»Zumindest haben Elend und Schmerz hier wohl ein Nest«, grummelte Rhonan und ging weiter.

Gideon schüttelte den Kopf. Sosehr er Rhonans Begründung für die Versiegelung nachvollziehen konnte, so wenig konnte er dessen schroffe Art Caitlin gegenüber verstehen. Die starrte auf den Rücken ihres Mannes und schniefte, und der Gelehrte legte anstelle des seltsam ungefälligen Gatten den Arm um ihre Schulter.

Sie näherten sich zwei steinernen Gebilden, die ihnen den Weg versperrten und die sie sofort an übergroße Horkas denken ließen.

»Die Dämonenwächter«, erklärte Rhonan. »Die hatte ich mir irgendwie gewaltiger vorgestellt. Dürfte nicht schwierig werden, sie zu zerstören. Geht trotzdem besser ein Stück zurück.«

Seine Frau sah ihn verstört an. »Warum? Du hast gesagt, Kahandars Blitze werden sie ganz einfach zerstören.«

»Ich weiß, was ich kann, aber ich weiß nicht, was diese Steinhorkas können.« Er wartete, bis seine Begleiter seiner Aufforderung nachgekommen waren, wandte sich wieder um und ergriff sein Schwert.

»Wenn du willst, dass wir zu dieser Quelle kommen, Palema, solltest du jetzt besser dafür sorgen, dass Kahandar meinem Ruf folgt«, murmelte er und glaubte ein Lachen zu hören.

»Jetzt plötzlich erbittest du meine Hilfe? Willst du nicht lieber zusammen mit deiner Frau gegen die Dämonen kämpfen? Sie ist doch so viel stärker als Kahandar.«

»Spricht da die Eifersucht?«, fragte er spöttisch.

»Du könntest mich erst einmal um Verzeihung bitten, bevor du Forderungen stellst.«

Er lachte kurz auf. »Niemals! Ich werde jetzt einen Versuch unternehmen, diese Dämonensteine zu zerstören. Hilf mir oder hilf mir nicht. Ein zweites Mal wird es nicht geben.«

»Kühn gesprochen, tapferer König.«

»Nicht wahr?« Rhonan ließ sein Schwert kreisen und stieß es in die Luft.

Blaue Flammenringe schwebten auf die Steingiganten zu und legten sich über sie. Sofort erklang ein Knirschen und Knacken. Die Dämonenwächter erwachten. Bei jeder Bewegung stiegen Staubwölkchen auf, und Steinsplitter platzten weg. Mit ihren gewaltigen Pranken klopften sie sich auf die Brust, reckten die Köpfe in den Himmel und stießen ein markerschütterndes, tiefes Grunzen aus.

Rhonan hörte Caitlin aufschreien und packte sein Schwert fester. Blitze zuckten auf die Kolosse zu und ließen sie erneut brüllen. Gesteinsbröckchen spritzten durch den Gang.

Die Dämonen kamen auf ihn zu. Jeder ihrer Schritte ließ die Erde erbeben.

Erneut zuckten Blitze, aber Kahandars Macht entfaltete sich nicht voll. Offensichtlich hatte Palema ihm sein Aufbegehren gegen ihre Waffe noch nicht verziehen und wollte es ihm nicht so leicht machen.

Erneut hörte er seine Frau schreien und brüllte: »Bleib in Deckung! Hier kannst du nichts ausrichten.«

Einer der Wächter hatte ihn fast erreicht. Rhonan blieb stehen, um die bebenden Blitze aus nächster Nähe wirken zu lassen. Steine flogen um ihn herum, ein Arm krachte zu Boden und zerbarst. Doch die löchrige Gestalt ging unbeirrt weiter und erhob den verbliebenen Arm zum Schlag.

Der Prinz wich aus und holte seinerseits mit dem Schwert aus, als plötzlich Blitze, von Caitlin geschleudert, an ihm vorbeizuckten und den Riesen trafen. Allerdings verursachten sie keinen Schaden, prallten lediglich ab und rasten jetzt auf ihn zu. Er versuchte fieberhaft, sie mit Kahandar abzulenken. Kleine Brandspuren an Armen und Beinen zeugten davon, dass es ihm nicht ganz gelang.

»Verschwinde!«, keuchte er atemlos, während er immer noch Blitze abwehrte und gleichzeitig versuchte, außer Reichweite des Dämons zu kommen.

»Es tut mir leid, es tut mir leid«, hörte er seine Frau in höchsten Tönen kreischen.

Im selben Augenblick schleuderte ihn die Faust des Kolosses an die Felswand. In einem Stoß entwich sämtliche Luft aus seiner Lunge. Schwer atmend rappelte er sich auf, weil sein lebloser Gegner ihn schon fast erreicht hatte.

Er fuhr sich mit dem Handrücken über den Mund, packte Kahandar mit beiden Händen, atmete tief durch und ging zum Angriff über. Blitze zuckten durch den Felsengang, während der Prinz ungestüm auf den ersten Wächter eindrang, sich unter den Hammerschlägen seines Gegners geschmeidig wegduckte und immer darauf bedacht war, diesen zwischen sich und dem zweiten Dämon zu haben. Doch der kam jetzt auch bedrohlich nahe. Rhonan war klar, dass er zwischen den riesengroßen Gegnern nicht lange bestehen konnte, und hieb jetzt wie wild auf den ersten Dämon ein. Immer größere Steinbrocken lösten sich, das Brüllen des Wächters wurde immer lauter, und plötzlich spürte er die ungeheure Macht Kahandars. Erneut stieß er es mit einem lauten Schrei in die Luft, gewaltige Blitze zuckten und knisterten wild, und die Steinkolosse zerbarsten fast unmittelbar mit lautem Krachen.

Der Pfad schien zu erzittern, die Erde bebte, und ein dumpfes Grollen rollte von den Felswänden. Dann war es plötzlich still. Wie seltsam geformte Felsbrocken lagen die Reste der Dämonenwächter auf dem Weg.

Rhonan ließ Kahandar in die Scheide gleiten, schloss erleichtert die Augen und stützte sich erschöpft mit den Händen auf den Knien ab.

»Bei den Göttern«, hörte er Gideon keuchen. »Bist du in Ordnung, Junge?«

Er öffnete die Augen und sah Caitlin mit verängstigtem Gesicht vor sich stehen. Er streckte den Arm aus, und sie warf sich mit einem Schluchzen an seine Brust.

»Verzeih mir! Ich dachte, ich könnte dir helfen«, erklärte sie unglücklich.

Er strich ihr mit dem Daumen durchs Gesicht. »Schon gut, mein Herz! Es ist ja nichts geschehen.«

»Ach nein?«, fragte sie jämmerlich und berührte vorsichtig einen angesengten Ärmel.

»Das ist weiter nichts. Nur der Stoff ist verbrannt. Ich bin nur recht erschöpft.«

Er hielt seine Frau fest, als die ihre heilenden Kräfte einsetzen wollte, und schüttelte den Kopf. »Lass gut sein! So schlimm ist es nicht. Ich würde nur lieber zurückreiten.«

Sie stimmte sofort erleichtert zu, denn ihr graute davor, die Quelle erneut versiegeln zu müssen.

Gideon musterte Rhonan demgegenüber nachdenklich. Dieses Verhalten passte nicht zu seinem Freund. Irgendetwas stimmte hier nicht, er wusste nur nicht, was.

* * *

Am nächsten Tag zog es Rhonan in aller Frühe wieder zum Wolkenberg. Versonnen saß er auf einem Stein und starrte vor sich hin. Er wusste, was er zu tun hatte, aber er konnte sich einfach nicht dazu überwinden, seine Aufgabe auch in Angriff zu nehmen.

Erschrocken fuhr er bei einem Geräusch herum, und ein Lächeln huschte über sein Gesicht. »Derea?«

Er sah den nahezu feindseligen Blick seines Freundes und dass dessen Hände auf den Waffen lagen, und sein Lächeln verschwand augenblicklich.

»Sag mir, wer du bist!«, forderte der ohne Gruß mit kalter Stimme.

Er nickte matt. »Alle anderen wissen es schon. Ich bin der Sohn des Königs von da'Kandar und der unsterblichen Palema. Mein Bruder nannte mich einen Wechselbalg, Ayala hielt mich für widernatürlich. Sie haben wohl beide recht.«

Derea zeigte keine Gemütsregung. »Dann stimmt es also. Du bist nicht von dieser Welt.«

»Jedenfalls nicht ganz! Willst du mich deswegen töten?«

Der Hauptmann schüttelte den Kopf. »Deswegen nicht!«

Diese Antwort sagte ihm zumindest, dass sein Freund ihn

tatsächlich fordern wollte. »Ich wusste, dass Martha mit den Siegeln unterwegs war. Hätte ich es nicht vergessen, wäre Juna vielleicht noch am Leben. Ist das der Grund?«

Erneut schüttelte sein Schwager den Kopf. »Nein, Martha wollte mich töten. Ich trage daher die Schuld an Junas Tod. Das ist auch nicht der Grund.«

»Dann sag ihn mir!«

»Ich habe die Zukunft gesehen. Du wirst die Menschen ins Verderben führen.«

Rhonan seufzte und warf Derea einen langen, beschwörenden Blick zu. »Wir haben sehr viel zusammen erlebt. Wir haben, seit wir uns kennen, einander immer blind vertraut und haben es tatsächlich nie bereuen müssen. Ich bitte dich heute zum letzten Mal, mir zu vertrauen.«

Der Hauptmann schüttelte den Kopf. »Ich würde es so gern tun, aber du verlangst Unmögliches. Schon Ligurius sprach davon, dass du die Welt vernichten würdest. Ich habe weder ihm noch meinem Zukunftstraum geglaubt. Aber vor ein paar Tagen habe ich Marlena die Nachricht von Junas Tod überbracht. Sie hat mir Schriftstücke gegeben, die sie von Ayala bekommen und die Meister Cato übersetzt hatte. Als die Quelle versiegelt wurde, verschwand das Gute für lange Zeit aus den Reichen. Gier, Missgunst und Kälte breiteten sich aus wie eine Seuche – ansteckend und unaufhaltsam. Kriege überzogen das Land. Ganze Reiche gingen unter. Deine Mutter wurde nicht Großkönigin, weil man sie so schätzte oder bewunderte, sondern weil man sie fürchtete. Sie war mit ihrem Siegel und Kahandar fast unbesiegbar. Auch die gefürchteten Barbaren aus dem Osten gab es wirklich. Sie waren die erbarmungslose Garde deiner unsterblichen Mutter. Ihre Herrschaft war noch viel schlimmer als die Camoras. Mit ihrem Namen verband man nur Blut, Leid und Tod. Sie war das Böse schlechthin.«

Er musterte Rhonan von oben bis unten. »Sie ist fort, aber jetzt bist du hier: ihr Sohn … die Wiedergeburt des Bösen. Du trägst jetzt das Siegel und Kahandar, und gleichgültig, ob erschöpft, verletzt, mit einem Zauber belegt oder alles zusammen – du gewinnst jeden Kampf, und jetzt willst auch du die Quelle wieder versiegeln. Dann wird für lange Zeit wieder jedes Licht verschwinden. Das kann ich nicht zulassen.«

»Ich verstehe, dass du so denkst. Glaubst du aber auch, du könntest mich besiegen?«

»Ich habe dich schon eine ganze Weile beobachtet und hätte dich leicht mit einem Pfeil töten können, da du seltsam geistesabwesend schienst. Ich hatte den Bogen schon zum tödlichen Schuss angelegt, aber ich stehe nach wie vor in deiner Schuld, weil du meinen Vater verschont hast.« Er zuckte verlegen die Achseln. »Außerdem hätte ich es ohnehin nicht tun können, weil du immer noch mein …« Er brach ab, schluckte sichtbar und fuhr schließlich fort: »Deshalb fordere ich dich jetzt zum Kampf auf Leben und Tod, so schwer es mir auch fällt.«

Rhonan sah ihn traurig an und erhob sich schwerfällig. »Du warst ein guter Freund. Leb wohl!«

Noch während er sprach, machte er einen langen Schritt und donnerte Derea die Faust ans Kinn. Mit einem Ton, der wie ein Seufzen klang, sackte der ohnmächtig zusammen.

»Tut mir leid, aber diesen Kampf wird es nicht geben«, murmelte Rhonan und zog ihn in den Schatten. Er legte ihm Fesseln an, vergewisserte sich, dass der Hauptmann einigermaßen bequem lag, und machte sich auf den Weg. Kahandar glühte auf, und seine Zeichnungen fingen an zu brennen, kaum dass er die Überreste der Dämonenwächter erreicht hatte.

Deutlich hörte er Palemas Stimme: »Kehre um! Dieser Weg ist dir nicht bestimmt. Willst du die Welt vernichten?«

»Genau das will ich nicht.«

»Du hast mich belogen und betrogen. Hätte ich gewusst, was du vorhast, hättest du die Dämonen nie bezwungen.«

»Das war mir klar, aber ich habe dich trotzdem nie belogen. Ich habe dir gesagt, ich will zur Quelle. Mit keinem Wort habe ich je erwähnt, zu welchem Zweck.«

Ihr unheimliches Lachen hallte durch den Gang, ließ ihn frösteln und seinen Gang beschleunigen. »Die Worte zu deinen Begleitern waren doch nur für mich bestimmt. Du hast mich ganz bewusst in die Irre geführt.«

»Meine Worte waren für die bestimmt, an die ich sie richtete. Aber selbst wenn nicht, willst ausgerechnet du mir Unaufrichtigkeit vorwerfen? Du hast mich doch die ganze Zeit belogen und wolltest mich nur für deine Zwecke benutzen. Ich bin aber nicht dein Spielzeug, Palema.«

Geringschätzig antwortete sie: »Narr! Rechnest du damit, dass Salia sich freuen wird, ihren Neffen endlich begrüßen zu können? Rechnest du mit einer Willkommensfeier? Soll ich dir sagen, wie es ausginge? Sie würde dich töten, sobald du die Quelle beträtest – langsam und qualvoll … nein, sehr langsam und sehr qualvoll. Eine einfache Gleichung: dein Leben für das ihres Sohnes.«

»Dann soll es wohl so sein.«

»Oh nein! Ich fürchte, da irrst du.«

Die Schmerzen in seinen Armen wurden nahezu unerträglich, und ein eiserner Griff zwang ihn in die Knie. »Wieso hast du noch solche Macht? War eure Schwäche nur eine Lüge?«

»Glaubst du ernsthaft, wir hätten all das auf uns genommen, wenn wir selbst noch in der Lage gewesen wären, die Quelle zu versiegeln? Unsere magische Verbindung ist nur das Schwert. Dein Schutz ist auch unser Schutz. Ich werde nicht zulassen, dass du Salia triffst und alles zerstörst, was ich vollbracht habe. Sie wird nicht über mich triumphieren. Du hast deine Aufgaben erfüllt und bist nicht mehr vonnöten. Wenn der Gelehrte und deine Frau dich tot vor der Höhle finden, werden sie die Quelle ganz sicher wieder versiegeln.«

Er zwang sich dazu weiterzugehen. Er musste den Eingang erreichen, denn er war sich ziemlich sicher, dass Palemas Macht nicht in die Höhle hineinreichen würde. Doch der kurze Weg erschien ihm unendlich lang.

»Du wirst es nicht schaffen«, erklang wie zur Bestätigung seiner Gedanken ihre Stimme. »Gib dein Vorhaben auf, und ich verschone dich.«

Entschlossen schleuderte er Kahandar von sich, aber das Schwert blieb nicht weit von ihm im Erdreich stecken, und das erbarmungslose Brennen wurde stärker. Er schwankte, stöhnte laut, krümmte sich vor Schmerz und brüllte: »Du kannst mich nicht aufhalten. Nie werde ich mich deinem Willen beugen.«

Hitze überflutete ihn, dass er glaubte, in Flammen zu stehen. Er keuchte und schmeckte Blut, weil er sich auf die Lippe gebissen hatte. Ächzend tastete er sich an der Felswand entlang und taumelte schließlich nur noch. Doch Palemas Griff war zu stark.

Schweiß tropfte von seiner Stirn, sein ganzer Körper schien zu brennen … zu lodern … zu verglühen … es war … wie seinerzeit auf dem Scheiterhaufen, aber jetzt war er älter, widerstandsfähiger, entschlossener, und Schritt für Schritt kam er voran.

»Ich habe es dir nie gesagt, aber an Kraft und Zähigkeit stehst du mir in nichts nach. Auch deine Kunst, Waffen zu führen, ist mit meiner vergleichbar. Zumindest in dieser Beziehung warst du ein würdiger Erbe, aber ansonsten warst du eine bittere Enttäuschung für mich … und jetzt bist du weit genug gekommen.« Ihre Stimme klang völlig ruhig. »Es fällt mir nicht leicht, dich zu töten, aber du lässt mir keine Wahl. Hättest du mich auch nur ein einziges Mal Mutter genannt, würde es mir jetzt vielleicht schwerer fallen, aber das wolltest du ja nicht.«

Er spürte, wie sein Hals sich verengte, und konnte nicht mehr atmen. Sein Kopf schien zu bersten, und fast besinnungslos brach er zusammen. Er hörte Palema, die ihn mit gefühlloser Stimme den Göttern empfahl, und dann hörte er eine andere Stimme. Plötzlich war er frei von allen Zaubern und rang wild nach Luft. Das mörderische Brennen in den Armen ebbte ab, und noch ziemlich verschwommen sah er, dass die Zeichnungen tatsächlich wie frische Brandmale aussahen. Zitternd zog er sich an der Felswand hoch, lehnte sich dagegen, weil seine Beine ihn kaum tragen wollten, und krächzte heiser: »Danke, Dala!«

»Es ist das erste Mal, dass ich Palema niedergestreckt habe: von hinten mit einem Krug. Mehr kann ich aus der Entfernung leider nicht für dich tun, und deinen Dank habe ich nicht verdient. Aber ehe du uns auf ewig verdammst, solltest du wissen, dass unser entsetzlichster, aber aus Unwissenheit begangener Fehler war, die Kette zu teilen. Die Macht der einzelnen Gaben war so groß, dass sie jedes andere Gefühl in uns nahezu auslöschte. Wir hätten es bemerken, uns dagegen auflehnen müssen, aber wir haben es nicht getan, und irgendwann war es dann für uns viel zu spät. Auch jetzt kann ich noch keine tiefere Freundschaft oder gar Liebe empfinden. Aber ich wünsche mir zumindest, ich könnte es. Allein dafür danke ich Caitlin, Gideon und dir. Tu jetzt, was Aaron ab'Darun, unser Vater und dein Großvater, getan hätte. Folge deinem Gefühl! Richte Salia aus, keine von uns ist durch diese schreckliche Tat glücklich geworden. Sie wird uns nicht verzeihen können, aber sag ihr trotzdem, es tut mir unendlich leid. Mögen die Götter mit dir sein, Neffe.«

Sein Hemd klebte am Körper, und er schwitzte und fror gleichzeitig. Mit geschlossenen Augen lehnte er an der Felswand, krempelte die Ärmel hoch, weil sie schon an den Brandwunden festklebten, und spürte, wie sich lähmende Angst in ihm ausbreitete, denn nach seinen Erfahrungen mit den drei anderen Schwestern glaubte er tatsächlich nicht, einen netten Besuch bei einer Verwandten vor sich zu haben. Und diesmal würde ihm nicht einmal Dala mehr helfen können. Der Wunsch, umgehend kehrtzumachen und die Quelle einfach wieder zu versiegeln, wurde fast übermächtig. Nur um nicht weiter nachdenken zu müssen, stieß er sich schließlich von der Wand ab und betrat die Höhle. Dort folgte er einem engen Gang aus weiß schimmerndem Felsen.

Er zog einen Dolch und benutzte ihn dazu, Spinnweben, die im Laufe der Jahrhunderte entstanden waren, zu durchtrennen. Zusehends wurde ihm kälter. Sein Atem hinterließ Dampfwölkchen, und fast wunderte er sich, dass keine Eiskristalle seine Haut benetzten. Die Kälte betäubte allerdings auch den Schmerz in seinen Armen, vertrieb das Schwindelgefühl und ließ ihn wieder klarer denken.

Endlich sah er die Quelle vor sich und zwang sich, auch den letzten Schritt zu tun.

Auf den ersten Blick schien sie nur ein weiterer, sehr viel breiterer Gang zu sein, dessen Ende er nicht sehen konnte. Tropfsteine hingen von der Decke, und ohne irgendeine Lichtquelle war alles in schummriges Grau getaucht. Der Fels schimmerte auch hier weiß, aber die angeblich glasklare Quelle zu seinen Füßen blubberte trüb vor sich hin. Dem tosenden Geräusch nach zu urteilen musste sich ihr tiefschwarzes Wasser irgendwo weit im Inneren des Berges in große Tiefen ergießen.

»Salia?« Selbst in seinen Ohren klang die Hoffnung durch, keine Antwort zu erhalten.

Doch diese Hoffnung wurde nicht erfüllt. »Sieh an! Er ist also gekommen, der große Sohn der mächtigen Palema.« Die Stimme klang dunkel, kalt und hohl und schien aus dem Wasser zu kommen. »Was willst du? Wiederholen, was deine Mutter getan hat?«

Rhonan schüttelte den Kopf. »Dann wäre ich nicht hier.«

»Warum bist du dann gekommen?«

»Das fragst du? Weil du es wolltest. Du hast mir in der Chrom-Mine und beim Ketzerjäger Kinian doch das Leben gerettet, nicht wahr? Ich glaubte, du wolltest mich kennenlernen. Warum hättest du dir sonst die Mühe machen sollen?«

Die Wasseroberfläche der Quelle kräuselte sich. Er hatte das Gefühl, von unzähligen eiskalten, seltsam weichen Händen berührt, eher abgetastet zu werden, und erschauerte leicht.

»Du kennst meinen Namen. Kennst du aber auch die Wahrheit?«

Diesmal nickte er. »Myria hat Tagebuch geführt. Zumindest sich selbst gegenüber war sie wohl ehrlich. Ich soll dir von Dala ausrichten, keine von ihnen ist glücklich geworden, und soll dir sagen, sie bedauert ihre Tat zutiefst.«

Ein irres Lachen hallte von den Wänden wider. »Erwartet sie tatsächlich Vergebung, die tüchtige Gelehrte?«

Er schüttelte den Kopf. »Nein, sie glaubte nicht daran. Ich sollte es dir trotzdem sagen.«

»Erwartest du meine Vergebung?«

»Ich? Wofür? Habe ich dir etwas angetan, wofür ich sie benötigte?«

»Du durftest im Gegensatz zu meinem Sohn erwachsen werden. Er hieß Aaron – nach meinem Vater. Auch er war blond und dir sehr ähnlich, nur hatte er braune Augen. Ich habe ihm das Genick gebrochen, um ihm die größten Qualen zu ersparen.«

Grauschwarzer Rauch stieg aus der Quelle. »Es war ganz leicht, weil er noch so klein war. Sag mir, warum du gekommen bist!«

»Um ein Ende zu machen. Eure weltliche Unsterblichkeit ging verloren, als du dein Siegel zerstörtest. Zumindest habe ich das aus Myrias Bericht geschlossen.«

Er nahm die Siegel aus der Tasche und legte sie neben die Quelle. »Die Vernichtung aller dürfte meiner Meinung nach euer endgültiges Ende bedeuten. Gib sie den Göttern zurück. Wir Menschen sind nicht stark genug für ihre Macht, und auch du würdest so endlich Frieden finden.«

Ein unheimliches Lachen stieg aus dem Wasser, erneut hatte er das Gefühl, von Hunderten von Geisterfingern berührt zu werden. Die Wasseroberfläche kräuselte sich immer mehr, wurde zum Wirbel, und der graue Rauch stieg höher auf und formte sich dabei langsam zum Schattenbild einer Frau.

»Wie sollte ich Frieden finden, wenn der Tod meines unschuldigen Kindes ungesühnt bleibt? Wie sollte ich Frieden finden, wenn Palemas Nachfahre als König lebt mit der Krone, die meinem Sohn einst zugestanden hätte? Aaron wurde nicht einmal verbrannt. Du lässt dich als Helden feiern, und seine kleine Seele treibt im ewigen Wind, aber du redest zu mir von Frieden?«

»Sprichst du von dir oder von Aaron? Trauerst du um ihn oder um dich? Dein Sohn war viel zu jung, um Schuld auf sich zu laden. Er wird seinen Platz in der Sternenhalle eingenommen haben. Aber durch deinen Hass starben Tausende. Ob die Götter dir das verzeihen, kann ich nicht sagen. Von deinen Schwestern begraben, hast auch du nur noch an Rache gedacht. Wenn du Aaron als Opfer beklagst, denke daran, wie viele Opfer das Wasser deiner Quelle verschlungen hat. Glaubst du, Sterbliche leiden weniger? Hast du in deinen Träumen nie die

Mütter der Kriegsopfer oder der grausam verwandelten Schattenkrieger weinen hören? Hast du nie an die Jungen gedacht, die Maluch ihren Familien entriss, um sie zu Bestien zu formen – durch dein Wasser? Ich bin nicht gekommen, um dir meine Anteilnahme zu bekunden. Ich bin gekommen, um eurem Treiben ein Ende zu bereiten. Die Menschen haben genug unter den Freveln der Unsterblichen gelitten. Vernichte die Siegel, oder ich versiegele diese Höhle, in der du dann weitere Jahrhunderte an deinen Sohn denken kannst, der sicher schon sehnsüchtig auf dich wartet.«

Er spannte unwillkürlich die Muskeln an, weil er jetzt mit irgendeiner Bestrafung rechnete, aber es erklang nur ein Seufzen.

»Du solltest mich nicht vorschnell verurteilen. Nicht Hass färbte dieses Wasser, sondern Kummer und Trauer. Dass meine über den Zeitraum von Jahrhunderten vergossenen Tränen dem Wasser Kraft gaben, ahnte ich nicht. Was die Menschen damit anfingen, konnte ich nicht verhindern. Ich habe in den letzten Jahren auch um die Kinder geweint, die der Hexenmeister in gefühllose Schattenwesen verwandelte, aber was hätte ich tun können?«

»Ich kenne deine Macht nicht, aber mir konntest du schließlich auch helfen«, gab er schroff zu bedenken.

Sie lachte freudlos auf. »Schon seit Jahrhunderten verfüge ich nicht mehr über Macht. Weil du Magie in dir hattest und von meinem Blute warst, konnte ich unsere Seelen verbinden und dadurch deinen Willen stärken. Alles andere war dein Verdienst. Aber diese Kinder, die der Hexenmeister mit dem Wasser nährte, besaßen keinerlei Magie. Für sie konnte ich genauso wenig tun wie für Aaron. Nur dem Kind Palemas konnte ich helfen. Ich habe mich oft gefragt, ob auch das Teil ihrer Rache war oder ob die Götter mich nur prüfen wollten. Ausgerechnet dir zu helfen, hat mir mehr Schmerz als Freude bereitet, und dennoch musste ich es tun. Denn ich bin, was ich war. Ich trug das Siegel der Liebe.«

Er sah längere Zeit auf das durchscheinende Gebilde und verlor jeden Zweifel an ihrer Aufrichtigkeit. »Ich wünschte, ich könnte ungeschehen machen, was dir angetan wurde. Ich würde alles dafür geben«, brachte er heiser hervor.

»Ich weiß, dass du meinst, was du sagst. Ich habe dich oft beobachtet, Rhonan da'Kandar. Ich wollte dich so gern als Feind sehen, aber ich konnte es nie. Du warst Palemas Sohn, stark, unbeugsam und tapfer wie sie, aber du warst auch ihr Opfer, genau wie Aaron und ich. Du bist nicht wie sie, und auch dein Herz hat kaum Platz für Geltungssucht, Hass und Rache. Dala hat es sicher auch erkannt. Du bist wie unser Vater, den ich über alles liebte. Hätte Aaron die Möglichkeit gehabt, erwachsen zu werden, hätte ich gewünscht, er wäre geworden wie er … oder wie du: vom Schicksal grausam geprüft und doch so sanft und gütig im Herzen. Geh und versiegele die Quelle, damit das Wasser für alle Zeiten unerreichbar bleibt!«

Er stutzte und sah verwirrt auf das durchscheinende Gebilde. »Nein! Das will ich nicht, das kann ich nicht und das werde ich nicht tun. Vernichte die Siegel!«

Die darauffolgende Stille wurde von ihrem erneuten Seufzen unterbrochen, und er meinte, die ganze Höhle würde mit ihr seufzen.

»Glaub mir, nichts täte ich lieber. Sieh dir den schwarzen Strom an! Im Inneren des Berges stürzt er in die Unendlichkeit. Dort verschwand mit meinem Körper das Siegel der Liebe für alle Zeit. Ich wollte sterben, aber ich konnte es nicht. Zu stark war noch die Kraft der anderen Siegel. Nun ist es zu spät. Ich kann sie nicht mehr vernichten. Sieh mich an! Wie sollte ich etwas tragen? Ich besitze nicht mal mehr die magischen Fähigkeiten, diese Siegel auch nur anzuheben. Wie gern würde ich sterben und Aaron und meinen Gatten wiedersehen, aber ich vermag nicht mehr zu tun, was dafür nötig ist. Geh, Neffe! Meine Gebete werden dich begleiten.«

Rhonan sammelte die Siegel wieder auf. »Wenn du es nicht mehr kannst, werde ich die Siegel vernichten.«

»Nein! Ich verbiete es dir.«

Freudlos lachte er auf. »Du kannst mir nichts verbieten, weil du mich nicht daran hindern kannst.«

»Von diesem Weg gibt es kein Zurück, Rhonan.«

»Das hatte ich auch nicht angenommen. Salia, ich will nicht mehr reden, ich will gehen.«

»Ein heldenhafter Entschluss! Aber du solltest ihn noch einmal überdenken. Glaube mir, nicht die Siegel haben die Welt verändert, sondern ihre Trägerinnen. Da mein Siegel unwiederbringlich verloren ist, können meine Schwestern nicht zurückkehren.«

»Mach es mir nicht schwerer, als es ohnehin schon ist! Ich bin kein Held, ich wähle nur das kleinere Übel.«

»Willst du dein Kind denn nicht aufwachsen sehen?«

»Das fragst ausgerechnet du? Caitlin und mein Kind bedeuten mir alles, aber auch sie werden nie Ruhe haben, bevor die Siegel nicht vernichtet sind. Du hast deinen Sohn getötet, um ihn vor größerem Leid zu bewahren, mir bleibt zumindest das erspart. Ich würde gern …« Ihm versagte die Stimme, und eine Träne lief ihm über das Gesicht. »Aber ich weiß, dass ich es nicht kann und darf, und du weißt es auch. Die Menschen, du, dein Kind, wir alle haben genug unter Palema gelitten. Nie werde ich dulden, dass sie auch noch das Leben meines Kindes zerstört. Sie wird alles daransetzen, es nach ihren Wünschen zu formen, um sich erneut die Welt untertan zu machen. Was ihr bei mir nicht gelungen ist, wird sie bei meinem Kind versuchen, und ihre Macht wird wieder wachsen, wenn die Quelle erneut versiegelt ist. Nie werde ich das zulassen. Die Zeit der Unsterblichen muss vorbei sein. Lass uns endlich gehen!«

Wieder spürte er eine Berührung. »Wenn du nur ein wenig wie Palema wärst, ich nähme dein Angebot mit Freuden an. So nehme ich es zutiefst dankbar, aber auch mit tiefer Trauer an. Gehen wir diesen letzten Weg gemeinsam. Uns verbindet viel, Neffe. Ohne Schuld hat man uns unbarmherzig verfolgt und bestraft. Beide haben wir für unser Glück gekämpft, und beide durften wir es nur kurz genießen.«

* * *

Derea öffnete die Augen und sah schemenhaft Gideons Gesicht über sich. Er fuhr hoch und brüllte den Gelehrten an: »Wie lange war ich weg? Ist die Quelle schon versiegelt?«

»Ich weiß nicht, wie lange du hier schon liegst«, erwiderte Gideon verblüfft. »Aber die Quelle ist selbstverständlich noch offen.«

»Wo ist dieser Wechselbalg?« Der Hauptmann sprang auf die Füße und rieb sich sein Kinn.

»Wechselbalg? Meinst du etwa Rhonan damit?«

»Wen wohl sonst?«

Der Gelehrte wurde immer verwirrter. »Vermutlich in der Höhle. Caitlin ist auf dem Weg dorthin. Geht's wieder? Ich würde ihr gern folgen. Wir können später reden.«

»Ich komme mit.« Derea verfluchte sich für seine Unbekümmertheit. »Dieser ehrlose Gossenkämpfer kann was erleben. Den mache ich fertig, aber so richtig fertig, und wenn es das Letzte ist, was ich tue«, fluchte er wütend.

Gideon wollte ihn gerade fragen, was er meinte, als sie Caitlin schreien hörten.

Sofort beschleunigten sie ihre Schritte. Kurze Zeit später verstanden sie ihre Worte. »Lass mich durch! Lass mich sofort durch, du elende Bestie!«

»Bei allen Göttern! Was geht da vor?«, würgte Gideon hervor.

Jetzt rannten sie beide, und Derea zog kampfbereit die Schwerter. Wenig später sahen sie die Priesterin. Sie kniete mitten auf dem Weg, hatte ihr Gesicht in den Händen vergraben und schluchzte herzzerreißend. Sonst war nichts und niemand zu sehen.

Caitlin hatte sie gehört und wandte den Kopf. »Dala versperrt den Weg mit einem Zauber. Ich kann ihn nicht brechen. Gideon, versuch du es. Rede mit ihr! Sie muss uns einfach zu Rhonan lassen.«

Ehe der ihrer Aufforderung Folge leisten konnte, erklang Dalas Stimme: »Geht, Kinder! Ich weiß nicht, was mit der Höhle geschieht, wenn die Siegel vernichtet werden und ihre Trägerinnen sterben. Zu viele Opfer habe ich schon in Kauf genommen, um jetzt mit anzusehen, wie ihr in den Tod geht. Ihr könnt den Lauf der Dinge nicht mehr ändern. Verlasst den Wolkenpfad!«

»Nein!«, kreischte die Prinzessin. »Du willst für alle Ewigkeit allein im Eis leben, aber ich will an Rhonans Seite weiterleben oder mit ihm zusammen sterben. Lass mich durch!«

»Du irrst dich. Ich erwarte den Tod mit Freuden. Meine Aufgabe ist nur noch, dich und euer Kind zu schützen, wie es mein Neffe gewollt hätte.«

»Sag es mir endlich! Wird Rhonan sterben?« Caitlins Stimme war nur ein Hauch. Nichts war mehr von der selbstverliebten Priesterin zu erkennen. Wie ein Häufchen Elend kauerte sie am Boden.

»Ich weiß es nicht. Ich kann weder sehen noch spüren, was in der Höhle geschieht.«

»Lass mich zu ihm. Gleichgültig, was geschieht, ich gehöre zu ihm. Versteh doch, Dala! Bitte!«

»Ich weiß nicht, was geschieht, aber eines weiß ich: Dein Mann würde es mir nie verzeihen, wenn ich euch jetzt weitergehen ließe. Solange ich noch die Kraft dazu habe, werde ich euch daran hindern. Wenn ich sie nicht mehr habe, ist geschehen, was geschehen musste. Gideon, zerstöre meinen Namen und mein Standbild! Aber vernichte nicht die Schriften! Zieht eure Lehren daraus. Ich weiß alles, aber mein Wissen führte ins Nichts. Sei weiser als ich und wende dein Wissen auch weiterhin zum Wohle deiner Mitmenschen an. Suche nicht länger nach der vollkommenen Wahrheit, sondern lass Raum für Geheimnisse und Rätsel. Glaub mir, wenn du alles weißt, findest du dich nur in der Leere wieder. Wissen ist nichts, wenn es nicht dem Leben dient.«

»Wer spricht da die ganze Zeit?«, fragte Derea irritiert und sah sich wild um. »Was hat das alles zu bedeuten?«

Gideon starrte den Pfad hinauf. »Das war Dala, eine der Unsterblichen. Ich erkläre dir das alles ein anderes Mal ... und was es zu bedeuten hat? Verstehst du denn immer noch nicht? Rhonan ist mit den Siegeln in der Höhle. Er hatte nie vor, die Quelle wieder zu versiegeln, er wollte die Siegel vernichten. Ich hätte es ahnen müssen, nein, ich hätte es wissen müssen, ich kenne ihn doch schließlich lang genug.«

Er atmete immer schwerer, und seine Stimme klang immer verzweifelter. »Vielleicht hat mich meine angeborene Furcht dazu gebracht, nicht weiter über sein Verhalten nachzudenken. Hätte er doch mit mir geredet, hätte er doch mich gehen lassen. Ich habe schon so viele Jahre gelebt, und sein Leben fing gerade erst an. Aber er hätte ja nie zugelassen, dass noch jemand, der ihm etwas bedeutet, stirbt. Zumindest einmal wollte er seinen angeblichen Fluch brechen.«

Er hob flehend den Blick. »Bitte, Dala, lass mich gehen! Sein Leben ist ungleich wichtiger als meines.«

»Das ist mein letztes Wort auf Erden: niemals!«

Er fiel neben Caitlin auf die Knie, legte ihr den Arm um die bebenden Schultern und betete zu Haidar.

Derea hatte kaum etwas von dem, was Gideon gesagt hatte, verstanden, er begriff auch nicht viel von dem, was um ihn herum geschah, aber er tat es ihm augenblicklich gleich. Irgendwann sah er zum Höhleneingang und bat: »Vergib mir meine Zweifel, mein Freund!«

* * *

»Besser, Ihr nehmt das Angebot des Königs nicht an, wenn es Euch so zuwider ist.«

Die Stimme ließ Rhonan herumwirbeln. Verblüfft sah er in das Gesicht General Raouls, und unwillkürlich glitt seine Hand zur leeren Schwertscheide. »Wie kommt Ihr denn hierher, und was wollt Ihr hier?«

Raoul hob beschwichtigend die Hände, als er die angespannte Haltung seines Gegenübers sah. »Lasst Eure Dolche stecken! Ich bin unbewaffnet. Meine Begleitung war Euch offensichtlich mehr als zuwider, also habe ich es vorgezogen, Euch nur aus der Entfernung zu beobachten. Ich war nie weit von Euch entfernt. Anfangs war ich wohl etwas ungeschickt. Doch auf meine Wölfe war dann Verlass. Es wäre nett, wenn Ihr Euch um sie kümmern würdet. Sie werden auf Euer Wort hören, weil sie Euch ja schon ewig gefolgt sind, und ich versichere Euch, sie waren vor fünfzehn Jahren nicht dabei. Mit meinen Schandtaten haben sie nichts zu tun … und was ich hier will? Ich habe Euch doch schon mal gesagt, dass ich Euch helfen will, und das gilt nach wie vor. Ich habe ein wenig gelauscht und weiß daher, was Ihr vorhabt. Ich werde das aber nicht zulassen und sage Euch jetzt, wie wir es machen. Ihr verabschiedet Euch und seht zu, dass Ihr zu Eurer schönen und heißblütigen Frau ins Bett kommt, und ich nehme die Siegel und folge diesem Geist in diese seltsame Unendlichkeit.«

Rhonan sah ihn frostig an. »Verschwindet, bevor ich mich vergesse! Ich trau Euch nicht und ich will auch Eure Hilfe immer noch nicht.«

Der General winkte ab. »Ich will Euch nicht bitten, mir die Möglichkeit zu geben, einige meiner Sünden zu sühnen. Ich erwarte weder Eure Verzeihung, noch erwarte ich göttliche Vergebung, aber das habe ich mir selbst zuzuschreiben, und das ist mir längst nicht mehr wichtig. Ich spüre es in allen Knochen: Ich bin zu alt, meine Tage sind längst gezählt. Für mich macht es keinen Unterschied, ob ich heute in dieser Quelle sterbe oder morgen an den Gebrechen eines Kriegers, der zu viele Wunden davongetragen hat und allzu oft im Freien gelebt hat. Könnt Ihr es vielleicht nicht ertragen, dass ein anderer auch mal ein Opfer bringt? Für mich wäre es eigentlich keines, und Ihr habt doch schon genug gebracht.«

Er warf einen Blick auf die Brandwunden an Rhonans Armen. »Meine Güte! Lasst es endlich gut sein! Von Euren Heldentaten singen die Kinder auf der Straße schon die Lieder der Barden nach. Gebt Euch damit zufrieden. Ich weiß, ich habe nicht das Recht, Euch um etwas zu bitten, aber wenn Ihr es übers Herz bringen solltet, sagt meinen Söhnen, dass ich eine gute Tat in meinem Leben vollbracht habe. Vielleicht müssen sie sich dann nicht mehr so für mich schämen.«

Rhonan glaubte, ersticken zu müssen. Sein grenzenloser Hass auf den General, sein kaum zu unterdrückendes Verlangen, ihn zu töten, seine genauso große Trauer um Salia, seine Familie und sich selbst, seine alles verzehrende Furcht vor dem endgültigen Ende, seine plötzliche Erleichterung, die er verdrängen wollte, weil er Erleichterung nicht wollte von dem Mann, der sie anbot … alles das brach in einem Schwall über ihn herein.

Er schloss die Augen. Der Wunsch, mit Caitlin weiterleben zu können, wurde immer stärker, aber das Misstrauen und der Zorn dem General gegenüber blieben. Verzweifelt schloss er die Hand um die Siegel und wollte sich zwingen, das Angebot abzulehnen, das er gleichzeitig so furchtbar gern angenommen hätte.

Eine sanfte Berührung und die Stimme Salias rissen ihn aus seinen Gedanken. »Geh, Kind«, bat sie. »Ich spüre, dass der alte Mann es ehrlich meint, und ich danke dir für alles, was du getan hast, und ich danke den Göttern dafür, dass du jetzt nicht tun musst, was du noch tun wolltest. Dein Platz ist bei deiner Frau und deinem Volk, und ich beneide die Menschen um ihr neues Königspaar. Stärke, Magie, Weisheit und Liebe, die göttlichen Gaben sind in euch vereint. Geh, Neffe, genieße dein Glück und führe die Reiche in ein neues, helleres und glücklicheres Zeitalter!«

Epilog

In den Reichen herrschte Frieden. Handwerk, Ackerbau und Viehzucht bestimmten wieder das Leben der Menschen. Körbe und Matten aus geflochtenem Schilfrohr erfreuten sich großer Beliebtheit, während die Echsenfrauen kaum noch wussten, wie sie es zuvor nur ohne die bunten Stoffe ausgehalten hatten.

Morwena hatte sich mit Darius verbunden und lebte jetzt in Latohor.

El'Maran wurde nunmehr von Canon und Hylia regiert.

Herrin der Nebelinsel war Sasha, Caitlins Schwester, die es auch gewesen war, die Caitlin und Hylia im Wasserverlies heimlich mit Fleisch und Obst versorgt hatte. Die Nebelfrauen konzentrierten sich wieder auf ihre heilenden und helfenden Fähigkeiten.

Gideon war nicht in den Turm der Winde zurückgekehrt. Er bewohnte mit Marga einen Turm in der da'Kandar-Festung und stand dem neuen König mit Rat und Tat zur Seite.

Derea pendelte rastlos zwischen den Reichen hin und her. Junas Tod lag wie ein Schatten auf seiner Seele. Der Mann, der es in den Zeiten des Krieges immer verstanden hatte, seine Begleiter aufzuheitern, war in dieser Zeit der allgemeinen Freude von tiefer Trauer umgeben.

Rhonan hatte sich heftig dagegen gesträubt, die Krone da'Kandars anzunehmen, hatte sich aber, wie es nicht anders zu erwarten gewesen war, nicht durchgesetzt. Caitlin sah an seinem oft gequälten Gesichtsausdruck, dass er in der Burg immer noch die Geister der Vergangenheit sah.

Kahandar war nach wie vor das mächtigste Schwert von allen, und mit Palemas Tod war auch der Fluch darauf verschwunden. Rhonan hatte es trotzdem auf dem Altar der Zitadelle der Träume zu Füßen des Standbilds niedergelegt. Dabei war er sicher gewesen, dass dieses nicht etwa Palema, die erste Großkönigin, sondern Salia, die einzig wahre Liebe des Königs, darstellte.

Zusammen mit Darius, Canon, Derea und Marga saß er eines Abends im Kaminzimmer und lauschte Gideons Gesang zur Laute. Er war allerdings nicht bei der Sache, denn Caitlin lag seit geraumer Zeit in den Wehen. Morwena und Hylia waren gekommen, um ihr zur Seite zu stehen.

Die Tür öffnete sich, und Hylia kam ins Zimmer. »Deine Frau ruft nach dir, nein: Sie brüllt nach dir. Guck nicht so gehetzt. Es läuft alles bestens, aber Caitlin behauptet, du hättest darauf bestanden, bei der Geburt dabei zu sein.«

»Was? … Ich? … Nein! … Oje, oje! … Es dauert so lange. Ist wirklich alles in Ordnung?«, fragte er und fuhr sich fahrig durchs Gesicht.

Kaum aus dem Zimmer, hörte er Caitlin seinen Namen kreischen und stürmte die Treppen hoch. Er riss fast die Tür aus den Angeln und stürzte zum Bett. »Ich bin ja da, mein Herz …«

Sie krallte die Finger in seine Schultern und schrie gellend auf.

Rhonans Gesicht verlor auch noch die letzte Farbe. »Ganz ruhig …«

»Ruhig? Bist du von Sinnen …« Erneut schrie sie wie am Spieß.

»Hylia, so tu doch etwas!«, keuchte ihr Gatte.

Die Priesterin lachte auf. »Ganz ruhig, mein Lieber. Caitlin war immer schon lauter als andere. Das solltest du doch wissen. Gute, starke Wehen. Es läuft alles bestens.«

Er schluckte und hielt seine schweißnasse Frau im Arm.

»Wo geht diese Welt nur hin?«, stöhnte Morwena. »Erst Reiter in der Luft und nun ein Mann im Gebärzimmer. Haben wir all die Jahre gekämpft, nur um jetzt solche Unsitten zu erdulden?«

Caitlin war kurzzeitig entspannt und lächelte Rhonan an. »Bald haben wir einen Sohn.«

»Ganz wie du willst, mein Herz«, würgte er hervor.

Die Wehen folgten jetzt immer schneller aufeinander. Wild beschimpfte Caitlin ihren Mann, weil er dafür verantwortlich wäre, dass sie sich jetzt so quälen musste. Er fühlte sich schuldig, hundeelend und völlig hilflos und sah schnell aus, als wäre er einer Ohnmacht nahe.

Hylia legte ihm mit einem aufmunternden Lächeln die Hand auf den Arm. »Vergiss das Luftholen nicht, mein König.« Dann wandte sie sich an die werdende Mutter: »Schrei, so viel du willst, aber hör auf, deinen Mann zu beschimpfen. Er hat dich doch nicht vergewaltigt. Mach so weiter, und er rührt dich nie wieder an. Ich kann mir kaum vorstellen, dass das dein Wunsch ist.«

»Derbe Flüche und jetzt solch lose Reden! Wenn das Kind nicht bald kommt, fürchte ich um sein Seelenheil, und ich bleibe dabei, dass sich das alles nicht gehört«, entrüstete sich Morwena. »Caitlin, es ist jeden Augenblick so weit. Schick deinen Mann raus, ehe er uns umfällt. Er sieht aus wie Sauermilch, und wir können uns nicht um ihn kümmern.«

»Er muss mich halten. Dann habe ich keine Angst, dann geht es leichter«, gab die keuchend zurück, während ihr leichenblasser, schweißnasser Gatte fast über ihr zusammenbrach. Doch ihre Worte führten dazu, dass er sich wieder straffte, sie tapfer anlächelte und fest im Arm hielt.

Einige Zeit später erschien er mit zwei Bündeln in den Armen im Kaminzimmer, dicht gefolgt von Morwena, die wohl Angst hatte, der leicht schwankende Vater könne seine Kinder fallen lassen.

»Zwei? Bei allen Göttern! Wie geht es Caitlin?« Gideon sprang auf und rannte ihm entgegen.

»Gut! Sogar erstaunlich gut, wie ich finde. Sie ist nur müde.«

Im Nu standen alle um ihn herum.

»Was sind es?«, wollte Gideon wissen.

»Es sind Zwillinge«, antwortete der stolze Vater mit einfältigem Lächeln.

»Er ist noch völlig durcheinander«, erklärte Morwena. »Es sind ein Junge und ein Mädchen. Der Knabe kam zuerst. Beide haben kräftige Stimmen und sind kerngesund.«

Rhonan nickte. »Sie haben so gebrüllt, dass ich dachte, sie gehen uns ein. Ob sie dann vor Erschöpfung eingeschlafen sind oder aus Atemnot die Besinnung verloren haben, weiß ich nicht. Ich finde sie ja auch sehr winzig, aber Tante Morwena sagt, die wären immer so.«

»Eingehen? Rhonan!«, schimpfte die streng. »Lass das nicht deine Frau hören … und winzig? Bist du noch gescheit? Das sind prachtvolle Kinder, wahre Königskinder.«

Darius klopfte dem jungen Vater auf die Schulter. »Als ich Marga das erste Mal sah, dachte ich, mich würde der Schlag treffen. Vätern sollte man die Kinder besser erst zeigen, wenn sie nicht mehr ganz so zerknittert sind … besser erst, wenn sie schon laufen können«, erklärte er. »Aber lass dir gesagt sein, mein Junge: Was auch immer du über die Windelscheißer denkst und wie seltsam du sie auch findest, sag es nie einer

Frau. Die verstehen da überhaupt keinen Spaß. Tu einfach so, als wärst du ständig begeistert.«

Er erntete einen giftigen Blick seiner Gattin und einen dankbaren Blick Rhonans.

»Darf ich eines haben?«, bat Marga mit sehnsuchtsvollem Blick.

Er sah auf seine Bündel. »Sicher! Ich weiß allerdings nicht, wer jetzt wer ist. Sie sehen so ...«

Er warf Morwena einen kurzen Blick zu, schluckte und erklärte forsch: »Such dir eines aus.«

Marga ergriff strahlend einen Säugling, und Morwena bemerkte mit einem tadelnden Blick auf den Vater: »Sei ja vorsichtig! Du trägst den Thronerben da'Kandars.«

Rhonan musste unwillkürlich lächeln. Viele Jahre lang hatte er diesen Titel getragen, ohne ihn zu wollen, und nun trug ihn sein winziger Sohn. Seltsamerweise fühlte er sich plötzlich in dieser Burg zu Hause. Er war der König, und oben wartete seine heißgeliebte Königin darauf, dass er ihre in seinen Augen wie gekocht aussehenden Nachkommen zurückbrachte. Er schaute sich um, und ein seliges Lächeln umspielte seine Lippen. Wie hatte Caitlin gesagt? Wir werden diesen Steinhaufen mit Liebe und Glück füllen. Der Traum war wahr geworden. Seine Frau und seine Kinder liebte er über alles, aber er genoss auch die Gespräche mit Gideon oder die abendlichen Brettspiele gegen den Gelehrten, während Caitlin Marga unter viel Gelächter Sticken und Nähen beibrachte. Er liebte die vergnüglichen Ausritte mit seinen Schwagern, und sogar auf Morwenas Bemühungen, ihm ein würdevolleres Auftreten beizubringen, hätte er nicht mehr verzichten wollen, weil sie ihn dabei stets mit derselben liebevollen Strenge behandelte wie ihre Söhne. Aus Fremden waren Freunde geworden und schließlich eine

Familie … seine Familie. Vor seinem geistigen Auge sah er seinen Vater lächeln, dann löste sich das Bild auf.

Morwenas Stimme holte ihn in die schöne Wirklichkeit zurück. »Du träumst ja schon wieder vor dich hin. Wenn du deine Tochter fallen lässt, wirst du mich kennenlernen.«

Er presste sein wertvolles Bündel fester an sich und nickte entschuldigend, und Gideon legte ihm den Arm um die Schultern.

»Herzlichen Glückwunsch!« Seine nächsten Worte zeigten, wie gut er seinen jungen Freund mittlerweile kannte. »Und willkommen daheim!«

Rhonan nickte und lächelte ihn dankbar an.

»Wisst ihr schon, wie die beiden heißen sollen?«, fragte Darius, der einen Arm um Marga gelegt hatte und mit einem Finger die Wange des schlafenden Erben streichelte.

»Ja! Aaron, nach meinem Großvater und Salias Sohn, und Juna! Caitlin sagt, ein anderer Name käme nicht in Betracht.«

Derea streckte sofort die Arme aus, und Rhonan legte seine Tochter hinein. »Wir hätten gern, dass du ihr Pate wirst.«

»Es wäre mir eine Freude und Ehre. Hallo, Prinzessin Juna, dein Vater weiß es noch nicht, aber du wirst ihn schnell an den Rand des Wahnsinns treiben. Bei der Mutter und der Namensgeberin kann es gar nicht anders sein.«

»Danke für die guten Wünsche«, brummte der.

»Wenn du mal Ruhe brauchst, komm einfach zu uns«, erklärte Canon grinsend und umarmte Rhonan herzlich. »Gib deiner Frau einen dicken Kuss von mir.«

Derea lachte. »Jetzt bist du ein Wirrkopf. Lange wird auch bei dir keine Ruhe mehr herrschen. Frauen sind doch ganz wild auf die kleinen Dinger … und ich auch, wenn ich sie mir so ansehe. Blitz und Donner, ist die niedlich.«

* * *

Mitternacht war vorbei, als Rhonan in Begleitung eines Wolfs an der Pferdetränke Derea traf.

Der fragte: »Nur einer? Wo sind denn deine anderen Schatten?«

»Bewachen meine Kinder. Nicht einmal deiner Mutter ist es gelungen, sie von den Bettchen der beiden neuen im Rudel zu vertreiben, obwohl sie sogar einen Besen schwang.«

Der Hauptmann lachte. »Bestimmt fragt sie sich wieder mal, wofür sie eigentlich Krieg geführt hat. Ausgerechnet dich in Begleitung der Wölfe zu sehen nimmt sie schon ziemlich mit.«

»Ich weiß, aber ich gebe mir dafür die größte Mühe, endlich die Namen meiner Fürsten zu lernen. Sie hat mich gestern abgefragt und hat mich gelobt … Na ja, eigentlich hat sie nur gesagt, ich wäre ein ziemlicher Hohlkopf, aber sie glaube, Ansätze von Verstand zu erkennen.«

Er wartete das erneute Lachen Dereas ab, das wieder nicht die Augen erreichte, und sagte matt: »Herzlichen Glückwunsch zum Geburtstag!«

Derea sah ihn verblüfft an. »Ach ja! Das hätte ich glatt vergessen. Gleichfalls, Schwager! Geht's deiner Familie gut?«

»Sie schlafen endlich. Die beiden sind gerade einmal so lang wie mein Unterarm und machen einen Lärm, dass einem Hören und Sehen vergeht. Juna ist um einiges lauter als ihr Bruder.«

Derea nickte. »Das war zu erwarten. Dir geht es auch wieder gut? Sahst ganz schön blass aus.«

»Bin knapp an einer Ohnmacht vorbeigeschrammt. Das war die grauenvollste Zeit meines Lebens. Ich bin bereit für lebenslange Enthaltsamkeit, und Caitlin redet schon von noch mehr Kindern. Ich weiß nicht, ob ich das noch einmal durchstehe.«

»Ich denke auch, es ist schwieriger, die, die wir lieben, leiden zu sehen, als selbst zu leiden. Caitlin hat ziemlich oft deine Wunden behandeln müssen, und sie hat häufig Angst um dich gehabt. Vielleicht war das jetzt ihre Rache.«

»Das sähe ihr ähnlich«, erwiderte Rhonan beeindruckt. »Himmel, bin ich müde! Kinderkriegen ist verflucht anstrengend. Komm! Bevor wir ins Bett gehen, wollen wir noch etwas erledigen.«

»Tatsächlich? Wollen wir das?«, fragte Derea lachend, folgte seinem Schwager jedoch in eine andere Ecke des Hofes. Spaten und zwei Bäumchen lagen hier bereit.

»Lebensbäume«, erklärte Rhonan. »Sagt jedenfalls Gideon. Wo einst der Scheiterhaufen brannte und wo Juna verbrannt wurde, sollen jetzt diese Bäume in den Himmel wachsen. Wir wollen die Vergangenheit und unsere Toten nicht vergessen, aber um die Zukunft zu gestalten, müssen wir sie loslassen. Das galt für mich und das gilt auch für dich.«

Beide sahen sich eine Weile schweigend an, dann nickte Derea und ergriff Rhonans Hand. »Juna wird immer in meinem Herzen sein, aber es ist schön zu wissen, dass auch andere in Liebe an sie denken. Ich hätte das nie geglaubt, und ich danke euch. Meine Hexentochter wäre stolz, wenn sie wüsste, dass eine da'Kandar-Prinzessin nach ihr benannt wurde. Gib mir einen Spaten!«

* * *

Canon, der die verschollenen Geburtstagskinder suchte, hörte sie schon von Weitem.

»Lieber Himmel, wo gräbst du denn hin, Derea? Du sollst den Baum pflanzen, nicht begraben.«

»Sagt der Richtige. Du hättest einfach größere besorgen

müssen. Ein Windstoß, und unsere wegweisenden Lebensbäume wehen davon. Ich will ja nur, dass sie festsitzen.«

»Das Loch ist wirklich tief genug. Da guckt, wenn überhaupt, gerade noch die Spitze raus … und wirf mir doch nicht immer die Erde ins Gesicht.«

Gekicher war zu hören. »Entschuldige! Was kriechst du auch wie blöde auf allen vieren rum?«

»Mein Loch ist fertig, aber mein Baum ist weg. Ich glaube, du hast ihn verschüttet.«

»Kann nicht mal auf einen Baum aufpassen. Hoffentlich vertraut Caitlin dir nie die Kinder an.«

»Wenn ich mit dir zusammen bin, bestimmt nicht. Nun hilf mir schon, ihn zu suchen! Er kann noch nicht weit sein.«

»Ach, du meinst, er ist auf der Flucht«, brachte Derea kichernd hervor. »Mann, wenn du und ich hier und jetzt Zeichen setzen für die Zukunft, dann mögen die Götter der Zukunft gnädig sein.«

Dramatis Personae

Die Trägerinnen der Göttersiegel
Palema, Tochter des Nordens und Trägerin des Siegels der Stärke
Dala, Tochter des Westens und Trägerin des Siegels der Weisheit
Myria, Tochter des Südens und Trägerin des Siegels der Magie
Salia, Tochter des Ostens und Trägerin des Siegels der Liebe

Rhonan, ein rätselhafter Einzelgänger

Die Nebelpriesterinnen
Ayala, Königin der Nebelinsel und Magierin
Caitlin, ihre älteste Tochter
Hylia, eine junge Hohepriesterin
Martha, Hohepriesterin

Die Gelehrten
Meister Cato
Gideon Montastyre, sein Schüler

Die Führer der Freien Reiche
Morwena Far'Lass, Königin von El'Maran
Canon, ihr Ziehsohn und leiblicher Sohn Ayalas
Derea, ihr Ziehsohn und leiblicher Sohn Ayalas
Fürst Darius, Herrscher über Latohor
Marga, seine Tochter

Camora und seine Verbündeten
Camora, Fürst und selbst ernannter Großkönig, Führer der Schwarzen Horden
Maluch, sein Hexenmeister
Juna, Hexe und Maluchs Ziehtochter

Sonstige
Remo, Dereas erster Adjutant
Lucio, Dereas zweiter Adjutant
General *Vernon Raoul*
Vater Ligurius, Priester und Inquisitor

Wintergebirge
Ten'Shur
Mar'Elch
Kimmgebirge
Totes Land
Latohor
Nebelinsel

Angus-Wald
Kairan
da'Kandar
Zitadelle
der Träume
Kambala

Wie ein Roman von Jane Austen –
nur mit einer Prise Magie!

Zen Cho

Die Magier Seiner Majestät

Roman

Zacharias Wythe ist der erste Schwarze, den Englands »Sozietät Widernatürlicher Philosophen« je zum »Königlichen Magier« ernannt hat. Und seine Gegner und Neider schrecken selbst vor Mordanschlägen nicht zurück, um den aufstrebenden jungen Zauberer loszuwerden.
Als sei dies noch nicht genug, droht die Quelle aller Magie zu versiegen, und Zacharias muss den Grund dafür herausfinden. Auf dem Weg ins Feenland trifft er die junge Waise Prunella Gentleman, in die er sich sofort verliebt. Doch Prunella hütet ein Geheimnis, das ganz England auf den Kopf stellen könnte …

Exzentrische Charaktere und eine wunderbare, originelle Geschichte: *Die Magier Seiner Majestät* ist ein Buch für jeden Fantasy-Liebhaber und jeden, der es werden möchte.

KNAUR